Date: 10/15/20

SP FIC MCFARLANE
McFarlane, Mhairi.
¿Quién es esa chica? /

PALM BEACH COUNTY
LIBRARY SYSTEM
3650 SUMMIT BLVD.
WEST PALM BEACH, FL 33406

¿Quién es esa chica?

¿Quién es esa chica?

Originally published in the English language by
HarperCollins Publishers Ltd. under the title *Who's That Girl?*

© Mhairi McFarlane, 2016

© de la traducción: Elisenda Nierga Frisach

© de esta edición: Libros de Seda, S.L.
Paseo de Gracia 118, principal
08008 Barcelona
www.librosdeseda.com
www.facebook.com/librosdeseda
@librosdeseda
info@librosdeseda.com

Diseño de cubierta: Salva Ardid
Maquetación: Nèlia Creixell
Ilustración de la cubierta: © Shutterstock/Elena Barenhaum

Primera edición: junio de 2016

Depósito legal: B. 12.540-2016
ISBN: 978-84-16550-32-6

Impreso en España – Printed in Spain

Queda rigurosamente prohibida, sin la autorización escrita de los titulares del copyright, bajo las sanciones establecidas por las leyes, la reproducción total o parcial de esta obra por cualquier medio o procedimiento, comprendidos la reprografía y el tratamiento informático, y la distribución de ejemplares mediante alquiler o préstamo públicos. Si necesita fotocopiar o reproducir algún fragmento de esta obra, diríjase al editor o a CEDRO (www.cedro.org).

MHAIRI MCFARLANE

¿Quién es esa chica?

Capítulo 1

La vida vista a través de un teléfono móvil es una farsa. Edie imaginaba el proceso como un diagrama de una clase de física, como el que aparece en la portada del famoso álbum de Pink Floyd: un rayo de luz refractado sobre un prisma, multiplicándose y dispersándose como un arcoíris.

Y se preguntaba: ¿cuánto artificio habría en una bonita fotografía? Mirando las bellas ficciones de la pantalla cálida —y algo grasienta— que llevaba en la mano, aguardó en la fila del bar del hotel.

La actividad de la sala bullía a su alrededor como un revoltijo de vida desordenado y sudoroso enmarcado con la canción de The Supremes *Where did our love go?* La imagen del teléfono móvil, en cambio, reflejaba una realidad inmutable y perfectamente dispuesta.

Engaño número uno: parecía que Louis y ella se adoraban. Para que ambos aparecieran en el encuadre, Edie había apoyado la cabeza en su hombro y mostraba un ademán coqueto. Sus labios describían esa ligera sonrisa de autosatisfacción, en plan 007, que decía que la vida era maravillosa, que todo estaba controlado. En realidad, nada lo estaba.

Acababan de pasar cinco horas de posturitas en compañía de otra pareja de invitados —el organizador de la boda exigía que las sesiones de fotos se hicieran de dos en dos, como en el Arca de Noé—, y en aquel momento apenas se soportaban el uno al otro, agotados por el calor, el alcohol y los trajes de ceremonias, que se habían ido estrechando cada vez más, como si fueran un enorme tensiómetro inflándose alrededor de sus cuerpos.

Los tacones de Edie, aquellos tan altos que utilizaba solo en ocasiones especiales, habían pasado de finos e incómodos, pero más o menos soportables, a torturarla con un dolor tan agudo que se diría que formaban parte de un conjuro mágico mediante el que había cambiado su cola de sirena por un pie del número 37 para conseguir el amor de su príncipe.

Engaño número dos: la composición. Edie estaba radiante y festiva, mirando hacia arriba a través de esa mata de pestañas postizas. Se distinguía la parte superior de su vestido rojo, de forma que mostraba un atractivo escote y escondía estratégicamente la barriga. Por su parte, Louis, con la barbilla inclinada hacia abajo, hacía destacar sus afilados pómulos, lo que le daba un aire todavía más marcado de «psicópata de una novela de Bret Easton Ellis».

Sin embargo, se trataba de un efecto muy calculado. Con las cámaras puestas sobre sus cabezas, descartaron las cinco imágenes menos favorecedoras tras negociar en cuál se gustaba más cada uno. Si en una fotografía Edie se veía muchas ojeras, en otra, Louis pensaba que parecía enfermo; en la siguiente, ambos estaban de acuerdo en que sus expresiones eran demasiado estudiadas y las sombras no les favorecían. «Vale, ¡otra, otra! Pose, clic, *Flash*.» A la sexta fue la vencida: ambos salían bien, aunque no tanto como les hubiera gustado. «¿Por qué todo el mundo hace ahora esa mueca, como si estuvieran chupando un limón?», preguntó el padre de Edie. «Para parecer delgado y sensual a la vez, supongo.» «Pero nadie pone esa cara en la vida real. Qué raro, ¿no?» Louis, un experto de Instagram y chupador de limones profesional, retocó la luz y el contraste de la foto. «Y ahora, a ponernos un filtro impresionante.» Seleccionó el «Amaro», lo que les sumergió en una neblina amarillenta de cuento de hadas y dejó sus rostros impecables. La imagen adoptó un aire de ensueño, de película; uno diría que capturaba un momento perfecto. (No.) Tendríais que haber estado allí...

Y después, venía el pie de foto: ¡el mayor engaño de todos! Louis lo escribió en el comentario:

¡Felicidades, Jack & Charlotte! ¡Un día maravilloso! Somos tan felices por vosotros <3 #parejaperfecta viviendo su #mejormomento.

Eso fue sobre todo en relación con el resto de la agencia Ad Hoc, donde casi toda la plantilla había puesto alguna excusa elegante para no viajar de Londres a Harrogate. Y es que nada pone más a prueba la popularidad de alguien que varias millas de autopista.

La respuesta tras el me gusta tampoco tuvo desperdicio:

Ay, vosotros también sois otras #parejaperfecta! Qué pena que yo sea marica contestó Louis. «Ese sería el menor de nuestros problemas», pensó Edie. Y es que la gente ya le había calado: si siempre echaba pestes de los demás a sus espaldas, era de esperar que hiciera lo mismo con ellos. Así que, por supuesto, Louis se dedicó a quejarse por lo bajini de la «maravillosa» boda. Edie, por el contrario, creía que criticar el gran día de alguien era tan feo como burlarse de su forma de comer o del tamaño de sus tobillos. Las buenas personas entendían instintivamente que aquello no era un buen comportamiento.

—De veras, pensaba que Charlotte elegiría algo más minimalista y recatado. Estilo Carolyn Bessette en su boda con John John. Los abalorios de cristal del vestido... tan, tan Pronovias, ¿verdad? Parece que hasta las mujeres con buen gusto lo pierden y apuestan por la horterada Disney en una tienda de novias. Me he quedado a cuadros con esos buqués de rosas con trozacos de perlas y cintas blancas alrededor de los tallos: ¡parecen muñones vendados! Cuando la mujer de algún famosillo pone algo de moda... se queda para siempre. Y, lo siento, pero una novia bronceada me parece vulgar. ¡Puaj! Dos tragos de este Mimosa y el resto, a la primera maceta que he encontrado. Es que no soporto el zumo de naranja que han usado para disimular el champán barato. ¡Y el *DJ*...! Mírale, debe de tener unos cincuenta años... ¡Y qué pinta, con esa cazadora de cuero! ¿De dónde la ha sacado, de 1983? ¡Ni que tuviera que aparecer en *A Todo Motor*! Te apuesto a que pincha *Sex on fire* de Kings Of Leon's y a Toni Braxton para el ligoteo. ¿Por qué las bodas no pueden ser un poco más MODERNAS?

El hotel El Viejo Cisne, en Harrogate, como el mismo nombre indicaba, no era moderno. Además, tenía el encanto añadido de ser el lugar donde Agatha Christie se refugió durante su «desaparición» en los años veinte, aunque seguramente no había nada de encantador en hallarse en un estado de ánimo de huida y confusión.

A Edie le parecía un sitio precioso y tampoco le hubiera importado esconderse de su vida en una de esas habitaciones de camas con dosel. De hecho, todo lo relativo a El Viejo Cisne le resultaba reconfortante: la fachada cubierta de enredaderas, el robusto pórtico de entrada en forma de cuadrado, el olor del edificio, el aroma a desayunos preparados y la comodidad de la felpa.

Era un abrasador día de verano —gran suerte la suya, porque la socorrida conversación sobre el tiempo para romper el hielo había venido con naturalidad— y las puertas con mosquiteras del bar se abrían a la luz color miel de los jardines. Los niños, vestidos con brillantes chalecos, correteaban y gritaban jugando a los aviones, excitados tanto por la Coca-Cola como por la novedad de estar despiertos hasta tan tarde.

Y aun así, había sido, y no por ninguna de las razones descritas por Louis, la peor boda a la que Edie había asistido nunca.

Esperando su pedido en el bar, se situó junto a un grupo de mujeres de unos setenta años, puede que incluso ochenta, vestidas a la moda de los años veinte. Edie supuso que estaban allí por la Semana del Crimen y el Misterio; antes había visto detenerse a un autobús que venía de Scarborough.

Una «sospechosa» sin piernas, sentada en una silla de ruedas y que llevaba un tocado de plumas, un largo collar de perlas y una boa blanca, daba sorbos con una pajita a una pequeña botella de vino Prosecco. A Edie le hubiera gustado abrazarla o vitorearla.

—¡Qué guapa estás! —le dijo una de las mujeres a Edie, quien sonrió y contestó:
—¡Gracias! Ustedes también lo están.
—Me recuerdas a alguien... ¡Norma! ¿A quién se parece esta adorable jovencita?

Edie esbozó la sonrisa embarazosa de rigor para cualquiera sometido al escrutinio de una panda de achispadas señoras mayores.

—¡Clara Bow! —exclamó una.
—¡Eso es! —coreó el resto—. ¡Aaah, Clara Bow!

No era la primera vez que Edie recibía un cumplido como aquel. Su padre solía decirle que tenía una cara de estilo antiguo. «Solo te falta un sombrero cloche y unos guantes, y estar de pie en una estación, como en una de las primeras películas habladas.» Y añadía: «que es lo apropiado». (No es que Edie hablara mucho, pero su padre y su hermana eran más callados.) Su negra melena caía sobre los hombros y enmarcaba un rostro en forma de corazón, de grandes y expresivos ojos y boca pequeña. En la cara destacaban las cejas, gruesas y oscuras, cuya geometría mantenía con una constante y agresiva depilación, para que así parecieran las de una actriz clásica en vez de dos protuberancias.

Un muchacho, tan cruel como elocuente, le había dicho una vez, durante una fiesta en su casa, que parecía «una muñeca victoriana animada con magia negra». A menudo, intentaba convencerse de que ese comentario lo había propiciado el hecho de que por aquel entonces atravesaba su fase de adolescente gótica, pero era consciente de que seguía siendo válido hoy en día. Sobre todo, si no había dormido lo suficiente y su expresión traslucía su mal humor. Como dijo Louis en otra ocasión, fingiendo que no se refería a ella aunque ambos sabían que en el fondo sí era así, «los que tienen caras de bebé no envejecen bien. Por eso es tan trágico que mataran a Lennon en vez de a McCartney».

—¿Has venido con tu marido? —le preguntó otra mujer, mientras Edie se hacía con la copa de vino blanco y el vaso de vodka con tónica.

—Soy soltera —contestó Edie, lo que despertó más «¡ohhhs!» curiosos y admirativos entre sus interlocutoras.

—Tienes tiempo de sobra para eso. Primero, a divertirse, ¿eh? —intervino otra de las señoras.

Sonriendo, Edie estuvo a punto de decir: «Tengo treinta y cinco años y no me divierto demasiado», pero, pensándoselo mejor, repuso:

—Sí, ¡jajaja!
—¿Eres de Yorkshire? —fue la pregunta de otra de sus «admiradoras».
—No, vivo en Londres. Es la familia de la novia la que es de...

En aquel momento, apareció Louis desde el restaurante, apremiándola para que se uniera a él con un silbido y un gesto de la mano:

—¡Edie!

—¡Edie! ¡Qué nombre más bonito! —exclamaron a la vez las señoras, mirándola con renovada adoración.

Se sentía tan conmovida como perpleja por su repentina posición de celebridad; eran las consecuencias de tomar Prosecco con una pajita.

—¿Eres el novio de esta joven? —le preguntaron a Louis, que acababa de unirse al grupo.

—No, queridas, me gustan las pichas —replicó ante el bochorno de su amiga, mientras tomaba su bebida.

—¿Qué dice que le gusta? —intervino una de las mujeres—. ¿Las bichas?

—No. Las pichas —Louis puntuó su explicación flexionando uno de sus brazos para mostrar el bíceps, un gesto que para Edie no aclaraba demasiado el asunto.

—Oh, le gustan los hombres, Norma. Es uno de esos «palomos cojos» —dedujo otra.

Como resultado, la atención del grupo de ancianas se concentró en Louis, que poco tenía de cojo o de avícola.

—Pues yo ahora prefiero una partida de Rummy —dijo una tercera—. Aunque a Bárbara le sigue gustando un buen pichón.

—Bueno, ¿y quién cometió el crimen? —preguntó Louis mirando los disfraces de las señoras—. ¿Quién es la sospechosa principal?

—Todavía no ha habido ningún crimen —dijo una—. Pero los rumores indican que aparecerá un cadáver en la tercera planta.

—Pues entonces ya podéis ir descartándola a ella —afirmó Louis frotándose la nariz y señalando a la mujer en silla de ruedas.

—¡Louis! —gimió Edie.

Por fortuna, el comentario causó una oleada de sonoras carcajadas.

—Sheila acostumbraba a quitarse los callos con imperdibles. Cuidadito con Sheila.

—Parece que se le fue la mano.

Edie contuvo otra vez el aliento, pero las ancianas se partieron de la risa.

No podía creerlo: Louis acababa de encontrar el público perfecto.

—¡Qué bien haberos conocido, chicas! —exclamó Louis, y ellas casi le aplaudieron. Edie había pasado a la historia; ahora era la última mona.

—Volvamos a la mesa —le sugirió Louis—. Empieza lo gordo en la carpa principal: ya es hora de los discursos.

Con pesadumbre, Edie se despidió de las mujeres. Venía el momento temido: una cita con la etiqueta «pareja perfecta», viviendo su etiqueta «mejor momento».

Capítulo 2

—¿Es gratis? —preguntó a gritos un señor de unos sesenta y tantos que llevaba un audífono y vestía como un engolado terrateniente, clavando la mirada en la copa que Edie sostenía. A Edie y Louis los habían metido en la mesa cajón de sastre, la chunga, la de la gente que no tenía nada en común. No es de extrañar que, en el tedioso interludio entre la comida y el baile, la mayor parte de comensales se hubiera dispersado. Solo este tipo seguía allí, junto a su esposa, una mujer también de aspecto pijo, pero con un aire de timidez mucho más tolerable.

—Pues, no, pero si quiere le traigo algo de beber...

—No, no hace falta. Uno viene a estas estúpidas e interminables ceremonias y aprovechan para trasquilarlo como si fuera una oveja. Como si la lista de bodas no fuera ya una tomadura de pelo suficiente. Cuatrocientas libras por una horrible batidora azul de hacer pasteles, los muy bobos. ¡Oh, cállate, Deidre! Sabes que tengo razón.

Edie se apretujó en su silla tratando de no reírse, porque a ella también le había parecido un atraco lo del robot de cocina.

Dando otro trago de ese ácido vino blanco, dio gracias a Dios por el don del alcohol, lo único capaz de hacerle soportable todo aquello. En aquel momento, en la mesa presidencial, el novio, Jack, con el micrófono en ristre, carraspeaba y hacía resonar su copa dándole leves golpecitos con el tenedor. Entonces, la recién estrenada suegra le tiró de la manga, y Jack levantó la mano para indicar «lo siento, será solo un momentito».

—Pero ¿a quién se le ocurre hoy en día llevar unos zapatos marrones con un traje azul y una corbata rosa? —masculló el del audífono en referencia al atuendo del novio—. Ni que fuera un enlace de disimulo.

Aunque Edie creía que al tipo alto y delgado de Jack le sentaba que ni pintado ese traje de Paul Smith de verano, no era quién para defenderle.

—¿Qué quiere decir con lo de «enlace de disimulo»? —preguntó Louis.

—Pues un matrimonio de conveniencia para ocultar la naturaleza del novio, sus verdaderas inclinaciones, no sé si me entiendes.

—Oh, claro que sí. De hecho, nosotros estamos ahora en uno de esos enlaces —sonrió Louis, abrazando a su amiga.

—Perdóname si no busco escandalizado mi inhalador —replicó el hombre, mirando el tupé de Louis—. Ya te tenía como a alguien a quien le gusta oler las flores.

A este paso, Edie iba a oír más eufemismos creativos para homosexual de lo que hubiera imaginado posible en un solo día.

—¿Crees que algún día te molestarás en casarte? —le preguntó Louis por lo bajo.

—La cosa es más bien si lo de casarse se molestará conmigo —contestó Edie.

—Encanto, montones de personas se casarían contigo. Eres tan... ¡esposa! Te miro y pienso: «¡Casémonos!».

Edie soltó una risa hueca.

—Pues es sorprendente que toda esa gente de la que hablas no esté tratando de casarse conmigo ahora mismo...

—Eres todo un misterio, ¿lo sabías? —murmuró Louis mientras revolvía el fondo de su vaso con el agitador de plástico.

Edie notó un nudo en el estómago; siempre que entraba con Louis, mediante digresiones, en una línea de pensamiento como esa, terminaban en la parada No-puedo-creer-que-me-hayas-dicho-esto.

—En realidad, no.

—Quiero decir que nunca te han faltado los admiradores. Eres el alma de cualquier fiesta. Pero siempre estás sola.

—Supongo que ser admirador no equivale forzosamente a querer una relación —repuso Edie en un tono neutro, echando una mirada al bullicio de la habitación con la esperanza de que algo más captara su atención y cambiaran de tema.

—¿Eres tú la «alérgica al compromiso»? ¿O crees que lo son ellos? —preguntó Louis mientras apartaba el agitador a un lado para poder beber.

—Oh, creo que los repelo con algún tipo de fuerza centrífuga —dijo Edie—. ¿O es centrípeta?

—Oh, venga —protestó Louis—. Hablo en serio.

Edie suspiró.

—Me ha gustado mucha gente y yo le he gustado a mucha, pero nunca me ha atraído nadie de la misma manera en la que yo lo hacía a los demás. Es así de simple.

—A lo mejor no saben que estás interesada en ellos. Eres difícil de leer.

—A lo mejor —aceptó Edie, pensando que si le daba la razón a su amigo acabaría antes con el tema.

—Así que, ¿nadie te ha prometido nunca una vida de felicidad? ¿No has roto ningún corazón?

—Nop.

—Entonces eres una paradoja, mi bellísima Edie Thompson. La chica que todos quieren... y que nadie escoge.

Edie estalló ofreciéndole a Louis la reacción que andaba buscando hacía rato.

—¡Que nadie escoge! ¡Exactamente, maldita sea! ¡Gracias, Louis!

—¡Encanto, no! Si a mí me pasa igual, nadie se va a casar con el pobre Louis en breve. Y tengo treinta y cuatro años; eso es la muerte según las escalas gais.

Por supuesto, semejante comentario en boca de su amigo era una estupidez. Y es que Louis deseaba casarse tanto como contraer un cáncer terminal. Lo cierto es que pasaba la mayor parte de su tiempo a la caza y captura de revolcones con desconocidos a través del Grindr; el último de ellos había sido con un hombre rico y peludo al que llamó «el Chewbacca de su Princesa Louis». Mostrar la diferencia que había entre ambos era su forma de tomarle el pelo a Edie.

—¡Si te he llamado bellísima, diva mía! —se quejó Louis como si Edie hubiera sido la agresora. Uno no podía sino admirar la coreografía de la crueldad de Louis: una serie de trabajados y diestros pasos, ejecutados a la perfección.

—Señoras y señores, disculpen la demora... —por fin, la voz de novio sonaba en el micrófono.

El discurso de Jack, bastante flojo, tocó todos los temas de rigor, al menos según las sugerencias de Internet sobre el asunto. Así, dijo lo hermosas que estaban las damas de honor y agradeció a los asistentes su presencia. Luego leyó los mensajes de los familiares ausentes para, a continuación, dar las gracias al hotel por su hospitalidad y a los padres de ambos por su apoyo. Y, finalmente, terminó su arenga con la siguiente promesa: «No sé qué he hecho para merecerte, Charlotte, pero me voy a pasar el resto de mi vida asegurándome de que no lamentes la decisión que has tomado hoy».

Edie casi se «fundió» de un trago la copa de champán para el brindis.

En cambio, el discurso del padrino, Craig, resultó tan divertido como totalmente inapropiado, al consistir en una serie de chistes sucesivos sobre las aventuras sexuales de Jack en la universidad. Se diría que esas historias le parecían adecuadas porque, «¡Hey, todos hemos estado ahí!», y era cierto: todos habían formado parte de «una súper pandilla de tipos». (Jack había ido a Durham.) Cuando Craig mencionó un partido de *rugby* al que conocían como «la apuesta del cerdo», Jack le interrumpió bruscamente: «Mejor omitimos esto, ¿eh?», y Craig cortó por lo sano con un: «¡Por Jack y Charlotte!».

La novia mantenía una sonrisa forzada y nerviosa, mientras parecía que a su madre acababan de hacerle una operación de almorranas.

Se pasó entonces el micrófono a la madrina de Charlotte, Lucie. Edie había oído hablar mucho de la legendaria Lucie Maguire, heroína de las asombrosas anécdotas que Charlotte contaba en la oficina. Lucie era una agente inmobiliaria despiadada y exitosa («Era capaz de venderte un váter al aire libre!»), madre de dos gemelos inquietos que habían sido expulsados de preescolar («Son muy vivaces.») y campeona de Quidditch («Un juego de un libro infantil.»), le había explicado Jack a Edie. «¿Qué será lo siguiente? ¿Volar con paraguas a lo Mary Poppins?»). Lucie «decía las cosas como las sentía» (traducción: era maleducada), «no soportaba a los idiotas de buenas» (era maleducada a la cara de la gente) y «no aguantaba la más mínima chorrada» (era muy maleducada a la cara de la gente). Edie pensaba que Lucie era ese tipo de persona que uno nunca elegiría como mejor amigo salvo que hubiera una pandemia global y se extinguiera el resto de la humanidad; e incluso quizá ni en esas.

—Hola a todos —dijo Lucie con su tono confiado y cortante como el cristal, con la mano apoyada en la cadera que realzaba su ajustado vestido de seda color salmón—. Soy Lucie, la madrina de Charlotte y su mejor amiga desde nuestros tiempos en el St Andrews.

Edie casi estaba segura de que acabaría la frase añadiendo: «Estoy graduada con honores por la Asociación Nacional de Agentes Inmobiliarios».

—Veréis, tengo preparada una sorpresita cachonda para la afortunada pareja...

Edie se enderezó en su silla y se preguntó si aquello iba de veras. ¿Una sorpresa el día de tu boda y sin derecho a veto? ¡Oh, oh...!

—Quería hacer algo muy especial para mi mejor amiga en este día señalado y esto es lo que se me ha ocurrido. ¡Muchas felicidades, Jack y Charlotte! Va por vosotros. ¡Ah, y para hacer que la canción funcionara, he tenido que «brangelinizaros» como «Charjack»! Espero que os parezca bien, chicos.

¿Canción? Todos los traseros de la sala se apretaron.

—Vamos allá: un, dos, ¡tres!...

Las dos damas de honor, literalmente rojas de la vergüenza, hicieron aparecer como por arte de magia unas campanillas de mano y empezaron a agitarlas a la vez. Tenían esa cara típica de las personas que han aceptado su destino adverso desde hace tiempo, aunque no por ello el momento de abrazarlo les resultaba menos intenso y terrible.

Lucie empezó la canción. Aunque tenía una voz lo bastante buena como para cantar a capela, la sorpresa de que se atreviera a hacerlo era lo que tenía a toda la habitación con el prototípico ademán de vergüenza inglés, consistente en desorbitar los ojos y tensar el cuerpo. Ajena a ello, Lucie, imitando a Julie Andrews, parafraseaba «Cosas que me hacen feliz» de *Sonrisas y lágrimas*, cantando a pleno pulmón.

Basset perritos, botas rojas Hunter y narcisos,
Pelis en HD, teles y Clooney y Clarins,

> *Land Rover Explorers con barro de abril,*
> *¡son cosas que a Charjack le hacen feliz!*

Edie no entendía cómo alguien podía haber pensado alguna vez que aquello era una buena idea; porque sin duda debieron decidirlo durante el «proceso creativo». Encima, lo de «Charjack» parecía el nombre de un malo de Doctor Who. Un malo cutre.

> *Dim sum, tés con leche y buenos desayunos,*
> *Largos almuerzos con vino y Fórmula 1,*
> *¡son cosas que a Charjack le hacen feliz!*
> *Pintura fresca, tinte de cejas y Meribel esquí,*
> *Rugby, Wimbledon y The North Face de gris,*
> *¡son cosas que a Charjack le hacen feliz!*

Edie no se atrevía a mirar a Louis, a riesgo de perder la compostura, pues sabía que su amigo estaría, por lo menos, en el doceavo cielo. Por su parte, los de la mesa presidencial se limitaban a mirar el espectáculo fijamente.

> *Si el trabajo estresa,*
> *Si el teléfono suena,*
> *Si les embarga la pena,*
> *Ven las cosas que les hacen felices*
> *y el dolor se frenaaaaaaaaa...*

Edie logró mantenerse impertérrita cuando Lucie vociferó, con los brazos extendidos, esa última palabra; pero íntimamente deseaba con todas sus fuerzas que aquel horror hubiera llegado a su fin. Sin embargo, Lucie se estaba preparando para el siguiente verso.

Durante esta breve pausa, se oyó al hombre del audífono decirle a su mujer:

—¿Pero qué locura es esta? ¿Quién le ha dicho a esta mujer que sabe cantar? Por Dios, qué vocerío más espantoso.

Aunque Lucie siguió con la siguiente estrofa, ahora la habitación entera se sentía en la gloria con ese comentario del hombre del audífono, que todos habían oído con total claridad. El pobre señor, obviamente, no se había dado cuenta de que estaba hablando a gritos. De ahí que también se pudiera escuchar con nitidez el desesperado intento de su mujer de hacerle, en vano, callar.

—Por los clavos de Cristo, ¿y ahora qué? Yo he venido a una boda, no a un espectáculo nocturno de aficionados. Me siento como Felipe de Edimburgo cuando se ve obligado a mirar los traseros desnudos de los nativos. ¡Oh, tonterías, Deidre! Es de mal gusto, ni más ni menos.

Los perdigones de saliva proyectados por la esposa con su «¡chist!» inflamaron la histeria contenida de los presentes, de forma que una risa nerviosa se propagó rápidamente por la estancia.

Edie podía notar el cuerpo de Louis, a su lado, temblando de la risa.

> *Publicidad y empatía y sus metas superan,*
> *Jets y chow mein y rollos de primavera,*
> *Cajas de Tiffany de color regaliz,*
> *¡son cosas que a Charjack le hacen feliiiiiiiiiiiizzzzzzzzzzz!*

—¿Pero no va a acabarse nunca este calvario? No me extraña que este país se vaya al garete si se considera entretenida esta vulgar exhibición de las propias carencias. ¿Qué? Mira, dudo que nadie pueda oírme entre los gorgoritos tiroleses de la María Callas esta de pacotilla. Este es el tipo de historia que acaba con las palabras «dijo él antes de pegarse un tiro».

Edie no sabía a dónde mirar. Tener al follonero en su mesa hacía que se sintiera implicada, como si le estuviera alentando o dándole excusas para su comportamiento.

Los ojos de Edie se sintieron inexorablemente atraídos hacia Jack, que la estaba mirando fijamente con la mano sobre la boca. En sus ojos había un brillo juguetón: «¿Qué está pasando? ¡Vaya despiporre!»

Tendría que haberlo sabido... A Jack no solo le parecía todo aquello divertido, sino que había escogido a Edie para ser su cómplice. Ella casi sonrió en respuesta, pero enseguida se contuvo y desvió la mirada. «¡Oh, no, ni hablar! Hoy, precisamente, no.»

—Me voy un momento al baño —murmuró Edie.

Y huyó de la escena.

Capítulo 3

Mientras se limpiaba las manos, a Edie la dominó la creciente sensación de que no debía haber aceptado la invitación de boda. Había sopesado todas las razones a favor y en contra de su asistencia, haciendo caso omiso de la más importante de todas: que iba a odiarla con toda su alma.

Su lucha empezó al recibir el correo electrónico «Marca la fecha en el calendario». Lo más fácil hubiera sido tomarse unas vacaciones, aunque, eso sí, tendría que haberlas pedido pronto, pues reservarlas justo cuando todos habían recibido la invitación tal vez habría levantado sospechas. Seguramente, alguien metido hasta el cuello en un asunto como aquel no debía ir a la boda, pero le costaba mucho saber si con ello se delataría. Es decir, quizá su ausencia apenas se notaría; o quizá, metafóricamente hablando, habría una inmensa flecha de neón parpadeando sobre su asiento con el siguiente mensaje:

NO HA VENIDO EDIE, ¿EH? ME PREGUNTO POR QUÉ...

Así que le estuvo dando vueltas y más vueltas hasta que un día de lluvia, mientras Charlotte y ella sacaban algo caliente de una destartalada máquina de cafés, su compañera le preguntó a bocajarro:

—Edie, vas a venir, ¿verdad? A la boda, quiero decir. Recibiste el correo electrónico, ¿no?

Jack, detrás de ellas, levantó la cabeza con brusquedad.

Edie sonrió forzadamente y contestó:

—Oh-claro-por-supuesto-tengo-muchas-ganas-gracias...

Una vez su destino se vio sellado por culpa de su estúpida bocaza, se convenció a sí misma de que la decisión de ir no solo sería políticamente correcta, sino beneficiosa para ella. Como si alguna vez hubiera sido buena idea participar en un evento social de ese tipo igual que si se tratara de ir a un campamento de supervivencia militar.

En cuanto la feliz pareja intercambiara los votos y los anillos, Edie predijo que no iba a sentir nada, que sus sentimientos se desinflarían como un globo pinchado, y que eso marcaría un antes y un después en su dolor y confusión. Ja. Claro. Y las vacas vuelan.

Por el contrario, se sintió paralizada por la tensión y fuera de lugar. Y la posterior llegada del alcohol no hizo sino comprimir su pecho con una pesada desolación.

Edie apartó las manos del secador automático y se ajustó con el pulgar una de las pestañas postizas que se le habían despegado.

Para ser sincera, el motivo por el cual estaba allí era su orgullo. No haber ido hubiera sido como enarbolar una bandera roja gigante con el lema «No Puedo Soportarlo», visible tanto para ella misma como para los demás.

Mirándose en el espejo, con la magia del «Amaro» desaparecida en favor de un maquillaje medio corrido y de la rojiza hinchazón de sus ojos —gentileza del alcohol—, Edie sintió un desprecio infinito hacia sí misma. ¿Qué le pasaba? ¿Cómo se había metido en aquel lío? Nadie en su sano juicio hubiera terminado allí.

Respiró profundamente y cruzó la puerta del lavabo, diciéndose a sí misma que solo faltaban unas pocas horas para acostarse. Y, con suerte, Lucie ya habría dejado de cantar.

Cruzando el bar de regreso al restaurante, Edie se sintió atraída por los sonidos del jardín y por el aire, todavía cálido, que emanaba de él. Sin embargo, y aunque nada le apetecía más que la soledad, era consciente de que vagar por un parque con aire melancólico no era la imagen que quería dar. Ah, pero ahí tenía el teléfono móvil, su coartada perfecta; y es que, bajo el pretexto de captar una panorámica del hotel, podía pasearse por sus inmediaciones sin levantar sospechas. Porque si una persona va trasteando por ahí con su móvil, nadie piensa que está sola.

A pesar de llevar unos zapatos que mordían, Edie logró abrirse paso delicadamente sobre la hierba. La misión «yihadista» de Lucie parecía haber acabado: la canción *By Your Side* de Sade se escuchaba a través de las puertas abiertas del restaurante-discoteca.

Algunos de los huéspedes de la «Semana del Misterio» estaban fumando furtivamente en los bancos. Era una escena tan adorable que deseó poderla disfrutar; deseó que la felicidad de los demás no fuera como un estropajo sobre su ánimo. Eso sería el principio de su recuperación, se dijo.

Fue alejándose del hotel, lo que le permitió sentirse aparte de la boda, situarse como un espectador imparcial. Sin duda, la distancia la estaba ayudando a calmarse. Encendió su móvil y se lo puso a la altura de los ojos, sujetándolo con ambas manos, para hacer una foto del hotel al anochecer. Mientras jugueteaba con el *flash* y estudiaba los resultados, maldiciendo sus manos temblorosas y decidiéndose por otra tirada de fotos, vio a una figura moviéndose con resolución a través de la hierba. Edie bajó el teléfono móvil: era Jack.

Debería haberse dado cuenta antes de que era él. ¿Se le había encargado al novio la tarea de reunir dentro a todas las ovejas descarriadas para ver el baile de apertura? ¿En serio? Y eso que Edie había esperado librarse «sin querer» —uf— de semejante amenaza...

Cuando llegó a su lado, Jack hundió las manos en los bolsillos de su traje.

—Hola, Edie.

—Hola...

—¿Qué haces aquí? Hay lavabos dentro, si es que necesitas ir.

Edie se contuvo para no reír.

—Solo estoy haciendo una foto del hotel. Está tan bonito iluminado...

Jack la miró de soslayo, como si considerase la verdad de lo que acababa de decir.

—Quería saludarte y no te encontraba por ninguna parte. Pensaba que te habías ido con alguien.

—¿Con quién?

—No sé... Pero aquí estás, merodeando sola, actuando raro...

Jack sonrió, de esa manera suya tan adorable; de hecho, Edie creía que la descripción «te hace sentir como si fueras la única persona en la habitación» era solamente una expresión retórica... hasta que le conoció.

—¡No actúo raro! —replicó Edie con brusquedad.

El comentario le hizo bullir la sangre.

—Tendríamos que hablar del tema tabú —dijo Jack, lo que aceleró el corazón de Edie.

—¿Qué?

—La atrocidad del tamaño de Pearl Harbor que se ha cometido hace un rato en el salón.

Sintió que la punzada de pánico que había tenido desaparecía, con lo que, de puro alivio, se rio a su pesar. Jack ya la había pillado.

—Te has ido justo cuando ha obligado a las damas de honor a una sesión de *scatting* jazzístico. Madre mía, ha sido la peor cosa que me ha pasado en la vida; y eso que una vez pillé a mi padre con un *Playboy*.

Edie soltó un par más de risitas.

—¿Y qué le ha parecido a Charlotte?

—Pues, sorprendentemente, le preocupa más que Lucie se haya disgustado con los comentarios sobre su forma de cantar de su tío Morris. Por lo visto, el hombre tiene la inhibición reducida por culpa de una fase temprana de demencia senil. Lo que no quita que lo que ha dicho sea cierto. Quizá no es el único con demencia.

—Oh, no. Pobre tío Morris. Y pobre Charlotte.

—No malgastes tus simpatías en ella. Si tolera al tío Morris es porque está forrado y todo el mundo espera una tajada cuando muera.

—Ah —murmuró Edie, consciente, y no por primera vez, de que no estaba entre los suyos. En realidad, ella creía que al menos había allí uno «de los suyos», pero, aparentemente, era uno de «los otros». Y ya para siempre.

—Qué raro es todo esto —dijo Jack, haciendo un gesto hacia el bullicio que llegaba desde el brillante interior del hotel—. Casado. ¡Yo!

Edie no pudo esconder su irritación ante la idea de que Jack buscara su solidaridad y esperara palabras sensatas y tristes de su parte. Hacía mucho tiempo que no la incluía en su toma decisiones. En realidad, nunca había formado parte de la misma.

—¿Y entonces para qué has venido hoy, Jack? ¿Esperabas un cochinillo al horno? ¿El cumpleaños de un gato? ¿Una circuncisión?

—¡Jajaja...! Nunca perderás tu habilidad para sorprender, Edie.

Esto también le molestó. El Jack soltero nunca la había encontrado «sorprendente», sino interesante y divertida. Pero ahora era una estrafalaria solterona malhablada. A la que nadie quería.

—En cualquier caso —repuso Edie con dulzura pero también con firmeza—, deberíamos ir entrando. No puedes perderte la fiesta más cara que vas a dar en tu vida.

—Oh, venga, Edie.

—¿Qué?

Se puso tensa de nuevo, al preguntarse por qué seguían allí, solos y juntos en el crepúsculo. ¿De qué iba todo aquello? Cruzó los brazos y miró a Jack.

—Estoy tan contento de que hayas venido hoy... No sabes cuánto. Me hace más feliz verte a ti que a cualquier otra persona.

«¿Aparte de a tu recién ganada esposa?», pensó Edie, sin pronunciarlo en voz alta.

—Muchas gracias.

¿Qué más podía decir?

—Por favor, no actúes como si ahora no pudiéramos seguir siendo buenos amigos. No ha cambiado nada.

Edie no tenía ni idea de a qué se refería. Si siempre habían sido solo buenos amigos, así que, obviamente, el matrimonio no cambiaba nada. Fue como un mazazo darse cuenta de que nunca había entendido a Jack y de que ese había sido el problema.

Mientras vacilaba en responder, Jack añadió:

—Te entiendo, ¿sabes? Crees que soy un cobarde.

—¿Cómo?

—Sigo adelante con cosas que en realidad no son para mí.

—¿Qué quieres decir?

Edie sabía que no debía preguntarle eso. Toda la conversación le estaba resultando desleal, repelente. Jack se acababa de casar con otra; por tanto, lo último que tenía que hacer era estar diciéndole a una mujer con la que trabajaba, junto a unos arbustos, cosas tan delicadas como esas. Edie ya sabía que allí no había nada, ni nadie, digno de salvar; sabía, desde hacía tiempo, que él era una mala persona, o al menos una muy débil, y esta clase de comportamiento lo demostraba.

Pero Jack la tentaba con la posibilidad de hablar de cosas de las que ella se moría por hablar desde hacía muchísimo tiempo.

—A veces uno no sabe lo que está haciendo, ¿me entiendes?

Jack, sacudiendo la cabeza y suspirando, pateó la hierba con la punta de su zapato de cuero Paul Smith.

—Pues la verdad, no. Casarse es tan fácil como decir «sí» o «no». Por eso lo ponen en los votos.

—No me refiero a eso... No del todo. Charlie es genial, claro. Me refiero a todo esto, a este lío. ¡Ah, no sé!

Edie notó que estaba más borracha de lo que pensaba al principio.

—¿Qué es lo que quieres que te diga? —preguntó con la menor emoción posible.

—Edie. Deja de ser así. Intento decirte que me importas. Creo que no lo sabes.

Edie no contestó... Y durante la pausa en la que tendría que haber formulado su respuesta, Jack murmuró «Oh, Dios», se acercó a ella, se inclinó y la besó.

Capítulo 4

Edie casi se cae de la sorpresa, al notar el suave roce de su mandíbula recién afeitada contra su mejilla y la presión de sus labios cálidos y empapados de cerveza sobre los suyos. Que Jack la estuviera besando era una sorpresa tan enorme que no llegaba a su córtex cerebral de golpe, demasiada información. La comprensión total tendría que venir en diferentes etapas.

1. Jack te está besando. En el día de su boda. Es algo que parece imposible. Sin embargo, los primeros informes indican que INDUDABLEMENTE ESTÁ PASANDO.

2. ¿Va a ser algo más que un roce de labios? ¿Ha sido un error? ¿Lo ha hecho porque echaba de menos tu desfachatez?

3. OK, no, esto es definitivamente un BESO, BESO. ¿Qué narices...? ¿Qué narices está haciendo?

4. ¿Y qué narices estás haciendo tú? Parece que le estás respondiendo. ¿Realmente quieres hacerlo? Por favor, un consejo.

5. UN CONSEJO. Urgente.

Mientras se besaban, los segundos parecieron durar siglos. Edie vislumbró finalmente la magnitud de la situación y su implicación, y ella se apartó de él.

Un movimiento a su derecha... y ahí estaba Charlotte tras ellos, su vestido blanco contrastando contra la creciente oscuridad como un hueso descarnado. Jack se dio la vuelta y la vio también. Durante unos instantes, formaron un grotesco cuadro viviente mirándose en silencio unos a otros, como la luz del relámpago que precede al estruendo del trueno.

—Charlotte... —empezó Jack, para verse interrumpido por el chillido o, mejor dicho, por una especie de aullido grave que emanaba de la nueva Sra. Marshall—. Oh, Charlotte, no estábamos...

—¡Desgraciado! ¡Desgraciado de mierda! —le gritó Charlotte—. ¿Cómo has podido hacerme esto? ¿Cómo narices has podido hacerme esto? ¡Te odio! ¡Malnacido! —Charlotte se echó encima de él y empezó a darle golpes y bofetadas, mientras Jack intentaba sujetarla por las muñecas y detenerla.

Edie miraba el espectáculo con el rostro inexpresivo y un repentino e intenso deseo de vomitar.

Aquella mañana, Louis había señalado que su aborrecimiento por las novias se debía a la implicación de estas en la gestión de los detalles mundanos de su gran día. Para él, debían flotar en una neblina de embeleso y cualquier cosa remotamente parecida a un trabajo que hicieran resultaba vulgar y de mal gusto. «Uno nunca debería ver sudando al artista principal de un *ballet*.» Edie pensó que su amigo había sonado como si se hubiera tragado un ejemplar del *Woman*.

Sin embargo, era cierto que había algo especialmente aberrante ante la visión de alguien vestido con un atuendo tan glamuroso y femenino teniendo una bronca monumental. En efecto: ahí estaba Charlotte, el pelo recogido en un moño francés, con los hombros desnudos y brillantes y su preciosa falda de princesa crujiendo como el tisú, dando caza a su marido con sus manos arregladas, en una de las cuales relucía el gigantesco anillo de compromiso junto a la recién estrenada alianza nupcial de oro blanco.

—¡No es lo que parece! —exclamó Edie, oyendo su propia voz pronunciar tales palabras como si fueran las de un extraño. Seguramente, lo eran.

Charlotte detuvo momentáneamente su forcejeo con Jack y gruñó —su bello rostro, sutilmente maquillado, retorcido por la rabia—: «Vete a la mierda fulana», sin comas ni exclamaciones, solo con una firmeza absoluta.

No estaba segura de haber oído antes a Charlotte diciendo palabrotas. En aquel momento se dio cuenta de que no se había movido de donde estaba porque, por una extraña convicción, pensaba que tal cosa la haría «parecer culpable», y que su deber era quedarse e intentar explicarse. Pero una vez se dio cuenta de lo absurda que era esta idea, se marchó finalmente hacia el hotel, desde donde unas pocas personas miraban con curiosidad y turbación en dirección a las voces que resonaban en el jardín.

De acuerdo, primero lo primero: Edie tenía ganas de vomitar. Y no quería hacerlo en los lavabos públicos: demasiado ostentoso. Tenía que llegar a su habitación.

Sacó del bolso la llave del hotel, que venía en un grueso llavero de metal, con manos temblorosas, y se desvió rápidamente hacia la entrada principal. De esta manera, encontraría a menos gente de camino.

Ahora mismo, su único objetivo era asegurarse de que vomitaba el pollo de la comida, que estaba a punto de volver al mundo de nuevo, en un contenedor apropiado. Sabía que, tras hacerlo, se abriría un futuro inmediato lleno de horror, miseria y depresión. Cada cosa a su tiempo.

Mientras subía precipitadamente los distintos tramos de escaleras de los desiertos pasillos del hotel, le parecía imposible que el tiempo fuera tan testarudamente lineal, que este universo paralelo fuera, de hecho, la implacable realidad. Aquí no existía la posibilidad de abrir un reloj mágico, retroceder sus manillas e impedir que esa escabrosa familia tuviera lugar.

No había la posibilidad de que Edie decidiera no salir a los jardines. No podía moverse hacia atrás, como cuando se rebobinaba una vieja cinta de vídeo, y decirle algo diferente a Jack, yéndose ofendida en cuanto él empezara a decir cosas demasiado significativas y gnómicas. Ni siquiera podía aspirar a estar en un sitio distinto, desde donde podría haber visto a Charlotte acercarse a ellos, su vestido de bodas recogido sobre su brazo, con la intención de decirle a Jack que era el momento de cortar el pastel y preguntándose por qué estaba allí charlando con Edie.

No. Edie era la mujer que había besado al novio en el día de su boda y no había forma alguna de cambiar la historia. Si en aquel mismo momento tuviera una Tardis, asesinar a Hitler no sería en absoluto su primera tarea.

Al irrumpir en su descuidada habitación, el desorden le recordó sus inocuos preparativos para el evento: alisarse el pelo, comprobar su ropa en el espejo de cuerpo entero, tomar un té con leche. Tras cerrar con llave la puerta y mover el pomo para asegurarse de que estaba a salvo, se quitó los zapatos y corrió hasta el lavabo. Una vez dentro, se apartó el pelo y vomitó una, dos, ¡tres veces!, hasta que fue capaz de erguirse un poco, sentarse y limpiarse la boca. Cuando finalmente sorprendió su propio reflejo en el espejo, con los brazos alrededor de la pila, apenas pudo soportar mirarse.

Las negociaciones empezaron.

¿Sabía Charlotte que había sido Jack el que la había seguido? ¿El que la había besado? Pero ella no podía defenderse: era él quien tenía que explicarlo todo.

Edie pensaba qué estaría diciendo la gente. Tenía que irse. Ya. Se obligó a sí misma a tranquilizarse y mirar el reloj. Las nueve y cuarto de la noche. ¿Demasiado tarde para tomar el tren? ¿Podía pedir un taxi? ¿Hasta Londres? ¿Sin haberlo reservado antes? Le costaría un ojo de la cara, pero de todas formas estaba dispuesta a pagarlo. Entonces se dio cuenta de que debería pasar por la recepción con su maleta cuando el taxi llegara, lo que supondría todo un verdadero desfile de la vergüenza. Solo le quedaba una opción: recluirse; permanecer encerrada allí.

La enormidad de lo que había sucedido seguía retumbando en su mente, como una interminable sucesión de olas chocando contra su ánimo. La música disco ascendía desde abajo, parecía que las voces y los ritmos *dance* del *Hung up* de Madonna se burlaban de su situación. «Time goes by, so slowly» (El tiempo pasa tan, tan lentamente).

Su vida acababa de convertirse en una película de terror, donde los gritos y las salpicaduras de sangre se mezclaban irónicamente con las risas enlatadas de la comedia que la víctima había estado viendo en la televisión segundos antes de ser asesinada.

Edie se retorció las manos, apretó los dientes y dio vueltas y más vueltas por la habitación, luchando contra el impulso de volver abajo y encararse a la gente con el grito de «¡Fue él!», aun sabiendo que ya nada podría borrar la mancha negra con la que estaba marcada.

Cuando se atrevió a echar una ojeada a través de la ventana, advirtió que los jardines estaban inquietantemente vacíos. Le resultó imposible, pues, no conectarse a Internet, aunque cada fibra de su ser le dijera que no lo hiciera. Sentada en su cama con dosel, miraba con aprensión el resplandor, casi lunar, de su teléfono móvil. Cada vez que hacía clic, tenía la impresión de que iba a vomitar de nuevo. Pero, de momento, no encontró nada.

La calma antes de la tormenta. Fotos etiquetadas de la llegada al altar, o sonriendo, o firmando el registro, una actualización de Charlotte diciendo: «¡Champán para mis nervios!» con decenas de me gusta. ¿Qué diría la gente? ¿Qué estaría pasando allá abajo?

—¿Edie? ¡Edie! —Un repentino golpeteo contra la puerta hizo que el corazón le saliera disparado del pecho, como si fuera un dibujo de la Warner.

—Edie, soy Louis. ¡Más te vale dejarme entrar!

Fue entonces cuando se dio cuenta de que la música había cesado.

Capítulo 5

El comportamiento de Louis, inusualmente nervioso, no ayudó en absoluto a apaciguar el pánico de Edie que, contra toda esperanza, se imaginó que su amigo entraría en tropel diciéndole: «todo ha pasado, ¿por qué sigues encerrada aquí?».

Esforzándose por moverse sobre unas piernas que, de tan delgadas y débiles, parecían dos alambres, le dejó entrar pero enseguida volvió a cerrar la puerta con llave, como si realmente hubiera un asesino suelto en The Swan. Louis la examinó con atención, mirándola como si estuviera enfrente de una persona de mala fama. Luego apoyó las manos en sus caderas, bajo la americana del traje, y preguntó:

—Bueno, pues... ¿Qué PUÑETAS ha pasado?

—Oh, Dios mío, ¿qué dice la gente que ha pasado? —gimió Edie.

—Jack y Charlotte... —Louis se detuvo un momento, incapaz de resistir la tentación de hacer una pausa drástica, como si estuviera anunciando el ganador de un concurso de talentos— se han separado.

Edie soltó un grito ahogado y se dejó caer en el borde de la cama, intentando tranquilizarse. Temblaba tanto que casi tenía convulsiones. Porque ya sabía que había arruinado la boda; pero ser la causa de su ruptura durante la misma parecía algo imposible, algo que no podía pasar.

—Esto no puede ser real —farfulló.

—Charlotte se ha ido a casa de sus padres —explicó Louis, ahora empezando a divertirse—, y creo que Jack está por aquí, atrapado entre una botella de *whisky* y sus colegas de la despedida de soltero. Ha sido un torneo de gritos, una histeria total: el caos. Charlotte le ha tirado a la cara el anillo de boda.

Edie cerró los ojos y se agarró, con manos sudorosas, a una de las columnas de la cama con dosel para mantenerse firme mientras la habitación daba vueltas y más vueltas a su alrededor.

—¿Y qué dicen de mí?

—Que Charlotte os pilló juntos, que teníais una aventura.

—¡No tenemos ninguna aventura!

—Entonces, ¿qué ha pasado? —preguntó Louis.

Como era la primera vez que lo contaba en voz alta, Edie vaciló un poco.

—Estaba en el jardín y él... me besó. Solo un momento.

—O sea, ¿me estás diciendo que no os estabais enrollando?

Edie abrió la boca de par en par.

—¿Enrollándonos? ¡No, claro que no! ¿Cómo has podido pensar...? ¿Estás quedándote conmigo?

—No, es que alguna persona lo ha dicho. Que estabais «haciéndolo». O casi a punto.

Edie sabía que Louis era propenso a la exageración, a exagerar el drama, pero no estaba segura de que lo hiciera en ese momento, pues no le costaba nada imaginar que los chismes camparan a sus anchas. Como si la verdad no fuera suficientemente terrible.

—¡Si solo estábamos a unos pocos metros del hotel!

—No, si yo ya he pensado que ese es más el tipo de cosas que suelen pasar contra el capó de un coche, después de medianoche. Y además, ya sabes, no con el novio de la boda. ¿Así que te besó?

Edie asintió.

—Pero no tenéis una aventura, ¿no?

—¡No!

Oh, Dios, qué calvario. Todo el mundo pensando la última cosa que ella querría que pensaran. Si le dieran opción entre correr desnuda en público o este tipo de exhibición, seguramente preferiría lo primero.

—Ejem... Ok, cari. Así que, sin venir a cuento, Jack se puso en plan «¿Estás disfrutando de mi boda? Y... ¡ah!, ¿también de mi lengua?»

—Empezó diciéndome que yo le importaba mucho, como amiga. Creo que estaba muy borracho, y lo siguiente que sé es que me estaba besando.

—¿Y no le devolviste el beso?

—¡No, apenas! Quiero decir, me quedé de piedra.

—Mmm... Es un poco raro que estuvierais los dos solos dando vueltas por ahí. ¿Cómo te encontró? ¿Estás segura de que no le enviaste un mensaje?

—Fui a hacer una foto. ¡Puedo enseñártela! —Edie agitó su móvil ante él—. ¡Además, no hay ningún *WhatsApp* o SMS!

Hablaba como si estuviera ante un tribunal y su teléfono fuera una prueba guardada en una bolsita hermética. El tribunal de la opinión pública... Aunque habría preferido estar en un juicio de los de toda la vida.

—Louis, piénsalo un poco —suplicó Edie—. ¿Por qué iba yo hoy, precisamente hoy, a intentar montármelo con él?

—¿Y por qué él haría algo así, de repente? Hay algo que no me cuentas, Edie. Por fuerza.

—Nos escribíamos mensajes en el trabajo. Y chateábamos. Eso es todo. Éramos amigos, nada más.

—¿Coqueteabais?

—Sí, supongo que un poco.

Edie sabía que si no le daba algo a Louis, no iba a conseguir su apoyo. La miró mientras se mordía el labio inferior, sopesando sus palabras.

—Te creo, pero me temo que te va a costar mucho que alguien más lo haga. Los rumores ya se han extendido por media Harrogate y cualquier parecido con la realidad es pura coincidencia. Además...

La pausa de Louis hizo que los ojos de Edie se desorbitaran.

—¿Qué?

Louis bajó la voz.

—Aquí solo hay dos personas a quienes culpar, tú y Jack. Y él es de esa clase de tipos que caen dentro de un pozo lleno de mierda y salen con un reloj de oro. No quiero parecer frío, pero necesitas una estrategia de relaciones públicas, tienes que hacer que la gente sepa que fue él quien lo hizo, no tú.

—¿Y cómo hago eso?

—Yo te ayudaré en lo que pueda —le informó Louis magnánimamente—. Pero debes pensar en esto: al fin y al cabo, trabajamos en publicidad. Tienes que gestionar la crisis de imagen de tu marca.

Edie asintió. No le quedaba otra que dejar de lado todo lo que sabía sobre Louis y confiar en él. Dudar del amigo que la apoyaba en esas circunstancias era un lujo que no podía permitirse.

—¿Tú crees que Jack y Charlotte han acabado del todo? —dijo Edie con voz vacilante.

Louis levantó y bajó los hombros.

—No sé si yo podría perdonarle a nadie una boda como esta. Tanta vergüenza. ¿Podrías tú?

Edie negó con la cabeza, sintiéndose muy miserable. Porque no había caído en ello hasta ahora, tan centrada como había estado en su propia supervivencia: a lo que Charlotte tendría que hacer frente, el hecho de que todo el mundo se enteraría de esta mierda...

Entonces se oyeron unas pisadas enérgicas e, instantes después, golpearon la puerta con un ruido sordo, como si un animal salvaje y babeante se hubiera lanzado contra ella. Edie y Louis saltaron del susto.

—¡EVIE THOMPSON! ¡Soy Lucie Maguire! ¡La madrina! ¡Abre la puerta AHORA MISMO!

Edie y Louis se miraron pasmados.

—¡EVIE! ¡SÉ QUE ESTÁS AHÍ, SO COBARDE! ¡SAL Y DA LA CARA!

—Dile que es tu habitación —le susurró Edie a Louis.

—¿Qué? ¿Y si entonces se va a la mía?

—No estás ahí.

—Lo estaré más tarde.

—Pues entonces le dices que también es tu habitación.

—Y entonces sabrá que le he mentido sobre esta habitación.

—¡Louis! —Edie hablaba casi a voces de pura desesperación—. ¡Dí-se-lo!

Frunciendo el ceño, Louis dijo en voz alta:

—Hola, Lucie, soy Louis, no Edie.

—¿Dónde está Evie? ¡Esta es su habitación! ¡Me lo dijo el hombre de la recepción! No intentes jugar conmigo, estoy en un... ¡¡estado muy agresivo!!

Louis levantó los dedos corazón de ambas manos en dirección a la puerta y canturreó:

—Es mi habitación. El pequeño Louis está aquí.

—... déjame entrar. ¿Conoces a esa chica? Puedes decirme dónde la puedo encontrar.

—Preferiría que no. Estoy desnudo.

—Pues vístete.

—Estoy desnudo con alguien más que también está desnudo. ¿Lo pillas?

—¿Es ella?

—No, es un hombre, un hom-bre. Así que, si no te importa, nos gustaría ponernos manos a la obra.

Una pausa.

—¿Sabes dónde está esa zorra?

—No, creía que había quedado claro que ahora mismo estoy ocupado.

—Bueno, pues si la ves, dile que me voy a poner sus tetas por orejeras.

—¡Lo haré!

Edie hizo una mueca de dolor.

Pausa.

—Por cierto, ¿puedo decirte que creo que es de muy mal gusto tener relaciones sexuales cuando la vida de una mujer acaba de arruinarse? Todos estamos intentando ayudar, mientras que tú, aquí estás, desnudo.

—Ese soy yo. Siempre desnudo en una crisis. Es como trabajo mejor.

Se oyó un bufido de desaprobación y luego las amenazadoras zancadas de Lucie cada vez más amortiguadas por la distancia. En los abismos de la desesperación, Louis y Edie no pudieron evitar lanzar una risa ahogada.

—¿Cómo voy a conseguir salir viva de aquí?

—Mmm... Posiblemente habrá un escándalo con toques de aquelarre. Yo me iría bien temprano.

Edie ya tenía un plan en mente: la recepción estaba abierta las 24 horas, así que se escaparía al amanecer. Porque era poco probable que, incluso las personas más enfadadas, siguieran merodeando, encendidas por la furia, a las cinco y media de la mañana. Aunque con Lucie, quién podría saberlo...

—Míralo por el lado positivo. Nada de lo que pueda decirte Lucie puede ser peor que oírla cantar.

Edie rio débilmente. Ese momento, cuando era otra persona el centro de atención también por los peores motivos, parecía haber pasado siglos atrás.

—Creo que ya es seguro que me vaya —dijo Louis.

Ante la perspectiva de estar sola de nuevo, Edie se sintió desolada.

—Louis —murmuró con voz rota—, sé que lo que he hecho ha estado mal, pero nunca quise nada de esto. Me siento fatal. Todo el mundo me odiará.

—No te odiarán —replicó Louis, sin mucha convicción—. Solo se trata de que sepan que fue Jack, y no tú, quien lo empezó todo.

Sin embargo, ambos eran conscientes de que a) era imposible que todo el mundo llegara a saberlo y b) nadie iba a sentirse inclinado a absolver a Edie, pues con ello perderían uno de los personajes clave del chismorreo «Nunca Adivinarás Qué». Y es que al relato le hacía falta una fulana.

—Seguimos siendo amigos, ¿verdad? Siento que no tengo ninguno.

—Encanto —Louis la apretó en un abrazo fuerte y rápido—, pues claro que lo somos.

Tras volver a cerrar la puerta con llave cuando Louis se marchó, Edie se echó en la cama. Cualquier rumor o sonido del hotel la sobresaltaba. Se imaginaba una procesión de gente haciendo cola, con Lucie Maguire al final de la misma, esperando para gritarle y echarle la bronca y hacer cosas horribles con sus tetas.

Cuando se vio capaz de soportarlo, se conectó a Internet. De nuevo, nada salvo una calma aterradora. No pudo encontrar ningún comentario aludiendo a lo que había pasado, ni tampoco había perdido amigos en Facebook (aunque eso pasaría, obviamente).

Y aun así... De pronto, el tiempo pareció detenerse ante una espantosa idea que acababa de asaltarla, presa del pánico. Luchó contra ella: que si estaba paranoica, que si no necesitaba comprobarlo, que si se equivocaba por completo al pensar así...

Muy bien, Edie tenía que verlo. Solo para confirmarse a sí misma que todo eran paranoias. Tocó la pantalla táctil con dedos temblorosos. Oh, Dios. ¡No! Conteniendo las lágrimas, pulsó recargar una y otra vez, con la esperanza de haber cometido algún error. Pero no fue así.

Louis había borrado la foto de los dos.

Capítulo 6

Edie nunca quiso ser esa clase de mujer, «la otra». ¿Y quién lo querría? ¿Quién, en su sano juicio, querría los quebraderos de cabeza y la tristeza —sin comprensión alguna— que implica dicho papel? Nadie se considera el villano de su propia historia. ¿No es esa una ley de los guionistas?

Ya hacía tiempo que Edie tenía la sensación de que su vida había perdido su curso, y ahora tenía que enfrentarse a los hechos: seguramente, nunca iba a recuperarlo.

No siempre había sido así. Tras una juventud bohemia y caótica, deambulando de aquí para allá en la capital durante los años posteriores a la universidad, sentó la cabeza a los veintitantos con un chico que encarnaba la imagen perfecta de su alma gemela: un poeta del norte, difícil, complicado e intenso, que se parecía a Alain Delon, llamado Matt.

Fue la gloriosa culminación de su reinvención, cuando la patosa Edith se convirtió en Edie, la joven escritora, bonita y divertida, que tomaba las riendas de su vida, y se adueñaba de Londres.

Edie intentó hacer que su relación fuera en el ámbito privado tan espectacular como parecía en el público, porque hacían una pareja perfecta. La gente les envidiaba. Edie fantaseaba con el matrimonio, incluso con hijos... Pero cuanto más conocía los cambios de humor de Matt, más se daba cuenta de que aquello era solo un sueño.

Después de tres años de lidiar con lo difícil, lo complicado y lo intenso, Edie estaba agotada por el esfuerzo constante de animarle sexual y emocionalmente. Así que se separaron.

Y aunque se quedó muy triste, tenía veintinueve años, y no le faltaron hombres acechando tras la ruptura, deseosos de ayudarla a recoger los pedazos de su corazón roto. Por ello, asumió que encontraría a don Perfecto tras un par o tres de devaneos, pasado el horizonte de los treinta, esperándola con un ramo de flores.

Pero nunca llegó. Lo de estar soltera pasó de ser un «fallo técnico» temporal a un estado permanente. Hasta Jack. De quien no tendría que haberse enamorado.

¿Podemos elegir de quién nos enamoramos? Edie había tenido muchas noches solitarias, acompañada solo por Netflix, para pensar en ello.

A menudo, rememoraba su primer encuentro con Jack, en la agencia de publicidad donde Edie trabajaba de redactora. Charlotte era uno de los ejecutivos de cuentas más ambiciosos de la empresa y había convencido al jefe, Richard, de que la contratase, a pesar de su estricta política de «nada de parejas».

Edie no le dio mucha importancia a la llegada de Jack Marshall, aparte de dar por sentado que él, como Charlotte, era también un adicto a lograr todos sus objetivos, tanto en el gimnasio como en el trabajo.

—Edie, ¡este es mi novio! —dijo Charlotte desde el otro extremo de la mesa, en la vinoteca a la que iban los viernes—. Te encantará Edie, es el payaso de la empresa.

¿Un cumplido o un insulto? Edie optó por lo primero y sonrió.

A través de la mesa, distribuyendo incómodamente su cuerpo entre el interior y el exterior del restaurante, se puso de pie para estrechar apenas la punta de los dedos de la mano de Jack. Más adelante se maravillaría de la absoluta indiferencia que sintió en aquel momento. A simple vista, era totalmente el tipo de Charlotte, con su traje de última moda, su cabello rubio y su complexión delgada. Edie siguió con su conversación.

Tres semanas después, Edie lo sorprendió echándole unas extrañas miradas de perro perdido, y supuso que se trataba, simplemente, de que estaba intentando acostumbrarse a su nuevo lugar de trabajo. Tengamos en cuenta que Charlotte era una esbelta diosa de los condados del sur de Inglaterra, así que era absurdo pensar que estuviera admirando a una hortera provinciana que escondía sus canas con el tinte casero de L'Oréal y se vestía como la Velma de *Scooby Doo*.

Un mediodía, mientras leía un libro de Jon Ronson y se comía una manzana en su escritorio, le pilló mirándola fijamente. Se habría puesto roja pero...

—¿Sabías que arrugas mucho el ceño cuando lees? —dijo el rápidamente.

—Elvis solía pegar a Priscilla Presley cuando fruncía el ceño —contestó Edie.

—¿Qué? ¿En serio?

—Sí, no quería que le salieran arrugas.

—Vaya, qué capullo. Ahora mismo me deshago de mi copia de *Live in Vegas*. Pero tú no tienes nada de qué preocuparte.

—¿No vas a pegarme? —sonrió Edie.

—Jajaja... No, que no tienes arrugas.

Edie asintió, balbuceó «gracias» y volvió a su libro. ¿Habían estado coqueteando? No lo creía. Sin embargo, poco después, cuando pasó uno de los clientes, Olly, el vendedor de vinos, Edie se fijó en Jack, y, de nuevo, advirtió que la estaba mirando.

—¡Mi pequeña Edie! ¿Cómo estás? —exclamó Olly, claramente achispado tras la comida—. ¡Qué blusa más bonita! Me recuerdas muchísimo a mi hija. ¿Verdad que sí, Richard? Es la viva imagen de Vanessa.

Su jefe, Richard, le dio la razón de esa manera en la que se le da a alguien a quien se está obligado a complacer por dinero.

Edie le dio las gracias y confió en que todo el mundo en la oficina se diera cuenta de que ella no había hecho nada para alentar sus atenciones envueltas en *whisky*.

Mientras Richard acompañaba a Olly hacia la salida, su chat de Gmail se abrió en su pantalla. Jack.

> «Jovencita, ¿puedo decirle de una forma completamente platónica cuánto me gustaría tener sexo con usted?»

Edie se quedó atónita hasta que se dio cuenta de las comillas y casi se echó a reír a carcajada limpia. Así que, divertida, escribió en respuesta:

> *Ejem, Olly es un cliente muy valioso. Es familia...* como Jaime y Cersei Lannister son familia* 😉

Sin saberlo, ya estaba perdida. Acababa de morder el anzuelo de Jack: el viaje hacia la ruina empieza dando un primer paso.

> Jack
> *Lo único peor que su rollo para ligar es su vino ¿Has probado el Pinot Grigio? VOMITIVO.*

> Edie
> *Creo que verás que mi texto lo describe con notas de acidez de ciruela verde y un retrogusto de melón maduro, ideal para largas tardes en jardines que se convierten en noches.*

> Jack
> *Traducción: vino para un pícnic en el parque, con una mezcla de aromas entre el Listerine y el pipí de los espárragos.*

> Edie
> *El buqué puede ser descrito como «persistente».*

> Jack
> *Lo he buscado para echar unas risas «Una afrutada mezcla de sabores maduros y picantes. Le trasportará a los viñedos de Italia». Más bien le trasportará a un hospital.*

Si este tipo de familiaridad instantánea se hubiera establecido con un compañero soltero, Edie lo habría calificado de coqueteo. ¡Evidentemente! Pero Jack era el novio de Charlotte y ella estaba sentada allí mismo, así que no podía ser coquetear. Solo era chatear por Gmail, pero sin intención de ligar.

A partir de entonces, se hicieron coleguillas de mensajes. La mayoría de mañanas, Jack encontraba alguna ocurrencia con la que empezar. Alguien con el veloz ingenio de Edie le estimulaba, y parecía estar extasiado con ella. Jack tenía una agradable autoconfianza y sobrevivía a fuerza de comentarios de un humor seco y gigantescos cafés americanos.

En el aburrimiento de las horas de oficina, el aviso de un nuevo mensaje de Jack en su pantalla llegó a convertirse en algo inextricablemente asociado a un premio, a un placer. Edie era como la rata de laboratorio en un experimento científico, pulsando la palanca para conseguir una nuez. Siguiendo con la analogía, tarde o temprano recibiría una descarga eléctrica, con lo que habría demostrado el mecanismo de la adición al seguir tocando la palanca con la esperanza de recibir otra nuez.

Solo se trataba de divertirse un poco.

Y siguió siendo así incluso cuando las conversaciones derivaron espontáneamente hacia temas más serios y personales. En medio de las anécdotas, la intimidad natural y las bromas, Edie se encontró contándole cosas que no le había dicho nunca a nadie en todo Londres.

Por eso, en un irónico mundo al revés, Edie empezó a deprimirse en casa los viernes por la noche al darse cuenta de que no tendría más charlas con química especial hasta el lunes.

De vez en cuando, recibía mensajes graciosos de Jack el fin de semana —«he visto esto y he pensado en ti»—, y también favoritos suyos en sus tuits, cada vez más a menudo. Incluso esporádicamente le llegaba la notificación de un me gusta de Jack en alguna antigua foto suya perdida en los archivos de Facebook: sin duda, la prueba irrefutable de adulación en las redes sociales.

En una ocasión, Jack dijo delante de Charlotte, durante las copas de los viernes, que había estado distrayendo descaradamente a Edie de su trabajo. Charlotte regañó a su novio y le pidió disculpas; y entonces Edie sintió una punzada de culpabilidad.

Pero ¿por qué? ¿Por unos mensajes que Jack admitía abiertamente, delante de su novia, que él había iniciado? Si hubiera algo inapropiado lo mantendría en secreto, ¿no?

Había suficiente «negación plausible» como para parar un camión.

Capítulo 7

Lo que Charlotte no sabía, y Edie no admitía, es que son los pequeños gestos erróneos los que marcan la diferencia.

Difícilmente, pues, Charlotte se habría quedado tan campante si hubiera oído bromear a Jack (¿o ponerse celoso?) cada vez que Edie tenía una cita. «¡Madre mía, qué estrés solo imaginarme tenerte de novia...!», diría Jack. «¿Cómo conseguir que controlaras tu deslenguada boca cuando conocieras a mis padres? Y ya te veo regalándoles una morcilla.»

Ambos se imaginaron esa escena intangible y se echaron a reír de buena gana. Edie fingía que estaba ofendida porque Jack siempre le tomaba el pelo con su supuesta garrulería del norte, aunque en realidad le encantaba la idea de que él hubiera pensado en ella como su otra mitad. Era algo muy tierno.

Jack ejercía el papel de mejor amigo, confidente y, bueno, también un poco de novio. Y ella quería que siguiera haciéndolo.

Finalmente, Edie se dio cuenta de que había cruzado una línea invisible, sin proponérselo: un error que no vino mediante una gran decisión, sino por una serie de elecciones mucho más nimias e irreflexivas.

En todo caso, ella no iba a ir más allá mientras él estuviera con Charlotte, así que, ¿qué más daba? Estar encaprichada de alguien le daba brillo a su día; era una alegría gratuita y libre de calorías y elementos cancerígenos.

Solo que acabó por descubrir que sí tenía un precio, cuatro meses después de la primera vez que Jack chateó con ella.

Él nunca había querido una hipoteca, sobre todo, no en Villa Cercanías, pero un día, durante la comida, Charlotte abrió una botella de Moët y repartió copas de champán de plástico.

—¡Ya tenemos nuestra casa!

¿Qué? ¿Cómo es que Jack no le había comentado nada? Y eso que él y Edie lo compartían prácticamente todo, se dijo.

Enseguida se sintió traicionada. Como solía decirle su amiga Hannah, la realidad acababa de darle un bofetón a su visión del mundo.

En cuanto Jack regresó a su asiento, le escribió:

No lo viste venir?

Uf, tienes razón! Me agotó y al final se salió con la suya. Abrázame y dime que todo saldrá bien. Edie 😔

¿Eso era todo? ¿Esa era la única explicación que iba a darle?

La intensidad de los sentimientos por lo que acababa de pasar la dejó completamente KO. Es verdad que podía intentar hablar francamente con Jack, presionarle para que le contara por qué no le había dicho nada, pero en el fondo sabía que no era asunto suyo. Significaba entrometerse en su vida personal con Charlotte, dejar implícito que ella creía tener derecho a cierto grado de información íntima por parte de él. Y eso no molaba nada. Luego razonó consigo misma: «Bueno, ¿no tienes tus citas? ¿Por qué él no puede comprarse una casa con su novia?»

Pero el asunto la forzó a mirar de frente a la manera, tranquila y discreta, en que habían ido levantándose sus esperanzas, incluso a su propia espalda.

Ante ello, decidió evitar la cháchara con Jack y, durante un tiempo, él también mantuvo las distancias. Pero, pasadas unas semanas, cuando reapareció en el chat del Gmail tan chispeante como siempre, resultó imposible cambiar de chip sin ponerse en evidencia. No le quedaba otra que actuar igual que siempre, o se acabó lo que se daba.

Algo que había empezado tan a la ligera, era ahora causa de mucho pesar para Edie. Se pasaba las noches releyendo los emails y los mensajes de Jack, en busca de una prueba de sentimientos recíprocos. Más claro, el agua.

Jack también había vuelto a contarle que Charlotte quería cosas que él no quería: bodas, niños, barbacoas de leña y todoterrenos.

Pero ahora Edie evitaba hablar de este tipo de temas, igual que de las cosas que ya le había contado sobre él. Intentaba no mirar a la enorme señal de emergencia sanitaria que advertía: NO SIGAN MÁS ALLÁ DE ESTE PUNTO. SUSTANCIAS PELIGROSAS. LA DIRECCIÓN NO ACEPTA NINGUNA RESPONSABILIDAD.

Fue como una revelación para Edie darse cuenta de que él le había dicho a Charlotte lo de su chateo, no porque pensara que era algo inocente, sino porque era un mentiroso redomado, y esa clase de mentirosos se esconden a plena luz del día.

Había solo una persona a quien contarle todo esto: su mejor amiga, Hannah, que vivía en Edimburgo, la muy desconsiderada. Edie solo pudo desahogarse, al estilo de un viejo borrachín durante la última ronda en la Royal Mile, cuando viajó a Escocia de puente.

—Mira... —murmuró Edie, intentando desesperadamente tomárselo a la ligera—. Quizá llevaría esto mejor si fuera capaz de entender lo suyo con Charlotte. Son tan diferentes...

Hannah sacudió la cabeza con desprecio.

—Los payasos egoístas siempre quieren una mujer que dirija el cotarro. Tienen un respeto instintivo por las finanzas y la eficiencia. Aunque no lo tengan por la fidelidad.

Aquello fue el ¡zas! de la desagradable verdad.

—Tómatelo como una señal de que no le conoces tan bien como crees, no de que ella se equivoque con él —dijo Hannah ajustándose la cola de caballo con la que había recogido su lisa y recta melena marrón.

Este tipo de comentarios sensatos no era lo que Edie quería oír. Quería que le dijeran que Jack estaba irremisiblemente enamorado de ella y que no tenía valor para decírselo.

—Esto no ha sido cosa tuya, ¿sabes? —Hannah hablaba mientras picoteaba de la bolsa de cacahuetes abierta en medio de ambas—. Tú no querías llegar hasta aquí. Ha estado tonteando contigo, sin importarle si te hacía daño, siempre que eso implicase que se lo estaba pasando bien: las mariposas en el estómago y las montañas rusas que no padeces cuando ya estás en una relación estable. Y tú eres abierta y amable, y algunos tipos se aprovechan de tu sinceridad.

Edie sabía cuál era la expresión que Hannah no usaba pero que se le podía aplicar perfectamente: «y estás necesitada». Él había explotado una carencia que ni siquiera se había admitido a sí misma que tenía. Edie, la Necesitada.

Hannah estaba con Pete, el adorable y fiel Pete, desde la universidad —pensó Edie—, así que quizá no entendía la clase de intrincada jungla que había allí fuera.

—Aunque... ¿sabrá él el daño que me hace? Quizá no es consciente de cuánto me importa —comentó Edie.

Hannah sacudió otra vez la cabeza.

—Claro que lo sabe. Si no, ¿por qué te oculta cosas? ¿Por qué no decirte: por cierto, qué opinas de esta casa en Decisión Acertada que vamos a ver el domingo?

Edie asintió, malhumorada.

—No te rías de mí. ¿No podría estar confundido sobre sus sentimientos?

—No está tan confundido como para no firmar los papeles de una hipoteca. En pocas palabras: si quisiera estar contigo, ya lo estaría. Por muy colado que pueda estar por ti, no lo está lo suficiente como para actuar en consecuencia.

Hannah tenía una exención especial para ser despiadada, ya que era cirujana (de riñón). Cuando tenía un mal día, significaba que alguien había muerto. «He perdido a alguien en el quirófano» era la frase que mandaba las quejas de Edie al garete.

Edie no pudo encontrar ningún fallo en la lógica del último razonamiento de su amiga. Su labio inferior empezó a temblar.

—¡Ay, Hannah, me ha destrozado! Siento que no habrá nadie más adecuado para mí en todo el mundo si no puedo tenerle. Y tengo treinta y cinco años. Seguramente sea cierto.

Hannah puso la mano sobre su hombro.

—Edith —los amigos de la infancia no se habían sumado a su actual «Edie»—, él no es el adecuado para ti. Trata a su novia como una mierda haciendo lo que hace; si acabarais juntos, también te trataría como una porquería. Esto es una verdad inmutable, y lo sabes.

Edie no podía permitir que eso fuera así, por mucho que supiera que tenía más razón que Darwin hablando de los simios. Así que, lloriqueando, murmuró que quizá Jack no quería herir a Charlotte.

—Jajaja —se mofó Hannah—. Oh, espera, ¿hablas en serio?

—Además —continuó Edie, consciente de que, con ello, lo que hacía era rebuscar en el fondo de la cesta de dulces navideños, donde se quedaban las nueces de Brasil enteras a falta de un cascanueces adecuado—, una vez me dijo que yo era una persona inaccesible e intimidante; he sido independiente durante tanto tiempo... Quizá cree que sería arriesgado...

—¡Oh, sí, tan inaccesible que estás sentada en otro país llorando por él todo el fin de semana! Exactamente la clase de tonterías que los capullos manipuladores dicen —exclamó Hannah—. ¡Bah!, Lo siento, pero no me gusta para nada ese tipo, Edith.

Edie le dio la razón a medias, pues creía que si Hannah conociera a Jack estaría expuesta a la fuerza devastadora de su encanto y entonces lo entendería. Y tal vez Edie no tendría que haber hablado tanto, porque ahora, si alguna vez Hannah y Jack llegaban a conocerse, tendría que hacer un trabajo muy concienzudo para reparar su imagen. Semejante idea fue un triunfo tan descomunal de la esperanza sobre la racionalidad que Edie se preguntó si Jack no la había vuelto majareta.

Así que, considerándolo todo, Edie tendría que haber previsto que el compromiso de boda se acercaba.

No obstante, aquel viernes en que sorprendió a Charlotte con las mejillas sonrojadas por la emoción y los dedos de la mano izquierda en los de una admirada secretaria, eso fue como si alguien le hubiera puesto un anzuelo en el estómago, hubiera amarrado el extremo del hilo de pescar a un camión de plataforma y hubiera arrancado.

Edie fingió no enterarse nada, y se escabulló a una reunión con un cliente, de la que ya no volvió. De ahí que recibiera un mensaje aquella noche.

Ey Hola ¿Dónde estabas hoy? No te he visto en el Luigi's después del trabajo. Y sí, me voy a casar ¿Qué pasa? Glup ¿Nos hacemos mayores? Dime por favor que no... Todavía no estoy listo para los sillones de masaje reclinables, Edie 🫠

Edie lanzó su teléfono móvil a la otra punta de la habitación, se bebió las tres cuartas partes de la botella de ginebra y estuvo bailando *Caught out there,* de Kelis, con tanto volumen y energía que los vecinos de abajo se quejaron.

De alguna forma, era mucho peor que si Jack y ella hubieran tenido un lío sexual en toda regla. Ese tipo de infidelidad era indiscutible; legitimaban la furia y el dolor. En cambio, una aventura sentimental requería que dos personas acordasen que esta había sucedido, no era suficiente con que una estuviera hecha papilla. Su padre una vez le habló de la «superposición cuántica», que consistía en algo así como reducir a su esencia una cosa al mismo tiempo existente e inexistente. Esto, para Edie, era un resumen de lo suyo con Jack.

No tenía derecho a quejarse. No debería haberse metido en algo con alguien que estaba con otra persona. Era como intentar ir a la policía para denunciar que te habían clavado un cuchillo mientras estabas traficando con drogas.

Capítulo 8

El problema de despertarse tras un día como el de ayer, tal y como descubrió Edie, eran esos pocos segundos de libertad antes de acordarse de lo que había pasado. Como una fuga psicológica de una cárcel en la que uno no consigue ni llegar al vallado perimetral.

Finalmente, se había quedado traspuesta de puro agotamiento nervioso sobre las cuatro de la mañana, para ser despertada bruscamente por la alarma de su móvil a las cinco. Por un instante, no pudo recordar dónde estaba, por qué estaba mirando el floreado toldo de una cama con dosel o cuál era el motivo de que se sintiera tan cansada y hecha polvo. Cuando todo volvió a su mente de golpe, fue casi tan malo como cuando se dio cuenta, por primera vez, de cuál sería su destino tras lo que había pasado.

Edie saltó de la cama y corrió hasta el lavabo, donde se pasó una toallita desmaquilladora por los ojos, hinchados, y por el resto de la cara. Luego metió todas sus pertenencias en la maleta, tragó saliva e irguió la espalda. Nada de esto tendría que haber sucedido. Debería estar durmiendo la mona de todo lo bebido la noche anterior y más tarde compartir un desayuno inglés completo con otros supervivientes resacosos de la barra libre del bar del hotel. En vez de eso, ahí estaba.

En el apacible y silencioso amanecer del domingo, su corazón latía ¡bum-bum, bum-bum...!

Cualquier rastro de somnolencia que le quedara de su hora de descanso cutre se evaporó con la masiva inyección de adrenalina que le provocó girar la llave de la puerta para abrirla. Casi esperaba encontrar una multitud de personas roncando en la entrada, dormidas con armas como planchas o cualquier otro objeto contundente en la mano, esperando a su salida como si aquello fuera una trampa mortal.

El hotel estaba en silencio y Edie dio un salto ante el chirrido de su maleta, igual que si estuviera haciendo el mismo ruido que el despegue de un avión jumbo. Bajó el mango y la tomó en brazos, tranquilizándose a sí misma al razonar: ¿Qué porcentaje de gente habría permanecido despierta, patrullando el edificio? Y, en cualquier caso, ¿qué porcentaje de personas —Louis aparte— sería capaz de identificarla como la mujer caída?

Respiró hondo y apretó el botón de llamada del ascensor, mientras la piel le brillaba y se le erizaba con el calor combinado de una brillante mañana de verano y la huella de un sudor temeroso y culpable. Como le había probado el episodio del vómito de la noche anterior, sabía que una vez hubiera solucionado el problema práctico de salir de allí, la insidiosa tortura física que le sobrevendría después sería muchísimo peor.

El hombre de mediana edad que atendía la recepción se sorprendió cuando Edie salió del ascensor con su maleta y le dijo con voz ronca:

—Querría dejar mi habitación, por favor.

Durante un momento la miró fijamente, sumando dos más dos, lo que hizo que se sintiera como una celebridad de infame renombre. Aunque tenía unas gafas oscuras en el bolso, no pensaba ponérselas hasta que estuviera fuera, a la luz del sol. Solo a Stevie Wonder se le permitía llevar gafas de sol dentro de un sitio cerrado sin parecer un alelado, y ni siquiera el aprieto en el que se encontraba modificaría tal principio. Deseó que Hannah estuviera allí, que al menos hubiera alguien que estuviera de su lado para responder por ella, por mucho que Hannah también tuviera tres o cuatro cosas que decirle.

—¿Puede pedirme un taxi para la estación? —preguntó—. Esperaré fuera.

El hombre asintió con pudorosa comprensión. En su estado mental, Edie no pudo evitar imaginarse que el recepcionista estaría pensando si valía la pena todo «ese lío» por esta mujer.

Cruzó la puerta giratoria en dirección al aparcamiento y se encontró cara a cara con otro ser humano. Intentó no sobresaltarse ante esa madre de cuarenta y tantos y pelo rizado, que llevaba un recién nacido en los brazos mientras otro niño se movía patosamente a sus pies. Por fortuna, Edie no sabía quién era, y la mujer le sonrió de manera refleja, lo que indicaba que, definitivamente, ella tampoco sabía quién era Edie.

—¡Buenas! —exclamó Edie en el tono vigoroso de un sargento mayor.

—¡Buenas! Bonita mañana, ¿verdad?

—Preciosa.

«Desastrosa.»

—¡Te has levantado pronto! —Sus ojos fueron de Edie a su maleta, para volver a su interlocutora de nuevo—. Y eso que no tienes a este regalito con el que bregar —añadió moviendo al bebé, que la miró al tiempo que fruncía el ceño con una expresión suspicaz.

—Jajaja... No, es que tengo un montón de trabajo. Un gran proyecto en marcha. Así que he pensado que era mejor volver a casa.

«Oh, por favor, Dios Bendito, taxi, ven ya.»

—¿Vas muy lejos?

—A Londres. —Edie tragó saliva, tenía la boca seca—. ¿Y tú?

—Cheltenham. Pero no nos iremos hasta que Su Señoría se levante. Demasiado vino tinto. ¿Viniste también por la boda?

Oh, no.

—Eh..., sí. —Edie agarró con más fuerza el mango de su maleta.

—Qué asunto más desagradable, ¿eh? ¡Stanley! Nada de escarbar en la tierra, gracias. O juegas con cosas limpias o volvemos adentro.

Edie no pudo sentir mayor gratitud hacia los montones de barro de Stanley.

—Parece que Charlotte encontró a Jack haciendo ya sabes qué, o besuqueándose, o algo así, con una de las invitadas. Increíble —dijo la mujer—. ¿Puedes imaginártelo? ¿En el día de tu boda? ¿Hacer eso con otra mujer?

—Ya... —murmuró, intentado poner cara de que aquello no iba con ella—. Guau.

Sacudió la cabeza.

La mujer movió al bebé de una de las caderas de sus pantalones Boden a la otra.

—¿Es que no te has enterado?

Ay, Dios.

—¡Ah, sí...! Oí que algo había pasado. Pero no sabía exactamente qué... —respondió Edie con rapidez. «Piensa. Piensa en algo que decir para mantener su mente ocupada», se dijo—. ¿Dónde están ahora? —soltó estúpidamente.

—Charlotte se ha ido con sus padres. ¿Conoces a sus padres? Tienen esa gran casa blanca al otro lado de la plaza.

—Oh, claro, sí.

—Pobrecilla. No puedo ni imaginarme por lo que estará pasando.

—No, es horroroso.

La mujer la miraba ahora más detenidamente. Se estaría preguntando el verdadero motivo por el que estaba fuera del hotel antes de las seis de la mañana, con el aspecto desaliñado de haber pasado una noche loca y fingiendo no haberse enterado de nada o casi —algo muy improbable— acerca del terremoto que se había producido durante la boda.

—¿De qué conoces a Jack y Charlotte? —preguntó con vacilación, como si le pidiera la confirmación de una corazonada.

—Trabajo con ellos.

Tras aquellas palabras, siguieron unos segundos sumamente incómodos, durante los que la cara de la mujer se convirtió en una tensa máscara de revelación, como si acabara de ver el cartel de SE BUSCA sobre los hombros de Edie.

En aquel momento, un taxi entró rápidamente, lo que hizo que casi se lanzara sobre el parabrisas, con los brazos extendidos, exultante de alivio.

—¡Adiós! —dijo a la mujer, que la miraba con rostro inexpresivo, sin advertir que ahora Stanley estaba engullendo trozos enteros de barro.

El taxista la ayudó a colocar su equipaje en el maletero y ella saltó al asiento de atrás como si fuera un gato escaldado huyendo del agua. No fuera que la mujer empezara a gritarle al conductor del taxi Blueline que estaba ayudando y alentando, sin saberlo, a una delincuente peligrosa.

Capítulo 9

Mientras el taxi avanzaba por carreteras casi vacías, Edie no pudo resistirse a mirar el teléfono móvil. Si ya le había resultado difícil de entender a su padre por qué se hacían selfis con cara de pato, se imaginaba tratando de explicarle por qué, en un momento como aquel, tenía que investigar una serie de cosas que, garantizado por completo, le iban a disgustar violentamente. Y es que, ahora, el gran palacio de cristal *online*, lleno de espejos distorsionadores, era el lugar donde yacía la mitad de su reputación. Tenía una ristra de privados en Facebook, unos doce o así. Los abrió con náuseas por la ansiedad. Eran sobre todo de conocidos lejanos, la versión red social del *phishing* y el *spam*: fingían preocupación y proximidad, solo para obtener información. Joder, qué poca vergüenza.

> *Hacía tiempo que no hablábamos! Oí que algo pasó en la boda ayer ¿Estás bien? Laura.* 🙂

> *Hacía tiempo, espero que todo bien! Oye, guau, es cierto lo que dice la gente? ¿Qué pasó, Edie? Espero que todo vaya bien en la empresa ¡He tenido otro hijo desde la última vez que hablamos! Muchos besos. Kate.*

> *¡Hola! ¿Sabes lo que está diciendo la gente de Ad Hoc? He pensado que tenía que decírtelo… No sé si es cierto. Terry.*
> *PD: Trabajamos juntas durante 2008-9.*

Edie tomó una bocanada de aire y apretó eliminar, eliminar, eliminar..., solo echando un vistazo a las primeras líneas de cada «hacía tiempo que...»: ELIMINAR.

También tenía mensajes (3) en «Otros», es decir, de gente que no estaba en su lista de amigos. Adivinó que serían mucho más salvajes. *ERES UNA ZORRA DE*

PELO RANCIO fue todo lo que un tal Spencer tenía que decir. Borró el mensaje y lo bloqueó.

También borró el mensaje y bloqueó a una absoluta desconocida llamada Rebecca que usó un montón de palabras que no deberían publicarse en un periódico familiar. A Edie, de hecho, no le preocupaba ese tipo de lenguaje: lo que la asustaba era la agresividad que se escondía tras él. Como si realmente esa tipa fuera capaz de darle una paliza de muerte si llegara a ponerle las manos encima...

Y hablando del rey de Roma...

> *Edie. Soy Lucie, la madrina de Charlotte y su mejor amiga desde la universidad. Como no has tenido agallas para enfrentarte a mí y has usado a tu amigo Lewis en tus retorcidos jueguecitos —así es, me he dado cuenta de que habías cambiado la habitación con él; espero que te guste el letrero que he puesto en tu puerta («Por favor, no molestar. Me estoy tirando al marido de otra.»)—, me veo forzada a decirte el tipo de persona que eres. No exagero si te califico como la peor persona que he conocido, o de la que me han hablado en la vida. Una cosa es intentar robarle a alguien el marido, pero HACERLO EN EL DÍA DE SU BODA, LITERALMENTE, es alucinante. Espero que te des cuenta de que has destrozado la vida de una mujer y has hecho malgastar miles de libras en el hotel, el banquete y el transporte. Dudo que Charlotte quiera conservar las fotos. ¿Se lo vas a pagar todo? Diría que no.*
>
> *Sé que Jack es un buen tipo a pesar de su error y no dudo que te le habrás ofrecido en bandeja, intentando que rompieran.*
>
> *Pues espero que te sientas feliz ahora que te has salido con la tuya, aunque estoy segura de que no lo eres porque la gente malvada nunca lo es.*
> *Lucie Maguire.*

Al menos, ya se había aprendido el nombre de Edie y parecía que Louis iba a tener un bonito *souvenir*.

La actividad general de sus redes era una extraña y frenética mezcla de atención y rechazo. Edie podía ver que su número de amigos había descendido, pero al mismo tiempo mucha gente quería hablar con ella (un par de notificaciones más entraron mientras navegaba). Buscó, con el estómago en un puño, el perfil de Facebook de Charlotte y leyó: «Es posible que el enlace que has seguido esté roto». Ese enlace estaba muy roto. No podía culpar a Charlotte por salirse del todo. De hecho, la única pequeña muestra de respeto que podía ofrecerle era hacer lo mismo. Así que desactivó su página. Para qué mantener un perfil que era un vertedero de residuos tóxicos.

—Se ha marchado pronto —dijo el taxista.

—Sí —respondió Edie mecánicamente—. Mucho trabajo.

—Los trenes no funcionarán todavía.

—Oh, entonces mejor me tomaré un café.

—Creo que las cafeterías tampoco estarán abiertas aún.

—¡Ah! no, claro.

Edie se pasó un par de horas esperando una conexión hacia Leeds, escondida primero en los lavabos públicos ante el temor de encontrarse con cualquier otro de los invitados, para luego mirar, sin ser vista, a través de las mugrientas ventanas, presa de un mareo que mezclaba la apatía y el terror. Esto no era uno de los giros inesperados de la vida que ella podía aceptar; esto era una de esas sacudidas violentas que casi le tiran a uno del auto de choque. Se sentía tan sucia, moralmente hablando, que era como si necesitara una transfusión completa de sangre.

Pensó en llamar a Hannah, pero todavía no tenía valor para hacerlo. Seguro que Hannah despotricaría de Jack, pero es posible que no viera la participación de Edie en el asunto con mejores ojos. Como los acontecimientos eran aún muy recientes, Edie no era capaz de calcular cómo los iban a ver sus personas más cercanas. Y si su mejor amiga le retiraba su apoyo, se derrumbaría completamente.

Después de reescribirlo tres o cuatro veces, se arriesgó a mandarle un mensaje a Jack.

Es muy difícil saber qué decir pero ¿qué ha pasado? ¿Y por qué? Llámame si puedes. E.

No hubo respuesta; tampoco la esperaba. Quizá nunca la tendría. Aunque también necesitaba escribir a Charlotte, tenía que pasar más tiempo y pensárselo mejor.

En cuanto atravesó la puerta de su pequeño apartamento, se dejó caer en el sofá y estalló en un amargo llanto. Quería gritar esas típicas quejas infantiles, lo de que «no era justo» y «no era culpa suya.»

Era culpa de Jack. Había elegido casarse con una mujer y besar a otra, y ambas estaban pagando un precio horrendo. Edie estaba furiosa con Jack, pero, sobre todo, se sentía perpleja. Si la deseaba, aunque solamente fuera para un lío, ¿por qué elegir las primeras horas después de haber hecho de Charlotte una mujer honesta para este desmedido acto de deshonestidad?

Al mediodía, se armó de valor para llamar a su jefe, Richard. Abandonar el trabajo, sin tener otro al que ir, no solo era un desastre profesional, sino también personal. Además, odiaba dejar a Richard tirado, y se estremeció ante la idea de que él se sintiera repugnado por su comportamiento; porque una cosa es ser despreciado por todas las Lucies Maguires del mundo, y otra muy diferente dar asco a gente cuya buena opinión realmente uno valora.

Richard era un hombre de raza negra increíblemente guapo que siempre vestía de manera impecable. Edie solía imaginárselo saliendo de un avión estrellado con el botón de adorno de su chaleco abierto, mientras se ajustaba los gemelos de la camisa. («No suda», había dicho Jack. «Ni literal, ni metafóricamente. Nunca.») Su mujer era una fiscal prometedora y tenían dos hijos de modales espeluznantemente correctos. El apodo que sus colegas les daban a sus espaldas era «los Obama».

Todo el mundo decía que Richard sentía debilidad por Edie, que era su favorita. Ella ignoraba si eso era verdad, pero, de serlo, solo podía deberse al hecho de que siempre había tratado a alguien tan inteligente como Richard con absoluta honestidad. Por el contrario, muchos otros respondían a su tremendo y frío intelecto mintiéndole, lo que era, usando la expresión del propio Richard, una mala jugada.

Richard contestó al móvil inmediatamente.

—Edie.

—Richard, siento molestarte un domingo.

—Vale, puedes saltarte la explicación de por qué.

—¿P-puedo?

—Louis ya ha sido tan amable de ponerme en antecedentes.

Dejando aparte lo que esto indicaba acerca de la lealtad de Louis, Edie añadió:

—Lo siento mucho, Richard. Dimito. No iré mañana a trabajar, así que no tienes que preocuparte por el mal ambiente ni nada.

—Por contrato estás obligada a avisar con cuatro semanas de antelación.

—Lo sé —admitió—, pero, teniendo en cuenta las circunstancias, pensaba que me dejarías marchar sin más. ¿No podríamos considerarlo como parte de las vacaciones pendientes?

—No tengo claro todavía si alguna mitad de la «pareja imperfecta» se pondrá en contacto conmigo. ¿Se supone que tengo dos trabajadores prejubilados y un tercero desempeñando sus funciones desde un valle de lágrimas?

—Lo siento —dijo Edie con un hilo de voz.

Richard suspiró.

—¿Por qué rompí la norma de contratar a parejas? Eso sí, incluso cuando tus empleados no son pareja, tampoco hay garantía alguna, ¿eh?

Edie no contestó.

—Mira, tus actividades extracurriculares no son asunto mío, salvo cuando afectan a mi negocio.

—Richard, lo siento. Si hubiera alguna manera de que pudiera volver, lo haría, pero no puedo —murmuró intentando no sollozar.

—No tomemos ninguna decisión aún. Quizá disponga de una solución adecuada para ambos. Me han avisado de un trabajo urgente, iba a hablarte de él mañana. ¿Has oído hablar de Elliot Owen, el actor?

—Eh, sí, claro... ¿De esa serie de capa y espada?

La conversación estaba tomando un giro surrealista.

—El mismo. Un amigo editor me ha suplicado que le preste a uno de mis creativos para que le escriba, como «negro», su autobiografía, después de que el tipo que había escogido para el trabajo lo dejara en el último minuto. O en el primero, porque fue en cuanto conoció a Owen.

—Vale... —murmuró Edie haciendo una mueca de recelo.

¡Uf!

—Owen ha regresado a Nottingham, su ciudad natal, para hacer algo de TV: «Por el *glam*, no por el pan», me han dicho que se llama. Tienes un paréntesis de tres meses, contando a partir de ya mismo, para recabar todas las historias hilarantes que puedas sobre él, antes de que regrese a América. Más entre unas cuatro o seis semanas de ordenarlo y escribirlo todo. Tú también eres de Nottingham, ¿no es cierto? Pues vete para allá, visita a tus padres. Está bien pagado. Y luego ya veremos en qué terreno nos movemos en la oficina.

—Nunca he hecho de «negro» para nadie —dijo Edie—. No sé cómo se hace.

—No, pero no puede ser muy difícil, ¿verdad? Será uno de esos trabajos en plan «dejad de acostumbrar a los jóvenes a su paga semanal», con el que harás ver que este vacuo chico mono ha acumulado la sabiduría de una vida de experiencia a los veinticinco años, mientras que la gente solo se limitará a mirar sus fotos. Estás capacitada de sobra para hacerle sonar medio elocuente.

Edie permaneció en silencio.

—En serio, solo es taquigrafía. Él habla y tú organizas sus sandeces de autobombo en algo vagamente coherente.

Menudo dilema: por un lado, parecía una verdadera locura, pero por otro, su jefe le estaba ofreciendo una oportunidad de pagar el alquiler en un futuro inmediato. Y Richard estaba en lo cierto: la alternativa bien podía ser que él insistiera en que, por contrato, tenía que trabajar el tiempo que le quedaba en la oficina. Cualquier cosa sería mejor que eso.

—OK —aceptó Edie—. Gracias por la oportunidad.

—Muy bien. He fijado el martes como fecha de inicio, su gente se pondrá en contacto contigo. Te harán llegar los recortes de prensa, así que envíame un mensaje con la dirección de tus padres. Por cierto (te transmito esto arqueando las cejas irónicamente), me han dicho que quieren que tú (y les cito) «te metas realmente en su mente y que le pongas chicha a su historia». O sea, que intentes evitar aquellos temas de su pasado que ya hayan sido cubiertos por la prensa.

—Mmm —dijo Edie, con la firme convicción de alguien que accede a hacer una cosa de la que no tiene ni idea.

—Coméntame cómo va de vez en cuando.

—Lo haré.

Entonces hubo una pausa, durante la que Richard volvió a suspirar con fuerza.

—Y la parte que viene ahora de la conversación, que quede estrictamente al margen. Me importa un pito quién hizo qué y quién no, y qué estuvo bien o mal en ese juego infantil de robar besos en el que habéis participado tú y Jack Marshall. Pero me ha decepcionado tu gusto.

Edie se quedó tan asombrada ante esta declaración que solo pudo decir:

—¿Ah, sí?

—Siempre te he considerado una mujer brillante, con mucho que ofrecer. Él es alguien irrelevante; aprende a reconocer a esa clase de gente. No esperes que, a alguien que no sabe quién es, le importe quién eres tú.

Edie, sorprendida, asintió dócilmente hasta recordar que él no podía verla.

—OK. Gracias.

—Oh, y Edie... Estoy seguro de que no hace falta que te diga esto, pero, dadas las circunstancias, voy a tomar todas las precauciones.

—¿Sí?

—La petición es que te metas en su mente, no que él te meta nada a ti, así que dejemos de lado ese asunto de «ponerle chicha a su historia». ¡Que ni se te ocurra enrollarte con Elliot Owen!

Capítulo 10

Edie se sacó un billete de primera clase a Nottingham, a pesar de que resultaba un derroche innecesario viajando en lunes. Pero se trataba del último lujo de una mujer condenada, un Big Mac y unas patatas fritas grandes en el corredor de la muerte. Sabía que era muy fuerte comparar su ciudad natal con la silla eléctrica, pero, aun así...

A los veinte años, cualquiera que hubiera logrado escapar a la capital, habría temblado ante la idea de tener que volver a su lugar de origen. Edie había encajado plenamente en Londres. Formaba parte de los que habían huido, y disfrutaba de su éxito cada fin de semana. Los viernes, cuando Edie salía de copas por los bares del Soho y veía a todo el mundo por las entradas de los bares, se sentía como si estuviera en el centro del universo.

Luego, de forma lenta pero segura, la tendencia cambió. La gente se casaba y planeaba tener hijos, y deseaban buenas escuelas y jardines; o al menos, ya no salían los fines de semana para explorar la riqueza cultural de la capital ni su excelente oferta comercial. Incluso aquellos que no tenían familia estaban hartos de los incómodos desplazamientos diarios para ir a trabajar, de la despiadada competitividad, de los astronómicos precios de los inmuebles, de la forma en cómo la geografía de Londres hacía imposible la espontaneidad social.

Progresivamente, las mismas personas que habían proclamado a los cuatro vientos, tras un par de pintas, que el resto del país era un retrógrado vertedero lleno de votantes de extrema derecha, empezaron a idealizar su hogar: estar cerca de los abuelos, poder tener un perro, ser parroquiano de un agradable local donde todo el mundo conociera su nombre. Y que ello supusiera tardar diez minutos en llegar al centro se había convertido en una atractiva ventaja, no en un signo de que uno vivía en Villasaco, en el Condado de Atomarpor...

Como decía Charlotte, cuando explicaba lo de la casa en St Albans, «ahora puedes tomarte un café decente y un cóctel en la mayoría de lugares, no te hace falta vivir en Londres».

Y entonces Edie, una vez más, volvió a ser la rara porque no se sentía así. Ir a Londres no se trataba de ir de copas. Siempre le había parecido un inmenso logro llegar hasta allí, y seguía creyéndolo, sintiéndolo. Londres era el anonimato, Londres era la libertad. Londres era donde Edie se había reinventado. Una dirección en Londres, aunque fuera en un estrecho apartamento de alquiler de una sola habitación, era casi lo único que tenía para enseñar en la vida a los treinta y cinco años. Y, sí, todos los amigos que había hecho en la agencia anterior a Ad Hoc se habían mudado. Tras la treintena, se volvió un éxodo social; pero Edie se mantuvo firme.

Mientras el paisaje del campo pasaba a toda velocidad desde las ventanas del tren, no paraba de pensar: «Stop. Vas en la dirección incorrecta».

Si se salía con la suya, solo iba a casa para Navidad. Y eso ya le resultaba muy deprimente... Especialmente dura era la sensación de que toda la gente que conocía, por esas fechas, regresaban a una especie de publicidad para supermercados; una visión estilo The North Face donde todo eran casas de campo de madera decoradas con coronas navideñas y cuyas ventanas quedaban enmarcadas por la nieve en aerosol. Sin contar los debates apasionados sobre las tradiciones: salmón ahumado y pijamas limpios para Nochebuena, y Frank Sinatra sonando en el momento de abrir los regalos, además del champán y las crepes saladas y el Monopoly y los copos de nieve sobre ufanos gatitos.

El procedimiento estándar de Edie era el siguiente: inventar alguna excusa por la cual se veía obligada a trabajar hasta la mañana de Nochebuena (maldiciendo los años en que caía en fin de semana, lo que solo prolongaba su agonía).

Se sentía culpable al oír la voz de decepción de su padre al decirle:

—Oh, ¿así que no puedes escaparte antes? Bueno, vale.

Por eso Richard había tenido que echarla cuando se la encontró en la oficina.

—No quiero ir —se lamentó ella.

—Has sido condenada a una ciudad bonita y verde cuya universidad tiene un lago navegable, no al puñetero Mordor. Ahora, ¡lárgate! Solo estás leyendo la página de noticias de la BBC, y los de la limpieza quieren entrar.

Finalmente, Edie tomaría el tren en la estación de St Pancras y acabaría apiñada en un vagón repleto de borrachos de locales *after*. Nada más llegar a Nottingham, iría directamente al Marks&Spencer y compraría tanta comida como pudiera, además de un inmenso ramo de flores. Luego tomaría un taxi hasta Forest Fields, situado a unos diez minutos en taxi al norte desde el centro.

Edie pediría al taxista que la dejara al final de la calle, para evitar que su hermana Meg oyera el ruido del motor y le diera un sermón sobre lo «mucho más ecológico que era tomar el autobús, aquí, ¡mira!». Encontrarse con los horarios del bus en cuanto cruzaba la puerta le hacía desear ir a cualquier lado en un trono de oro motorizado que funcionara con lágrimas de unicornio.

Intentando que su ánimo no decayera, entraría en aquel semirruinoso cuchitril, envuelto en humo de cigarrillos, donde los libros se amontaban hasta en las escaleras y donde el papel de las paredes empezaba a despegarse. Edie saludaría y abrazaría a su padre, Jerry, siempre con su apolillado jersey y su cara ruda y angulosa, como si fuera una estatua de la isla de Pascua.

Uno nunca habría adivinado que Edie, Meg y su padre eran parientes, pues no se parecían en nada (no podía evitar pensar que se lo contaba a alguien). Meg tenía una cara muy redonda, al revés que la puntiaguda barbilla de Edie; unos ojos pequeños y de color turquesa, frente a los grandes y oscuros, como los de una muñeca, de Edie, y llevaba el pelo castaño claro, decolorado a capas, en enmarañadas rastas que recogía en una coleta cuyo aspecto recordaba al de una piña.

Edie guardaría la comida en el frigorífico mientras Meg merodeaba por allí, lo que propiciaría que se quejara de que el pollo de Oakham tocase sus salchichas de tofu, comportándose, según su costumbre, como si la familia real saudita viniera de visita.

Meg era una vegana militante y si ella deseaba comer algo remotamente parecido al asado navideño, tenía que traérselo de casa y luchar por su derecho a celebrar las fiestas como quisiera (en el pasado, se había ofrecido a invitarles a ambos a comer a algún bar, pero Meg se opuso por la indignante explotación del proletariado, obligado a trabajar en festivo).

Con alivio, Edie metería las flores en un jarrón, lo que, en medio del caos generalizado de la cocina, sería parecido a pintarle un lunar a un cadáver. Luego abriría, con falsa alegría, una botella de vino tinto para los tres. Gracias a ello, todo resultaría más distendido; incluso ayudaría a evitar la pelea anual de si, en verdad, que su padre y hermana fumaran junto a la puerta trasera, dejando entrar el humo y el aire helado desde la cocina, constituía una política seria de «no fumar en casa».

Ya hacía años que habían decidido dejar de hacerse regalos en Navidad. El padre de Edie tenía una pensión de académico y Meg solía estar en el paro. Por otro lado, tampoco tenían ni idea de qué regalarse los unos a los otros. Así que se emborracharían un poco mientras ella intentaba preparar siete platos en una cocina diminuta evitando la carne y los lácteos, e incluso mirar de reojo con desagrado a los espartanos ingredientes de Meg.

Y a pesar de eso, Meg empezaría a presionar lentamente sobre el hecho de que Edie se hubiera atrevido a pisotear, con su insensibilidad habitual, su estilo de vida libre de crueldad; y ella, enfadada y llena de champán, aún sería capaz de controlarse y no decirle que su estilo de vida le parecía muy cruel con el apetito.

Con su hermana y su padre apoltronados ante la reposición de la enésima versión de *Cuento de Navidad*, Edie sería quien tendría que apartar las sucias pilas de la revista *New Scientist* de la mesa del comedor, que solo se usaba una vez al año, y juntar apresuradamente la vajilla que más o menos coincidiese.

Entonces comerían aquel chapucero banquete con una Franja de Gaza hecha de velas en medio, que separaría los platos estilo Enrique VIII de Edie del lúgubre festín de judías de Meg. Si su padre, descuidadamente, alabara cualquier cosa en el lado de la mesa de Edie, Meg diría: «El suculento gusto del asesinato, el adorable sabor de la matanza inhumana. Tengo que comer con el olor de la muerte llenándome la nariz». Y Edie, probablemente, estallaría: «Bueno, nosotros tenemos que comer con quejas jipis llenándonos los oídos». A lo que Meg replicaría: «Sí, desde luego tus gustos son cualquier cosa menos jipis. ¿Por qué no te unes al Club Gastronómico con estrellas Michelín, Bernard Matthews?» Y así sucesivamente, una y otra vez.

Y eso era todo: en eso consistía el mágico día de Navidad. Si encontraban algo en la tele en lo que coincidiesen, podían tener unas pocas horas de respiro. Pero si el humor se crispaba o Meg se metía en política, la (mala) suerte estaba echada.

Habían tenido una bronca especialmente dura dos años atrás, cuando Megan dio un largo soliloquio acerca del escándalo de la infradotación de la Seguridad Social. Harta, Edie prorrumpió: «¿Sabes cómo se financia la Seguridad Social? Con los impuestos, de la gente que trabaja y PAGA SUS IMPUESTOS».

En la pelea resultante, Meg la llamó «chimpancé consumista» y «nazi vestida con traje» y Edie dijo que algunos nazis, en cambio, se disfrazaban para no tener, siquiera, que trabajar; «algo que habrías sabido si no hubieras hecho seis meses de novillos en el instituto para fumar porros y llamar a los tutores fascistas descerebrados». Una observación que realmente calmó los ánimos.

Mientras tanto, su padre se fue al comedor a tocar su viejo piano. Ante las discusiones de sus hijas, se comportaba como si tuviera que desactivar una bomba: tal vez cortase el cable incorrecto... Mejor quedarse completamente al margen.

El año pasado, a media tarde, Edie había recibido un mensaje de Jack diciendo: «Tenemos que hablar de que este es, de hecho, el peor día que se ha inventado», con lo que Edie podría haberle dado un beso al teléfono, abrazándolo mientras daba vueltas alrededor de la habitación y canturreaba. Las pocas horas de felicidad que siguieron, jugando a mensaje va mensaje viene con Jack, fue el único placer que tuvo en todo el día. ¡Ahí estaba, él también odiaba la Navidad! ¡Almas gemelas! Y sus bromas acerca de su familia política —«los no electos», como les llamaba— fueron muy graciosas.

El único otro respiro de toda la experiencia hubiera llegado si Edie hubiera podido salir a tomar unas pintas al día siguiente con sus amigos del colegio, Hannah y Nick. Pero eso era cada vez más difícil. Hannah tenía una preciosa casa en Edimburgo y solía invitar a sus padres a pasar las fiestas, mientras que Nick tenía una mujer —una verdadera nazi vestida de traje, según había comprobado Edie— y un niño pequeño, y ya le había dicho que no iba a conseguir un permiso.

El día 27, cuando regresó a Londres, Edie se sentía casi eufórica. Aunque intentó ocultárselo a su padre, la precipitación con la que hizo las maletas y lo animada que estaba hicieron muy difícil disimularlo por completo.

Por tanto, las dos palabras clave de las visitas de Edie a casa eran «culpabilidad» y «decepción», retroalimentándose. Cuanto más decepcionada se sentía, mayor era su culpabilidad. A pesar de sus esfuerzos, nunca logró ocultar de una manera efectiva cómo odiaba estar allí, siempre interpretando su papel en la película de Mike Leigh con tres únicos protagonistas en la que parecían estar atrapados cada vez que se reunían.

Si podía soportar esa pesadilla era recordando que le esperaba su vida en Londres. Cuando estaba allí, la animaba saber que contaba con gente en el sur que pensaba en ella como la divertida y vivaracha Edie, la que salía adelante, la que disfrutaba de la vida. La que no era una fracasada ni una hija ausente. La que no era una hermana de la que se echaban pestes.

Y ahora se había reinventado otra vez, pero no por voluntad propia. Era la denigrada Edie, la fulana destroza-hogares. Londres la odiaba. Y Nottingham tampoco quería entenderla.

Cuando el tren llegó a la estación, se le inundaron los ojos de lágrimas. Tres meses allí. ¿Cómo era el chiste? ¿«Las solteras pasan muchas Navidades, pero ninguna Nochebuena?»

Capítulo 11

El padre de Edie se mostró encantado de verla, lo que despertó su habitual sentimiento de culpabilidad por no alegrarse al estar en casa. Echó un pulso consigo misma sobre si podía salirse con la suya y alojarse en un hotel, pero perdió: no, solamente podría hacerlo hiriendo mucho los sentimientos de su padre. Además, pagar un hotel más su alquiler de Londres era igual a una suma exorbitante. A casa, pues. Lo siento, Meg.

—¿Tres meses? —exclamó su padre—. Creo que no has estado tanto tiempo aquí desde antes de la universidad.

Edie sonrió con los dientes apretados y le dijo que seguramente estaba en lo cierto. Se abrazaron en el estrecho recibidor, ante el estucado a topos de las paredes, que a una versión más joven de Edie solía recordarle al arroz con leche. Subió la maleta hasta el primer escalón de las escaleras y colgó su gabardina en la barandilla. Vivían en esa casa, destartalada pero acogedora, desde que su padre se tuvo que jubilar antes de tiempo, por motivos de salud, cuando ellas eran aún pequeñas. Jerry había sufrido un colapso nervioso, aunque nunca se referían al asunto de esa forma.

—Nos hemos convertido en un hogar totalmente vegano —dijo Meg, a modo de saludo, apareciendo desde la cocina con una camiseta en la que ponía ¡NO ME FASTIDIES! sobre la famosa foto de Jane Fonda puño en alto, y con unas mallas de dibujos geométricos que parecían abultar su entrepierna—. Así que no traigas nada de carne o de naturaleza láctea a este lugar o irá directo al cubo de basura.

—No seas boba, Meg —repuso su padre, muy jocoso—. Puede tomarse alguna loncha de beicon si quiere.

—¿Loncha de beicon? —rugió Meg—. ¡No, no puede! ¿Habéis oído alguna vez el estertor de muerte de un cerdo?

—Pues, no, pero como lo imitas tan bien, ya nos hemos hecho una idea...

Una vez más, Meg y ella no estaban hablando, en realidad, de lo que estaban hablando. Las lonchas de beicon no tenían nada que ver. Era Meg ahuyentado a Edie de su territorio como si ella fuera una fuerza rebelde invasora.

No siempre había sido así. Cuando eran pequeñas, Edie era la heroína de Meg, que correteaba detrás de ella como un patito. Edie fue excesivamente protectora con Meg, comportándose más como una pseudo-madre que como una hermana mayor. Las cosas empezaron a cambiar cuando Edie se fue a la universidad. Tras mudarse a Londres, descubrió que su hermana se había convertido en una adulta y en una villana. Su popularidad, antes tan sencilla, tan poderosa, se había hundido. Y, una vez perdida, resultó imposible recuperarla. Meg estaba siempre resentida, como si ella fuera una gigantesca farsante, y cada palabra que salía de su boca solo servía para confirmárselo. Es muy posible que le hubiera gritado mil veces a su hermana «¿Pero qué pasa contigo?», y no de forma retórica, sino esperando una respuesta. Edie terminó por deducir que todo eso venía de que Meg consideraba sus elecciones propias de una vendida, de una mediocre superficial y falsa.

—Da igual, puedo comer carne fuera de casa —terció Edie, intentando mantener su resolución de no pelearse el primer día.

Meg lanzó un sonido de incredulidad ante tal afirmación, con su aire de irritación característico ante el típico ardid de Edie.

Un golpeteo enérgico de unos nudillos contra la endeble puerta de madera de la entrada hizo que los tres saltaran.

—¿Trajiste refuerzos? —le preguntó su padre a Edie.

Edie eludió la respuesta y fue a contestar, con la preocupación repentina de que no se tratase de un zurullo, o de algo parecido, dentro de una caja con un lazo y la nota «Con amor, de la oficina»; algo que le obligaría a explicárselo todo a su familia.

Un mensajero en moto preguntó: «¿Thompson?», y le entregó un sobre tamaño DIN A4. Tras tomar la vara de plástico y garabatear su firma en el aparato electrónico de confirmación de recepción, Edie notó su adrenalina apaciguándose: la marca de agua de la editorial le hizo darse cuenta de que eran los documentos sobre Elliot Owen.

Cuando cerró la puerta, vio a su padre y a su hermana observándola, nuevamente, como si Joan Collins acabara de aparecer ante ellos.

—Recortes de prensa. Para ayudarme a entrevistar a un actor del que voy a hacer la autobiografía —les explicó.

—Qué proyecto tan interesante —dijo su padre amablemente—. ¿Ha hecho algo que yo haya visto?

—La serie de fantasía *Sangre y oro*. Si es que la has visto, claro.

—Ah. No. No parecía mucho mi estilo. Con Tolkien he tenido suficientes enanos para toda la vida.

—¿Esa llena de actitudes sexistas hacia las mujeres, donde todo es en plan «oh, fíjate, mis nenas se me han vuelto a caer de la bolsa de piel de lagarto»? —comentó Meg.

Edie se rio.

—La misma.

De nuevo, pareció que a Meg le fastidiaba que ella no le llevara la contraria.

—¿Entonces por qué estás escribiendo un libro sobre él? —preguntó.

—Por dinero —contestó Edie.

—No tienes que decir que «sí» a todo lo que te dé dinero, ¿sabes? —dijo Meg.

—No, solo a algunas cosas para no tener que mantenerme a base de gachas. ¿Puedo poner mis cosas en mi habitación, papá? —añadió Edie apresuradamente, antes de que Meg despegara de la pista.

—Sí, claro. He sacado la colada y la mayoría de los armarios están libres.

Edie hizo un ruido de agradecimiento y, con el sobre bajo el brazo, empezó a subir su gigantesca maleta por las escaleras, más estrechas incluso por culpa de los libros que decoraban cada escalón, atascados ahí de camino de ida, o de vuelta, a la estantería. Notaba cómo Meg, con recelo y hosquedad, la miraba avanzar. Edie podría haberle explicado que no había vuelto a casa para inmiscuirse en su vida, o para presumir, y que su propia vida se había ido a la mierda de forma espectacular. ¿Pero de qué hubiera servido? Incluso si Meg la hubiese creído, no dudaba que su hermana la culparía por ser una marioneta sexual del patriarcado, o lo que fuera.

No es que Edie estuviera violentamente en contra de la mayoría de los principios de Meg, por mucho que no quisiera ser vegana. Lo cierto es que era inútil estar de acuerdo con Meg en algo, porque sus puntos de vista existían para establecer la diferencia entre ella y la mayor parte del mundo en general, y su hermana mayor en particular. Cuando coincidía con ella en alguna cosa, su hermana se lo tomaba como una estratagema para mancillar y estropear sus ideas.

Edie se dejó caer desmadejadamente sobre la cama, emocionándose al comprobar que su padre no solo había puesto sábanas limpias, sino que además eran aquellas viejas de su infancia, cuyo azul ya se había desteñido. Luego consideró deshacer la maleta. Pero aquello se parecía demasiado a aceptar la duración de su visita.

Había confiado en que, al menos, Nottingham le haría sentirse mejor sobre lo que había pasado con su vida en Londres. Sin embargo, ahí sentada, mirando los viejos armarios empotrados, de la época en que su padre aún se dedicaba a hacer algo de carpintería, sumado al hecho de que su habitación se hubiera convertido en un cuarto trastero, tan desnuda y vacía sin sus cosas —salvo por unos cuantos vestidos mohosos que colgaban en perchas de plástico dentro de los armarios—, hicieron que Edie se sintiera peor.

En el vacío, no había nada que le impidiera aullar de dolor, ninguna rutina a la que aferrarse. Puso su neceser frente al espejo y recordó que era el mismo en el que se había mirado millones de veces durante la adolescencia mientras se ponía toneladas de lápiz de ojos antes de una de sus salidas nocturnas junto a Hannah, durante las que bebían algún brebaje ilícito que ambas habían concebido, como el «Oportola», un mejunje de oporto y Coca-Cola.

Cuando sacó su teléfono móvil del fondo del bolsillo de su abrigo, vio que tenía un mensaje de Louis.

Ey peque ¿cómo lo llevas? 😊

No muy bien, pero gracias por preguntar ¿Hablaste con Richard? ☹

Sí, quise ahorrarte la molestia. Se lo tomó todo muy tranqui, como siempre ¿Cuánto tiempo estarás fuera? Todos te echamos de menos ¿sabes? 😷

¡Ja! Seguro. Edie se jugaba lo que fuera a que eso era precisamente lo que todos decían. Qué pedazo de víbora era Louis. Ese era su sueño: una catástrofe que superponía, en un Diagrama de Venn, lo personal y lo profesional. Y él podía ser tanto un espectador emocionado como alguien que intrigaba en ella, susurrándoles a todos en los oídos, con línea directa con el villano de la función. Era el Vietnam de Edie y el *House Of Cards* de Louis. Había borrado la foto de Instagram para distanciarse de ella y llamado a Richard solamente para remover las cosas y hacerse una idea del destino de Edie. Y ahora quería que ella le dijera si la habían echado para poder ser también el portador de tales noticias.

Qué bien. Tres meses.

Lo-fli-po ¿Tres meses? ¿Vacaciones pagadas?

¿Es que se creía Louis que era estúpida? ¿Es que no se daba cuenta de que ella sabía perfectamente que Louis habría levantado la vista de su móvil y habría dicho: «Dios mío, escuchad esto, solo le han caído tres meses de vacaciones por arruinar la boda de Jack y Charlotte»? Pero Louis sabía lo mismo que Edie: y era que un falso amigo era la única clase de amigo que le quedaba en aquella oficina.

No de vacaciones, en un proyecto en Nottingham.
¿Cómo está Charlotte?

No hubo respuesta. Claro que no. Que Edie preguntara por Charlotte no encajaba en la historia y por eso Louis no tenía nada que contestarle.

Edie se levantó de la cama y bajó ruidosamente las escaleras. Su padre estaba en la cocina, sacando una bolsa de té de una taza.

—Quería decir que hoy invito a cenar para agradeceros que me dejéis quedarme. Podríamos salir. O tomar *fish & chips*. O solo *chips* para Meg. Lo que queráis.

—Estoy cocinando —informó Meg desde la puerta principal—. Las alubias ya están en remojo. Además, ese puesto de *fish & chips* no utiliza dos áreas de preparación separadas. Se lo pregunté, y está todo contaminado. Y de todas formas no me gustaría darles más beneficios.

«No serías tú precisamente quien se los diera, ¿no?», pensó Edie.

—Ah, Ok. ¿Quizá mañana? —dijo, descorazonada, mientras su padre asentía.

Meg era una cocinera espantosa, y eso no era anti veganismo: era un hecho. Nunca había encontrado un condimento que le gustase usar. La única consistencia que sus curris, sus guisos, sus estofados y sus cazuelas habían logrado alcanzar era la de un barro nada apetitoso. Rehuía las recetas al considerarlas una represión de la creatividad y en general se limitaba a combinar cosas para convertirlas en otras cosas.

La mayoría de los malos cocineros son conscientes de ello y suelen limitar la exposición de la gente a su comida para evitar convertirse en un peligro público. En cambio, o bien Meg vivía en la inopia, o bien era extrañamente sádica; cuanto más apartaba la comida del plato o su padre declaraba que estaba «agradablemente lleno», más cucharones a rebosar amontonaba Meg en sus platos, diciendo: «es rico en hierro», o algo por el estilo.

Había una compasión agresiva en su empeño de forzarles: no se trataba de que la comida fuera más buena, sino de que sus mentes se abrieran.

Subió las escaleras pesadamente, pensando que hoy comería las Aguas Residuales al Toque de Lodo de Meg para ser amable, pero que mañana iría al supermercado y llenaría una cesta con artículos comestibles; tal vez incluso escondería un *bratwurst* dentro de un paquete grande de arroz.

De regreso a su habitación, advirtió que no tenía ni idea de lo que hacer en mitad de un lunes por la tarde si no estaba en el trabajo. Añoró, con un dolor casi físico, una vida a la que no podía volver, pues ya no era solo la geografía lo que la separaba de ella. Pero no podía permitirse un festival de llanto, que le hiciese bajar a cenar con los ojos rojos e hinchados y le obligase a explicar qué pasaba. Y entonces vio, en mitad de la cama, el sobre con su nombre.

A la mierda. No había forma de que pudiera evitar a Elliot Owen. Probablemente, ella era una de las pocas mujeres en el país para quien la posibilidad de conocerle carecía de interés.

Capítulo 12

Era extraño empezar a conocer a alguien a través de la prensa antes que en persona; pero Edie supuso que ya hacía bastante tiempo que Elliot no conocía a nadie que no supiera de él previamente por los medios.

¿Cómo era aquella cita sobre Paul Newman, algo acerca de que «era tan agradable como se puede esperar de un hombre que no ha oído la palabra «no» durante veinticinco años»? Pues era imposible que el perturbadoramente fotogénico Elliot Owen pudiera haber oído la palabra «no» desde hacía, al menos, unos cinco. Aunque de las mujeres, seguramente no la había oído nunca.

Los detalles de su biografía no eran muy interesantes. Tenía treinta y uno —no los veinticinco que Richard había dicho—, la misma edad que Meg, aunque él había estado más ocupado. Nacido en una amplia familia de clase media en la frondosa zona residencial de las afueras de Nottingham conocida como West Bridgford, fue a una escuela pública y obtuvo mejores notas que Edie, se unió a un taller de teatro de la televisión local y llamó la atención de un cazatalentos. Se mudó a Londres y acabó en un aburrido drama de médicos, participando también en un culebrón y en una acelerada telecomedia con risas enlatadas.

También fue el objeto de deseo en el vídeo de una malísima banda de rock *emo* estadounidense, para la canción *Crumple zone*, que se convirtió en todo un éxito en los Estados Unidos y dio a conocer su rostro. Eso fue la plataforma de lanzamiento para su exitoso papel en *Sangre y oro*.

Interpretando al príncipe Wulfroarer en esa exaltada serie de fantasía épica, conocida por su cúmulo de apuñalamientos, gritos, tetas, conspiraciones y más tetas, de pronto devino «el sexo envuelto en una piel de lobo». De alta cuna, este jactancioso caudillo del norte —su llamada a las armas era «¡Por las espadas de mis hermanos!»— se enamoró de una sirvienta llamada Malleflead, lo que, por desgracia, fue la ruina del príncipe, puesto que el conde Bragstard también tenía su maquiavélica mirada puesta en ella.

De ahí que el príncipe Wulfy muriera por el filo de un arma blanca al final de la última temporada emitida, mientras pronunciaba estas desgarradoras palabras a su desolado juguete sexual antes de morder la cápsula de sangre falsa: «Yo soy mi reino» —su frase recurrente— «pero lo sacrificaría entero por ti». Su fallecimiento ha llevado a muchas especulaciones acerca de si las espectadoras femeninas abandonarán el programa en masa o no.

Edie estaba resignada a que Elliot fuera, en el mejor de los casos, un aburrimiento, y en el peor, un engreído insoportable. Que el último «negro» se fuera inmediatamente era una señal muy mala. Y no le parecía que sus previsiones fueran prejuicios, sino lógica aplastante. Tomemos un ego masculino e inundémoslo de atención desaforada; luego empleemos a alguien solamente para darle volumen con un secador a los pelos de su sobaco (y otras cosas por el estilo); paguémosle millones, derramemos orgasmos de adoración sobre él. Para pasar por todo eso y no ser un capullo, haría falta alguien con un carácter formidable. Lo que significaría que uno no solamente estaría tratando con un hombre de un físico más que dotado, sino también de una profundidad psicológica que ni Gandhi. Creer en algo así es como aparecer en la tienda de la esquina esperando que tu décimo de lotería te pague la hipoteca.

Edie hojeó fotos de Owen en el rodaje, localizado en cualquiera de las hermosas y decadentes ciudades de la Europa del Este que empleaban para «Puertoeste» o «Valledorado» (Edie apenas había visto *Sangre y oro*, y nunca se acordaba bien de la geografía ficticia).

El cabello ondulado y castaño de Elliot había sido teñido hasta las raíces de un negro brillante para *Sangre y oro*, además de llevar lentillas de un color verde semejante al de la piel de un dragón. Tenía una de esas mandíbulas prominentes y cuadradas, que un dibujante podría esbozar con tres movimientos de lápiz, y unos labios carnosos que Edie envidiaba, del tipo que siempre había querido para sí misma.

Era evidente por qué había tenido tanto éxito. En su humilde opinión, no tenía una apariencia agradable o interesante: se trataba de una guapura tan apabullante que rayaba en lo ridículo, idónea para atraer a las adolescentes, que todavía no habían desarrollado un paladar más complejo. El atractivo sexual equivalente a un batido de fresa.

Recordaba a Charlotte, y a otras de la oficina, embelesadas y suspirando por Elliot Owen, mientras ella decía: «Uf, se parece al tipo con la camiseta CAMARERO EN PRÁCTICAS que hace unos capuchinos amargos y llenos de grumos». También recordaba a Jack riendo en señal de aprobación y repitiendo los rumores de que Owen «nunca cruzaba la acera porque siempre estaba en la de enfrente» y a todas las mujeres protestando al unísono: «¡noooooooooo!».

Mejor que Edie se pusiera a trabajar en serio en el material que ya tenía en casa —ella también acumulaba una multitud de autobiografías de famosos y solían ser una lectura monótona—, con el fin de que él no tuviera excusa alguna para darle la patada si le hacía una pregunta de la que había una respuesta ampliamente conocida.

Empezó con la semblanza que recientemente le habían hecho en un suplemento dominical. Edie fue pasando las páginas que recogían unas fotos de tonos azules donde Elliot, con la frente apoyada en el antebrazo, adoptaba una expresión malhumorada, como si le acabaran de dar malas noticias. El titular: *El campeón de la fantasía.*

> *Se considera de buena educación utilizar las luces cortas de noche, para no deslumbrar al que conduce en dirección contraria. Cuando Elliot Owen aparece, con aire desenfadado, por las inmediaciones teatralmente iluminadas del restaurante de moda del East Village que ha escogido para nuestro encuentro, no puedes evitar preguntarte si a él le gustaría poder desconectar su haz de luz a voluntad. Mientras les pregunta a las camareras por su reserva, ellas casi se queman bajo el ardiente resplandor de su mirada.*

¡La osa! ¿En serio?

Raymond Chandler una vez describió a «una rubia capaz de hacer que un obispo agujereara un vitral». En el siglo XXI, Owen es un morenazo que podría dejar un convento en ruinas.

«Sí, claro, así es como funciona la religión», pensó Edie. «Lo que les pasa a las monjas es que, como no han conocido a ningún hombre adecuado, se casan con el Hijo de Dios como último recurso. ¡Lo que hay que oír!»

> *Con unos buenos modales naturales, Elliot me pregunta qué voy a tomar. «Una Coca-Cola light, ¿no?». Llama a la camarera, a la que sorprendemos mirándonos. Pero si Elliot se ha dado cuenta, no lo demuestra: todo un caballero chapado a la antigua, escondido bajo su estilo desenfadado y su moderna camisa y sus jeans. «Ponnos una Coca-Cola light y... ¿Qué cervezas tienes?» La pobre camarera casi tiembla al ofrecerle una Budweiser. «Ah, no soy muy fan de la Budweiser. Está claro que no llevo mucho tiempo aquí», dice con su soñadora, y devastadora, sonrisa, haciendo que la camarera prácticamente ovule. «Pero me servirá.» ¿Y dónde es «aquí»? ¿Estados Unidos o la atención mediática que ahora suscita? Él aparentemente viene de la nada... «O de Nottingham, como nos gusta llamarla», me corrige, más listo que el hambre. Y ahí está otra vez esa sonrisa imposible que te desarma.*

«Dios, esto es una chorrada de muchísimo cuidado», pensó Edie. «Un bodrio sobre El-Hombre-que-Pedía-Bebida. ¡Si es solo un tipo con las mismas funciones fisiológicas que el resto! Encima, ¿se está metiendo con Nottingham?». Se indignó, lo que, había que admitirlo, era algo hipócrita.

> *Nueva York es rica en celebridades, por eso sus habitantes más* trendy *están entrenados para no hacer caso a los famosos. Pero Elliot Owen está tan de moda ahora mismo, que incluso aquellos que no nos miran no dejan de hacerlo.*

«¿Cómo se mira y NO se mira al mismo tiempo, exactamente?» A Edie le habría gustado que la periodista glosara su trabajo, entre otras cosas porque sentía curiosidad sobre cómo podía describir a dos personas en una mesa como si fuera un accidente de tráfico; o que alguien «prácticamente» ovulara.

> *La razón, por supuesto, es* Sangre y oro, *la serie fantástica que ha encendido la imaginación de muchas mujeres sobre el heroico, complejo y trágico personaje del príncipe Wulfroarer. Con un aspecto a lo Lord Byron, capaz de desatar un corpiño en treinta segundos, Owen cabalga por el cruel paisaje de las «Ocho Islas» como un Heathcliff en versión guerrera, mezclado con Mr. Darcy. Y, como Mr. Darcy, su corazón orgulloso y frío se derrite ante una mujer de clase inferior. En manos de un actor menos notable, el príncipe podría haber sido...»*

«Oh, por Dios, ¡basta!», se dijo Edie, y empezó a leer por encima. «Vale, aquí hay algo sobre la serie de Nottingham.»

> *El mundo está a los pies de Owen, pero deja claro que no le interesan los papeles decorativos de poco calado a su alcance. Su nuevo trabajo, tras ponerse la armadura de Wulfroarer, es un* thriller *crudo y de presupuesto relativamente bajo en su nativa Nottingham, llamado* Gun City.
>
> *Escrito y dirigido por Archie Puce, el* enfant terrible *del teatro británico, que causó un revuelo con su película de ciencia ficción* Interregnum, *galardonada con un BAFTA, es famoso por llevar a sus actores al límite, y hacer pasar a los estudios, y a la prensa, un infierno.*
>
> *Tanto Owen como su coprotagonista estadounidense, Greta Alan, han aceptado una notable reducción de su caché para entrar en el*

reparto de Gun City. *Interpretan a dos detectives que intentan desentrañar el misterio que se esconde tras el cadáver de una mujer joven, encontrada desnuda y abierta de brazos y piernas en una fuente en pleno centro de la ciudad, el día de Navidad.*

«Cuando Archie me llamó, me emocioné», cuenta Elliot. «Todo el mundo intenta impresionar a la gente que es difícil de impresionar, y Archie encaja perfectamente en esta categoría. Cuando me explicó la idea de Gun City, *su voluntad de exponer los verdaderos problemas de ley y orden a los que se enfrenta la zona, supe que no podría vivir conmigo mismo si alguien me arrebataba el papel. También influyó que se tratara de mi territorio: es bueno pasar un poco de tiempo en casa.»*

Edie no debería estar enfadada, pero todo aquello la irritaba. Como si la ciudad fuera a agradecerle que su rico expatriado Elliot Owen le diera un motón de publicidad como un agujero infectado de criminalidad.

El resto de recortes no estaban a la altura de la extasiada hagiografía del artículo del dominical. A los periódicos y a las revistas de mujeres les interesaba sobre todo que Elliot estuviera saliendo con una sexi actriz británica llamada Heather Lily (Brezo Violeta) (¿Dos flores? ¡Aromática hasta decir basta!). Aparecían juntos en unas fotos tomadas por *paparazzis* en Nueva York; Elliot llevaba un atuendo que indicaba de forma autoconsciente «fuera de servicio», con una cazadora, sin duda espantosamente cara, de estilo uniforme de basurero, y unas botas marrones estratégicamente desgastadas. También llevaba en las manos dos vasos del Starbucks. En cuanto a su novia, solo se distinguía el perfecto triángulo de su nariz a través de su espesa melena rubia, mientras la seguía un pequeño perro, parecido a una pelusa esférica, que llevaba con una correa. ¿Por qué las estrellas jóvenes tenían siempre perros? Quizás era por el estigma de ser consideradas gatitas furiosas.

¡Mmm...! Edie tuvo que admitir que la forma de la mandíbula de Elliot quedaba muy bien en la foto número cinco, sorprendido mientras salía del local y paraba un taxi amarillo. Al darse cuenta de que se dejaba absorber por aquella vorágine de trivialidades, pensó: «tendría que sorprenderte una sociedad que está tan fascinada por una pareja comprando café».

Volvió a meter los recortes en el sobre y se echó en la cama. Su padre todavía no había encontrado los fondos, o la voluntad, para arreglar el problema de humedades que había en la parte trasera de la casa. Por eso, las blancas paredes de su habitación, situada en esa zona, se hinchaban y combaban como un pastel de bodas bajo la lluvia. Las reminiscencias fantasmales de su versión adolescente llenaban el espacio, desde las manchas de grasa dejadas por el Blu Tack en las paredes hasta trozos de pegatinas arrancadas (su fase New Kids On The Block).

Hace tiempo, Edie había estado obsesionada con las pegatinas que brillaban en la oscuridad, de forma que tenía una constelación de papel de estrellas, lunas crecientes y cometas de color blanco y verde salpicando el techo azul oscuro del dormitorio. Se estiraba en su cama, miraba el universo que se abría a lo alto en la negrura de las últimas horas de la tarde, y pensaba en lo grande que era el mundo y que, algún día, iba a dar la campanada en él.

Cosa que había sido muy acertada.

Capítulo 13

—¿Dónde, encanto? —preguntó el taxista mientras ambos miraban la extensión de acres en la que no había casi nada, salvo unos cuantos edificios de okupas y tráileres esparcidos aquí y allá.

Parecía que crear dramas —los de ficción— era menos emocionante de lo que Edie esperaba. Cuando recibió los detalles del juego de su primer encuentro con Elliot Owen por medio de sus lacayos, había esperado que le dijeran que se reuniera en un lugar parecido a un piso de protección oficial que habrían redecorado para convertirlo en una biblioteca encantada, o algo por el estilo. En vez de eso, le dieron las coordenadas de un polígono industrial al sur de la ciudad, cercano a una pista de carreras: un cúmulo de lodo batido. ¡Oh!

Edie pudo ver unas furgonetas a lo lejos y le pareció que, en algún momento, también a unos cuantos humanos.

—Aquí mismo, gracias —contestó, dudando de que haberse puesto tacones y llevar su abrigo de cuadros escoceses con la capucha de piel hubiera sido una buena idea (Jack siempre le preguntaba si era «rata auténtica». ¡Basta de pensar en él!).

Se dirigió hacia los vagos signos de vida que se distinguían en lontananza: unos hombres con cazadoras de The North Face e intercomunicadores en las manos. Si entornaba los ojos, incluso podía ver focos y posiblemente cámaras.

Conforme se acercaba, pudo captar que lo que ella había creído que era «alguien contando un chiste, en voz muy alta y apasionada», se trataba en realidad de una persona vociferando con todas sus fuerzas. Un hombre enjuto con gafas y un enorme gorro de lana estaba teniendo un ataque de rabia, dando saltitos y gesticulando en dirección a un muy abatido miembro del equipo The North Face.

Todos formaban un círculo y miraban algo en el interior del mismo. En cuanto se movieron un poco, Edie pudo ver qué era lo que acaparaba la atención: la figura de un gnomo de jardín, que llevaba un sombrero con un cascabel y sostenía una regadera en una pose muy garbosa.

Edie sospechó, dado el ambiente de intimidada deferencia, que el tipo que gritaba era el *enfant terrible* Archie Puce, siendo más terrible que *enfant*. Las palabras empezaron a distinguirse.

«... de vuelta y consígueme, ¡Vaya, lo que había pedido! ¿Qué narices es esto? ¿Eres capaz de entender la importancia del Buda, Clive? ¿Te das cuenta de que esta escena en que Garratt destroza por rabia una estatua de Buda es irónica? Pero ¿para qué me molesto en hacer arte con esta especie de taller de payasos soplagaitas?

Como respuesta, se agitaron las cabezas, se mordieron los labios y se cruzaron los pies. Caramba, Edie creía que ni siquiera las divas tenían ataques de histeria el primer día a las diez de la mañana.

Archie agitó un fajo de hojas y leyó en voz alta:

«Garratt ve la figura de terracota y, presa de una furia irrazonable —en irónica yuxtaposición con ese entorno que parece azotado por la guerra—, destruye el símbolo sonriente y orondo de la paz, tirándolo contra la verja una vez, y otra, y otra. Mientras se hace añicos, también lo hace la esperanza de Garratt.»

Archie levantó la mirada hacia Clive.

—Quizá debería ser más explícito para los duros de mollera. ¡Él está cometiendo un acto de iconoclastia! ¿Qué es la iconoclastia, por favor?

Clive se veía muy deprimido y muy pálido. Se rascó la mejilla.

—¿Romper... cosas religiosas?

—¡Oh, una revelación! «Cosas» religiosas, vaya. Así que está Buda, un iluminado erudito del siglo VI y figura central de toda una fe. ¿Y qué tenemos aquí como sustituto?

Archie lo levantó.

—Un gnomo. Un pequeño gilipollas de barbilla puntiaguda, que se encuentra en los patios de las casas de las afueras. ¿Vemos la diferencia? ¿Qué significa destrozar un gnomo? ¿Tener buen gusto?

A Edie le asaltó una repentina necesidad de reír y tuvo que tragarse una carcajada antes de que pudiera aflorar.

Archie leyó las letras que había en la base de la figura.

—Ninbert. Así que tenemos dos opciones, Clive: o hemos descubierto una nueva religión basada en ¡el culto al puñetero Ninbert o compramos el objeto correcto! ¿Qué crees que es más factible dentro de nuestro plan de rodaje?

Clive se encontraba en esa situación, altamente desagradable, en la que se le pide a uno que explique lo inaceptable durante un rapapolvo y solamente consigue cavar más profundamente su propia tumba.

—Lo siento, es solo que en el Garden Center no tenían ninguna estatua de jardín de Buda y yo... viendo sus medidas similares...

—¿Sus medidas?

Clive asintió.

—Mi cabeza tiene unas medidas similares a las de una calabaza grande. ¿Tendría que reemplazarla por una, Clive?

Su interlocutor hizo un gesto de negación con la cabeza.

Archie lanzó a Ninbert al aire, y lo pateó con la punta del zapato, lo que causó que los espectadores dieran un salto.

—¿Qué hay ahí? —dijo Archie, señalando a otra bolsa del Garden Center a los pies de Clive.

—¿Eh? Otro.

—¡Sácalo! —aulló Archie.

Clive mostró con aire miserable el segundo gnomo, que estaba recostado, fumando despreocupadamente de una pipa azul; algo que, dadas las circunstancias, seguramente iba a poner más furioso a Archie.

—¿Quién es este, Dildo Bolsón? —Examinó su nombre— Boddywinkle.

Archie también despejó de una patada a ese gnomo, con un fervor amenazador.

—¡Esta producción —gritó mientras se quitaba la gorra de la cabeza y la tiraba al suelo— es un pícnic para comeplastas en toda regla!

Un servicial asistente se agachó y recogió la gorra con rapidez.

—¡Deja mi gorra donde la he puesto, atontado! —le gritó Archie.

El asistente dejó la gorra en el suelo y salió disparado.

Se produjo un silencio en el que nadie dijo nada, por temor a ser un atontado. Edie no podía retroceder sin que la vieran; así que permaneció muy quieta, como si fuera un pequeño mamífero en un antiguo documental de televisión y hubiera un tigre acechando por las inmediaciones. Por desgracia, los ojos inyectados de sangre de Archie hicieron un barrido entre sus acompañantes en busca de carne fresca, y Edie hubiera dado lo que fuera para destacar, no por no llevar el chaquetón reglamentario, sino por vestir como una bibliotecaria mona en una película de cine independiente.

—¿Y quién narices eres tú?

La interpelada carraspeó mientras todo el mundo se volvía y la miraba.

—Edie Thompson. Soy redactora... He venido a entrevistar a Elliot Owen.

Archie obvió dicha información.

—Ya que has decidido unirte a nosotros sin que nadie te invitara, oigamos tu opinión acerca de Buda siendo reemplazado por Ninbert y/o Boddywinkle.

—No he leído la escena...

—Bueno, tampoco Clive, obviamente.

—Ejem... —Edie sudaba a mares dentro de su abrigo— ¿Por qué iba a haber una estatua de Buda tirada por ahí en un polígono de Colwick?

Hubo una pausa y Archie Puce se puso más... bueno, digamos que más «Archie» que antes. Entonces, sus rasgos se contrajeron de una forma desagradable, como si, al mismo tiempo, hubiera tenido una idea brillante y se hubiera tirado un pedo procurando que nadie se diese cuenta.

—¿Y por qué iba a haber un puñetero gnomo?

—¿Porque enviaste a Clive al Garden Center?

Edie no podía estar segura, pero le pareció que se producía un instante de conmoción seguido de algunas risas ahogadas. Una mujer de aspecto estresado al lado de Archie, que hasta el momento había permanecido neutral, dio un paso al frente y le preguntó de repente:

—¿Puedo ver alguna identificación?

Edie se quitó el bolso para buscar dentro de su cartera. El grupo se dispersó entre murmullos. Al volver a levantar la mirada, Archie estaba de nuevo concentrado en el rodaje y la presión ambiental se había reducido considerablemente.

—¿Cuándo ha dicho que te vería? —le dijo la mujer devolviéndole el carné de conducir con una mueca de disgusto.

—Solo que viniera a las diez.

—Muy bien, espérate aquí.

La mujer se dio la vuelta y la dejó con la sensación de que acudir a una cita en el lugar y a la hora acordados era lo más impertinente que podría haber hecho en su vida.

Tras diez minutos, la irascible mujer, con un intercomunicador, volvió con desgana hacia Edie.

—Elliot no puede verte hoy, lo siento.

—¡Oh! ¿Puedo...?

—Eso es todo. Lo siento.

—De acuerdo... —Edie intentó añadir algo más, pero la mujer ya le había dado la espalda. Buscó el número del taxi en su teléfono móvil tratando de no sentirse estúpida mientras lo esperaba bajo la mirada curiosa de los trabajadores del sector metalúrgico que había en el polígono.

Normalmente, le habría encantado tener un día de fiesta pagado. Pero que el tiempo girara a su alrededor ahora que sentía tanta ansiedad y culpabilidad, le parecía mucho menos atractivo. Ni siquiera le quedaba la escapatoria de Internet. Quería estar «ocupada-ocupada-ocupada» para evitar todos los malos pensamientos.

Asimismo, aunque entendía que Owen era un hombre importante, sospechaba que acababa de ver la primera muestra del comportamiento que había causado que el anterior biógrafo hiciera mutis por el foro de «La historia de Elliot Owen». Tenía la molesta sensación de que a ella no le iría mejor, y que sería lo que Boddywinkle había sido para Ninbert.

Capítulo 14

Finalmente, Edie tuvo contestación de Jack seis días después de que este hubiera tirado de la anilla de una granada y la hubiera lanzado en medio de varias vidas, para desaparecer antes de que el humo se hubiera dispersado.

Pasó cuando estaba preparándose para lo que pomposamente se podría llamar «una salida nocturna». Se maquillaba frente al viejo espejo de marco rojo de su juventud, rebuscando en el interior de la bolsa de los cosméticos, que tenía una fina capa de polvo proveniente de los lápices de ojos rotos y de las sombras grises sin tapa.

El nombre que solía darle una punzada de emoción apareció en la pantalla de su teléfono móvil. Ahora, solamente fue una punzada. Involuntariamente, recordó la sensación de sus labios sobre los de ella, algo en lo que no se había permitido pensar hasta ahora.

Hola. Jo. Siento mucho todo lo que ha pasado. He oído que te has ido al norte ¿una temporada? Cuídate. 😊

¿Eso era todo?

Temblando ligeramente, Edie escribió tres respuestas sarcásticas con diferentes grados de rabia, y borró cada una sucesivamente. Ese hombre había jugado con su corazón como si fuera un kit de pinturas de dedos para niños, y nunca había asumido responsabilidad alguna por sus actos.

Sin embargo, si ella se ponía demasiado emotiva, él podría dejar la conversación sin más. ¿Cómo conseguía Jack protegerse siempre de las consecuencias? De hecho, no podía: no sin su ayuda. Necesitaba respirar profundamente y ser lista con este asunto.

«Hola, en qué estabas pensando» sonará a cliché, pero ¿en qué estabas pensando?

Una respuesta casi instantánea.

> *No lo hacía, claro. Sé que tú tampoco. Mis disculpas por invitarte a una boda que acabó con una «autopsia» en vez de con una «recepción». Hombre vivo.* 😊

Esta era la manera en que las artimañas de Jack la habían vuelto loca poco a poco. Y es que, segundos después de recibir este mensaje en el que ostentosamente él se echaba tierra sobre sí mismo, Edie se dio cuenta de que se había disculpado, sí; pero con mucho cuidado de que ella no pudiera hacer un pantallazo y usar la conversación como prueba de su culpabilidad. Para Edie, funcionaba según el encanto sencillo y característico de Jack: «No asumo nada de tu reciprocidad momentánea». Para cualquier otro, se leía que la culpa se repartía equitativamente entre ambos.

Tenía que encontrar una pregunta directa que hacerle para que él no se pudiera zafar. Dándose ánimos a sí misma, escribió:

> ¡¿*Por qué decidiste darme un beso?!*

—¿Edie? ¡Tendríamos que irnos! —la llamó su padre desde la planta de abajo. Jerry se había ofrecido a llevarlos hasta el restaurante. Edie pensó que la mejor forma de convencer a su padre y a Meg de salir a cenar era pagando ella pero dejando que ellos escogieran el restaurante. Lo que significaba que elegiría Meg.

Mientras se apretaban en el asiento de atrás del viejo Volvo de su padre, cuyo suelo estaba forrado con hojas de periódico, Edie se preguntó por qué a Meg le parecía bien que su padre usara un gasolina, pero no que lo hicieran los taxistas.

De camino, su hermana les dio una larga explicación sobre los encomiables lugares que ofrecían opciones veganas de buena calidad, más que nada para justificar su elección de la hamburguesería Annie's; pero Edie sospechaba que, bajo el razonamiento ético, se escondía el hecho de que a Meg, sencillamente, le apetecía una hamburguesa. Y era un alivio, porque Meg no había decidido llevarles a un cafetucho con grumosos discos de hamburguesas hechas de cáñamo o *tempeh* y repletas de semillas, más parecidas a lo que uno pondría en un comedero para pájaros.

Esta vez, le costó más recibir respuesta de Jack, lo que no le sorprendió dada la crudeza de su pregunta. «Esquiva esto, hijo de...» Mientras se dirigían al centro de la ciudad, intentaba no sacar del bolsillo el teléfono móvil cada dieciséis segundos para comprobar si tenía respuesta.

Finalmente, y cuando ya se habían sentado en Annie's, mirado los menús y ordenado las bebidas, bingo, entró renqueando una respuesta en su móvil. Ya le habían empezado a rechinar los dientes solo de pensar que él iba simplemente a no prestarle atención.

> *Estaba borracho y confuso y creía que teníamos una conexión especial. Las cosas me sobrepasaron con la boda y no pensaba con claridad. Sinceramente Edie no sé cómo decirte cuánto lo siento. No te mereces nada de esto.*

Bien jugado. «Creía que teníamos una conexión especial.» Vaya. De nuevo, nada que sirviera para salvarse, pues más bien parecía una confirmación tácita, para aquellos que ya se habían inclinado por tal idea, de que ella había estado persiguiendo a Jack. Aunque a lo mejor estaba exagerando. ¿Se daba cuenta Jack de que estaba salvándose de probar nada? Se preguntó si no estaba paranoica. «Pero que uno esté paranoico no significa que los demás no estén por ahí, al acecho, para atraparlo.»

También se dijo que no debería importarle lo que «esa gente» pensara de ella. Aunque lo hacía. No podía evitarlo. ¿Podría pedir otr...?

—Ejem —tosió su padre, inclinando la cabeza en dirección al teléfono de Edie, que no había parado de manipularlo con desgana, desviando los ojos a él por enésima vez—. ¿Algo interesante?

—¡Ja, no! —Dejó el móvil sobre la mesa, un poco reticente, con la pantalla bocabajo. No iba a comentar sus problemas amorosos con su confuso padre y su hostil hermana, y menos teniendo en cuenta que la historia se apoyaba sobre su propia metedura de pata. Además, Edie necesitaba desesperadamente un lugar donde todo fuera como siempre, incluso si eso significaba «no demasiado bien»—. Es bonito este sitio —dijo educadamente, con fingido entusiasmo.

Annie's estaba ubicado en un antiguo almacén de encajes con un techo muy alto, en el mercado de Lace; era un espacio muy glamuroso para un restaurante de comida rápida, repleto del repiqueteo de los zapatos al moverse sobre la madera sin barnizar y también del rumor de la música de fondo, que reverberaba en los herrajes de hierro forjado del local. Cuando miró a su familia sentada ante ella, su padre con su jersey de punto desteñido, Meg con su peto vaquero, advirtió que hacía mucho tiempo que no salían juntos a ningún sitio.

Ni siquiera para su cumpleaños, cuando solamente tomaban algo en un bar cercano y Edie se negaba a aceptar la invitación de su padre de comer alguna cosa, so pretexto de que le incomodaba tanto jaleo por nada. En realidad, lo hacía porque sabía que su padre no podía permitírselo, y habría sido muy raro que ella pagara la cuenta en una ocasión así.

Cuando llegaron las tres botellas de cerveza, Edie se sintió obligada, a pesar de su abatido ánimo, a hacer un brindis; al fin y al cabo, lo de salir había sido idea suya.

—¡Estupenda elección, Meg! —exclamó levantando su copa y haciéndola chocar con las otras dos.

Meg la miró con rostro impasible, intentando descifrar, obviamente, cuánta tontería había en aquel comentario. Ante el temor de que su entusiasmo «contaminara» Annie's, Edie añadió rápidamente:

—Y... eh... ¿Vienes aquí a menudo?

Se hizo gracia a sí misma.

—No, no me lo puedo permitir. Vine una vez, cuando hicimos una excursión con la residencia.

Meg trabajaba tres días a la semana en una residencia de verano para ancianos, convalecientes y enfermos crónicos. Era una tarea noble y honrada, pero su hermana se comportaba como si esas pocas horas semanales de trabajo, a cambio de muy poco dinero, le confirieran la santidad, aunque a un precio que ella no había pagado. Meg contaba con una ayuda estatal que, a su parecer, no le correspondía del todo, mientras que su padre asumía el resto del déficit financiero. Edie había intentado alentar a Meg a buscar un trabajo a tiempo completo, o mejor pagado, en el sector del voluntariado, pero había sido como intentar domar un león llevando el vestido de carne de Lady Gaga.

De ahí que el «no puedo permitírmelo» estuviera imbuido de su usual santurronería y llevara implícito que Edie no tenía ni idea, viviendo como vivía a lo grande. Pero no había sido un acto de Dios el causante de que ella tuviera más dinero. No era un secreto para la élite el asunto de «trabajar cinco días a la semana», ¿verdad?

—¿Se lo pasaron bien? —le preguntó su padre a Meg, vertiendo un poco más de cerveza en su copa.

—Fue un poco desastre. Vino Roy, ya sabes, el que tiene cáncer de huesos. Le dio dolor de cabeza por beberse demasiado rápido una cerveza sin alcohol y por comer demasiados aros de cebolla. Y acabó echando la pota aquí mismo. Eso sacó de sus casillas a los de la mesa de al lado.

Viniendo de Meg, lo de «sacarlos de sus casillas» podía interpretarse desde que habían pedido la ejecución de Roy hasta que «habían preferido cambiarse de mesa para alejarse del vómito».

—Quizá no se dieron cuenta de que estaba mal —sugirió su padre.

—Por Dios, pues claro que alguien está mal cuando echa la comida a diestro y siniestro.

—Me refiero a lo del cáncer. Vomitar en público es una forma muy clara de destrozar el contrato social.

El padre de Edie le dirigió una mirada irónica y esta pensó: «oh, no, ni hablar, no me metas».

—¡Fue sin querer, no fue como si hubiese querido vomitar a propósito! —exclamó Meg, con ojos asesinos, y su padre echó una risita y la tranquilizó diciendo que solamente estaba bromeando. Meg desvió la mirada hacia Edie y esta supo lo que su hermana estaba pensando: «él solo se comporta así cuando "tú" estás aquí».

Edie comprobó, tensa, su teléfono móvil, para ver que había un mensaje de Louis. Seguro que lo que le decía en él sería algo que era mejor dejar para más tarde, pero eso estaba fuera de su control, pues posponer su lectura solo hubiera significado estar el resto de la velada inquieta, preocupándose por su contenido.

Hola, E. ¿Qué tal por casa? OK NOTICIÓN... Jack y Charlotte han vuelto. ¿Puedes creértelo? 😱

Edie miró la pantalla, dejó su móvil sobre la mesa con un golpe y engulló su cerveza. Sí, podía creérselo: ahora comprendía que más o menos se lo esperaba. ¿Qué había dicho Louis sobre Jack, que era una especie de zalamero Houdini? Podrías atarle las manos y lanzarlo a un tanque lleno de agua que estaría fuera al final del espectáculo.

Su reacción fue más fuerte de lo que habría esperado, y no porque siguiera queriendo a Jack para ella misma (o, al menos, eso creía). Pero que las cosas se hubieran desarrollado de tal forma le hizo gritar interiormente de rabia y frustración. Lo habían arreglado. Jack había sido perdonado. Una vez más, no había tenido que pagar precio alguno por sus fechorías (bueno, salvo si se contaba la boda, pero parecía que la familia de la novia se había hecho cargo de los gastos). Y lo de haberla besado no significaba nada más que un momento de confusión.

El momento escogido por Jack para hacer las paces con ella no había sido fortuito. Sabía que Edie se enteraría y le odió por ello.

Vaya ¿Así que todo arreglado? E. 😱

Bueno, no sé si TODO. Pero ha regresado a St Albans. Por lo visto fue a Harrogate a ver a los padres y a la hermana de Charlotte para disculparse. Ha montado todo el tour, a gran escala, de «Lo siento no sé qué me ha pasado». No habíamos visto algo así desde Hugh Grant con lo de la prostituta (no digo que seas una prostituta xDD).

XDD CLARO QUE NO.

Gracias, Louis. Siempre dispuesto a hundir más el puñal. Edie podría haber llorado, gritado, lanzado su teléfono a la otra punta de la sala. Su vida se había ido a la basura por culpa de los actos de Jack, pero para ella no habría ni reconciliación ni perdón.

—¿Qué van a tomar? —preguntó la simpática camarera, una chica regordeta con un pendiente en la nariz y el cabello, teñido de magenta, recogido en un pañuelo al estilo de las mujeres trabajadoras durante Segunda Guerra Mundial. El bolígrafo quedó suspendido sobre su bloc de notas.

Edie apenas podía centrarse.

—Eh...Una *cheesburger*, por favor —respondió.

Durante unos instantes la camarera se quedó perpleja. Luego añadió:

—¿Una hamburguesa sola con queso?

—Eh, ¿sí?

—¿Carne?

—¿Dónde?

—¿Quiere una hamburguesa de carne en vez de una vegetariana o vegana?

—Ah, sí.

—¿Y de acompañamiento?

—Solo... ¿patatas fritas?

—Hacemos patatas rizadas, bravas o bravas Cajún.

—Está bien —dijo Edie—. Quiero decir, que las rizadas están bien.

—¿Alguna salsa?

(Dios Bendito, deja de exigirme más cosas).

—Solo kétchup, gracias.

—El kétchup está en la mesa.

La camarera se lo señaló con el bolígrafo.

—Ah, sí. Gracias.

Su padre parecía desconcertado y Meg fruncía el ceño hacia Edie con aire de sospecha, como si actuar como una colgada fuera una muestra de esnobismo londinense. Cuando llegó su turno, pidieron sus platos con mayor detalle —una Lemmy vegana con patatas bravas normales y mostaza americana—, lo que hizo que Edie comprendiera que no había entendido para nada el espíritu del sitio; pero aún tenía un poco de margen para arreglarlo.

—Y una ración de aros de cebolla —se esforzó—. Para compartir.

—Para la solitaria —añadió su padre.

«No pienses más en Jack», se ordenó a sí misma. «No merece que nadie piense en él.»

Capítulo 15

Edie estaba pensando en él. Jack y Charlotte volvían a estar juntos. Y no era tanto que le molestara que lo hubieran solucionado y que Jack hubiera salvado el pellejo, sino que sabía lo que eso significaba para ella.

Si Charlotte le había perdonado, eso la convertía en la única mala de la función. Tal vez los amigos criticarían a Jack en privado, pero en público sería una deslealtad para Charlotte. Por tanto, no les quedaría otra que redistribuir el peso de la culpa y ponerlo todo sobre Edie. Así que la historia oficial sería la siguiente: reconciliados contra todo pronóstico, una vez la lacra de esa buscona fuera erradicada. Porque Charlotte podía perdonar a Jack, ¿pero a Edie?

¡Din! Otro mensaje de Louis.

> *PD: Oye, no sé cuándo es el mejor momento para decirte esto pero después de que Jack y Charlotte hicieran las paces, Lucie envió un correo electrónico a todos los del curro pidiéndoles que lo imprimieran y firmaran la petición para despedirte. Aunque nadie lo ha firmado.* 😊

...Todavía. Edie se hundió ante el peso y la vergüenza que todo aquello comportaba. Daba igual lo que Richard dijera, no podía volver. Incluso en el caso de que Jack y Charlotte se fueran por voluntad propia, se la criticaría. Pero ¿por qué tenía ella que perder el trabajo y no Jack? O sea, ¿que él se iba de rositas y se quedaba con el trabajo y la mujer?

—¿Los del trabajo tienen que ponerse en contacto contigo tan a menudo? —preguntó su padre mientras ella volvía a dejar el teléfono móvil sobre la mesa.

—Papá, a las siete y media de la tarde no es trabajo —dijo Meg con falsa dulzura.

—Oh —Los ojos de su padre se abrieron todavía más—. ¿Qué, estás ligando?

—¡No! —exclamó Edie con contundencia.

Aquello no era suficiente, tenía que añadir algo más.

—Perdón. Un amigo, que no para de molestarme con algo del trabajo. ¿Qué tal ha ido vuestro día? —añadió, no sin esfuerzo.

—Pues nada mal, gracias —contestó su padre—. Entreteniéndome con programas de radio. ¿Y tú? ¿Ya le has echado el guante a nuestra esquiva estrella?

—Dice que nos veremos en casa de sus padres en West Bridgford este domingo. Bueno, me lo ha dicho su asistente personal, que nos veremos. Pero me lo creeré cuando lo vea. O le vea.

—¿Este domingo? Pues menudas horas para trabajar.

—Tengo que estar disponible siempre para cuando él lo esté. Hoy me he pasado todo el día leyendo más recortes. Ni Dios sabe cómo hacer un libro que valga la pena sobre la vida de alguien de treinta y un años. Voy a tener que meterle mucho relleno.

—Es tan estúpido que se publiquen libros sobre la gente que sale en las películas en vez de sobre cooperantes u otra clase de personas que realmente contribuyen a la sociedad... —dijo Meg.

—Pues sí —asintió Edie—, lo es. O sobre cualquiera que tenga treinta y un años, la verdad.

Dijo esto antes de darse cuenta de que sonaba como una pulla dirigida a Meg.

—De acuerdo, Yoda.

Era agotador estar cerca de alguien que la menospreciaba tan abiertamente.

Cuando llegó la comida, Edie se puso contenta por tener algo que los uniera, el simple placer de atracarse. Mientras comían y pedían una segunda ronda de cervezas, entablaron una conversación trivial, en la que Edie hizo un montón de preguntas sobre las cosas y la gente de Nottingham que se había perdido, además de pedir información sobre su tía y sus primos. Meg no tuvo excusa alguna para quejarse de que Edie estaba siendo altanera.

—Uf. Me siento como si las tripas intentaran tejerme un chaleco de ternera —exclamó su padre, suspirando y dándose unas palmaditas en el estómago.

—Tu colon se ralentizará con la descomposición de la proteína animal —dijo Meg.

—No el mío —repuso Jerry—. El asunto es rápido, puedo prometértelo. Bonito vestido, Edith —añadió mientras retiraban los platos.

Edie llevaba un vestido muy barato de color azul y mangas largas. Como lo había sacado de la maleta sin planchar, tenía una amplia marca del doblado alrededor del pecho que actuaba como una especie de mirilla de su escote. Aunque estaba segura que nadie allí iba a aprovechar la oportunidad de echar un vistazo.

En un erróneo intento de imparcialidad paternal, su padre añadió:

—Tú también estarías muy guapa con ese vestido, Meg.

—No, gracias, es un vestido muy «Edie» —dijo ella, arrugando la nariz.

—¡Oh, un vestido muy EDIE! —exclamó Edie, levantando las palmas con un gesto de horror— ¿Qué podría ser peor?

—Bueno, ¿sabes? Es un poco… «¿conoces mis tetas?»

—¡Megan! —protestó su padre—. Frénate.

De todas las cosas que podría haber dicho Meg en aquel momento para burlarse de Edie, la sugerencia de que ella fuera una buscona exhibicionista era la que más podría herirla. Y avergonzarla. Encima, delante de su padre.

Respiró profundamente.

—¿Por qué tienes que ser tan horrible conmigo, Meg? ¿Critico yo tu ropa? No.

—Por Dios, era solo una broma —murmuró Meg—. Relájate, doña Susceptible.

—Y yo diría que no tiene mucho que ver con una ética feminista hablar del pecho de otra mujer de esta forma, ¿no crees? ¿O acaso no me acabas de decir implícitamente «avergüénzate, fulana»?

—Oh, ya empezamos.

—No, has empezado tú.

Meg apretó el mango de la salsa de tomate —que tenía la típica forma que estas salseras tienen en los restaurantes estadounidenses— y dijo pensativa:

—Como dijo George Monbiot, si la hipocresía es la distancia que hay entre nuestros principios y nuestro comportamiento, es muy fácil no ser nunca un hipócrita: basta con no tener ningún principio.

—¿Así que no tengo principios?

—Tú me has llamado hipócrita.

—Genial. Felicidades. ¡Gracias por la cena, Edie! —exclamó esta con un soniquete irónico.

—Oh, qué sorpresa, ya me lo has echado en cara. Yo no he pedido venir aquí.

—En realidad, sí lo hiciste.

Meg arrugó el ceño y Edie intentó recuperar el autocontrol porque estaba tan furiosa que habría sido capaz de decirle muuuchas más cosas.

Y aquello se le había ido de las manos con demasiada rapidez.

—A la mierda, me voy a fumar —dijo Meg, arrastrando la silla al levantarse, lo que produjo un ostensible ruido en la sala.

Sacando del bolsillo delantero de su peto estilo canguro el papel de fumar para liarse el cigarrillo, Edie y su padre la vieron desaparecer.

Al pasar la camarera, Edie murmuró:

—La cuenta, por favor.

Su padre parecía muy incómodo.

Edie se sintió mal por él. No podía ser agradable que tus propios hijos no se soportaran. Se dio cuenta de que no podría aguantar el avinagrado viaje de vuelta por carretera y las cuatro paredes de su habitación. Todavía no.

—Papá, calma las cosas y llévate a Meg a casa. Le he enviado un mensaje a un amigo y hemos quedado a la vuelta de la esquina. Volveré en un par de horas —mintió Edie con facilidad; con la misma facilidad con la que le mentía cuando tenía catorce años y se escabullía para encontrarse con chicos.

Mientras Edie introducía su clave en el lector de la tarjeta de crédito y se lo devolvía a la camarera, su padre asintió.

—Lo de esta noche ha sido una bonita idea, ¿sabes? —murmuró Jerry, inclinándose y acariciando con suavidad el hombro de su hija. Quedó en el aire la nota al pie: «Solo que llevada a cabo terriblemente».

Capítulo 16

Un amigo llamado «súper copa» de vino.

En el bufé del cine que había al final de la calle, Edie encontró una esquina relativamente tranquila donde beberse el descomunal matraz de vino tinto que acababa de pedir. Sentada sola, de espaldas a la sala, pudo mirar su teléfono móvil con libertad y llorar un poco. La autocompasión la había vencido, así que permitió que las lágrimas mojaran su rostro mientras las secaba discretamente con las manos enlazadas horizontalmente bajo su nariz. A su alrededor, la gente estaba demasiado achispada para fijarse en la mujer de cabello negro que se disolvía en una esquina.

Todo se había jodido tanto, y de tantas maneras... Su vida no era maravillosa; desde luego, no estaba viviendo, ni por asomo, su etiqueta «mejor momento». Pero era su vida, y más o menos funcionaba. Sin embargo, ahora, ¿qué?

Hablaría con su padre mañana para informarle de que se instalaría en un apartamento durante los próximos meses. Aunque su padre se opondría con vehemencia, Edie insistiría, recordándole que Meg y ella bajo el mismo techo era una fórmula segura para el desastre. Su hermana la odiaba, no sabía por qué, y eso era todo. Y no podía soportarlo en un momento en que el resto del mundo también lo hacía.

Edie sintió un repentino e irreprimible impulso de hablar con alguien que la quisiera, y confesárselo todo. Había pocas posibilidades de que Hannah le contestara al teléfono un domingo a esas horas pero, por probar...

—¡Edith!

—¡Hola! ¿Estás ahí?

—Sí, claro que lo estoy, es mi teléfono.

—Lo sé, pero como es domingo por la noche...

Edie se tapó el otro oído para amortiguar el ruido de las conversaciones del local y la canción de Tracy Chapman *Fast car*.

—Ahora mismo estaba pensando que debería llamarte.

—Nos hemos leído el pensamiento —dijo Edie, notando cómo su pecho se abría, intentando no gemir: «AYÚDAME, OBI WAN KENOBI, ERES MI ÚNICA ESPERANZA».

—Se te oye raro, ¿dónde estás?

—Estoy rara. Estoy en un bar, llorando. En Nottingham, de hecho.

—¿De veras? Qué casualidad. ¿Por qué estás llorando?

Edie se armó de valor. Tendría que haberlo hecho antes.

—¿Preparada para una historia espantosa y un montón de «te lo advertí»? Espera, ¿por qué has dicho «qué casualidad»?

—Es que también estoy aquí. En casa de mis padres. ¿Dónde estás tú?

—Mmm... ¿Broadwalk? No, espera, Broadway. El cine.

—¿Puedes esperarte diez minutos? Es lo que tardo en llegar en taxi.

¿Que si podía esperarse diez minutos? Edie quiso recorrer todo el local, con pinturas de guerra en la cara, lanzando hurras de alegría.

Un cuarto de hora más tarde, Hannah apareció en la entrada del bar, con las manos metidas en los bolsillos del cárdigan y su cola de caballo balanceándose mientras movía la cabeza en busca de Edie. Hannah llevaba unas gafas gigantes con una montura de colores estilo «secretaria años ochenta» que le hacían parecer incluso más atractiva. Edie, seguramente, parecería la esposa de un asesino en serie.

Levantó la mano y señaló los dos vasos de tinto que había delante de ella. Hannah seguía siendo tan alta, esbelta y guapa como siempre; incluso se había saltado los granos y el sobrepeso durante la adolescencia. En más de un sentido, podía decirse que había nacido ya con los treinta y cinco cumplidos. El único signo del paso del tiempo era que su delicada piel galesa tenía unas finísimas líneas que uno solo podía ver muy de cerca, parecidas a las estrías dejadas por el barniz sobre la cerámica.

Se abrazaron por encima de la mesa y Edie exclamó, no del todo capaz de aguantar la llantina:

—Oh, qué alegría verte. ¿Qué haces aquí? En, casa, quiero decir.

—Enseguida te cuento. ¿Estás bien? ¿Y tu padre y hermana?

—Están bien, soy yo. He sido una idiota.

Edie le contó el desastre de la boda. Hannah escuchaba en silencio, bebiendo su vino tinto con el ceño fruncido.

—Nunca me gustó ese Jack. Y ahora, menos. Para serte sincera, pensaba que me ibas a contar que su novia os sorprendió bañándoos juntos o algo así.

Edie se quedó boquiabierta.

—¿No crees que soy la mujer más despreciable que existe en el mundo? —le preguntó a su amiga.

—Creo que te dejaste llevar y la cagaste mucho, pero no eres la primera persona que lo ha hecho. Además, él fue quien se te echó encima, ¿no?

—Sí, pero yo le devolví el beso —dijo—. ¡Besé al marido de otra, Hannah! ¡En su boda! Hacía apenas dos horas que acababan de pronunciar sus votos de fidelidad.

Hannah dio un sorbo de la copa e inclinó la cabeza.

—Mmm. ¿Y cómo crees que habría ido todo, en la misma situación, si tú no le hubieras devuelto el beso? Quiero decir que, aunque hubieras permanecido totalmente quieta, habría quedado igual de mal. Parece que él te dio la estocada y tú quedaste bien jodida. Y no te juzgo, en serio. Mi padre siempre dice que solo tienes que fustigarte por el daño que has hecho a propósito. Porque es culpa tuya. Pero el que has hecho sin querer, siéntete mal por él, sí, pero ve superándolo, porque en el fondo no eres tú el culpable. Con esto en mente, fue la única forma en que pude soportar mi etapa de MIR.

Llamar a Hannah había sido la mejor idea que Edie había tenido en mucho tiempo.

—¡Sí! —exclamó, inundada por una ola, no, ¡una avalancha!, de gratitud y alivio—. ¿Quién podría esperarse algo así? Si hubiera tenido tiempo para pensar, habría dicho «no».

—Capullo tóxico. Dime, por favor, que ya te lo has quitado de encima...

—Oh, Dios, sí —respondió asintiendo vigorosamente—. Ya estaba a punto de superarle cuando llegó la boda.

Edie hizo esa afirmación sin saber si era realmente cierto. ¿Le habría contestado a Jack el primer mensaje tras la luna de miel en el chateo del Gmail? Seguramente, sí. Aunque con cautela. Era una adicta. Y los adictos no son de fiar. Mienten a todo el mundo y mucho más a sí mismos.

—Pero en cuanto a mi reputación, se ha ido al carajo. He tenido que quitarme de Facebook, me estaban linchando —contó Edie.

—Bueno, ya sabes lo que opino de esa feria de atracciones de mierda.

Hannah era una detractora declarada de las redes sociales.

—Pues resulta que yo también tengo novedades —comentó la joven cirujana.

—¿Ah, sí?

—Pete y yo hemos cortado.

Edie se quedó helada, con la copa de vino a medio camino de su boca.

—¿Qué? —balbuceó—. Pero eso ha sonado como que Pete y tú...

—... hemos cortado.

—¿No? —dijo Edie, al mismo tiempo preguntándolo y negándolo. Hannah y Pete podían cortar tanto como la reina y el príncipe consorte. Juntos desde la universidad, inseparables, acababan las frases del otro, complementándose y oponiéndose. Era impensable; era como si se divorciaran tus padres.

—No sé por dónde empezar —murmuró Hannah, y Edie detectó un inusual temblor en su voz—. Llevábamos tanto tiempo sin ser felices que habíamos olvidado lo que era, vivíamos como insensibilizados a todo. No me atrevía a decirlo, siempre me faltaba valor. Me quedaba toda la noche en vela pensando «mañana lo haré», pero cuando ese mañana llegaba, nunca era el momento adecuado. Y cuando me fui a ese curso de capacitación, me acosté con otro solo para que fuera tan drástico que no pudiera echarme atrás otra vez.

—¡Tú! ¿Tuviste un lío? —Eso le parecía inconcebible.

—No estoy segura de que se pueda llamar «lío» a una cosa de una sola vez, pero sí que me despeñé a lo grande del tren de la fidelidad. Sabía que Pete y yo habíamos acabado, y tuve que forzarme a mí misma a hacer que fuera algo real. Ni siquiera tuve que contárselo; no es que me sienta orgullosa, pero así son las cosas. Fue como si tuviera que probarme, a mí misma y a él, que se había acabado. Hace dos semanas que volví aquí y terminamos. —Hannah hizo una pausa—. Querría haberte llamado antes, pero necesitaba aclarar mis ideas, contárselo a nuestros padres y todo eso... Y como mamá tiene esclerosis múltiple, quería elegir bien el momento...

Edie asintió. Le debía a Hannah la misma comprensión sin juicios que ella acababa de ofrecerle.

—No tenía ni idea. Parecíais tan felices juntos...

—¡Nosotros sí que no teníamos ni idea! O sí teníamos alguna, pero es como llevar un peso: tarde o temprano te olvidas de que lo llevas y te crees que siempre has ido con una joroba por ahí. Joroba, Edith, me cuesta decirte esto, pero llegué a decirme: «no nos podemos separar porque nos acaban de pulir el parqué». En serio, seguíamos juntos por los sofás, y los azulejos, y los suelos abrillantados. Como si nuestra preciosa casa se hubiera convertido en una tumba donde estábamos enterrados juntos.

Edie había olvidado lo lista que era Hannah. Resultaba casi intimidante que fuera tan buena con las palabras cuando era ella quien se ganaba la vida con ellas. En cambio, difícilmente alguien dejaría que Edie manoseara su sistema de filtración de la orina.

—No queríamos casarnos ni tener hijos, por lo que era muy fácil dejarse llevar. Y además estaba el continuo mantra sobre que «las relaciones a largo plazo son un trabajo duro, y que todo tiene sus subidas y sus bajadas, y que siempre te molestarán las uñas de sus pies, y que hay que permanecer al lado del otro, y que uno siempre quiere lo que no puede tener», etcétera. En realidad, es muy difícil saber cuándo has de cortar. Lo único que sabía era que me despertaba cada mañana pensando que no podía ser eso todo lo que me esperaba hasta que me muriera. Cuando tu relación te hace sentir que tu vida es demasiado larga, es que algo se ha torcido.

La voz de Hannah se había ido espesando conforme bebía de su copa. Lamentaba que su amiga hubiera pasado por todo ese trago con ella a tantas millas de distancia, incapaz de ayudarla.

—Tendrías que habérmelo dicho...

—No quería decirlo en voz alta hasta estar segura. Ya me conoces.

Edie asintió. Al fin y al cabo, ella había hecho lo mismo con su salida de Harrogate. Esperar hasta atreverse a decirlo.

—Regreso a Nottingham —continuó Hannah—. Ayer me hicieron una entrevista en el hospital universitario y me han dado el puesto. No quería quedarme en Edimburgo y encontrarme a Pete y a los amigos comunes todo el tiempo. No soportaría pasar por el proceso de ponerlo todo en orden, necesitaba empezar de cero. Y mi madre no mejora. Empiezo en dos semanas.

—¡Caramba! Las dos volviendo aquí a la vez. ¿Será posible?

—Pero tú no te vas a quedar.

—No —repuso Edie, con un pequeño escalofrío, pues el motivo por el cual Londres le parecía un santuario no estaba muy claro—. Técnicamente, tengo un trabajo al que volver.

Como si eso lo hiciera más atractivo.

—Qué suerte tenemos, al menos, de haber acabado a la vez aquí en nuestro momento de necesidad —exclamó Edie cuando Hannah volvió de la barra con otras dos copas de tinto enormes que se iban a cobrar su aparatosa venganza por la mañana.

—Bueno, define «suerte» —dijo Hannah, sonriendo con la copa en los labios.

—De acuerdo, nosotras sabemos que nuestras vidas son una mierda. Pero para el resto del mundo, yo soy una biógrafa de famosos y tú eres una cirujana renal soberbia y tenemos casi una botella entera de Shiraz para meternos entre pecho y espalda.

Hicieron chinchín.

—Por estar juntas en estos momentos difíciles —dijo Hannah—. ¿Buscamos a Nick? ¿Has sabido algo de él últimamente?

Negó con la cabeza, con aire de culpabilidad. Hacía dieciocho meses que no sabía nada de él, exceptuando el típico correo electrónico gracioso de «¿has visto esto?». Nick era un amigo que habían hecho en sexto grado. Podría decirse que era un poco como Calimero, aunque era más exacto decir que «tenía tendencia a suaves cuadros depresivos». En una yuxtaposición surrealista, tenía un programa local de radio con mucho éxito, en el que charlaba con madres y ponía música de Fleetwood Mac.

A los veinticuatro años, hizo la elección más catastrófica de su vida, al elegir como mujer a la rancia y mandona Alice. Hannah describió el hecho de haberse casado con Alice como «un acto de desprecio a sí mismo».

Como parecía que para él era un gran conflicto escabullirse del yugo de la opresión, le resultaba más fácil rechazar los encuentros sociales. Dado que además tenían un hijo, Max, Alice había conseguido más o menos anular a Nick para siempre.

—¿Tú crees que doña Malicia le dejará deambular en libertad? —preguntó Hannah. La llamaban así desde hacía un tiempo.

—Lo dudo —contestó Edie.

—Pues, ¿sabes? Quiero hablar con él. La vida es demasiado corta para tolerar lo de ser infeliz.

Edie asintió pese a que sospechaba que era en vano.

—Tendría que saber, desde luego, que has vuelto.

Ahora que lo pensaba, Nick le había enviado muy pocos emails recientemente; incluso menos de lo que acostumbraba. Quizá el Bebé 2 estaba de camino y no quería hacer frente a su educado y chirriante «ejem... qué noticia más maravillosa».

—Si trata de evitarnos, le llamamos al programa de radio —decidió Hannah.

Edie estuvo de acuerdo.

—Incluso podríamos proponerle salir juntos con Alice. Pasar página.

—Claro, aunque te apuesto algo a que en esa página pondrá: «¡Oh, no; todavía soy una arpía!».

Cuando llegó a casa, con nuevos ánimos, a Edie le pilló por sorpresa encontrar a su padre despierto esperándola, viendo la televisión con un vaso de *whisky*.

—Hacía ya bastantes años que no me quedaba esperándote —sonrió.

Edie tenía que decirlo enseguida o perdería su valor.

—Papá, mañana me buscaré otro sitio donde quedarme. Meg y yo juntas es demasiado estrés para cualquiera.

Su padre no pareció sorprenderse.

—Mira, dale una semana o dos. Que te instalases aquí iba a tener sus dificultades.

—¡Me odia! —exclamó con un chillido ahogado e histérico—. No hago nada para provocarla y aun así va a por mí todo el tiempo.

—Ya lo sé. Pero no te odia. Lo que pasa es que resulta muy difícil para Megan. Te ve como la exitosa, la que siempre se lleva toda la gloria, y se pone gallito. No es que esté excusando su comportamiento de esta noche, y hemos tenido una o dos palabras. Pero creo que tiene muchos celos de ti. Deja que se calme todo un poco. Hazlo por mí.

Ya sabía que no podía negarle eso a su padre. Levantó los hombros.

—De acuerdo.

—Verte, para nosotros, es muy bueno, ¿sabes? —Su padre la abrazó y Edie se rindió a su cariño con una abrumadora emoción en el corazón—. Y, ¿quién sabe? Incluso puede acabar siendo bueno para ti algún día.

Lo dijo con tanta tristeza disfrazada de una ligereza forzada que Edie tuvo que farfullar «buenas noches» antes de echarse a llorar.

Capítulo 17

La historia de Elliot Owen empezó en el tranquilo —quizá demasiado— y cotizado barrio de West Bridgford. Edie había vivido ahí hacía mucho tiempo. Su cerebro era demasiado pequeño para almacenar muchos recuerdos de la época, pero tenía unos cuantos, que emergían como fotogramas acelerados de una vieja cinta de Súper-8, sin sonido y alegres, y Edie apagaba entonces su proyector interno.

La casa de los padres de Elliot era grande y acogedora, con una entrada parcialmente escondida por las clemátides. Seguro que él había tenido una de esas madres acostumbradas a empaquetar los ingredientes de las clases de economía doméstica en una cesta de mimbre con un paño de cocina inmaculado encima. Edie, por el contrario, solía comprarse lo necesario en una tienda de comestibles cercana, lo que siempre le hacía perder el autobús y le daba tiempo para fumarse un pitillo.

Edie tiró de la campana de la puerta, símbolo de una casa de clase media alta, irritada ante lo que su imaginación anticipaba.

El propio Elliot abrió la puerta, lo que le sorprendió un poco. Sus ojos verde neón se encontraron con los de ella, y allí estaba, en (escultural) carne y hueso: algo que resultaba simultáneamente chocante y banal. Era ridículo sorprenderse porque hubiera abierto la puerta de su casa, el pobre hombre también debía de estar solo «de vez en cuando». No tendría un Alfred, como si fuera Bruce Wayne (¿o sí lo tenía?).

Mantuvo su expresión inmutable y se presentó: «Hola, soy Edie», pero en cuanto lo hubo dicho, se sintió exageradamente tonta. Y es que Elliot, con un teléfono móvil pegado a la oreja, no podía oírla; pero le hizo el gesto típico para indicar que la llamada estaba en curso, señalando el teléfono y girando el dedo.

Luego le sostuvo la puerta con el pie, enfundado en unos impecables zapatos de piel de serpiente y Edie entró a la casa rozándole, y sus nervios, saltando como palomitas de maíz en un microondas. Aunque se había dicho a sí misma, con mucha firmeza, que no languidecería ni se entusiasmaría en su presencia, veía que iba a ser imposible. Pues no importaba que uno declarara su indiferencia hacia una celebridad en concreto; ver a alguien famoso en carne y hueso producía una disonancia cognitiva, una rara e histérica agitación psicológica. Por ese motivo, Edie no podía asumir la proximidad de Elliot Owen, pese a ser algo muy fácil de entender.

El hombre moreno y afeitado, vestido con un jersey a rayas, en el recibidor de una casa de las afueras, tenía la misma cara que el desaliñado guerrero que había visto enfrascado en la batalla en su tele. Su cerebro vociferó: «ES ÉL, ES ÉL, OH, DIOS MÍO, ES REALMENTE ÉL».

De acuerdo, la visión de Elliot no noqueó a Edie ni hizo «que prácticamente ovulara». Era solo una persona más; aunque una versión más esculpida, más limpia, más clara, con una estructura ósea mejor, y más simétrica. Tenía aspecto de oler a manzanas recién recogidas y a lino fresco. Y, como todos los famosos, era más pequeño que el altísimo y amenazador cachas que esperaba. No es que fuera bajo, sino que era mucho más delgado.

Elliot abrió la puerta de la sala de estar con su mano libre y Edie lo entendió como una invitación para que entrara y se sentase. Pensaba que la seguiría pero, en vez de eso, se fue a la habitación de al lado, a lo que debía de ser la cocina. Si al menos hubiera cerrado la puerta de la estancia, no habría tenido que escuchar buena parte de lo que decía.

—... eso no es cierto, ¿eh? ¿Por qué habría de hacerlo? Dile a Larry que pagaré el depósito y, si tengo tiempo, podría... Oh, Dios, Heather, ¿en serio? ¿Es así como vamos a hacerlo? Sabes que mi agenda es como... Oh, muy BIEN, cuando lo dices así...

Le impactó darse cuenta de que estaba espiando una discusión entre Elliot y su novia famosa. Algo digno de salir en las noticias —bueno, si uno suscribía la escala de valores de las noticias en nuestro desquiciado siglo XXI— estaba pasando al otro lado de esa puerta lacada en blanco, con un único espectador: Edie. Aunque ella no podía hacer nada con esa información, claro, si es que apreciaba su empleo.

Quitándose lentamente el abrigo, lo dejó con cuidado en el brazo del sofá y sacó su dictáfono y su bloc de notas. Notaba sus nervios vibrar de anticipación, de forma que tuvo que serenarse otra vez como ya lo había hecho para la primera cita aunque, de nuevo, él le hubiera dado al *pause*. ¿Y de qué forma, exactamente, había sido Elliot desagradable con el anterior escritor? ¿Es que iba a mesarse sus rizados cabellos y ponerse irascible en cuanto le hiciera las primeras preguntas? Hubiera deseado poder hablar con su predecesor, aunque eso tal vez no habría sido de gran ayuda.

La pelea continuaba fuera de escena.

—No entiendo por qué estás siendo tan borde cuando tú sabes... Pero ¿qué narices tiene que ver la cuarentena del perro conmigo? ¡Oh, lo siento, yo inventé la rabia, culpa mía!

Edie garabateó «El Inventor de la Rabia» en el margen de arriba de su bloc, riéndose para sus adentros como una estúpida, para, acto seguido, tacharlo con energía. Más confusión: en *Sangre y oro*, Elliot hablaba con un inglés estándar perfecto y cortante, estilo «*madame*, me temo que me veo forzado a abusar de usted inmediatamente», mientras que en la vida real tenía el suave soniquete de las Midlands. No Nottingham-Nottingham, sino una versión de clase media, aunque conservando la blandura de las vocales. ¡Y es que los actores sabían poner acentos, quién lo hubiera dicho!

Edie se daba cuenta de que ese rato maravilloso con Heather Lily no estaba poniendo al actor del mejor humor para su charla. O tal vez eso ayudase: ¿estaría tan fuera de sí que bajaría la guardia? Seamos positivos.

La decoración de la habitación era la típica de la casa de una familia acomodada de esa zona, aunque tal vez un poco más seria. Había una gruesa alfombra beis oscuro y un sofá floreado con esa especie de cosas, parecidas a los pañuelos, en el respaldo... ¿cómo diablos se llamaban? También tenían una vitrina de roble barnizado, del tipo que seguro contenía tras sus puertas botellas de Advocaat y Martini Rosso con tapones de goma. Mientras, un reloj dentro de una bóveda de cristal, con un mecanismo de oscilación metronómica, ofrecía un hipnótico tic-tac, tic-tac, tic-tac.

Los padres de Elliot estaban de crucero, según le había informado su agente, así que él había optado por alojarse aquí en vez de en un hotel. La agente también añadió una retahíla de extenuantes advertencias acerca de la necesidad de no desvelar la dirección de Elliot a nadie, lo que la ofendió, como si hubiera tenido la intención de conectarse al Reddit y publicar: «*¿A QUÉ NO LO ADIVINÁIS, CHICOS?*».

Las estanterías de la vitrina mostraban retratos de la infancia en robustos marcos de plata. Elliot fue, como era de esperar, un niñito de aspecto angelical, con piel de alabastro y cabello oscuro color melaza. Edie comprendió por qué había conseguido un papel de guerrero celta. Su hermano pequeño era tan diferente de él como Meg de Edie: rubio, corpulento, de rasgos romos, pero también muy guapo.

—¿... amenazando? ¿En serio? Llévalo, no me importa lo que digan los falsos de tus amigos. ¿A ti, sí? Mmm, claro. Espera, ¡Espera! Así que dices, primero, que vas a tener que llevarlo si no aparezco, como si eso fuera a causar que empezara a dar gritos, pero, luego, ¿resulta que soy un sinvergüenza egoísta por no darlos? ¿Qué clase de estúpida trampa es...? Oh, mira, Heather, habla primero contigo misma.

«Eso, que ella hable consigo misma y que tú hables conmigo, ¿qué te parece?»

Edie dedujo que la pelea tenía algo que ver con que Elliot no lo dejara todo para asistir al cumpleaños de Heather en Nueva York, y las consiguientes amenazas por parte de ella de llegar del brazo de otro. Daba la impresión de que la discusión se había convertido en un repertorio completo de «nunca me antepones a nada», que no mostraba signo alguno de acabar de forma inmediata. Edie miró su reloj. Llevaba allí veinte minutos. Tic-tac.

Podía mirar su teléfono móvil. Navegó un poco, con apatía, pero sin Facebook y sin amigos, no había gran cosa para distraerla. Se acordó entonces de Twitter, que hacía siglos que no miraba. Con una sacudida, comprobó que también ahí había mensajes ofensivos: de Lucie y seguramente de amigos de Lucie preguntándole cómo podía dormir por las noches. Edie lo cerró con rapidez: ese no era el momento. A continuación leyó algunas webs de noticias y acabó haciendo dibujos de florecillas en el bloc, tratando de no pensar en que la cantidad de personas que la habían insultado era más que suficiente para llenar la sala de actos de un ayuntamiento, con los que no cupieran desperdigados por el jardín colindante.

La gente guapa y su saga de problemas imaginarios continuaba en la estancia de al lado. Miró otra vez su reloj. Cuarenta y cinco minutos. La cosa ya se estaba convirtiendo en un Naomi Campbell. Y no solo eso: el puñetero Elliot estaba allí mismo, y era perfectamente capaz de acabar con la llamada.

A los cincuenta y dos minutos, cuando el cuerpo de Edie estaba tenso de irritación ante sus modales, Elliot se calló, anduvo arriba y abajo durante unos minutos y entró en la sala.

Se dejó caer pesadamente en el sofá y apenas miró a Edie, quien esperaba una disculpa sobre la espera que nunca llegó. Bueno, en cualquier caso la rabia era una cura muy eficaz para el nerviosismo reverencial.

—Hola, soy Edie —Sus palabras chocaron contra una barrera instantánea. Porque, normalmente, cuando uno se presenta suele obtener otro nombre en respuesta. Pero como ella, obviamente, no necesitaba dicho nombre, su frase quedó colgada.

—Hola, sí. Sobre este proyecto. No sé si Kirsty ha hablado contigo. En realidad no quiero hacerlo.

Edie hizo acopio de cortesía con esfuerzo y fue capaz de decir:

—¡Oh! Pensaba que habíamos quedado porque querías hacerlo.

—Qué va, fue mi agente quien me metió en esto. La verdad, no le veo ningún sentido. Solo es un ejercicio de ego.

«Jajaja... Y tú odias que te inflen el ego, se nota», pensó Edie.

—De acuerdo, pues... ¿Les digo yo que lo dejas? ¿O quizá deberías hacerlo tú?

—No, ya hemos hecho todo el papeleo y sería un puñetero latazo dejarlo ahora. ¿No puedes hacer un borrador con todo lo que tengas de momento y ya le echaré entonces un vistazo?

«Sí, claro, o sea que lo que quieres es cobrar, pero no trabajar. Esto es muy ¡grande!» La próxima vez que alguien le dijera que le gustaba Elliot Owen, no iba a hacerle el chiste del camarero becario especializado en café: sencillamente le vertería uno encima.

—Puedo escribir algo, pero realmente necesito tu aportación. Me dijeron que los editores quieren, ejem, algo con chicha.

Elliot, que se estaba frotando los ojos, al oír aquello los abrió poniendo cara de digamos «pocos amigos», como si Edie acabara de dar unos golpecitos con un palo a un cocodrilo.

—¿«Algo con chicha»? ¿Qué leches significa eso?

—Mmm... Pues cosas que no han salido en otros sitios, supongo.

—¿Cotilleos y, en general, una invasión de mi vida privada? Ni hablar, narices. Sabía que esto sería un desastre —se lo decía a un tercero invisible, en vez de a Edie, aunque de hecho ella se sentía completamente invisible.

—Podemos trabajar en lo que queremos que quede fuera y...

—No, no, no. Esto es una porquería.

En otro momento y en otro lugar, en los que Edie no hubiera sido despedazada y humillada en público recientemente, ni se sintiera arrasada por la vergüenza; en los que tampoco hubiera tenido que volver, en contra de su voluntad, a su ciudad natal, y en los que ni mucho menos la hubieran obligado a encontrarse con un narcisista malhumorado, puede que entonces hubiera manejado esto con mayor diplomacia. Pero dadas las circunstancias, temblaba de ira.

—No entiendo tu actitud. Has firmado un acuerdo y supongo que habrás aceptado el dinero. La idea es que colabores conmigo y así ambos podamos sacar adelante un buen libro.

Los ojos de Elliot se abrieron más y Edie sintió que, por fin, había captado su atención.

—Sí, claro, vas a escribir un buen libro. ¡Venga, vamos! Los dos sabemos que esto es una de esas chapuzas, para explotar el filón, que te encuentras en la sección de ofertas del supermercado. Como *Justin Bieber: un joven adorable* o lo que sea.

Ya se le estaban ocurriendo algunos títulos para el libro de Elliot.

—Bueno, sin duda lo que sí sería una chapuza es que no te entrevistara como es debido.

Elliot se pasó la mano por el pelo y de nuevo pareció que miraba fuera de escena a un relaciones públicas imaginario.

—Siento decepcionarte.

Edie se sintió tan humillada que habló sin pensar:

—Esto no tiene nada que ver con que me decepciones; esto es la rabia de tener que trabajar con alguien tan poco profesional. Y malcriado.

—¿Cómo? —Los ojos de Elliot se abrieron de par en par.

Edie se había pasado de la raya y ambos lo sabían.

—Esta debe ser la fase en que se establecen buenas relaciones para ganarse la confianza del sujeto —dijo Elliot—. ¿Sabes qué te digo...? —Hubo una pausa, en la que se dio cuenta de que no se acordaba del nombre de su interlocutora—. Creo que hemos dejado claro que esto no va a funcionar.

Se puso de pie, al tiempo que se quitaba su jersey gris a rayas, lo que dejó al descubierto su vientre plano.

—Una gran velada, muchísimas gracias.

—No, muchísimas gracias a ti —replicó Edie, con la misma entonación sarcástica, y salió rápidamente, para ahorrarle la molestia que no iba a tomarse.

Capítulo 18

¡Menudo imbécil! ¿Habrase visto? ¡Más tonto que hecho aposta!

Edie estaba reproduciendo frases de su breve encuentro en su cabeza, casi a punto de citarlas en voz alta en medio de la calle, como hace la gente profundamente indignada.

Entonces notó que el teléfono móvil le sonaba en el bolsillo y lo sacó. Richard. Su marcha hacia el autobús más próximo se interrumpió de golpe. Dejó que sonara hasta que vio aparecer en la pantalla, ominosamente, el aviso de «Nuevo mensaje de voz».

Sería una llamada de control, un «cómo lo llevas». «He discutido con él y ha cancelado el proyecto» se imaginó que le contestaba. «Oh, y su agente quizá haya oído que fui... muy directa.»

Tragó saliva. Aquello sería una conversación horrible, incluso peor que la de la boda. Y sabía que le debía mucho a Richard, que se había apiadado de su situación y le había lanzado este salvavidas. Era consciente de que él quería mantenerla a ella, no a Jack; que ella le gustaba, mientras que él, no demasiado, y Richard siempre decía que contratar a gente que te gustaba era bueno para el negocio. Incluso podría llegar a elegir a Edie en vez de a Charlotte, si una de sus mejores ejecutivas de cuentas le lanzaba el ultimátum de «o ella o yo».

Y Edie le iba a devolver la confianza avergonzándole delante de su contacto en la editorial y dejándole tirado. Al menos, el escritor anterior no había quemado las naves al irse. Y ya le habían advertido de que Elliot Owen era difícil: porque era una estrella; y una de las claras ventajas de serlo era poder comportarse como un capullo. Eso era lo que más la había carcomido durante su pelea. No es que ella no hubiera tenido motivos para salir despotricando, pero ambos no estaban al mismo nivel cuando se trataba de perder la calma. Él podía ser lo temperamental que quisiera: se suponía que ella tenía que mantenerse tranquila incluso delante de la insensatez más absoluta, que tenía que camelárselo, adularlo y engatusarlo. Pero le había fastidiado tanto tener que esperar por lo de Heather, que había perdido el objetivo de su misión.

Edie no sabía qué hacer para no llamar a Richard y asumir su error. No podría soportar el disgusto y la decepción que sentiría su jefe. Ni podría soportar perder a otro amigo, uno de los pocos de verdad que le quedaban.

El último recurso era un hipotético plan «b». ¿Soportaría llevarlo a cabo? Era una opción asquerosa, pero, puestas en una balanza, era la menos asquerosa de las dos. Vaciló y miró el aviso de «Nuevo mensaje de voz», mientras notaba su corazón latir aceleradamente.

Aunque a buen seguro no serviría de nada, tenía que intentarlo por si quedaba la más mínima posibilidad de arreglar las cosas. Además, era bastante probable que Richard le pidiese que lo hiciera de todos modos.

Arrastrando los pies —que de pronto pesaban toneladas— y con el estómago lleno de pelotas de metal, recorrió de nuevo la calle de la casa de Elliot, y volvió a tirar de la campana de la puerta. Los nervios que sentía ahora eran completamente ajenos a la fama de su huésped, pero eso no ayudaba en exceso.

Uno de los problemas de conocer a famosetes es que uno le dará vueltas después a cualquier estupidez que él mismo haya dicho, incluso sabiendo que ellos no se acordarán de ti cinco minutos más tarde. Lo que sí era cierto es que su cuerpo se arrastraría vilmente, en plan Gollum, cada vez que sonara el nombre de Elliot Owen. Podría ser incluso más humillante que «Charjack».

Elliot abrió la puerta, se apoyó en el quicio y la miró detenidamente, con un rostro inescrutable, a excepción de la adusta mueca de su boca.

Edie se aclaró la garganta.

—Hola de nuevo. Ejem... Muy bien... La cosa no ha ido exactamente como yo lo había planeado. ¿Qué te parece? Hago un primer esbozo y le echas un vistazo a ver si te gusta. Te hago algunas entrevistas pero nos ceñimos a asuntos que te hagan sentir cómodo. Y vemos cómo va.

—Pero, a ver, ¿no era hace un momento un malcriado imbécil, sin pizca de profesionalidad?

Edie se tragó lo de «lo eras» y dijo:

—Lo siento, no debería haber dicho algo así. Está claro que estaba pensando en lo que acababa de...

Elliot la interrumpió:

—¿Te han dicho que vuelvas y me convenzas?

—No.

Elliot cruzó los brazos.

—Mentirosa.

—¡No te estoy mintiendo!

—Pues aun así sigue siendo «no», lo siento.

—Oye. Por favor, ¿podemos...? Estoy en una posición muy delicada...

—Bájate del escenario, no tiene ningún sentido que montes un drama.

Elliot tenía una lengua más ácida de lo que Edie suponía. Cuando el actor fue a cerrar la puerta, Edie casi bramó:

—¡Espera, espera! Nadie me ha dicho que me disculpe, pero tengo que escribir este libro. No puedo volver a la oficina y enfrentarme a todos mis compañeros de trabajo. Por favor.

Elliot volvió a abrir la puerta.

—¿Y por qué no? ¿También les has insultado?

—Besé al marido de otra durante su boda. Él y ella son colegas míos. Mi empresa, ahora mismo, es un campo de minas. Pedí a mi jefe que me despidiera, pero en vez de eso me dio este trabajo, mientras las cosas se calmaban.

(¡Argh, cállate, Edie!)

Esa parte seguro que hubiera sido mejor dejarla fuera, sobre todo teniendo en cuenta que aquel hombre la estaba mirando, atónito, de arriba abajo. Era una apuesta arriesgada, lo sabía; pero también que suplicarle clemencia era el único camino que le quedaba. Por otro lado, podía servir como confirmación de su incompetencia, hacer que pareciera una chalada y avergonzar todavía más a Richard. En cualquier caso, salvo amenazar a Elliot con una pistola, no tenía nada más.

Tras una pausa, su interlocutor cambió de postura y frunció el ceño.

—¿Así que besaste al marido de otra el día de la boda? ¿Quieres decir en la mejilla?

—No. Fue un beso... beso.

Levantó las cejas.

—¡Joder!

—Ya.

—¿Y delante de quién?

Que le estuviera haciendo todas esas preguntas era un síntoma relativamente bueno.

—Pensábamos que de nadie... y entonces nos vio la novia.

—Es broma.

—No. Se separaron ahí mismo. Pero debería añadir que fue él quien me besó a mí, yo no intenté besarle a él.

—No estoy seguro de que debas ser tú la persona digna de compasión en esta anécdota, pero como quieras.

Había un inesperado humor irónico en su tono.

—Puede que no. Pero te suplico que no me mandes de vuelta a Londres. Yo también soy de Nottingham, y regresar al hogar siempre sienta bien.

Eso había sido una mentira cochina, pensó Edie.

—... aunque no he tenido tanta suerte como tú, toda mi familia está en casa, ja.

Ahora se estaba yendo por los cerros de Úbeda. Elliot volvió a cruzar los brazos y a dejar su rostro inexpresivo. Pero Edie tuvo la corazonada de que acaba de ganarse una segunda oportunidad. Si no fuera así, la puerta ya llevaría mucho rato cerrada.

—Por favor —insistió—. Intentemos escribir el libro. Seguro que hay una forma de que podamos trabajar juntos, para que yo...

Elliot mordisqueó la parte interior de su mejilla y levantó la mano.

—... ninguna chorrada sobre con quién me veo, no lo soporto.

—De acuerdo —dijo Edie, casi mareada por la impresión de que él hubiera transigido—. Aprobarás cada cosa que escriba, sin espacio para las sorpresas. Soy muy buena con las palabras. Puede que incluso te guste lo que haga.

Elliot puso cara de escepticismo y, rascándose el cogote, suspiró:

—Lo probaremos, pero no te prometo nada.

Edie podría haber caído de rodillas levantando los puños en alto.

—Por supuesto, entendido.

—No tengo que rodar muchas escenas el viernes, así que habré acabado por la tarde. ¿Qué te parece si nos ponemos a ello con una cerveza?

—Suena genial. —Edie estaba exultante.

—Muy bien. Le diré a Kirsty que te envíe los detalles.

Elliot le cerró la puerta en las narices.

Edie caminaba por la calle con alas en los pies, sonriendo como una idiota de puro alivio. Elliot era... No diría que le hubiera gustado, pero al menos no era un monstruo inhumano sin remedio. Puede que incluso fuera capaz de encontrar un gramo de humanidad, y a partir de ahí exagerarlo desmedidamente para sus admiradores.

Escuchó el mensaje del buzón y marcó el dial.

—¡Richard! Hola...

Capítulo 19

Su padre le había dicho a Meg más cosas de lo que ella creía, pues su hermana estaba más callada y dócil, e incluso se disculpó.

—Perdona si fui desagradable con lo de tu vestido —farfulló cuando estaba en la cocina haciéndose una taza de té, el siguiente miércoles por la mañana, un día que hacía un sol de justicia—. Lo dije en broma.

—No te preocupes —respondió Edie. Con ganas se hubiera aprovechado de la situación para añadir: «ya sabes que no tengo principios». Pero entonces le asaltaron dos ideas aparejadas: no te pases y para qué molestarse. Además, una mujer en su localidad natal escondida por la vergüenza quizá no se hallaba en la mejor posición para exponer tales argumentos.

En cualquier caso, se sentía feliz por el alto el fuego temporal.

—¿Quieres uno? —le preguntó Edie señalando la bolsita de té que acababa de sumergir en agua caliente.

—Ah, no. Winnie y Kez llegarán enseguida.

Meg comentó que había invitado a unas amigas a una barbacoa aquella tarde. Edie dio un salto —¡oh, una barbacoa!—, y a punto estuvo de enviarle un mensaje a Hannah para preguntarle si se podía unir a ellas. Pero luego recordó que se trataba de una barbacoa de Meg: porciones no carnívoras de una mezcla informe de soja y nueces, parecidas a zurullos, humeando sobre la brasa en lugar de hamburguesas y costillas de ternera. Encima, las amistades de su hermana se comportaban a menudo como Agentes para la Prevención de la Diversión. Aunque lo cierto era que Edie había conocido a Winnie y Kez hacía un rato y parecían más mansas que los belicosos guerreros de la justicia social que solían formar parte del círculo de Meg. Pero, eso sí, ¿ninguna de ellas tenía que trabajar un miércoles?

Como Meg no le pidió que se uniera, y a ella tampoco le apetecía, consideró diplomático subir a su habitación y permanecer ahí para no molestar. Había empezado a bosquejar *La historia de Elliot Owen*, siguiendo los parámetros del manual *Cómo escribir una novela* que estaba consultado. Pero era menester decir que los datos que tenía no eran muy jugosos. Al menos, Elliot podría haber tenido la consideración elemental de partir de unos orígenes interesantes que relatar. La precuela *Crecer siendo guapo y hacerse famoso* no tenía mucho valor narrativamente hablando.

Tras media hora de picotear algo delante de su portátil, oyó música y repiqueteos en el patio. Miró a través de la ventana de su habitación y lanzó un resuello involuntario.

—¿Qué leches...?

Ante sus ojos se exponía la desnudez inesperada, en todo su descaro, de Winnie y Kez, ninguna de las cuales llevaba ropa de cintura para arriba.

Winnie, una voluptuosa veinteañera de cabello rizado, había dejado libres sus dos formidables y enormes pechos, que se balanceaban ligeramente como ubres mientras revisaba los paquetes, envueltos en papel de aluminio, que había sobre la parrilla. Edie temió que se inclinara demasiado y acabara por asarse las tetas. Kez era su opuesto físicamente hablando: enjuta y muy pequeña, hasta el extremo de que, al primer golpe de vista, podría ser confundida con un joven adolescente, llevaba trenzas africanas, un tatuaje gigantesco en su planísimo vientre que decía «NO PUEDES» y aros en los pezones a guisa de tornillos de Frankenstein.

A Dios gracias, Meg seguía vestida con lo que podía describirse como unos pantalones cortos con peto y chaleco a rayas incorporados. Todas daban largos tragos a latas de sidra, fumaban porros y escuchaban en un destartalado radiocasete portátil una música de bajos rítmica, que retumbaba (¡chún-chica-chún!). Una de las invitadas había traído un perro gris, flacucho y sarnoso, que permanecía sentado sobre el suelo del patio con aspecto de estar tan avergonzado como Edie, con la cabeza entre las patas.

«¡Vamos, anda! ¡Por favor!», pensó Edie. Puedes lucir tu cuerpo al natural y regodearte sintiendo el viento contra tu piel en muchos lugares, pero hacerlo un miércoles por la tarde en el jardín del padre de una amiga no parecía estar en absoluto dentro del orden natural de las cosas. La sociedad tiene tabúes por una razón. Encima, una docena de ventanas daban al estrecho jardín. Iban a hacer que la casa se convirtiera en un imán para pervertidos. Edie se imaginó diciéndole todo esto a cualquiera de ellas y se dio cuenta de que sonaría como una abuela de ochenta y tres años, escribiendo una carta al *Daily Telegraph*.

Miró su reloj. Su padre llegaría pronto y no quería estar en casa cuando el pobre hombre saliera al patio e intentara mantener una balbuceante e incómoda conversación con las invitadas. Bajó de dos en dos las escaleras, tomó una bolsa de la cocina y sacó la cabeza por la puerta de atrás. Las chicas se apiñaban alrededor de la barbacoa, mordisqueando mazorcas de maíz.

—Hola —dijo Edie, tapándose los ojos para evitar el sol e intentando con todas sus fuerzas que su mirada no topase con ningún pezón—. Solo era por si queríais algo de la tienda. Me apetece un Magnum de menta.

La miraron de manera inexpresiva.

—Nop, ya estamos bien, gracias —repuso Meg.

(Bien y DESNUDAS. ¿Cuál será la próxima, Meg?)

—Oh, vale.

—¡Disculpen!

La cabeza de una mujer apareció en lo alto de la valla derecha que separaba el jardín de su padre del de ella. Debería de tener unos sesenta y muchos; era delgada, iba muy maquillada y llevaba el pelo teñido de castaño y de punta, como un David Lynch en mujer. Asimismo, también sujetaba un cigarrillo liado en la mano. El concepto de «tomar un poco de aire fresco» empezaba a resultar un poco confuso por ahí.

—¡Disculpen! ¿Por qué tenemos todos que verles las tetas y oler sus porros? Tengan un poco de respeto por los demás.

Edie se quedó boquiabierta, y estaba segura de que Meg se había quedado igual. En cuanto a Winnie y Kez, miraban embobadas a la vecina, de una pieza.

—Y pónganse ropa, por el amor de Dios. Son ustedes mujeres, pero no señoras. —La mujer que aparentemente sí era una señora dio una calada a su pitillo, echó el humo y las examinó con atención—. Bueno, la verdad es que no estoy muy segura de que ella sea una mujer —añadió señalando a Kez.

—Nos importan un pito tus ideas fascistas sobre el decoro, vieja loca —exclamó Meg—. La sexualización occidental de los pechos no es cosa nuestra.

—Dudo mucho que nadie vaya a sexualizar a Laurel y Hardy en breve. ¡Con esas pintas!

—Oh, bonita forma de intentar hacer que se avergüencen de sus cuerpos. Esto es propiedad privada, no nos puede obligar a hacer una mierda.

—¿Les pides a los hombres que se pongan siempre ropa encima del pecho? —le preguntó Winnie, protegiendo sus ojos del sol con la palma de la mano.

—No, querida, porque no tienen domingas.

—No todas las mujeres tienen pechos y no todos los hombres nacidos como hombres son hombres —dijo Meg—. No imponga sus preconcebidos supuestos normativos de género a todo el mundo.

—Creo que ese tabaco tan peculiar se te ha subido a la cabeza, encanto.

—¡Liberemos los pezones! —gritó Meg.

—Los tuyos no están libres. No es que me queje.

—¡Tengo impétigo! —replicó Meg.

¿Y era la primera vez que Edie oía hablar de eso...? En cualquier caso, seguía alegrándole que su hermana fuera vestida.

La mujer se desternilló con risa de villana y su cabeza desapareció.

—¡La repanocha! —Meg sacudió la cabeza—. No sabía que vivíamos puerta con puerta con Margaret Thatcher.

Kez, indiferente a la nauseabunda diatriba, echaba una mostaza de color amarillo chillón en un bollo para perritos calientes.

Edie juzgó que lo más sensato era retirarse. Así que ya estaba en la puerta principal cuando oyó unos gritos muy fuertes provenientes del jardín, seguidos de unos escalofriantes aullidos de impresión.

Volvió corriendo para ver que la mujer de al lado había regresado, riendo con carcajadas de placer mientras empapaba a las tres jóvenes con una manguera que blandía como si fuera una pistola en una película del Oeste mientras sostenía el cigarrillo en la otra mano. Meg y sus amigas bailaban bajo el chorro, tapándose la cara, con los pechos dándoles saltos. Si algún degenerado lo estaba viendo desde una ventana, era su momento de sueño erótico hecho realidad.

—Voy a llamar a la policía, ¡vieja bruja! —chilló Meg en cuanto cesó la ducha, con las mejillas rojas y sus pálidas rastas apelmazándose contra su cara mojada.

—Hazlo, mi vida. Estoy segura de que les interesará mucho que estéis consumiendo drogas. De hecho, voy a llamarles yo misma. ¿Qué os parece, eh?

Su cabeza de esfumó de nuevo.

Meg se secó la cara en un trapo lleno de grasa.

—¡Arpía pirada! —murmuró.

—No creerás que vaya a llamar de verdad a la policía, ¿no? —preguntó Edie con ansiedad.

Porque no solamente se trataba de la maría. Hacía tiempo que sospechaba que su padre se estaba quedando atrás en todo tipo de papeleos y cuestiones legales, como las licencias de la televisión o esa luz de freno del automóvil que seguía rota. Todo era consecuencia de estar siempre escaso de dinero y, posiblemente, un vestigio de su crisis nerviosa. Edie le echaba una mano siempre que podía, pero la mayor parte del tiempo no estaba ahí para supervisar las cosas.

¿Qué pasaría si la policía aparecía por la puerta y se encontraba con Meg fumada, otras dos chicas con pinta de perro-flauta y con los melones al aire, y una vecina prepotente y bocazas? Edie dudaba que aquello acabara bien.

Cuando pasó por delante de la puerta de la vecina, camino de la tienda, se paró. Tal vez podría sacar a su hermana del lío con un poco de labia, calmar los ánimos. En un impulso, golpeó suavemente la endeble puerta de madera, cuyos paneles de cristal describían formas espirales. Se sentía un poco inquieta.

—Hola —dijo.

—¿Quién es usted? —preguntó la mujer que, vista de cuerpo entero, llevaba una bata azul y rosa de un modelo que no creía que se fabricara desde los años cincuenta.

—Soy Edie. De la casa de al lado.

—Oh, ¿también se ha hartado del espectáculo de las pechugas?

—Em... no. Soy de precisamente esa casa de al lado. Era mi hermana con quien hablaba, la que iba vestida.

La mujer se apoyó en una de las jambas de la puerta y la examinó de pies a cabeza.

—No te tengo vista.

—No, vivo en Londres.

—Ajá.

—Solo quería decirle... Ya sé que mi hermana puede ser un poco excesiva... —Edie bajó la voz; Meg la mataría si llegaba a oírla—. Pero, por favor, no empecemos todos llamando a la policía. No es necesario. Al fin y al cabo, pronto no habrá más días de calor para tomar el sol en *topless*. Diría que esto ha sido cosa de una sola vez.

Edie deseó sinceramente que aquel no hubiera sido el Percance n.º 702 y que el nudismo fuera una nueva chaladura de Meg.

La mujer la miró con sus ojos de párpados pesados y blandos, que daban paso a unas cejas perfiladas en forma de aros de críquet, lo que le confería un ligero estilo de película de terror de la Hammer.

—Vuelves pronto a Londres, ¿verdad?

No podía saber si aquello era un acto de conciliación o no, así que decidió seguirle el juego.

—Uh, no, tengo trabajo aquí.

—¿A qué te dedicas?

—Soy escritora. Bueno, redactora. Ahora mismo estoy escribiendo un libro sobre un actor.

—¿Qué actor?

Edie titubeó.

—Uno de *Sangre y oro*.

La mujer dio una calada al pitillo y sacó por la comisura de la boca una columna de humo larga como un tren. Edie hizo un gran esfuerzo para mantener la cara como si tal cosa y no toser.

—Oh, ¿es el príncipe ese, tan sexi? ¡Me gusta!

Edie no pudo evitar presumir un momento.

—Em, sí, el príncipe.

—¿Es de por aquí?

—Sí. Bueno, de Bridgford.

—No informaré sobre tu hermana si me enseñas algo de ese libro.

Aquello la pilló desprevenida.

—Tuve que firmar unas cláusulas de confidencialidad. No tengo permiso para hacerlo.

La mujer echó la cabeza para atrás y lanzó una risotada.

—¿Y a quién se lo voy a contar, alma cándida? ¿A mis pájaros?

Edie se mordió el labio inferior. Había que admitir que era poco probable que aquella señora se dedicara a filtrar la información. Y la autobiografía era anodina. Aun así, no estaba de ánimo para asumir riesgos.

—No tengo permiso, lo siento.

—Pues no hay trato.

La mujer sonrió malévolamente, encantada consigo misma. Oh, vieja sinvergüenza. «Espera», pensó Edie: tenía todo ese montón de recortes de periódicos sobre Elliot. La mujer podía leerse cualquiera de ellos y seguiría sin enterarse de nada, ¿verdad?

—No hay mucho ni es demasiado emocionante. Ni siquiera le he hecho la primera entrevista. Será el viernes. Así que...

—¿La próxima semana?

—Sí. ¿Y usted es...?

—Margot. Hasta la próxima semana.

La puerta se le cerró en los morros y Edie pensó: «en este barrio, la gente está pirada».

Capítulo 20

Edie dio una vuelta por el bar sin localizar a Elliot, antes de darse cuenta de que estaba escondido en una esquina, encarnando la versión Hollywood de ir de incógnito. No hay pómulos que ver, supéralo. Llevaba un suéter oscuro y unos *jeans*, y tenía metida hasta las orejas una gorra negra de lana. Semejante atuendo estaba tan fuera de lugar para aquella época del año que parecía un modelo masculino interpretando a un delincuente pescador.

(xDDD Famosos...)

—¿Listo para tomar algo? —dijo Edie con una sonrisa.

Elliot estaba sentado delante de las tres cuartas partes de una jarra de cerveza.

—Sí, gracias. Perdona, iría a pedirte lo tuyo, pero he encontrado un rincón seguro, o sea que mejor me quedo aquí.

—Claro —dijo Edie, pero pensó: «Embustero, vago y capullo».

El Stratford Haven no era ni mucho menos un territorio hostil; al tratarse de esa clase de tabernas donde se sirven auténticas cervezas inglesas, congregaba una mixtura de hombres de mediana edad y de clubes deportivos de la universidad. Un viernes a primera hora de la noche estaba bastante lleno, pero no a rebosar.

Una vez obtuvo su *gin-tonic* con su ropa de paisano, Edie sacó su dictáfono y lo colocó entre los dos.

—También tomaré algunas notas.

Edie había aprendido que la gente se soltaba más si escribía y no mantenía el contacto visual todo el rato.

Elliot asintió. Tenía una expresión rara, que no supo interpretar del todo, y que mezclaba la atención con el nerviosismo. Obviamente, se sentía incómodo. Tal vez fuera así porque ahora pasaba la mayor parte del tiempo en el bar del Ritz.

—He pensado que podríamos empezar con tu amor por la interpretación —declaró Edie, dando un sorbito a su bebida y sintiéndose un poco tonta—. ¿Cuándo fue la primera vez que supiste que era eso a lo que querías dedicarte?

Se felicitó por haber escogido un tema políticamente correcto adulto y halagador, para entrar en materia.

Elliot derramó algo de su Harvest Pale alrededor del vaso.

—Mmm.

—¿No te gusta la pregunta? —dijo Edie, con mucha cautela, ante su silencio. Lo estaba tratando con pinzas y guantes de seda.

—No, la pregunta está bien. ¿De verdad le interesa esto a la gente? Mi «maña». Jajaja.

Dio un sorbo de la cerveza.

Mientras ella trataba de ver de qué iba, él le lanzó una mirada amenazadora con sus ojos claros de oscuras pestañas; esa mirada que, al parecer, desataba corpiños. Pero Edie encontraba al actor mucho más distante e intimidador que excitante y seductor.

—Sí, les interesa, y mucho.

—¿Pero a ti no? —murmuró Elliot, con un principio de sonrisa.

—¿Qué quieres decir? ¡Me interesa! —protestó Edie, de repente un poco cohibida. Aquel tipo tenía una forma muy peculiar de expresar unas actitudes que ella no se esperaba.

—De acuerdo, seguro. —El principio de sonrisa se amplió en una infantil mueca de «te pillé».

—Suenas más del norte de lo que me esperaba.

Ante esta observación, que le pareció de lo más inocua, desapareció la hilera de dientes de Elliot. Parecía de nuevo a la defensiva, aunque mantuvo el mismo tono de voz.

—Soy de aquí. ¿Cómo iba a sonar? No estudié en la Real Academia de Arte Dramático. ¿O no te has leído la entrada de la Wikipedia?

—Pues no... Pero yo también soy de aquí y sueno más del sur que tú.

—Es cierto —observó él.

Edie decidió no añadir nada. Por lo visto, no paraba de equivocarse.

—Ey, tengo una idea... —dijo él.

Edie le sonrió educadamente. Muchísimas gracias, pero a ella no le parecía mal la idea en la que él le daba una gran cantidad de información y ella tomaba notas al tiempo que todo se iba grabando.

—¿Qué te parece si también te hago preguntas a ti?

—Eh... ¿Qué quieres decir?

—Que así haríamos que esto pareciera más una conversación que un interrogatorio. Tú me preguntas cosas y yo te pregunto cosas.

Aquello no tenía nada que ver con la arrogancia ególatra que ella presuponía en el ADN de un histrión. Aun así, también había presupuesto que sería un caprichoso, o sea que habría que ver cuánto le duraba ese antojo.

—Si es lo que quieres...

Elliot se irguió en su asiento.

—La actuación... Bueno, no me gustaba demasiado el colegio y tampoco era muy popular.

Edie levantó una ceja sin darse cuenta de que lo hacía. Al parecer todos los famosetes tenían su propia historia de Cenicienta.

—De verdad, no lo era —insistió Elliot, al ver la cara que ponía—. No llevo bien lo de los clubes o las pandillas. No soy nada gregario. Y cuando eres un chico, crecer es un ejercicio de equipo muy largo. Es irónico, pero, cuando me interpreto a mí mismo, soy muy malo fingiendo ser quien no soy, no sé si me entiendes.

Por supuesto que le entendía; en su primer encuentro, no es que él disimulara demasiado.

—Entonces, un profesor con el que me llevaba bien me sugirió que probase el club de teatro y algo hizo clic dentro de mí. Fue maravilloso, nunca me había sentido así, ni antes, ni después. Esa sensación de «no sabía lo que estaba buscando hasta que lo he encontrado».

Edie lo anotó. Su interlocutor se rascó una oreja levantando la gorra que llevaba al hacerlo.

—¿No tienes calor con esa gorra? —preguntó Edie, su manera educada de decir: ¿A santo de qué llevas eso aquí dentro?

—Un poco. Pero no puedo quitármela.

Edie soltó una risita.

—¿Por qué no?

—Porque empezarían a acosarme.

Edie tenía que tratar el asunto con cuidado. Se llevaban mejor, pero solo un poco mejor.

—Sé que eres muy conocido, pero tampoco estamos en un restaurante de la Quinta Avenida. Aquí solo hay amantes de la cerveza. Así que creo que estarás bien... a menos que entre una despedida de soltera de Rhyl.

Elliot la miró fijamente, con la mandíbula apretada y un gesto concentrado, como si estuviera intentando determinar si ella bromeaba.

—Bueno, lo haremos a tu manera —dijo, quitándose la gorra.

Edie no pudo evitar jactarse interiormente. Un poco de realidad podría ser algo bueno para este tipo.

—¿Y tú? —dijo Elliot—. ¿Cómo acabaste escribiendo la «autobombografía» de un actor?

Ella se rio y pensó: «es más agudo de lo que esperaba». Es cierto que en aquel artículo del dominical ya se decía que Elliot era inteligente, pero tenía una prosa tan florida y regada que no es de extrañar que no se lo creyera.

—Siempre he sido buena con las palabras. Me saqué el grado de Lengua en Sheffield, me mudé a Londres y «caí bajo la influencia» de la redacción publicitaria. —Hizo una pausa—. Ya ves, nada interesante.

—Todo el mundo es interesante —repuso él—. Curso elemental de actuación.

—Definitivamente, nadie lo es. Curso avanzado de publicidad.

Elliot rio, volviendo a mostrar sus dientes blancos y perfectos, de estrella de cine, y ella sonrió y se riñó a sí misma por el ligero estremecimiento que aquello le había causado.

Aquel tipo se olvidaría de su nombre al día siguiente. De hecho, ni siquiera estaba segura de que se acordara en aquel mismo momento.

Entonces, se les acercó un hombre de pelo canoso con un impermeable.

—Perdone, mis amigos y yo nos preguntábamos si es usted el hombre ese que sale en la tele, el de los murciélagos asesinos.

—Sí, soy yo —contestó Elliot con una sonrisa ensayada, incorporándose para darle la mano.

—Me preguntaba si podría darme un autógrafo para mi hija. Es muy fan.

—Claro. ¿Tiene un boli? ¿Y papel?

—Ah... No.

Edie arrancó con torpeza una hoja de su bloc de notas y se la pasó junto al bolígrafo. Tras preguntar a quién iba dirigido el autógrafo, el actor escribió una dedicatoria y la firmó con un garabato muy practicado de su nombre, compuesto de un círculo y una línea. Parecía que aquel hombre quería quedarse pero, como no se le ocurrió qué más decir, los dejó solos.

—Ahí lo tienes. Voy listo. Supongo que podrás darme algunos números de taxis de por aquí.

Edie casi se rio en su cara.

—No quiero ir en plan, ejem, «si no lo veo no lo creo», pero solo ha sido un hombre. Seguramente no vuelva a pasar.

—De veras no lo captas, ¿no? Vaya, es como si hubiera salido con mi abuelita: «Oh, Elliot, no todo el mundo ha visto tu serie *Sangría de toro*, si ni siquiera la ponen en los canales de televisión de verdad».

Lo dijo con tanta gracia que Edie tuvo que reírse. Elliot se frotó los ojos.

—Son los teléfonos móviles; estoy seguro de que nada era tan malo antes de los móviles. ¿Qué hace ahora? —murmuró Elliot, inclinando la cabeza en dirección al cazador de autógrafos.

Edie miró disimuladamente.

—No veo... espera. Está hablando con un amigo y mirando el móvil.

—Ahí lo tienes. Casi cualquiera de menos de setenta años tiene hoy un móvil, ¿verdad? Está mandando un mensaje para decir dónde me ha visto.

Dejaron de hablar cuando la camarera se acercó, en apariencia para retirar la jarra de cerveza vacía de Elliot. Pero no: no era eso.

—Siento molestarte, pero, ¿podría hacerme una foto contigo?

—Claro. ¿Nos la haces tú? —dijo Elliot, suavemente, a Edie, que tomó sin hablar el iPhone que le entregaba la mujer, enfocó y disparó. En la imagen, la camarera salía inclinada, con su camisa de trabajo, sobre Elliot, sonriente mientras rodeaba con un brazo la cintura de ella. Edie le devolvió el teléfono.

—Creo que eres maravilloso —exclamó la mujer. Temblaba un poco—. ¿Y podrías firmarme esto? —Y pasó un posavasos a Elliot.

El actor tomó el bolígrafo de Edie y firmó el posavasos.

—Aquí tienes —dijo, y la camarera se retiró, con la mano en la boca, murmurando: «no puedo creerlo, muchísimas gracias».

—Y las cámaras de los móviles, claro. Mágicas —farfulló Elliot.

De pronto, Edie notó un montón de ojos taladrándole a la vez desde detrás. Echó un vistazo por encima del hombro y comprobó que todo mundo en el bar les estaba mirando. También habían aparecido muchos móviles. Edie adivinó que les estaban haciendo fotos.

—Ya te gusta más el gorro, ¿eh? —comentó Elliot.

Edie se sentía como en una película de zombis en la que acabara de dejarles olfatear carne fresca. La sensación de que todo el mundo estaba híper concentrado en uno, en silencio y pretendiendo en cambio que no era así, resultaba espeluznante en extremo.

—Mmm... —Edie intentó concentrarse en sus notas y abstraerse de la idea de que todos a su alrededor estarían estirando el cuello para oír cada palabra—. Actuar. Tu club de teatro...

Consiguieron seguir, durante más o menos unos cinco minutos, con sus años escolares, hasta que se abrió, bruscamente, la puerta del bar y un grupo de chicas entraron en tropel en el local. Se produjo un movimiento instantáneo de cuellos girándose, de bocas murmurando y de ojos buscando. El hombre del impermeable las saludó e hizo la inclinación de cabeza menos discreta del mundo para informarles de que «ey, ahí está». ¡Oh, joder, Elliot tenía razón!

—¿Cuántas son? —preguntó él, que no podía ver bien a lo que Edie estaba mirando, pues quedaba tras una esquina.

Ella contó.

—Cinco, no, seis. —Como si estuvieran en la policía de Nueva York: «Media docena de sospechosos a las tres en punto. Cúbreme». Es decir, vaya tontería, no era como si un grupo de adolescentes con los ojos muy pintados y zapatillas brillantes fuera a atacarles verbal y físicamente. Pero, en cualquier caso, resultaba extrañamente inquietante.

Elliot preguntó:

—Se puede salir de aquí por atrás, ¿no?

—Sí —respondió Edie mirando a la puerta del fondo.

—¿Podrías llamar a un taxi y pedirle que nos espere en el aparcamiento? Me esconderé en el aseo para caballeros. Mándame un mensaje cuando llegue.

—De acuerdo —dijo ella, absurdamente nerviosa por tener que quedarse sola. Cuando Elliot se fue hacia los servicios, todas las cabezas se volvieron en dirección a él. Edie siguió con el teléfono pegado a la oreja incluso cuando terminó la llamada, para mantener a raya a las chicas, que parecían listas para acercarse en cuanto dejara de hablar.

Metió sus cosas en el bolso y, minutos después, le inundó una ola de alivio, al distinguir, a través de la ventana de la puerta trasera, un vehículo con los colores de la compañía de taxis. Espera... ¡Narices! Se suponía que tenía que avisar a Elliot, pero no tenía su número. Con toda la sala mirándola, dio dos zancadas hacia el negro corredor y llamó a la puerta del servicio de caballeros. No hubo respuesta. Muy nerviosa, entró y vio a un hombre usando los urinarios y un cubículo individual con la puerta cerrada.

—¡Elliot! —le llamó, haciendo que el hombre que meaba diera un salto y casi se orinara en los zapatos—. El taxi ya está.

Elliot apareció, poniéndose la gorra.

Huyeron rápidamente por la salida, ella delante de él. Era extremadamente raro que estuvieran haciendo una carrera estilo «se acabó lo que le se daba» en una tranquila taberna de las Midlands con juegos de mesa, que servía salchichas y puré, y que compartía su aparcamiento con la tienda de alimentación ecológica de al lado. La fama y el glamur no parecían tener cabida en un sitio así.

—¿A dónde, guapa? —preguntó el taxista, mirando con el ceño fruncido a Elliot que, junto a Edie en el asiento de atrás, se agachaba para evitar ser visto, con la gorra encasquetada hasta las cejas.

—De momento, diríjase al centro de la ciudad —contestó Edie, lo que propició que el conductor arrugara más el ceño. Elliot casi descendió por debajo del nivel de la luneta trasera cuando pasaron por delante de la manada de chicas, que, congregadas ahora en la calle, enfrente de la puerta principal del bar, vieron escapar a su presa. Algunas incluso levantaron sus teléfonos móviles e hicieron fotos del taxi en movimiento, como si fueran reporteros gráficos rodeando un furgón de policía.

Momentos después, a la altura del puente de Trent, el taxista paró el vehículo en seco.

—¿Pasa algo? —preguntó Edie.

—Pasa que yo no llevo a indeseables perseguidos por la policía. Venga, fuera. Apañáos solitos.

Edie se volvió hacia Elliot, que ya tenía preparado un billete de veinte libras en la mano para dárselo. Ella, murmurando «no es lo que cree», se lo entregó al conductor, que miró a Elliot con disgusto, suspiró y tomó el billete.

El taxi arrancó de nuevo.

—¿Qué carretera? —dijo el taxista.

—¿Carretera? A donde vamos no necesitamos carreteras —le murmuró Elliot en el cogote.

—¿Que qué?

—¿Conoces algún otro bar tranquilo? —preguntó el joven actor a Edie.

—Eso creo...

Tras las pertinentes indicaciones, se pusieron en marcha.

Ella se dio cuenta de que había sido una creída, pues ni conocía a Elliot Owen ni entendía la vida que llevaba más que cualquiera de sus fogosos admiradores.

La persona sentada a su lado era un desconocido. A partir de ahora, le ofrecería el respeto mínimo de tratarle como a tal.

Capítulo 21

—¿Puedo contarte un secreto? Es horrible. No estamos tomando notas aún, ¿no? —Edie inclinó la cabeza. Había puesto el dictáfono cerca de su cuerpo, donde con un poco de suerte no podría verlo nadie, y estaba a punto de encenderlo. Así que asintió, sintiéndose muy culpable por haberse burlado de la gorra. Elliot la tenía puesta de nuevo, con un aire atemorizado.

Lo había traído al bar Peacock, en la zona norte del centro. Las paredes, con una cabeza de ciervo colgada en una de ellas, estaban forradas de un empapelado de terciopelo, mientras la cera goteaba por unas velas largas y estrechas. El local tenía tal aire de acogedora excentricidad que parecía la sala de estar, repleta de baratijas, de un alcohólico. *Innervisions*, de Stevie Wonder sonaba en el tocadiscos de la barra.

—El primer día que me di cuenta de lo grande que se había vuelto *Sangre y oro* fue cuando me persiguió desde un quiosco una chica de catorce años en Muswell Hill, como en uno de esos chistes sexistas, pero al revés, de «Benny Hill». Me fui a casa, y entonces se me vino encima lo de comprender que no había ningún botón de apagado. Porque no puedes hacerte desconocido a la vez que te haces conocido. El demonio no acepta devoluciones: has regalado tu alma y nunca la recuperarás.

Qué pena que el dictáfono no estuviera en marcha: aquello era mucho mejor de lo que ella esperaba.

—¿Desearías no haber hecho *Sangre y oro*? —preguntó Edie.

—No, me gusta el programa. Y me gusta que hoy en día pueda elegir mis guiones. Quería ganarme la vida así. Solo desearía... —Miró otra vez a Edie con cautela— desearía ser un actor de reparto. No me gusta todo este alboroto.

Edie lo interpretó como «alboroto femenino» y asintió. A punto estuvo de bromear sobre el hecho de que ella tampoco disfrutaba siendo una *sex symbol*, pero comprendió que era una mala idea, al menos por cinco razones distintas. Se había puesto su abrigo de cuadros, una vieja camiseta y un collar con piñas de plástico. Cumpliría los cuarenta en menos de cinco años; quizá había llegado el momento de renovar su vestuario.

—Que el éxito te dé una serie de problemas nuevos sin que te resuelva los antiguos fue toda una sorpresa para mí. ¿Sueno como un capullo quejica? La pasta está bien, claro.

—No suenas como un capullo —dijo ella—. En realidad, lo que dices es muy interesante. Siempre había creído que a los famosos les encantaba el alboroto.

—A algunos les encanta —repuso—. La verdad es que para mí fue divertido y extraño y emocionante durante unos cinco minutos. Luego la novedad desapareció definitivamente. Y ahora ya no puedo ni ir en metro.

—¿Ah, no?

—Nop. Ser muy visible en un espacio cerrado, malo. No vale la pena el riesgo. Tuve que aceptarlo tras una peliaguda experiencia en la línea Circle con unas niñas estadounidenses puestas de cafeína.

Edie balbuceó «mmm» y miró a su interlocutor, que dibujaba un pequeño ocho con el fondo de su jarra de cerveza.

—Mi mejor amigo de aquí, Al, a veces se pone un poco en plan: «ah, no me gusta contarte lo que he hecho, solo me he ido de vacaciones de acampada con los niños». Y la cosa está en que se lo pasa mejor que yo. ¿Y qué hay de ti?

—¿Yo? —dijo Edie—. ¿Ir de acampada? No entiendo cómo se le puede llamar «vacaciones» si es peor que la vida normal.

Elliot se echó a reír.

—¿Da igual que te lo pases bien? ¿Eres feliz?

—Mmm... —Edie se quedó en silencio. No podía recordar que alguien le hubiera preguntado eso alguna vez; ni siquiera se lo había preguntado a sí misma.

—Pues supongo que no mucho. Quiero decir, te conté lo que pasó en el trabajo, lo de la boda.

—¿Que te veías con el marido de otra?

—No...

Edie se removió en el asiento, al pensar en lo vulnerable que cualquiera se siente al hablar de sí mismo ante una persona nueva. Porque no se trataba de una cita, no podía contar anécdotas simpáticas para causar buena impresión. No le extrañaba que Elliot tampoco disfrutara con eso.

—Era el novio de una compañera. No parábamos de enviarnos menajes continuamente, pero nada más. Lo empezó él. En medio de todo el chateo, me enamoré realmente. Ya sabes, nos metimos en asuntos profundos y todo eso. Entonces fue como si me diera una patada en el estómago, al irse a vivir con su novia después de decirme que no quería comprometerse. No entendía de qué había ido lo nuestro. Y el día de su boda, por motivos que nunca entenderé, al fin decidió mover ficha. —Edie tragó saliva—. Hombres —añadió, levantando las manos con las palmas bocarriba, a modo de nerviosa conclusión.

—¡De acueeerdo! —Elliot hizo girar su jarra entre las manos—. Hagamos el número de la visualización, como dice mi terapeuta.

—¿Tienes un terapeuta?

—Soy un actor que se pasa la mitad del año en Estados Unidos. ¿A ti qué te parece? —dijo con socarronería—. Lo próximo que tienes que preguntarme es si me han recetado pastillas para dormir.

Edie rio.

—¿Qué querrías que hubiera pasado entre tú y...?

—... Jack. Nada si seguía con Charlotte. No quería una aventura. Yo no hago eso.

—¿Qué querrías que hubiera sido diferente? Tarde o temprano él habría seguido con su vida.

—Yo... supongo que quería que la dejase.

—La historia en tu mente era que él se enamoraba de ti y la dejaba por ti, ¿no? No te estoy juzgando, solo intento entenderlo.

Elliot acababa de pillarla. Stevie Wonder decía entre gorgoritos *Don't You Worry Bout A Thing* (No te preocupes por nada). ¡Qué fácil es para ti decirlo, Stevie!

—Sí, quiero decir que no entendía por qué Jack quería pasar tanto tiempo conmigo, pero no... estar conmigo.

¿Por qué le estaba contando esto ni más ni menos que a Elliot Owen? Patético.

—Y a todo esto, ¿él tenía que tomar decisiones basándose en conjeturas? ¿No le ibas a decir cómo te sentías?

—No.

Ni siquiera había pensado en ello.

—Así que esperabas que él te diera una cosa que nunca te dijo que iba a darte y que tú nunca le pediste. Podías haberle preguntado lo que «lo vuestro» significaba para él. Pero no lo hiciste. Por defecto, le diste todo el poder. Y no me parece que fuera muy digno de recibirlo.

Edie asintió con tristeza.

—Hasta donde yo sé, no confesar nada pero mantener la esperanza es una táctica DAF.

—¿DAF?

—Destinada A Fracasar.

—¿Esa es otra de las frases de tu terapeuta?

Elliot rio y ella aprovechó para beber, mientras empezaba a desear haberle dicho «no, yo hago las preguntas y tú respondes, ese es el trato». La acababa de desmontar en apenas tres movimientos de ajedrez.

—Esperar que la gente te lea el pensamiento nunca funciona —sentenció él dando un trago de su cerveza—. Uno de mis antiguos profesores de interpretación solía decir que lo único que les llega a los que esperan es cáncer. Era un cabrón muy alegre.

Edie sonrió levemente.

—No digo que sea culpa tuya. Todos lo hacemos. Lo único que te queda es mirar de frente a lo que ha pasado, aprender de ello y tratar de no repetirlo.

—Gracias, Oprah Winfrey.

Edie se aseguró de decírselo con una sonrisa, para que no se cabreara.

—Túmbate en mi diván —exclamó Elliot. Ambos se echaron a reír—. He bromeado con lo de la terapia, ¿sabes? Pero puedes sacar cosas útiles de hacerla sin que por ello te creas el ombligo del mundo. Te obliga a rebobinar tomando perspectiva, para que puedas ver lo responsable que has sido de tu destino. O que no has sido.

Edie hizo un ruido de asentimiento por pura educación; y es que, aunque simpatizaba con sus palabras, dudaba que la carga de ser Elliot Owen requiriera de tratamiento psiquiátrico. Además, tuvo que contenerse para no comentar que aquello no sonaba como si su propia relación fuera como la seda.

En ese preciso momento, como si Dios fuera un director de cine sin miedo al absurdo, empezó a sonar en los altavoces del bar *Crumple Zone*, la balada de rocanrol *emo* que iba a estar para siempre asociada con la cara de Elliot. Él gimió, se recostó en su asiento y se bajó la gorra hasta los ojos.

—¿Sabes qué pensé en ese vídeo? Que me pagarían bien por llevar una cazadora Levis, echar miraditas a la puesta de sol y conducir un Mustang por el desierto de Los Ángeles. Y era una canción tan mala que nadie iba a verlo nunca.

Edie lanzó una risita y pensó: «Hannah nunca se creerá esto».

Finalmente, encendieron el dictáfono y se las arreglaron para recopilar, durante unos cuarenta minutos, un material bastante flojo sobre los inicios de Elliot como actor. Edie no podía evitar desear que lo dicho al margen de la grabación fuera también incluido. Siendo él mismo, aquel hombre resultaba divertido, ingenioso e incisivo, a menudo sorprendente. Pero como Elliot Owen, actor, se ponía tenso, soso, centrándose solo en transmitir un mensaje.

Los vasos se habían quedado vacíos.

—¿Te importa si voy tirando? —le dijo Elliot, mirando su reloj (a buen seguro espantosamente caro), que quedaba disimulado bajo la manga de su americana.

—Oh, cielo santo, no, claro, por supuesto —farfulló Edie, muerta de la vergüenza, al haberse relajado y haber abierto la boca para sugerir otra ronda; como si la próxima estrella en alza de la gran pantalla no tuviera algo mejor que hacer un viernes por la noche.

—¿Todo bien? —preguntó Edie.

Elliot le sonrió mostrando unos dientes de una blancura sobrenatural.

—Sí, hay una parada de taxis enfrente. «Gasias, mami».

Edie se sonrojó.

Capítulo 22

Edie sabía que su teléfono móvil —un iPhone manchado, con una funda negra sin adorno alguno, y cuyo fondo de escritorio era una foto de una despreocupada Marilyn Monroe vestida de verano y sujetando una flor— tenía múltiples funciones. Nunca lo había considerado un arma. Pero resultó que llevaba encima una bomba que podía explotar en cualquier momento. ¿Qué había dicho Elliot? «No era así de malo antes de los móviles, seguro.»

Durante los minutos que siguieron a la marcha de Elliot, Edie empezó a pensar que quizá podría acostumbrarse a estar de vuelta en la ciudad, a aceptar su nueva situación. La atmósfera del bar era tan acogedora que, por un momento, se sintió casi contenta. Y entonces, el móvil pitó para avisar de la llegada de un correo electrónico de Louis.

¿Un correo electrónico, un viernes por la noche? ¿Qué podía ser tan importante para algo así? Nada bueno. Sintió la descarga de adrenalina y el nudo en el estómago habituales mientras pasaba el dedo sobre la barra de la pantalla para desbloquear el móvil.

> *Hola, guapa. Espero que las cosas te vayan bien por el norte. Esto... Charlotte acaba de reactivar su Facebook. Deberías verlo. Creo que lo mejor para ella sería dejar lo pasado, pasado, en serio, pero supongo que siente mucho rencor. Para mí que hoy se han emborrachado todos. L. Mr. Estilo.* 😊

Bajo el mensaje había un pantallazo del estado de Charlotte y de los comentarios asociados.

> *Ey, he vuelto al final. Y, sí, Jack y yo seguimos juntos. Nuestro bodorrio casi se convirtió en un bodrio (perdón por el juego de palabras no*

buscado). El día de la boda hubo algún percance, pero hemos pasado página. Supongo que no sabes quiénes son tus amigos de verdad hasta momentos así, y resulta que descubres que hay gente que nunca fue amiga tuya.

«Podría haber sido mucho peor», se dijo Edie, aunque la cara le ardía de vergüenza mientras lo leía. Vio debajo que la primera en meterse en materia era su vieja enemiga, Lucie Maguire.

¡Bienvenida de nuevo, Charlotte! No fue culpa tuya que dejaras entrar a esa horrible mujer en un día tan especial. Morirá sola y su trasero gordo será devorado por gatos hambrientos. Podría seguir 😊. Te quiero y a tu achuchable nuevo maridito hasta el infinito y más allá. L. 😊

Separadas por unas cien millas de distancia, Edie dio un respingo, como si Lucie acabara de abofetearla. Alguien que ni siquiera la conocía la odiaba a muerte. No, un momento, miles de personas que ni siquiera la conocían la odiaban a muerte.

Qué dijo Lucie... Menuda perra. Y eemm ¿no se supone que a uno le tienta una mujer MÁS guapa? Esto es otra vez lo de Camilla / Diana.

¿Quién era? Ni siquiera me fijé en ella.

Sadie, ni tú ni nadie hasta que se le echó encima a Jack. ¿Puedes imaginártelo, tener tan poca clase?

En serio ¿quién era? ¿Esta chica de aquí?

Cara rechoncha, pelo negro, tetorras, un vestido rojo. Y corto. Y muchííííísimo maquillaje. No, ha desaparecido, la zorra estúpida.

¡Me parto! Creo que ya sé quién dices. Tirándose encima de todos los hombres y enseñándolo todo. Puaaajjj hasta el infinito.

Ojalá supiera de dónde venían todos esos testimonios, pero el linchamiento público tenía un ímpetu propio. Avanzaba cada vez con mayor fuerza y no necesitaba hechos para avivar las llamas, solo emociones.

Espero que, si alguna vez se casa, alguien le estropee completamente su gran día. 😟

Jajajajaja. Nadie va a casarse con ESO. NADIE. Y es que mona vestida de seda...

¿No tenía novio? Creo que la vi con alguien.

Un novio gay. Es la típica solterona.

😖 *No me extraña. Y no me extraña que estuviera CELOSA.*

¿Alguien tiene una foto de esa tirada? Quiero reírme de su jeta de perdedora.

El último comentario era de Charlotte:

Señoras, muchísimas gracias por cubrirme las espaldas, os quiero a todas. Voy a deshacerme de esto ahora mismo porque no quiero que se la mencione nunca más en mi perfil. Es una mindundi. 😒

Edie dejó de leer y levantó la cabeza, sintiéndose mareada y con náuseas. Era como si estuvieran hablando de otra persona, pero no era así: hablaban de ella. Su nombre, su aspecto, su comportamiento. Era una piñata virtual. Le sonó el teléfono. Louis.
—¿Hola?
—Edie, hola. Oye, el correo electrónico que te he enviado, bórralo, no lo leas.
—Ya lo he leído.
—Oh, ¡mierda! En cuanto le di a «enviar», pensé que no debería haberlo hecho. ¿Estás bien, cariño?
—No mucho —murmuró con un hilo de voz.
—¡Oh, no! Oh, Dios, me siento fatal. No me gustó que la gente hablara de ti a tu espalda y pensé que a lo mejor otra persona podría enseñártelo.

Louis era, verdaderamente, un sádico de la peor clase. Uno de esos manipuladores cobardes. Quería su trozo del pastel. Y comérselo. Así disfrutaría del salvaje subidón de contar todo esto, y de relamerse con la primera reacción de Edie, mientras que ella debía darle las gracias por haberlo hecho y tranquilizarle: «está bien, no, no te preocupes, lo has hecho con toda la buena intención».

Puesto que era la única persona que se posicionaba como su aliado, pelearse con Louis la habría dejado completamente sola. Ja, ¿a quién quería engañar? Ya lo estaba de todos modos. Pero no. No tenía fuerzas para crearse otro enemigo, por mucho que él lo mereciera. (Tú ganas, Louis.)

—No entiendo... —Edie tuvo que tragar saliva. Sentía la parte inferior de su paladar congelada por un dolor helado que se extendía desde su nariz hasta sus oídos—. No entiendo por qué todo el mundo dice que soy una persona horrible cuando fue decisión de Jack.

—Lo sé —Louis suspiró profundamente y añadió, chasqueando la lengua—: Jack consigue salvar el trasero siempre, ¿verdad? Y supongo que sí dirán cosas de él, pero no delante de Charlotte.

—¿Por qué lo ha perdonado?

Edie notó que una lágrima le humedecía la mejilla. Se la secó y se obligó a mantener la voz firme. (No le des a Louis la satisfacción.)

—Por la misma razón que tú dejaste que te besara, supongo —comentó Louis, con una maldad exquisitamente juiciosa.

—¡Gracias, Louis! ¡Muchas gracias! —Edie dijo esto lo suficientemente alto como para hacer que algunas personas del bar la miraran.

—Noooo, cariñooooo —murmuró, con modulación de serpiente—. Quería decir que es encantador, ¿no? Y, técnicamente, están casados. Charl tuvo la oportunidad de anularlo durante un tiempo, pero obviamente Jack fue más rápido, ja.

Edie quería acabar con aquella llamada.

—¿Y cómo va contigo y ese actor? ¡No puedo creerme que vayas a conocer a Elliot Owen! Lo que daría por conocerlo...

—Sí, de hecho ahora mismo está a punto de llegar, así que tengo que dejarte. ¡Hablamos pronto!

Y colgó.

Esto, obviamente, iba a ser usado como instrumento para vapulearla más en la oficina, pues sabía perfectamente cómo funcionaba Louis: dejando caer, de manera inocente, un trozo de carne dentro de la jaula para disfrutar del despedazamiento colectivo subsiguiente. Había pensado pedirle a Richard que mantuviera su trabajo actual en secreto, pero luego temió que tal vez eso fuera tentar la suerte.

Pagaría por su descortesía con Louis, por supuesto —podía imaginarse la mueca de rabia que él estaría haciendo ahora mismo—; aunque, bien pensado, Louis actuando como su enemigo y Louis actuando como su amigo eran dos cosas muy difíciles de distinguir.

Borró el correo electrónico de la bandeja de entrada y de la papelera. Tiempo atrás, había pensado enviarle a Charlotte un mensaje con algún tipo de explicación y una disculpa sincera, una vez las aguas se calmaran. Pero ahora veía que hacer tal cosa solo serviría para seguir removiéndolo todo, sin ningún propósito práctico. Edie había soñado con que podría reparar algo del daño rebajando y minimizando lo que había pasado, pero ahora sabía que eso era imposible. Era la mujer que había arruinado la boda de Charlotte y que casi había acabado con su matrimonio, y no había más que hablar.

Además, no dudaba que Jack habría dejado caer bastantes comentarios estilo «joder, oye, supongo que cuando ahora miro atrás, Edie estaba llena de...». En definitiva, insinuaciones de que había sido ella quien le había descarriado, y gracias a Dios pudo volver al redil.

Se acabó lo que quedaba de vino.

El Peacock estaba al final de la calle Mansfield. Podía ir a pie hasta casa. Aunque los encuentros nocturnos y ruidosos propios de un viernes a esas horas acababan de empezar para el resto del mundo, Edie anduvo pesadamente por las calles de su juventud, encontrándose a su paso tiendas de antigüedades, un negocio de comida caribeña, un quiosco, bares que servían cervezas naturales y una especie de local medio vacío que, por lo visto, vendía vestidos de bailarina y bigotes falsos. Unos tipos la piropearon desde la entrada de un establecimiento de pollo frito y ella no les hizo ni caso.

En algún lugar de Londres, en ese preciso momento, todos sus compañeros de trabajo estarían congregados en una vinoteca italiana, poniéndola a caldo con euforia, mientras ella estaba ahí, desterrada del reino, repudiada. Se sentía mal porque ahora asociaba Nottingham a todo ese tormento y exilio, pero, sinceramente, ¿quién la culparía por ello? Las palabras de la turba en aquella conversación de Facebook la perseguían. ¿Era realmente una acosadora grotesca? Tal vez aquello era lo que pasaba cuando te ponían un espejo delante y oías a otros describir lo que veían.

Cuando acabó el combate entre su llave y la cerradura, se encontró a Meg, esperándola en el vestíbulo con una expresión que casi la hizo reír incluso en aquel mal momento. Su hermana tenía la barbilla baja, los ojos encendidos bajo el ceño fruncido y las mejillas hinchadas de justa indignación. Se parecía tanto a la Meg niña cuando estaba enfadada que sintió una punzada de amor maternal. Pero pronto cayó en la cuenta de que aquello no era una representación cómica de una rabieta infantil: Meg echaba chispas.

—¿Pediste PERDÓN POR MÍ? ¿Pero CÓMO TE ATREVES?

—¿Qué...?

—Esa vieja nazi de al lado ha empezado a tocarme las narices otra vez, va y me dice: «Ah, tu hermana dice que dejaréis de enseñar vuestras apestosas domingas, y bla-bla-bla, y yo: «¿CÓMO?» Y ella me dice que FUISTE A HABLAR CON ELLA Y LE DIJISTE QUE LO SENTÍA. Pero ¿cómo has podido TRAICIONARME así?

—Megan, ¿qué puñetas es este griterío? —Se oyó la voz del padre de ambas desde el cuarto de estar.

—No le dije eso, le pedí que no llamara a la policía.

—¿No le dijiste que no haríamos más *topless*?

—Le dije que seguramente no...

—Oh, por Dios, pero ¿cómo puedes ser tan idiota? —gritó Meg, que se había puesto de tal manera que ninguna explicación que le hubiera dado hubiera valido para nada—. Tuviste que ir directamente a verla y dejarme a mí como la mala, cuando ella fue a por nosotras sin motivo. ¡Solo porque eres tan estirada que en el fondo estás de acuerdo con ella!

—Meg —dijo Edie, sintiendo una erupción volcánica de rabia que no fue capaz de sofocar—, VETE A LA PUÑETERA MIERDA Y DÉJAME EN PAZ. PARA SIEMPRE.

El volumen de sus palabras dejó a su hermana muda. Edie la apartó con brusquedad, subió corriendo las escaleras, con el corazón martilleando en su pecho, y cerró de un portazo tan violento su habitación que supuso que su padre dejaría pasar al menos una hora antes de acercársele. ¡Que les den, que les den a todos! Se iría a otro sitio, aquello era un desastre.

Miró su destartalada habitación y su maleta medio desecha, todo un símbolo de sus sentimientos.

Se desplomó bocabajo sobre la cama y descubrió que no tenía fuerzas ni para llorar. En cambio, se preguntó qué pasaría si tomaba demasiadas aspirinas y escapaba de todo, a cuánta gente le dolería. A su padre. Suponía que a Meg, aunque lo consideraría su clásica forma de llamar la atención siendo más que los demás. Hannah. Nick. Richard. Un número muy reducido de personas para alguien que ya tenía los treinta y cinco.

En lo relativo a su reputación, pues, terminó por aceptar que era como el anonimato de Elliot. La había regalado y nunca la recuperaría.

Capítulo 23

«Un "tienes que comer" era una reprimenda estúpida», pensó Edie. Igual que lo de decir «no hay nada peor que...»; en cuanto alguien pronunciaba esa frase, a los oyentes se les ocurrían toneladas de cosas peores que la mencionada.

No «tienes que comer», siempre y cuando no estés a punto de caer en un serio desorden alimenticio y puedas disponer de comida a tu alcance en cuanto la necesites. En ese caso, te las puedes arreglar casi sin comer a la perfección.

Y Edie había perdido el apetito. Cada vez que estaba ante un plato de comida, se le hacía un nudo en el estómago recordando la conversación del Facebook. Incluso le dio vueltas a algunas de las desagradables declaraciones: ¿Se tiraba encima de cualquier hombre? ¿Podría ser verdad, aunque ella creyera que no? ¿Lo hacía sin darse cuenta?

Fuera como fuese, lo que no se podía negar es que había muchas más personas en el mundo odiándola que queriéndola: una certeza alarmante. Y en parte, se privaba como castigo, ya que, siendo una de las criaturas más repulsivas de la sociedad, subsistía a base de una dieta monstruosa, basada en los platos de Meg: «Gumbo de Garbanzos y naranjas» (más que desagradable, era un acto de agresión); «Seitán y dátiles al curry» («Seitán» era otra forma de decir «Satán»), y una bolsa ocasional de Lays Barbacoa.

La única persona que temía que se diese cuenta de su «nada por vía oral» era su padre, que seguramente creía que su aspecto demacrado y su tristeza patente se debían a tener que estar en casa. Y eso preocupaba a Edie. Pero, si le contaba toda la historia, ¿se sentiría aliviado? Además, solo la idea de hacerlo le ponía los pelos de punta.

Intentando poner al mal tiempo buena cara únicamente por él, cifraba sus esperanzas en un horizonte donde sería más feliz. Una vez en Londres, en una agencia diferente, tal vez conocería a alguien. Y toda la historia de la boda no sería más que una molestia esporádica cada vez que alguien a quien no conocía previamente le dijera: «¿Eras TÚ?», antes de que todo se convirtiera en una leyenda urbana.

Meg y ella no se hablaban. La temperatura dentro de la casa había descendido hasta límites insospechados. Edie creía que Meg tenía en su habitación un calendario lleno de cruces con el que iba contando los días que quedaban para su marcha.

Un día que, por fortuna, Meg estaba en la residencia y su padre, en la habitación de invitados corrigiendo unos exámenes (seguía trabajando para la Universidad a Distancia), Edie se sentó sola en la calidez del jardín, esperando una llamada de la asistente personal de Elliot, mientras leía una novela negra e intentaba autoconvencerse de que podría ser peor: podría ir tras ella un asesino. Pero estaba fracasando: hubiese preferido a *El desollador silencioso* antes que a Lucie Maguire sin pensárselo dos veces.

Una cabeza apareció por encima de la valla.

—¿Y dónde está mi libro?

Era la mujer «lynchesca», la némesis de Meg. Edie tenía la esperanza de que se hubiera olvidado del asunto. Por un lado, porque la ira de Meg, si la pillaba escabulléndose a la casa de la vecina, daba pavor solo de imaginársela; y, por el otro, porque se había dado cuenta de que esa mujer era una excéntrica inveterada y dada el montón de botellas para reciclar que acumulaba, el tipo de persona a la que Richard le daba el nombre clave de «posible bomba de relojería».

—Mmm... ¿De verdad quiere verlo?

—Ya te dije que sí. ¿O te estás echando atrás respecto de nuestro acuerdo? No llamé a la pasma por lo de tu hermana.

Edie, a su pesar, sonrió ante la palabra «pasma». La mujer se apoyaba en los postes de la valla y la miraba con sus ojos pequeños y brillantes, expectante. Entonces comprendió, con una punzada de compasión, que aquella mujer se sentía sola. Que fuera a visitarla era para ella un acontecimiento mucho más importante de lo que Edie había creído.

—¿Puedo pasarme ahora? —le preguntó.

—Está bien —contestó la mujer, que desapareció tras la valla.

Edie se quitó las gafas de sol del cabello y cruzó la casa, tomando, de camino, su portátil, que había dejado en la cocina. Mmm... ¿Debía decirle a su padre a dónde iba? Si lo hacía se implicaría en caso de que Meg lo preguntara. Miró su reloj. Meg todavía iba a tardar unas horas en llegar. Mejor ir y venir sin ser vista.

Sintiéndose idiota, llamó a la puerta de al lado con el portátil bajo el brazo. La mujer le abrió.

—¡Hola! Se llamaba Margaret, ¿verdad?

—¡Margot!

—Margot, perdone. Yo soy Edie.

—Sí, ya me lo dijiste. Crees que soy una vieja chiflada y chocha.

Margot llevaba un jersey de angora —que la hacía parecerse a un gigantesco conejo blanco— y unos elegantes pantalones de seda negra y con mucha caída. También iba muy maquillada y tenía en la boca su sempiterno cigarrillo.

Edie hizo un tímido gesto con los labios, parecido a una sonrisa, y pensó: «Jesús, María y José... Esto va a ser duro». El interior de la casa estaba impregnado de un tibio olor a tabaco, algo que resultaba sorprendentemente anacrónico en los tiempos que corrían. En cuanto a su decoración, no podía haber sido más diferente que la de la andrajosa apariencia de la casa de al lado, con su inequívoco aire de hogar de un académico de clase media jubilado. Aquí, las alfombras eran de un rosa pálido, pesadas y estaban llenas de polvo, y las lámparas, arañas de techo compuestas de centenares de lágrimas de cristal.

La mujer guio a Edie hasta el cuarto de estar, donde había una gigantesca televisión de plasma y dos bellas cotorras de plumas grises y amarillas, que chirriaban y daban saltos en el interior de una jaula abovedada. Las cortinas de volantes, con cenefas de color crema y oro, estaban recogidas con abrazaderas de borlas. Había todo tipo de adornos curiosos desperdigados por la pieza: una bola de cristal con luces led en su interior, o un pequeño árbol, que parecía de plástico, con hojas de metal. Edie tuvo la sensación de que todos aquellos objetos venían de catálogos de compra de los que ella ignoraba la existencia. Había también un jarrón con lirios de pétalos amarillentos, sobre cuya base se derramaba suavemente el polen.

Margot se sentó en una silla junto a la chimenea eléctrica. A su lado, reposaban un cenicero en forma de cisne y una copa y una botella de coñac. No parecía que hubiera empezado a tomar su dosis diaria, pero Edie no podía asegurarlo.

Sentándose con cautela en el recargado sofá color melocotón, dijo:

—Si abro mi portátil le enseñaré...

Edie había seleccionado una página, muy desordenada, con detalles estándares del pasado de Elliot; un material confeccionado, casi íntegramente, a partir de otros, aunque reelaborado para evitar cualquier reclamación de plagio, y por tanto con un riesgo cero si Margot decidía llamar al *Daily Mail*.

—Oh —la anciana extendió una de sus manos, más parecida a una garra, con su racimo de huesos que sobresalían como las cuerdas de un piano—, no puedo ver algo tan pequeño, querida. Tendrás que leérmelo.

Edie se acomodó en el sofá y tuvo pensamientos de adolescente: «Qué raro es esto y por qué tengo que hacerlo».

—Son solo retazos, el libro está en su etapa preliminar, así que espero que me disculpe.

Carraspeó y empezó a leer. Ay, madre, ya se veía soso en la página, pero leído en voz alta, al estilo de un cuento para niños, era realmente flojo. *Fue entonces cuando Elliot descubrió un refugio en la actuación... sus padres esperaban que optara por el derecho o la medicina, hasta que pronto advirtieron lo que significaba para él... bla-bla-bla... Impresionante evasor... bla-bla-bla... la luz de las candilejas...*

Un poco avergonzada por lo tedioso del escrito, no levantó los ojos hasta que la interrumpió un resoplido. Miró a Margot y comprobó que cabeceaba.

Qué poca educación..., ¡pero qué gran crítico!

Por un momento, Edie incluso pensó que lo hacía para darle un efecto dramático. Nop.

—¿Margot? —dijo— ¡Margot!

La mujer dio un respingo y la miró, y entonces dejó escapar el anárquico sonido de una risotada.

—Oh, Dios, lo siento, me acabo de quedar frita... Y te he pedido que lo leyeras. Ay, Señor, jajaja.

Edie sonrió e intentó no ofenderse.

—De todas formas, es un poco banal, ¿no es cierto, encanto? ¿De verdad es tan aburrido? Pues qué pena. Se le va la fuerza por la boca, literalmente. ¿Dónde está el lado salvaje? ¿Dónde están las anécdotas?

Edie sintió un prurito de defender a Elliot.

—No es aburrido. Creo que es muy precavido con lo que dice por ser tan famoso.

—¿Por qué?

—Podría meterse en problemas.

—¿Con quién?

—Pues... la prensa podría sacar las cosas fuera de contexto.

—Entonces dales tú el contexto; eres la escritora, muñequita. —Margot la miró detenidamente—. De hecho sí que tienes cara de muñequita. ¿Estás casada? En trámites de separación?

—No y no.

—Mejor para ti. El matrimonio es un error terrible.

Margot se le acercó y a ella se le encogió el estómago con la sensación de estar siendo examinada.

—Eres joven y bonita, ¿por qué no lo pruebas con este chico mientras estás en ello? A lo mejor hasta le das vidilla. ¿O es homosexual? Por desgracia, es algo común entre muchos de los más exquisitos.

Edie se rio.

—No soy joven, ya tengo los treinta y cinco —contestó—. Ni tampoco soy bonita, pero gracias por decirlo.

La anciana dio unos golpecitos a su cigarro sobre el cenicero.

—Qué pena. No te lo creerás hasta que sea demasiado tarde. No malgastes los años de juventud y belleza con preocupaciones, encanto. Hay suficientes de vejez y fealdad esperándote.

Edie volvió a reír por educación.

—Yo era actriz —declaró Margot.

—¿De veras? —preguntó Edie, cortés pero escéptica, deseando irse otra vez. ¿Y si la mujer era una chiflada a la que le encantaba fantasear sin medida?

—No una buena —seguía contando Margot—. Era bastante mediocre. Pero qué rematadamente guapa estaba cuando actuaba, encanto.

Edie sonrió.

—¿Hizo alguna cosa que yo pueda conocer?

—Lo dudo, eres demasiado joven. Tengo una foto de un montaje... Aquí... *La chica de arriba*, se llamaba. Era una farsa. Hoy en día ya no se hacen. A menos que cuentes las payasadas de tu hermana.

Margot se puso de pie, por un momento tambaleándose como un fauno con piernas nuevas, hasta que logró estabilizarse y tomó una foto en blanco y negro dentro de un marco que estaba en lo alto del mueble bar.

—Era un acto promocional, ¿sabes? Para publicitarlo. Salimos de gira por todo el país.

Edie asió el marco de las manos de Margot, llenas de manchas de la edad.

—¿Es usted? —exclamó, sabiendo que había sonado incrédula y que tal incredulidad resultaba un tanto ofensiva.

—Fue en 1958, así que tendría veintisiete años.

—¿Cómo se llamaba? Quiero decir, ¿tenía un nombre artístico?

—No, usaba mi propio nombre: Margot Howell. Mi agente quería que me lo cambiara, creo que debería haberlo hecho.

Guau. Margot quitaba el aliento.

Edie quería ser efusiva sin ser insultante, así que descartó mentalmente sus dos primeras reacciones —¡qué joven estaba! y ¡qué guapa era!—, y optó por:

—¡Una fotografía increíble!

No es que en su época Margot fuera un poco guapa: es que era una de esas bellezas en toda regla, una mezcla de cantante francesa de los sesenta con la Dianna Riggs de *Los Vengadores*.

Sus mejillas, que seguían siendo imponentes hoy en día, y sus enormes ojos saltones le daban un aspecto deliciosamente seductor. La joven Margot miraba a cámara maquillada con un oscuro y marcado *eyeliner*, sus rasgos acentuados por su espeso flequillo negro, mientras que el resto de su melena estaba peinada con un recogido en alto.

Llevaba un ajustado vestido negro de cóctel con un escote de cuchara, que se tensaba bajo su pecho en una cintura tan estrecha que dolía solo de mirarla. Tenía unas piernas delgadas, que juntaba con gracilidad, y sujetaba en la mano un cigarrillo. Lo de fumar había sido un amor para toda la vida, obviamente.

Unos hombres vestidos de esmóquin posaban apiñados a su alrededor, encendiendo mecheros. Era una escena tan glamurosa y bien compuesta que hubiera merecido convertirse en uno de esos pósteres que acaban en todos los dormitorios de las residencias universitarias: como el del beso en París o el de Marilyn sobre la rejilla del metro.

—¡Me encanta! —exclamó Edie, casi cantando.

—Qué tiempos aquellos —murmuró Margot.

Le quitó la fotografía y volvió a ponerla donde estaba. A pesar de no decirlo, a Edie le dio la sensación de que su vecina se había puesto contenta con su reacción. Entonces no pudo evitar sentirse triste, melodramáticamente triste, por ella, que una vez había sido tan deslumbrante y que ahora estaba ahí, junto a dos periquitos como única compañía.

El móvil de Edie sonó en aquel momento y se sintió tan complacida como culpable de tener una excusa para irse.

—Es mi padre —le informó a Margot—. Mejor lo atiendo.

Margot asintió.

—Tu actor. Me parece que es su libro y su nombre va en la portada. Así que puede poner en él lo que le salga de las narices.

Edie también asintió, y contestó al teléfono.

Capítulo 24

Edie se chocó con su padre en el vestíbulo, así que, mientras Jerry le decía por teléfono «¿Pero por qué has ido allí?», se la encontró delante de él.

Apagaron los teléfonos móviles simultáneamente.

—Papá, no le digas a Meg que estoy haciendo una visita a Margot, ¿vale?

—¿Esa vieja sociópata? —preguntó su padre.

—Qué forma más fea de hablar de mi hermana —dijo Edie, levantando ambos pulgares.

—¿Por qué las has visitado?

Edie decidió pasar por encima del asunto del nudismo, el cannabis y las amenazas de llamar a la policía.

—Quería leer mi libro. ¿Sabías que había sido actriz?

—Pues debe de estar interpretando con el método Stanislavski el papel de una vieja e histriónica arpía llena de *brandy*. ¡La de insultos que hemos intercambiado sobre el estado del jardín! Se diría que se cree que vive en el Versalles del norte de Nottingham. La vista o la cabeza se le están yendo del todo, si no es que ya se le han ido.

—¡Chissst! —murmuró Edie, consciente de que las paredes no eran muy gruesas.

—Jaja, de veras. No hay quien la haga entrar en razón. Ya lo habría hecho yo de haber podido.

—Es deslenguada, pero también... simpática. Y sincera.

—Mmm. La honestidad y la sensatez no son lo mismo.

El teléfono móvil de Edie sonó de nuevo y pudo ver el nombre de Richard.

—Ah, es trabajo —dijo, subiendo las escaleras con el corazón en la boca.

—Hola, ¿Edie? Malas noticias, me temo. Se ha cancelado el proyecto del libro.

—¿Qué? ¿Por qué? —Cerró la puerta del cuarto en cuanto entró. Estaba anonada, pero también notaba una extraña sensación de pérdida. Y es que, aunque nunca había querido el trabajo, ahora ya era suyo, y se lo acababan de arrebatar.

—El «talento», como deberíamos llamar irónicamente a Elliot, ha cambiado de idea. Otra vez, «actor-car» las pelotas, ¿eh?

Edie tragó saliva con dificultad y murmuró:

—Parecía de acuerdo con todo la última vez que le vi...

—Oh, nadie dice que hayas hecho nada mal. Las buenas noticias son que te pagarán una parte considerable de los honorarios por haberte hecho perder el tiempo. Bien acaba lo que (apenas) bien empieza. Bueno, y ahora debemos tener un encuentro cara a cara para decidir la mejor manera de reintegrarte en la sociedad civilizada de Londres. Jack Marshall y yo llegamos a un acuerdo entre adultos sobre la conveniencia de que ofreciera sus singulares dones a otra agencia.

Edie se dobló sobre sí misma. «E hizo que Jack perdiera su trabajo» sería el punto de vista del aquelarre de Lucie.

—Así que ahora solamente se trata de ver cómo os las arregláis Charlotte y tú para que la cosa funcione. No dudo de que podéis.

—Richard —intervino Edie con voz temblorosa—, eso no va a pasar. Me detesta con toda su alma.

—Estoy seguro de que, ahora mismo, tú no eres alguien a quien ella elegiría para asistirla en su parto o como albacea para su testamento, pero todo puede superarse, sobre todo si uno quiere seguir cobrando su sueldo. Moderaré una charla entre los tres para enterrar el hacha de guerra, que será breve y directa, libre de lágrimas. Salvo que sean las mías.

Edie casi gimió «¡No!» antes de tragárselo. Aquel era su jefe y ella le había echado encima todo ese lío. Aun así, nunca volvería a estar en la misma habitación que Charlotte si podía evitarlo. Porque la idea de volver a la agencia... Sería como si un amable director de colegio les hiciera darse las manos en su despacho; pero a la hora del recreo la cosa sería muy distinta.

—Le insinuaré a Charlotte que, si es algo que ha podido resolver en su matrimonio, también es algo que puede resolver en su trabajo.

—Gracias —murmuró Edie.

A pesar de que el acuerdo que le ofrecía Richard le apetecía tanto como que le saliera una hemorroide, al menos él intentaba arreglar las cosas.

Hizo un par de fingidos sonidos de asentimiento, antes de colgar. ¿Por qué Elliot había vuelto a cambiar de opinión? ¿Tan mala había sido la experiencia de cruzar con prisas la ciudad? ¿O es que la había encontrado ligera de cascos, falta de profesionalidad? Se sentía herida, y no solo en su orgullo profesional, sino en el de siempre, en el más personal. Le había contado su vida y él había actuado como si le interesara. Jajaja. «Actuar» era el verbo clave.

Entonces le sonó el móvil y apareció en pantalla un número desconocido. A punto estuvo de no descolgarlo; al cruzar por su mente la inquietante idea de que podría ser alguien asociado con Charlotte, o la propia Charlotte para advertirle, estilo mafioso, que si sabía lo que más le convenía no regresaría nunca a Ad Hoc.

¿Lo dejaba sonar? Tras una vacilación, decidió que, si era algo con lo que tenía que lidiar, probablemente mejor ahora que en un angustiado después.

—¿Diga?

—Hola, ¿Edie? Soy Elliot.

—¡Elliot! —exclamó, casi a voz en grito—. ¡Hola! Vaya sorpresa...

En el desorden de su habitación, vio su sujetador H&M de la noche anterior en el suelo, y tuvo que guardarlo para no estar mirando sus copas con dibujos florales mientras hablaba con una de las «100 Personas más guapas de 2014» según la revista *People*.

—Hola. Quería disculparme por la cancelación del proyecto.

—Ah, sí. ¿Ya no te gusta la idea? Espero que no haya sido por mis preguntas de mierda.

—No, claro que no... ¿No te han dicho por qué se ha cancelado?

—Solo que habías cambiado de opinión.

—Pues vaya. Debes de haber pensado que era un capullo.

Edie lanzó un difuso, por falso, susurro de negación. Pues sí que era una sorpresa. Y además se había tomado la molestia de buscar su número de teléfono móvil en vez de enviarle un mensaje por medio de su agente.

—Es la otra escritora. Jan no sé qué. Está escribiendo un libro no autorizado sobre mí. Por eso mi agente me ha estado acosando para que hiciera esto, para estropearle la jugada. La idea es que, ya que no podemos impedir que ella escriba su libro, al menos le echaremos por tierra las ventas. La gente preferirá comprar el de verdad. ¿No sabías nada de esto?

—No.

«Habría sido todo un detalle que alguien me lo dijese.»

—Pues sí. Ha estado rondando a mis amigos y a mi familia intentando sacar a la luz algún trapo sucio mío. Y ayer se las arregló para engañar a mi abuela y hablar con ella. Mi abuela le preguntó: «¿Sabe Elliot que está usted haciendo esto?», y la tipa contestó: «claro que sí, sí que lo sabe». Como mi abuela le contó alguna cosa, cuando le explicamos quién era Jan en realidad, se echó a llorar, diciendo que me había fallado. Mira, capto eso de que soy un blanco lícito y que renuncié a mi derecho a la privacidad cuando me metí en un programa de televisión. No es que esté de acuerdo, pero veo la lógica. Pero ¿qué narices le había hecho mi abuela? ¿Cómo puede uno dormir por las noches después de hacer llorar a una mujer de ochenta y tres años?

—¡Es asqueroso! —exclamó Edie con vehemencia—. ¿No le puede decir que no lo utilice?

—La ley sobre retirar tu consentimiento... Hay una versión larga pero, básicamente, no. Una vez lo tienes, lo tienes.

—¡Vaya! Mierda, Elliot. No lo sabía.

—También puso algo en la página del Facebook de mi colegio, para ver si pescaba alguna historia sobre mí. Un colega aparentó que tenía cosas que podría contarle, y por mensajes privados vimos que el tema era «Solo quiero saber con quién se acostó». Fue horrible. Perdí algo ayer. Y me dije: «¿Por qué estamos bailando a su son, escribiendo un libro porque ella esté haciendo otro, dejándole llevar la voz cantante? A hacer puñetas. ¿Y qué, si gana mucha pasta? Si sigue siendo capaz de mirarse a sí misma en el espejo, que le aproveche. Prefiero un silencio digno. No necesito el dinero».

Ahora su reticencia tenía mucho más sentido. Le habría gustado que se lo hubieran contado todo con pelos y señales. De haber sido así, habría enfocado el asunto de forma muy diferente.

—No tenía ni idea de todo esto, Elliot. ¿Se lo contaste al otro escritor? ¿El otro «negro» antes de mí?

—Jajaja, el tipo ese, ¿el que me dijo que, a menos que pudiera ofrecerle cosas más suculentas que las que ella descubriera íbamos a hacer el ridículo? Lo envié a su casa.

Oh. Edie había asumido que Elliot Owen era una persona repulsiva y banal, pero resultaba que solo tenía un tercio de la información. Y juzgar sin tener todos los datos, ¿no era lo mismo que hacían quienes la criticaban en Internet?

—Lo siento muchísimo —dijo Edie. Ya no tenía nada más que perder siendo honesta—. Estaba equivocada, Elliot. Pensaba que le dabas vueltas al asunto porque no eras capaz de decidirte, no sabía que había... presiones externas. Entiendo completamente por qué ahora no te apetece escribir el libro.

—Malcriado, creo que dijiste —recordó Elliot, con una sonrisa en la voz—. Nah, tenías razón. No viste mi mejor cara la primera vez que quedamos, con la ruptura con Heather de por medio.

—¿Rompisteis? —murmuró Edie— Lo siento.

—No lo sientas, yo no lo hago. Lo que teníamos Heather y yo era una empresa. Se metió en una relación con otro ser humano como si se metiera en una tienda de peluches.

—Jajaja.

Edie tuvo la sensación, por segunda vez aquel día, de que Elliot se sentía solo. Si no, ¿por qué le contaba todo eso?

—En todo caso, quería pedirte perdón. Como dijiste que no querías volver a Londres, ¿no?

—Ah, gracias. Sobreviviré —repuso Edie—. Gracias por haber pensado en mí.

Hubo una pausa en la que ambos tal vez se preguntaban cómo decir «que te vaya bien la vida» y separarse con elegancia. Puesto que era la última vez en que volverían hablar y Elliot ni se acordaría de ella en un par de días, Edie quiso entretenerse un poco.

—¿Sabes? Me da realmente pena no haber podido escribir el libro.

—No puedo haberte resultado tan interesante. Venga. Pareces demasiado inteligente para dedicarte a sacarle brillo a mi halo.

Por fin había comprendido cómo tratar a Elliot y no era diferente a como lo hacía con Richard. Llevaba bien la honestidad. Su error había sido creer que él sería menos inteligente que ella. Una mala jugada.

Así que decidió decir en voz alta algo que solamente había cristalizado en casa de Margot.

—Tuve una idea disparatada, ¿sabes? Cuando salimos corriendo del Stratford Haven, cuando te hice quitarte el gorro, pensé si no debíamos descartar todo ese rollo estéril y vanidoso y en vez de ello, escribir el libro como si fueran instantáneas sobre lo que es que ser tú, en ese momento. «La vida dentro de la burbuja». Podríamos usar esa anécdota como una introducción en el primer capítulo y hacerlo estilo «conversaciones con», mejor que escribir fingiendo ser tú.

—Mmm, sí. Una idea interesante; siempre que el editor no la encuentre demasiado «pasada de vueltas».

—Les tiene que gustar lo que te guste a ti, ¿no?

—Supongo.

—Da igual, no intento convencerte. Yo tampoco lo haría de ser tú.

—Ah, bien dicho. —Pausa—. Encantado de conocerte, Edie. Y bonito nombre, por cierto.

—Gracias —musitó ella, avergonzada. «¡A un famoso le gusta mi nombre!»

—Nos vemos.

—Claro. Adiós.

Al colgar el teléfono, Edie se sintió nerviosa e insatisfecha, con una extraña sensación de abandono.

Por supuesto, le repateaba la idea de verse forzada a volver a Londres, pero había algo más. Se había acostumbrado a la idea de escribir el libro, y por fin había encontrado una conexión con el tema. Y, aunque no le gustaba estar en Nottingham, ahora tomaría un tren y volvería a desaparecer. Asignaturas pendientes; estaba destinada a dejar siempre asignaturas pendientes.

Añadió «Elliot Owen» a sus contactos telefónicos, como un recuerdo para presumir. No dudaba de que él debía de cambiar de número cada semana, como los traficantes de drogas, pero le parecía genial tenerlo. Entonces volvió a sonar su móvil.

Elliot Owen.

¿Eh?

—¿Hola?

—Edie. De acuerdo, llámame voluble, irritante, puñetero idiota, típico actorcillo movido por pataletas... Sobre tu idea...

—¿Sí?

—Es buena. Echémosla a andar.

Capítulo 25

Nadie necesita una horda de amigos fotogénica; da igual lo que la gente piense. Pues con independencia de lo que vendan los medios de comunicación y la publicidad —como Edie tendría que haber sabido muy bien—, con unos pocos de verdad ya hay más que suficiente. Y en su caso, incluso estaría mejor sin los de mentira.

Edie caminaba por la zona de The Park al anochecer, meditando sobre el asunto. Llevaba en una bolsa dos botellas para la fiesta de inauguración que hacían un suave ruido al entrechocar: una de vino y otra de champán.

Ahora veía que su época de popularidad superficial en Londres no había estado llena de amigos de verdad, solo de gente que conocía. Un único percance desafortunado y todos se habían convertido en sus enemigos. Su aprecio se había esfumado como un castillo de arena contra el viento, no se fundamentaba en nada sólido.

Ni siquiera podía recurrir con absoluta seguridad a una amiga de fuera de Ad Hoc, Louisa, que había dejado la agencia años atrás para irse a otra firma. Ambas habían mantenido el contacto y solían quedar cada seis meses o así, disfrutando de largas conversaciones animadas por el vino y los cotilleos. Luego Louisa se quedó embarazada y se fue de Londres, lo que supuso que sus noches con Edie se interrumpieran bruscamente. Tras la llegada del bebé, fue a visitarla con peluches y le hizo monerías a su niño e intentó empatizar con las dificultades de dar el pecho. Pero era obvio que, si su relación había sobrevivido a pesar de no compartir ya el mismo lugar de trabajo, una vez se quitó de las cosas en común (también el vino y la geografía), lo que quedó no fue suficiente. Louisa no dejaba de preguntarle cuándo iba a tener un hijo y Edie no dejaba de bromear, con los dientes apretados, sobre no haber encontrado todavía un donante de esperma, de forma que su amistad fue lentamente decayendo de mutuo acuerdo.

Ahora que había sucedido todo aquello, Edie pensaba que al estar Louisa en casa con un bebé llorón y con un marido que pasaba muchas horas en el trabajo, en compañía de mujeres de las que su amiga sabía muy poco, seguramente la visión que esta tendría de eso de una soltera besándose con el marido de una compañera estaría bastante desdibujada, da igual cuál fuera el contexto. Edie podía visualizar la expresión incómoda y sentir el tenso silencio con los que su confesión sería recibida, sentadas en la pizzería St Albans Express, con su amiga prefiriendo concentrarse en los quejidos de su hijo antes que mirar a Edie a los ojos.

Y eso, suponiendo que Edie tuviera que contárselo; era más probable que Louisa ya hubiera «oído» algo, y que deseara con todas sus fuerzas que no la contaminara intentando ponerse en contacto con ella. Edie estaba bastante segura de que no volvería a saber de ella.

Era tan sorprendente como humillante darse cuenta de la cantidad de tiempo que puedes pasarte con alguien al que le importas tan poco, y viceversa.

Una vez, Hannah había definido a un amigo de verdad como «alguien a quien dejas que te vea con una bata manchada de vómito». Partiendo de esta base, Hannah cumplía los requisitos (su cóctel adolescente «Oportola» era una droga infernal).

Hacía mucho tiempo que Edie no se sentía bien, pero de camino a la cena en la nueva casa de Hannah, con el sol adivinándose a través de las hojas de los árboles en las silenciosas calles, casi estaba en paz. La conversación con Charlotte amenazaba con desanimarla, pero la apartó con decisión y la dejó encerrada tras una puerta de su mente; ya se abriría más tarde para emerger con toda su fuerza. El asunto le quitaba el sueño, de forma que le habían salido unas ojeras violáceas, que inmediatamente disimuló con maquillaje.

Edie sacó el teléfono móvil de su bolsillo para comprobar si el número de la casa que tenía era correcto. «¡Oh, guau! Felicidades, Hannah», pensó al ver que estaba frente al destino correcto.

El barrio de The Park era un complejo residencial privado al límite del centro de la ciudad, repleto de preciosas casas victorianas de ladrillos rosados por los que trepaban las enredaderas e iluminado por lámparas de gas. Edie ya suponía que Hannah no iba a cambiar su casa en la zona de New Town de Edimburgo por cualquier lugar ruinoso, pero, de todas formas, su nuevo piso le resultó despampanante. Ocupaba la parte inferior de una inmensa mansión de aspecto gótico, asentada en la curva de una calle bordeada por los árboles.

—Caramba, Hannah, esto es increíble —dijo Edie pasándole a su amiga su bolsa del súper reutilizable en cuanto esta abrió la gigantesca y arqueada puerta de su piso. Hannah llevaba sus gafotas y una ropa estilo «no he tenido tiempo de arreglarme» —compuesta de un suéter dado de sí y unos *jeans* ajustados—, que, sin embargo, le quedaba mejor que a Edie su vestido.

Ante ella se extendía un pasillo largo y luminoso, adornado con una alfombra persa, que llevaba a una sala de estar con unas ventanas que prácticamente se extendían desde el techo hasta el suelo y con una enorme chimenea en el centro.

—¡Pero mira ese rosetón del techo! —exclamó Edie, levantando el cuello.

—Jajaja, está lleno de detalles originales como este. Ahora ya somos lo suficientemente mayores para emocionarnos con los rosetones, ¿verdad? «La edad de los rosetones de techo».

—Dudo que Nick haya entrado en esa edad. ¿Así que viene seguro?

—Sí. Pero era todo secretismo. Mucho de «os diré cómo estoy cuando os vea». ¡Ah!

Acababa de sonar el timbre. Su amiga fue a contestar. Edie miró las cajas a medio deshacer de Hannah y su achaparrada palmera dentro de una cesta de mimbre. Y envidió que tuviera un sitio como este para llamarlo suyo. Edie se dio cuenta entonces de que su apartamento había sido siempre como la zona de embarque de un aeropuerto en tránsito hacia otro lugar. Hacia otra persona, suponía.

Nick entró en la habitación con una botella de tinto. Era pequeño, de rasgos elegantes y pelo rubio, que acostumbraba a llevar muy corto. La gente solía creer que Nick era una década más joven de su edad real. Siempre vestía con gusto y discretamente, como lo probaba la camiseta entallada que llevaba hoy, junto a la cazadora Harrington y las botas safari. Tenía un tono de voz muy suave, que hacía eclipsar su afiladísimo ingenio, y estaba permanentemente desilusionado del mundo, de lo que había en él y más que nada, de sí mismo.

Él y Edie se abrazaron a modo de saludo.

—¿Cómo estás? —preguntó Edie.

—De puñetera pena. ¿Y tú?

—Como una mierda —rio.

—Lo mismo digo, pero podemos empinar el codo —terció Hannah—. ¿Empezamos con el champán?

Fue a la cocina a buscar unas copas.

Y de esa manera tan sencilla, de pronto nada podía ser tan malo como lo era antes. Por primera vez en siglos, Edie se consideró afortunada. Sí, le habían pateado el trasero, pero con esas dos personas al lado, estaba segura de que no todo resultaba terrible. También se dio cuenta de que esa reunión había sido posible por pura casualidad y eso hizo que se sintiera culpable. Tendría que haberse esforzado por verlos más durante los últimos años.

—Alice y yo nos hemos separado —dijo Nick, aceptando el vaso de champán medio lleno que le ofrecía Hannah—. Esas son mis noticias. Ya viejas. De hace un año.

—¡Joder! —dijeron al unísono Edie y Hannah, y añadieron unos torpes ruidos de chasqueo y carraspeo que las detuvieron, por poco, de expresar de forma específica cómo lo lamentaban.

—¡Hace un año! Pero ¿por qué no nos lo dijiste? —preguntó Hannah.

—Quería ahorraros la molestia de que tuvierais que fingir que era una mala noticia —respondió Nick con una leve sonrisa, que ambas le devolvieron al unísono. (¡Culpables!)

—Tampoco tenéis que preguntar «por qué tardaste tanto». No lo sé. Lo malo es que ya no veo a Max.

Nick dio un trago de su bebida.

—¿Qué quieres decir? —preguntó Edie.

—Alice dijo que él no quería verme, así que no me dejó hacerlo. Fui a los tribunales para decir que era mentira y que quería verle y el juicio se eternizó. Y cuando por fin entrevistaron a Max y le preguntaron si quería verme o no, pues dijo que no. Solo tiene siete años, habrá empezado a medio olvidarme. Y su madre le ha estado convenciendo de que él no quería verme. Así que, así estamos.

Hubo un pequeño silencio, solo roto por el suave rumor de la radio de Hannah, sintonizada en una emisora de *jazz*.

—Es espantoso. ¿Y por qué no quiere tu ex que veas a Max?

—Dijo que yo era un padre de pacotilla, que nunca tuve tiempo para él cuando estábamos juntos. Y si no estaba con ella, no podría verlo más.

—¿No puedes recurrir? —preguntó Edie.

—Nop. No hay nada que hacer, Max ha cambiado de idea. Lo único que puedo hacer es seguir enviándole postales de Navidad y regalos de cumpleaños. Y pagar. Algo que creo que tengo que hacer, seamos sinceros. —Nick las señaló de una en una con humor negro y dio un nuevo trago. Edie pensó que la rapidez e intensidad con la que bebía era un poco preocupante—. Pero ¿sabéis? Está bien que al menos siga pensando que mi dinero sí que sirve.

—Te voy a decir una cosa, Nick; sinceramente, siempre pensé que tu mujer era una imbécil, pero esto me ha dejado sin palabras —dijo Hannah.

—Pues yo siempre pensé que haría algo así; es uno de los motivos por los que tardé tanto en dejarla. Eso y que soy un puñetero vago. Bueno, ¿y qué hay para cenar?

Edie y Hannah se habían quedado anonadadas. La segunda se recuperó más pronto.

—Tenía planeado hacer *parpadelle* caseros con *pesto* de ortigas. Pero no puedo encontrar mis cosas para cocinar, así que me preguntaba si sería suficiente con *fish & chips*.

Nick miró a Edie por el rabillo del ojo.

—¿Salsa de malas hierbas? Eso suena repugnante.

—¡Es una receta famosa en escuelas de alta cocina!

—En la serie *Crapston Villas* los perros mean sobre las ortigas.

—Te acabas de ganar ir a buscar el *fish & chips*.

—Por mí, perfecto. Puedo fumarme un cigarrillo de camino.

Se acordó que Edie acompañaría a Nick y que así Hannah podría aprovechar para abrir las cajas donde estaban los platos y el kétchup.

Salieron con una lista en la que apuntaron merluza, puré de guisantes y salsa.

—Deberías habernos contado lo que había pasado con Alice, ¿sabes? Nunca te habríamos abandonado en una crisis. Me siento fatal... Y yo enviándote vídeos de gatos por correo electrónico sin saberlo...

Nick encendió un cigarrillo, dio una calada y se lo sacó de la boca.

—Siempre es un buen momento para los vídeos de gatos. Oh, gracias, pero no fue una crisis: fue una comprensión lenta y reveladora de que me había lanzado sobre un montón de mierda y de que ya me llegaba por encima de las rodillas.

Edie asintió.

—No poder ver a Max... debe de ser horrible.

—Sí, es un asco. Lo llevo no llevándolo, porque no pienso en ello. Si lo hiciera, me volvería loco. Para mí, mirar de frente a las cosas está sobrevalorado. ¿Y a ti, qué te ha pasado? Hannah me comentó que tuviste un problema en una boda y que allá en el sur te han excomulgado.

Por primera vez, mientras ponía a Nick al corriente, Edie sintió que su historia no era para tanto.

—Parece que no fue cosa de los dos, la verdad, sino más bien, suya. ¿Por qué te culpan a ti? Estabas soltera. Pero él se acababa de casar. Literalmente.

—Gracias por decir eso. No lo sé. Supongo que es más fácil culparme a mí.

—Todos nos hemos llevado un castañazo a lo Thompson alguna vez, no tendría por qué causarte más problemas.

Entonces Edie recordó, pillada por sorpresa, aquella vez que Nick y ella tenían diecinueve años, en el Rock City, cuando su amigo, borracho de sidra, intentó besarla y declararle torpemente su amor sincero y apasionado. Ella le rechazó, con un tacto y una madurez que no casaban con su corta edad. Era una de las pocas cosas de su pasado a las que podía mirar sin remordimiento. Y en verdad, casi lo tenía olvidado, tan lejos quedaba.

Edie se sonrojó y Nick sonrió.

Encogiéndose de hombros, Edie divagó:

—Las bodas... La gente se pone tan exigente en ese día que consideran tan importante, ¿verdad?

—Oh, sí, se les va la pinza. Se supone que no debes intentar tener sexo con ninguna otra persona en todo el día; al menos hasta donde yo tengo entendido.

Edie se echó a reír. Y luego suspiró.

—Sé que arruiné la boda de otra persona. Tendré que vivir con eso para el resto de mi vida. Pero es más difícil asumirlo teniendo en cuenta que no fue algo que yo quisiera, sino que me pasó. Suena a cobarde, pero es verdad.

—Claro que es verdad y tienes razón, en todo. Pero deja de tomarte tan a pecho lo que otra gente diga. Tú eres de ese tipo de personas que los demás quieren tener cerca. Iluminas una habitación, solete.

—¡Ay, gracias! —murmuró con timidez, pero contenta de que hubieran decidido que ella le acompañaría— ¿Y tú, qué? ¿Has pasado página, estás viendo a alguien?

—Solo las cuatro paredes de mi hoyo de dolor de papá divorciado.

Edie había olvidado lo gracioso que era Nick y su ironía. Era cierto que había permitido que su amistad con él se encallara por culpa de la loca de su ex, pero también lo era que sentía que ya no tenían demasiado en común y no ayudaba el hecho de que, encima, estuvieran separados por miles de kilómetros. En definitiva, había pasado por una mezcla de ignorancia y pereza.

Hicieron cola para pedir, hablando animadamente mientras tanto. Edie vio su cara reflejada en el mostrador de acero inoxidable de la freiduría. Aunque tenía aspecto de cansada, también parecía momentáneamente feliz.

Capítulo 26

—Una fritada acostumbra a estar más buena en casa, pero no cuando estás en un sitio nuevo que huele diferente y la mitad de las cosas las tienes en un almacén —dijo Hannah—. Pete y yo también teníamos uno cuando nos mudamos a Edimburgo. Es lo más.

Comían directamente sobre el envoltorio abierto y los recipientes de polietileno. La habitación estaba iluminada por velas flotantes y una gran lámpara modernista. Los tres amigos ya no daban mucho pie con bola de tanto beber champán y vino en gruesos vasos de vidrio. De las cosas prácticas, Hannah siempre tenía las más bonitas.

—Así que estamos todos solteros por primera vez desde sexto —comentó la anfitriona.

—Yo estaba soltera antes de que se pusiera de moda —repuso Edie, rebañando el bote del puré. Guisantes de feria y algodón de azúcar: uno de los pocos recuerdos positivos de su infancia.

—Y ahora, ¿qué? ¿Nos apuntamos todos a webs de citas y empezamos a afeitarnos las partes íntimas? —preguntó Hannah—. Si algo bueno se puede decir de las relaciones estables, es la libertad de no tener que depilarte el pubis. Las modas sobre el vello púbico varían sin que te importe un pito.

—En todo caso, llevarlo peludo ha vuelto. Lo peludo está que arde —intervino Edie.

—Yo no voy a afeitarme las pelotas por ninguna mujer —replicó Nick—. Y estoy bastante seguro de que la demanda de mis testículos desnudos es nula. ¿Cuándo empezaron a gustarle a la gente estas cosas macabras?

—Cuando tuvimos Internet —contestó Hannah— y a todo el mundo le entró el pánico de que sus vidas no fueran lo suficientemente buenas.

Edie dijo: «Ya empezamos» a Nick, hasta que se dio cuenta de que ella era un caso práctico sumamente bueno para el sermón de Hannah «Las redes sociales son el mal».

—La sociedad, tal como la conocemos, está jorobada —Hannah hablaba mientras rociaba ruidosamente de kétchup sus patatas—. Todo el mundo aparenta que su vida es maravillosa en Internet. Son mentiras por omisión; no, es una gran mentira por omisión. Y eso hace que la gente se sienta incómoda todo el rato, y tensa, y que estalle la envidia. Todas nuestras vidas son un desastre, pero mira por Internet y verás solo el anuncio publicitario.

—Al menos, nadie me puede acusar de hacer que los demás se sientan inseguros —dijo Edie—. Mi vida es un accidente de tráfico. He tenido que cerrar todas mis cuentas en las redes. Y la única que echo de menos es Instagram. Con sus gatos y puestas de sol y huevos y aguacates.

Hannah se sacudió de las manos un trozo de rebozado.

—Intento imaginarme qué habría pasado tras la boda antes de que existiera Facebook —siguió Edie. Qué bien sentaba, por fin, tener gente con quien poder compartirlo—. Todo el mundo habría dicho cosas de mí igualmente, pero yo nunca lo habría sabido. Ahora vemos cosas que no deberíamos ver.

—¡Exacto! Y es tan inhumano... —exclamó Hannah—. Ahí está la cosa. Sabemos más unos de otros que nunca, pero nunca nos hemos entendido menos.

—Qué profundo. Parece que estamos bebiendo agua en uno de esos programas de concursos de famosos —dijo Nick, comiéndose en un periquete su último perrito caliente. Tenía los gustos de un mugriento perro de caza y la silueta de un galgo—. Podría llamarse «El estado en el que estás», o algo así, y emitirse de madrugada. Seguro que si lo incluyo en mi propio programa, con vosotras dos de invitadas, solamente hablaríais sobre bares.

Edie reía a carcajadas.

—¿No tienes algo para hacerlo en diferido?

—No, eso es un mito, es radio en directo; lo que tenemos es algo para pedir disculpas luego.

—¿Va bien el programa? —preguntó Hannah,

—No mucho —repuso Nick, bebiendo un poco más—. Las cifras de audiencia están bajando. Estoy esperando a que uno de los presentadores más antiguos empiece a acosar en plan Borat en *Ali G. anda suelto*: «Podríamos salir adelante si pusiéramos un par de lavativas en el departamento de personal». A mí no me afectaría, se entiende. Para otra gente.

Edie se desternilló de risa de nuevo.

—¡Justo esa palmadita en la espalda! —Hizo una pausa—. Jack ya no trabaja en Ad Hoc. Es el hombre, el marido —le explicó a Nick.

Un pequeño silencio siguió a aquel comentario. Nick no sabía qué decir y Hannah tenía el aspecto de estar sopesando si decir o no lo que pensaba.

—No lo sentirás por él, ¿verdad? —comentó al fin su amiga.

Edie contestó, con un hilo de voz:

—En realidad, no; lo que siento es ser la causa de tantos problemas.

Podría haber sido un momento tenso, pero fue roto por un gato a rayas blancas y pardas, con ojos como platos, dando vueltas sobre sí mismo. Se miraron unos a otros en un mutuo «¿y tú, quién narices eres?».

—No sabía que tenías un gato —exclamó Edie.

—¡Es que no lo tengo! —chilló Hannah, a lo que siguió un estallido de gritos.

—Pero ¿por qué estamos gritando? ¡Es solo un gato! —puntualizó Nick.

El gato estiró las orejas para atrás y desapareció de la sala. Algunas investigaciones indicaron que el piso de Hannah poseía una gatera hecha por los anteriores inquilinos, que seguía balanceándose por el movimiento producido tras la salida del minino.

Una vez volvieron a acomodarse, después de advertir que el gato había tirado trozos de merluza por el apartamento, Hannah comentó:

—Ya que estamos hablando de cosas serias y no de tonterías, ¿sabes por qué el Jack ese no te eligió a ti, Edith? Le he estado dando vueltas.

—Supongo que me lo vas a decir... Pensaba que era por las razones por las que uno siempre suele preferir una persona a otra, digo yo —murmuró Edie, avergonzada a pesar de estar bebida—. Charlotte se parece a la mujer de Andy Murray.

—BIIIP. Falso. Tarde o temprano te habrías dado cuenta. Él se sentía atraído por tu ingenio, pero es demasiado vago y egocéntrico para querer como pareja a alguien que le dé tantas molestias. Así que te mantuvo a una distancia prudencial, disfrutó de la emoción que le dabas y se quedó con la apuesta segura.

Edie asintió.

—Charlotte siempre ha sido muy ilusa con Jack. A mí él me gustaba mucho, pero nunca le traté con ese tipo de adoración incondicional. Creo que eso tuvo algo que ver.

Ya le solía costar analizar el asunto deslindándolo del amargo murmullo del zorro de «las uvas están verdes», pero ahora era incluso más difícil, con el culpable murmullo de «el pecado de la boda».

—Pero si no quería darte nada más, ¿por qué te saltó encima el día de su boda? —preguntó Nick.

—¿Y por qué no me saltó encima antes de la boda?

—¡Porque tú podrías haberle respondido saltándole a él encima con más fuerza! ¡Podrías haber tratado su acto como si de verdad significara algo! Y él no deseaba que peligrara «lo que realmente quería». Demasiados quebraderos de cabeza —sentenció Hannah.

Ella le suponía demasiados quebraderos de cabeza. A eso se resumía todo, ¿no? Una explicación que no resultaba halagüeña para el ego de Edie, pues el amor hacia ella no podía con todo.

Y, sin embargo, por primera vez el momento escogido para el beso tuvo un poco de sentido. Porque no se produjo cuando ella era una tentación peligrosa, sino cuando Jack estaba a salvo.

Edie se acabó su champán y levantó el vaso para pedir más.

—Increíble. Entre los dos puede que hayáis resuelto a «Jack».

Hannah agarró otra vez la botella.

—Con tus deseos, convertiste a Jack en algo que no era. Creo que las mujeres tendemos a hacerlo. No importa lo adultas e independientes que nos creamos; juro que tenemos una enfermedad mental desde la infancia, siempre pensando que va a aparecer un príncipe en un caballo blanco y va a resolverlo todo. Y cuando no aparece, o incluso cuando sí aparece alguien pero no puede resolverlo todo, creemos que hemos hecho algo mal. Pero es que ese príncipe nunca existió.

—Yo también desearía que apareciera un príncipe en un caballo para resolverlo todo —intervino Nick—. Se ocuparía de meter la cabeza de Alice en un saco.

A partir de aquí, siguió otro breve debate en el que Hannah le dijo también sin tapujos lo que pensaba de Alice y su amigo estuvo más o menos de acuerdo, aparte de admitir que había cometido el terrible error de confundir a una matona con una persona dinámica y carismática.

Tras lo de Jack, Edie se sentía mucho menos inclinada a juzgar a Nick. Sí, que se comprometiera con esa rancia gilipollas de Alice resultaba incomprensible visto desde fuera. Pero fíjate cómo Hannah había visto con claridad que Jack era una pérdida de tiempo, un mentiroso con mucha labia que se sentaría encima del corazón de Edie y la aplastaría como a un cojín sobre el que te tiras unas cuantas pedorretas. Edie estaba tan confundida por la oxitocina, o la hormona de amor que fuera, que no podía admitir la verdad cuando estaba bajo el influjo de Jack. Tal vez fuese una simple cuestión de química: era difícil aceptar que alguien que te causaba tanto placer, a la vez te estuviera causando tanto dolor.

Pusieron las sobras de la cena en una bolsa de basura y se tendieron en el sofá.

—Basta ya de tanta angustia. ¿Cómo es Elliot Owen? —preguntó Nick.

—Si me lo hubieras preguntado antes, te habría dicho que era un capullo repulsivo *prima donna*. Pero resulta que el pobre estaba recibiendo por todas partes. Me parece simpático.

—¿Es asquerosamente guapo? —preguntó Hannah.

Edie puso cara de «mmm».

—Supongo que sí. Quiero decir que sí.

—Nunca he entendido esa pregunta —comentó Nick—. «No, hay un filtro distorsionador de la realidad sobre él en pantalla, así que en la vida real tiene una cara parecida a un pastel de Halloween.»

Los tres estallaron en risas.

—Espera, espera. ¡Ya lo tengo! Si te enamoras, y tienes una aventura con un actor famoso, será... ¡Nottingham Hill! —exclamó Nick.

Edie hizo un mohín.

—Joder, pero tendrá el escroto depilado —añadió su amigo.

Hannah se incorporó en su asiento e hizo cara de perplejidad.

—¿Eh?

—Estoy volviendo a nuestra conversación previa. ¿Crees que los actores se lo depilan? —preguntó Nick.

—¿Se lo pregunto a Elliot? ¿Le digo que es para el libro? —comentó Edie.

—Nick, estás exageradamente obsesionado con todo este asunto de las pelotas sin pelo —terció Hannah.

—Vi a un tipo, en el gimnasio. No me gusta hablar de ello —replicó Nick—. Los trámites legales siguen en marcha.

—Si alguna vez en la vida vuelvo a acostarme con alguien, le diré: «Mis disculpas por adelantado», y espero que así quedaré cubierta legalmente —dijo Edie, reclinándose sobre el sofá y cerrando los ojos.

—Yo me podría conseguir unos calzoncillos en los que pusiera: «Atención: Contenido Explícito».

Edie volvió a abrir los ojos.

—Es estupendo que los tres volvamos a estar juntos, ¿eh? —exclamó.

—Pues aprovechémoslo. Hagamos cosas en vez de decir «sí, estupendo, suena genial» y luego nunca encontremos tiempo para hacerlas —repuso Hannah.

—De acuerdo —dijo Edie, mientras Nick asentía—. ¿Quién organiza la próxima cena? Yo puedo cocinar, pero no tengo mucho sitio en casa de mi padre.

—Yo tengo espacio, pero no sé cocinar. ¿Cocinas en mi casa, Edith?

—¡Trato hecho!

La alegría general fue interrumpida por un gemido del intruso gatuno, que se lo había pensado mejor y había decidido que le gustaba mucho la merluza rebozada.

Capítulo 27

Ningún ser humano varón había contenido la respiración al ver a de Edie desde hacía tiempo. Al menos, no en el buen sentido.

¿Era ahora en el buen sentido? No sabría decirlo.

En cualquier caso, el hombre que le abrió la puerta de la residencia de los Owen, tan bien situada, era un joven de veintimuchos, muy alto y de complexión parecida a la de un jugador de *rugby*. Era rubio, llevaba una fina barba y tenía una belleza ruda y masculina que seguro hacía temblar a muchas mujeres.

Metió las manos en los bolsillos de su sudadera y le sonrió como si ambos compartieran un secreto.

—Hola. ¿Puedo ayudarte? Se diría que sí.

Edie sonrió y balbuceó:

—Ah... He venido a ver a Elliot.

—Oh, por Dios, no pierdas el tiempo con él. Nosotros no lo hacemos. Es un santurrón tonsurado con más plumas que un pavo real, y el actorucho más amanerado que hay.

Edie tuvo que reírse.

El chico le tendió la mano.

—Soy Fraser. Su hermano.

Claro. El otro niño de la foto.

—¿Y tú eres...? —preguntó él.

—Edie Thompson. Estoy escribiendo su autobiografía.

—¿Y por qué tienes que deslomarte tú por él, el puñetero vago? Es capaz de escribir sus propios pensamientos, ¿no? Para lo que valen...

Edie lanzó una risita.

—Fraz, por favor, deja que Edie entre en casa —se oyó pedir a Elliot desde el fondo.

Fraser se hizo a un lado, sin sacar las manos de la sudadera.

—Ahora mismo le estoy dando una paliza al tenis de mesa —comentó—. No le des una excusa para que se escaquee antes de que lo haya barrido por completo.

Elliot estaba en el vestíbulo, secándose la frente con el cuello de su camiseta azul marino. Estaba empapado y desaliñado, con los rizos de su cabello castaño pegados a la cara y oscurecidos por el sudor. Llevaba en la mano una pala de tenis de mesa que hacía girar sobre sí misma. Sus ojos y su piel relucían con el ejercicio. Madre del Amor Hermoso.

Edie tragó saliva y alucinó para sus adentros. También se dijo: «joder, si ahora pudiera hacerte una foto sin que te dieras cuenta, la podría vender por un PASTIZAL». Debía de ser raro notar que algunas personas a tu alrededor tenían pensamientos de buitreo monetario relacionados contigo, incluso cuando no los llevaran a cabo.

—¿Te importa que acabemos el partido? —preguntó Elliot—. Si no, me lo estará echando en cara siempre.

—¡Ella también puede jugar! —dijo Fraser.

—Pero quizá no quiere —replicó su hermano.

—Lo puedo probar —repuso Edie—. No me importa.

Y tampoco vendría mal para ir conociendo mejor a Elliot Owen.

Colgó el bolso en la barandilla y los siguió hasta la cocina.

Elliot rebuscó dentro de un frigorífico gigantesco de doble puerta y le pasó a Edie una botella de cerveza.

Ella le miró con sorpresa, pues no había acompañado su gesto con palabra alguna y entonces Elliot añadió:

—Oh, perdona. ¿Bebes alcohol?

—Llevas en Estados Unidos demasiado tiempo. Aquí decimos: ¿qué bebes?

—Esa es buena —exclamó Fraser.

—¡Fraser! Deja de comportarte como un tonto —protestó Elliot. Edie se relajó, al advertir que se encontraba en medio de una dinámica entre los dos hermanos caracterizada por cierto malhumor. Ya conocía bien ese tipo de relaciones fraternales. Y bastante más tensas.

—¿Has venido en automóvil? —preguntó Elliot con educación.

—No. Y la cerveza ya está bien, gracias.

Tomó la fría botella y el abridor, quitó el tapón e imitando a Elliot, lo tiró en un cubo de basura que había cerca. ¡Se sentía tan guay al encajar por completo en casa de un famoso! Oh, no, espera. También había dicho que iba a jugar. Es posible que eso ya no fuera pan comido.

—No te preocupes, Fraser solo ha vuelto de Guildford por unos días —informó Elliot.

—¿Y a qué te dedicas? —le preguntó Edie a Fraser.

—Consultoría financiera —contestó. Costaba imaginarse a Fraser gestionando las finanzas de nadie, ya que parecía más el vigilante de una piscina o el presentador de un programa de TV para niños.

Un precioso jardín se distinguía a través de los ventanales de la cocina. Se trataba de una ondulante extensión de hierba muy bien cuidada, con parterres de flores en torno a sus límites y árboles plantados frente a altos muros, de forma que el espacio resultaba totalmente privado. ¡Cómo sería crecer en un sitio así! En medio de la hierba estaba instalada una gran mesa de pimpón.

—Cinco minutos, te lo prometo —dijo Elliot y Edie hizo un ademán con la mano para indicar que no se preocupara, dejándose caer en una silla de hierro forjado del jardín y dedicándose a verles saltar de aquí para allá mientras jugaban. No era la peor vista del mundo.

Lo que debía de ser el teléfono de Elliot, encima de un montón de páginas similares a un guion, estaba junto al codo de Edie. Cada tres segundos o así, el móvil sonaba con una nueva notificación, su pantalla encendiéndose una y otra vez, como si fuera la señal de activación de una alarma antirrobo. Caramba. Edie tomó nota mental de que, si Elliot parecía dictatorial e irritado, es posible que solo fuera un caso de sobrecarga de datos.

—Edie, ¿juegas? —preguntó Fraser. La joven asintió y se puso de pie. Llevaba un vestido negro con escote palabra de honor y la espalda descubierta, una elección un poco más elegante de lo habitual. Ojalá no se moviera al saltar.

Edie tomó la paleta, cuyo mango todavía conservaba el calor de la mano de Elliot, y la puso en movimiento. La pelota botó suavemente en el lado de Fraser, que se la devolvió.

—Empieza lento, como a ti te gusta —dijo Fraser.

—¡Fraser! —vociferó Elliot— Nada de obscenidades.

—¿Obscenidades? ¡No era una obscenidad! Eso tú, que eres un malpensado. —Fraser le hizo un tiro en ángulo a Edie—. Además, ¿«obscenidades»? ¿Qué estamos, en 1931? De acuerdo, P. B. Wodehouse.

—¡P. G. Wodehouse!

—Pee Wee Herman.

Edie lanzó unas risitas. Lo del pimpón le estaba saliendo fatal, pero no importaba. Pronto se dedicó a saltar y a desternillarse de risa con Fraser, fingiendo que andaban a la greña por las reglas del juego. Con la cara roja por el esfuerzo, incluso se olvidó de preocuparse por si su trasero parecía una bolsa de basura llena de yogur desde la perspectiva de Elliot.

—Eres muchísimo mejor en esto que mi hermano —opinó Fraser. Elliot levantó la vista de su móvil y puso los ojos en blanco.

—¿Una última partida, Edie? —sugirió Fraser.

—¿Puedo jugar otra más? —le preguntó Edie a Elliot.
—Tú eres la jefa —respondió él con afabilidad, levantándose—. ¿Otra cerveza?
—¡Sí, gracias! —dijo Edie.

Espera un minuto... Edie se estaba divirtiendo. Y eso que pensaba que divertirse no iba a ser posible durante mucho tiempo, y por supuesto, no en Nottingham, y mucho menos en compañía del actor-divo.

Entonces Edie notó un golpecito en el hombro; se dio la vuelta, sin aliento de tanto reír, recogiéndose algunos mechones de pelo húmedos tras la oreja, para ver que era Elliot, tendiéndole una cerveza.

Él le sonrió y ella le devolvió la sonrisa. Y algo encajó.

Capítulo 28

Si Edie había aprendido algo de estar cerca de Elliot, era que el asombro no era un recurso natural ilimitado. El cuerpo humano no puede sostenerlo para siempre. Tarde o temprano, se cansa y quiere un bocadillo.

Así que, si durante parte del partido de pimpón, su repetitivo monólogo interior había sido: «No puedo creerme que esté bebiendo una cerveza que me ha dado ELLIOT OWEN», «no puedo creerme que esté sentada en una silla en la que hace un momento estaba sentado ELLIOT OWEN», sencillamente le resultó imposible seguir maravillada por su fama todo el rato. Al final, la cosa se convirtió en «¿Elliot? Psé, está aquí, haciéndome algo para comer. Ya ves, qué dicen los jóvenes.»

Se sentaron en la mesa de la cocina a comer dos gigantescas baguetes de queso y cebollas encurtidas. Fraser se abstuvo porque había quedado «con los amigos para unas cañas en el Mudflaps. ¿O se llamaba Mudcrab?» Y salió de la casa dando un portazo.

—Perdona a mi hermano. Por favor, no le demandes por acoso sexual.

—Jajaja. Es simpático. —Edie retiró del pan, con cuidado, un trozo de Cheddar del tamaño de una losa. Obviamente, Elliot no era uno de esos actores que casi no comen.

—Es una puñetera carga. ¿Tienes tú hermanos o hermanas?

—Una hermana pequeña, Meg. Es una... sí, dejémoslo en «carga».

—La mentalidad del hermano pequeño es peculiar, ¿eh? —comentó Elliot, acercándole el papel de cocina.

—Sí —dijo Edie—. Lo es. Tienen un padre extra y nosotros, un niño.

—Jajaja, todo en uno —asintió Elliot, estrujando su trozo de papel de cocina, apurando su cerveza y mirándola por encima de la botella.

Edie se daba cuenta de que su sentido del humor pícaro y lacónico había regresado con la ausencia de Fraser. Con su hermano menor cerca, se mostraba cauteloso y un poco exasperado. Y esta relación, tan normal cuando estaba irritado, le humanizaba. Edie sentía que hubiera podido sentarse en medio de los dos delante de la tele y reírse, cotillear y criticar con ellos como si se conocieran desde hacía años, a pesar de que, de hecho, si no fuera por su trabajo, un par de chicos pijos de la parte alta de la ciudad no se habrían relacionado nunca con ella.

Encendió el dictáfono y lo puso entre los dos para reclamar lo de «ahora vamos a por negocios». Y le hizo una serie de preguntas sobre cómo se sintió la primera vez que volvió a casa siendo una celebridad.

—Gente, no voy a mentir, a veces es raro. Te hace apreciar eso de que «uno no puede hacer nuevos amigos de toda la vida». Así, tus colegas de siempre saben que tú sigues siendo tú; y si empiezas a creértelo, te lo harán saber. Lo único es que seas capaz de seguir escuchándoles. El tema de los nuevos amigos es más complicado. La duda de si seguirían riéndose de las bromas de uno si trabajara en el Lidl siempre está ahí, al acecho. Hace falta tener una buena intuición. Y también uno descubre que hay una extraña subcategoría... Tú perteneces a esa categoría, aunque suele ser sobre todo masculina...

Edie se enderezó en la silla.

—¿Qué? ¿Cuál?

—La de gente a la que ya no le gustas de antemano porque están tan seguros de que ellos no te van a gustar a ti, que prefieren ponerle punto y final de buenas a primeras. Es muy frustrante, porque a menudo es gente inteligente a la que querrías gustarle.

Oh, la leche. La había calado completamente.

—No es cierto —murmuró con un hilo de voz, muestra inequívoca de que sí lo era.

—Paradojas de la fama. La gente se niega a tratarte de forma normal y luego se quejan de que no eres normal. Pon eso en este librito tuyo.

Elliot dio unos golpecitos al dictáfono y sonrió con picardía a Edie, que se dijo a sí misma que lo único que nunca pensó era que él fuera ingenioso. Necesitaba reconducir el tema de manera segura, recuperar algo de terreno.

—¿Eso es cierto también en el ámbito sentimental?

Elliot se inclinó y apagó la grabadora.

—¿Quieres decir si Heather fue un catastrófico error de juicio porque tenía en las venas granizado de Blue Tropic?

Edie se echó a reír.

—Pues no, para nada.

—Digamos que queríamos «cosas diferentes». Ella quería seguir comportándose como una idiota insoportable, y yo quería mandarla de una patada a la estratosfera. Añade también que «ella es un espíritu libre y que dudo que nadie será nunca capaz de atarla» como eufemismo de tan fiel como un chimpancé.

Edie volvió a reírse y en aquel momento Elliot le recordó a Hannah: «Que las palabras son lo mío, deja de ser tan bueno con ellas sin esforzarte, que no es tu trabajo. Es posible que Elliot fuera uno de esos actores a los que los directores dejan improvisar».

—¿Debo hacerte la pregunta típica de «qué fue lo primero que te atrajo de esa despampanante mujer»? —dijo Edie, haciéndole sonreír.

—Fue una de esas cosas arregladas por su gente, que se puso en contacto con la mía diciéndonos que a ella le gustaría que cenáramos juntos —explicó Elliot encogiéndose de hombros—. Y yo me sentí tan halagado... Vivir para ver. ¿O no?

Edie sonrió y se quedó sin saber qué más decir.

—Por cierto, ¿no preferirías un asiento más cómodo?

—Mmm... Sí, claro.

Edie siguió a Elliot a la sala de estar, escenario de su primer y mucho menos afortunado, encuentro. La cadena de música estaba sonando. Al escuchar qué canción era, Edie notó una punzada de dolor en el corazón.

—¿Te importaría que quitáramos la música? Rompe la concentración.

—Claro —Elliot bajó el volumen hasta un nivel apenas audible.

Edie se estremeció.

—Del todo. Quitarla del todo, ¿vale?

Elliot la miró con sorpresa y apagó la cadena. Edie, un poco trastornada por haber sonado como una plasta después de la divertida sesión de pimpón, espetó:

—Es que el *LP* me trae malos recuerdos.

—Oh. De acuerdo —dijo Elliot, con aire perplejo.

Edie volvió al dictáfono y le hizo hablar durante media hora más acerca del reajuste mental que implicaba volverse famoso. Encontró realmente interesantes sus respuestas sobre un viaje que muy pocos hacen. Hacia las portadas. Hacia un mundo en el que todos se creen que te conocen.

Los únicos momentos en los que él se volvía monosilábico era cuando se acercaban al asunto del efecto de la fama respecto de sus oportunidades con las mujeres.

—No sé cómo hablar de todo esto sin que me entren náuseas. Además, invade la intimidad de otros.

—Ya lo has dicho, pero Heather cuenta cosas sobre ti en Twitter.

Era un poco una artimaña de prensa sensacionalista enfrentarle a ella y Edie ignoraba si él lo sabía; pero le pareció que se estaban llevando bastante bien y que podía arriesgarse.

—¿Te refieres a la foto que subió de dos gatos tocándose las patas, con la etiqueta: «*Podríamos haber sido nosotros, pero tú solo jugaste*»?

Edie asintió.

—Lo que sentí al verlo es que había tenido una relación con una adolescente y ni me había enterado. Yo, un pedófilo y ella, una fan de los Pokémon. No pongas eso en el libro.

Edie soltó un par de carcajadas.

—¡Ni se me ocurriría poner algo así!

—¿No teníamos el pacto de que yo también te hacía preguntas?

—¿No te aburrí tanto la primera vez que lo probamos que lo dejamos estar?

—Jajaja, buen intento de esquivarlo. De acuerdo, pues vamos allá. Mi turno. —Elliot se recostó en su asiento, apoyando un pie sobre la rodilla contraria. —¿Qué malos recuerdos te trae *Hounds of love*?

Y con eso, el agradable ambiente que había se echó a perder.

Capítulo 29

¿La verdad o una mentira? Teniendo en cuenta que Edie le pedía confidencias a Elliot, no le pareció justo engañarle.

—Era el álbum preferido de mi madre, una gran fan de Kate Bush. Me recuerda mucho a ella. Solía escuchar *Cloudbusting* una y otra vez. Y también tenía ese tema *Mother stands for comfort* (Madre significa consuelo), ¡uf! —Edie logró que su voz no temblara—. No puedo seguir.

La cara de Elliot se ensombreció.

—Oh, Edie. ¿Y tu madre está...?

—Muerta, sí.

El ambiente era, de pronto, muy pesado.

—Vaya, lo siento mucho. No pensaba que fuera nada tan malo o no te lo habría preguntado.

—Lo sé —dijo Edie—. Esto acaba por aparecer tarde o temprano; en serio, no te agobies.

—¿Cómo...? ¿Qué edad tenías?

—Nueve. Ella, treinta y seis.

Elliot se quedó callado y Edie decidió ahorrarle la decisión de si plantear o no la siguiente duda.

—Se suicidó tirándose del puente de Trent. La gente intentó convencerla de que no lo hiciera durante media hora, pero no sirvió de nada.

Ahora Elliot parecía definitivamente horrorizado. Edie no sabía precisar si por la información en sí o por haber provocado, sin quererlo, que tuviera que compartirla con él.

—Llevaba años con una depresión. Después de eso, mi padre tuvo una crisis nerviosa y no pudo seguir trabajando. Era profesor, el jefe de ciencias. Nos mudamos de Bridgford a Forest Fields y logró trabajo como sustituto.

Elliot apoyó la barbilla en la mano y frunció el ceño.

—Lo siento muchísimo. Joder, ni siquiera estoy seguro de que ahora yo pueda volver a escuchar *Hounds of love*, así que no puedo ni imaginarme cómo te sientes tú.

—Pasó hace mucho. Estoy bien, de veras. No es como si fuera una herida reciente.

Aun así, Elliot la miraba de una forma diferente y Edie empezó a desear no haberle contado nada. Años atrás, ya había descubierto que el victimismo podía adueñarse de tu personalidad; de ahí que a la mayor parte de gente a la que había conocido de adulta —salvo a Jack, el muy desgraciado— les daba la versión escueta y sin florituras de que había muerto de cáncer.

Porque no quería ser «aquella chica», la chica con una historia triste a cuestas. Quería definirse a sí misma, no que la definiera un hecho sobre el que no había tenido ningún control y que había pasado hacía un cuarto de siglo. Eso es lo que la gente con vidas tranquilas, pero que se hacían las víctimas, eran incapaces de entender, lo fácilmente que se traicionaban a sí mismas. Porque si de veras has sido una víctima alguna vez, estás desesperado por perder dicha etiqueta. Ansías la normalidad que te ha sido arrebatada.

Por eso, Edie omitía un montón de vívidos detalles que hacían que las caras de la gente se convirtieran en máscaras de tragedia. Tales como que no les dejaron ver el cuerpo porque no se recuperó completo; o que ella y Meg fueron acosadas en el colegio por lo sucedido; o que la familia de su madre culpó a su padre de lo que había pasado y cortó toda relación con ellos poco después, en un momento en que los tres ya estaban suficientemente traumatizados al tener que intentar reconstruir el núcleo familiar sin el cuarto miembro del mismo. El útil detalle recogido en el periódico local en su cobertura del suceso sobre que los testigos le habían dicho a su madre «piensa en tus hijas», se le había quedado a Edie clavado en lo más hondo. Se acordaba de eso cada día de su vida.

Se oyó entonces el ruido de una llave haciendo girar una cerradura y Fraser entró en la habitación con la misma sutileza que un perro labrador.

—¡Ya estoy aquí! ¿Qué me he perdido?

—Estamos trabajando, Fraz —dijo Elliot, masajeándose el cogote mientras sonreía a Edie. En realidad, la entrada de Fraser les había salvado de un silencio bastante incómodo.

—Trabajando, ¡ja! Ey, ¿no debería Edie entrevistarme a mí también? Tengo muchos recuerdos sobre ti que me encantaría compartir.

Antes de que Fraser se percatara de la tensa atmósfera de la sala, Edie repuso:

—¡Claro, estaría muy bien!

—Pero no con él delante. Necesito sentir que puedo hablar libremente.

—¿Te parece bien? —dijo Edie, lanzándole una mirada a Elliot.

—Oh, de acuerdo —dijo este, falsamente ofendido.

Antes de cerrar la puerta tras de sí, Elliot le dirigió a Edie una tácita mirada de disculpas.

Ella volvió a encender el dictáfono.

—¿Qué te gustaría saber? ¿Historias de cuando éramos críos?

—De hecho, hablábamos de la locura de la fama.

—¿Sabes que ahora Elliot es tan famoso que yo también lo soy un poco solo por ser su hermano? De veras. Me reuní el otro día con unos clientes potenciales. La conversación fue muy forzada hasta que empezaron a hacerme preguntas sobre él y entonces me di cuenta de que en el fondo todo iba de eso.

—¿En serio? —Edie estaba realmente sorprendida. Sacó su bloc de notas.

—Lo juro. Una mujer flirteaba que no veas. Imagínate lo cuidadoso que ha de ser Elliot con los demás. Da grima.

Fraser se echó para atrás en el sofá; su figura resultaba descomunal en comparación con la de su hermano, que acababa de dejar libre el mismo asiento. Edie buscó en sus rasgos señales de Elliot, pero eran completamente diferentes. Entonces intentó pensar en un solo atributo físico que Meg y ella compartieran, más allá de ser ambas mujeres; tal vez, se dijo, el pequeño tamaño de sus manos y pies.

—Recuerdo cuando estuvo por un tiempo en esa mierda de serie sobre doctores y al volver a casa fuimos a por unas *pizzas* a la avenida Central. Yo nunca veía su programa, porque era una mierda, y no tenía ni idea de que Elliot fuera «conocido». Así que no entendía por qué la gente estaba mirando a mi hermano. ¿Es que llevaba la bragueta abierta? Entonces se me encendió la bombilla: «oh, claro. Vale». Para serte sincero, me dio hasta un poco de miedo. Como si él ya no nos perteneciera.

Edie seguía tomando notas, con la esperanza de que así se sintiera cómodo para añadir más cosas.

—Te pone nervioso que acapare los focos durante cinco minutos, pero luego ves que no puede ni ir a comprar una barra de pan sin que le molesten y te dan escalofríos. Ahora me lo tomo como si hubiera dos Elliots. Está mi hermano, al que conozco, y esa otra persona que aparece en la prensa y que se parece a él pero que no es él, y a la que intento evitar por completo.

—¿Te molesta leer sobre él?

—Sí, si hubiera algo que fuera verdad, pero normalmente no es así.

Fraser jugueteó con un cordón de su zapato, vacilando antes de añadir:

—Lo que pasa con Elliot es que no confía en mucha gente, pero es estúpidamente leal cuando lo hace. En el colegio, si alguien me miraba mal siquiera, él estaba ahí, plantándoles cara. Y ya has visto a mi hermano, no es ninguna amenaza, físicamente hablando. Tuvo suerte de que no le dieran alguna paliza. Era callado y se lo guardaba todo para sí y por eso se metían un poco con él. Así que cuando hay por ahí tanta gente diciendo que le conocía tan bien, pues no es así. Sé lo mucho que le pone de los nervios esto de que «todo el mundo quiera ser amigo suyo» y hace que yo me ponga muy protector con él.

Fraser se puso la capucha de la sudadera y la bajó hasta la altura de los ojos.

—¡Oh, madre mía!, ¿por qué te estoy contando todo esto? Sueno como si estuviera a punto de venirme el período.

Edie se rio con ganas. Siempre había creído que ser famoso era estupendo en su mayor parte pero, paulatinamente, empezaba a pensar que el porcentaje de pesadilla era mayor que el de sueño.

Cuando ya se marchaba, sacó la cabeza por la puerta de la cocina para despedirse de Elliot, pero le vio hablando por el teléfono móvil. Así que se fue hacia Fraser, quien se paseaba por el recibidor en espera de abrirle la puerta. Los chicos Owen tenían buenos modales.

—¿Te despedirás de Elliot por mí? —le pidió—. Un placer conocerte. Y gracias por la entrevista.

—Ey, ¿por qué no te pasas a tomar unas copas la próxima vez que venga? Vamos a salir al centro con un grupito el día 20.

—Ah, pues ¡gracias! Mmm... pero soy algo así como una colega profesional de Elliot, no me gustaría entrometerme.

—¡No digas burradas! Eres súper bienvenida, a Elliot le caes bien. Y yo te estoy invitando. ¡Venga, vamos! Si me das tu número...

—Eh... De acuerdo —aceptó Edie, con una sonrisa, pensando que siempre podría encontrar una excusa, si es que él no se olvidaba antes. Le dijo el número y Fraser lo tecleó en su BlackBerry.

Mientras caminaba bajo el sol hacia la parada del autobús, le fue dando vueltas a la visita. Y llegó a la conclusión de que había ido muy bien.

Entonces recibió un mensaje de texto. Fraser.

¡Y este es el mío! Ha sido un placer. Fraz. 😊

¿Le estaba tirando los tejos en serio? Era difícil de decir. Tenía aspecto de ser alguien que flirteaba con tanta naturalidad como respiraba y la forma en que Elliot había puesto los ojos en blanco respecto al comportamiento de su hermano parecía confirmarlo así.

Otro mensaje. Elliot.

Edie, sigo sintiéndome fatal por haberte obligado a hablar de lo que pasó con tu madre. Lo siento muchísimo. E. ☹

Aquello la conmovió. ¡Si no había hecho nada malo, salvo mostrar interés!

Por favor, no te preocupes, no pasa nada ¡Nos vemos pronto! E. 😊

Mientras el autobús de Edie traqueteaba sobre el asfalto, al pasar el campo de críquet le envió un mensaje a Hannah en el que le decía que le había dado una paliza al pinpón al Príncipe Wulfroarer y que él le había preparado un bocata digno de *Los viajes de Gulliver*. En ese momento, tuvo una impactante epifanía sobre algo que le había estado rondando por la cabeza y que solo entonces se había concretado en una ida específica.

Oh, Dios Bendito. «Elliot es gay. Eso es lo que sobre todo no quiere que salga a la luz en su biografía no autorizada». Conforme repasaba las evidencias, estas empezaban a acumularse. Había leído rumores en Internet al respecto, pero Edie los había ninguneado, dado que a cada actor rompecorazones con una barba bonita se le tildaba de gay (tanto del tipo femenino como del tipo Wulfroarer). En cambio, los comentarios que Fraser había hecho, casi inconscientes, sobre que su hermano tenía más plumas que un pavo real...

Piénsalo: la forma en que tanto Elliot como Fraser habían descrito cómo era en su época escolar, un chico introvertido y sensible, y el refugio *artie* del club de teatro. Además le disgustaba que su «biógrafa» quisiera hablar con gente con la que se hubiera acostado. Su falta de entusiasmo al hablar de Heather, el peculiar comentario de que «éramos un negocio». Su continua reticencia acerca de comentar cualquier muesca en el poste de su cama.

¡Uf!

Encima —Edie se sentía culpable por pensar así, como una mini-Margot— estaba su propia belleza. O sea, sería una portada perfecta de la revista *Attitude*. Y ella se había limitado a sentarse ante él, tomando notas de todo lo que decía pero sin prestarle atención.

«Es irónico, pero, cuando me interpreto a mí mismo, soy muy malo fingiendo ser quien no soy, no sé si me entiendes.»

EN CLAVE. Edie no sabía qué hacer, si tenía que intentar convencerle de que hablara de ello. Se acordó de lo que Elliot le había dicho sobre el anterior escritor, lo de que, a menos que pudieran superar el libro no autorizado en nivel de revelaciones, quedarían en ridículo. ¿Qué pasaría con el libro de Edie si estuviera lleno de elementos de una heterosexualidad tan fogosa que ni Tom Jones cuando finalmente Elliot saliera del armario? ¿Sería citado como un chiste famoso?

Tendría que encontrar una forma inteligente y discreta de proponérselo. Mmm.

En ese momento, llegó un correo electrónico de Richard, que fue para su ánimo como una bofetada, con la palma de la mano bien abierta, en toda la cara.

Edie. Felicidades por convencer al deshojador de margaritas de que no arranque más pétalos. ¡Qué joya tan preciosa es! Me encantaría llevarle de broche. Te acompaño en el sentimiento porque tendrás que seguir trabajando con ese tonto de las pelotas. El editor quiere quedar contigo para discutir cómo va a salir todo, pero las buenas noticias son que le han gustado mucho tus capítulos de muestra. Y como casualmente a mí me gustaría dirigir esa reunión entre Charlotte y tú, ¿qué día de la próxima semana podrías venir? Saludos, Richard.

Los músculos del cuello se le tensaron y tuvo que luchar contra una sensación de pánico creciente. Tenía que llamar a Richard y decirle que no podía hacerlo. ¡Que no podía!

Tenía que hacerlo.

Porque negarse a ello no solo era cobarde y propio de una desagradecida —Richard tenía razón al juzgar que ese tratamiento de *shock* era la única forma de traerla de vuelta—, sino que podía poner en peligro el libro. Si no seguía trabajando en Ad Hoc, muy bien podría no seguir siendo la biógrafa. Richard, con sobrada razón, le diría probablemente: «No haces esto, no harás lo otro». Era demasiado listo para no detectar el punto débil de la gente.

Y es que, sin saber ni cómo, de pronto le preocupaba terriblemente la idea de no seguir con el libro. Tuvo que analizar a qué se debía, y una voz le susurró: «porque no te queda nada más».

El autobús donde viajaba Edie giró y tomó el puente de Trent, y, como de costumbre, se quedó mirando fijamente sus manos, que apoyaba en el regazo, hasta que lo hubieron cruzado.

Capítulo 30

Edie se despertó una hora antes de que sonara el despertador, de aquella manera en que uno se despierta cuando cree que va a tener un día horrible.

Se quedó mirando el techo azul, con sus marcas de humedad amarillas, como de ácido úrico y deseó estar en mil realidades alternativas a esta.

Podía oír el rumor de la actividad en el piso de abajo. Su padre y Meg pensaban que pasar alegremente un día entero en la capital era otro ejemplo de su fabulosa vida.

—¿Lo paga el editor? —le había preguntado su padre por la noche.

—Sí —le había contestado, como sonando a hueco.

—¡Qué bien! Y a lo mejor hasta puedes ir de compras y ver a algunos amigos antes de volver, ¿eh?

—Mmm, puede.

—Aunque Nottingham no ha sido una tortura tan terrible, ¿no? Con Hannah por aquí...

—Para nada, me lo estoy pasando muy bien —había dicho Edie y Meg la había mirado con su cara de rana toro; aquella que ponía cuando se moría por decir algo sarcástico pero que al final no se atrevía a hacerlo en voz alta.

Después de que Edie lograra arrastrar sus plúmbeas extremidades desde la cama hasta la ducha, bajó las escaleras. Cada acto que hacía la acercaba a las «faenas preparadas en su punto» de hoy. Una de las cosas más difíciles de explicarle a un niño es por qué ser adulto significa hacer tantas cosas que sabes que no quieres hacer de ninguna manera.

Su padre estaba en la barra de la cocina, leyendo absorto un ejemplar de *The Guardian*. Sería de varios días atrás, pues solía decir que eso es lo que tardaba en leerlo. En la encimera había tres plátanos cortados a rodajas, un tarro de Nutella, otro de mantequilla de cacahuete crujiente y una pila de pan blanco de molde compuesta por ocho rebanadas gruesas y esponjosas. La vieja y grasienta tostadora Breville seguía funcionando, con su hendidura en forma de ostra salpicada de trozos resecos de la última tostada de queso que había tenido en su interior.

—La *mise en place* del desayuno de Meg —dijo su padre, levantando la vista del diario—. Pertúrbala bajo tu propia cuenta y riesgo.

Edie arrugó el ceño ante el inmenso tarro de Nutella.

—¿Esto es vegano? —Lo agarró e inspeccionó la etiqueta. —¿Leche y suero de leche?

Su padre dobló su periódico.

—Mi queridísima hija mayor. Antes de que sigas por ese camino, considera que muy posiblemente tengas razón, pero... ¿Deseas tener un encontronazo a estas horas de la mañana con el «Megosaurus»?

—¡La de mierda suya que trago por hacerme cualquier cosa aquí que no sea vegana, papá!

—Sí, sí, lo sé. Pero mejor señala la... incoherencia en otro momento. Ninguna de mis hijas pudo ser acusada nunca de ser madrugadora.

Edie volvió a dejar el tarro, con brusquedad, sobre la encimera, se echó cereales dentro de un cuenco y se sentó, malhumorada, al lado de su padre. Echaba chispas mientras inundaba el tazón con la aceitosa leche de soja, sabor vainilla, autorizada por Meg.

En ese momento entró su hermana, todavía con su camiseta de dormir de los New Model Army y sus pantalones de pijama a cuadros, en cuya cabeza sus rastas formaban un nido de pájaros. Edie se acordó del cabello, brillante y perfecto, que Meg tenía de niña, como en un anuncio de champú Johnson's, que ella misma solía trenzarle. Meg lanzó un gruñido y se puso a preparar su comida con chocolate y nueces al estilo de la abuela hipócrita, mientras Edie la miraba con resentimiento.

Su padre inició una conversación de cortesía sobre los horarios del tren y ella se recordó a sí misma, por enésima vez, la necesidad de no dar la impresión de que odiaba su hogar.

—¿Necesitáis que os traiga algo de Londres? —preguntó a nadie en concreto.

Meg resopló.

—¿Penicilina? ¿Cultura?

—¿Perdona? —La voz de Edie sonó muy cortante; la cuchara quedó inmóvil en sus cereales.

—Sonaba como si fueras a viajar a la civilización o algo así. Como al revés de *El corazón de las tinieblas*.

—No, Meg, estaba siendo atenta y considerada. Un concepto marciano para ti.

Su padre empezó a remover el café con mucha energía y se aclaró la garganta.

—Bueno, ¿qué necesitamos de Londres que no podamos conseguir aquí? Ah, sí, un llavero del Big Ben, por favor.

Edie abrió la boca para responder a la pregunta de su padre y se dio cuenta de que realmente no lo sabía. Pero la cuestión era que ella había sido generosa y amable y que Meg, una vez más, había convertido eso en un ataque a sus supuestos aires de grandeza.

—¿Por qué eres tan mala conmigo, Meg? ¿«Te gustaría un regalo» se convierte en que yo actúo como una princesita del sur pija y pretenciosa?

—Tú siempre menosprecias Nottingham, lo sabes muy bien. Te he oído hacerlo con los esnobs de tus amigos.

Todo aquello se remontaba a una conversación frívola de hacía muchos años que Meg, desgraciadamente, escuchó por encima. A toro pasado, Edie no se sentía muy orgullosa de haber actuado de cara a la galería con unos colegas, bastante pedantes, que habían ido de visita por el críquet. Había comentado entonces que Nottingham solo saldría ganando si se la comparaba con Derby. Nunca debería haberles permitido que vinieran a buscarla a casa, ni que dieran sus opiniones sobre la ciudad en el mismo vestíbulo. Ni debería haber actuado de cara a esa galería. Vivir para ver. O no, como dijo Elliot.

Meg hizo un gesto de desdén y volvió al ensamblaje de su bocadillo. Edie no podía dejarlo así, la sangre le hervía. Así que ella era la única hipócrita ahí, ¿eh?

—Ah, por cierto, supongo que ya no eres vegana, con lo de la Nutella. Pues ahora podré tomarme mis bocatas de beicon y salchichas, gracias.

Meg se dio la vuelta, con esa cara de rabia suya como la de un bebé, con las mejillas hinchadas.

—¿Me permito un ÚNICO CAPRICHO y crees que lo puedes usar en mi contra?

—Como siempre, hay una norma para Meg y otra para el resto de simples mortales.

—Oh, la leche, pero ¡qué has hecho tú alguna vez por los demás! ¡O por el medio ambiente!

—¡SALCHICHAS! —gritó Edie, consciente de que no estaba en su mejor momento como adulta.

—¡PAPÁ, DÍSELO! —chilló Meg, que salió corriendo tras arrojar su cuchillo de untar. Conforme subía las escaleras, pudieron oír cómo estallaba en ruidosos sollozos.

En el silencio de la cocina, su padre dio unos golpecitos a su taza con la cuchara.

—Ya he comentado que podría ir mal.

Edie no solía perder los papeles con su padre, y sabía que hoy, precisamente hoy, no estaba en la mejor posición para tomarse las cosas con perspectiva. Sin embargo, ya no lo aguantaba más.

—¡Papá! Ya has oído lo que ha dicho de Londres, ¡ha empezado ella! Está equivocada. Y siempre va a por mí. No puede quejarse cuando se la devuelvo.

—No, no puede.

—No le busques siempre excusas. Eso no ayuda. Y a ella menos que a nadie.

Su padre añadió, tranquilamente:

—Qué pena. Fue a Meg a quien se le ocurrió que también tomáramos sándwiches de Nutella, que te podría ir bien para el viaje. Estaba a punto de ser conciliadora, pero se ha torcido todo.

—¿Qué? —A Edie se le descompuso el rostro—. ¿Por qué no me lo has dicho antes?

—Pensé que estaría bien que saliera de ella; como una oferta de paz.

Edie dejó el cuenco en el fregadero, tomó sus cosas y salió de casa en silencio, notando cómo la sulfurada indignación de Meg llegaba desde la puerta de su habitación.

No quería que las cosas fueran así. Ojalá pudiera volver a la época en que los domingos por la tarde se echaban encima de las piernas aquella manta vieja y peluda, que llamaban «La Loba», para ver juntas *Los Cazafantasmas*.

Fue cuando ya estuvo en el tren, al mirar, taciturna, a través de la venta, cuando advirtió lo que había hecho. Lo de la bronca con Meg no había sido solo una válvula de escape para su tensión; había querido echarse piedras sobre su propio tejado para que volver a Londres le resultara menos espantoso.

No había funcionado.

Capítulo 31

Edie todavía se acordaba de cuando St Pancras era una estación de trenes bastante oscura y amenazadora, en vez del reluciente templo del consumismo en que ahora se había convertido, con escapadas al Continente, *espressos* con leche y la agradable posibilidad de achisparse con champán.

Mientras hacía cola para cruzar la barrera de los tiques, examinó sus emociones, para saber si aquello le seguía pareciendo como volver a casa. Pero no podía notar nada más allá de un aturdimiento por lo que le aguardaba en la distancia.

Un pitido en su teléfono móvil:

Edie, peque. ¿Hoy estás aquí? Oí que venías? Buena suerte. He quedado con un cliente, te echaré de menos. Abrazos. L.

Edie se preguntó si Louis no lo había organizado todo para estar hoy fuera a propósito y evitar así elegir un bando en público. No lo sabía, y también podían ser solo conjeturas de una paranoica. Así que le contestó con un mensaje de agradecimiento.

Los editores del libro de Elliot estaban en unas deslumbrantes oficinas de Bloomsbury. En circunstancias normales, una reunión de estas características la habría intimidado un poco; al fin y al cabo, nunca antes se había ocupado de reconducir la autobiografía de un famoso. O de escribirla, ya que estamos, aunque parecía algo bastante sencillo. Pero, si sentía nervios, no eran nada en comparación con los infinitamente peores que la esperaban en su siguiente encuentro.

Una vez en la sala de la editorial, sonrió y se esmeró y asintió y dijo cosas plausibles sobre lograr que «el libro fuera a la vez único en el mercado y fiel a las opiniones de Elliot», y ellos asintieron también y respondieron, aunque no con tantas palabras, «muy bien, hazlo, pero no eches por tierra las fantasías de las preadolescentes con demasiadas cosas deprimentes». Sin duda, ayudó el hecho de que estuviera en la cresta de la ola por haber persuadido a Elliot de seguir a bordo. Y aunque no podía estar segura de ello, tuvo la sensación de que él le había dado a ella todo el mérito de haberle convencido.

Pasada la reunión en la editorial, se acercaba la terrible hora de las tres de la tarde. Edie se tomó una copa de Pinot Grigio tras la comida, para darse falsa valentía. En realidad, carecía de sentido, porque la cantidad de alcohol que necesitaba para hacer tolerable lo que tenía por delante también le habría hecho andar dando tumbos.

Ad Hoc estaba ubicada en Smithfield, entre el Soho y la City. La oficina ocupaba la planta de arriba de un antiguo bloque de talleres de los años veinte del siglo pasado caracterizado por sus amplias ventanas. A ambos lados tenía, respectivamente, un bar victoriano que parecía sacado directamente de una novela de Dickens, y lo que solía ser una cafetería italiana familiar y que ahora se había convertido en otra franquicia de comida japonesa.

A las tres menos diez, salió del bar cercano donde estaba —evitó el local que frecuentaban al salir del trabajo— y avanzó lentamente hacia la oficina como quien se dirige al patíbulo.

Al enfilar las escaleras, notó que el corazón le golpeaba contra las costillas, y pensó en las miles de veces en que había subido aquellas mismas escaleras para acceder a la oficina sin pensar en nada más preocupante que lo que tomaría para cenar.

Con la sangre zumbándole en los oídos, Edie empujó la puerta y vio a un pequeño grupo de rostros mirando en su dirección. Obviamente, habían estado contando el tiempo que faltaba para la hora del encuentro, conteniendo el aliento.

—Hola —dijo Edie a toda la sala, con vergüenza, sintiendo que la cara le ardía.

Se produjo un murmullo de respuesta, tan tenue que bien podría habérselo imaginado.

Era insoportable.

Desvió la mirada hacia un punto impreciso. No se atrevía a preguntarle nada a nadie, por temor a no obtener respuesta, así que se fue directamente al despacho de Richard.

Llamó a la puerta, mientras notaba el pulso acelerado en el cuello y las manos empapadas de sudor.

—¡Adelante!

Richard estaba sentado en su escritorio y Charlotte enfrente de él, a su izquierda. Sus estrechos hombros, en un cárdigan rojo, estaban rígidos. Miraba con determinación hacia delante, sin mover apenas la cabeza un milímetro ante la presencia de la recién llegada. Edie se acordó de sus hombros desnudos en el vestido de novia y la vergüenza la inundó.

—Gracias por venir, Edie, siéntate. Y gracias por estar aquí, Charlotte.

Edie se acomodó en la silla de la derecha.

Richard se echó para atrás en su asiento y las examinó a ambas. Llevaba un impecable traje oscuro de *tweed*, ajustado a la perfección, y una camisa azul estilo Oxford. De ahí que pareciera sacado de un catálogo de Massimo Dutti expuesto en la secuencia de estreno de *Mad Men*.

—Bueno, no me voy a extender mucho. Todos tenemos vida privada. Y a veces nuestras vidas privadas chocan con nuestras vidas profesionales. Sean cuales sean nuestros sentimientos personales hacia el otro, seguimos necesitando nuestro sustento económico. No podemos cambiar lo que ha pasado, pero, si somos pragmáticos, podemos evitar que nos siga afectando más todavía.

Edie inspiró y espiró, pesadamente, y rezó para que no le fallara la voz en ese preciso momento.

Richard jugueteaba con una estilográfica de plata, dándole al pulsador para adentro y para afuera.

—Charlotte, ¿te ves capaz de trabajar con eficacia junto a Edie, dejando de lado cualquier rencor y ciñéndote solamente a lo estrictamente laboral?

—Sí —dijo Charlotte, un poco ronca. También estaba nerviosa. Edie lo sintió por ella. Ninguna de las dos quería encontrarse en aquella posición. ¿Sería posible, siquiera remotamente, que ambas lloraran en los lavabos al acabar la reunión, Charlotte despotricando entre lágrimas, Edie disculpándose entre lágrimas y al final acordasen dejar pasar todo esto?

Richard se volvió hacia Edie.

—Y Edie, ¿crees que es posible aparcar nuestras diferencias fuera y seguir trabajando aquí, comportándote de tal forma que seas muy respetuosa con Charlotte como compañera profesional?

—Sí. Por supuesto —balbució Edie, advirtiendo lo endeble y tensa que sonaba su voz, como si se odiara a sí misma, cosa que hacía.

Richard movió la vista de una a otra.

—No estoy yendo de Gandhi para pediros que os deis un beso de amigas...

Richard se detuvo durante una milésima de segundo al advertir la pésima elección de palabras, pero se recuperó con el mismo aplomo que si aquello hubiera sido una reunión con un cliente difícil.

—... ni que hagáis una escapada a un *spa*. Si puedo evitarlo, no os pondré juntas en ningún proyecto. Pero actuemos bajo la premisa de que todos somos adultos y de que me acabáis de asegurar que ninguna de las dos va a volver a este despacho nunca por alguna discusión derivada del desafortunado incidente. Estamos trazando una línea aquí y ahora.

Ante la palabra «incidente», Edie pudo ver por el rabillo del ojo como Charlotte se tensaba.

Ambas asintieron y afirmaron estar de acuerdo con un murmullo.

—Muy bien. Charlotte, gracias por tu tiempo y tu comprensión. Ahora voy a tener unas palabras con Edie. Por favor, cierra la puerta al salir.

Charlotte se levantó, evitando el contacto visual con Edie, quien, en cambio, estaba desesperada por encontrar su mirada. Tenía los pelos de punta.

Hubo una pausa tensa después de que se cerrara la puerta, hasta que Richard habló.

—Gracias por haber venido hoy. No estaba seguro de que lo hicieras.

—Ah... De nada —murmuró ella, casi deseando haber hecho real dicha duda. La descarga de adrenalina se empezaba a atenuar, dejando paso a un dolor sordo de humillación y remordimiento ante la situación.

—A pesar de lo que dijera el conductor del BMW que chocó contra mí esta semana, no soy un idiota. Sé, por la naturaleza de lo sucedido, que es poco probable que no haya más problemas. Si te encuentras con cualquier dificultad, te pido que mantengas la cabeza fría y me la traigas a mí. Y de momento, quizá lo mejor sea que evites las salidas nocturnas con los compañeros donde corra el alcohol.

Edie asintió, miserablemente. Como si tuviera la más mínima intención de estar la primera los viernes en el bar; si solo la mirarían y criticarían...

Richard dio unos golpecitos a la alfombrilla del ratón con su bolígrafo.

—Aparte de esto, ¿todo bien? ¿Cómo fue la reunión del libro?

Edie le garantizó con voz rota que había ido sobre ruedas y él la felicitó.

—Pues te veo por aquí pronto —dijo Richard. Edie quiso llorar. Asintiendo, tomó sus pertenencias y se puso de pie.

—Edie —exclamó Richard, de repente—. Te lo digo como un amigo, no como un jefe: capea el temporal que te espera fuera. La honradez se impondrá. Trata a ambos impostores, la popularidad y la infamia, como a iguales.

Edie asintió con vehemencia porque, si intentaba hablar, se pondría a llorar. Infamia.

Abrió la puerta, puso toda su atención en la salida y se dirigió con rapidez hacia a ella, nuevamente notando que todos los ojos de la estancia la seguían en su huida.

—Edie —dijo Charlotte, alcanzándola en la puerta.

Ella se volvió, sorprendida.

—¿Sí? —pronunció esta palabra con un nervioso balbuceo.

¿Era este el momento, era ahora cuando Charlotte enterraba el hacha de guerra? Si todo el mundo veía que ya no la odiaba, también tendrían que perdonarla, ¿no? El corazón de Edie parecía bombear chili picante por sus venas.

—Vino esto para ti —dijo Charlotte y le pasó un sencillo sobre marrón DIN A4, que llevaba su nombre escrito a mano, con una pequeña sonrisa. En realidad, no se le podía llamar del todo sonrisa, fue más bien que sus labios se doblaron; pero acabó con la cara de póquer que tenía en el despacho de Richard.

—Gracias —dijo ella, que intentaba poner tanta sinceridad como le fuera posible en esas dos sílabas a pesar del asfixiante silencio que reinaba a su alrededor—. Gracias por venir hoy.

—Igualmente estaba aquí —repuso en un tono neutro.

—Quiero decir, a la reunión.

—Que tengas un buen viaje de vuelta —dijo Charlotte, impasible.

—Gracias —Edie titubeó sin saber si añadir nada más.

No notó hostilidad alguna en su interacción. Pareció, en cambio, como si siguieran dirigiéndose la palabra con ciertas reticencias, como si hubieran dado el primer paso, el más difícil.

Charlotte regresó bruscamente a su asiento. Siempre había sido delgada, pero Edie advirtió que la ropa le quedaba grande; debía de haber perdido al menos unos seis kilos. Y sabía que ella misma tampoco tenía mejor aspecto.

Ya afuera, con manos temblorosas, rasgó el sobre y sacó dos hojas de papel unidas con una grapa. Arriba ponía:

Petición para que Edie Thompson se vaya.

Te pedimos que tengas al menos la decencia de IRTE. Nadie te quiere aquí. Si le dices a Richard algo de esto, haremos que el informático consiga tus emails y busque y rebusque en ellos cualquier cosa que poder usar en tu contra para demostrarle al jefe que eres una fulana traidora. Que es lo que eres, asúmelo. 😊

Abajo estaban las firmas. Edie revisó la lista. Todos y cada uno de sus compañeros había firmado salvo Louis. Leyó y releyó el contenido. Luego abrió la tapa de una un cubo de basura cercano, lo tiró todo dentro y dejó que se cerrara de golpe con un «blam».

Eso era todo, pues. Levantó la vista hacia el edificio y supo sin dudarlo que aquella había sido la última vez en que volvería a poner un pie dentro. Solamente tendría que decidir qué narices le contaría a Richard. Por mucho que le hubiera dicho que recurriera a él para cualquier problema, Edie sabía muy bien que algunos simplemente no tenían solución.

Capítulo 32

Edie estaba tumbada en la cama y no podía pensar en una sola razón para levantarse. ¿Una depresión sigue siendo una depresión cuando es una consecuencia natural del estado en que se encuentra tu vida? A ver, ¿quién podría ser feliz en sus actuales circunstancias?

Su móvil, conectado a la toma de la pared, sonó bzzzz-bzzzz, como una abeja enfadada dentro de un vaso. Se dio la vuelta para ver sus mensajes.

¡No me tengas en ascuas! ¿CÓMO HA IDO? L. Colega. 😊

Edie se incorporó y contestó:

Pensaba que bien, pero cuando me iba Charlotte me dio la petición. Gracias por no firmar. E. 🙊

Biiip.

😂 *Se plantó delante de todos y les obligó a hacerlo. En serio. No le hagas ni caso.*

Más fácil de decir que de hacer. Si le pasara a Louis, el resultado sería un ataque de nervios y una masacre.

Gracias. ☹
¿Sabes qué creo? Que ya me he cansado de esta asquerosa mierda vengativa sobre algo que HIZO JACK. Alguien con quien Charlotte sigue estando encantada de pasar el resto de su vida. Que le den por detrás con eso del acoso, Louis. Aunque no les guste lo que ha pasado

—a mí tampoco— acosar sigue siendo acosar. Y no veo que a Jack le estén haciendo nada parecido. 😊

Biiip.

Díselo a ellos, chata.

«No, díselo TÚ a ellos, Louis», pensó Edie. «Pásalo: ya me he cansado.» No podía volver, así que, ¿qué tenía que perder?

También estaba la cuestión de cómo Louis había conseguido escurrir el bulto de esta guerra, pero Edie no se decidió a preguntárselo. Se abrazó las piernas y miró su habitación.

El problema de tener un ataque de nervios era que les estaba dando a sus acosadores exactamente lo que buscaban. Se levantó, tomó su bata de detrás de la puerta y se la ató lenta pero firmemente. Acciones simples y deliberadas, primero un paso y luego, otro. Necesitaba hablar con Hannah, pero esta tenía un trabajo de verdad, podría estar en quirófano.

N ¿podrías dedicarme luego el tema I Hate Myself And Want To Die *(Me odio a mí mismo y quiero morirme) de Nirvana? E.* 😊

... No está en mi lista de reproducción. Pero puedo dedicarte Love Will Keep Us Together *(El amor nos mantendrá unidos) de Captain & Tennille, que es un sentimiento parecido ¿Estás bien?* 😊

No mucho, pero lo estaré. 😊

Al bajar, vio las flores en la cocina. Como tenía que matar algo de tiempo en St Pancras, fue al Marks & Spencer, maldiciendo a Meg por hacer tan difícil de deducir, tras su pelea, qué parecería generoso y qué sarcástico. Había puesto las violetas de Parma de fuera de temporada en un jarrón, junto al cual había otro con un ramillete de lirios naranjas, todavía envueltos en papel de celofán. Se acordó entonces del triste buqué color bronce de Margot y dio con algo amable que hacer.

Meg estaba en la residencia y su padre había salido. La casa estaba en silencio. Tenía una oportunidad de ir al lado, sin ser vista y sin que nadie se opusiera.

Una vez la demacrada Edie se arregló y vistió, llamó a la puerta de Margot, sintiéndose muy «le traigo un pedazo de nuestro mejor pastel casero» con su regalo sorpresa en la mano.

Margot no parecía muy contenta de verla.

—¿Sí?

—¡Le he traído unas flores! —dijo Edie, mientras se las tendía—. Para darle las gracias.

Margot las aceptó, mirándola con cara de no entender nada.

—¿Por qué?

No era exactamente la reacción que Edie había previsto.

—Me puso en una línea de pensamiento que salvó todo el proyecto. ¿Recuerda? ¿Sobre el actor diciendo lo que pensaba? Casi lo abandona del todo, pero yo le convencí de hacer el libro de la forma en que usted me dijo.

Edie ponía una cara de gran entusiasmo («por favor, entusiásmese usted también»). Por el contrario, Margot parecía adormecida e indiferente, incluso irascible.

—Debería haber tenido más agallas desde el principio. Los jóvenes de hoy en día...

Se fue hacia el interior de la casa sin cerrar la puerta y Edie la siguió algo incómoda, tomando su gesto como una invitación tácita, no cálida.

Pudo ver que el angosto pasillo conducía a una estrecha cocina donde Margot, con el pitillo colgando de la comisura de los labios, abría el grifo de la pila y metía las flores en el agua.

—¿Quieres tomar algo? —le preguntó la anciana.

—Oh, mmm... Sí, gracias.

Escuchó el golpeteo del vidrio contra el vidrio y luego a Margot vertiendo algo que temió que no fuera una taza de Horniman's, dada la falta de confirmación por parte de su tetera. Margot regresó y le pasó un vaso. Llevaba un vestido de color mandarina chillón que se cruzaba hasta quedar recogido en un gran broche de adorno sobre una de sus caderas.

—Esto te hace salir pelo en el pecho.

Edie dudó entre decir: «No, gracias, yo no bebo lo que parece —y huele, puaj— como *brandy* a las once de la mañana», o provocar una hipotética discusión al pedir un refresco y luego tener que quedarse a tomarlo en la enrarecida atmósfera resultante. Así que decidió optar por el camino más fácil y aceptó la bebida, de la que dio un pequeño sorbo, para volver luego al mismo asiento en la sala de estar donde la última vez le había estado leyendo a Margot mientras esta roncaba.

—¿Y cuál es tu historia, pues? —preguntó la anfitriona, tomando su cigarrillo y tirando lo que quedaba de él dentro del cenicero con forma de cisne.

—¿Qué quiere decir?

—Eres una chica guapa, arrastrándote como un alma en pena. Está claro que no quieres vivir ahí... —Margot señaló con la cabeza la puerta de al lado—. ¿Y quién querría? Algo te ha traído aquí. O alguien.

Apagó el cigarrillo y fijó su fría mirada en Edie.

Edie sintió una punzada de orgullo por lo de «arrastrarse». En su opinión, se había mostrado perfectamente educada y hasta alegre con Margot. ¿Y resultaba que le había parecido una pobre infeliz?

—Ya le conté por qué estoy aquí. El libro.

—Mmm, sí, eso dices tú.

Edie tomó un trago del pestilente líquido marrón, sintiéndose vulnerable. Comprobó que, bajo presión, su postura por defecto era ponerse a la defensiva, llena de culpabilidad y arrepentimiento. Con Margot, además, estaba el factor de la consideración debida a una persona mayor.

—¿Quién es él?

—¿Perdón?

—El hombre que te hizo volver desde Londres como un gato escaldado.

—Nadie. ¿Por qué tendría que haber un hombre?

—Ajá —murmuró Margot, imperturbable—, como quieras, cariño. Ningún hombre. Ninguno. En absoluto. Desde luego no el hombre en el que estás pensando ahora mismo.

Edie notaba cómo iba encendiéndose de irritación y bochorno. Y aun así, Margot estaba en lo cierto, ¿no? Levantando la barbilla, se dijo a sí misma: «no tienes nada de lo que avergonzarte. Bueno, sí lo tienes, pero al menos puedes ser sincera en tu vergüenza».

—Era el prometido de una compañera de trabajo —explicó—. Los dos solíamos chatear en el trabajo. Todo el tiempo. Está esa cosa del Gmail, con la que podemos enviarnos mensajes unos a otros. Como un correo electrónico, pero más rápido. Me rompió el corazón y se casó con su novia. Luego me besó en el día de su boda y yo le devolví el beso; y su mujer nos vio y se separaron allí. Pero ahora están juntos otra vez y a mí, en cambio, todo el mundo me sigue odiando por lo que pasó.

Margot levantó todavía más una ceja que ya estaba artificialmente levantada.

«Ja, chúpate esa», pensó Edie. «Aquí tienes un poco de esas anécdotas salvajes que echabas de menos.»

Margot volvió a sacudir la ceniza de su pitillo.

—¿Estás enamorada de él?

—Eh... —Edie titubeó—. Pensé que lo estaba, pero ahora ya no. No después de lo que ha hecho.

—No se puede decidir dejar de estar enamorada. Se está o no se está.

—No lo sé. Supongo que no lo he superado del todo, ¿no? Me gustaría obtener algunas respuestas de su parte que nunca tendré.

Nunca jamás. Días atrás, se había estado preparando psicológicamente, en un momento de «la pereza es la madre de todos los vicios», para repasar algunas de sus antiguas conversaciones con Jack. Se dijo a sí misma que lo hacía para asegurarse de que no se lo había imaginado todo, aunque, de hecho, lo que quería era recordar lo compenetrados que habían estado. Pese a ello, le llamó la atención darse cuenta de lo mucho que Jack había participado en todo el asunto. Igual que ella. Había sido un juego a dos bandas en el que nunca compartieron el mismo reglamento.

Edie tragó saliva durante el breve silencio que siguió a su confesión y esperó que Margot dijese algo, conciso y sin tomar prisioneros, sobre la necesidad de quitarse de encima a Jack, algo que pudiera adoptar como mantra.

En vez de eso, dio un sorbo de su *brandy* y comentó:

—Tienes tanta culpa tú como él. No vas a superarlo hasta que te des cuenta.

—¿Qué? —farfulló Edie, incrédula—. ¿Cómo? ¡Pero si él me besó a mí!

—Me refiero a todo el asunto. Kenneth Tynan dijo que «buscamos los dientes que coinciden con nuestras heridas». De alguna manera, este hombre era exactamente lo que habías estado buscando.

—¡No es cierto! —protestó—. Eso es culpar a la víctima. Así que cualquier mujer que lo ha pasado mal, incluso que ha sido maltratada... ¿lo estaba buscando?

Empezaba a sentir más simpatía por el trato de «fascista» que su hermana le había dado a aquella anciana.

—No estoy hablando de otra gente, estoy hablando de ti. Tú no eres una víctima. ¿Cuántos años dijiste que tenías? ¿Treinta y tantos?

Edie asintió moviendo la cabeza con brusquedad. Estaba poniéndose cada vez más furiosa.

—Bueno, pues perdóname, cariño, pero seguro que no es tu primer error.

—Oh, claro, cualquier mujer que a mi edad siga soltera debe de tener algo realmente malo. ¡Dios!

—¿Qué tienen todos esos errores en común? Pregúntatelo a ti misma. —Margot se inclinó hacia delante.

Edie la miró fijamente, se tragó su *brandy* de golpe, casi hasta el extremo de hacerla toser, y no le contestó, hosca.

—Ni te han tratado bien ni te han tomado en serio, ¿tengo razón? Porque eliges hombres que se comportan igual que tú, que te tratan igual que lo haces tú: mal.

Edie apretó los dientes y se puso de pie. Ser agresivo con la gente mayor era algo que no iba ni con la forma en que había sido criada ni con su propia manera de ser. Pero a la fuerza ahorcan.

—He venido con flores para darle las gracias, porque me pareció que podría ser agradable. Gracias por tratarme tan mal de manera gratuita, cuando ni siquiera me conoce.

Margot hipó a modo de risa seca.

—Pero si te conozco de sobra.

Edie salió en dos zancadas de la estancia y rezó para que la puerta de Margot tuviera una sencilla cerradura Yale, porque no soportaría tener que pedirle que la ayudara a salir.

Mientras se peleaba un poco con la puerta, oyó que la anciana le decía entre bambalinas:

—Necesitas gustarle a la gente. Deja de preocuparte tanto. No importa.

—Genial. Gracias —le gritó Edie en respuesta y salió con brusquedad a la calle.

¿Por qué se molestaba? Todo cuanto hacía se iba irremediablemente a la mierda. Mejor hacer siempre lo mínimo y protegerse así de que la hirieran más.

Entró en su casa, subió las escaleras y se acostó en su cama. («Buscamos los dientes que coinciden con nuestras heridas.»)

¿Era cierto? Hannah había dicho que la culpa era de Jack, pero Hannah era su mejor amiga. Elliot ya había señalado que sus esperanzas con aquel tipo casi seguro que iban a verse frustradas. Pero Margot lo había expresado sin tapujos: Edie se había juntado con un hombre comprometido y había tenido su merecido. Pensándolo mejor, se dio cuenta de lo pasiva que había sido con Jack: no se interesó por él hasta que él no lo hizo por ella y a partir de ahí fue él quien marcó el ritmo todo el rato, pues vagamente asumió que no tenía derecho a preguntarle qué estaba pasando. Desde luego, lo que no había tenido era agallas para hacerlo. Se había quedado sentada esperando que le dijeran cuál era su valor y para quién lo tenía.

Edie no sabía cuánto tiempo había pasado cuando oyó la llave de la puerta y las pisadas de su padre en las escaleras.

Acababa de recibir un correo electrónico del agente de Elliot.

¿Podría ir a verle mañana en el set para la entrevista? Iba a tener algo de tiempo libre en su agenda de rodaje.

Sí, claro, no es que tuviera nada mejor que hacer.

Se levantó pesadamente de la cama y fue a preguntarle a su padre qué le apetecía para la cena que ella prepararía pero que apenas probaría.

Capítulo 33

Era poco probable que Edie llegara a olvidarse nunca de cómo pasó el último día de sus treinta y cinco años: mirando a una mujer desnuda, aparentemente inconsciente, sobre una pirámide de escombros en un cementerio.

Llegó hasta allí por el silencioso camino del camposanto, bajo el hermoso follaje verde de los árboles. Edie solía venir al parque Arboretum cuando era una adolescente gótica deprimida. Miraba los nombres y las edades de las lápidas y pensaba en lo corta y brutal que era la vida, para reflexionar acto seguido acerca de si el lila le quedaba bien y de qué le apetecía con el té y pasaba así el rato hasta volver a casa.

Hoy tuvo que superar el ejército de intercomunicadores para lograr la admisión al rodaje. La localización, ubicada en una pendiente, bullía de actividad, con el equipo de TV enfocando a la flexible modelo rubia de unos veintitantos que había sido caracterizada con un toque de gris *post mortem* por los maquilladores. Su cuerpo, tan pálido y quieto como el mármol, estaba desnudo, a excepción de la zona de la entrepierna, cubierta por una especie de inmensa tirita y yacía encima de la pila de piedras de espuma de polietileno. Espectadores con auriculares y portapapeles gritaban alguna instrucción ocasional, como la de instigar al cadáver a que se moviera, por arte de magia y ajustara el ángulo de sus piernas o sus brazos. Parecía tan incómodo como impúdico.

A Edie le incomodó la desnudez pública durante unos siete o diez minutos, para descubrir seguidamente que la incomodidad era como el asombro: insostenible. Sobre todo cuando la actitud general ante una mujer sin ropa y tirada en el suelo en forma de cruz era la de completa indiferencia.

La pequeña montaña bajo el cuerpo con vida estaba rodeada por zigzags de una extraña sustancia blanca. Era el sello de *Asesino en serie*, un pentagrama de sal, según le explicó uno de los asistentes a Edie.

También había un precinto policial, de color azul y blanco, moviéndose suavemente bajo la ligera brisa y un puñado de vehículos de la policía. Algunos actores con chalecos reflectantes de alta visibilidad deambulaban por ahí, tomando café en tazas de polietileno y cartón.

Era un día soleado, pero una máquina de lluvia —un aparato con tubos que arrojaban niebla húmeda hacia lo alto— hacía caer sobre todo el área una persistente llovizna. ¿No fue en el fárrago promocional donde leyó lo de que el espectáculo iba a sacar a la luz la cruda realidad del crimen regional? Puede que Edie se lo hubiera perdido al vivir en su torre de marfil de Londres, pero no se acordaba de muchos asesinos en serie por la zona, que encima montaran una escena del crimen tan elaborada, con montañas de piedras, supermodelos y bolsos Coach.

Se produjo un pequeño silencio en las conversaciones seguido de una sensación de cierta tensión en cuanto Elliot y Greta Alan aparecieron en el plató, saliendo desde dos gigantescas caravanas aparcadas a unas cien yardas más allá. Archie entabló una conversación seria con ellos, los auriculares en torno a su cuello y gesticulando con los brazos.

Elliot tenía las manos en los bolsillos y escuchaba con mucha atención. Edie tuvo el extraño impulso de querer llamarle — «yuuuju, soy yo»— al verlo en modo trabajo, de la misma manera en que hacen los padres con sus hijos durante los torneos escolares.

Parecía diferente en el papel. Llevaba el pelo más corto y alborotado, una barba de un día y una cazadora de cuero negro con una sudadera debajo.

Su coprotagonista, Greta, era una diminuta muñeca de porcelana, cuyo cabello anaranjado tenía unos rizos del tamaño de una lata de Coca-Cola. Su cintura, imposiblemente estrecha, se veía realzada por una rebeca péplum y una falda de tubo larga que se ajustaba a sus esbeltas caderas. También llevaba unas botas Ugg de color beis, que con las piernas en forma de caña que tenía parecían dos conductos para chimeneas. Apoyándose en un lacayo, las cambió por otro par cuando estaba a punto de empezar la escena, unas Louboutins de color negro y escarlata con unos tacones finísimos y altos. Era justo lo necesario para trastabillar persiguiendo a asesinos; ir tras un bebé gateando ya habría resultado imposible...

Cuando se oyó sonar la claqueta —¡Acción!—, Elliot y Greta entraron en la ladera y se dirigieron hacia el cadáver. Un actor vestido de jefe de policía les comentó algo.

Edie estaba demasiado lejos para oír la mayor parte del diálogo, aunque le parecía que podía adivinar lo que decían. Elliot era claramente la clase de inconformista capaz de mover un cuerpo desnudo de una torre de escombros antes de que los forenses hubieran acabado, luego tener una acalorada discusión con la Scully de su Mulder y finalmente, largarse a grandes zancadas con la pataleta propia de un macho alfa.

A riesgo de estar prejuzgándola, tras su único encuentro con ella, Edie pensaba que *Gun City* era una tontería llena de clichés.

Lo único realmente digno de destacar era Elliot. Se fijó en la forma en cómo había variado su postura cuando se metió en el personaje. El ademán de su mandíbula parecía diferente y se movía de una forma que, de alguna manera, no era propia de él. Edie no tenía una opinión concreta acerca de si era un actor especialmente bueno, pero resultaba interesante ver cómo la transformación tenía lugar.

En cualquier caso, ni siquiera la belleza de Elliot, con su cabello azabache, podía darle gracia a la experiencia de ver el mismo proceso repetido veinticuatro veces. Madre de Dios. Y dar vueltas por ahí era soporífero; ya se le habían empezado a dormir las piernas.

Así que no le quedaba nada más por hacer que ir agotando la batería del teléfono móvil, aunque, sin sus cuentas en las redes sociales, tampoco había demasiado que ver. Entonces tuvo una alerta de entrada, de un mensaje de Nick y lo abrió con ilusión. Su amigo era muy bueno en las conversaciones por escrito: los comentarios ingeniosos le salían de maravilla.

Pero al abrir el mensaje, el rostro se le demudó.

> *E. No sé si sabías nada de esto, pero tenía que decírtelo. Te estaba buscando en Facebook porque no estaba seguro de si habías vuelto, cuando he encontrado este grupo. Menudo baño. Lo he denunciado, tú también deberías hacerlo. N.*

Era una página de «admiradores» de Facebook con setenta y un me gusta: «El Club de Reconocimiento de Edie Thompson». Había una imagen de ella como foto de perfil; se trataba de la de la boda, con el vestido rojo. Y la cosa se presentaba como «Para la gente que adora el trabajo de Edie Thompson, la mejor invitada de boda del mundo».

¿De veras seguía siendo un foco de atención tan fascinante para esta gente, solamente por un momento de estupidez, no importa lo inoportuno que fuera? Se esforzó por ponerle caras a la mayoría de esos nombres, al comprender lo sórdido y mezquino que resultaba todo. Había una serie de hilos irónicos en la página, tan despiadados como poco graciosos: «doce razones por las que Edie debería convertirse en una organizadora de bodas», con imágenes animadas. Y —sorpresa— ahí estaba la atroz Lucie Maguire, metiendo caña. Era chocante y también repugnante y cansino. Ella había hecho algo malo, cierto, pero esa gente no era buena. Y si lo eran, lo disimulaban muy bien.

Y entonces lo vio. Doce palabras, destacando sus letras blancas en un fondo azul, enterradas en una conversación que parecía más de lo mismo sobre su delito del robo de marido. Tuvo que releerlo cinco veces para asegurarse de que semejante contenido existía y sus ojos no la estaban engañando. No conocía al hombre que lo había publicado, Ian Connor, solo que él sí sabía algo sobre ella que era imposible que supiera.

Por mucho que viviera, nunca entendería cómo alguien podía haber sido capaz de teclear esas palabras y luego darle al botón de «publicar».

Se quedó mirando un punto indefinido en la distancia, sin ver nada. Con la vista fija, respiró profundamente y siguió con la vista fija mientras cambiaba su peso de un pie a otro y contestaba a Nick de manera escueta, solo para que supiera que lo había visto. Luego guardó su móvil en el bolsillo y miró a los pájaros en el cielo y respiró profundamente un poco más. Había gente alrededor, pero, por fortuna, nadie tan cerca como para empezar a mirarla con curiosidad. De pronto, Elliot estaba delante de ella, ocupando todo su campo visual.

Intentó centrarse en él. Pensaba que a lo mejor sería distante mientras trabajaba, pero resultó todo lo contrario: se le veía movido y juvenil.

—Eh, cómo va. No te aburres, ¿verdad? ¿Qué tal estoy? ¿Bien?

—Claro —repuso Edie mecánicamente—. Súper bien.

—Qué alivio.

Edie sacó de nuevo el teléfono móvil y lo miró, embobada, para volvérselo a meter en el bolsillo. ¿Qué le decía Elliot? Tenía que concentrarse. «Concéntrate. Olvídate de lo que acabas de leer...»

—¿Te encuentras bien? Pones cara de haber visto un fantasma... —dijo Elliot.

Sin haber decidido conscientemente si era una buena idea contárselo a Elliot Owen, empezó a hablar.

—Hay un grupo sobre mí en Facebook. De gente que me odia por lo de la boda, diciendo cosas muy fuertes y cachondeándose de mí —hizo una pausa—. Y alguien ha dicho... ha dicho que...

Edie inspiró y espiró. Notó las lágrimas preñando sus ojos y rodando por sus mejillas; y eso que no sabía que estaba tan cerca de echarse a llorar. No hubo ningún aviso. En un instante, sus ojos se humedecieron y derramaron su contenido: una repentina inundación facial.

Se secó los ojos con las palmas de las manos. Elliot la miraba arrugando el ceño.

—Vamos, ven conmigo.

Edie advirtió, hundida, que las piernas no le respondían. Era como si, finalmente, su sistema se hubiera sobrecargado de tanto tormento psicológico y su cuerpo hubiera cesado temporalmente su actividad.

Movió la cabeza en señal de negación:

—No puedo moverme.

—¿Edie? —murmuró Elliot, poniéndole una mano en el hombro.

Ella intentó diagnosticar lo que sentía. ¿Iba a vomitar? Es posible. ¿A desmayarse? También era posible. Aquello resultaba curiosamente similar a la sensación que tenía de niña cuando se empachaba de lazos de pasta a la carbonara. No podía precisar qué le estaba pasando o qué podía hacer para aliviar su malestar, solamente sabía que quería morirse. Aquello le resultaba abrumador y lacerante.

—¿Edie?

—No puedo moverme —repitió, con voz tomada.

—¿Vas a desmayarte? Estás muy pálida.

—Siempre estoy pálida —contestó débilmente—. No lo sé.

Notó que le temblaban las piernas peligrosamente y pensó: «por favor, no te derrumbes ni aquí ni ahora». Sí, Edie iba a desmayarse. Detectó las señales de aviso por el par de veces previas que aquello le había pasado en su juventud: la sensación de que todo se acercaba y se alejaba al mismo tiempo, como en los efectos especiales de *Tiburón*.

Se agarró a Elliot para permanecer erguida, cerrando los puños en su abrigo de piel. Por un momento, se preguntó si el departamento de vestuario la despellejaría viva por haber estropeado un *blazer* de dos mil pavos. ¿Les estaba mirando la gente? Suponía que sí, pero ni podía ni quería cerciorarse de ello.

—¿Quieres que avise a un médico? Tenemos unos cuantos —dijo él.

Edie negó con la cabeza.

—Debes sentarte y beber un poco de agua.

Ella asintió.

Con un aplomo y una facilidad sorprendentes, Elliot rodeó con los brazos su caja torácica y la levantó. Edie fue lanzada contra el actor con una sacudida, e instintivamente se agarró a su cuello. Entrelazando las manos en la espalda de ella, como si estuviera cargando con un niño en el aparcamiento de un supermercado, Elliot se dirigió hacia las caravanas.

Ella se agarró a él con fuerza y miró por encima de su hombro a todos los que les miraban, y finalmente supo lo que significaba que las espectadoras femeninas «prácticamente ovularan».

Tras un breve y agitado recorrido, Elliot la dejó junto a una de las caravanas que allí se encontraban.

—¿Vas bien? Lo siento si ha sido un poco rollo Tarzán, pero parecía que estaba a punto de darte un síncope.

Cierto.

—'Tá bien, gracias —farfulló Edie secándose la cara con la manga, más interesada, por el momento, en asegurarse de que sus contenidos gástricos permanecieran en su sitio que en preocuparse por si aquello había sido parecido a levantar un saco de patatas borracho. Al menos, ya no se sentía como si fuera a desmayarse. Obviamente, había ayudado a eso la descarga de adrenalina ante la sorpresa de ser «secuestrada» en plan folletín por un actor famoso.

—He ganado mucha práctica en levantar a mujeres por los aires con *Sangre y oro*. Solo alégrate de que no estuviera rescatándote de la pira funeraria del violador de sangre azul de tu marido.

Elliot movió la manecilla de la puerta del remolque y la guio hacia dentro.

Edie solo logró esbozar una ligera sonrisa ante ese chiste pero, dadas las circunstancias, era un elogio del más alto nivel.

Capítulo 34

Los remolques de los actores eran parecidos a pequeñas residencias de lujo para veranear: unas caravanas rocanrol.

—Aquí, siéntate —dijo Elliot, indicándole un banco que rodeaba una mesa de madera contrachapada. Mientras se sentaba, él abrió un mueble bar situado al lado de un gran televisor de pantalla plana, y preguntó:

—¿Agua? ¿*Whisky*? ¿*Whisky* con agua?

—*Whisky*, gracias —respondió, sin tener ni idea de si aquello era una opción inteligente o la peor que se le podía ocurrir.

Elliot llenó dos dedos del vaso y lo dejó delante de ella, sentándose al otro lado de la mesa.

—Dios, Elliot, perdóname... —murmuró Edie.

—No sigas. No tienes nada por lo que pedirme perdón. ¿Quieres hablar de lo que te ha pasado?

Edie se acordó de todo, y sintió que se le revolvía el estómago de nuevo.

—Un tipo, alguien a quien no conozco... —expulsó el aire con dificultad— ha dicho que mi madre se suicidó por la vergüenza que le daba haberme tenido.

Elliot abrió los ojos, horrorizado.

—¡Pero qué...! Dios... Vaya...

—Es que... —Edie apoyó la frente en su mano, luchando por tragarse las lágrimas—. No le cuento a nadie lo que pasó con mamá. Digo que está muerta, pero no digo cómo sucedió. El único que lo sabe es Jack.

—¿Quién es Jack?

—El tipo al que besé en la boda.

—¿Y se lo ha contado a la gente?

—Tiene que haberlo hecho.

—Bueno, ya sabías que era un imbécil.

Edie ya no pudo contener más las lágrimas, que secó de su rostro a toda prisa.

—Ey, ¿estás bien?

Seguía sorprendiéndole que Elliot sonara más como un joven de Nottingham que como el belicoso príncipe de una historia fantástica. Lo de estar sentada en su caravana, llorando, era una situación de lo más surrealista. Elliot le rodeó los hombros con el brazo.

—Todo el mundo me aborrece. Ni siquiera puedo acordarme de cómo era cuando la gente no me odiaba —sollozó Edie—. Es un infierno.

—Espera un minuto. ¿Que ellos te odian? Alguien hace un comentario de mal gusto sobre cómo perdiste a tu madre, ¿y tú eres la que te sientes mal contigo misma? Si acaban de descubrirse como personas que van a necesitar MONTONES de terapia para volver a parecerse, remotamente, a seres humanos...

Edie asintió.

—Mira. Esto —Elliot levantó su teléfono móvil, que estaba sobre la mesa y lo volvió a dejar— no es la vida real. Esa persona de la que hablan no eres tú. Hay otras versiones de ti, múltiples versiones, las versiones de los demás, sueltas por ahí. Tienes que pasar de ellas o te vas a volver loca. Créeme. Mantén esto siempre en mente: los que me conocen de verdad, saben la verdad.

Edie asintió de nuevo.

—¿Cómo ha podido alguien ser tan cruel, meter a mi madre en esto? Sé que la cagué mucho, pero no he matado a nadie...

—Porque en Internet, para ellos no eres real. Eres una abstracción. O no han pensado que alguna vez verías lo que escriben o no les importa. Eres un juguete, una historia. Y cuantos más son, más fácil les resulta. El copo de nieve no se siente responsable de la avalancha. Sinceramente, me veo más reflejado en todo esto de lo que piensas.

—Al menos tú le gustas a todo el mundo.

—No es cierto. Angus McKinlay dijo en *Variety* que yo tenía el don de hacer que interpretar pareciera difícil.

Edie sonrió y vio que él se estaba esforzando por hacerla reír y, en ese momento, sintió que le adoraba por eso.

—De acuerdo. Pero te pagan bien —repuso Edie.

—Cierto —admitió Elliot—. Y las *strippers* no se pagan sus desayunos, si quieres saberlo.

Finalmente, Edie lanzó una risa que sonó débil y mojada de tantas lágrimas y tantos mocos.

Elliot le apretó los hombros antes de retirar el brazo y ella dio un sorbo al *whisky*. Uf, era fuerte. Pero, de todas formas, la tranquilizó un poco.

—Gracias.

—De nada.

Llamaron a la puerta.

—¿Sí? —dijo Elliot.

Asomó la cabeza de una corpulenta rubia con auriculares.

—Elliot, te necesitamos.

—Quince minutos, como mucho.

La mujer miró a Edie con dureza, movió la cabeza en señal de haberlo comprendido y se marchó.

—Elliot, vete. De veras. Me siento fatal por hacer que todo se retrase...

—No seas tonta. Igualmente necesitaba un descanso.

Edie todavía se sentía incómoda, lo que no hizo sino aumentar cuando, unos minutos después, la rubia volvió a aparecer, con aire acalorado y ansioso.

—Elliot, perdona. Archie pregunta por ti.

—Dile que ahora voy —respondió Elliot, en tono calmo.

Era evidente que la mujer se moría de ganas de decir algo más, pero no se atrevió a mandar al carajo la jerarquía de mando.

—Gracias —concluyó Elliot, con una entonación cortante, como código de «ya puedes irte». Edie había olvidado lo férreo que podía ser.

—Me gusta esta barba a lo George Michael —dijo Edie cuando volvieron a estar solos.

—Jajaja. Se supone que es un estilo de detective torturado, de «duermo en mi automóvil», no de «me estrello con mi automóvil contra una tienda cuando voy drogado».

Edie se echó a reír otra vez ante la expresión satisfecha de Elliot.

—¿Te sientes mejor? —preguntó.

—Sí, gracias.

En verdad, todo volvería de golpe a su mente en cuanto salieran, pero la amabilidad de aquel hombre seguía siendo importante. Edie bebió un poco más de *whisky* para descubrir que, cuando intentó volver a respirar con normalidad, el aire seguía atascándosele en la garganta.

Fuera de la caravana, pudieron oír una voz de hombre que seguramente le estaba gritando a su móvil y que se hacía más intensa conforme avanzaba.

—... exactamente, ¿cuánto quieres que te lo simplifique? ¿Necesitamos empezar por cómo se hacen los niños? ¿Lo de que, cuando un hombre se siente especialmente cariñoso, su pene se hace más grande, ese tipo de cosas? BIEN, PUES QUE LE DEN POR ATRÁS A TODA ESTA BASURA, FULANA ESTÚPIDA. CONSIDÉRATE ACABADA Y BIEN ACABADA.

Elliot se tapó los ojos con la mano y suspiró.

Un breve silencio, luego un martilleo contra la puerta del remolque y la enjuta figura de Archie Puce apareció ante ellos. Era clavadito a Dobby, el Elfo Doméstico, impresión que su gorra realzaba, al dar la sensación de que, efectivamente, se había puesto un calcetín en la cabeza. Se plantó con los brazos en jarras y Edie se estremeció. Solo Archie Puce podía tener una pelea de camino a una pelea.

—Elliot, estamos aquí tocándonos las pelotas. Acuesta a la niña de una vez y ven con nosotros.

—Archie, no tardaré mucho más. Es importante. —Elliot apretó el brazo de Edie con firmeza, para evitar que protestara. Aunque ella se sentía culpable, decir «no, no lo es» le pareció propio de una desagradecida.

La penetrante mirada de Archie se movió hacia el rostro lloroso de Edie.

—Sin ánimo de sonar como un desalmado pedazo de mierda, ¿no puede ella contar con alguien de por aquí que la abrace que no tenga tu tarifa horaria? ¿Como su puñetera madre, por ejemplo?

—Archie —dijo Elliot, poniéndose de pie.

—... comprobemos la lista de la audición, ¿está su mami en mi obra? OH, NO, ESPERA, NO ESTÁ. NO HAY MAMI. LLAMEMOS A MAMI.

—¡Archie! ¡Cállate y sal de aquí ahora mismo si no quieres que otro haga mi puñetero papel en tu puñetero espectáculo!

Pareció que Archie se quedaba perplejo al ser «archiepucizado». Miró fijamente a Elliot, que le mantuvo la mirada.

—Muy bien. No hay por qué ponerse tan estimulante. —Hizo una pausa—. Pasáoslo bien, chicos, a cuerpo de rey.

La puerta de la caravana retumbó tras él.

—Lo siento muchísimo... Ve, por favor, ve —murmuró Edie, angustiada, mientras Elliot se volvía a sentar negando con la cabeza.

—Oh, por favor, no te preocupes. Una pelea con Archie es un rito de iniciación. Me estaba preocupando porque la nuestra se retrasaba e iba a acabar teniendo reputación de ser un pedazo de pan. Greta y él se han estado tirando puntadas sobre la calidad del servicio de comidas desde el primer día —dijo Elliot—. Además, lo cierto es que no conseguiría a nadie más. Al principio quería a Jamie Dornan, pero cuando llamó a su agente y le dijo a cuánto ascendían sus honorarios, pensaron que era una broma telefónica.

Edie seguía desesperada porque Elliot volviera al rodaje.

—Has sido tan generoso... Y voy yo y vengo a tu trabajo y te causo montones y montones de problemas...

—Calla. De problemas, nada.

—Y ni siquiera te he entrevistado.

—¿Qué te parece, si te lo envío todo por correo electrónico? He visto «relaciones» acechando en la lista de temas. Casi prefiero trabajar unas cuantas ideas sobre ese asunto y dejarlo listo.

Edie se lo agradeció muchísimo, a pesar de que su traicionero y retorcido cerebro le susurró: «y qué conveniente, así no tengo la oportunidad de preguntarte por lo de ser gay».

—Por favor, vuelve al trabajo.

Elliot miró su reloj.

—Sí, supongo que Archie ya ha sudado bastante.

Ante la puerta de la caravana, se paró un momento.

—Eres una buena persona, Edie. La bondad te sacará de todo esto.

—Gracias. No sabes cuánto significa eso para mí, Elliot —respondió ella de corazón.

Se quedó sola. O todo lo sola que podía estar con su móvil. Por muy agradable que hubiera sido oírle decir a Elliot que ella era una persona buena, no podía evitar sentir que iba a serle de tanta utilidad como un cenicero o una moto.

Le caía bien a un famoso, a quien no volvería a ver en la vida dentro de un par de semanas. En cambio, la gente en general la aborrecía. Ante eso, solo sabía una cosa: que no descansaría hasta descubrir quién era «Ian Connor».

Capítulo 35

Edie estaba teniendo un extraño sueño acerca de estar desnuda en una pira funeraria y la rescataban unos hombres que llevaban unas máscaras rituales, y que resultaron ser Lucie Maguire, cuando un ruido la despertó. Puesto que este había sido el responsable de despertarla, no supo determinar de qué se trataba pero, tras unos segundos de pestañear con somnolencia, se le ocurrió comprobar el móvil.

Eran dos afectuosas felicitaciones de cumpleaños de Hannah y Nick; la ocasión hizo que decidiera posponer lo de comentarles el último vapuleo que había sufrido en Internet.

Y había otro mensaje, de Jack.

Qué tal. Feliz cumple ¿Celebrándolo a lo grande? Espero que estés bien. J. 😊

¿Cómo era posible que él, precisamente él, se acordara de la fecha? Si ni siquiera contaba ya con el aviso del Facebook. Más zalamero que la zalamería misma, el muy estúpido. Entonces se acordó, con una sacudida, de su última traición. Pálida, con la cara hinchada y estrenando sus recién cumplidos treinta y seis años, escribió furiosa en su teléfono móvil:

¿Le dijiste a la gente cómo había muerto mi madre? ¿Cómo pudiste? No puedo creerme el tipo de persona que has resultado ser.

Segundos después de que le diera a «enviar», su teléfono se encendió con una llamada de Jack. No se lo esperaba. Humedeciéndose los labios resecos, decidió no dejarlo sonar, no asumir ella el papel de cobarde.

—¿Sí?

—Edie. ¿Qué quieres decir? ¿Decírselo a quién?

Edie tardó unos instantes en contestar, observándose a sí misma al volver a oír su voz, suave y amable y que seguía teniendo cierto poder sobre ella.

—He visto un asqueroso grupo de Facebook donde me ponían a parir. Un tipo del que nunca había oído hablar ha contado un «chiste» sobre que mi madre se suicidó por mi culpa.

Pausa.

—Oh, Dios mío, es horrible. Pero ¿por qué tendría que haber venido de mí?

—No se lo he dicho a nadie más.

Una confesión muy difícil de hacer.

—¿A nadie más?

Edie contestó con un sucinto:

—No.

—Yo no se lo he dicho a nadie...

Soltó un gruñido de incredulidad antes de que Jack añadiera:

—... salvo a Charlotte.

—Oh, estupendo. Y ella me odia a muerte. Gracias por traicionar mi confianza.

—Lo hice solo porque, después de lo que sucedió, estaba que se subía por las paredes, y le dije que no te conocía y que no sabía por lo que habías pasado.

—O sea, ¿no fue «no la culpes a ella de lo que yo he hecho», sino «dale un respiro, su mamá murió»? ¡Dios Santo! Una defensa digna de un abogado.

Edie odiaba el subtítulo que aquello implicaba: «Es un desastre patético, huérfana de madre. No esperes que se comporte con la normalidad social del resto de los mortales».

—¿Qué tiene que ver la velocidad con el tocino?

—Edie, Edie... no fue nada premeditado, fue... Eres siempre tan misteriosa para los demás y te guardas tanto las cosas, que pensé que si ella te entendía mejor no sería tan crítica.

—Podrías haber logrado mucho más diciéndole que fuiste tú quien me besó, ¿no crees?

—Créeme, lo intenté. Eso fue al final de nuestras conversaciones de paz.

Créeme. Más fácil de decir que de hacer.

—Si de veras te importa la forma en que me están tratando, averigua quién es ese «Ian Connor», el que hizo ese comentario. Lo descubriré de todas formas.

En realidad, era un farol. Un rato antes, cuando Edie se había vuelto a sentir con fuerzas, regresó al comentario y clicó sobre el nombre de su autor, lo que le llevó a un Facebook completamente cerrado —ni siquiera tenía disponible la lista de amigos—, con una imagen del pato Lucas como foto de perfil. Buscar el nombre en Google tampoco dio resultado, lo que no era de extrañar; era como buscar una aguja en un pajar, dado lo corriente del nombre. Estaba en un callejón sin salida.

—Ian Connor. De acuerdo. Lo haré si puedo.
—Muy bien. Tengo un cumpleaños que celebrar, así que, si me disculpas...
Colgó de la forma en que la gente solo lo hace en las películas.

Una tos y un ruido de pasos tras la puerta, un tímido golpe y Edie se dio cuenta con una punzada de horror de que su padre había escuchado parte del diálogo. «Oh, Dios mío, por favor, que no haya oído la parte sobre mamá...»

—¡Feliz cumpleaños, mi querida hijita!

El hombre apareció con una cara de póquer muy poco convincente. Debía de haber oído bastante. Durante un momento, pareció que sopesaba la posibilidad de preguntarle sobre el asunto, mientras ella intentaba expresarle no verbalmente, con energía: NO. Cuando Edie tenía once años, se las apañaron para mantener una conversación sobre dónde había puesto Jerry el dinero suelto para comprar las compresas sin que tuvieran que usar siquiera las palabras período o tampón, como si jugaran a las charadas. Y Edie no vio ninguna razón para empezar ahora a ser más comunicativos.

Su padre sujetaba un ramo de peonias rosas, cuyas flores aún permanecían en apretados capullos en forma de bellota, además de una caja de bombones bajo el brazo y una botella de champán rosado en la otra mano. Comprendió que semejante momento requería, más que nunca, que ella actuara como si se sintiera feliz y esbozó una inmensa y radiante sonrisa.

—¡Papá, no tenías que hacerlo! Eres maravilloso.

—Sé lo mucho que te gustan las flores —dijo, de pie en una postura torpe, mientras ella aceptaba el ramillete—. No sabía qué más darte. ¿Quieres cupones de regalo?

—Sí, serán perfectos —dijo Edie, dejando el champán y los bombones delante del espejo.

—Meg está en la residencia, pero te ha dejado un montón de sus sándwiches de Nutella de contrabando.

—Qué detalle por su parte.

Edie pensó: «aunque sé que le has mandado tú que los hiciera y que ha estado protestando mientras estaba en ello, papá».

—¿Qué te gustaría hacer esta noche? ¿Nos arreglamos y vamos a cenar?

—Me gustaría encargar una *pizza* para llevar y unas cuantas pintas en The Lion, si te parece bien.

—Claro, ¿es lo que realmente te apetece?

—Decidida e indudablemente lo que me apetece.

Cabía señalar que, si bien una animación interpretada no hacía que Edie se animara de veras, era mucho mejor que regodearse en su dolor. Tras ducharse, vestirse, poner las flores en agua y tener para desayunar dos tipos diferentes de chocolate, la pesadumbre le resultó un poco más liviana.

—¿Qué vas a hacer tu primer día con treinta y seis años? —le preguntó su padre, desde detrás de su periódico de varios días antes.

—Mmm... Me voy a ir de compras y me voy a regalar un almuerzo en el parque y a lo mejor busco a algunos patos a los que mirar.

—Suena fantástico —dijo su padre, y esta vez compartieron una sonrisa genuina—. ¿Nos vemos más tarde, una vez haya calificado algunos exámenes?

Era un día cálido, por lo que Edie decidió caminar los veinte minutos que, a pie, separaban su casa del centro, subiendo la colina a través del cementerio, que ahora volvía a ser un jardín silencioso lleno de pacíficos muertos, en vez del lugar de la barroca puesta en escena de un cadáver sexi y todavía caliente.

Se acordó, mientras cruzaba el sitio, de cómo se había sentido mientras Elliot cargaba con ella. Si era capaz de obviar el factor de tremenda vergüenza implícito, en retrospectiva aquello había valido el desmayo. Elliot era sorprendentemente fuerte para ser un hombre de apariencia delgada.

Mientras subía la cuesta y después descendía, en la entrada del centro de la ciudad, con la sangre bombeándose en sus venas, le sucedió algo curioso: sintió que su ánimo se levantaba. Y es que recordó algo muy útil sobre sí misma que tendía a olvidar: su capacidad de resiliencia. Cuando las cosas le iban mal, tarde o temprano acababa por contraatacar.

Entonces se acordó de una vez en que regresó a casa después de una lección de historia del bachillerato y le contó a su padre que había leído una frase sobre el cardenal Wolsey, en la que lo describían como «enérgico en el momento de sufrir un revés».

—Así soy yo —le había dicho a su padre—, «enérgica en el momento de sufrir un revés».

Su padre se rio, le alborotó el pelo y le comentó:

—Tal vez pienses diferente cuando llegues al final de su historia. —Pero, a pesar de eso, Edie adoptó la frase como su lema.

Así que, recapitulando: todo el mundo en Internet le lanzaba tomates. Toda la oficina había votado a favor de que la echaran. Era una mujer de moral dudosa y una destroza matrimonios. Sin embargo, sabía que ella no era esa persona que decían que era. Podría superarlo.

Una vez, Hannah le había dicho:

—Casi lo peor que podría haberte pasado en esta vida ya te ha pasado y sigues aquí, y estás viva. Eso te hace muy fuerte. Y te da mucho poder.

Capítulo 36

Edie se preguntó si su padre se había dado cuenta de lo significativa que era la cifra de su cumpleaños. Nunca hablaban de su madre, en realidad; de vez en cuando, su padre decía «igual que vuestra madre» o «como solía decir vuestra madre», pero eso hacía que todos se pusieran tensos y por ese motivo Jerry intentaba no hacerlo a menudo.

Algunas cosas, pensó Edie sentada en la terraza del Café Nero, mientras agitaba la pajita de su café helado, son demasiado grandes como para eliminarlas con una charla intrascendente.

En casa, estaba a la vista una única foto de toda la familia al completo; medio escondida entre el desorden que se amontonaba encima del piano de Jerry, en el comedor. En ella, su madre, una bonita mujer de cabello oscuro, se parecía muchísimo a Edie, pero con la permanente típica de los ochenta y el maquillaje metalizado de la época; además, llevaba un vestido azul de tirantes con cintura elástica.

Sus dos hijas habían sido capturadas apoyándose en cada uno de los ángulos rectos descritos por sus dos brazos: Meg, una niña muy pequeña de expresión gruñona y confundida, y Edie, con un flequillo escalado y desigual. Su padre estaba radiante, con el brazo alrededor de la cintura de su esposa. Estaban en el parque de Wollaton, de pícnic, como lo demostraba el mantel abierto ante ellos. Edie ignoraba si la fotografía había sido tomada por un extraño o por el quinto miembro del grupo. No hacía demasiadas preguntas sobre el pasado, ya que solo servía para ensombrecer el semblante de su padre, como si intentara pillarle por sorpresa.

No podía mirar la foto sin pensar en el poco tiempo que habían pasado con ella. Se acordaba de que su madre llevaba un perfume que hacía que su piel, cuando la abrazaba, oliera como a pétalos de rosa destilados. También acudían imágenes a su memoria, como la de ella misma sentada en una silla junto a su madre, que preparaba una mezcla para pasteles a la que le añadía pasas, mientras daba de comer a Sam y Greg, los dos hámsteres que tenían. O bien mamá poniéndoles unos baberos a Meg y a ella y sentándolas a la mesa de la cocina para que jugaran con témperas e hicieran un creativo desastre.

También había signos de la tragedia inminente: su madre sollozando por lo bajo en los momentos más inesperados e inocuos. Edie creyó una vez que eran los hámsteres los que hacían ese ruido, hasta que se dio cuenta de que era su madre, intentando ahogar el sonido con una mano sobre la boca, mientras sus dos hijas jugaban en el suelo de la sala de estar. También hubo días en que su madre no se levantaba de la cama, porque, según le había dicho a Edie, las piernas no le funcionaban.

Edie solía agobiarse ante la idea de que Meg o ella se hubieran portado mal. Incluso ahora, al mirar atrás, se preguntaba si hubieran podido hacer algo de otra forma. Sabía que en parte era por un lugar común muy cierto: los niños siempre se culpan a sí mismos. Aunque también había descubierto de adulta que casi todo el mundo se culpa a sí mismo por casi todo. Salvo Jack Marshall.

También se acordaba muy bien del día en que su madre no fue a buscarlas al colegio, cuando la mandaron al despacho del director y se vio rodeada por una apremiante multitud de murmullos y miradas de preocupación. Y entonces se produjo un error en la cadena de mando, de forma que los profesores pensaron que sería la familia quien se lo contaría, mientras que su tía, que fue a buscarla entre lágrimas, creyó que los profesores ya le habían dado la noticia.

Su tía Dawn estaba lívida, respiraba pesadamente y le apretaba demasiado la mano mientras recorría con ella, a toda prisa, la corta distancia que había desde la escuela hasta casa. Edie la miraba de reojo, con curiosidad.

Un vehículo policial estaba aparcado junto a la entrada y Edie se preguntó si les habrían robado.

Cuando se asomó a la sala de estar, vio a su padre llorando, con las manos en la cabeza, mientras advertía que la casa estaba inusualmente atestada de gente. Supo entonces que algo extraño, terrible y anormal había ocurrido. ¿Qué podrían haberse llevado, para que su padre estuviera tan triste? Comprobó que Sam y Greg seguían allí.

Su madre lo sabría.

Al cruzarse con un tío suyo, le tiró del abrigo y le preguntó:

—¿Dónde está mamá?

Él la miró, conmocionado, y espetó:

—¡Está muerta! ¿Es que nadie te lo ha dicho? —Y Edie sintió que estaba enfadado con ella por no saberlo.

Se hizo un repentino silencio y todo el mundo les miró y Edie dijo, como si hubiera sido una broma de mal gusto que tuviera que acabarse ya:

—Quiero a mi mamá.

Entonces les dijeron a Meg y a ella que su madre estaba muy enferma y que su enfermedad estaba en su mente, lo que le había hecho creer que nadar era una buena idea cuando no lo era, según les contó su padre y que por eso se había ahogado. Tenía que procesar aquella información. Edie tuvo sueños acerca de un agua oscura como el petróleo y de algas enredadas en el cabello de su madre, arrastrándola hacia el fondo mientras ella luchaba por salir a la superficie.

Por naturaleza, Edie solía hacer muchas preguntas, aunque tenía la sensación de que los demás no apreciaban especialmente ese comportamiento. («¿Dónde fue a nadar? ¿Hacía frío? ¿El agua era muy profunda? ¿Por qué nadie la ayudó, es que no había nadie más nadando?»)

Las vagas evasivas que obtuvo como respuesta, concebidas para menguar el horror, solo sirvieron para intensificar el misterio.

El día del entierro, Edie y Meg se quedaron a cargo de una nerviosa vecina —mucho antes de que Margot se trasladara a Forest Fields—, viendo dibujos animados. Les dijeron que los funerales no eran lugar para los niños y que luego podrían ver a todo el mundo en casa, durante el velatorio. Aquello implicaba montones de tazas de té y cajas de vino barato y gente yendo y viniendo. La joven Edie tuvo la sensación de que la atmósfera estaba enrarecida, aunque ignoraba cuál debía de ser la atmósfera apropiada para la ocasión. Cuando su tía se iba, la oyó hablando con su padre en el recibidor.

—¿Y esas niñas? ¿Qué va a ser de ellas? —preguntó en un tono más desafiante que apenado. Edie no pudo oír la respuesta de su padre, si es que hubo alguna.

Vio a Meg golpeando su Transformer favorito contra la mesita de centro y pensó: «¿Qué pasaría ahora? ¿Cómo vivía uno sin una madre? ¿No se suponía que eran del todo esenciales? ¿Quién les prepararía la comida para el cole?»

Ante la disyuntiva de un padre que a duras penas era capaz de cumplir con sus funciones como tal, y no digamos de sustituir también a la madre, y con una hermana de cinco años, Edie decidió que tenía que ofrecerse voluntaria para ayudar. Durante los meses que siguieron al funeral, aprendió a hacer bocadillos de jamón y queso, descubrió dónde se guardaba la fregona, cuidó sola de Sam y Greg, consoló a Meg cuando se despertaba con una pesadilla. Al principio se sentía muy orgullosa de sí misma; luego empezó a agotarse.

No era suficiente; ella nunca sería suficiente. Se sentía como un perro corriendo tras un automóvil: la persistencia de la ausencia era debilitadora.

Cada vez que su padre les preparaba judías sobre tostadas quemadas o *pizzas* que seguían congeladas en la parte del medio, Edie pensaba, vagamente: «todo se arreglará cuando mamá vuelva. Porque volverá para mi cumple. Nunca se lo perdería, ¿eh?».

Entonces una compañera de clase, llamada Siobhan, le dijo que su madre no se había ahogado nadando, sino que había saltado a propósito de un puente porque estaba loca y que sabía que era cierto porque se lo habían contado sus padres. Entonces Edie se enfadó mucho con su padre, porque ella sabía menos sobre lo que había pasado que Siobhan Courtney.

Al volver a casa le preguntó si era verdad y le gritó; y su padre se echó a llorar y se sintió tan culpable que al final no supo qué era lo que la hizo llorar también a ella. Aquello estableció un patrón entre Jerry y Edie que continuaría hasta... bueno. Que continuaba.

Al cumplir los diez, durante el triste y chirriante simulacro de fiesta de cumpleaños que tuvo en McDonalds —su padre estaba pasando lo que Edie después sabría que era una crisis nerviosa—, se dio cuenta finalmente de que aquella pérdida no iba a disminuir con el tiempo.

Más bien, crecería y crecería, y dolería e importaría de maneras nuevas y diferentes, constantemente. Cuanto mayor se hacía Edie, más preguntas tenía para su madre, que siempre tenían como respuesta un áspero silencio. Para Meg fue diferente: su madre existía en una vaga neblina, anterior a los recuerdos, de forma que tenía una sensación mucho más difusa del Antes y el Después. Todo lo contrario de su padre, que sintió la diferencia con tanta intensidad que le destrozó, hasta el extremo de no poder —o no querer— hablar de ello. Así que, en la particularidad de su dolor, Edie estaba totalmente sola. Mirando en perspectiva, podía ver claramente que sus años de pre adolescencia, cuando se escabullía desde la ventana de su dormitorio para ir a beber con chicos al parque, fueron una manera de huir de la presión de su vida familiar. Entre las cuatro paredes de su hogar, Edie se esforzó mucho por ser la persona que tanto su padre como su hermana necesitaban, pero, fuera de ellas, se desmadraba para soltarlo todo.

Algunas veces, odiaba a su madre. Si uno de tus progenitores moría por «un acto de Dios», tenías la libertad de echarlo de menos, simplemente, sin dudas ni rencores. Pero, por mucho que supiera que la depresión era un trastorno de la salud y que había perdido a su madre por algo tan implacable como cualquier otro tipo de enfermedad, su corazón no podía olvidar el hecho objetivo de que su madre había tomado una decisión.

Porque su madre había mentido a su médico de cabecera, había decidido no tomar la medicación, había dejado a Meg sola en casa, sin supervisión y se había ido. Porque su madre había mirado al agua que fluía bajo el puente, había pensado en su familia y había elegido el agua. Cualquiera que quisiera regañarla por pensar así, debía entender que las emociones no son lógicas, que nunca lo serían. No es que su madre le hubiera sido arrebatada: es que se había marchado.

Capítulo 37

Las visitas relámpago que Edie hacía anualmente no le dejaban tiempo para explorar su ciudad natal, lo que hacía que ahora estuviera disfrutando, más de lo que hubiera pensado, al redescubrirla.

Una vez superado el escollo de «esto no es Londres», encontró muchas cosas que le gustaba apreciar de Nottingham. Y, para sus adentros, advirtió que le complacía formar parte de un lugar menos frenético, impersonal y descontrolado. Si eso significaba que se hacía vieja, pues bienvenido fuera. Cuando era pequeña, Meg le había preguntado cómo era morirse. Ella le había contado, con mucha delicadeza, que era como un sueño profundo cuando se está muy cansado. Tal vez envejecer era como el placer de sentarse tras haber estado de pie todo el día.

Vagando por unas pequeñas galerías comerciales, acabó en una crepería con blancos azulejos tipo metro y muebles de madera, donde una agradable señora con un delantal preparaba con pericia las tortitas en unas sartenes especiales, largas y circulares.

Edie se sentó en una mesa redonda de la terraza del local y engulló la bonita crepe rellena de caramelo salado. Definitivamente, su apetito había vuelto por todo lo alto.

En aquel momento le sonó el móvil: era Hannah y contestó con la boca llena.

—¡Feliz cumpleaños! —Los amigos del colegio nunca se olvidan de tu cumpleaños. Una verdad eterna—. ¿Qué hacemos esta noche, eh?

—¿Es que esperas que hagamos algo?

—Sí, por supuesto. Es tu puñetero cumpleaños y he tenido una semana asquerosamente larga. ¿Qué haces?

—Ahora mismo, me estoy zampando un inmenso postre para comer y luego pensaba ir a ver patos en algún parque. Aunque no sé en cuál los habrá.

—Tú no eres una persona de actividades al aire libre, Edith. No luches contra ello. Me acuerdo de ti, en nuestras excursiones de geografía al campo. Te quedabas sentada en el autocar con el walkman. La señorita Lister tenía que arrastrarte por el pelo para que salieras. ¿Cómo es que no tienes planes para el cumple?

—Ya te dije que iré a The Lion con papá y Meg. No le veo sentido a celebrar que me he hecho más vieja en medio de tanto desprecio colectivo.

—Así habla un rajado. Esto es lo que haremos: vas a comprarte un vestido nuevo, te irás a casa, te darás una ducha calentita, te tomarás un vaso de «Oportola» mientras te arreglas y Nick y yo iremos a ver a la familia Thompson. ¿A qué hora nos pasamos?

Ante la resolución de Hannah, Edie claudicó.

—A las ocho.

—Hasta luego, pues. Y te advierto que me apetece bailar...

Edie gimió y rio y se dio cuenta, a regañadientes, de que se sentía más feliz que antes. Un mensaje casi inmediato de Nick le confirmó que, con lo de ir a bailar, la habían clavado.

De hecho, si pretendía pasar de puntillas por ese cumpleaños no era solo porque fuera una paria social, sino porque temía que, con sus allegados más queridos, se dejaría llevar y acabaría irremediablemente borracha, como una de esas tristes mujeres de mediana edad, que lloraban en un rincón por su juventud perdida y por no tener una familia propia; algo que no quería forzosamente, o al menos no con Matt, pero que ahora se preguntaba si no pensaba diferente, quizá demasiado tarde.

Como Edie nunca había deseado especialmente tener hijos, le molestaba mucho ver que algunas personas, al enterarse, ponían cara de comprensión, cuando no relacionaban este hecho abiertamente con lo que le había pasado a su madre.

Lo cierto es que Edie no tenía ni idea de si su ambivalencia era debida a lo sucedido. No podía vivir un pasado alternativo donde su madre sí se tomaba la medicación para saberlo, ¿verdad?

Edie se limpió la boca con una servilleta, aparcando conscientemente los pensamientos oscuros, y deambuló por tiendas de ropa actual con la música a todo volumen, diciéndose a sí misma que tenía todo el derecho de estar allí, entre los adolescentes que habían hecho novillos. Terminó por comprarse un vestido negro de tirantes, largo y amplio, que no tuvo que probarse para saber que le quedaba bien. Y es que evitaba los espejos, pues los comentarios en el perfil de Charlotte volvían a su mente cada vez que veía su propio reflejo.

Maquilladísima... Enseñándolo todo. Nadie se casará con algo así. NADIE.

De camino a casa, el móvil volvió a sonar y tuvo que rebuscar en el bolso para atenderlo. Al ver la pantalla, sintió una sacudida tan comprensible como absurda.

Tuvo que reprimirse para no plantar su iPhone en la cara del primer inocente transeúnte que encontrara por la calle Mansfield y exclamar: «¡Mire, Elliot Owen! ¡Él, Elliot Owen! No alguien con el mismo nombre o alguien cuyo número he guardado así con el subidón de la tajada».

—¿Diga? —dijo, en un tono agudo y neutral, como si no supiera quién era.

—Hola, ¿Edie? Soy Elliot.

¡Glup! No se había dado cuenta antes de la gran voz que tenía. Seguramente se debía al hecho de que, cuando no era incorpóreo como ahora, era inevitable dejarse distraer por los demás: el levantamiento varonil y la acción con barba incipiente.

—¡Hola!

—Llamaba para saber si estabas bien, después de lo del otro día.

—Qué bueno eres. Sí, sí, lo estoy, gracias. Gracias por los ánimos. Y el *whisky*.

Aunque era muy considerado por parte de Elliot llamarla, Edie deseó no haber hablado del tema con él. Por muy amable que hubiera sido, resultaba muy embarazoso haberse venido abajo de aquella forma. Edie siempre mantenía sus asuntos personales lejos de los profesionales (con una flagrante excepción). No era ni una llorona ni una quejica. ¿Qué debía pensar de ella? Odiaba la compasión.

—Lo que yo siempre intento recordar es que, una semana después, ni Dios se acuerda de las estupideces que se han inventado. Tus enemigos se cansarán; siempre lo hacen.

—Es verdad, gracias —Pausa. Dios, ojalá hubiera sabido que se avecinaba esa conversación; se habría preparado.

—Eh... ¿Cómo está Archie? ¿Más calmado?

—¿Archie? Ah, sí. En su línea. Ahora andamos a la greña porque mi acento no es lo suficiente Nottingham. Se compra un *CD* de los Sleaford Mods y ve *Sábado noche, domingo mañana,* y de pronto es un experto en el dialecto local. No voy a hablar como si estuviera en la parodia de los Monty Python sobre los cuatro hombres de Yorkshire...

Edie se rio y trató desesperadamente de pensar en algo más que decir a continuación.

—Cambiando de tercio: hoy es mi cumpleaños—. Esquivó un cochecito de bebé delante de ella bajando un momento de la acera y volviendo a subirla, lo que causó que un automóvil que venía por la calzada le pitara. Tener que gestionar una llamada con una celebridad internacional de alto nivel y el tráfico... ¡no era fácil!

—¡Felicidades! ¿Algo interesante para celebrarlo?

—Solo ir al bar. La verdad es que no me van mucho los cumpleaños.

Qué gran trabajo estaba haciendo para sonar como una completa imbécil. Seguro que Elliot daría esquinazo inmediatamente a sus invitaciones para ir al yate de P. Diddy e iría a pasar un rato con Edie en un centro comercial de Forest Fields.

—Bueno, que te diviertas. Te lo mereces.

—Gracias. Se hará lo que se pueda. ¿Estás ahora en el rodaje? —preguntó finalmente, sin nada mejor que decir.

—Sí, en el rodaje, pero en mi caravana. Me estoy leyendo unos guiones y preguntándome cómo, solo con saltar detrás de un sofá, puede uno sobrevivir a cinco ráfagas de un fusil de asalto. Creo que la respuesta es: «porque habrá una secuela».

—¡Jajaja!

—«Voy a cometer una transgresión contigo» es una de sus frases, no es broma. Cuenta con Liam Neeson. También hay una comedia romántica espantosamente mala, en la que soy un brillante ginecólogo *playboy* que se enamora de una mujer soltera con trillizos de una fecundación *in vitro*.

—Me has ganado con eso del «ginecólogo *playboy*».

Elliot se echó a reír.

—Hay una línea sobre ser el Obi Wan Kenobi de la OBstetricia GINecológica. Lloraba de la risa intentando leerla en voz alta.

—¿Pero qué quieren decir con eso?

—Que utilizo Fórceps, claro.

Al principio Edie ni podía ni hablar de las carcajadas.

—¡Tienes que hacerla! Así podrás salir en el típico póster de comedia romántica, donde apareces con la coprotagonista femenina espalda contra espalda, tú con las manos levantadas en plan «me rindo» y un mohín desdeñoso, mientras que ella te señala por encima de su hombro con cara de «¡menudo elemento!»

Edie fue recompensada con lo que sonó como una risa en toda regla.

—En cuanto te deje, llamaré directo a mi agente. ¿Qué podría salir mal? Además del desprendimiento de placenta. ¡Uy, lo siento, destripe!

Ambos rieron y Edie sintió que deberían dejar ahí la llamada, mientras duraba su improvisado y triunfal diálogo cómico, antes de que los «mmm» y los «aahh» empezaran.

—En cualquier caso, de verdad que me siento mejor después de tus palabras. No dejo de pensar en lo que dijiste de que «los que me conocen de verdad, saben la verdad». Fue un buen consejo, muchas gracias.

—Ah, estupendo, me alegro de haberte ayudado. —Pausa—. Creo que esto de «los que me conocen de verdad» vino de Marilyn Monroe, hablando sobre la gente que creía que sus pechos eras falsos. Pero si la cosa te ha servido...

Edie dejó escapar una carcajada tonta, parecida a un bocinazo, de la que se arrepintió un poco después, tras haberse despedido y colgado.

Mientras tomaba la calle de casa de su padre, Edie vio a Margot de pie delante de la puerta. Tenía, como siempre, un cigarrillo pegado en una mano y en la otra, un pastel sobre un plato. Llevaba un vestido blusón con volantes de color crema. Edie se acordó de aquella vieja fotografía de Margot: todavía vestía como la sirena que una vez fue. Y era muy moderno, en serio, siempre que te olvidaras de su personalidad viperina.

—¿Hola? —la llamó Edie y Margot se volvió.

—¡Aquí estás! Se me estaba durmiendo la mano.

—¿Cómo ha sabido que era mi cumpleaños? —preguntó la joven, en un tono neutro, pues no tenía demasiadas ganas de renovar el trato con aquella mujer tras el palo, no buscado, del psicoanálisis aficionado.

—Oh, no lo sabía, ¿es tu cumpleaños? Qué momento más bueno he escogido para venir, pues. ¿Cuántos cumples?

—Treinta y seis —contestó reluctante.

—No me digas la verdad. No se la digas a nadie. En un día nublado, pasarías por unos veintiocho, diría yo. Mantente en esa edad hasta que te veas obligada a saltar a los treinta y cuatro.

La adulación no serviría para ganarse a Edie.

—Si no sabía que era mi cumpleaños, ¿por qué me ha traído un pastel?

Era una creación impresionante: una semicircunferencia coronada por un glaseado color visón, con rayas hechas mediante un tenedor y tachonada de nueces. Era evidente que Margot se había tomado más de una molestia para hacerlo.

—Para pedir perdón, claro —dijo Margot, volviendo a hacer un gesto con el plato. Edie se lo tomó.

—¿Esto es una disculpa?

—Es un pastel, querida. Un Café Noisette. O un «No Hay Sed De Café» como yo lo llamo. Mi exmarido estaba enamorado de él; creo que es de lo único de lo que estaba enamorado.

—¿Por qué me dijo todas esas cosas, para empezar? —le preguntó Edie. Si Meg estaba en casa, se metería en un lío y entonces Margot se las pagaría todas juntas.

—Estaba un poco achispada. Hay gente que no puede beber más de dos copas. Es una cruz que tengo que cargar.

—Mmm —murmuró Edie, sin saber qué más añadir.

—¿Haces algo bonito para celebrarlo? —le preguntó Margot.

—Solo ir al bar.

—Pues tómate una en mi honor, querida —dijo la anciana, pasando por encima de la pequeña valla de separación entre ambas propiedades, con lo que regresaba a su propia casa—. O un par.

A pesar de que ya había tomado suficiente azúcar como para estar acelerada, una vez en la cocina, cortó una pequeña porción del «No Hay Sed De Café». Era el mejor pastel que había probado en la vida; quizá sí que podía perdonar a Margot.

Capítulo 38

¿Cómo habría sido aquella noche si no hubiera sucedido lo que sucedió en Harrogate? Edie se lo preguntaba mientras se aplicaba el colorete en las mejillas con una brocha gigantesca, tan poco concentrada en lo que hacía que le quedaron dos redondeles de un rojo intenso, a modo de maquillaje para una representación navideña. No tuvo más remedio, pues, que rebajarlos con los dedos.

Treinta y seis; ya no estaba en los treinta y tantos, sino en los treinta y muchos. Tendría que esforzarse aún más en demostrar que no era una triste solterona. Lo que debería haber hecho era organizar algo en un sitio como The Arts Club en el Soho y embutirse en un vestido largo de cintura engañosamente diminuta, que le hubiera obligado a subsistir alimentándose de sopas de sobre y Coca-Cola *Light* la semana previa a la ocasión.

Instagram habría estado infectado de fotografías suyas en ese sótano de luces rojas, bebiendo cócteles servidos en teteras, o bien abrazada a Louis, bailando el éxito de los ochenta de Madonna, *Vogue*, con un surtido grupo de compañeros de Ad Hoc. Si Jack y Charlotte hubieran hecho acto de presencia, se habría pasado toda la noche notando cómo Jack no le quitaba los ojos de encima. Habría estado representando ininterrumpidamente el papel de «soy divertida y despreocupada». Uf. Toda la celebración habría sido una representación.

Y no habrían estado ni Nick ni Hannah. Porque Edimburgo estaba demasiado lejos para una reunión de una sola noche llena de desconocidos de la industria de la publicidad, y Nick, además de odiar Londres, tenía una mujer que nunca le dejaba salir.

A Edie le sorprendió darse cuenta de que se sentía mucho más feliz con esa noche sin la obligación de alardear que le esperaba en The Lion. Se trataba de un agradable bar de cervezas artesanas con paredes de ladrillo visto y enredaderas de lúpulo, a una distancia como la de un corto paseo desde la casa de su padre. Era el tipo de sitio en el que la gente entraba con sus peludos perros empapados por la lluvia, y donde podías encontrarte con un grupo de hombres barrigudos inclinados sobre su intensa partida de cartas Magic murmurando conjuros.

Cuando Edie, su padre y una taciturna Meg llegaron, Hannah y Nick ya estaban allí. Les hicieron gestos de saludo desde una mesa donde había una botella de Prosecco dentro de un cubo con hielo. Hannah llevaba un largo y holgado vestido de punto de color caramelo, y el pelo recogido hacia atrás, de forma que favorecía al estupendo óvalo de su cara; Nick, por su parte, llevaba una ajustada camisa azul abrochada hasta el cuello. Parecían una pareja joven, brillante y feliz, que posiblemente había conseguido librarse de los niños por una noche.

Ambos pusieron sobre la mesa una pila de regalos para Edie: una fotografía enmarcada de los tres en sexto curso —«¡Fijaos en los *jeans* y las Doctor Martens!»—, una botella de perfume y más chocolate.

—Iba a preguntarte qué querías —farfulló su hermana, ante lo que Edie repuso, rápidamente:

—¡No, por favor, no malgastes tu dinero en mí! Que me invites a tomar algo ya está bien. —Y como Meg se quedó con aspecto de no saber qué decir, a ella le inquietó haber sonado demasiado paternalista y desdeñosa.

Nick insistió en traer la cerveza de su padre y la sidra de su hermana. Una vez todos acomodados, Hannah se puso a conversar con Meg, mientras que su padre no paró de hablarle a Nick sobre sus aventuras en la preparación de cerveza casera.

—El vino de ruibarbo es letal. No es que se te suba aquí —explicó Jerry señalándose la cabeza—, es que te ataca las extremidades, como un veneno nervioso. Deja a la gente incapaz de andar.

—¿Prepararías más? —preguntó Nick—. ¿Si tuvieras un pedido?

—Nunca volvería a jugar con semejantes fuerzas. La nigromancia... —dijo su padre, moviendo la cabeza— podría resucitar al mismísimo Aleister Crowley.

Nick se echó a reír y aquello pareció complacer a su interlocutor, lo que hizo que Edie pensara que debería obligarle a salir y ver gente más a menudo. Su padre estaba totalmente en contra de las citas concertadas por Internet —«Antes preferiría beber lejía.»— o lo que él llamaba la autopromoción de «cuánto cuesta este perrito del escaparate».

Mientras tanto, Hannah le había preguntado a Meg sobre su trabajo en la residencia. Ante las preguntas, inteligentes y atentas de la amiga de su hermana, Meg no pudo mantener su rabieta ni relajarse del todo, puesto que Hannah se dedicaba a salvar vidas. Así que pronto la mesa estuvo en paz y reinó la armonía alentada por el alcohol.

Edie estaba radiante. Sus amigos eran tan agradables... Todo era tan agradable... En Londres, tenía que hacer esfuerzos por sentirse lo suficientemente bien para su círculo social, esto es, embelleciendo de manera calculada las partes de su vida más desagradables, menos «presentables». Y nunca se había preguntado si el hecho de que sintiera que tenía que fingir le estaba diciendo algo.

Cuando ya se habían tomado un par de copas, Hannah se acercó a Edie y le susurró al oído:

—Nick me ha contado lo del grupo de Facebook.

En aquel momento Meg acariciaba a un perro alsaciano, bastante sucio, que estaba junto al paragüero, de forma que no pudo escuchar nada.

Edie sintió honda vergüenza ante su desgracia *online*, a pesar de que era su amiga más antigua y anti-Internet quien se lo acababa de recordar.

Asintió.

—Encantadora, ¿verdad?

Hannah la miró y advirtió su incómoda expresión.

—Pues ahí va una idea reconfortante —exclamó la joven cirujana, en un tono alentador—. He estado pensando sobre tu situación para evitar pensar en la mía, espero que no te moleste.

—Yo también he estado intentando no pensar en ello, así que me conviene que alguien lo haya hecho.

—¿Qué habría pasado si Jack y tú os hubierais besado pero la novia no os hubiera sorprendido?

Edie vaciló. Nunca había considerado esa opción en la gran «(Tú no) Escoge(s) tu propia aventura» que es la vida.

—¿Eh...?

—Esto es lo que yo veo. Te habría besado y habría desaparecido enigmáticamente, de vuelta a su mega romántica boda antes de que le hubieras podido preguntar por qué. Te habrías quedado más confusa y liada sobre él que nunca. Luego se habría ido de luna de miel a Santa Lucía mientras tú habrías pasado esos días en un purgatorio. Cuando el hombre felizmente casado hubiera regresado, con un buen bronceado, por supuesto no le habrías puesto en el brete de preguntarle de qué había ido todo aquello. Así que habrías esperado el momento, siguiéndole la corriente, creyendo que la respuesta saldría a la luz tarde o temprano. Y, entretanto, vivirías con ese inmenso nuevo pedacito de esperanza que te había dado.

Edie miraba de forma amenazadora a los nudos de la mesa de madera.

—Y terminaría llorando en algún bar de Edimburgo después de que me volviera a meter en su último fregado, y luego vendría la ecografía colgada en Internet, ¿no?

—En resumidas cuentas —sentenció Hannah.

Edie contuvo la respiración. Tantas veces había deseado fervientemente que las cosas hubieran sido diferentes... Sin pensar en que si hubieran continuado como siempre habría sido también bastante terrible. Jack le hubiera hecho daño de una forma u otra. Al menos, de este modo todo el mundo sabía lo canalla que había sido.

Edie nunca se paró a pensar que su deseo de intimidad y discreción le había venido a Jack como anillo al dedo.

—Para mí, estás mejor pasando por lo que estás pasando que dejando que ese desgraciado se salga con la suya otra vez. Con frecuencia, el cambio es doloroso.

Edie asintió.

—Da miedo lo perspicaz que eres.

—Oh, bueno —dijo Hannah—. Si fuera tan perspicaz habría hecho mi propio cambio y habría dejado a Pete hace cinco años, antes de ser tan mala con él todo el tiempo. Es más relevante la ventaja de no estar emocionalmente implicada en el asunto, además de preocuparme por ti.

Durante la última ronda, después de que Meg y su padre se hubieran despedido, Hannah anunció: «Vamos a bailar de una vez», y Edie cedió con facilidad, como suele hacer la gente bebida.

Tomaron un taxi y acabaron en el Rescue Rooms, local que era, todo en uno, un bar nocturno con música en directo, un bar de copas y un restaurante de comida rápida, de techo bajo y que rezumaba olor a hormonas, a refrescos dulzones y a patatas chips.

Edie echó un vistazo por la sala y aceptó que eso de ser «suficientemente vieja para ser su madre» no era una frase hecha, sino una rigurosa realidad matemática. Pidieron la imprescindible ronda de alcohol de alta graduación y se sentaron junto a la pista de baile, donde los primeros en mover el esqueleto se agitaban bajo una bola de discoteca.

—¿Os dais cuenta de que están bailando The Cure, New Order y The Smiths igual que nosotros bailábamos los Beatles o los Rolling Stones? Buena música retro de los padres —dijo Nick.

Edie y Hannah gimieron.

—Asco de tiempo —dijo Nick, moviendo la cabeza.

—Asco de tiempo —brindaron entrechocando sus vasos de plástico y dando un trago.

Acabaron bailando *Billie Jean* entre espirales de humo seco que olían a beicon frito. Con su taza de plástico en la mano, similar a la del jarabe dulce para la tos, pero repleta de ron y Coca-Cola, Edie sintió una oleada de completa felicidad que no se debía solamente a la embriaguez.

Iluminada por una teoría que le pareció muy inteligente con su borrachera, apremió a Hannah y Nick para que se acercaran a ella, con un movimiento de la mano.

—Algunas amistades son como tus mezclas de casete favoritos. Puedes darle al *pause*, pero cuando le das al *play* de nuevo, las retomas exactamente donde las dejaste. Y te sabes las letras, esto es, qué decir, y lo que viene después.

Volvieron a brindar con sus vasos de plástico.

—Espero que lo que venga después no sean ganas de vomitar —puntualizó Nick.

Grogui, Edie sacó el teléfono: cuando te sientes eufórico, hay algunas personas con quienes quieres compartirlo.

Lo de la petición de su despido volvía a ella, pero cada vez que lo hacía el recuerdo se iba amortiguando; paulatinamente, perdía su aguijón.

Cuando llegó en taxi a la puerta principal de su casa, a las dos de la mañana, sudada, con los ojos nublados e interiormente recitando para sí misma «dos ibuprofenos y agua», tropezó con un gigantesco ramo blanco. ¿Eh? Encendió la luz del recibidor y miró la tarjeta del paquete: «Edie Thompson».

Era un arreglo floral carísimo, ridículamente ostentoso, del tipo que uno solo ve habitualmente en el cine: una obscena cesta de rosas antiguas, jacintos, dragonteas y lirios. Tendría que repartirlo entre tres jarrones por lo menos. Arrancó el minúsculo sobre de la floristería del envoltorio y lo abrió.

Feliz cumpleaños, Edie. Soy un admirador. Elliot. 😊

Edie apretujó la tarjeta contra su pecho y lanzó unas risitas tontas. ¡Le gustaba a Elliot! ¿Un «admirador»? Caray. Esto sí que era un pedazo de felicitación.

Espera... ¿Le había enviado un mensaje a Elliot aquella noche? Tuvo el terrible presentimiento de que así era. Buscó su teléfono. Ningún mensaje nuevo. Con creciente agitación, examinó los mensajes enviados. Oh, Dios mío, no le habría preguntado si estaba depilado del todo, ¿verdad?

¡Elliot! Estoy TAN BORAHCA. Solo quería darte las gracias por ser tan amable. Siento que por «gin» empiezo a recomponerme. AMIGOS. Los amigos lo son todo, ¿eh? Los buenos digo. Los quiero tanto. 😊
PD: me parezco a cardenal Woolly.
PD2: Tengo que preguntarte algo personal cuando nos veamos. Tiene que ver sobre las pelotas y el aseo, jajaja. Edie. 😊😊😊

Oh. La leche. «Antes» era un admirador.

Capítulo 39

Edie estaba eliminando la resaca mediante el sudor, sentada en el jardín con su novela de literatura barata y comiendo un sándwich caliente de jamón, cuando se unió a ella Meg, que traía consigo un reproductor portátil de *Compact Disc* y un CD.

Levantó sus gafas de sol y observó cómo su hermana ponía el CD, le daba al *play* y se sentaba, con sus chanclas plateadas Birkenstock en lo alto de la tumbona, las manos cruzadas sobre el estómago y los ojos cerrados. El volumen era una provocación y Edie decidió no dejarse provocar. Tomó el estuche del CD.

—*Ambientes baleares para el bienestar* —leyó en voz alta, por encima del estruendo de la música—. No parece mucho tu estilo.

—Costaba una libra en una tienda de segunda mano de Sherwood —dijo Meg sin abrir los ojos. La música continuaba resonando sus ritmos y vibraciones *chillout* en un volumen para nada *chillout*, y Edie frunció el ceño e intentó concentrarse en los asesinatos del East End de Londres. Después de un rato, se dio cuenta de que había otro ruido más: una voz masculina y una *Big Band* que no procedían de Ibiza.

Meg abrió los ojos.

—¿Qué narices...? —masculló.

Bajó un punto el volumen del reproductor y el inconfundible estilo vocal de Frank Sinatra se percibió claramente, elevándose desde la valla de al lado. Había también alguien cantando con energía: *My kind of town, Chicago is...*

—¡Es esa mujer! —gritó Meg, apagando el CD y poniéndose de pie de un salto, para acto seguido mirar por encima de la valla—. ¿Hola? —dijo—. ¿Puedes dejar de ser tan ruin y patética y apagar esa basura anticuada, por favor?

—Meg... —dijo Edie, en un tono de advertencia, que no sirvió de nada.

—Estoy disfrutando de canturrear una pieza antigua y bella. —Pudo oír a Margot en la distancia—. Igual que tú.

—¡Yo no estoy canturreando!

—Bueno, no, no hay melodía en tu música, ¿verdad? Lástima.

—¡Solamente has puesto tu música para que yo no pueda poner la mía!

—Que tú pongas la tuya no me deja oír la mía, rarita. Estamos en lo que se dice un punto muerto.

—¡Apágala!

—¡Oh, esta me encanta, *Is my idea of, nuthin to dooo...*!

—¡Será posible! —exclamó Meg, tomando su reproductor de CD y yéndose para adentro mientras *I get a kick out of you* resonaba en el patio, de forma bastante apropiada.

La cara de Margot apareció por encima de la valla.

—¡Quince a cero para mí! Gracias a Frank.

Edie trató de no sonreír.

—¿No cree que podrían acordar una tregua?

—Dónde estaría la gracia entonces —dijo Margot, con los brazos colgando por encima del muro de separación, mostrando una ostentosa pulsera—. ¿Qué lees?

—Trata de un asesino en serie que envenenaba a la gente en el East End de Londres en la década de 1950.

—Me gustan los crímenes, pero prefiero las historias de amor. Siento debilidad por las violentas y apasionadas, ambientadas en épocas antiguas. Ey, dile a tu actor que debería estar en una de esas.

—De su parte.

Edie tuvo un *flash* de Elliot como un grasiento y sudoroso Heathcliff, o como un caballero del período de la Regencia, abotonado hasta el cuello y a punto de dejar estallar su reprimida pasión, y su corazón se aceleró a la vez que la vergüenza la inundaba. Por qué tuvo que mandarle ese estúpido mensaje, por qué...

Su padre apareció en el patio, con un libro bajo el brazo y una expresión de decepción en el rostro.

—Meg dice que se ha visto obligada a marcharse de aquí.

Edie se tensó en su asiento.

—Probó su propia medicina, más bien.

—Edith —su padre suspiró suavemente—. Esta guerra interminable entre vosotras es innecesaria, ya lo sabes. Todos podemos llevarnos bien si lo intentamos.

—¡Papá! —exclamó Edie, perdiendo los estribos con efecto inmediato—. No he hecho nada para echarla del patio, todo lo contrario. He soportado su contaminación acústica y ha sido Margot —señaló a la septuagenaria de ojos pequeños y brillantes, y solo entonces su padre advirtió su presencia— quien le ha devuelto la pelota poniendo música de *Big Band*. Meg se ha marchado resoplando, pero ha empezado ella.

—Ah, Margot —murmuró su padre—. Hola.

—Buenas, Gerald.

—Papá —añadió Edie, incapaz de reprimirse por más tiempo, a pesar de tener audiencia—, ¿por qué consuelas a Meg cada vez que lloriquea por algo? Es evidente que se comporta de forma insolente e irracional. Y con tu indulgencia solo haces que eso empeore.

—No soy indulgente con ella, solo trato de entenderla y de no elegir un bando.

—A veces no queda más remedio que elegir uno.

Quería a su padre, pero sentía que su carácter afable era un defecto recurrente. Por ejemplo, le habría venido muy bien ver cómo le decía de manera rápida y contundente a la tía Dawn, el día del funeral, que se guardara sus comentarios, aunque entendía que su padre estaba muy sensible en aquel momento.

—¡Bien dicho! —terció Margot—. Una hija consentida es un monstruo.

—Mi hija tiene treinta y un años, y mi familia es asunto mío, gracias —replicó Jerry. Dirigiéndose a Edie, añadió—: Me rindo. Renuncio a mi papel de Ban Ki-Moon de esta casa. Ya podéis pelearos libremente entre vosotras con todas vuestras armas, que no me interpondré.

Cuando se hubo retirado de nuevo al interior de la vivienda, Margot dijo:

—No has hecho nada malo, mi amor. La chica necesita un buen rapapolvo.

Edie hizo un ruido de gratitud mientras se preguntaba si la aprobación de Margot era o no una buena señal.

—¿Puedo pedirte un pequeño favor? —preguntó Margot. Ajá, Edie tendría que habérselo figurado—. La próxima vez que vayas a comprar, ¿podrías retirar unos décimos de lotería? Aquí tienes, te he apuntado los números.

Su cabeza desapareció y reapareció, y con ella un pedazo de papel agarrado entre sus uñas magenta. Edie lo aceptó.

—Suele ir el señor Singh por mí, pero está en Hyderabad hasta el miércoles de la próxima semana.

—Sin problemas —dijo Edie—. ¿Juega cada semana?

—Sin perderme ni una —respondió la anciana—. Nunca se sabe cuándo puede cambiarte la suerte. La mía hace tanto tiempo que es mala que ya me toca un poco de dinero caído del cielo.

—¿Ah, sí?

Margot desapareció y Edie creyó que tal vez se había ido, pero reapareció apenas unos segundos después con su imprescindible cigarrillo.

—Tenía un buen colchón, en los viejos tiempos. Dinero de mis actuaciones en el teatro, una suma considerable hasta que Gordon y yo nos divorciamos. Me enamoré de ese completo majadero, que me convenció de invertir en cualquier estúpida andanza sacacuartos...

Edie adoraba el vocabulario de Margot.

—Y eso fue todo. Primero voló el dinero y luego él. Entonces era una chica muy tonta.

—¿Por ese motivo se vino a Nottingham?

Margot se reclinó para tirar la ceniza de su cigarrillo.

—Mis padres habían vivido aquí durante unos años cuando yo era niña, en una encantadora casa del Ropewalk. Ahora es la oficina de un abogado. Londres era demasiado gasto, claro, y Nottingham era la única ciudad aparte de Londres que yo sentía que conocía. Y apenas tenía un céntimo a mi nombre. Así que aquí estoy. Simplemente escogí de la A a la Z. Pensé que Forest Fields era maravillosamente bucólico.

Edie se echó a reír.

—Imagínese si hubiera escogido The Meadows.

Era curioso advertir cómo las áreas más deprimidas de las ciudades tendían a poseer esos bonitos nombres, igual que el bloque de edificios manchado de humo en la distópica ciudad Mega City One del Juez Dredd, llamado Peach Trees.

Edie sintió una mezcla de pena y admiración por Margot: las cosas no le habían ido como esperaba, pero había una admirable sangre fría en su perverso sentido del humor y en su determinación de disfrutar de sus vicios.

—Te ha quemado el sol, te has puesto colorada, cariño —dijo Margot—. Mejor regreso dentro. Este tipo de piel pálida se arruga como los clínex.

Edie sonrió, se puso las gafas de sol sobre la cabeza y se levantó. Mientras se dirigía hacia la cocina, pudo oír a Margot tarareando para sí misma:

—*My kind of town, Nottingham is...*

Capítulo 40

«Debería existir una palabra moderna creada solo para describir la fría y repulsiva ansiedad que se siente cuando no te hacen ni caso tras un mensaje inadecuado», pensó Edie.

Después de pasarse toda la mañana del sábado comprobando si había recibido alguna respuesta, se dio fuerzas a sí misma para enviarle otro mensaje a Elliot, en el que le daba las gracias por el ramo y le pedía perdón, avergonzada, por el mensaje anterior. Y... nada. Durante toda la semana.

Con alguien menos servicial, podía consolarse con la idea de que todavía no había tenido un hueco para responder. Sin embargo, y a pesar de su vida de superestrella internacional, tan ocupada, a Edie siempre le había parecido que Elliot era muy rápido con sus respuestas. La tardanza no era propia de él. Y ya era lunes. Tenía que asumir que la pregunta personal sobre la depilación de testículos era la culpable del silencio.

Argh, ¿por qué había escrito algo así, por qué? ¿Cómo era posible que un cerebro borracho fuera tan parecido a un cerebro sobrio y, al mismo tiempo, tan diferente? Se trataba de la suplantación más siniestra que pudieras imaginarte de tu juicio habitual, sucediendo en tu propia cabeza.

Cuando escribió ese texto, se sentía encantada de la vida y se lo estaba pasando bien, estaba imparable; convencida, en fin, de que preguntar indirectamente sobre el pelo del escroto de alguien era lo más. Ahora, quería fundirse de la vergüenza. Más que nada, deseaba tener la capacidad de mirar las flores desparramadas por la casa sin que le despertaran asociaciones negativas. Meg supuso, por supuesto, que aquello era un motivo de alarde para Edie, y puntualizó:

—Seguro que tiene algún lacayo encargado de hacer envíos así. Para él solo habrá sido cosa de pulsar un botón.

—Sí, seguro, gracias, Meg —contestó Edie el domingo, demasiado ocupada, tanto física como psicológicamente, con el cuidado de su resaca. Meg masculló algo sobre las millas aéreas que requiere el movimiento de flores exóticas. Por temor a que el incidente de Sinatra hubiera sembrado alguna duda, Meg estaba dejando clarísimo que la amnistía ejercida junto a los amigos de su hermana se había acabado por completo.

Edie no podía evitar mirar su teléfono móvil cada cinco minutos, incluso teniendo en cuenta que la pantalla en blanco era un interminable reproche. «Oh, Dios mío, incluso aunque me llames estúpida colgada, dime algo», pensó. No había nada peor que el silencio.

Al menos, como tenía mucho tiempo para escribir, el manuscrito que estaba redactando en el portátil empezaba a tener buena pinta, si es que le estaba permitido decir algo así. La selección de citas de las amenas conversaciones con Elliot había hecho aflorar su lado sardónico y norteño, sin que por ello sonara sarcástico, engreído o susceptible. Su percepción de lo que significaba hacerse famosísimo muy, muy rápido era en verdad interesante. Había cero descripciones efusivas sobre el hecho de que Elliot era el Olivier de su generación en el cuerpo de un dios griego, y aun así la cosa estaba quedando realmente bien.

Todavía tenían que afrontar los delicados capítulos sobre la cuestión amorosa —Elliot la estaba evitando, y también Edie, con la gigantesca pregunta ¿GAY? cerniéndose sobre el tema— pero, salvo en ese caso, habían logrado una elegante solución que gustaba a todo el mundo. Y es que la respuesta obtenida con el envío regular por correo electrónico de las sucesivas actualizaciones de los capítulos había resultado enormemente positiva, tanto por parte del protagonista del libro como de su agente y del editor.

Aunque podría ser que la respuesta de Elliot estuviera a punto de cambiar. Edie sintió un dolor agudo. ¿Y si se quejaba formalmente de ella? No parecía probable, pero tampoco lo eran tantos días de silencio.

Cuando su móvil sonó finalmente, mostrando un número desconocido el lunes por la tarde, el corazón de Edie dio una voltereta. ¡Aleluya! Tal vez Elliot había perdido su teléfono o algo así? ¿Quizá nunca había recibido el mensaje? QUE EL GOZO SEA COMPLETO.

—¿Diga? —contestó, prudentemente, pero con impaciencia.

Una voz de mujer.

—¿Es usted Edie Thompson?

—Sí.

—Me llamo Sally, soy la asistente de Archie Puce. Le gustaría hablar con usted.

—Claro. —Edie hizo una pausa, en espera de que le pasaran a Archie el teléfono. Silencio—. ¿Ahora?

—Le enviaré un automóvil. ¿Dónde está usted?

—Ah, OK.

Edie le dictó su dirección y se quedó sentada con inquietud hasta que un Audi oscuro sin distintivo alguno aparcó junto a la ventana delantera. Durante el trayecto, le dio vueltas, preocupada, a lo que podía haber motivado una convocatoria tan repentina del «Pucinator». La última vez que había estado ante su volcánico temperamento, Elliot se había interpuesto entre ambos. No le apetecía repetir la escena. Y menos, encima, seguramente sin la persona de mayor condición para protegerla.

Esto no podía tener nada que ver con el mensaje sobre los testículos, ¿verdad? Sus nervios le dijeron que «¡sí, pedazo de estúpida!». Pero le resultaba imposible deslindar cómo Archie se había visto involucrado en el asunto. ¿Estaba Elliot subcontratando su despido? ¿Iba a ser despedida con una charla sobre el despido de otra persona?

El vehículo con el inescrutable chófer se dirigía hacia el sur, fuera de la ciudad, que se oscurecía con velocidad. Edie empezó a sentirse muy incómoda.

—Ejem, perdone. ¿A dónde vamos? —preguntó, con un leve tono de disculpa, mientras abandonaban la circunvalación.

—Al plató —contestó el conductor.

Sin duda, se había perdido algo.

—¿Y eso dónde es?

—Wollaton Hall —dijo el chófer de forma brusca, lo que implicaba que no quería estar de cháchara con la pasajera de camino a su destino. En ese momento sonó el teléfono móvil de Edie y vio que había recibido un mensaje de Jack. Cómo habían cambiado las cosas: dicho mensaje no podría haber sido menos bienvenido.

E.T. No he podido llegar al fondo de lo de Ian Connor, lo he intentado, lo siento de veras. Charlie tampoco sabe quién es, pero entenderás que he tenido que ser discreto sobre por qué / por quién estaba preguntándolo. Está de acuerdo con lo de que el comentario sobre tu madre fue excesivo. Se ha eliminado esa página. Solo conseguí un avance. Encontré esta cuenta de Twitter, a lo mejor podrías ponerte en contacto con él por aquí. Aunque yo me olvidaría, claramente es un capullo (en mi opinión, cualquiera que confunda las redes sociales con las Páginas Amarillas es peor que el ISIS). Espero que estés bien. J. 😊

Edie siguió el enlace de la cuenta de Twitter. Otro avatar de dibujos animados, esta vez el Correcaminos. Era todo muy soso, sobre todo quejas sobre el metro de Londres y, tal y como había señalado Jack, también intentos de recabar respuestas de sus contactos sobre preguntas aburridas acerca del mejor lugar donde comprar botas Hunter.

Cuando se desplazó hacia atrás lo suficiente, pudo ver los primeros tuits de Ian Connor —*@EdieThomson cómo te sientes al saber que has arruinado la vida de una mujer, ¿fulana estúpida?*—, inmediatamente seguido por: *@EdieThomson perdona creía que eras otra persona.*

Edie tuvo una revelación: si esos eran sus primeros tuits, entonces la cuenta... ¿había sido creada solamente para meterse con ella? La idea le hizo estremecerse hasta la médula.

Apagó su teléfono móvil. Aquello había sido un pasatiempo de lo más inútil en su viaje hacia lo desconocido.

Mientras entraban con rapidez en la larga carretera que atravesaba el parque de la iluminada casa señorial, el rumor de las luces y los camiones alrededor hizo que Edie sintiera que el corazón se le podía salir por la boca. Este cara a cara difícilmente le traería buenas noticias. ¿Por qué Elliot no le estaba haciendo ni caso?

Capítulo 41

El automóvil se detuvo y, mediante un murmullo pronunciado a través de las ventanillas bajadas, se anunció su presencia. Esta vez todo tenía una característica diferente; notaba que su posición ya no era la de un cero a la izquierda. Una mujer rubia, de mediana edad, permanecía ante ella con una expresión adusta y el deseo de llevarla rápidamente hacia un remolque situado en el perímetro del plató.

—Encantada de conocerla —dijo Edie con la esperanza de iniciar una conversación y obtener alguna pista sobre de qué iba todo aquello. Pero la mujer fingió que no la había oído.

Dentro de la caravana, Archie Puce daba vueltas en el estrecho espacio, el sombrero sobre la mesa. La mujer cerró la puerta cuando ambas entraron y se colocó detrás de Archie, con los brazos cruzados, mirando acusadoramente a Edie.

—¡Hola, otra vez! —dijo Archie, con falsa jovialidad y ninguna calidez—. ¡Pero si está aquí la Yoko Ono de mi pequeña producción televisiva! ¿Cómo va lo de quedarse en la cama por la paz? Porque, lo que soy yo, me siento pacífico por los huevos.

—¿Cómo? —espetó Edie.

Archie se lanzó directo a ella. No era grande físicamente hablando, pero resultaba increíblemente intimidante dada su maligna y electrizante energía.

—Déjame que te lo simplifique mucho, Edie Thompson. O bien animas a tu amiguete a apartarse de tu lado y a volver mañana al trabajo, o bien le diré a gente poderosa de la industria, que no ha sido bendecida con mi afable naturaleza, que tú eres la responsable de la presente interrupción, no programada y cara de narices. Y, créeme, te tratarán con la misma ternura con que lo haría la barbacoa de un vagabundo a un pollo asado.

Edie se esforzó por adivinar de qué estaba hablando, dejando a un lado la amenaza de la barbacoa y el mendigo.

—Pero ¿qué he hecho yo? No sé dónde está Elliot —contestó.

—¿En la cama, donde lo dejaste? —dijo Archie, con los ojos desorbitados por el «yo acuso».

—¡No me acuesto con él!

—Oh, claro, todos debimos de imaginarnos la versión de bajísimo presupuesto de *Oficial y caballero* que representasteis en el rodaje hace unos días. Quiero decir, ¡yo siempre voy por ahí abrazando a mujeres! Y ni siquiera conozco a la mayoría de ellas. Las veo, me las echo al hombro como el puñetero Capitán Cavernícola, y andando.

—Eso no tuvo nada de romántico: acababan de darme malas noticias.

—Sí, estoy seguro: muy malas noticias, pero extrañamente sexis.

Jesús, María y José. Donde los ángeles no se aventuran, Archie Puce entraba con un 4x4.

—Mira, ni más ni menos que la indiscutible autoridad de la maquilladora me ha dicho que tú eres la única mujer en su vida. Así que deja de una puñetera vez de coquetear conmigo y dime DÓNDE NARICES ESTÁ TU NOVIO ANTES DE QUE ME ENOJE UN POCO.

Ajá. Edie captó la táctica: jáctate de que sabes más de lo que sabes, sacude enérgicamente el objetivo y siéntate a ver cuántas ratas salen corriendo presas del pánico. Se negó a acobardarse ante él.

—Soy la persona que está escribiendo su autobiografía. ¡No se puede ir por ahí acusando a la gente de estar enredada sin tener prueba alguna! —exclamó, pensando mientras lo decía que claro que se podía—. Yo solo trabajo con él. Soy lo que ella es para ti —añadió señalando a la ceñuda espectadora.

—Sally es mi mujer.

—Oh. —Vaya. Imagínate ser la asistente de Archie y su esposa... Eso sí, probablemente era la única mujer a la que no despediría.

—De acuerdo —dijo Edie—. Si estaba en la cama con Elliot cuando llamaste, ¿por qué he venido hasta aquí? ¿No es más lógico que te hubiera puesto alguna excusa y hubiera seguido con mis actividades para «adultos»?

Por fin lo había pillado. Archie apretó los labios y no dijo nada.

—¿Qué ha pasado, cuándo ha desaparecido Elliot? —preguntó Edie, básicamente porque de veras quería saberlo. ¿Y si un admirador trastornado lo estuviera reteniendo en su sótano con cinta aislante y un cúter, y ahora mismo estuviera bailando a su alrededor *Stuck in the middle*? La idea hizo que el estómago se le encogiera de angustia.

—El puñetero Houdini recibió una llamada el viernes a media tarde, nadie sabe de quién —Archie hizo una pausa para mirar a Edie—, hizo otra y se marchó. A toda prisa. Sus padres están en algún lugar del Caribe y su hermano, esquiando, así que no está con ninguno de ellos. Se le vio una última vez aquella misma tarde, entrando en su casa y saliendo después con una bolsa. Desde entonces hemos estado filmando, en su ausencia, con su doble de espaldas, para las tomas en primer plano. Pero se nos está acabando el tiempo y hemos excedido el presupuesto. Perdóname si lo que voy a decir es un tecnicismo demasiado «rollo mundo del cine», pero es que, a veces, uno necesita que el puñetero actor que sale en la película esté realmente aquí.

—Yo le escribí un mensaje el viernes por la noche y tampoco obtuve respuesta. Es todo lo que sé —contó Edie.

Hubo un breve silencio en el que sintió que a lo mejor la creían, por fin.

—Bueno, pues de puñetera madre, ¿verdad? —le dijo Archie a su mujer—. Si se está tirando a la anterior, la tiene metida hasta el fondo en Bel Air. ¿Por qué trabajo con actores, Sally? ¡Dime! ¿Por qué? Preferiría llevar un refugio para gatos en la luna. Es como hacer miembro de la Asociación de Actores a gente que necesita zapatos que se abrochen con velcro.

Un momento. ¿Elliot podría haber vuelto con Heather? ¿Cabía la posibilidad de que hubiera cruzado el charco? ¿Sin despedirse? Edie se sentía inusitadamente agitada y herida. Él se había sentado allí, diciendo esas cosas despectivas sobre Heather... ¿Y luego ella chascaba los delgados dedos y él salía corriendo y cruzaba el Atlántico? Caramba, pues menudos farsantes eran los actores. Se sumaba a la opinión de Archie.

—Muy bien —Archie se frotó el puente de la nariz—. Hazme un favor. ¿Podrías intentar ponerte en contacto con él otra vez, eh? Y ponle ganas. Recuérdale con vehemencia que tienes tetas.

Edie hizo una mueca.

—Llámalo una intuición de perro viejo, pero creo que tú tendrás más suerte que la que hemos tenido nosotros —explicó Archie—. Y cuando lo localices, esté donde esté, dile que a menos que quiera que su carrera acabe como un calcetín de deporte sucio, que regrese al puñetero rodaje volando. ¿De acuerdo? ADIÓS.

Sally, sombría, guio a Edie de regreso al Audi. ¿Eran imaginaciones suyas o todos aquellos con quienes se cruzaban dejaban de hacer lo que estuvieran haciendo y la miraban fijamente?

Durante el camino de vuelta, le dio vueltas al asunto.

El teléfono móvil de Elliot estaría probablemente sin batería, en otro continente, tirado en el suelo sobre una pila de ropa, que se habría quitado con precipitación, en casa de Heather. Puaj. La ira y la decepción que sintió ante ese giro de los acontecimientos fueron un antídoto para su vergüenza. Sin nada mejor que hacer, decidió escribirle de nuevo.

Elliot, no sé dónde estás ni de qué va esto, pero Archie cree que tiene algo que ver conmigo y me acaba de capturar para cantarme las cuarenta. Si no estás muerto, ¿podrías, al menos, decirle que yo no sé nada? Saludos. Espero que estés bien. E. 😊

Volvió a meter el teléfono en su bolsillo, y lo notó vibrar y sonar segundos después, ante lo que se dijo: «No puede ser él». El corazón le dio un salto. ¡Oh, Dios mío, era él!

Mierda, lo siento de veras, Edie. ¿Dónde estás?

En un Audi, abandonando el plató de Wollaton. ¿Dónde estás tú?

En un hotel de la ciudad. ¿Tienes un hueco para verme ahora mismo?

¡No estaba en California! Ni con Heather. Edie se sintió inmensamente aliviada, incluso radiante.

¡Sí! Claro.

Dile al conductor que te lleve al Park Plaza. No le digas con quién has quedado. Me he registrado con el nombre de Donald Twain, solo sube a la habitación. 😊

¡OK! Te veo en breve. 😊 *PD: «¿Donald Twain?» jajaja.*

Está claro que no conoces las pelis clásicas, Thompson. No me extraña que quisieras que hiciera la del ginecólogo mujeriego.
Hasta ahora. 😊 😊

Capítulo 42

Edie tuvo la genialidad de pensar como un agente secreto y le pidió al chófer que la dejara en la Market Square; luego recorrió a pie la corta distancia que había hasta el hotel de Elliot. Tal vez Archie le preguntase al conductor dónde la había llevado, lo que sonaba como si el realizador tuviera la casa de los padres de Elliot vigilada.

Conforme subía en el ascensor hasta la habitación de Elliot, en la cuarta planta, el regocijo que le había producido su invitación de ir a verle disminuía. ¿Y si estaba sufriendo un ataque de nervios? ¿Y si su habitación daba muestras de un consumo abusivo de analgésicos, o de cualquier otra cosa, muy a la estadounidense, con la que «las estrellas jóvenes y atormentadas se suicidan»? Y como él le había hecho prometer que mantendría el secreto, ¿y si tenía que elegir entre romper su promesa o ser en parte responsable de su prematuro fallecimiento?

Elliot abrió la puerta vestido con una camiseta gris y unos *jeans* negros, con aspecto de sentirse acosado y cansado pero, a la vez, como si estuviera haciendo una sesión de fotos para la portada de la revista *Esquire*. Se le encogió el estómago un poco. La habitación estaba tenuemente iluminada, con la ventana abierta al aire nocturno, y le asaltó la idea de cuántas mujeres desearían estar en su lugar. Y, ya puestos, de cuántos hombres. Pero, principalmente, lo que se sentía era muy inquieta; tanto, que estaba hasta un poco asustada.

—Ah, qué bueno ver una cara amiga —dijo Elliot con una sonrisa triste.

—No estés tan seguro de que sea amiga todavía, teniendo en cuenta el pedazo rapapolvo que me ha echado Archie —contestó ella que, parlanchina de puros nervios, le devolvía la sonrisa.

—Oh, Dios, ¿eso hizo? Lo siento muchísimo. ¿Por qué demonios cree que eres tú la responsable de que yo no haya ido a trabajar?

Bueno, pues eso mismo. Por desgracia, Elliot lo había resumido muy bien. Y sospechaba que muchísima gente le habría aclarado a Archie lo poco probable que era que él estuviera con Edie de no ser porque el director aterrorizaba a los demás hasta el extremo de dejarles sin habla. Y Edie no quería, de ninguna manera, ver la cara de susto que pondría Elliot si le contaba lo que se había asumido sobre ellos, así que se limitó a encogerse de hombros.

—Estoy dándole al alcohol del mini bar, si quieres algo no te cortes —murmuró Elliot.

—De momento no, gracias.

Afortunadamente, la habitación parecía libre de la parafernalia de las drogas, salvo que uno contara la botellita de Jack Daniels y la botella de Coca-Cola a medias que había junto a una taza para la pasta de dientes.

Elliot vació en ella una preciosa ampollita de vodka Smirnoff y se dejó caer sobre una silla.

Edie se sentó en el borde de la cama de matrimonio.

—¿Qué pasa? ¿Quién te llamó? ¿Archie dice que respondiste a una llamada y que luego te fuiste?

—Era mi publicista.

Elliot dio un trago de la taza.

Como no dijo mucho más acerca de ese asunto, Edie no sabía qué tenía que preguntarle a continuación.

—¿Por qué no estás en tu casa?

—Porque hay un capullo dentro de un automóvil aparcado en el otro lado de la calle que está vigilándola. Sospecho que tiene algo que ver con Jan. O a lo mejor solo es alguien de la prensa. De cualquier forma, me asusta.

—Creo que podría tratarse de Archie.

—¿¡Qué!?

—Me ha dicho que «se te vio» recogiendo tus cosas el viernes por la noche. Así que debió enviar a alguien a tu casa.

Elliot apretó los ojos.

—Dios. Ha sido una semana horrible, Edie.

Sin saber qué decirle, Edie esperó.

—Cuando dije que no quería que esa mujer escribiera una biografía no autorizada husmeando en mi vida, había una cosa en concreto sobre la que no quería que husmeara.

Sí. Su vida sexual. Cuánto deseaba abrazarle y decirle que muchos lo habían adivinado sin que él hubiera dicho nada.

Pero no lo hizo.

—La llamada fue para decirme que todo se ha ido de madre y está a punto de salir a la luz. No tendría que haberme dejado llevar por el pánico, pero lo hice. Este trabajo... ¿Sabes? A veces me arrepiento de veras de haber escogido este trabajo, Edie. Pero no puedo decir algo así, porque entonces sería un desagradecido.

—Sí que puedes decirlo —exclamó Edie, con energía—. Me lo puedes decir a mí, y darle patadas a una almohada por toda la habitación... o algo por el estilo.

Elliot sonrió.

—Gracias.

—Elliot, lo superarás. Mantener el secreto, obviamente, te está pasando una factura que no vale la pena. Incluso puede que te sientas mejor una vez se sepa.

—Mmm, no estoy seguro de que sea algo tan fácil —indicó Elliot.

—Lo sé, lo entiendo —Edie asintió con un vigoroso y alentador movimiento de cabeza.

—Un momento. ¿Sabes algo...? Y, si es así, ¿quién te lo ha contado? —Elliot hablaba con aspereza, ocurriéndosele la cuestión y enojándole simultáneamente, y ella notó que aquello empezaba a ser peligroso.

—¡No!

De nuevo, la joven se arrepentía de su falta de preparación.

—Solo quería decir que la vida no siempre ha sido tan fácil para ti como parece a simple vista, y que quizá guardar este secreto haya sido el motivo.

—¿«Este secreto»? Pues sí que suena como si de verdad lo conocieras, señorita Thompson.

Aunque Elliot parecía serio, como nunca antes la había llamado con un mote —de acuerdo, no era exactamente un mote, pero sí acababa de referirse jocosamente a ella por su apellido—. Edie se relajó un poco.

—Que no. Pero ¿no es posible que lo haya intuido?

—¿Intuido? ¿Como lo haría un astrólogo o un clarividente? ¿O has pinchado mi teléfono?

Venga, vamos, ¿es que nunca había oído hablar del radar gay?

—Soy escritora, y hemos conversado mucho.

—¿Y? —Elliot hablaba con un tono de «continúa, por favor».

—Que a veces desarrollas un sexto sentido.

—Un sexto sentido excesivamente poderoso. Más parecido a un tercer ojo.

Oh, por el amor de Dios. ¿Debido a que él era un pedazo tan bruto del típico machista recalcitrante?

Edie se tiró a la piscina.

—También soy una mujer.

Elliot la miró atónito.

—Todos los secretos salen a la luz esta noche, ¿eh? ¿Qué narices significa eso?

—Quiero decir, como te he dicho: que una nota estas cosas, ¿me entiendes?

Edie se había ido sumergiendo poco a poco en esas aguas pantanosas y ahora estaba metida hasta la cintura; pronto lo estaría hasta el cuello.

Elliot estaba medio riendo medio farfullando de incredulidad.

—No, lo siento, no te entiendo. Lo has notado. ¿Tienes unos ovarios cósmicos o algo por el estilo? O, como en aquella película, ¿unas tetas capaces de dar la previsión del tiempo? Te voy a ser sincero, pensaba que los globos meteorológicos eran una ficción.

¡Ah, ya ves! Solo un gay podía estar tan tranquilo mencionando sus pechos en tono cómico y no bajar ni una sola vez los ojos para mirarlos.

Edie esperaba que no se sintiera fatal cuando ella le dijera que lo sabía, pero ahora ya era inevitable.

—Elliot. Sé que eres gay. —Bum. «Salida con estilazo», pensó Edie, como dicen los muchachos.

Elliot se quedó boquiabierto.

—¿Qué? ¡¿Cómo!?

Edie abrió la boca pero no le salió nada. No esperaba que le preguntara cómo se habían ido acumulando las pruebas de que lo era, pensaba que sería suficiente con decir que lo sabía.

—¿Porque no te gusta hablar de las mujeres con las que has estado? —propuso, finalmente.

Elliot lanzó una risa ahogada.

—¿Así que los «heteros» van por ahí diciendo: «Ey, hola, viendo esas perolas de ahí, déjame que te cuente uno de mis clásicos en el ámbito sexual»? ¿Dónde llevaste a cabo tu investigación antes de entrevistarme, en bares nocturnos?

Edie se sonrojó hasta la raíz del cabello.

—¿Ese crees que es mi secreto, que no he salido del armario?

Ella asintió, con ganas de tirarse por la ventana. Era obvio que él no estaba fingiendo su respuesta.

—Vaya —dijo Elliot, tocándose la cabeza con una mano—. Pero si hemos hablado de relaciones... Por ejemplo, ¿por qué habría estado, si no, con Heather?

Edie se encogió.

—¿Publicidad? Dijiste que todo tenía... una base de negocios.

El rostro de Elliot se ensombreció todavía más. Las cortinas se agitaban con la brisa nocturna mientras él digería el insulto, y ella deseaba darse de bofetadas. ¿Habría sido tan difícil preguntarle, simplemente, de qué estaba hablando? No, tenía que llamarle gay oculto tras una novia-fachada. A la cara. En un momento de aflicción. Un diez, Edie.

—Esta no es la compenetración que pensaba que teníamos, la verdad. Tus opiniones sobre mí eran las mismas que las de la gente que sube comentarios para promocionarse en Internet.

Elliot hizo una mueca de tristeza. Edie se sentía muy mal.

—¡Lo siento! No pensaba que fuera algo malo.

—No, solo pensabas que era un mentiroso, eso sí.

—Lo siento —repitió Edie—. Sumé dos y dos y me salieron diecisiete. Y, ya sabes, una vez que sigues una línea de pensamiento... Argh. Perdóname.

Hubo una tensa pausa y Elliot suspiró.

—No, Edie, oye. Perdóname tú a mí. No debería haberte obligado a adivinar. Me estoy comportando como un canalla egoísta y malcriado, fustigando a la única persona que tengo delante que, encima, resulta que es también la única persona que se está esforzando por ser comprensiva. Claro que no me molesta que hayas pensado que era gay, sino que me ha decepcionado que creyeras que lo ocultaba. Aunque admito que hay también algo de orgullo masculino herido por el hecho de que, evidentemente, no me he mostrado de la forma en que pensaba que lo estaba haciendo.

Le ofreció una sonrisa de disculpa y ella se estremeció, porque era absolutamente imposible no adorarle cuando se metía consigo mismo. Y ya no tenía la tranquilizadora seguridad de que estaba en la acera de enfrente. Edie sintió que el estómago no se le podía encoger más.

—Al fin y al cabo, ¿por qué no podría mostrar que soy gay y demostrarlo, e ir de compras al mercadillo de Santa Mónica con mi novio de la NBA, llevando idénticas camisetas de tirantes?

Edie se echó a reír, ahora con verdaderas ganas de darle un abrazo. El orden y la paz habían sido restaurados; aparte, claro, del gigantesco detalle que permanecía sin ser puntualizado.

—Si no tiene nada que ver con tu sexualidad, ¿qué es lo que ha encontrado la otra biógrafa? —preguntó Edie.

—A mi padre —contestó Elliot.

Capítulo 43

Pausa.

—¿Tu padre? Está fuera, de viaje, ¿no?

—Ha encontrado a mi verdadero padre. Puf. Odio la palabra «verdadero». Porque mi padre verdadero es el que, es cierto, está de crucero. Es al otro tipo, al que contribuyó a mi ADN, al que ha encontrado. ¿De verdad no quieres una copa?

—A lo mejor un poco de ginebra —murmuró Edie, sintiendo que ahora sí que lo necesitaba bien necesitado. Elliot le sirvió un vaso de Gordon's con tónica, que a punto estuvo de rebasarse por la espuma, y luego se quedó con los ojos puestos en la alfombra.

—Descubrí que era adoptado a los once años. Me había peleado con Fraz y, como siempre que eso pasaba, me fui indignado a refugiarme en la buhardilla. Siempre he tenido tendencia a la actuación, incluso entonces.

Edie no decía nada, de tan atenta como estaba.

—Ojeé a mi alrededor y di con unos papeles de adopción, de alguien llamado Carl, de St. Helens. Al principio pensé que mis padres habían adoptado a un chico del que no sabíamos nada; pensé que tal vez había muerto, y que quizá fuera mejor no preguntarles nada ni sacar el asunto a colación, no fuera a causarles daño. Pero creo que, en el fondo, yo ya supe en ese momento que no se trataba de eso.

Él la miró, y ella sintió el impulso de acercársele y apretarle la mano.

Se dominó.

—Sobre todo porque en el impreso estaba mi fecha de nacimiento. Sí, vaya faena, ¿eh?

Edie seguía sin decir nada, pues temía que cualquier comentario que hiciera sonara superficial o insignificante. Elliot se peinó nerviosamente con ambas manos.

—Quiero decir, ahí estoy yo, ya todo un intruso imaginativo, estresado y muy suyo, y voy y me encuentro con esa información. Empecé a darle vueltas al asunto: ¿y si Fraser fuera también adoptado? Miré los viejos álbumes de familia, mi madre en la unidad de maternidad sosteniéndole en brazos, aún con la cánula en la mano. No, él era hijo suyo. Pero entonces me acordé de que no había fotos mías como esa, con ellos, a esa edad. Solo una extraña Polaroid en una cuna que no se parecía en absoluto a la que tenía Fraser. Cuando les pregunté cuál era la razón, me dijeron que «nadie hacía muchas fotos en aquella época, pero debe de haber alguna más en alguna parte». Me di cuenta de que me habían engañado.

Elliot respiró pesadamente.

—Dormí con los papeles bajo la almohada durante unas dos o tres semanas, y luego un día mi madre y yo tuvimos una discusión y acabé por soltárselo todo. No era mi intención, pues parte de mí aún tenía la esperanza de que hubiera otra explicación, de que se echara a reír y dijera: «Oh, es ESO lo que has creído, jajaja».

—¿Y qué dijo tu madre?

—Se quedó muy mal. Hecha polvo, en realidad. Mi padre y ella habían tomado la decisión de que yo no lo supiera y, claro, que lo hubiera descubierto, y de esa forma... Peor, imposible.

Edie asintió.

—Me hicieron sentarme y me contaron la versión completa y sin censurar. Me adoptaron después de que el alcohólico de mi padre estrellara su vehículo, completamente borracho, y matara a mi madre.

Elliot la miró y Edie le devolvió la mira, boquiabierta. Y todo este tiempo pensando que su vida había sido afortunada, poco complicada y, antes de alcanzar la fama, bastante tranquila...

—Ella iba en el asiento del copiloto, sin el cinturón de seguridad. Él sobrevivió. Y, sorprendentemente, yo también, teniendo en cuenta que iba detrás sin la sillita adecuada. Me encontraron en el suelo del asiento con apenas algunos rasguños.

Elliot levantó su brazo y señaló una pequeña señal cerca del codo.

—Creo que quizá fue entonces cuando me hice esto, pero no estoy seguro.

—Oh, Elliot... Joder —murmuró Edie, muy emocionada. Se acordaba de aquel niñito serio y de ojos brillantes de las fotos familiares. Sí que parecía diferente, tan moreno, del resto de su familia de clase media, todos rubios.

—Debo decir que no recuerdo nada de eso —dijo Elliot, rascándose la nuca—. Es una historia para mí, igual que lo es para ti. Tenía dos años.

—¿Por qué no te lo dijeron tus padres? —preguntó para añadir, precipitadamente—: No es que les esté juzgando, solo lo pregunto.

—Me adoptaron pensando que no podrían tener hijos propios y mi madre casi enseguida se quedó embarazada de Fraz. Me dijeron que le dieron vueltas y más vueltas, y como la ecografía mostró que era un niño, pensaron que por qué no dejarlo con que éramos hermanos y ya está. No es que fueran a tratarnos diferente, al fin y al cabo. Creo que, la verdad, estaban hechos un lío: abrumados. Tantos años queriendo una familia que no podían tener, y cuando finalmente consiguen adoptarme, mi madre se queda inesperadamente embarazada. De cero a cien. A toro pasado, no fue la mejor elección, pero qué se le va a hacer. La tomaron con las mejores intenciones.

Edie asintió.

—Y creo que pensaron que me lo dirían cuando llegara el momento adecuado. Pero el momento adecuado nunca llegaba. Así que continuó demasiado tiempo y se hizo demasiado grande para echármelo encima. Les preocupaba que me enfadara mucho, que perdiera el control, que les rechazara. —Elliot hizo una pausa—. Algo que entiendo muy bien ahora mismo, dadas mis propias elecciones.

—¿Qué quieres decir?

Elliot levantó la mirada, cuyos párpados parecían pesarle de cansancio, hacia la de ella.

—Fraser sigue sin saberlo. Les pedí que no se lo dijeran.

Las cortinas volvieron a ondearse con la brisa.

—¿Fraser no sabe que eres adoptado? —repitió Edie.

—No —dijo él—. Les supliqué a mis padres que lo mantuvieran en secreto. Estábamos siempre chocando por aquella época. Solo era el típico rollo hermano mayor, hermano menor, pero, en fin, ya me entiendes. Tampoco estaba pasando mi mejor momento en el colegio, y si se sabía, si Fraz se lo decía a sus amigos o lo que fuera, no quería además ser el «rarito» por lo de la adopción. Sé que ahora suena muy tonto, pero, cuando tienes once años, es un mundo. Solamente quieres encajar, ¿sabes?

Edie asintió; sí, lo sabía.

—Y quería algo de tiempo para asumirlo yo mismo antes de que mi hermano lo descubriera. Me preocupaba que se sintiera diferente respecto a mí, que me convirtiera en el extraño dentro de mi propia familia. Ya sabes, cada vez que uno se pregunta por lo diferente que es: por qué no era deportista como Fraz, por qué no tenía su autoconfianza... Sentía que cada vez que me mirase, vería mi historia. Que cada vez que nos peleáramos, pensaría: «Bueno, tú ni siquiera deberías estar aquí».

Por un momento, los ojos de Elliot se llenaron de lágrimas y a Edie le sacudió una necesidad perentoria de ayudarle de alguna manera, aunque fue incapaz de hacer nada.

—Y... ¿adivinas el resto? Cuanto más tiempo pasaba, menos era el momento oportuno. Y ha durado tanto que no habérselo dicho se ha convertido en un hipotético gran escándalo; y uno del que yo soy responsable. Imagínatelo, Edie...

Notó el peso de la confianza que estaba depositando en ella. ¿Aunque tal vez era porque no había nadie más?

—Cuando lo de actuar despegó, me di cuenta más que nunca de lo distinto que era de Fraz. Mi casa era el único sitio donde podía ser yo mismo. Y eso que al principio de que yo apareciera en TV, Fraser ya me miraba de forma extraña, sin saber nada más. No me vi capaz de ponérselo todavía más difícil. «No soy tu hermano» es algo fastidioso de decir, ¿no crees?

—¡Pero sí que eres su hermano! Lo eres tanto como Meg es mi hermana.

Elliot le sonrió de una manera triste y cariñosa.

—Ya.

Edie se acordó de lo que Fraser le había dicho sobre que era «como si él ya no nos perteneciera». Tal vez tendría que eliminar esa frase. Pero ¿debería ocultar lo de la adopción en su libro si iba a estar en el de Jan? Ya se preocuparía por ese asunto más adelante.

—Y tu padre verdade... biológico, ¿nunca te buscó?

Elliot dio un sorbo de su bebida.

—Nop. Ni yo a él. Y hasta que esta encantadora carroñera que va de escritora, Jan Clarke, le llamó hace unos meses, mi padre ni sabía que yo era su hijo. Que le aproveche haberle dado la noticia.

Se frotó los ojos y frunció el ceño, con una expresión tensa y asesina dirigida a un punto medio indefinido. A Edie le recordó la cara que ponía en *Sangre y oro*.

—¿Qué? —exclamó ella, incrédula—. ¿Cómo podía no saberlo?

Elliot dio otro trago de su taza.

—No me ha visto en tres décadas. Supongo que los de la agencia de adopción tendrían que haberle dicho con quién me dejaban si lo hubiera preguntado pero, hasta donde yo sé, nunca le importó lo bastante como para hacerlo. Y he crecido, tengo un aspecto distinto; un nombre distinto. No tendría por qué reconocerme.

Edie intentó imaginarse lo que sería que te metieran una revista en las narices y te dijeran que el príncipe Wulfroarer era tu descendiente, ese que llevaba tantos años desaparecido. Aunque no sentía demasiada simpatía por el padre de Elliot, seguramente debía de ser para flipar en colores.

—Y si me vas a decir que tendría que haber sabido que esto saldría a la luz tarde o temprano, es cierto. He sido un estúpido. He metido la cabeza en la tierra esperando que todo se esfumara y que Jan no fuera lo suficiente concienzuda como para hacerse con mi partida de nacimiento. Mi publicista ha sido muy directa al decirme que me lo he puesto peor yo mismo. Se supone que tienes que controlar este tipo de cosas. No esperar hasta que tu padre, condenado por homicidio involuntario, intente llamarte desde la cárcel.

—¿Qué? ¿Esa fue la llamada? ¿La que te hizo dejar el rodaje?

—Sí. Se ha dado cuenta de que puede forrarse yendo a la prensa del corazón para vender su historia. Ahora es una carrera entre él y Jan para ver quién la saca primero. Pero seguramente ganará mi padre, porque le van a dar la condicional en tres semanas.

—Ay, madre.

—Lo sé. Así que tengo que decírselo a Fraser. Se acabó el tiempo. Qué pedazo de idiota he sido, Edie. Debes de pensar que soy un imbécil redomado.

Ella negó con la cabeza, vehementemente.

—No, no es así. Creo que tuviste que tomar una decisión muy importante siendo un niño. Tus padres tomaron otra todavía más importante de adultos, de la que ahora probablemente se arrepientan. No es culpa tuya. Era una carga demasiado grande para ti.

Elliot la miró fijamente.

—Eres tan buena, en serio.

Edie casi se estremeció de placer al oírle decir eso con tanta sinceridad.

—Es lo que honestamente creo. Estás siendo demasiado duro contigo mismo —añadió.

—Sí, lo sé. Y tú eres buena, es lo que hay.

Edie se ruborizó. Hacía bastante tiempo que nadie la hacía sentir como una buena persona.

—Fraz se ha ido a esquiar, así que no puedo localizarle. Regresa la próxima semana. Supongo que tendré que ir a Surrey. No puedo hacer nada más con todo este follón hasta que no haya resuelto primero esto.

—Irá bien —dijo Edie, aunque no sonó muy convincente.

—Irá bien... o no —repuso Elliot, inexpresivamente—. No puedo culparle si se pone hecho una furia conmigo. No es justo para él no haber sabido, durante tantos años, algo que el resto sabíamos. Y cuando las cosas se hayan calmado, ya veremos si todo volverá a ser como antes.

Hubo una pausa.

Elliot dejó la taza.

—Dios, estoy aterrorizado solo de pensar que Jan pueda enterarse de que Fraser no lo sabe. Imagínate el golpe maestro si le suelta ella la noticia.

Elliot la miró, con una expresión lúgubre.

—Cada vez que me suena el teléfono móvil, salto como un gato escaldado. Y por mi culpa. Una extraña es capaz de hacer daño a mi familia de esta forma... y todo por mi culpa.

—No, no es culpa tuya. Lo hiciste lo mejor que sabías en ese momento. Todos vamos improvisando conforme avanzamos. —Edie hizo una pausa—. Fraser no tuvo que descubrir que era adoptado, ¿no? Pues debería ser también un poco comprensivo contigo.

Elliot se inclinó sobre ella e hizo chocar su taza para la pasta de dientes contra la de ella. Al compartir ese momento de absoluta compenetración, Edie sintió una emoción a la que prefirió, por el momento, no ponerle nombre.

Capítulo 44

—¡Servicio de habitaciones! —dijo una voz, llamando a la puerta, lo que les hizo salir bruscamente de aquel instante de intimidad.

—Ah, sí. Me he pedido un sándwich vegetal. ¿Tú quieres algo?

Edie negó con la cabeza y todo se detuvo mientras se abría la puerta, se ponían los platos, se dejaba una propina y se cerraba la puerta. Elliot volvió a sentarse.

—Por supuesto, además de mi hermano, existe la posibilidad de que el público también me odie después de que se enteren de la historia de mi padre. Mi publicista me ha explicado que, si él decide presentarse a sí mismo como la víctima del asunto, es muy difícil desmentirle públicamente y enzarzarse en pagarle con la misma moneda sin acabar pareciendo que soy yo quien le avasalla. Voy a tener que «estar por encima»; lo que significa que debo permanecer en silencio mientras se van diciendo mentiras horribles sobre mí.

Edie, consciente de lo reciente que estaba su absurdo alegato sobre la homosexualidad oculta de su interlocutor, quiso ir con mucho cuidado manejando la nueva información.

—Pero... Tu padre mató a tu madre, y casi te mata a ti. Seguro que la gente no pensará que está en posición de criticarte, ¿no?

—Sí, es lo que yo dije —afirmó Elliot—. Pero, de nuevo, se me indicó cortésmente que él podría jugar con eso como «su» tragedia. Ya me entiendes: «Primero pierdo a mi mujer y luego a mi hijo». —Elliot se levantó, inspeccionó su sándwich vegetal, tomó la mitad y volvió a sentarse—. Qué genial es estar con un ser humano decente, ¿sabes? Durante esta semana, cuanto he hecho ha sido hablar con gente de Los Ángeles sobre cómo recuperarse de un desastre y sobre depresiones. Todo de un ánimo estilo... —Elliot puso su «cara Crumple Zone» y sonrió.

Mientras mordisqueaba el sándwich, Edie le devolvió la sonrisa con timidez. Deseaba tanto ser la amiga que él necesitaba... Y adivinaba que prácticamente cualquier otra mujer también desearía serlo en aquel momento.

—Le gustas mucho a la gente, y creo que saben de sobra cómo funcionan las exclusivas sórdidas —dijo Edie—. Como tú me dijiste, la bondad te sacará de todo esto, ya lo verás.

—Ah, sí, pero eso era una mentira flagrante, solo lo decía para animarte.

Edie se echó a reír.

—¿Y cómo sigue ese asunto? —le preguntó Elliot.

Por enésima vez, le avergonzó que él lo supiera. Ojalá no hubiese mirado su teléfono móvil aquel día en aquel momento...

—Sigue. Creo que sé algo de permanecer en silencio mientras la gente dice mentiras espantosas sobre ti —dijo Edie, sorprendiéndose a sí misma—. Aunque en una escala mucho más modesta, claro.

—No, estoy de acuerdo. No es mejor que te odien veinte personas que dos millones. Estoy mucho más preocupado por Fraser que por todos los lectores de un periódico. Y, bromas aparte, Edie, no hiciste nada para merecer lo que te está pasando. Lo sabes, ¿verdad?

Edie sonrió apenas.

—De hecho, sí que besé al marido de otra en el día de su boda.

—De acuerdo, OK, eso es contundente. —Elliot sonrió—. Vaya, pues sí que debía de tener ganas de besarte, ¿eh?

Edie se puso coloradísima y farfulló que «quizá, ejem, que seguramente estaba borracho».

Elliot no contestó, y ella advirtió que el hecho de que él estuviera pensando en ella, concentrándose solamente en ella, la hacía sentir increíblemente cohibida.

Se produjo un silencio incómodo, solo llenado por el sonido amortiguado que provenía de la habitación de al lado: el ruido del inodoro y el sordo rumor de la televisión.

Edie tragó saliva y miró en torno a ella en busca de algo que decir.

—¿Así que nunca has visto a tu padre?

—Oh, sí, fui a la prisión el viernes. Fue una experiencia espeluznante. Se parece a mí interpretado por Gandalf. Soltó algunas lágrimas de cocodrilo y luego fuimos directos a los negocios: ¿cuánto voy a darle por no difundir mi historia?

Edie torció el gesto. Finalmente, conoces a tu padre tras tantos años, y él solo trata de extorsionarte. Uno podía racionalizarlo sabiendo que se trataba de un despojo desesperado, pero, como bien sabía Edie, había un abismo entre las emociones y la lógica.

—¿Llegaste a tenerlo en cuenta?

—Pues sí —tenía cara de dolor—. De nuevo pensarás que soy un completo sinvergüenza.

Edie negó con la cabeza.

—No, ¿por qué?

¿Realmente le importaba tanto lo que ella pensara de él? ¿O era su truco interpretativo al estilo Stanislavski para hacerle sentir que era importante?

—Es muy cobarde, ¿verdad? Solucionar el problema con dinero.

—Para nada. Si pudiera, yo también pagaría para que lo que me hubiera pasado desapareciera.

—Y yo —dijo Elliot, mirándola fijamente a los ojos.

El corazón se le aceleró, aunque no sabía si se refería a lo que le había pasado a ella o a él.

—En cualquier caso, otra vez me advirtieron de que si le daba dinero, simplemente se lo gastaría y volvería a por más. Y cuando tarde o temprano terminara por contar la historia, denominaría a eso soborno y daría mayor peso a su postura. Menudo circo para idiotas, ¿eh? —Elliot sacudió la cabeza.

Edie nunca había estado más contenta de no ser famosa. De pronto, se sintió extremadamente protectora con Elliot, enfrentado a críticas feroces. Él, que actuaba en películas, que hacía felices a los demás. ¿Y ese era el justo laurel que obtenía junto a su bocadillo de pollo, beicon, lechuga y tomate? Elliot tomó otro pedazo del sándwich y se lo ofreció; ella lo rehusó con un movimiento de cabeza.

—Nunca antes había hecho algo tan poco profesional como irme de un rodaje. No podría haber aguantado a Archie gritándome como un energúmeno. O le habría dado un puñetazo o me habría echado a llorar, así que salí pitando... Tendré que ponerme en contacto en algún momento con la representante de ese mamón insufrible, ¿verdad?

Edie se crecía con la indignación que sentía por él.

—Cuéntaselo a Archie. Todo. De todas formas lo va a saber. Odio que crea que estás siendo un chulo encantado de sí mismo cuando cualquiera habría desaparecido si hubiera recibido la misma llamada. Tuviste un buen motivo.

Elliot miró a Edie.

Menuda mirada, intensa.

—Gracias. Mejor le llamo cuanto antes si es que ya la está liando con inocentes escritores independientes. Siento que te haya salpicado la cosa.

Edie contestó que no pasaba nada, pero se volvió a sentir mal ante la idea de que pudiera descubrir lo que Archie había insinuado.

El móvil de Elliot sonó en aquel momento, y vibró dando pequeños tumbos sobre la mesa auxiliar.

—Ah, hablando del rey de Roma... te hace una llamada por FaceTime. Aquí tenemos a Archie... Le llamaré en cuanto me termine el bocata.

Elliot siguió masticando y vio cómo su móvil se encendía y emitía un aviso de mensaje de voz.

—Te dejo para que te encargues de Puce, entonces —murmuró Edie, poniéndose de pie, pues no quería abusar más de su hospitalidad—. Espero que las cosas no se pongan muy desagradables, quiero decir, que ojalá no diga palabrotas ni nada así.

Elliot se echó a reír, se sacudió las migas y se levantó para abrirle la puerta.

—Si Dios quiere, no habrá insultos. —Elliot le obsequió con una inmensa sonrisa—. Me has animado mucho.

—Ah...

Edie se encogió de hombros para decir «venga, va, no es nada» y se sintió muy extraña, le gustó, aunque también le daba vergüenza.

—Gracias por haber venido. Eres una chica estupenda, de veras. Ven acá.

Elliot se inclinó y la abrazó. Edie lo aceptó con rigidez, pero, en cuanto estuvo entre sus brazos, no quiso soltarse. Él parecía tan seguro; olía vagamente a coco mezclado con la calidez varonil de su piel. Mmm.

Cuando se separaron, él preguntó:

—Ey. ¿Es el cardenal Woolly un gato?

Edie vaciló, luego reconoció la frase y se encogió.

—Oh, madre mía... no... —Sabía lo que se avecinaba. —No. Wolsey. Fue un consejero de Enrique VIII.

—Ah, es cierto. Y yo pensando que aquella noche no estabas siendo muy coherente. ¿Y no tenías una pregunta sobre unas pelotas? Espero que se trate de las de tenis de mesa.

Tenía la cara ardiendo y temblaba de risa histérica.

—Oh, Dios Santo, LO SIENTO. Fue una broma estúpida entre Nick y yo.

Elliot frunció un poco el ceño.

—Oh, ¿así que sales con alguien?

—¿Qué? ¿Nick? Oh, no, es solo un amigo.

—¿Y cuál era la broma?

—Oh, Elliot... por favor, no me obligues a explicártelo... —Edie se llevó las manos a la cara.

—Nanay, ahora tengo que saberlo, lo siento.

Edie cerró los ojo.

—A Nick le preocupaba lo de la moda de la depilación integral masculina. Quería saber si los actores se la hacen —dijo.

Al abrir los ojos, Elliot entornaba los suyos.

—Sabes que soy actor-actor, ¿verdad? No una estrella del porno.

Edie soltó un ruido entre la risa y el grito.

—¡Tierra, trágame!

—Espera. Lo de Gun City, ¿pensabas que iba por mis «dotes masculinas»? —Edie lanzó otro par de risas agudas mientras él flexionaba el bíceps—. Bum-chicabum-guau-guau, etc. Depilación masculina, Edie, ¿en serio? Me parece que mejor haré el libro con Jan: seguro que será más respetuosa con mi privacidad.

—No volveré a beber en la vida —gimió Edie.

—Aparte de esa ginebra que acabas de engullir.

Si era humanamente posible, sus mejillas se estaban poniendo de un rojo todavía más intenso, tanto por la intimidad con la que le tomaba el pelo como por la vergüenza de haberle preguntado por el estado de su escroto.

—Edie —dijo Elliot, abriendo la puerta—. Gracias por lo de hoy. Lo digo de corazón.

—Ha sido un placer, gracias —repuso ella—. Ojalá hubiera podido darte alguna respuesta.

—Ya es mucho que me hayas escuchado.

Edie asintió.

Mientras caminaba por el pasillo, Edie recordaba los brazos de Elliot rodeándola, y deseó que lo de «ha sido un placer» no fuera tan cierto. ¿Por qué había saltado Elliot, tan rápido, al mencionar a Nick? ¿Por qué la última vez que se vieron la había tomado en brazos, literalmente? ¿Había sido tan significativo como Archie decía? ¿Por qué «la maquilladora» conocía su nombre, y solo el suyo?

«Deja de hacerte esas preguntas y de ilusionarte como una tontorrona, Edie Thompson», se advirtió a sí misma. Solo una idiota rompe su propio corazón.

Especialmente dos veces seguidas.

Tales pensamientos fueron más que suficientes para hacer que Edie no reparara en una cincuentona de cabello color alheña, que cruzó a su lado y le lanzó una astuta mirada de soslayo.

—Disculpe —dijo la mujer, cuya voz tenía la misma aspereza e intensidad que un papel de lijar o un cabestrante, deteniéndose—. He oído rumores de que Elliot Owen se aloja aquí. ¿No le habrá visto?

Edie vaciló antes de contestar:

—No.

Instintivamente, supo que no era una cazadora de autógrafos normal y corriente. La mujer continuó andando hacia el fondo del pasillo. Edie giró sobre sí misma y, antes de sopesar si era sensato o no decir esa palabra, espetó:

—¿Jan?

Capítulo 45

La mujer se dio la vuelta, frunciendo momentáneamente el ceño, hasta que su cara, muy maquillada, dibujó una expresión de cáustica satisfacción. Llevaba contorneados los labios con un lápiz oscuro, lo que le daba el aspecto de un payaso maligno.

—Vaya, vaya. ¿Y tú eres...?

Edie no había pensado, para nada, como un jugador de póker, sino que simplemente había lanzado toda su mano sobre la mesa. De golpe.

—No es asunto suyo.

Jan sonrió aún más malévolamente, y Edie sintió la apabullante estupidez que acababa de cometer. Si hubiera dejado que la mujer se fuera, sin hacerle ningún comentario, y hubiera enviado un mensaje de aviso a Elliot, tal vez podría haber salvado la situación. Pero ahora, por supuesto, sencillamente le acababa de confirmar a aquella mujer, más allá de cualquier duda, que estaba en el lugar adecuado.

Edie no tenía ninguna jugada preparada. No podía marcharse, porque Jan estaba casi delante de la puerta de Elliot, y si llamaba, él podría creer que era ella y abrir. ¿Sabía qué aspecto tenía Jan? Suponía que sí, pero la propia Edie había oído ya mucho sobre esa mujer y, sin embargo, no había tenido ninguna identificación visual de ella hasta ahora. No podía asumir que Elliot la tuviera. Tal vez Jan fingiera ser otra persona, distrayendo al actor con su parloteo para que le revelara algo...

—Lo que usted hace está mal —dijo Edie, trémula.

—¿Y qué es lo que yo hago? —preguntó Jan.

—Meterse en la vida de otra persona sin ningún derecho.

Jan resopló.

—Tengo todo el derecho del mundo. Este es un país libre. ¿Vas a ir a quejarte a cada periodista que ha escrito sobre él? Pues ya puedes hacerte con un cuaderno de notas y una pluma. *¿Por qué, oh por qué?*

—Es diferente.

—¿Por qué?

—Porque ellos —Edie podía decirlo, ¿verdad? «Oh, vaya; mal acaba lo que mal empieza»...— no van visitando prisiones, buscando partidas de nacimiento y causando sufrimiento para conseguir pasta.

—Lo que describes es periodismo de investigación. La información está ahí para cualquiera que la quiera divulgar. La información es un recurso natural. Yo descubro lo que hay, no me invento nada.

—¿No cree que la gente tiene derecho a la intimidad?

—No le he puesto cámaras en la ducha, cielo.

—Dejó a su abuela llorando.

—No, no, no —Jan levantó el índice—. Estaba perfecta cuando la dejé. No es culpa mía que otra gente la alterara después de nuestro encuentro.

Edie casi gritó ahogadamente:

—Eso es una tergiversación mental de lo más increíble.

—Tú eres su novia, supongo.

—No —contestó Edie, con aspereza—. Para nada.

—Mmm. ¿Y qué hay del rumor de que ha hecho un «Houdini», me puedes echar una mano?

—No.

Antes de que quedara claro que no contestaría a ninguna de sus preguntas, pero que curiosamente tampoco pensaba irse, Elliot apareció en el pasillo, detrás de ellas.

—Un Houdini. ¿Es que ahora desaparezco de tanques de agua? —dijo, metiendo las manos en los bolsillos de sus *jeans*—. Ey, fíjate, ¿haciendo nuevos amigos? —añadió dirigiéndose a Edie.

Deseaba gritarle ¡CORRE!, lo que era bastante ridículo.

—Le estaba diciendo a Jan que te dejara en paz —repuso Edie.

—Qué encantadora nueva novia tienes aquí, muy lista. ¿Cómo se llama? —le preguntó ella con voz dulce.

—Es mi biógrafa, nadie que te interese —contestó él.

—Pero alguien que te interesa a ti. ¿Qué estaba «biografiándote» en la habitación de un hotel a estas horas, exactamente?

—Oh, eres una granuja —replicó su interlocutor—. Si no te alojas en el hotel, creo que el director puede echarte.

—Oh, pero sí que me alojo —explicó ella—. Acabo de pasar por recepción.

—Veremos —dijo Elliot.

—No he usado mi nombre real, cariño. Igual que tú. «Donald Twain»; vosotros los famosos no podéis evitar alardear, ¿verdad? Eso siempre os delata.

Elliot parecía desconcertado por primera vez, ante lo que aquella mujer se regodeó visiblemente.

—Tu ex —Jan le lanzó una mirada Edie—, ¿asumo que tu ex?, dijo en la revista *In Style* que siempre erais Donald Twain y Dolly Grip en los hoteles. La investigación lo es todo. —Jan volvió a mirar a Edie—. Estoy segura de que acabarás por descubrirlo.

—Bravo por Heather —espetó Elliot, con una amplia y fingida sonrisa.

—¿No deberías llamar al trabajo? He oído que te están buscando hasta debajo de las piedras.

—Te equivocas.

—También he oído que te estabas escondiendo en este hotel, y no me he equivocado, ¿no? ¿Es que no tienes ningún lugar donde alojarte en la ciudad?

Elliot suspiró y levantó la cabeza para mirar las lámparas del techo.

—Menuda vida.

—Solo intento ganármela —dijo Jan.

—Me refiero a la mía.

—Oh, claro, llorando sobre tus montañas de billetes cada noche.

Elliot lanzó una mirada a Edie con una expresión a medio camino entre la incredulidad y la hilaridad, y ella se la devolvió, moviendo la cabeza.

—Edie, perdona mis modales. Tendría que haberte sugerido llamar a un taxi —dijo Elliot—. ¿Querrías esperarlo aquí?

Abrió la puerta e hizo un gesto de invitación al interior de su habitación y ella, agradecida, entró pasando bajo su brazo.

—¡Edie! —exclamó entre risas Jan—. Así que tiene un nombre.

Elliot se derrumbó al darse cuenta del error.

—¡Que el mejor libro gane! —dijo Jan con un soniquete burlón dirigido a Edie—. Yo sé cuál preferiría leer: el que tiene todo lo colorista o el aburrido y depurado, obra de una colegiala servil y completamente colada por el biografiado.

Edie se volvió, con la cara roja de indignación, dispuesta a darle una réplica en consonancia. Pero Elliot la rodeó con el brazo y la metió dentro del cuarto, soltándola mientras cerraba de un portazo.

Luego echó mano del mando a distancia, que estaba sobre la cama, encendió la televisión y habló en voz baja:

—Lo está haciendo a propósito, para que reacciones así. Siempre te sacan más cuando más te hierve la sangre. También es un procedimiento normal de los *paparazis*, provocarte para obtener mejores fotos de ti.

—Pero no es cierto. Nada —dijo Edie.

Elliot le lanzó una mirada.

—Lo sé.

Sin embargo, mientras Elliot llamaba al taxi en una tensa atmósfera, Edie pensó que era posible que Jan tuviera razón: ella descubría cosas, no se las inventaba.

Capítulo 46

—Huelo a beicon.

Meg olfateó el aire del rectangular jardín de la casa, lleno de maleza. Llevaba un vestido delantal de color teja sobre unos *jeans*, y unas chanclas plateadas de doble hebilla. Su pelo estaba incluso más vertical de lo acostumbrado, al llevar enlazadas sus blancas rastas en un fardo del tamaño de un melón que se asentaba directamente sobre su cabeza.

—¿La suciedad? —dijo Edie, desde su privilegiada posición en la vieja tumbona de su padre, mordisqueando rebanadas de pan de molde integral—. Margot, la vecina, la llama «la cochambre».

De acuerdo, estaba provocándola gratuitamente al mencionar también a Margot, pero Edie estaba oficialmente harta y cansada del reino de terror de Meg. Su último encuentro con Elliot le había servido para recordarle que no debía preocuparse por las trivialidades propias de los hermanos.

Y lo cierto era que Meg había hecho saltar su tapadera. Se había mostrado adorable y afable con Hannah y Nick en el bar durante su cumpleaños: toda una prueba del tipo de relación que ambas hermanas podrían tener. Sus amigos no habían tenido que sopesar y medir cada palabra que salía de sus labios ante Meg; habían entrado sin miedo en la boca del lobo y habían sido ellos mismos. Como respuesta, Meg había conversado amistosamente, se había reído de sus chistes y les había contado cosas sobre sí misma. Esa noche en el bar, pudo ver a la Meg de la que los demás disfrutaban; incluso si esas personas estaban condicionadas por el hecho de que les gustara Edie.

Además, haber perdido los estribos con su padre por consentir a su hermana había hecho que, de una vez, Edie se centrara en su objetivo: se había acabado lo de andar con pies de plomo cuando ni siquiera se le permitía moverse; ya vería adónde llegaba de esa manera.

—¿*ESO ES* beicon? —preguntó Meg en un tono imperioso.

—Ajá —admitió su hermana con la boca llena de su ilícito manjar. Había dejado que las lonchas se hicieran hasta quedar rizadas y crujientes, y las había metido dentro de un pan untado con salsa barbacoa. Ya que tendría que pagar por ello, al menos lo haría como Dios manda.

—Sabes de sobra que aquí no se permite. Y encuentro el beicon, en particular, muy turbador.

—¿Turbador cómo? ¿Es que también te apetece? Quedan unas cuantas lonchas.

—Turbador porque decidí hacerme vegana cuando oí cómo asesinaban a los cerdos en el matadero de Spalding durante una excursión con el cole.

«Vegetariana entonces, no vegana»; pero Edie decidió no señalarle esa pequeña imprecisión. Tenía una pieza más grande que cazar.

—Sí, he estado pensado en esto, y la verdad es que, ¿por qué eres tú quien decide lo que se hace? ¿Por qué lo que tú digas vale más que lo que diga yo? Quizá yo encuentre los garbanzos turbadores, recordando unos horribles que me comí una vez.

El rostro de Meg se nubló.

—Eso es una ridiculez. Para empezar, los garbanzos no mueren para que tú puedas tomarte un tentempié. No hay ninguna equivalencia moral, así que no empieces.

Edie se acabó la mitad del sándwich y se limpió las manos en los pantalones.

—Bueno, pero la cosa es que, en resumen, le he preguntado a papá si puedo comer beicon, y él ha dicho que sí. Y es su casa. Su casa, sus normas.

—Él estaba de acuerdo con mi política de nada de carne antes de que volvieras.

—Yo no confundiría «no estar por la labor de pelearse contigo» con estar de acuerdo.

—Te lo tienes muy creído, ¿verdad? —espetó Meg—. Te crees muchísimo mejor que el resto del mundo, eres tan especial, tan «soy la más ingeniosa con mis réplicas ingeniosas».

—Eso es, desciende al nivel de los insultos personales en la conversación porque no sabes qué replicar —dijo Edie, sintiendo cómo se estaba cabreando rápidamente.

—¡Estaba aquí antes que tú! —Meg casi hablaba a gritos.

—Sí, aquí, sin pagar el alquiler y gorroneándole los cigarrillos a papá —puntualizó Edie. Acababa de quitarle la anilla a la granada y se preparaba para lanzarla. Esa pelea en concreto estaba pendiente desde el momento en que había regresado—. Yo le doy dinero a papá; ahí mismo tienes, pues, el porqué del sándwich de beicon. —Tomó el triángulo del ofensivo sándwich restante—. Tengo más derecho a estar aquí que tú.

—¡Yo no tengo dinero!

—Porque no trabajas. No se trata de la cuadratura del círculo.

—¡Me dijeron que ya no me necesitaban!

—¿Cuándo, en 1981?

—¡Eres una asquerosa! ¡Qué ganas tengo de que te largues a Londres y nos dejes en paz, somos muchísimo más felices sin ti! —gritó Meg.

Por toda respuesta, Edie se limitó a dar un gran mordisco a su sándwich y a levantar los pulgares. Meg se marchó hacia el interior de la casa echando humo por las orejas. Aunque no era lo ideal, tenía que probar la teoría de que solamente plantándose ante su hermana podría derrotarla en esa batalla interminable.

El portátil de Edie estaba abierto sobre la tumbona. Mientras la puerta trasera restallaba al cerrarse, una ventana emergente del chat del Gmail apareció en la pantalla. Afortunadamente, no era Jack; menos afortunadamente, era Louis.

¡EDIE EDIE EDIE! ¡TE VE@!

Hola, Louis.

¿Cuándo vuelves? ¡Es todo TAN aburrido sin ti! Palabrita del niño Jesús. 😎

Ja. Louis se había dado cuenta de que ella no pensaba volver y quería la exclusiva. «Espera sentado, que de pie te vas a cansar.»

¡En un par de semanas! ¿Todo bien en Ad H? 😎

Sí. ¿Cómo está el actor? ¿Ya te lo has tirado?

Todavía no, pero cuento con ello. 😎

Bum. «Pasa esta broma como si fuera de verdad, que les confirme todos sus prejuicios sobre mí», pensó Edie. Porque, aunque no diría que ya no le importaba lo que pensaran, lo cierto era que le importaba menos que antes.

Sigo esperando que EN REALIDAD resulte que le gustan las pichas.

Sigue pidiéndole peras al olmo… o más bien plátanos.

¡Jajaja! Qué graciosa, Edie. TE ECHO DE MENOS, PEQUE. 😎

Claro, seguro. Había algo acerca de Louis que cosquilleaba en el filo de la conciencia de Edie, un detalle importante que había captado pero que todavía no había acabado de entender. ¿Era algo sobre la petición de echarla? ¿Una pieza clave de información que se le había escapado? Tarde o temprano acabaría por llegarle. En cualquier caso, y de momento, decirle a Richard que no pensaba regresar era un asunto mucho más importante. Solo de pensar en esa conversación le fastidiaba, pues sabía que su jefe no respetaba a los derrotistas.

Capítulo 47

—¿Fue el melodioso tono de tu hermana lo que he oído?

Edie dio un respingo, sobresaltada, escribió a Louis «*Nos Bmos*» y levantó la cara para mirar a Margot. Su cabello cobrizo lucía más David Lynch que nunca mientras le guiñaba pícaramente el ojo desde lo alto de la valla.

—¡Tienes que asesorarla! —exclamó Margot, alegremente.

—Lo intento.

—Yo soy hija única. Los hermanos son los únicos que se quedarán a tu lado cuando seas vieja. Además de tus hijos. Bueno, salvo en mi caso, claro.

Esto parecía un cambio *(Big Band)* de melodía. Margot movió su cigarrillo hacia una de las comisuras de su boca y Edie se sintió demasiado incómoda para preguntarle a qué se refería. Pensó en Elliot y se preguntó si ya se lo habría contado a Fraser.

—Quería darle las gracias otra vez por el pastel —dijo Edie—. Estaba buenísimo. Ah, ¡y tengo sus números de lotería! —Rebuscó en el bolso que estaba a sus pies y los sacó.

El pastel estaba tan bueno que, a pesar de que Meg conocía su procedencia, y aunque en su elaboración se habían empleado huevos y crema de queso, Edie sospechaba que no había sido su padre, que no era muy goloso, quien se había zampado un cuarto del mismo de la noche a la mañana.

—Te he hecho otro. Chocolate *ganache*. Como ya he sacado todo mi equipo de repostería, creo que voy a continuar con ello.

—¡Oh, es muy amable de su parte! —exclamó Edie—. Pero tendré que compartirlo o me pondré como una foca.

Margot la miró detenidamente.

—Según te veo, creo que no te vendría mal ganar un poco de peso. Eso sí, la mía es la vista de una vieja. ¿Querrías pasarte por aquí y llevártelo ya?

—Mmm... —Edie lanzó una mirada a su portátil—. ¡Claro!

—La puerta principal está abierta.

Podía oír la música de Meg resonando, que sin duda estaba enfadada, desde el piso de arriba mientras cubría su portátil con un suéter y lo dejaba bajo las escaleras, cerraba la puerta tras ella con sigilo y saltaba la valla que separaba su casa de la de Margot.

Entró cruzando la puerta de PVC con su sellador autoadhesivo, y de nuevo le maravilló lo diferente que era el ambiente que había al otro lado del muro de ladrillos y mortero: un microcosmos de pelusa, satén perlado y motivos florales.

En la cocina, Margot, que llevaba una blusa de mangas de murciélago color cereza, servía champán en dos copas. Un pastel de chocolate absolutamente maravilloso, decorado con un remolino de glaseado, estaba ya puesto dentro de una caja de galletas.

—Para mí no, gracias. Demasiado temprano —dijo Edie, rechazando la copa con un ademán de la mano. ¡Vaya... si no era ni mediodía!—. El pastel tiene una pinta increíble.

—¡Es mi cumpleaños! —exclamó Margot, obligándola a tomar la copa.

—¡Ah! ¡Felicidades! —Edie aceptó la bebida y lamentó que la celebración de Margot consistiera en forzar a una vecina a participar en ella. Sin tener nada mejor que decir, añadió—: ¿Se me permite preguntar cuántos, como hizo usted?

—Oh, lo olvidé. A propósito.

La anciana levantó la copa para brindar y dio un sorbo.

—Me parece mucho mejor que la alternativa —farfulló Edie, notando como el champán iba directo a su cabeza. Lo de beber a esas horas de la mañana hacía que le pesara la frente.

—Lo que nadie te dice, querida, es que a algunas personas les sale de maravilla ser joven y fatal ser viejo. Yo soy una de ellas. No envejezcas, si puedes evitarlo. Márchate con un adorable aneurisma a los sesenta, en el bar The Dorchester, con un *dry* martini en la mano. Deja tras de ti un cadáver bonito y recuerdos maravillosos. Vete de la fiesta, como dicen, «a la francesa»: no te molestes en despedirte.

Margot seguía teniendo mucho de actriz, se dijo Edie.

—En principio, quedamos así.

—¿Con asientos incluidos?

Se trasladaron, copas en ristre, a la sala de estar, con sus cenefas de volantes y sus pájaros. Vistos de nuevo, debían de ser una especie de periquitos, pues parecían demasiado grandes para ser cotorras. Hannah llevaba algo de razón cuando decía que Edie no estaba muy en sintonía con la naturaleza.

—¿Dónde está tu mamá, si no te importa que te lo pregunte?

Margot pronunció «mamá» más como una aristócrata que como una profesora de escuela.

—Está muerta —respondió mecánicamente—. Se suicidó cuando éramos niñas. Depresión.

Había acabado con los eufemismos y los disimulos. La experiencia de Elliot le había hecho darse cuenta de que a menudo los secretos pesaban más que la verdad.

—Ay, no. ¿Con dos pequeñitas? Qué egoísta.

—No fue egoísta —replicó Edie, con la calma que había conseguido mantener tras haberse echado a sí misma el mismo discurso muchas veces—. Estaba enferma de la cabeza; probablemente, antes de hacerlo de veras debió de detenerse a sí misma cientos de veces. El suicidio es un acto de desesperación, no de egoísmo.

—Siento diferir, querida, pero puede serlo. Mi exmarido se voló los sesos de un tiro tras una discusión con la familia de su segunda mujer en su casa de veraneo en Gdansk. Y eso no tuvo nada de desinteresado, te lo aseguro. Tuvieron que alquilar una hidro-limpiadora para limpiar el ático; y hubo que pintarlo por completo.

Edie no pudo dar más respuesta que:

—Oh, vaya.

—Gordon siempre fue una persona de «fíjate en mí» —indicó la anciana, apagando su cigarrillo—. Si no tenía pastillas y un baño caliente, montaba un escándalo.

—¿Por qué lo hizo? —preguntó Edie.

Margot encendió un nuevo cigarrillo.

—Era un hijo de mala madre, con un carácter tan malo como el de un irlandés durante una ola de calor. Por lo visto, tuvo que ver con su matrimonio tempestuoso y sus innumerables deudas. No se le daba bien lo de estar casado. Ni idea de por qué lo intentaría de nuevo. Aunque lo cierto es que, para el caso, a mí tampoco se me daba bien.

—¿Es con él con quien tuvo a sus hijos? —preguntó Edie, con cautela.

—En singular, un hijo. Sí. Nunca veo a Eric. No nos llevamos bien.

Por primera vez, pudo ver tensión en el rostro de Margot.

—¿Qué pasó?

La mujer titubeó.

—Me culpa de no estar mucho por él cuando era pequeño. Yo quería aventuras, ¿sabes? Fui madre de un niño demasiado joven, siendo yo misma una cría. Como teníamos dinero para una niñera, lo dejé con ella y me dediqué a la buena vida, yendo de aquí para allá. Si pudiera volver atrás y cambiarlo, lo haría. Se puso de parte de su padre cuando nos separamos, se fue a vivir con él... No fui la mejor de las madres, admitámoslo... —su voz se fue apagando—, y su mujer y yo no nos soportábamos. Menuda rancia. Así que, eso fue todo.

Cerró su encendedor. Edie podía imaginarse la fuerza de la belleza y la personalidad de Margot durante su juventud, y comprendió que era como intentar tener un leopardo de las nieves como gato doméstico.

—¿Por qué se puso de parte de Gordon?

—Su padre le dijo que yo era una bebedora ligera de cascos; y aunque su padre también bebía, por supuesto, en su caso parecía un delito menor. No fue él quien dio la patada al avispero. Ni yo, claro.

Margot lanzó una risa falsa y crispada y Edie sintió una intensa compasión por ella. Tanta bravuconería escondía mucha tristeza.

—¿No ve nunca a Eric?

—No. —Margot dio una calada a su pitillo y soltó el humo lentamente—. No desde hace años. Me culpa del macabro final de su padre. Ahora Gordon está canonizado; a los ojos de Eric, es intocable.

Edie tragó saliva.

—Vaya.

—Por eso te he dicho que intentes resolver lo tuyo con tu hermana, antes de que la cosa se desmadre. Estabais destinadas a tener vuestros problemas, sin una madre cerca. Pero la familia lo es todo, querida. No tendrás otra.

—¡Si es usted la que piensa que Meg está chiflada! —exclamó Edie.

—Y aun así, se preocupa por las cosas: tiene pasión. No hay nada peor que alguien a quien no le importa nadie más que sí mismo.

Eso hizo que Edie pensara en Jack. Se sentía con un humor diferente al de la última vez que había estado en casa de Margot, como si fuera más atrevida. El Moët ayudaba.

—Margot, ¿se acuerda cuando dijo que me cargo a mí misma con malos hombres? ¿De verdad cree que es cierto?

La anciana sonrió mientras tomaba de nuevo su copa. Edie advirtió que, como todos los bebedores entregados, Margot tenía la capacidad de conseguir, de alguna manera, tragarse la mitad de un vaso de un solo sorbo.

—¿Has oído alguna vez la expresión «las personas críticas siempre se están reexaminando a sí mismas»? Me recuerdas a mí. Por eso fui tan dura contigo.

«Por eso, y por el *brandy*», pensó Edie. Oh, Dios ¿se habría dado ella a la buena vida en vez de cuidar a su hijo? ¿Era eso lo que había hecho, a su manera, durante su desenfrenada adolescencia?

—¿Me conoció tan a fondo solo de una visita?

—Las paredes son terriblemente finas, querida, y tu gente, además, pasa mucho tiempo en el jardín.

Edie sonrió. Pilla entrometida.

—No encontrarás a nadie que te trate como mereces hasta que empieces a creerte digna de aquellos a los que quieres, de aquellos que no te piden nada. Encuentra al hombre que sepa apreciar lo mejor de ti, no el que confirme las peores conjeturas sobre ti misma. Vi una película, hace unos meses, en la que se decía: «Toma buena nota de aquellos que no te aplaudan cuando ganas». Gordon menospreciaba mi carrera, le molestaba cualquier éxito que yo tuviera. No quería que fuera feliz, solo quería mantenerme encerrada en una caja. En mi lugar.

Edie pensó otra vez en Jack. Él la había mantenido en una caja, como a una mascota. Había sido como los insectos palo del colegio que, una vez en casa, quedaban olvidados en su jaula, cubierta con un trapo, pues su uso como objeto de entretenimiento se había acabado.

Margot advirtió hacia dónde iban sus pensamientos.

—¿Qué es lo que te hizo el último? Se portó como un canalla a espaldas de su novia, jugando contigo? Pues niégate a que jueguen contigo y punto. Eso sería lo más inteligente.

La mujer dio unos golpecitos a su cigarrillo en el cenicero con forma de cisne para hacer caer la ceniza.

—No esperes el permiso de los hombres. De hecho, no esperes el permiso de nadie.

¡Margot, una feminista! Bueno, más o menos. Le habría gustado que Meg lo hubiera oído.

—Todo eso es muy sensato, pero los que yo quería seguramente estarán todos casados a estas alturas —murmuró Edie con tristeza.

—Tonterías. La oportunidad llama a tu puerta cuando menos te lo esperas.

Edie y Margot conversaron sobre las pésimas inversiones del exmarido de la segunda en el mercado de valores, así como de sus numerosas infidelidades. Cuando la anciana le ofreció la inevitable segunda copa, Edie declinó la oferta con el argumento de que tenía trabajo que hacer, pero le recordó a su vecina que se llevaría muy contenta el pastel a casa.

—¿Le gustaría salir algún día a tomar algo? ¿Por aquí cerca? —le propuso Edie, de pie en el recibidor mientras cerraba la lata del pastel.

—Las cervecerías cercanas son unos verdaderos antros, querida. —Margot se recostaba en el quicio de la puerta, adoptando una postura sensual a lo Lauren Bacall.

—En el centro, entonces. Mi regalo. Incluso podríamos ir a cenar.

Toda una tarde con Margot, mmm. Podría ser intensa, aunque le encantaban las historias de los años sesenta.

—Lo consideraré detenidamente —declaró Margot con afectación. Si se había sentido halagada por la invitación, no lo demostró.

—Disfrute del resto de su cumpleaños —dijo Edie.

—Oh, no es mi cumpleaños. —Margot hizo un ademán displicente con su huesuda mano, decorada con un anillo de cristal de roca del tamaño de un caramelo gigante.

Edie abrió la boca, sorprendida.

—¡¿Entonces, por qué ha dicho que lo era?!

—Verás, era la única manera de lograr que bebieras un poco de champán. Para que te soltaras.

Edie sopesó si se sentía ofendida; y luego se echó a reír.

Capítulo 48

—Edie, hay una noria en la Market Square —dijo Elliot, pronunciando este incongruente inicio de conversación desde algún lugar atestado de ruido.

—Sí, la he visto... —respondió Edie, con el teléfono móvil encajado entre el oído y el hombro, mientras sacaba una rebanada de pan de la tostadora, la sujetaba entre el índice y el pulgar, y la tiraba sobre el plato. Todavía sentía ese subidón nervioso de adrenalina por la presencia de un famoso cada vez que Elliot la llamaba, pero, al mismo tiempo, esbozaba la típica sonrisa de cuando se habla con un amigo muy querido. Las fronteras alrededor de Elliot se iban difuminando, y también sus sentimientos.

—¿Podemos subirnos? Tengo la tarde libre. Han aparecido pelados todos los cables de cobre, no hay electricidad. «A manos de unos gitanos», según Archie, quien nunca ha encontrado un término informático para algo así.

—¿Se supone que ahora voy a tener que entrevistarte en atracciones de feria?

Hubo una pausa, en la que supuso que Elliot pondría cara de incomodidad, aunque obviamente no podía estar segura.

—Mmm, pensaba que podríamos hacerlo para divertirnos, si te soy sincero. Aunque quién sabe qué secretos podría revelar mientras estoy gritando de miedo.

Edie se echó a reír. Era agradable oír a Elliot más feliz. Quería preguntarle sobre Fraser, pero tenía que ser cara a cara. Quizá de eso iba todo aquello.

—Pero ¿saldrá bien con la cantidad de gente que hay ahí? ¿No te acosarán?

—Si conseguimos subir a la noria sin que nadie me reconozca, no habrá problemas. Llámame cuando llegues y apareceré.

Edie asintió, contenta, y colgó. Acto seguido, le escribió un mensaje a Hannah y se dio cuenta de que la mano le temblaba ligeramente.

¡Ahora el actor quiere que vaya con él al «Ojo de Nottingham»!
Mi vida se vuelve cada vez más extraña. 🫥

Es esto un eufemismo sexual que aún no he aprendido? H. 😬

¡Ojalá! 😊

Edie envió esta última palabra sin pensárselo, y en cuanto apareció el bocadillo verde chillón de la conversación, se arrepintió un poco. ¿Ojalá qué? ¿Qué le estaba pasando?

LO sabes, ¿no? 😊

Ah, pues la verdad es que no. 😮

EDITH THOMPSON ALÉJATE DE LOS HOMBRES DE LOS QUE TIENES QUE ESTAR ALEJADA. 🚂
PD: Ahora tengo por delante una nefrectomía radical, tu vida le da mil vueltas a la mía.

—Entonces, ¿te convoca como un señor feudal a una sierva casquivana? ¿Como en esa porquería de serie suya?

Edie se sobresaltó: no se había dado cuenta de que Meg estaba detrás de ella.

—¡Vaya orejas más grandes, Dumbo! Pues sí, algo así. Solo que hoy no es para trabajar, tiene fiesta.

Meg arqueó las cejas.

Tras retocarse cuidadosamente el maquillaje, diciéndose a sí misma que no se debía a ninguna razón en particular, Edie tomó el autobús que la acercaba hacia el centro y caminó la corta distancia que había hasta el mismo. Llamó a Elliot que, como era de esperar, mientras hablaban por el móvil, pronto destacó entre la gente, con su gorra de lana y su porte y su piel radiante, revelando involuntariamente que era una persona destacada. Hacía un día sombrío y gris; eran los últimos coletazos del verano y, pese a ello, Edie se sintió rodeada por un arcoíris cuando él la saludó con una sonrisa. Tenía que tratar de no acostumbrarse demasiado a esa sensación: Elliot se iría tan rápido como el espejismo del buen tiempo.

—¿Por qué te apetece subirte a la noria? —le preguntó Edie.

—¿Qué hace un hombre que lo tiene todo? —fue la respuesta de Elliot—. Era esto o el Laser Quest; o si no... —esbozó una sonrisa traviesa— bailar *twerking* en una discoteca con mi camiseta ajustada.

—Claro, claro —dijo ella, sonrojándose y poniendo los ojos en blanco.

Se pusieron en la cola y Edie empezó a oír murmullos y movimiento conforme, suponía, algunas personas empezaban a discutir sobre por qué aquel tipo con gorra les resultaba tan familiar.

Elliot también lo percibió e hizo una pequeña mueca con la boca de «oh, oh» hacia Edie. Entonces, suavemente, la tomó de la cintura con ambas manos y la colocó de manera que estuviera totalmente delante de él, sus cuerpos muy juntos. Él se colocó de tal forma que tenía que inclinarse para mirarla. Con esto, parecían una pareja compartiendo confidencias y, de paso, ella tapaba el rostro del actor de la curiosidad ajena.

—Lo siento, a la fuerza ahorcan —dijo Elliot, en voz baja y a su oído, de una forma que haría que quienes estuvieran mirándoles pensaran que estaban a punto de besarse.

—Estoy segura de que no me pagan por esto —murmuró Edie, fingiendo indignarse, cuando en realidad notaba su corazón latir con fuerza y su piel, estremecerse. Simular que era la novia de Elliot era demasiado para sus pobres nervios. Sus niveles de azúcar se estaban alterando del todo. Levantó los ojos hacia él e intentó no mostrar ninguna expresión que pudiera ser considerada de adoración.

—Les pediré que te den un plus por los servicios especiales prestados —bromeó Elliot, todavía con voz ahogada—, pero lo que me preocupa es tu reputación.

—Ay —bufó Edie con cinismo—, ese barco ya zarpó.

—Pues desde mi punto de vista, está perfecta. En serio —dijo—, ¿cuántas personas dices que son? Que les den.

Lo de estar hablando entre susurros, de alguna manera, le dio a Edie la confianza para decirle más de lo que normalmente se hubiera atrevido.

—Pero... ¿Y si tienen razón? ¿Y si soy una persona horrible y una puñetera destroza hogares, y están ahí para señalármelo? No es como si la gente espantosa fuera por todas partes pensando que es espantosa...

Edie no tenía ni idea de dónde había salido ese impulso. No podía evitar ser ella misma junto a Elliot. No, no era eso: era que «quería» ser ella misma con él.

—No seas blandengue. ¿Querías liarte con el novio? ¿Lo planeaste dibujándolo en una servilleta?

—¡No!

—Bueno, pues entonces. ¿O es que tú y él... estabais...?

Elliot movió la cabeza con brusquedad.

—¿Qué?

Elliot tomó aire.

—Ya me entiendes. Si te acostabas con él.

—¡No! —Edie estaba segura de que ya habían hablado de eso—. Ya te lo dije, ¿verdad?

—Solo confirmándolo. Actualizando mis datos. —Elliot la escudriñó—. Es todo un elogio que arriesgara tanto por un beso. Romántico, en realidad. De una forma retorcida.

Edie exclamó «joder, no, créeme, no es romántico» y Elliot sonrió. Tenía la extraña sensación de que le había causado una impresión positiva, aunque Dios sabía por qué, en relación con el asunto que estaban tratando.

—En cualquier caso, ¿quieres que le llame interpretando el papel del Príncipe y le diga que voy a arrojar su cabeza al foso del castillo?

Edie prorrumpió en una sonora carcajada.

—Jajaja... Oh, no lo sé... ¿Sí?

—Míralo de esta forma. Hiciste una audición para un papel que no obtuviste. Ahora se ha estrenado la película y es un absoluto desastre, con unas críticas pésimas. Te salvaste por un pelo, mientras otra persona coprotagoniza con él ese fiasco total.

Edie sabía que Elliot tenía un ingenio muy vivo, pero no podía haberse sacado todo eso de la manga, sin más. Por tanto, significaba que había estado pensando en el asunto. El estómago de la joven se encogió.

Una lluvia fina empezó a caer y Edie se puso la capucha del abrigo. Al volverse no vio más miradas de curiosidad; sin duda, la gente había decidido, no sin razón, que el príncipe Wulfroarer no iba a estar calándose en un parque de atracciones haciendo cola con una mujer vestida con una ropa tan barata.

—Te pareces a un *jawa* de *La guerra de las galaxias* —dijo Elliot, arreglando una irregularidad que había en el forro de piel del cárdigan de Edie, mientras esta chascaba la lengua y protestaba y disfrutaba inmensamente de la afectuosa burla.

¿Estaban coqueteando? Llegaron al principio de la cola y se acomodaron en una de las cabinas, con la barra de seguridad ajustándose firmemente sobre las piernas.

Empezaron su tambaleante ascenso y entonces la noria se paró de nuevo. Edie preguntó:

—¿Ya has hablado con Fraser?

Elliot apretó la mandíbula.

—No —contestó—. No he sido capaz de acorralarle para que me dé una fecha para vernos. Es complicado, tengo que fingir que solo es una excursión. No puedo decirle: «Despeja tu agenda, que tengo que contarte algo muy gordo», porque perdería los papeles y me obligaría a que se lo dijera por teléfono. Él era ese tipo de niño que se solía despertar a las cuatro de la mañana para abrir los regalos de Navidad. —Elliot hizo una pausa—. No es que esté comparando esto con abrir un obsequio navideño.

—Debe de ser muy estresante.

—Cada vez que pienso en que Jan tal vez le llame, me entran todos los males. Casi no duermo, la maquilladora se ha dado cuenta de las ojeras que me han salido. He tenido que pedir a los del hotel si podían prohibirle la entrada a Jan, pues la idea de que estuviera acechando fuera de mi habitación mientras yo dormía me estaba volviendo majara.

La maquilladora, que se sabía su nombre. ¿La mencionaba Elliot a propósito? Parecía impasible. No, era solamente hablar de nimiedades. No tenía que hacer caso y ya está.

Edie permaneció en silencio mientras la cabina volvía a balancearse hacia arriba con suavidad, con un chirrido de bisagras.

—¿Alguna vez echas de menos a tu madre? —musitó, finalmente.

Ni ella misma sabía que iba a preguntarle algo tan directo y personal. Se hallaban suspendidos en el aire sobre la multitud y una idea la asaltó: nunca había compartido con Elliot semejante soledad. De ahí que le salieran ese tipo de cosas, se dijo. Durante los diez o quince minutos siguientes, justo en el centro de la ciudad, iban a seguir estando completamente solos.

Elliot la miró.

—Sí, a veces. Pero de una forma rara. No la conozco. Echar de menos a alguien que no conoces... Es más una sensación de que hay un espacio en blanco que seguirá para siempre así, que nunca se ocupará... ¿Y tú? Oh, por Dios, qué pregunta más absurda, perdóname.

Edie asintió.

—No lo es. Sí. Y de una forma parecida, de hecho, nunca tuve la oportunidad de conocerla como debía. Es una parte de mí que siempre echaré de menos. Una molestia sorda más que un dolor agudo. Millones de preguntas que jamás serán contestadas. A veces pienso en lo que daría por pasar una hora con ella. Solo una hora. Para preguntarle todo lo que quisiera.

—¡Exacto! —exclamó Elliot con énfasis, mirándola atentamente—. Aprendes a vivir con esa falta de conclusión. Eso es lo que la gente no entiende. Que tienes que reconciliarte con... el perpetuo no saber. Eso es lo que me distingue tanto de Fraz. Él está desarrollado del todo, completo. Yo, en cambio, a menudo me pregunto si hago este trabajo para poder probar otras personalidades que estén un poco más ordenadas. La gente que sabe quién es... esa gente no existe. Así que... es algo sano.

Edie volvió a asentir. Eso era pura dinamita para el libro, aunque probablemente demasiado personal.

Nunca había considerado si había algún paralelismo entre su pérdida y lo de elegir la publicidad como modo de vida. Tal vez sí que lo encontraba en haberse escapado a Londres y haberse construido una nueva imagen, parecida a una caja vacía profusamente envuelta para regalo: bonita, brillante, llena de pedazos de gomaespuma. Si su vida fueran unas memorias, deberían llamarse *Modelo solo de muestra*.

—¿Está bien tu padre? ¿Se volvió a casar? —preguntó Elliot.

—No, no. Tuvo una crisis nerviosa, un año después de la muerte de mamá, lo que fue un duro golpe para su confianza. Acabó huyendo de una de las clases que estaba dando, al no poder aguantar el llanto... —Edie advirtió que era muy duro de contar, al pensar en todo por lo que su padre había pasado. La pérdida de su dignidad. —Había sido director del año y acabó yéndose por enfermedad de larga duración. Fue entonces cuando nos trasladamos a Forest Fields, desmoralizados. Desde entonces su vida ha sido más parecida a salir adelante que a vivir realmente.

Elliot estiró el brazo para tomar la mano de Edie, que apretó en un gesto de apoyo y que seguidamente soltó. Y ella se sintió silenciosamente exultante ante dicho gesto, ante el inesperado contacto de la piel contra la piel.

Mientras se ponían al mismo nivel que el del reloj del Ayuntamiento, pensó: «Por eso no debes sucumbir nunca a la desesperación». Hacía poco, todo parecía perdido; pero enseguida, la gran rueda había girado y se sentía en la cima del mundo, observando tejados e intercambiando ocurrencias con un famoso y apuesto actor que incluso se había sentido lo suficientemente conmovido como para tomarle (por unos instantes) la mano. Qué surrealista, improbable y definitivamente raro era todo.

Para resaltar lo absurdo de la vida, la lluvia pareció decidirse por fin y empezó a arreciar sobre ambos, que no tenían nada con lo que refugiarse salvo la gorra y la capucha. Medio gimiendo y medio riendo, empezaron a descender, y Edie chilló: «¡Owen, serás DESGRACIADO!» mientras metían la cabeza bajo los brazos, calados hasta los huesos.

—Oh, lo siento, Thompson. Los caprichos de un histrión idiota.

Se despegaron, empapados, de la cabina en cuanto se paró. Edie supuso que la mitad de su maquillaje cuidadosamente retocado se le había corrido por las mejillas, y no le importó. Estaba a punto de sugerir un café reconstituyente cuando Elliot sacó su móvil del bolsillo, lo secó con el puño de la manga de su abrigo y dijo:

—Vaya faena, acaban de arreglar algunos de los cables y me necesitan en el plató.

Edie sintió que tanto su ánimo como su cara se oscurecían.

—Gracias por tu maravillosa compañía, Edie —exclamó, y se inclinó para darle un beso en la mejilla.

En ese momento, se oyó un grito que salía desde un McDonald's cercano.

Echaron una ojeada y distinguieron a un grupo de mujeres de mediana edad con plumones, señalando a Elliot y gritando de emoción.

—Nos vemos —dijo él, rápidamente. Hundiendo la barbilla, se marchó por la acera mojada, lo que a Edie, de repente, le trajo el recuerdo de la famosa fotografía en blanco y negro de James Dean en Times Square, encogido contra los elementos bajo su largo abrigo.

Aunque con una diferencia muy siglo XXI: Elliot llevaba un iPhone pegado a la oreja, en vez de un cigarrillo entre los labios.

Capítulo 49

¿Cuándo había sido la última vez que había estado en Sneinton? El barrio se encontraba al sur de la ciudad, a un paseo del centro: viviendas baratas, un único bar decente y muchos otros a los que no era aconsejable ir salvo que dominaras el *krav maga*.

Tenía un recuerdo muy borroso de una fiesta realmente penosa a la que había asistido por la zona en sus años de adolescente; la lisérgica decoración consistía en narcisos marchitos y pegados con cinta adhesiva a las molduras de los frisos de las paredes, además de un fregadero que estaba a rebosar de latas de Skol y alguien poniendo un video sacado de una funda blanca en el que aparecían unas monjas alemanas haciendo pis.

Edie llamó a la puerta de Nick, y movió la muñeca y la mano, que se le habían dormido con el peso de la bolsa de la compra. Esperó, llamó y esperó, y finalmente lo llamó al móvil. Nick había dicho que era un triste apartamento de soltero, pero se trataba de una casa adosada. Y bastante bonita, con una maceta de pensamientos en la ventana, lo que indicaba que allí había un buen casero, puesto que su amigo no destacaba por detalles así. Aunque la zona podía resultar un poco regular, la calle parecía tranquila, además de repleta de gatos.

—Me estaba fumando un cigarrillo en el jardín, perdona, encanto. —Nick se agachó para darle un beso, y una humeante exhalación de Marlboro rojo acompañó a su abrazo.

—Me gustan tus zapatos —dijo Edie, mirando sus botas de color marrón bajo unos *jeans* arremangados, algo que pareció a sus inexpertos ojos un poco estilo «miembro de la banda Madness»—. ¿Clarks?

—¡Son unos Grensons, zoqueta!

Nick parecía demacrado y tenso, y su mal humor permaneció inalterado incluso cuando Hannah apareció en la puerta luciendo un nuevo peinado para su cabello grueso y largo, con un flequillo y un tinte color miel. Parecía como unos cinco años más joven, y Edie empezó inmediatamente a envidiarla y a pensar si tendría que hacer algo similar.

—¿Qué os parece el color? Mi peluquera lo llama «brondoro».

—Creo que te queda muy bien —dijo Edie mientras la rodeaba para dar énfasis a sus palabras. Nick murmuró su visto bueno y fue a buscar algo de beber mientras ellas se sentaban en el sofá de la sala, en donde una colcha a rayas, doblada como una manta, le ponía una nota de color.

—Pensé que, ya que los padres de Pete dijeron que estaba teniendo la crisis de la mediana edad, debía tenerla adecuadamente y adoptar también una nueva imagen.

—¿Te da la impresión de que estás teniendo una crisis? —le preguntó Edie.

—No, me da la impresión de que la crisis fueron los últimos cinco años y ahora viene cuando empiezo a poner las cosas en su sitio.

Nick regresó para darles a ambas dos grandes vasos de vino tinto. Nuevamente, Edie tuvo esa efusiva sensación de que estaba exactamente donde debía estar. Era tan nueva, que le costó un poco reconocerla.

Cuando Nick volvió definitivamente, cerró la puerta con la punta del pie, pues llevaba en la mano una taza de té.

—¿Tomándote un respiro? —preguntó Hannah, con una clara nota de sorpresa en la voz.

—Sí, es la resaca de ayer por la noche. Es que vomité las sales de rehidratación; te ponen en tu sitio, ¿las habéis probado? Son para la diarrea. Os doy una información privilegiada sobre ellas. Tragáoslas de golpe e, incluso si estáis que dais asco, podréis volver al bar sobre las siete.

—Mmm —murmuró Hannah—. ¿Te acuerdas de esa parte en la que interpreto el papel de doctora? Si apruebo lo que dices, no sonará muy congruente con el juramento hipocrático.

—Haz la vista gorda. Conmigo eso puede ser el juramento hipocrático.

—¿A dónde fuiste anoche? —preguntó Edie, que en cuanto pronunció esas palabras supo la respuesta.

—A ninguna parte.

—Nick —terció Hannah—, estás bebiendo demasiado, es preocupante.

—Lo sé —admitió Nick, jugando con el dobladillo de sus *jeans*—. Lo sé.

Se produjo un incómodo silencio, pero tanto Hannah como Edie lo mantuvieron así, para ver a dónde les llevaba.

—... Alice me está obligando a hacer terapia. —Ante sus horrorizadas expresiones, añadió—: No terapia para «volver a estar juntos», sino para «lograr una relación que funcione como divorciados».

—Bueno, pues eso es bueno, ¿no? —dijo Edie, con cautela—. ¿Significa que verás a Max?

—Mmm. Pues me parece que no es hacia donde va la cosa. De momento, solo se ha dedicado a echar pestes, con pelos y señales, sobre lo canalla que soy. Por lo visto, estoy «acaparando su espacio».

—¿Acaparando su espacio? —repitió Hannah. No le iba mucho la jerga de las pseudoterapias.

—La consejera dice que la mayoría de la gente no escucha a su otra mitad durante las conversaciones, solamente espera su turno de palabra. Así que, durante las sesiones, la otra persona habla y tú no dices nada; ni planeas qué responderle, ni juegas a Angry Birds: únicamente escuchas. Mientras, te imaginas que Alice es arrojada a un incinerador de residuos médicos; esta última parte es un añadido de cosecha propia.

—¿Por qué hacer todo esto si no quiere tener una relación mejor? —preguntó Edie.

—Alice se crece con los conflictos, y cuando acepté que no podía ver a Max, pues ganó y punto. Creo que esto es una forma de volver a removerlo todo.

—Necesitas ver a la consejera por separado y decirle que tu exmujer es un veneno —declaró Hannah.

—Parece que le encantan los ataques de furia justificados de Alice. Se está alimentado con más porquería que un coprófago en una granja —explicó Nick, encogiéndose de hombros.

—Cuando llegue el turno de que Alice «te respete el espacio» a ti, cuenta cómo te sientes por no ver a Max —sugirió Edie.

—Es por lo único por lo que estoy aguantando. —Nick jugueteaba con los cordones de sus botas—. Sé que bebo para borrarlo de mi mente. Ni siquiera resulta un misterio: una vaga tristeza me asalta y me siento mejor tras tomarme una pinta. Pero es lo que hay.

—No voy a echarte un sermón ahora, pero seguiremos hablando de esto —puntualizó Hannah—. Hay otras cosas que puedes hacer para sentirte mejor que no impliquen empinar el codo en cualquier bar de mala muerte.

—¡Además de la comida! —exclamó Edie—. Me pongo a hacer la cena.

En la cocina de baldosas rojas de Nick —a Edie le gustaba realmente esa casa—, hizo un montonazo de chili con carne y se sentaron a comerlo dentro de grandes cuencos, mientras escuchaban la última recopilación de canciones de Nick y se mofaban de su terrible gusto decorativo de hombre soltero ante un estrambótico cuadro que yacía sobre la repisa de la chimenea.

—¿Qué es eso? —preguntó Hannah.

—Es Elton John cantando *Candle in the wind* a la princesa Diana. Un oyente nos lo envió. Mirad, esa es la vela, ya la veis, cerniéndose sobre toda la imagen. Resulta muy evocador.

—Parecen Agnetha Fältskog Rose y Benny Andersson de Abba a punto de ser atacados por un tampón en llamas —dijo Edie.

—Es bastante impresionista —admitió Nick.

Llena de carne picada y buena voluntad —ambas regadas con alcohol—, Edie sintió la imperiosa necesidad de declarar algo que acababa de decidir. Pero se contuvo porque, como Hannah había dicho, quería estar segura antes de pronunciarlo en voz alta.

En vez de eso, dijo:

—Creo que algunas veces no se puede aprender de las cosas malas que te pasan en la vida; simplemente, «pasan». Tienes que vivir cerca de ellas y con ellas. Nadie lo admite, porque no suena nada alentador si lo pones encima de una foto de una puesta de sol. Lo estuve hablando ayer con Elliot.

—¡Lo estuve hablando ayer con Elliot! —repitió Nick—. Vaya tela. Como le dije al pequeño Kenny Branagh en el Groucho Club.

—Clásica «mencionitis» —intervino Hannah—. Te tengo calada, Thompson.

—¡Eh! Respetadme un poco. Elliot es un buen ejemplo, es todo lo que digo —señaló Edie—. De cualquier persona que uno piense que lo tiene todo solucionado, lo más probable será que no sea así.

—Ese es un rodeo para decirnos que has descubierto su costumbre de salir con mujeres de pago —dijo Nick—. ¿Cuál es su dolor secreto, pues?

—Sí, ¿qué quieres decir? —insistió Hannah.

—Nada en particular —repuso Edie, y sus palabras fueron ahogadas por los «¡buuu!» y los abucheos de ambos.

—¡Pequeña calentona! —exclamó Nick—. ¡Incluso pones esa carita presuntuosa de falsa modestia diciendo «pueo tené un tecretito»!

—¡No! —protestó Edie, riendo con fuerza, de esa forma que resulta tan terapéutica—. De acuerdo, hay algo. Ahora no os lo puedo decir porque me convertiría en una chivata, pero lo haré, llegado el momento, cuando salga a la luz.

—Cuando ya esté en la prensa y no sea un secreto. Mil gracias —dijo Nick. Edie pensó cuánto le gustaría que conocieran a Elliot, y entonces le aplastó el peso de la imposibilidad de que eso ocurriera, lo que le puso un poco triste.

—Uf —murmuró Nick—, menuda montaña rusa de noche. El hombre que actúa quizá sea interesante pero no podemos saber por qué. ¿Puedo tomar algo de vino para seguir con el subidón?

—Nop —contestó Hannah.

—Cerveza, pues. —Nick se puso de pie—. Traeré la botella para vosotras, par de borrachuzas. Gracias por haberos pasado —añadió, volviendo la cabeza desde la puerta—. Me habéis animado un montón.

—A mí también —dijo Hannah.

—Y a mí. —Edie se recostó en el sofá—. Pasa tu tiempo con la gente apropiada —sentenció—. Es uno de los grandes secretos de la vida, ¿no? Ojalá alguien me lo hubiera dicho cuando tenía veinte años. No hagas «amigos». Haz dos amigos. Encuentra a personas a las que quieras a muerte y no confundas las cosas acostándote con ellas; y mantenlas siempre cerca.

Nick levantó la mano con la palma abierta.

—Uf, me parece que aquí podría haber un desacuerdo.

Capítulo 50

El asesino en serie de *Gun City* definitivamente no se facilitaba la vida a sí mismo.

Este cuerpo —Edie se había apostado consigo misma a que sería otra modelo de lencería— había sido colocado en lo alto de una pila de libros dentro de la Galería de Arte Contemporáneo de Nottingham, como una horripilante exposición. Era lógico suponer que ahí había algo más jugoso que optar al Premio Turner ante un duro inspector de policía.

La céntrica localización para esta parte del rodaje había congregado fuera del edificio a manadas de curiosos, por lo que Edie tuvo que pasar por entre la gente y sus protestas para llegar a la caravana de Elliot, aparcada enfrente del Palacio de Justicia, un poco más abajo de la calle del mercado de Lace.

Edie temía que iba a tener que soportar una larga espera, pues Elliot tendría que encararse a toda la colección completa de cazadores de autógrafos cuando acabara de rodar. Pero en media hora, cuando Edie había sacado sus cosas y se había puesto cómoda para leer su Kindle con una taza de té fuerte y azucarado, él entró, muy animado y con los ojos brillantes.

—¡Hola, cariño, ya estoy en casa!

Edie puso los ojos en blanco y sonrió, mordisqueando su lápiz. Él se quitó su cazadora de cuero, abrió la nevera y cogió una botella de agua.

—Creo que la escena ha ido muy bien —exclamó—. Veo que ya estás bebiendo algo. Genial.

Edie estaba sentada balanceando los pies, sintiéndose extrañamente como cuando su padre solía llevársela al colegio y la dejaba coloreando un dibujo en la habitación del personal. Elliot se sentó frente a ella y le sonrió. Su corto cabello estaba enmarañado —¿cuántos detectives usarían para el pelo el gel fijador extrafuerte de Wella?— y sus dientes parecían especialmente blancos en contraste con su detectivesca barba de tres días. Notó una ola de adoración inundándola y se dio cuenta de que necesitaba restablecer, con rapidez, su irrespetuosa compenetración. Porque sentía que ya sabía cómo comportarse con él; podían reñir en broma y hacer las paces con facilidad: la prueba de fuego de la familiaridad.

—Elliot, ¿puedes contarme algo del programa? ¿Por qué un asesino en serie se tomaría la molestia de allanar una galería de arte en vez de tirar el cuerpo en un área de descanso de la A453?

Hubo una pausa, durante la cual él se secó la boca y pareció meditarlo.

—Es de ese tipo de asesino en serie a los que les va la ostentación, ¿no?

—Pero ¿cuántos asesinos se arriesgan de esta forma? Pensé que Archie quería, con *Gun City*, mostrar el crimen en las provincias. Esto parece sacado de una novela de Thomas Harris.

—Bueno, no todo tiene por qué ser realista...

Estaba tan sorprendido por la indignación de Edie, que esta pensó que tal vez le había molestado de verdad.

—¡Es ARTE, Edie Thompson! ¡No tiene por qué parecerse en nada a la vida!

Ambos se echaron a reír y ella sintió un puñal en el corazón; una punzada de anticipación de lo mucho que iba a echar de menos a Elliot cuando llegara el momento de despedirse del todo, para siempre.

El golpeteo de unos nudillos les interrumpió: la cara de Archie Puce apareció por el marco de la puerta.

—Felicidades, Owen, eso ha sido un puñetero éxito. No eres solo una cara bonita. Necesitaría un muñeco para enseñarte dónde me has emocionado.

—¡Gracias, *compi*!

Entonces, Archie reparó en Edie y palideció visiblemente.

—Oh. Hola, otra vez, Linda. Tú y tu pandereta sois justamente lo que necesita nuestra banda... otra vez.

Edie pilló la referencia a los Beatles y, con un ademán avergonzado, asintió un tanto bruscamente.

—Hola, Archie.

—Has desmentido de forma triunfal todas las acusaciones que te hice la última vez que hablamos, bien hecho. Creo que el cambio de rumbo para obtener resultados te tomó menos de dos horas, ¿no?

Edie no había pensado hasta ahora en lo que parecía ese asunto desde fuera: había encontrado a Elliot y le había persuadido de que hablara con Archie. Solo que no usando los métodos que el director imaginaba.

No dijo nada. Archie la miró fijamente durante unos momentos y luego se retiró.

—¿Linda? —preguntó Elliot—. ¿De qué iba esto, desmentir el qué?

—Creo que le parece divertido decir mal mi nombre o algo así —contestó con rapidez Edie—. Le dije que no sabía dónde estabas, y se regodea al pensar en lo que tuve que hacer para encontrarte.

—Oh. —Elliot frunció el ceño—. ¿Y qué quiere decir con eso de la pande...?

—Tendríamos que ponernos las pilas con un poco de garbo —dijo Edie, empujando el dictáfono hacia Elliot—. Bueno, hoy vamos a lo romántico.

—Venga, invítame primero a una copa.

—Ja. Mmm. —Edie revolvió sus papeles, pretendiendo mirar sus notas—. ¿La fama hace que te sea más fácil conocer mujeres? ¿O al contrario? —le preguntó, aunque realmente no quería saberlo.

—Antes de que empecemos, ¿estamos de acuerdo en que encontrarás una forma de decir todo esto sin que yo suene grotesco? Eres buena con eso.

Edie asintió y sonrió. Elliot le devolvió la sonrisa y bebió un poco más de agua sin apartar su mirada de ella. Edie advirtió que él tenía energía de sobra para quemar tras aquella escena, lo que explicaba su frívolo coqueteo, ¿verdad?

Lo cierto es que lo afrontaría mejor si no hubiera sido por la acusación de Jan de que estaba «colada como una colegiala». Edie se sentía obligada a refutarla de palabra y obra.

—Una cosa que tiene el aparecer en pantalla es que, de pronto, la gente se te tira a los brazos. Ya me pasaba antes de *Sangre y oro*, ¿sabes? Con salir en cualquier sitio basta. Y no es atracción de verdad. No es algo ni siquiera halagador. Sabes que están pensando que, incluso si es una porquería de revolcón, será una anécdota. Es, probablemente, una de las raras ocasiones que tiene un hombre de saber cómo lo ve una mujer: te conviertes en un trofeo. No sé qué pensarás tú, pero me sube mucho más el ego cuando le gusto a alguien, ya sabes, por mi —tomó aire— «personalidad». No por: «Oh, tú eres el chico ese que sale en esa cosa; OK, tienes mi atención». Eso deja de ser halagador y se vuelve deprimente muy, muy rápido.

Edie apoyó la barbilla en la mano.

—Quiero decir, que si un hombre —señaló el asiento vacío a su lado— fuera un fetichista de las redactoras con talento y te pidiera para salir porque desea tener una redactora entre sus brazos, ¿te sentirías complicada? ¿O preferirías salir con ese hombre, porque se ha dado cuenta de todas las razones concretas por las cuales sería increíble salir contigo, Edie, con la persona?

¿Qué hombre? ¿Quién? La joven sintió una sensación de calor que le subía por el cuello.

—Sí, claro, te entiendo.

—Es desmoralizador en comparación a cuando tenía que trabajármelo. ¿Sabes?, el niño glotón en la tienda de chuches se convierte en Augustus Gloop. Y yo no quiero «pegotear» como él y acabar poniéndome enfermo por mis excesos.

—Ah, «pegotear». Me gusta ese verbo.

—Sí, pero no hagas que suene como si estuviera comparando a las mujeres con las chocolatinas.

—¿Echas de menos la emoción de la caza?

—Argh, no, mira: eso suena fatal. Solo se trata de que es más complicado encontrar esa atracción cocinada a fuego lento, en la que alguien te intriga y tú le intrigas también, y en la que un día te despiertas y en lo único que puedes pensar es en esa persona.

Elliot la miraba a los ojos fijamente y Edie asintió y fingió que le hacía falta apuntarlo en su bloc de notas en vez de necesitar desviar la mirada.

—¿Lo difícil es encontrar a una mujer a la que le gustes tú, por ti mismo? —ofreció Edie.

—Bueno, ¿qué significa «gustarle yo por mí mismo»? Ya llevo un tiempo en este trabajo. Sería un poco hipócrita decir que quiero que la gente quiera al muchachito de Nottingham.

Edie, una vez más, pensó: «¡Vaya, eres agudo!».

—¿Y lo de enamorarte de tus coprotagonistas?

Elliot apagó la grabadora y dijo, confidencialmente:

—La osa, ¿te refieres a Greta? Preferiría intimar con unas tijeras de podar.

—Aunque es bellísima.

Elliot tembló en broma.

—Sí, igual que la tundra ártica. Pero no recomendaría a nadie pasar una noche allí.

—Bueno, pues aparte de Greta —precisó Edie, sintiéndose muy incómoda, como una novia posesiva forzándole a decir cosas de su pasado con las que realmente no iba a poder.

Él apretó el botón de grabar.

—Cuando interpretas que estás enamorado de alguien, ¿no puede acabar por convertirse en un sentimiento verdadero? —prosiguió Edie.

—No, lo cierto es que no; o al menos, a mí no me ha pasado de momento. Lo que tiene de excitante cuando besas realmente a alguien es que ambos habéis elegido besaros. Si sacas eso de la ecuación, puede ser que no os podáis ver ni en pintura pero que lo de besaros esté en el guion. No tiene nada de sexi. Y tienes a alguien metiéndote encima la jirafa de sonido, y a todo el curtido equipo mirándote, y al director a punto de gritar «corten». Lo que te pasa por la mente no es precisamente deseo.

—Y tú nunca... —Edie carraspeó: era lo siguiente de la lista y no tenía la mente lo bastante clara para improvisar una alternativa— nunca has hecho u-u-una, ejem, escena de desnudo.

—Jajaja. —Estaba disfrutando inmensamente al verla tan incómoda—. No.

—¿La harías si el papel lo exigiera?

Elliot estalló en carcajadas tan sinceras que ella protestó, colorada como un tomate:

—¿Qué? Es una pregunta lógica, ¿no?

—Sí, lo que pasa es que es un cliché tan gracioso... —explicó Elliot—. Quiero decir, que, a menos que interpretes al protagonista en la biografía de un activista nudista, puedes permanecer vestido en casi todos los casos. Raramente un papel lo «exige».

—¿Eso es un sí o un no?

—Supongo que depende de qué lo exija. —Elliot hizo una pausa. Luego la miró a los ojos—. O quién.

Edie esperaba que su aspecto no delatara cómo se sentía. Se produjo un terrible, embarazoso y pesado silencio, durante el que fue incapaz de encontrar las palabras adecuadas para romperlo.

—O sea, Scorsese, sería un sí —dijo Elliot.

—¡Oh, claro! —murmuró Edie con voz ahogada.

Si Hannah y Nick pudieran verla ahora mismo, estarían meándose de risa. Edie solía tener mayor entereza que eso.

—¿Puedo pedirte un favor? —preguntó Elliot—. Estoy teniendo un problema con una escena de *Gun City* y —bajó la voz— no quiero ensayar con Greta más de lo necesario. ¿Te importaría leerla conmigo?

—No sé actuar —replicó Edie, cautamente.

—No es necesario que sepas actuar; con que sepas leer me basta.

—¿Qué problema tienes con la escena? —le preguntó. Sin saber por qué, no le gustaba cómo sonaba aquello.

—Edie, ¡estás poniendo una cara como si te hubiese pedido que te bañaras desnuda conmigo!

Edie volvió a ponerse carmesí. Nunca había visto a Elliot así: incontrolable, travieso y dispuesto a hacerle perder los estribos. Él advirtió que se sentía incómoda y transigió, hablando en un tono de voz más conciliador.

—Mi personaje es un machista pagado de sí mismo y creo que se supone que en esta escena tiene que resultarle muy atractivo a las mujeres, pero me preocupa que lo que acabe es resultando prepotente. Valoro tu opinión y, si la lees conmigo, puedes decirme qué te parece.

Edie desconfiaba. ¿Y si aquello era una escena de amor de algún tipo? No le apetecían los jueguecitos psicológicos de intentar decirle a Elliot si su *alter ego* era o no «atractivo para las mujeres».

—¿Tengo que hacerlo?

—No, claro. Pero te estaría muy agradecido si lo hicieras.

—Bueno, supongo que... entonces, en fin...

—¡Genial! Gracias. —Elliot saltó de su asiento y volvió con un guion grueso y ligeramente manoseado, en letra Courier negra sobre hojas blancas DIN A4. Al volverse a sentar, lo hizo muy cerca de ella, y Edie sintió como si una descarga de voltios la atravesara.

—Página 124 —dijo Elliot, recorriendo el guion hasta la hoja en cuestión. —Empezamos desde *INT: NOCHE. La lluvia cae por la ventana del piano bar de un hotel casi vacío; un pianista toca. Los faros de los vehículos que pasan proyectan haces de luz intermitentes en la grisura del ambiente. Zum lento hacia sus únicos clientes, GARRATT y ORLA, que están solos en una mesa. Es la primera copa tras el trabajo de un día muy largo. Los ánimos están tensos y ambos evitan conscientemente hablar de lo que ha pasado antes entre ellos en la morgue.* Tú eres «Orla».

Edie tragó saliva.

—¿Qué «ha pasado entre ellos en la morgue»?

—Se han peleado —explicó Elliot.

—Ah.

—Garratt, que soy yo, no estaba de acuerdo con lo que probaban las marcas de las ataduras en el cuello.

—De acuerdo.

—Siempre andamos a la greña.

—OK.

—Porque te gusto con locura.

Edie le miró mientras este sonreía.

—Ya te he advertido que no sé actuar —declaró Edie, finalmente, encontrando una de esas réplicas de las que sabía que era capaz.

Capítulo 51

ORLA
(explícitamente ateniéndose al trabajo)
Si la desconocida que tenemos en Retford puede ser equiparada con huellas y ADN a la de...

GARRATT
(interrumpiéndola)
—¿Por qué estás tan distante? Te comportas así conmigo desde el caso Colwick.

ORLA
No estoy distante contigo.
(pausa)
Estoy hecha polvo por el trabajo. Las cosas que tenemos que ver... ¿Por qué nos estamos haciendo esto, Garratt?

GARRATT
No podemos no hacerlo. Ahí está el porqué. Vemos esas cosas y queremos huir de ellas. Y, aun así, algo nos empuja hacia la oscuridad.

ORLA
Sí que huimos. Huimos hacia lo más hondo de nuestro interior.

—¡Venga! —exclamó Edie.
—¿Qué?
—Demasiado florido, ¿no crees? ¿Quién ha dicho en la vida algo así?

—Tú, hace un momento. ¡No te salgas del personaje! —protestó Elliot.

> GARRATT
> *Ya ves, quería hablar de nosotros, y has hecho que todo vuelva a girar en torno al trabajo.*
>
> ORLA
> *No hay ningún «nosotros».*
>
> GARRATT
> *¿No?*
>
> ORLA
> (luchando por mantener su compostura habitual)
> *No quiero complicar las cosas con un compañero de trabajo, Garratt.*
>
> Toma un sorbo de su bebida, los ojos puestos en Garratt. Percibimos su nerviosismo, pero también el tumulto de su deseo reprimido.

«Oh, mecachis. Neutra, mantén la cara neutra y clava la mirada en el guion», se dijo Edie a sí misma.

> GARRATT
> *No hay nada complicado en lo que sentimos el uno por el otro.*
>
> ORLA
> *Oh, siempre es complicado. Y no sabes qué siento por ti.*
>
> GARRATT
> *Lo leo en tus ojos cada vez que me miras.*

El corazón de Edie se aceleró. No podía levantar la cabeza porque no sabría ni por dónde iba, empezaría a tartamudear y se descubriría todo el tinglado.

> ORLA
> (a la defensiva)
> *¿Qué?*

GARRATT
Te preguntas si estarías a la altura, piensas cómo te sentirías. Mírame a los ojos y dime que no has pensado nunca en eso.

Elliot la miró y pasó la página. Edie casi se atragantó con el té. Jesús, María y José.

ORLA
Nunca he pensado en eso.
(pero esquiva la mirada en el último momento, tomando un sorbo de su bebida)

GARRATT
Otra vez, pero de corazón.
(pausa)
Yo he pensado en eso. Estoy pensando en eso ahora mismo.

ORLA
Buenas noches, Garratt.

ORLA se levanta, cruza con rapidez la corta distancia que la separa del ascensor y aprieta con brusquedad el botón de llamada. Sabe que solamente tiene unos segundos para luchar contra ello, para luchar contra sí misma.

GARRATT
Orla...

La toma del brazo y tira de ella hasta que quedan frente a frente. Se besan enlazando sus cuerpos: es imperioso, apasionado, con todas sus ganas. Se abren las puertas del ascensor y entran dentro de forma desmañada, sin separarse.

Edie levantó los ojos.

—Y, ¡corten! Te dejo la siguiente parte en *off* —dijo Elliot.

Tenía que haber elegido esa escena para ponerla nerviosa. ¿Seguro?

—¿Qué piensas de Garratt? No me gusta para nada esa frase de «Estoy pensando en eso ahora mismo». Suena como una línea erótica. Claro que uno se mete con los diálogos de Archie por su propia cuenta y riesgo...

—Mmm, sí... Parece bastante pasado de rosca.

—Si un hombre con el que trabajaras te dijera: «Estoy pensando en eso ahora mismo», creo que te asustarías un poco, ¿verdad?

—Sí. Hasta el extremo de ir a Recursos Humanos.

—De ahí a interpretarlo como «te estoy desnudando con la mente» hay una corta distancia. Y nadie quiere eso.

—Nop.

Edie no podía pensar en nada más que decir. Tenía la intención de preguntar por Fraser hoy, pero no era el momento. ¿Estaba Elliot quedándose con ella?

—Edie —dijo él, en voz baja y tono confidencial, acercándosele—. Voy a preguntarte algo y quisiera que fueras completamente honesta conmigo.

—¿Sí? —gimió, el corazón desbocándosele de anticipación y recelo.

—¿Es *Gun City* una puñetera mierda sin remedio?

—Oh. —Edie recuperó el aliento, se preguntó qué otra cuestión podía haber esperado e intentó pensar cuál era la respuesta más apropiada, y aduladora, para un famoso en busca de un cumplido—. Elliot, estoy segura de que nada en lo que aparezcas tú puede ser una puñetera mierda sin remedio —dijo al fin, con un tono calculadamente melindroso de «capta el mensaje».

Elliot se echó a reír y la tensión desapareció.

—Ja. Me gustas. Puedes quedarte.

Ese era el problema: Edie notó una punzada de resentimiento hacia él por ser capaz de pronunciar esas palabras con tanta frivolidad. Sin sentirlas.

Y es que a ella todavía le palpitaba el corazón por lo que le había dicho durante su actuación. Fingir que uno sentía cosas que en realidad no sentía no era una buena forma de ganarse la vida.

Capítulo 52

Edie sabía que, durante una temporada, no debía reabrir ninguna de sus cuentas en las redes sociales. Sin embargo, conforme pasaba el tiempo, permanecer apartada de ellas le pareció menos una cuestión de supervivencia y más dejar que los acosadores ganaran. Además, también quería saber qué se cocía por ahí fuera, qué narices.

Decidió, por tanto, que podía regresar con nuevos perfiles y una nueva dirección electrónica de Outlook. Así que relanzó su Facebook; usó la fotografía en la que salía junto a Hannah y Nick por su cumpleaños como miniatura: los tres de la mano y envueltos en la bruma del Rock City.

Añadió a Nick como amigo, y a alguno más con la homologación de seguridad de no hostiles y neutrales, como los primos de su padre. En unos días, tuvo una solicitud de Louis —lo que no fue una sorpresa, siempre estaba «merodeando»— y la dejó pendiente. No quería un espía entre sus filas; ni tampoco una pelea. Usaría lo de «oh, compruebo muy pocas veces las solicitudes» hasta que decidiera qué hacer.

Hannah organizó una velada en su casa para ver películas.

—Tengo *Zodiac* grabada, y me rayaré si la veo sola, así que Nick y tú podéis venir a casa —le dijo cuando la llamó la semana anterior—. Además, no es un bar. He convencido a Nick de que venga a correr conmigo en vez de empinar el codo. El vocabulario que ha llegado a soltar después de eso ha sido pésimo, pero admite que se siente mejor. ¿Crees que deberíamos tratar más la situación de Max? —añadió—. Quiero decir, no hurgar en la herida, sino sonsacarle.

—A Nick le encanta gastar bromas de mal gusto. Quizá deberíamos bromear sobre ello.

—De acuerdo, eso, o va bien, o extraordinariamente mal. Vivamos peligrosamente.

Dios, la casa de Hannah era preciosa. Ya se había instalado completamente desde la última vez en que habían estado ahí, y ahora había velas en candelabros de estilo marroquí proyectando luz con miles de formas geométricas sobre las esquinas de color tiza. El gato entrometido se acurrucaba sobre la funda de lino del sofá.

—Por lo que veo, ya ha echado raíces —afirmó Nick, quitándose su recién comprado chaquetón de otoño/invierno y colgándolo cuidadosamente—. Lárgate, *Pelotas de Zanahoria*.

Edie todavía no se había quitado el abrigo, observando la habitación. Una certeza que había estado tomando forma en su mente estaba ahora totalmente formada.

—Hay algo en lo que he estado pensando —dijo—. Tal vez me mude de nuevo. A Nottingham.

Hannah y Nick se la quedaron mirando.

—¿De veras? —exclamó Hannah, en un tono de abierta incredulidad.

—Sí. ¿Es tan sorprendente?

—Siempre has sido tan: o Londres o que reviente, «aquel que se canse de él...». Sinceramente, jamás pensé que te fueras.

—Y tampoco creía que te gustase demasiado Nottingham —añadió Nick.

—Creo que mi visión sobre la ciudad estaba empañada por lo que representaba, muchos de mis malos recuerdos —explicó Edie.

—¿Oyes ese pedazo de insulto, Hannah? Es como si se estuviera orinando directamente en nuestra boca.

—Espantoso —le secundó Hannah.

—¡No vosotros dos! Si sois lo mejor de aquí; me refiero a cosas de familia.

Ambos asintieron.

—Bueno, estaré en el puñetero séptimo cielo si te quedas aquí. No hace falta que te lo diga —dijo Hannah.

—Vaya noticia bomba, Thompson —exclamó Nick—. Nos ha costado un poco, pero los Vengadores nos hemos reunido, ¿verdad?

Los tres esbozaron una sonrisa amplia y estúpida. Edie pensaba que sentiría algún vacío al decir que estaba cansada de Londres, pero no fue así: solo se sintió liberada.

Hannah preparó unos cuencos con patatas fritas, nueces, uvas y aceitunas, y disfrutaron de los asesinatos en serie en el brumoso San Francisco de los años setenta. Hannah declaró que se había muerto de miedo cuando volvieron a encender las luces.

—No sé por qué te pones tan nerviosa, Hannah, si pillaron al tipo —dijo Nick—. Oh, no, espera, no lo hicieron, ¿eh? Jajaja. Bueno, al menos ahora será viejísimo. Iría zumbando detrás de ti en su *scooter* como una abeja homicida.

Hannah rellenó sus vasos y Nick contó que sus colegas estaban intentando liarle con una chica llamada Ros, que se vendía como «preciosa pero lunática».

—Hay un montón de mujeres «preciosas pero lunáticas» en este mundo —replicó Hannah—. Ya tuviste lo tuyo. No eres una agencia espacial. Mantente alejado.

—Lo que me hace preguntarme cómo sería mi descripción por Internet —dijo Edie, algo triste.

—Boquisucia, tetuda —repuso Nick—. Encantado de servirla.

Al zapear, toparon con un antiguo episodio de *Sangre y oro*. El príncipe Wulfroarer, que tenía el mismo aspecto, exacto, que ese otro tipo al que Edie conocía, se acercaba a su amada sirvienta para besarla. Edie se sintió rápidamente arrobada, viendo cómo sus labios se encontraban en el campo de batalla; una emoción mezclada con celos, deseo y, curiosamente, orgullo. Pues ahí estaba alguien a quien conocía, fingiendo ser otra persona en la tele.

—Pagará por esto, con sangre u oro —dijo Nick.

—Primero es el oro, luego la sangre —puntualizó Edie—. No te fíes nunca de nada que salga de la boca del conde Bragstard.

—¡Oh, gracias, reina de los *spoilers*! —protestó Hannah—. Iba a hacer una maratón de *Sangre y oro* cuando acabara con *Breaking Bad*.

—Normas de prescripción —terció Nick—. Asesinaron a Wulfroarer hace mil años. Espera un momento... Y si no estuviera muerto, ¿cómo iba a estar Elliot Owen trabajando aquí? ¿O es que vas a gritarle «REY DE LOS *SPOILERS*» si lo ves por la calle?

Hannah puso los ojos en blanco.

—¿Te sigues llevando bien con él, Edith? Mola saber que es simpático —dijo Hannah—. Oh, sobre el secreto que no quisiste contarnos, ¿no será gay, eh?

—¡No! Se lo pregunté y fue fatal. Así que quedó claro que no lo es.

Nick estalló en risas.

—Me encanta imaginarme cómo le manipulaste sutilmente para sacárselo. ¿Le preguntaste si es ese tipo de hombre que «encuentra fabulosa a Judy Garland»?

—¡Oh, cállate! —gimió Edie—. La última vez que le vi, me hizo ensayar con él una escena sentimental, y yo me comporté como una tía viuda en *Downton Abbey*. Humillante.

Hannah comía uvas con una expresión pensativa.

—¿No podrían estar las dos cosas ligadas?

—¿Qué?

—Que tú pensaras que él era gay y él esforzándose por probarte su heterosexualidad poco después.

Oh. Pues en realidad, Edie nunca había considerado que eso fuera el desencadenante. Entonces se acordó de Elliot diciendo algo sobre el «orgullo masculino herido» y «no dar la impresión que creía que daba». Tal vez fuera eso. Le pareció más probable que el hecho de que él hubiera descubierto, de pronto, que sentía debilidad por Edie.

—¿Coqueteó contigo? —añadió Hannah.

—Sí, un poco. Solo para tocarme las narices.
—¿Y por qué no podría estar coqueteando porque le gustas?
—¡Porque él es Elliot Owen! Y yo soy yo.
—Eres muy atractiva.
—Estoy de acuerdo —intervino Nick.
—Mira, os agradezco que digáis eso, pero él sale con famosas estratosféricamente bellas.

Hannah levantó una ceja.
—Y coquetea contigo.

Una pausa, durante la que Edie no supo qué contestar.
—Tengo noticias más o menos relacionadas: he empezado a ver a mi lío de aquel curso, ya sabéis, con quien me acosté, cuando lo dejé con Pete —dijo Hannah.
—Guau —exclamó Edie—. Es estupendo. ¿Dónde vive tu nuevo chico?
—«Ella» vive en Yorkshire. Leeds.

Se produjo otra pausa mientras Edie y Nick se miraban.
—Perdona, ¿qué...?
—Ella significa ella. Estoy saliendo con una mujer.

Hubo un breve silencio, roto por Nick diciendo: «Esto es lo más erótico que ha pasado nunca».

Hannah le lanzó a su amigo una uva y se echó a reír.
—¡Hannah, son unas noticias increíbles! —exclamó Edie.
—No quería decíroslo porque no sabía si el lío llegaría a alguna parte. Nunca me habían atraído las mujeres antes y no sabía si era algo excepcional. En plan «toque homosexual estimulado por el exceso de vino rosado para chicas». Y supongo que todavía no sé si es algo excepcional, porque de todas formas solamente me gusta Chloe...

Pausa.
—Además, los padres de Pete fueron unos gilipollas con lo de la separación, y no quería darles la satisfacción de decir «nuestro pobre hijo abandonado por una lesbiana de mediana edad».
—Mi vida es una mierda mayor de lo que pensaba —murmuró Nick—. Chicas enrollándose con chicas, coqueteo con actores famosos... Ey, tengo una idea —se volvió hacia Edie—. ¿Puedo contar con que me podrías conseguir una entrevista con Elliot, para mi programa?
—Mmm, lo preguntaré. Tengo la impresión de que su agenda de publicidad está más cerrada que una cámara acorazada.
—Gracias. Sería como una Viagra para las cifras de audiencia.

Edie se acordó entonces de Archie diciéndole que ella podía conseguir que Elliot hiciera cualquier cosa, que la suya era una relación especial. Tenía que expulsar ese tipo de ideas de su cabeza, pues eran solamente los delirios de un enfermo mental.

—Edith se vuelve a Nottingham, yo estoy saliendo con una mujer... Estamos teniendo un día de noticiones sorpresa —indicó Hannah—. ¿Qué es lo siguiente? ¿Quizá que veas la luz y renueves tus votos con Alice, Nick?

Nick se levantó para ir al servicio.

—Antes le lamería el periné a Mickey Rourke.

Capítulo 53

Edie quería preguntarle a Elliot cómo había ido con Fraser, pero cada vez que pensaba en hacerlo, le preocupaba que sonara a interés morboso. Si quería decírselo, ya lo haría. Entonces, una tarde de un sábado cualquiera, un mensaje del mismísimo hermano menor de los Owen, el imparable Fraser, la interrumpió de manera inesperada.

¡Edie! Sigo viniendo esta noche, ¿te lo ha recordado Elliot? Vamos al Boilermaker, te he puesto en la lista de invitados, a mi nombre. PD. Me queda un 3 % de batería, así que perdona que grite si esta conversación se corta de repente. Fraz. 😊

¡Gracias! ¿A qué hora? Siento gastar parte del 3 %. E. 😊

Silencio. Podría escribir a Elliot, claro. ¿Debía? No estaba segura de que él supiera que ella iba a ir. Quizá fuera una buena excusa para avisarle y no tener que ver su cara de sorpresa. Al fin y al cabo, él nunca lo había mencionado.

Hola, Elliot. Solo te escribo para saber si hay alguna hora de quedada para hoy? Fraser estaba poniéndome al corriente de los planes cuando se le ha muerto la batería del móvil. Saludos. E. 😊
PD. Supongo que aún no habéis tenido «la» conversación.

Le sonó el teléfono. Elliot. Le inundó una corriente de incomodidad ante el hecho de que hubiera reaccionado con tanta rapidez. Eso era, o una muy buena señal, o una señal nada buena.

—¡Edie, hola! Soy yo. Así que... ¿Vienes esta noche?

Su tono era revelador: una señal nada buena.

—Sí, Fraser me ha invitado. Lo siento, pensaba que lo sabías.

«O al menos esperaba que aparentaras que lo sabías.»

—No, Fraser no me ha contado nada. —Elliot vaciló—. Y no, no hemos tenido la charla todavía. Él está aquí con toda su camarilla, y de momento no he logrado estar a solas con él.

—Ah.

—¿Tiene tu número? —Elliot sonaba tenso.

—Intercambiamos números cuando nos conocimos, me dijo que le hacía gracia que viniera a esto.

—¡Ah! OK. Claro.

Ay. Edie estaba segura de que no le gustaba la idea. Podía oír su cerebro dando vueltas sobre cómo iba a poner a Fraser de vuelta y media. «Me habría gustado que me lo preguntaras... tenemos que trabajar juntos, preferiría que no me recordaran el trabajo cuando salgo por ahí...»

—Pero no quiero entrometerme... —Edie difícilmente podía pretender que, de pronto, estaba ocupada, cuando había dejado a medias lo de concretar su asistencia con Fraser.

—Para nada. Eres más que bienvenida. Será estupendo verte.

Argh. Edie era consciente de que esa era la manera educada de incomodarse que tenía Elliot ante el hecho de verse obligado a fingir que ahora le parecía bien que fuera; y aunque ella le estuviera dando una salida, él no iba a aceptarla porque la cortesía le dictaba no hacerlo, por mucho que quisiera.

—Si estás seguro...

—Sí, claro. Mmm, ¿sobre las ocho, en principio?

—Perfecto.

La trampa se había cerrado y estaban atrapados juntos. Edie se había comprometido a ir cuando lo que ahora quería era no hacerlo, y Elliot se había comprometido a pretender que quería que ella fuera, cuando resultaba evidente que iba a llamar a Fraser en cuanto le funcionara el teléfono móvil de nuevo y le iba a pegar cuatro gritos sobre no meter en su lista de invitados a cualquier redactora que se le cruzara.

Edie se sentó delante del espejo de su dormitorio y pensó: «Tienes que intentar estar muy guapa esta noche. Se acabó lo de evitar mirarte a ti misma y vestirte para desaparecer, algo que haces desde que esa gente de Internet te llamó zorra». No podía salir con los Owen y sentirse como si fuera a provocar la pregunta de «¿quién ha invitado a la madre de James McNeill Whistler?»

Así que se duchó, se secó el pelo y se lo recogió con una malla para el cabello, dedicando el rato y el cuidado adecuados al proceso de maquillarse. Edie se dijo que no se estaba haciendo la pelota a sí misma si se estaba convirtiendo en una criatura cautivadora, toda ojos y pómulos.

«Muy atractiva, eso es lo que tus mejores amigos piensan de ti», le susurró un ángel posado sobre uno de sus hombros. «¡Ja, claro! ¡Tus mejores amigos! Desconocidos que no te deben nada dicen que te pasas tres pueblos con el colorete y que eres demasiado tetuda», le dijo un demonio en el otro hombro.

Por desgracia, su cabello, al oír que tenía que cooperar esa noche, decidió parecer lacio, ralo y, en general, con ese aspecto que su padre definía de «ala de mosca».

Desesperada, Edie se puso espuma, se hizo dos trenzas y se las enrolló con horquillas sobre la coronilla. Aunque temía que el aspecto fuera un poco «la princesa Leia se deja llevar», no tenía tiempo para realizar un marcado con el secador.

Escogió un vestido que había estado reservando para una ocasión especial que nunca llegaba; era estampado, negro y con cuello *halter*, ajustado de pecho y grácilmente suelto de caderas, y hacía que Edie se viera con buena figura. Además, poseía la maravillosa cualidad de dejar que mostrara carne pero sin hacer que se sintiera demasiado descocada.

Dios, y aun así necesitaba algo de alcohol para darse falso coraje. El champán rosado de su cumpleaños estaba abajo, en el frigorífico. Edie lo abrió, se sentó en la mesa de la cocina y bebió con cuidado.

—Guau, ¡parece que alguien se ha arreglado para ir a alguna parte! —Su padre entró en la cocina—. ¡Pero qué hija más guapa tengo!

—Papá —murmuró Edie, con esa voz de vergüenza adolescente casi obligatoria—. Pues gracias.

—¿Qué celebramos?

Lamentó en cierto modo advertir que su esfuerzo extra fuera tan evidente, pero luego se dio cuenta de que resultaba patético sentirse así, pues en efecto «había hecho» un esfuerzo extra. Como si la imagen que quería trasmitir hiciera que su padre le preguntara: «Oh, ¿vas a arreglar el jardín?»

—Salgo a tomar algo con Elliot Owen y su hermano.

—Madre mía, la alta sociedad. Pues diviértete. Y diles que estoy abierto a cualquier llamada pidiéndome la mano de mi hija en matrimonio.

Edie esbozó una mueca de tristeza y balbució que eso sería muy poco probable. ¿Era ese el momento adecuado de decirle a su padre lo de que iba a volver a la ciudad? Pensó «mejor, no». Todavía no había planeado todos los detalles y quería tener unas cuantas respuestas más.

Meg apareció en aquel momento y tuvo que echar un segundo vistazo al aspecto de Edie.

—¿Qué está pasando aquí?

—Salgo —dijo Edie.

—¿A hacer la calle?

Capítulo 54

Al ser famoso, resultaba más fácil advertir cómo tu ego podía quedar para el arrastre y saltar por los aires a lo grande; sobre todo si, para empezar, tu ego era de un tamaño notable y estaba formado de materiales inflamables.

En ese bar se solía acceder tras una cola; pero no había colas si eras Elliot Owen. La simple cuestión práctica de que él no podía cohabitar en espacios reducidos con el público general significaba un trato preferente de primera clase de principio a fin.

El concepto de ese local era el de un bar clandestino, oculto tras la funcional fachada de una tienda de calentadores. De hecho, había modelos de muestra en las paredes de su espartana recepción, escasamente iluminada, donde la gente se molía los pies de tanto esperar hasta conseguir una mesa libre en el bar que se escondía al otro lado.

Edie dio el nombre de Fraser al aburrido portero que había tras el mostrador. Tomando su intercomunicador, pronunció el nombre de Edie. Se oyó el crujido de la estática, una respuesta, y entonces él asintió.

—Adelante.

Edie se encontró en lo que parecía una despensa. «¿Qué leches...?» Finalmente, adivinó que la puerta estaba en un muro falso, del que colgaba una escoba. Empujó el fregadero de pega y ahí estaba, dentro de la oscura y ruidosa sala principal, inundada por un fuerte olor a incienso. Era justo señalar que Nottingham había cambiado un poco desde que Edie bebiera litros de cerveza y sidra en sus clubes más antiguos y andrajosos.

Solo había servicio de mesa y el lugar estaba a rebosar de macetas con plantas; era como si alguien hubiera apagado la luz y hubiera instalado una discoteca en el centro de un jardín. Le señalaron dónde estaba el grupo de Elliot. Tenían dos grandes mesas a la derecha del bar que ocupaban toda la pared del fondo, y lo que parecía una zona de restricción mediante otras dos mesas vacías delante, que no se utilizaban porque servían como barrera para los «civiles».

El grupo resultaba intimidante. Los chicos eran altos, iban bien vestidos y tenían aspecto dinámico: de colegio de pago a lo Slytherin, es decir, del tipo del que Edie normalmente saldría corriendo a mil por hora. Tardó un momento en distinguir a Elliot. Estaba sentado en el rincón más oscuro, su jersey y su cabello negros sumiéndole en la sombra, con gente apiñada a su alrededor de manera protectora y posesiva.

Y, por supuesto, se hallaban rodeados de bellas mujeres. Eran *punkis*, elegantes o *arties*; cortes de pelo *bob* asimétricos y trenzas laterales cardadas, faldas de cuero y vestidos con la espalda al aire. Una chica que parecía española llevaba un corpiño pirata y unos *jeans*, dejando al descubierto su abdomen, increíblemente esculpido, lo que le recordó que a algunas les había tocado el gordo en la lotería genética, y que ni un millón de horas en el gimnasio le darían un cuerpo siquiera parecido a aquel.

Sí. Completamente intimidante. Edie se acercó a la mesa con cara de «perdón por existir» y sintiéndose tan atractiva como una tortuga dentro de un pan de pita. Evitó deliberadamente cruzar la mirada con Elliot, y para hacerlo se refugió en la de Fraser: el único que de verdad quería que ella estuviera allí.

En cuanto Fraser la vio, se apartó del grupo y montó todo un embrollo para lograr encontrarle un asiento frente a él, poniéndole la carta en las manos y llamando a un camarero para que viniera. Y eso fue todo: supo que la estaban cuidando.

Así que pasó de «oh, Dios mío, por qué narices estoy aquí» a «un poquito achispada, riendo y posiblemente coqueteando» en quince minutos, con la ayuda de un Negroni que llevaba un inmenso cubito redondo dentro, tal y como le había recomendado su atento compañero. Sí, los chicos Owen tenían buenos modales.

Aunque no era tan ingenua como para no darse cuenta de que tal vez estaba recibiendo un trato especial, sin duda resultaba toda una sorpresa: Edie había supuesto que el coqueteo y la verborrea de Fraser se debían, simplemente, a que ella estaba ahí, disponible. En compañía de espléndidas mujeres diez años más jóvenes que ella, no esperaba merecer más que un amistoso «hola».

Sea como fuere, Fraser subía fotos al Instagram de los cócteles fosforescentes y se las enseñaba sin apartar de ella su absoluta atención.

—¡Prueba el mío! —La miró atentamente, y con un poco de lascivia, mientras Edie metía la cañita entre los labios y sorbía. Y cuando creyó que ella no se daba cuenta, Edie advirtió que le recorría con los ojos los hombros y brazos desnudos. Hacía ya un tiempo que no notaba que le gustara a alguien, y por supuesto la sensación le resultó muy agradable. El sentido del humor de ambos se combinaba lo suficientemente bien para producir la química necesaria en aquella salida. Y aunque le parecía que Fraser no era precisamente profundo, daba igual, no todo el mundo tenía por qué serlo.

Tras un acceso de risa particularmente ruidoso, Edie buscó a Elliot con la vista. Y lo sorprendió mirándolos con una consternación que intentó ocultar rápidamente. Edie quería decirle: «Relájate. No te voy a meter en un lío diciéndole algo por estar borracha». Aunque su malestar también podía deberse a que se había saltado el cordón del poste separador y se había infiltrado en aquella reunión sin consultárselo antes a él. No molaba nada.

Elliot levantó la mano para saludarla, ya que le había pillado con aspecto de sentirse un poco alarmado, y Edie le respondió de igual manera. Entonces él le hizo un gesto de que se acercara: un sitio había quedado vacío, temporalmente, delante de él. Mientras se sentaba, Elliot preguntó:

—¿No estará mi hermano intentando meterte mano?

—¡Meterme mano! —rio ella—. No. Ni mucho menos. Y eso a pesar de estar rodeado de tantas titis con poca ropa y de que abunda la comida.

Elliot esbozó una amplia sonrisa.

—Es bueno que no falte la comida. ¿Qué te parece el bar?

—Divertido.

—La ciudad ha cambiado un poco desde nuestra juventud, ¿eh?

—¡Sí, justamente lo estaba pensando! Bueno, mi juventud más que la tuya, niñato impertinente.

Elliot replicó:

—No quiero sonar cursi, pero ¿no tienes más o menos mi edad? Pensaba que tendrías máximo unos treinta.

—Treinta y seis —repuso Edie, con la vanidad un poco tocada por tener que desengañarle. Aunque no tenía intención de ir por el camino de Margot. Mentir era una mala elección.

Creyó que iba a replegarse, escondiendo pésimamente su reacción ante «ese montón de años», pero, en cambio, Elliot observó:

—Buenos genes. —Entonces Edie advirtió como cruzaba en su rostro la expresión de «oh, mierda, he dicho buenos genes y su madre se suicidó a esa edad».

—¡Gracias, me encanta que me lo digas! —le contestó, mostrando el suficiente entusiasmo para que se diera cuenta de que no había sido una metedura de pata.

Edie miró a su alrededor.

—¿De quién es la silla que he robado? ¿No querrá que se la devuelva? —preguntó.

—No te vayas —susurró Elliot, poniéndole una mano en el brazo—. Son amigos de Fraser. Me gusta contar con la compañía de un adulto.

Edie esbozó una gran sonrisa: el cumplido había surtido efecto.

Su conversación fue como una gira turística por Nottingham: el techo húmedo del Rock City, que goteaba sobre el público durante los conciertos; las primeras pintas que se habían tomado a escondidas en el Old Angel; reunirse con los amigos en el Left Lion; comprar chorradas góticas en la Ice Nine... Edie se dio cuenta de que el firme, elocuente y sensible Elliot y ella habrían sido amigos en el colegio si el destino les hubiera reunido.

Y, mientras discutían amistosamente sobre la ubicación precisa de un bar cerrado hacía mucho tiempo en el mercado de Lace, ocurrió algo milagroso: Edie advirtió que Elliot se había convertido primero en Elliot, su amigo, y luego en Elliot, el famoso. Y entonces comprendió lo que había querido decir Fraser. La celebridad era otra persona, una identidad supuesta, no el hombre que ella conocía.

—Esta música —dijo Elliot en un momento dado, después de que *Never tear us apart* de INXS se convirtiera gradualmente en aquel tema de Simple Minds para la película de John Hughes— está perfectamente calculada para hacer sentir morriña a los treintañeros, ¿no crees?

—*Saudade* —murmuró Edie.

—¿Qué? —Elliot levantó la voz por encima del escándalo, no sin razón.

—Una palabra portuguesa que no tiene traducción literal; significa «una profunda añoranza de algo o de alguien que ya no está y que quizá nunca vuelva». Una especie de híper nostalgia ultraconmovedora. «El amor que persiste cuando alguien se ha ido.»

—Guau. ¿Y cómo lo has pronunciado?

—«Sau-Dadi».

Elliot lo repitió.

—Me encanta.

Sus ojos relucían en la oscuridad del bar. Edie sintió la imperiosa necesidad de inclinarse hacia él y besarle en esa increíble boca que tenía. No podía esconderlo más ni tampoco evitarlo: sí, estaba tan colada por él como el resto del mundo. Y no solo eso, sino que le había dado muy fuerte. Aunque, si eso servía para que volvieran a encenderse sus sentimientos tras la hecatombe de Jack, ¿dónde estaba el problema? Al fin y al cabo, nada iba a salir de allí.

Por un segundo, sucumbió a su propia fantasía y se permitió imaginarse qué pasaría si ese momento fuera real, si fuera mutuo, si volvieran juntos a casa.

Por absurdo que sonara, con el alcohol recorriéndole las venas, la canción *I feel you* de Depeche Mode resonándole en los oídos y la mirada de él, fija en la suya durante demasiado rato —de una manera que parecía indicar algo claramente—, Edie quiso dejarse llevar un instante y soñar con que aquello era posible.

Y entonces se detuvo a sí misma, porque no era real, y en algún punto, las luces se encenderían de nuevo. Y cuando lo hicieran, sin duda una grácil criatura aparecería misteriosamente al lado de Elliot y desaparecería en la noche con él. Esa chica sería alguien con la que él tendría una relación sin complicaciones, puramente física, como la de un marinero durante un permiso, negociada de esa forma secreta en la que los famosos organizan sus revolcones. Cuando eso pasara, Edie no quería ponerse triste, sabiendo que gracias a Elliot se sentía más feliz; y, por otro lado, lo cierto era que ya no podía aguantar una sola pena más.

Capítulo 55

En cualquier caso, si esa chica emergía de entre las sombras, bien por ella, aunque a Edie le costaba imaginarse quién sería. Cuando Elliot le había contado lo de no comportarse como Augustus Gloop en la fábrica de sexo de Wonka donde se había metido, ella no se lo había tomado al pie de la letra. En parte porque no tenía ni idea de lo que se consideraba moderación en el mundo de los famosos. Puede que un triángulo amoroso a la semana fuera vida monástica.

Aunque tenía que admitir que no parecía que Elliot se fijara en ninguna de las despampanantes jovencitas que se apiñaban a su alrededor. Ni siquiera un vistazo fugaz. Aun así, la iluminación era escasa y la sala estaba atestada, por lo que bien podría ser que se le hubiera pasado por alto. Su última novia había sido Heather Lily, por el amor de Dios. No quería ni pensar que aquellos fueran los parámetros estéticos mínimos requeridos para que el actor volviera la cabeza.

Sacudiéndose de encima la ligera vergüenza de haber creído que podría haber una atracción posible entre ambos, se excusó para ir al servicio, y luego se aproximó a la barra. Cuando la camarera le indicó que volviera a su asiento, vio que su lugar junto a Elliot lo ocupaba Fraser.

Algo en la forma en que inclinaban la cabeza, hablando muy cerca, sumado al rápido escaneado ulterior del bar por parte de Fraser, cuyos ojos se detuvieron en ella, hicieron que Edie pensara que quizás estaban hablando de ella.

Fraser se levantó de la silla y le indicó que era suya de nuevo.

—No, no hace falta —dijo Edie, gesticulando en señal de negación—. No quiero monopolizar a los Owen.

Elliot hizo un mohín y se puso las manos a los lados de la boca a modo de altavoz.

—¿Tanto te aburro?

Edie notaba que muchas chicas estaban observando esa escena con la sincera esperanza de que ella permaneciera donde estaba.

—¡No! —exclamó Edie, señalándose a sí misma—. ¡La que te aburre soy yo!

—Regresa aquí inmediatamente —ordenó Elliot, golpeteando enfáticamente el asiento de la silla.

Edie fingió una cara de enfado y volvió a su sitio de nuevo. Tal vez fuera cosa de una sola noche, la importancia que él le daba, pero resultaba emocionante de todos modos: era una noche más de la que ella jamás hubiera creído que pasaría charlando con un famoso.

—Me podría sentir ofendido, ¿sabes? —dijo Elliot.

—Pensaba que querrías repartirte entre los demás —repuso Edie.

—¡¿Qué crees que soy, un puñetero humus?!

Edie se dobló de la risa y pudo ver que a Elliot le complacía haberle hecho gracia, mirándola por encima del borde de su copa con aquella expresión suya un poco pillina y guasona.

Se estaba divirtiendo. Él era divertido.

¿Era un amigo de verdad? ¿Podía pasar algo así? ¿Se mantendrían en contacto cuando él regresara a Estados Unidos? ¿Con correos electrónicos divertidos de vez en cuando? ¿Con animaciones graciosas de gatos? Es decir, una vez se hubiera esfumado de la memoria del actor el recuerdo de ese breve interludio de sus vidas, no pasaría, por supuesto, pero, entretanto... Cómo le gustaría. Y es que Edie no podía acordarse de haber hecho tan buenas migas con alguien desde hacía tiempo. Puf, suponía que desde Jack.

—Ahora, hablemos en serio. ¿Te gustan las animaciones de gatos haciendo cosas graciosas? —le preguntó.

—Claro, ¿y a quién no? ¿Has visto ese del gato con el casco y el sable láser?

Edie negó con la cabeza y su interlocutor se inclinó sobre su teléfono móvil para buscar el enlace. Edie se quedó mirándole el cogote, imaginándose recorriendo con los dedos su cabello castaño oscuro.

Elliot levantó el teléfono hacia ella y de esa forma pudo ver, entre risas, cómo un confuso gato persa movía la cabeza de izquierda a derecha al ritmo del zumbido de un sable láser que se balanceaba en la estancia.

Entonces apareció un mensaje en la pantalla del móvil de Elliot, de «Fraz». Edie pudo leer las palabras que contenía el brillante bocadillo de la ventana de previsualización. Ah, por qué no había hecho que la vista preliminar... Espera...

¿Dices que Edie está muy hundida y que tiene más problemas que la protagonista de una telenovela? Yo digo que está GUAU.

Capítulo 56

Edie se quedó mirando la pantalla fijamente hasta que se vio obligada a pestañear. Luego releyó el mensaje, captando plenamente su significado. Fue como si le hubiera caído sobre la cabeza un saco de arena: el ruido sordo, el dolor repentino.

Elliot seguía mirándola, expectante, pensando que ella seguía divirtiéndose con el gato que jugaba a *La guerra de las galaxias*. Tenía segundos para decidir qué iba a hacer.

Se movió con rapidez, levantándose de golpe y yendo hacia la salida a través de la muchedumbre que esperaba a entrar en aquel bar en el que, si el rumor era cierto, hoy había un actor famoso tomando algo. «Esto es una despedida a la francesa en tu honor, Margot.» No le importaba. No podía permanecer ni un minuto más con esa gente.

Edie buscó un taxi, con el corazón palpitándole. Había uno libre, aparcado un poco más abajo de la calle, delante del cine Broadway. Apretó el paso en dirección al vehículo.

La voz de Elliot se oyó nítidamente detrás de ella.

—¡Edie! ¿Edie?

Siguió andando hacia delante con determinación. Elliot la adelantó, le cortó el paso y permaneció en medio de su camino.

—Déjame pasar —dijo, con los ojos puestos en un punto indefinido sobre él. Puaj, no podía soportar mirarle, ni a él ni a su estúpida y bonita cara de farsante.

—Lo que has leído no es lo que crees.

—Bah, déjame en paz, Elliot. Lo digo en serio.

Parecía muy afectado. Bien. Edie sabía que ella estaba poniendo la grotesca expresión de indignación infantil de Meg y no podía importarle menos. Estaba fuera de sí.

—Déjame que te lo explique. Puedo explicártelo.

Edie cruzó los brazos.

—Oh, sí, claro, ¿así que no me estabas calumniando y diciéndole a tu hermano: no te la tires, es un caso perdido?

—Sí, respecto a que no quería que mi hermano se acostara contigo, pero no a lo demás...

—¿Has dicho eso de mí?

—Sí, pero si me dejas que te dé el contexto...

—¿Qué contexto podría hacer que eso sonara bien?

Elliot iba a tratar de minimizar los daños e intentar explicárselo como fuera, por supuesto. No quería ser el malo. Pero si ella se dejaba persuadir de que había algún tipo de elemento exculpatorio, es que era una tonta de tomo y lomo.

Y si no hubiera sido por ese diminuto y fugaz fallo con la tecnología, ella seguiría riendo, confiada, creyendo que a ese hombre le gustaba de verdad. ¡Si incluso había fantaseado en volver a casa con él! El puñetazo a su orgullo y, sobre todo, el descubrir otro amigo que en realidad no lo era fueron más de lo que podía aguantar. Le iba a dar su merecido.

—¿Sabes qué, Elliot? Capto que eres «el gran protagonista» ahora mismo, pero, para mí, eres un cero a la izquierda. No soy una de tus fans y tú solo eres el tipo con el que estoy trabajando durante un tiempo. No hacía falta que fingieras ser amigo mío. No tengo una gigantesca «necesidad» de hacer amigos. Que mantuviéramos las distancias habría sido más que suficiente. No habría perdido nada.

Elliot parecía dolido por sus palabras, lo que sirvió solamente para alentarla todavía más.

—Me importas una puñetera mierda, para serte sincera, y me importa todavía menos si es algo totalmente mutuo. Bueno, ¿por qué la gente como tú...?

El rostro de Elliot se había mantenido firme durante su diatriba, pero ante ese comentario, los ojos se le pusieron como platos, parecía sorprendido, horrorizado.

—¿Ahora hay «gente como yo»?

—¿... gente como tú, que actuáis aparentando que somos amigos y luego, a mi espalda, vais diciendo qué pedazo de «muerto» me toca aguantar? Evitad mi compañía y ya está. ¿Habría sido tan difícil?

—¡No creo que seas ningún muerto! ¡Para nada!

Edie tomó aire y fue a por el gran final. Le importaba un pito lo que pudiera costarle. Estaba tan enfadada y disgustada, que prácticamente veía doble.

—Cuando te conté lo de mi madre (algo que yo no quería contarte, por cierto, pero me pillaste desprevenida), en vez de decir «oh, Dios, Edie, qué horror, pobrecita», ¿por qué no dijiste, sencillamente: «Ay, chica, debes de estar hundida y bien hundida»? Oh, no —Edie levantó en alto las palmas—, eso habría sido una cosa horrible de decir, ¿verdad? Pero lo has dicho. A mi espalda. ¿Qué crees que duele más? ¿Qué crees que te hace mejor o peor persona?

—¡No creo que estés hundida! —replicó él, casi gritando—. Creo que eres una de las personas más cuerdas que he conocido.

—«Edie tiene más problemas que la protagonista de una telenovela» —citó ella—. Es una moción de censura bastante grande, ¿no crees?

Elliot torció el gesto.

—Trataba de desalentar a Fraser, eso es todo. Le he dicho que eras «un tostón» (lo que no es cierto); le habría dicho cualquier cosa para que fuera a ligarse a otra. Se ha pasado toda la noche detrás de ti, y eso ha sido una manera impulsiva, desconsiderada y descortés de lograr que se apartara. Te juro que me quiero morir.

Se mesó el cabello y Edie pensó: «Que te den si crees que tu expresión de video musical en un Mustang va a llevarte a alguna parte».

—¿Y por qué te molesta tanto que le guste a Fraser? ¿No soy lo suficientemente buena ni siquiera para algo esporádico? Dudo que GUAU indique que quiera casarse conmigo, así que creo que estás a salvo de que yo vaya a mancillar el apellido Owen.

—Claro que no. Es que... —Elliot hizo una pausa—, es que no me gusta la idea. En absoluto.

La miró fijamente, apretando la mandíbula con un gesto tan triste como desafiante. Edie supo lo que quería decir: temía que, si su hermano y ella se liaban, se le pudiera escapar su secreto entre un gemido de pasión. Qué pobre visión tenía de su carácter, una vez la despojaba de lo superficial.

—¡Eh! ¡Yo soy mi reino! ¡Eh!

Se dieron la vuelta y vieron a un grupo de tipos con camisas a cuadros delante de la tienda de Rough Trade que había en la acera de enfrente.

—¿No eres tú el príncipe? ¡Wulfueraél!

Elliot no les hizo ni caso, concentrándose nuevamente en Edie.

—Siento que la perspectiva de tu hermano y yo juntos te parezca tan repulsiva —dijo Edie—. Los «seis grados de separación» versión Hollywood y todo eso. Me parece muy esnob y mezquino, que no haya pasado tus estrictos controles de calidad para ser una consorte digna.

—Joder. Esto no va nada bien. No es porque piense que no eres lo suficientemente buena para Fraz. Es justo lo contrario. —Elliot se frotó la barbilla—. Trabajamos juntos y somos amigos y siento... siento que tú... me perteneces a mí, no a él. Sé lo asqueroso que suena esto, y lo siento mucho.

Ah, ahí salía el niño mimado, el punto «perro del hortelano» en el que no quería que su hermano diera a su sierva otro uso. De nuevo, Edie lo entendió todo un poco mejor, pero eso no sirvió para que aumentara su simpatía hacia él.

—Entonces, podrías haberle dicho a Fraser «no vayas por ahí, es mi amiga», ¿no? Sigo sin ver la necesidad de todas esas bajezas sobre mí.

—El motivo por el que no le he dicho a Fraz simplemente eso es... bueno, él no ha ganado todas esas medallas deportivas por nada. Si hubiera sabido que quería que él no hiciera nada, se lo habría tomado como un reto...

—Oh, Dios, así que qué soy yo, ¿una partida de tenis de mesa?

—¡No! Ah, vaya. Cómo puedo decírtelo ahora... —Elliot se apretó la frente.

—O podrías haberme dicho: «Ey, Edie. Por favor, no te lo montes con mi hermano, sería raro, con nosotros dos trabajando juntos».

—No tenía agallas para decírtelo.

—¿Por qué no?

—Porque quizá me dijeras que querías hacerlo. ¿De veras no ves por qué fui a él y no a ti?

—Los hermanos antes que las mujeres, ¿no es esa la frase?

—¡No! —Elliot se llevó las manos a la cabeza, del mismo modo que un futbolista cuando falla un penalti—. Entiendo muy bien que estés tan furiosa, pensando que yo he hablado de ti de esa forma. Pero te estoy diciendo la verdad.

—No, no es cierto. No me has pedido que no me acueste con Fraser porque has pensado: «Por supuesto, es un hecho consumado que aprovechará cualquier oportunidad que se le ofrezca, no sabes qué clase de loca es, lo desesperada y necesitada que está». Verás, no ha sido una sorpresa descomunal, Elliot. Sabía por nuestra conversación previa de hoy que no querías que viniera. Tampoco eres tan buen actor.

Uf, Edie no tenía freno. Elliot parecía devastado. Y aun así, solamente estaba experimentado un pequeño porcentaje del dolor que le había infligido a ella.

—¡No tiene nada que ver con que no quisiera que vinieras! Me entró el pánico al saber que mi hermano tenía tu número y que quizá te estaba enviando mensajes eróticos con fotos subidas de tono, o algo así.

—Ey. ¡Eres más bajo en la vida real! —gritó alguien, desde la acera de enfrente.

Volvieron a mirarles y vieron que el grupito de metomentodos tenía algunos nuevos miembros, muchos de ellos mujeres.

—Vete a tomar viento, joder —exclamó Elliot, y la panda explotó en abucheos, risotadas y «oh, te pillamos».

—Deberías volver al bar antes de que te rodee una multitud —dijo Edie—, y yo quiero irme a casa.

—Edie. No quiero dejar las cosas así.

—Bueno, pues así están. Me voy a llevar todos mis problemas a casa en este taxi. Menos mal que es un vehículo de cinco plazas.

—¡Enseña las tetas! ¡Eh! ¡Enséñalas para el Príncipe!

Edie se volvió y le hizo a su último antagonista masculino un corte de mangas, lo que hizo estallar más gritos de placer.

—Buenas —espetó a un afligido Elliot, abriendo violentamente la pesada puerta del taxi. No miró atrás, pero se enfadó consigo misma por preocuparse pensando que el actor estaba ahí fuera, solo y sin protección, rodeado de hienas. No tendría que importarle. De ahora en adelante, no le importaría.

Capítulo 57

Cuando Edie era joven y necesitaba escapar de las cuatro paredes de su casa, que la aprisionaban, solía ir a caminar. Y caminaba y caminaba. En realidad, desde que había vuelto a Nottingham, le gustaba tener de nuevo una ciudad compacta que recorrer, donde las distancias que podía cubrir la hacían sentir como si fuera una especie de Scott explorando la Antártida.

«Solo voy a dar una vuelta, a lo mejor tardo un poco.»

Su padre la había sorprendido escabulléndose de casa antes de las nueve de la mañana.

—¿Sin resaca? Madre mía. ¿Dónde está mi hija y qué ha hecho usted con ella?

Edie dijo algo sobre que los cócteles eran claramente una estafa, no podían emborracharte a pesar de lo que costaban, y desapareció a toda prisa, antes de que su padre pudiera advertir que se sentía apesadumbrada.

Caminó por las hileras de casas adosadas de Forest Fields hasta el parque recreativo de Forest, que una vez al año era asaltado por el caos organizado de la feria de Goose. Y luego atravesó el Arboretum, siguiendo los rieles del tranvía hasta el centro de la ciudad. Agosto casi se había acabado y se podía sentir una ola de aire mucho más frío acercándose, esa pincelada de septiembre.

«¿Por qué molestarse en interesarse por nadie?», pensó mientras llegaba al centro de la ciudad y compraba un café para llevar, que fue bebiendo a sorbos a través del agujero, estilo traqueotomía, que tenía la tapa de plástico. «La mayoría te defraudan, cuando no son horribles.» La indignación inicial que sentía por Elliot había dado paso a una decepción profunda y desoladora hacia el género humano. Su cinismo solía opinar sobre su amistad con el actor que «era demasiado buena para ser cierta». Ahora ya no estaba segura de que aquello fuera cinismo, sino más bien realismo.

Suponía que recibiría algún que otro *mea culpa*, y llegaron a media mañana. Primero fue Fraser, intentando hacer de Kofi Annan, sin éxito.

> *Edie, soy un estúpido redomado por enviar eso, es culpa mía.*
> *A Elliot solo le asustó que yo intentara llevarte a casa y lo saqué fuera de contexto. Por favor, perdónale, sé que él te tiene en un pedestal.*
> *Fraz.* ☹

Edie le dio las gracias por aquellas palabras con educación y lo absolvió de cualquier acto delictivo. Pero no fue capaz de contestar al mensaje casi simultáneo de Elliot hasta al cabo de una hora.

> *Me disculpé mil veces ayer y entiendo que repetirme será tan inútil como irritante, pero, en cualquier caso, lo siento muchísimo, Edie. No pienso eso de ti, para nada, ni mucho menos. Lo dije llevado por el pánico. Odio hacerte daño más de lo que puedo expresar. E.* ☹

La última línea logró conmoverla. Pero entonces se acordó de que él era actor, que leía guiones. En la vida real, él no era la persona que ella había creído. No fue capaz de responderle con un falso «no pasa nada». Hacer que él se sintiera mejor significaba hacer que ella se sintiera como un felpudo. ¿Por qué tendría que hacerle sentir mejor? Como había dicho Margot, no había venido a este mundo a arreglarles las cosas a los demás.

> *A lo hecho, pecho. Olvidémoslo y acabemos el libro.*

No era solo que le hubiera hecho daño, sino también la forma en cómo se lo había hecho.

En realidad, le habría costado menos perdonarle si le hubiera oído hacer los típicos comentarios peyorativos que suelen hacer algunos tipos: «¿Edie? Vaya, es una chica muy simpática, pero creo que tú podrías hacerlo mejor, macho; además, ¿sabes que tiene treinta y seis tacos?»

Siendo pragmática, le habría dolido, pero no sorprendido, que Elliot la hubiera juzgado como necesitada en ese aspecto.

Era la traición relativa a lo que sabía de su pasado lo que no podía soportar; un pasado que había utilizado para describirla como una histérica insegura y extravagante. ¿Era verdad, daba la impresión de ser alguien que no estaba del todo en sus cabales? Deseaba con todas sus fuerzas no haberle contado nada de Jack o de la página de Facebook. O de su madre. Ella misma se había puesto en una posición de vulnerabilidad y él se lo había devuelto tirándoselo a la cara.

Pero lo peor de todo es que Elliot debería haber sido capaz de empatizar con ella, pues sabía lo que era tener que sobreponerse a algo así, lo que costaba dejarlo atrás.

Eso era, exactamente, lo que les unía. De hecho, Edie podía fechar sus sentimientos más cariñosos hacia él a partir de aquel momento en el hotel.

Elliot intentaba tapar su traición con esa chorrada de que no le gustaba la idea de Fraser y ella haciéndolo como conejos —probablemente, bajo el techo de sus padres—; pero, para Edie, no había suficiente papel de empapelar para cubrir la mancha. Estaba muy lejos de ser una explicación completa de lo sucedido.

Regresó a casa escuchando en el iPod *Bizarre love triangle*, de New Order, a todo volumen, lo que parecía sintetizar muy bien su pasado año. «Salvo por lo del amor.»

Cuando entró, comprobó su móvil y vio que tenía tres llamadas perdidas de Elliot. Decidió no atenderlas, dejarle sudar hasta la noche. No le pagaban para hablar con él un domingo y tampoco sabía con qué tono hablarle. ¿Educada pero fría? ¿Brusca pero profesional? ¿Echando humo por las orejas, para adecuarse a su propio estereotipo?

Entonces, vio que Nick la llamaba. Sintió el escalofrío premonitorio de «alguien pisando sobre su tumba», ya que aquella era una atención mayor de la que acostumbraba a tener los domingos, lo que le hizo temer que hubiera pasado algo.

—¿Edith? —dijo Nick—. ¿Estás bien?

—... Sí.

—¿Lo has visto?

—¿El qué?

—Sales en *The Mirror*.

—¿Dónde?

Por unos segundos, Edie pensó en espejos de cuentos de hadas, cristales ovalados y encantados que les decían a reinas malvadas verdades descarnadas. Luego su cerebro comprendió el significado de aquellas palabras.

—¿Cómo es posible...?

—Míralo por Internet y llámame después.

Abrió su portátil y, con manos temblorosas, entró en la web de *The Mirror*.

En la barra de la derecha vio, con un sobresalto que le produjo náuseas, un artículo ilustrado con una fotografía nocturna de un paparazi. Reconoció a Elliot y, ¡cielo santo!, ahí estaba ella a su lado. Su visión casi empezó a chisporrotear con su deseo de abarcarlo todo de una vez. Pie de foto: «Elliot Owen se pelea con una desconocida».

Se le revolvió el estómago y creyó que de verdad iba a vomitar. Hizo clic sobre el enlace.

Capítulo 58

Decapitado en Sangre y oro, *tras enamorarse de la mujer equivocada, el rompecorazones Elliot Owen tal vez reciba de nuevo cuando su novia, la también actriz Heather Lily, vea nuestras instantáneas.*

El actor británico, de treinta y un años, fue sorprendido teniendo una discusión acalorada en la calle con una misteriosa joven morena; y no parecía que estuvieran hablando de la controvertida temporada final de la serie.

La estrella, conocida por millones de personas como el príncipe Wulfroarer, ha regresado a su ciudad natal, Nottingham, para el rodaje de la serie policíaca de la BBC Gun City. *Y parece que no ha perdido el tiempo en volver a sentirse como en casa.*

Un testigo dijo: «Era evidente que ella estaba muy disgustada por algo y que él intentaba tranquilizarla. Hablaban de un modo muy exaltado y parecían conocerse muy bien. ¡Uno no espera ver al príncipe Wulfroarer peleándose con una chica frente a su local!»

En un momento dado, parece que Owen se llevó las manos a la cabeza con desesperación. Y cuando el intercambio emocional se acabó, ella subió a un taxi y se fue a casa sola; un gesto frustrante para la legión de seguidoras de Owen.

El hecho parece confirmar los rumores de que Elliot y su novia actual, Lily, de veintiocho años, que vive en Manhattan, se están «tomando un respiro». Crípticos tuits publicados por la belleza nacida en Hampshire sugieren que estaba disgustada por la incapacidad de Elliot de comprometerse.

Nuestra fuente, bien informada, nos ha dicho que: «Elliot y Heather hace un tiempo que lo han dejado, aunque él sigue supli-

cándole una segunda oportunidad. Ella ha estado considerándolo, pero esto seguramente será la gota que colme el vaso. Heather siente que Elliot ha jugado demasiado con ella. El actor debe decidir qué es lo que quiere».

Y no fue solo Owen quien se le cruzó a su nueva amiga la noche pasada. La bonita morena que le acompañaba también dejó claros sus sentimientos a un transeúnte que intentó apaciguar la pelea, haciéndole un corte de mangas. Tal vez le haga falta este espíritu luchador si Heather decide visitar a su hombre.

¿Sabes quién es la chica que está con Elliot Owen? Llama ahora a nuestra redacción.

Edie ojeó las fotos. Se trataba de la pelea entre Elliot y ella, burdamente reproducida en una serie de borrosas fotografías hechas con un teléfono móvil. Había unas de Elliot con las manos en la cabeza y cara de abatimiento mientras ella le lanzaba su diatriba; otras, de Edie con los brazos cruzados, ceñuda, con él intentando que se tranquilizara. Y el plato fuerte: ella haciendo el corte de mangas a su antagonista. Oh, Dios. Oh, no. Pues claro, aquel grupito iba con sus móviles en alto, jo.

Ahora no podía evitar devolverle las llamadas a Elliot. La magnitud de la situación pospuso la decisión sobre su conflicto actual. No podrías estarte peleando con alguien que te estuviera ayudando a escapar de un edificio en llamas.

—Edie —dijo Elliot en cuanto descolgó—. ¿Has visto los periódicos?

—Sí —respondió—. Elliot, lo siento muchísimo.

Se produjo una pausa provocada, como dedujo Edie, por un silencio de sorpresa por parte de su interlocutor.

—¿Y qué te parecen?

—Tendría que haberme dado cuenta de que nos fotografiarían y andar más rápido. Y no hacerle cortes de manga a la gente.

—No seas boba. Fui yo el imbécil, por seguirte. Y el tipo te estaba gritando que le enseñaras las tetas, tendría que haberle dado un puñetazo.

—Creo que, ahora mismo, eso habría sido peor —repuso Edie.

—He hablado con mi agente. Dice que, si no hay más fotos nuestras juntos, lo más probable es que todo se olvide pronto. Quiero decir, que otras webs publicarán la historia, pero en términos de «nuevas» noticias...

—OK —farfulló Edie, intentando mantener la respiración calmada. Notaba en el tono de Elliot que se acercaba un inmenso y truculento «pero».

—Pero, en cuanto al asunto de quién eres, seguramente saldrá publicado un artículo de seguimiento cuando lo sepan. Y puede ser que Jan dé su opinión, claro.

—Claro —repitió Edie débilmente. Oh, Dios. Tendría que bajar y contárselo a su padre...

—Por cierto, no te preocupes porque Heather vaya a aparecer. No podría encontrar Nottingham ni en un mapa. —Elliot titubeó—. Aunque no pasaría nada incluso si lo hiciera.

Edie se agarró aleatoriamente a una de las muchísimas preguntas que daban vueltas en su cabeza.

—¿Y eso de que tú le suplicabas a Heather otra oportunidad?

—Ja, ¡qué clásico!, ¿eh? El equipo de relaciones públicas de Heather a toda máquina. Sí, me pregunto dónde han encontrado esa fuente misteriosa que me hace sonar a mí como el imbécil y a ella, como al ángel asediado. «Elliot debe decidir qué es lo que quiere». Más elaboración que en un taller de manualidades.

Edie no iba a dejarse llevar otra vez por el don de Elliot para hacer gala de giros ingeniosos y agudos. Aceptaba que debían trabajar juntos en esto, pero ¿regresar como si nada a su anterior amistad? Nanay.

—Lo que tienes que hacer —continuó Elliot— es avisar a los amigos y a tu familia de que la prensa quizá les llame y que no hablen con ellos. Piensa en esto como si fuera un fuego: cuanto menos oxígeno le des, más rápido se apagará.

—El problema es que, por culpa de lo que pasó en la boda, hay una gran cantidad de gente que me la tiene jurada. Descolgarán el teléfono en cuanto vean esto y dirán que saben quién soy —Edie no había pensado en ello hasta que lo dijo en voz alta—, es decir, que todo lo de la boda seguramente saldrá a la luz, ¿no?

Se produjo entonces una pausa muy tensa, en la que Edie deseó con toda su alma que él la contradijera.

—Vaya. No había pensado en eso.

Edie no sabía qué decir. Aquello era un terrible giro de ciento ochenta grados.

—Edie, cualquier cosa que pueda hacer para protegerte, voy a hacerla. No te mereces nada de esto.

—Voy a ser la comidilla otra vez, ¿verdad?

Tomó aliento, temblando e incapaz de hablar mientras sofocaba las lágrimas.

—¿Edie? ¿Sigues ahí?

—Mmm —murmuró roncamente—. Solo... Vaya...

No pudo evitar prorrumpir en pequeños sollozos.

—Edie, no llores. Por favor. Todo saldrá bien. Cuidaré de ti, te lo prometo.

Preciosas palabras, que no significaban nada. Ya habían estado ahí antes.

—'Tá bien —suspiró—. Mejor voy a contárselo a mi familia.

—Siento tanto, tanto, que el haberme conocido te haya traído esto... Por favor, si hay cualquier otra cosa que pueda hacer, dímelo. Si te sirve de ayuda, puedo hacer que mi agente hable directamente contigo.

Edie le dio las gracias, pero pensó que lo de «no digas nada» era bastante claro y simple.

—Además, Edie, sobre anoche...

—Dejémoslo de lado —dijo ella con rapidez—. Ahora mismo no puedo con eso.

Elliot accedió, con un deje de tristeza.

Bajó las escaleras y encontró a su padre y a Meg en la sala de estar, viendo un programa divulgativo de arte y antigüedades.

—Papá, Meg —murmuró.

—Qué reloj más espantoso —dijo Meg—. Yo lo vendería. Parece algo que uno encontraría en la casa de un pedófilo viejo.

—¿Es que los pedófilos coleccionan un tipo determinado de relojes? —preguntó Jerry—. Quizá habría que informar a la policía de algo así.

—Papá, hay algo que tengo que deciros a los dos.

Ambos la miraron. Edie optó por soltarlo de golpe.

—Salgo en *The Mirror*. El periódico. Bueno, por Internet. Tuve... una discusión con Elliot en la calle ayer por la noche y alguien nos hizo fotos. Dicen que soy su novia, pero no es cierto.

Instantes después, los tres se apiñaban en torno al ordenador portátil de Edie sobre la barra de la cocina, su padre examinando el contenido de la pantalla con sus gafas de leer puestas.

—No es lo peor que podría pasar, ¿no? ¿Un poco de cotilleo estúpido? —señaló su padre al pasar la tercera foto, en la que Edie tenía los labios apretados y los brazos cruzados—. Uy, uy, conozco esa cara. Pobre chico.

—Hay más. Quizá salga otra historia —dijo Edie, y Meg la miró como si acabara de aparecer por la chimenea tras una cortina de polvos Flu—. Sobre que besé a alguien en su boda. El marido de una compañera.

—¿Y lo hiciste? —preguntó Meg, con aire de disgusto.

—Mmm, claro. ¡Él me besó a mí! Solo fue un momento.

—Puaj, el matrimonio es una patraña —opinó Meg.

—Hice que se separaran.

—Oh, mi querida Edith —exclamó su padre con cara de consternación.

—¡Papá, no estaba teniendo una aventura ni nada por el estilo! —Mmm, en realidad tenía algo parecido; pero, en cualquier caso, sobre todo quería que constara que no había habido sexo de por medio, diciéndolo sin tantas palabras—. Ahora vuelven a estar juntos, pero la gente del trabajo piensa que todo es culpa mía.

Tanto su padre como Meg la miraron en silencio, sin saber qué decir, y Edie deseó haber tenido el valor de contarles todo lo que ocurrió en cuanto puso un pie en casa. Pues tal y como estaban las cosas, el momento elegido para hacerlo no la favorecía demasiado.

—Espera, ¿es por eso por lo que estás aquí? —dijo Meg—. ¿En Nottingham? ¿Te echaron?

—No, más bien me apartaron. Hasta que se calmaran las cosas —respondió Edie.

Meg resopló, mirándola con atención.

—Ja, ya sabía yo que solo vendrías aquí en una crisis.

—Pues esperemos que la prensa sensacionalista no lo airee —afirmó su padre categóricamente. Y, echando otro vistazo al artículo, añadió—: Pero sí que se te ve muy alterada. ¿Qué pasó?

Edie no podía mentir descaradamente, al menos no ahora. Miró las fotos; era evidente que estaba cantándole las cuarenta a Elliot. Tenía que improvisar algo.

—Vi un mensaje que no debería haber visto en el que Elliot decía que a veces yo era un «quebradero de cabeza». Se remonta a cuando no nos llevábamos bien, al principio. Había bebido y me lo tomé como una ofensa. Pero ya hemos hecho las paces.

Aunque todo habían sido medias verdades, de ninguna manera iba a decir que «estaba enfadada por mamá».

—¿Y a quién le haces ese corte de mangas? —preguntó Meg, inclinándose sobre el portátil nuevamente.

—Ah, a un tipo que me gritó que les enseñara las tetas.

Meg sonrió.

—Ja, ja, ja. Bonita foto.

—Desde luego, al menos se te ve con mucha «personalidad» —apuntó su padre, con una sonrisa—. Ya que no con tu habitual y contagiosa *joie de vivre*.

—Si llaman periodistas a casa, no digáis nada —dijo Edie—. En serio, nada. Solo colgad.

—El teléfono fijo no funciona —le informó Jerry—. Lo único que tenemos aquí son vendedores a puerta fría y al pobre «Leonard» con Alzheimer.

—Pues por teléfono móvil.

—Bueno. Me dejarían impresionado si me pillaran con el mío encendido y el de Meg con la factura pagada.

Edie tenía que admitir que ninguna de las dos cosas era demasiado probable.

Vaya. Esa respuesta de su familia era toda una sorpresa. No buena, pero tampoco mala. Pese a ello, Edie todavía tenía la ominosa impresión de que no había pasado lo peor del asunto, especialmente si se hacían con la historia de su madre. Pero no lo dijo.

Capítulo 59

Es difícil apreciar lo desagradable que resulta estar en los medios de comunicación por un motivo negativo hasta que estás en los medios de comunicación precisamente por un motivo negativo. No era infame del modo en el que Edie se lo había imaginado, sino que se parecía a un delirio febril desorientador, repleto de «¿esto está pasando en realidad?» y completamente fuera de su control.

Pero, incluso más desagradable que aparecer en los medios, era saber que volverías a hacerlo pronto.

No había ningún resquicio de duda al respecto. Edie tuvo una media hora de locura, durante la que se persuadió a sí misma de que, por un milagroso azar, nadie la reconocería. Esta absurda esperanza se vio rápidamente aplastada cuando recibió una misteriosa riada de solicitudes de amigos en su nuevo perfil de Facebook. Los mensajes no paraban de entrar. Muchos eran de perfectos extraños y otros de periodistas, pero lo más alucinante era que había una media docena de colegas de Ad Hoc.

¿De firmar la petición para deshacerse de ella a suplicar por su amistad? Increíble. Curiosamente, advirtió que Louis no había intentado ponerse en contacto con ellos. ¡Y con un chismorreo así de grande! Debía de estar metido en algún agujero. Literal o metafóricamente hablando.

El lunes, tras echar un vistazo a la calle a través de las cortinas de su casa, y ante el hecho de que no hubiera aparecido todavía ningún artículo de seguimiento, creyó que era relativamente seguro salir, aunque vía taxi. Corrió desde la puerta de entrada hasta la puerta del vehículo con la cabeza agachada, sintiéndose a la vez ridículamente paranoica y tremendamente irresponsable.

Tendría que haber sido más lista y haber evitado salir por ahí con gente famosa esperando que algún tipo de notoriedad se le acabara pegando, como la pintura fresca en un pasillo estrecho.

—Ey, Christine Keeler, la chica del escándalo. ¿Sabes que eres el puñetero tema del momento de Twitter? —dijo Nick, que se había autodesignado administrador de la crisis, cuando ella llegó para desayunar con él un inmenso bocadillo en la pequeña cafetería Brown Betty.

De repente, Edie perdió el interés por su bocadillo de carne picada.

—¡Vaya! ¿Qué?

—Aquí. Mira, bajo el *hashtag #quienesesachica*, intentando saber quién eres. Parece que Heather no es muy popular entre los seguidores de Elliot Owen, después de que ella dijera en una entrevista algo de no volver nunca a salir con «civiles». Han decidido que les gustas, para pasarle la mano por la cara a la actriz. Creo que es lo del corte de mangas lo que les ha atrapado. Dicen que eres uno de ellos.

Edie le dio al *hashtag*, el tercero tras *#ArruinarUnRomanceConUnaPalabra* y *#SiSangreyOroPasaraenUK*. Vio un montón de pies surrealistas en las fotos de Elliot y ella. «*MITO*» y «*<3 esta choni*»; y el más directo: «*KIENESTAPIBA?*»

Un pensamiento horrendo le cruzó la mente: que este vacío antes de la próxima historia era solamente un tiempo extra para escarbar en su vida. Se podía imaginar a Lucie Maguire acumulando una gigantesca factura de telefonía móvil llamando a todos los periodistas del país. Edie había advertido a todos sus conocidos de que no hablaran con la prensa, lo que no era demasiada gente. Su teléfono sonaba y se cortaba continuamente con números de móviles desconocidos; y cuando escuchaba los mensajes de voz antes de borrarlos a toda prisa, eran siempre voces anónimas, tratando de sonar zalameras, ofreciéndole la increíble oportunidad de contar su versión de la historia.

Nick, en un gesto protector, ayudó a Edie a tomar el taxi hacia su casa, asegurándose de que no les viera nadie, aunque se desternillaba de risa.

—¡Muchísimas gracias! —dijo Edie, con fingido enfurruñamiento. En realidad, estar con él resultaba tonificante: mucho mejor que con alguien que estuviera de acuerdo con ella en que aquello era el fin del mundo.

Pasó una tarde llena de inquietud hasta que su hermana regresó de su turno en la residencia y dijo:

—Ah, creo que hay alguien en la acera de enfrente haciendo fotos.

—¿Qué? —fue la respuesta de Edie. Levantó la cortina y, en efecto, había un hombre, apoyado contra un automóvil, que llevaba una cámara con un objetivo de larga distancia. Edie estaba ahora bajo arresto domiciliario. Era un sentimiento de rabia, de estar acorralada, perseguida. La única conversación que podía tener era con Margot, a través de la valla; y la anciana no pareció captar la gravedad de la situación.

—Qué maravilla —dijo, haciendo dibujos de humo con su pitillo, mientras su mano libre, con un pintauñas magenta, se apoyaba sobre la valla—. Si todo el mundo piensa que estás teniendo un lío con él, pues ya de paso podrías tenerlo. Seguro que ahora ya ha cruzado su mente, cariño. ¿Por qué ser colgado por un crimen que no has cometido?; estoy segura de que él estará de acuerdo.

Edie no sabía si reír o llorar.

Y entonces, llegó el martes. En cuanto vio el nombre del enlace, Edie supo que ahí estaba la historia que había temido.

El título era: «¿Quién es esa chica? El peculiar pasado de la nueva mujer en la vida de Elliot Owen». Venía ilustrado con unas imágenes que dedujo le habían birlado de Facebook, así como las fotos del móvil anteriores. Todas parecían calculadas para retratar a una chica de alterne: Edie saludando a la cámara con un cóctel o posando con los brazos alrededor de parte del equipo de Ad Hoc, sus grandes ojos con pestañas postizas levantados al cielo, en una mueca juguetona de fingida timidez.

Oh, Dios.

> *Han corrido rumores acerca de quién es la nueva mujer que ha aparecido en la vida de la estrella de* Sangre y oro, *Elliot Owen, entre los incondicionales ansiosos por descubrir su identidad.*
>
> *La pareja fue vista peleándose en la calle en una acalorada discusión el pasado fin de semana, lo que indica que Owen y la actriz Heather Lily habían acabado definitivamente.*
>
> The Mail *revela en exclusiva que esta misteriosa joven es Edie Thompson, de treinta y seis años, una escritora que está trabajando en la próxima autobiografía del actor. Sus visitas al rodaje de la película policíaca* Gun City *han confirmado a los testigos que está siendo muy concienzuda en la investigación.*
>
> *«Es evidente para todos los del plató que están locos el uno por el otro», informa una fuente. «Un día, apenas Elliot había acabado una escena, la llevó a su tráiler; la levantó, físicamente, y se la llevó en brazos. Fue el príncipe Wulfroarer en estado puro. Nos dijeron que era un caso de «no molestar mientras la cosa dura», por lo que la agenda de rodaje quedó cancelada aquel día. El equipo de producción se quedó sin palabras.»*
>
> *Su exnovia Heather no ha ocultado su rabia por la traición, al tuitear recientemente que «quien te falla no merece que llores por él» y «todo lo que no te mata, te hace más fuerte».*
>
> *Y parece ser que la morena Thompson, que también es natural de la ciudad de origen de Elliot, Nottingham, no es ajena a crear revuelo en lo relativo a su vida amorosa.*
>
> *Aunque parecía soltera cuando conoció a Owen, estaba implicada en un triángulo sentimental a principios de año, cuando fue supuesta-*

mente sorprendida besuqueándose con el marido de una amiga... durante su BODA.

El matrimonio trabajaba con Thompson en una agencia publicitaria ubicada en Clerkenwell, Ad Hoc, y la polémica la obligó a tomarse una excedencia para escribir el libro de Owen. El recién casado, Jack Marshall, fue despedido por su indiscreción.

«Edie es una destroza hogares», nos dijo una antigua conocida suya de la agencia. «Lo que le hizo a Jack y Charlotte fue abominable, y no siente ningún remordimiento. Cuando Edie está cerca, se trata simplemente de guardar bajo llave a tu hombre. No me ha sorprendido que no haya perdido el tiempo en echarle el lazo a Elliot Owen. El pobre no tiene ni idea de con quién está tratando.»

PASADO PROBLEMÁTICO

Mientras escribe el libro sobre Owen, la ejecutiva de publicidad está viviendo aloja con su padre y su hermana en su modesta casa adosada, ubicada en un destartalado barrio a las afueras de Nottingham. Su madre se suicidó en 1988 tras sufrir una depresión posparto.

Jan Clarke, autora de la inminente biografía no autorizada sobre Owen, Elliot Owen: príncipe entre hombres *(prevista para el 12 de noviembre)*, dice que es esta desazón interior de la joven lo que tal vez haya atraído a la estrella. «Mi libro incluirá algunas revelaciones explosivas sobre el propio pasado de Owen, mucho más turbulento de lo que la gente cree», ha puntualizado. «Sin duda, estas similitudes son las que les han unido.»

Una representante de Owen dice que los rumores sobre la relación son totalmente falsos. «Es algo exclusivamente profesional, no hay ningún romance», ha insistido dicha representante.

Jan Clarke, qué sorpresa.

Edie notaba la boca seca. Releyó el artículo una media docena de veces más. «Pasado problemático.» Era profundamente inquietante ver tu vida resumida y servida en bandeja a los extraños.

El móvil de Edie parpadeó con el mensaje «¡¿Q ES ESTO EDIE?!» y una llamada perdida de Jack. Decidió no hacerle caso. No le debía nada. Él la había echado a los lobos tras la boda, y ahora se la devolvía haciéndole lo mismo.

Con pasos muy pesados, bajó las escaleras y enseñó el artículo a su hermana y a su padre.

Jerry se encogió de hombros y suspiró. Meg lo leyó con la boca abierta y lanzó una audible bocanada de aire al llegar al principio del último párrafo.

—¡Destartalado! —exclamó—. Fíate de *The Mail* y su obsesión por los precios de las casas.

Siguió leyendo y entonces se quedó en silencio.

—¿Por qué meten a mamá en todo esto? —dijo al fin, mirando a Edie con resentimiento.

Su padre ni siquiera la miró, lo que era peor que si hubiera perdido los estribos.

—No lo sé —respondió Edie con voz ronca. Pensaba que Meg gritaría o lloraría, pero en vez de eso permaneció callada. Les pidió disculpas a ambos, pero no había mucho más que decir.

—¿Y «no» estás cortejando a este joven? —preguntó su padre, con incredulidad.

—No —respondió Edie; pero en vez lograr ser exculpada de lo sucedido, solamente pareció subrayar el sinsentido de intentarlo.

Su padre desvió su atención, nuevamente, a la historia que había en su portátil, y Edie advirtió que era un caso perdido: ni él ni Meg parecían convencidos, y eso que vivían con ella. Una vez aparecía impreso, de alguna manera se quedaba fijado.

—¿Habrá más? —dijo su padre.

—No lo sé. Espero que no.

Edie quería añadir algo más, pero no tenía palabras de consuelo que ofrecer y Meg había dejado bien claro que prefería estar en cualquier otro lugar de la casa en vez de a su lado. Así que regresó a su habitación y lloró amargamente. La única llamada que decidió responder, de las muchas que su maldito teléfono recibió, fue la de Elliot.

—Edie, ¿estás bien? Estoy en plena faena, así que perdona si mi llamada es breve —dijo, desde un lugar donde se oía el viento de fondo.

—¿Sabes? Me siento como si fuera a vomitar —dijo ella—, y al mismo tiempo completamente vacía.

Era una vergüenza diferente a la de la boda. En aquella ocasión había tenido por audiencia a gente que conocía; en esta tenía el mundo entero como escenario y los espectadores eran unos completos desconocidos. Se trataba de una nueva dimensión de la humillación; una que permanecería para siempre en la eternidad de Google.

—Gracias por decirme que estar públicamente relacionada conmigo hace que tengas ganas de echar la pota —dijo Elliot, lo que arrancó la primera risa de Edie desde la noche de la pelea. Rio frágil y agradecida.

—Ey, y tú no tienes ni idea de con quién estás tratando —replicó con seriedad—. ¿Quién es esa mujer fatal sobre la que he estado leyendo? Lo peor de todo es que es muy difícil decir «esto no es cierto, o esto otro». De alguna manera se asienta sobre un conjunto de verdades pero completamente deformadas.

—¡Exacto! Ahora entiendes cómo funciona. Incluso cuando es correcto, está mal. Espero que el desmentido lo acalle todo definitivamente. Tenemos la suerte de no estar en Londres. No prescindirán de tantos fotógrafos para que deambulen por las Midlands. Además, mi publicista es la repanocha. Ya está trabajando en una estrategia. Ya te informaré de cuál es en cuanto la tengamos perfilada.

—Gracias.

Advirtió entonces que Elliot no había mencionado nada sobre la velada amenaza de Jan sobre la adopción... ¿Se lo había contado ya a Fraser? Sospechaba que, recuperándose de los daños colaterales causados por su pelea, no lo había hecho, y pensó que era muy considerado por su parte no convertir el asunto en algo que girara en torno a él. Pero, por mucho que apreciara su apoyo, para él era distinto. Estaba acostumbrado a ser famoso. Lo había elegido.

Hannah y Nick la incluyeron en un grupo de WhatsApp llamado «Hoy noticia; mañana, papel de envolver», y le prometieron que un día se reiría de todo aquello.

Su móvil parpadeó con una llamada entrante. Era de Richard. De Richard, que seguía en Santorini hasta la próxima semana. Que llamara fuera del horario laboral no auguraba nada bueno. Y es que su jefe, el «trabajoadicto», protegía con uñas y dientes su sagrado tiempo libre, igual que lo hacía su temible esposa.

—Solo llamadme si ha estallado una bomba —decía siempre—. E incluso en ese caso, si el triaje de campo ya se ha hecho y nadie se está desangrando, preguntáos a vosotros mismos: como hombre ajeno al mundo médico, ¿qué podría aportar yo a la emergencia?

—¡Hola, Edie! —dijo, con un entusiasmo firme y amenazador—. Mi familia está disfrutando de un desayuno tardío en una taberna local. Y en vez de estar con ellos, comiéndome unos deliciosos huevos griegos, estoy al teléfono contigo. ¿Imaginas por qué puede ser?

—Richard —murmuró Edie, llevándose la mano a la frente—, lo siento muchísimo, nada de lo que dicen es verdad. No me estoy viendo con Elliot Owen.

—Tengo aquí tu repertorio de fotos de la columna de consultas de *The Sun*, y perdóname, pero no parece que estuvieras hablándole del estilo de tu prosa, ¿sabes? Me cuesta llenar los bocadillos de las imágenes con un debate sobre el posesivo sajón en inglés.

Richard estaba exasperado, pero no gritaba. Edie tenía que tomárselo como una buena señal.

—Salimos a tomar algo, su hermano coqueteó conmigo y se produjo un pequeño malentendido, pero todo está arreglado.

—Es con su «hermano» con quien estás tonteando, espléndido. Pues debo decir que Owen parece encantado con la idea. Verás, que una empleada mía esté enzarzada en insultos con un cliente en mitad de la calle no es exactamente la imagen de Ad Hoc que quiero proyectar.

—Richard, te lo prometo, ¡no es lo que parece!

—Me temo que no lo pillas: lo que parece ES lo que es. Salvo que pretendas embarcarte en un debate nacional explicando tu versión de las cosas, los periódicos te han tomado la delantera.

—... pero como cliente, Elliot está completamente satisfecho. Lo juro. El libro va bien.

—Él, quizá. Pero no el editor.

—¿Cómo?

—Sí, la mala noticia es que se han cabreado muchísimo por la atención desfavorable suscitada. Quieren que vayas el lunes a su despacho para explicarles por qué deberías seguir escribiendo el libro. La buena es que puedes matar dos pájaros de un tiro y venir a verme después.

Edie se hundió. Iban a despedirla por partida doble. Al menos eso le ahorraría el mal trago de decirle a Richard que lo dejaba.

—Y, por lo que respecta a la autobiografía, defiéndete todo lo que puedas, pero debo advertirte que este es uno de esos casos en los que la sentencia de muerte ya está firmada de antemano.

—¡Pero he trabajado tanto! —exclamó Edie.

—Edie, llámame un obseso de las normas con memoria de elefante —replicó Richard—, pero... ¿Te acuerdas de cuándo te di este trabajo? ¿Te dije: directriz principal número uno, «Por Dios, no te líes con el actor»? Si alguna vez hubo un ejemplo de «solamente tenías que hacer una cosa...».

No iba falto de razón.

Capítulo 60

Tres ejecutivos de la editorial estaban sentados enfrente de Edie, al otro lado de una mesa, en Bloomsbury, con copias impresas en color y DINA4 de las historias de *The Mirror* y *The Mail*. Dado que ya las habían leído, Edie supuso que aquello solamente estaba redactado para intimidarla y avergonzarla; y funcionó. Había sido un trayecto largo y angustioso, y la atmósfera que se encontró justificó totalmente sus temores. No habían aparecido nuevas historias desde la semana pasada, solo versiones recicladas del artículo incriminatorio de *The Mail* circulando por ahí, y aun así Edie estaba lejos de asegurar que lo peor hubiera pasado.

—Antes de que empecemos —dijo Edie—, quisiera garantizarles que no existe ningún tipo de relación inapropiada entre Elliot Owen y yo. Esas fotografías fueron tomadas cuando me invitaron a unirme a su grupo en una salida nocturna, y todos bebimos demasiado. Ya está todo resuelto —concluyó.

El silencio de tres pares de ojos, taladrándola con la mirada, que siguió a sus palabras decía «no, no lo está».

—Déjame explicarte nuestra posición —dijo Becky, la mujer al mando, con su vestido de Hobbs y su calzado de primera calidad, entrelazando los dedos y hablando en un tono suavemente paternalista y cortésmente hostil—. Queríamos a un escritor para este proyecto que permaneciera en el anonimato mientras escribía. A eso se le llama un «negro» por una razón. Nuestro deseo era ocupar la franja de prestigio dentro del mercado para contrastar con el libro rival, dirigido al público de masas, que se lanzaría de forma más o menos simultánea.

Edie se recogió el cabello detrás de las orejas, asintió y se sintió como si estuviese en el despacho de la directora, a punto de ser expulsada.

—Ahora tenemos toda «esta» publicidad —empujó el artículo de *The Mirror* hacia Edie, como si quisiera refrescarle la memoria—, que no da precisamente una imagen de un producto de calidad. Y la autobiografía aparece mencionada en todos y cada uno de los sitios donde han retomado la historia de *The Mail*. Apareces en…

—leyó una lista— *The Huffington Post, Metro, Digital Spy, Express, Just Jared, Washington Post*... ¿Es necesario que siga?

Edie «estaba» en el despacho de la directora.

—Estamos en un terreno desconocido: nunca habíamos tenido un negro que se viera implicado con la vida del sujeto, y encima, de una manera tan pública. Tras un amplio debate, nos da la sensación de que este suceso va a complicar las cosas, innecesariamente, para el lector. Salvo que puedas ofrecer una perspectiva especial como... su compañera.

—¡Pero no puedo! —protestó Edie. Oh, ojalá alguien la creyera para variar. Si tuviera tanto sexo como todo el mundo se imaginaba, caminaría, por lo menos, como Sam Bigotes.

Becky hizo una pausa lo suficientemente larga para dejar claro que su interrupción era inoportuna y de mal gusto.

—No, no puedes, claro que no, y entre otras cosas porque firmaste un acuerdo de confidencialidad.

Vaya, preguntas con trampa.

—Y, como no puedes hacerlo, vemos esto como un asunto en el que todos vamos a salir mal parados. Confunde al consumidor. Querámoslo o no, será recibido como el libro de su novia; y a saber qué otras historias saldrán próximamente...

—¡No habrá ninguna más!

—¿Estás segura?

—Mmm... Bueno, no hay nada nuevo que decir... En fin, nada que sea verdad.

Los ojos de Becky se desorbitaron. Tomó otro de los artículos impresos y lo lanzó de nuevo sobre la mesa.

—Pero ¿no has dicho que estas cosas difundidas no eran ciertas?

—Sí.

—¿Entonces cómo puedes saber si habrá o no algo más? No hace falta que sea verdad.

Jaque mate.

Richard tenía razón: esa ejecución ya había sido ratificada por las más altas instancias reales. No era un debate para decidirla, era una notificación.

—Te daremos una parte del dinero acordado y pasaremos tu material a otro escritor, que se ocupará de acabar el manuscrito. No aparecerás en la página de créditos, pero se te mencionará en los agradecimientos.

—Pero... —Edie se sentía desamparada— mucho de todo esto se basa en conversaciones que he mantenido con Elliot. ¿Vais a pretender que ni siquiera estuve allí?

—El libro va sobre él, no sobre ti —terció la mujer, más joven, que había a la derecha de Becky, con un tono que, en comparación, hacía que Becky sonara como si fuera su fan.

Llamaron a la puerta y apareció la cabeza de otra mujer.

—Becky. Tengo una llamada para ti. Es Kirsty McKeown. Dice que es urgente.

Cuando salió de la habitación, los demás permanecieron sentados en un tenso silencio. Tras cinco interminables minutos, Becky regresó, retomó su asiento, carraspeó y le lanzó a Edie una mirada que podía, si no matar, sí mutilar gravemente.

—Elliot Owen no acabará el libro a menos que sea con esta misma escritora.

A pesar de todo, aquello hizo que el corazón se le henchiera de orgullo.

La mujer a la derecha parecía muy irritada.

—¿No podemos ofrecerle...?

—Es absolutamente inflexible en este asunto. —Becky miró a Edie, obviamente expresándole: «OH, NO ME ACUESTO CON ÉL, ¿EH? PUES FÍJATE».

No había nada más que decir. Lo que era tener contactos en las altas esferas...

—Por favor, evita cualquier otro tipo de situaciones que puedan ser recogidas por la prensa.

—Sí, por supuesto —afirmó Edie, con un hilo de voz.

Esto obligaba a ofrecerle a Elliot un directo «muchas gracias». Edie salió a la calle y marcó el número del actor, tras comprobar que nadie le estuviera haciendo fotos. En Londres, parecía que había vuelto al anonimato, a Dios gracias. La gente que quería ser famosa no sabía lo que estaba pidiendo.

Saltó su contestador automático. Y cuando Elliot le devolvió la llamada minutos después, sonaba intranquilo, de ahí que sus primeras palabras fueran entrecortadas y precipitadas.

—¿Te iban a echar del libro?

—Sí, salvo que lo escribiera como si... —Edie vaciló—, salvo si lo escribía desde el punto de vista de alguien que estuviera manteniendo una relación contigo, a lo que les contesté que era algo que no podía hacer, obviamente.

—¿Por qué no me lo dijiste? Si no fuera porque se lo oí decir a mi agente, quizá hubiera sido muy tarde para que te pudiera ayudar. Podría incluso haber evitado que tuvieras que ir a esa reunión.

—No sabía qué querrías tú... —La voz de Edie fue apagándose. ¿Por qué no se lo había preguntado? Pues porque le había parecido que sonaba demasiado a «damisela en apuros». Sentía que era una paradoja inmensa hacer que él arreglara las cosas como su amigo, cuando todo el asunto venía de que ella quería dejar claro que la suya era una relación solamente profesional. Y, sí, también le había estado evitando—. Y pensé que quizá encontrarías que trabajar con otro escritor te sería más fácil.

Se produjo un pesado silencio.

—Edie, que le den a lo que yo quiera; habría sido un enorme desperdicio de tu trabajo a estas alturas. ¿O eres tú la que quieres dejarlo?

—¡No! ¡Claro que no! Tengo muchas ganas de acabar este libro. Me siento orgullosa de lo que ya he hecho.

—¿Entonces por qué no me pediste que interviniera?

—No quería suplicarte un favor. No era tu responsabilidad.

Edie esperaba que el hecho de que hubiera descartado esa opción fuera una señal de impresionante independencia y no de completa estupidez.

—¿De verdad te caigo tan sumamente mal que no podías soportar tener que pedírmelo?

Evidentemente, Elliot estaba seguro de que esa había sido la razón.

—¡No!

Edie no sabía cómo se sentía en relación con Elliot. No estaba enfadada, ya no, pero no era igual que antes. Habían superado lo del mensaje de texto desde un punto de vista práctico, pero no emocional, al menos no para Edie. Afortunadamente, la salvó de tener que encontrar las palabras precisas para explicárselo una llamada de Richard que apareció en su móvil; y es que no se atrevió a dejar a su jefe en espera mucho rato.

Capítulo 61

Richard era el único hombre que ella conocía que sabía cómo abrocharse los botones de una americana mientras se levantaba, igual que si acabara de ser nombrado el ganador en una entrega de premios.

Hoy llevaba un increíble traje de un azul intenso, semejante al color de un pavo real, y una camisa burdeos.

—Siéntate. ¿Qué quieres tomar?

—Una copa de vino blanco, gracias.

—¿Alguna preferencia?

—Elige tú.

Edie había esperado un mero café para llevar a cabo ese despido lamentable, pero Richard la llamó para decirle que «todavía estoy en mi momento Santorini, ¿te apetece ir a tomar una pinta?». Quedaron en un bar victoriano reformado, del que pendían sobrecargadas macetas de flores, con lámparas de carruajes antiguos decorando las paredes y un olor húmedo a cerveza llenando el ambiente.

Richard volvió con las bebidas. Todos los ojos se fijaban en él, pues se vestía y se comportaba como una persona de relevancia. Era curioso lo esencial que algo así resultaba para obtener atención, mientras que Elliot, solo con una gorra de lana metida hasta las orejas, podía pasar relativamente desapercibido.

Una vez ambos sentados, Richard le dijo:

—Bueno, pues... ¿Por dónde empezar con el último episodio de *El Show de Edie Thompson*? Esto ha sido algo así como el final de suspense hasta el último momento antes de la pausa de mitad de temporada. ¿Así que dices que sigues en el libro?

Richard levantó una ceja e intentó no reírse.

—¿Y ahora, este? Jack Marshall, y ahora, este capullo veleta. No es algo por lo que yo firmaría.

—¡Elliot es un tipo decente! —protestó Edie—. De veras. Sus reticencias iniciales tenían mucho sentido, solo que no nos informaron de cuáles eran.

—Si tú lo dices... —murmuró Richard—. La verdad es que, como dicen mis hijos, «te ha echado un cable».

Richard hizo girar su pinta sobre la mesa, como si pretendiera hacer un dibujo con los círculos que dejaba el vaso.

—Y ahora, por lo que respecta a tu futuro en Ad Hoc...

—Richard, te ahorro lo de decirme que me tienes que pedir que me vaya; de todos modos, no podría volver a la agencia. Hicieron una petición, pidiéndome que me fuera. Y la firmó todo el mundo y...

—Lo sé —dijo Richard.

—Espera, ¿lo sabías?

—Sí. Usaron la impresora del trabajo y encontré una copia en la caja del papel para desechar.

—Oh.

—Genios de la conspiración, no es que sean.

Richard bebió de su cerveza rubia y estudió a Edie.

—¿Sabes? Mi mujer me dijo, tras conocerte las pasadas Navidades, que tenías un alto nivel de inteligencia emocional. Y estoy de acuerdo. Así que, ¿puedes contarme el secreto de por qué alguien tan inteligente como tú se comporta tan a menudo como una tonta de remate?

Richard lo había preguntado sin el más mínimo sarcasmo.

—No lo sé —admitió ella—. Si lo supiera, dejaría de hacerlo.

—Yo te deseo lo mejor, Edie, pero he llegado a la conclusión de que tú no te deseas lo mejor a ti misma. Quizá sí lo haces conscientemente, pero tu subconsciente trabaja en tu contra, para el bando enemigo.

Edie asintió.

—No eres la primera persona que me lo dice.

—Hablándote más como un amigo que como un jefe, siempre dejas que gente inferior a ti te hunda. Empieza a vestirte para la vida que quieres llevar; metafóricamente hablando, quiero decir. Aunque a este abrigo de cuadros tal vez le haya llegado ya la hora de jubilarse.

Edie rio.

—En cualquier caso, tienes talento, eres leal, brillante e ingeniosa y, en definitiva, el tipo de persona que quiero tener en Ad Hoc. Tengo una propuesta para ti. Me gustaría que continuaras trabajando en la agencia.

—Muchísimas gracias —dijo Edie—, pero no puedo volver a un despacho donde todo el mundo firmó una petición para echarme. Llámame gallina.

—He despedido a Charlotte. Y también a Louis. Ya te dije que necesitaba estas vacaciones.

—¿Qué? ¿Por qué?

—A Charlotte, por escribir la petición, y a Louis, por hacerla circular. No tengo ni idea de qué ataque de locura les dio, pero si quieren hacer una versión de *Chicas malas*, que lo hagan en la empresa de otro.

—Oh.

Por eso Louis no había intentado ponerse en contacto con ella desde hacía un par de semanas. Le habría sido muy difícil explicarle por qué le habían echado. Y así había mantenido su nombre fuera de la petición: haciendo todo lo demás, salvo firmarla. Tendría que habérselo imaginado. Y —pataplof—, finalmente, se acordó de aquel detalle errático que ella sabía que probaba la profundidad de su traición, el cuchillo ensangrentado ante sus ojos que se le había resistido. Y es que, por aquel entonces, había estado demasiado ocupaba casi desmayándose.

—La verdad, aunque me siento inmensamente agradecida por esta segunda oportunidad —exclamó Edie—, me voy a quedar en Nottingham. Me ha gustado estar en casa. Bueno, no quiero decir alojándome en el piso de arriba de la vivienda de mi padre y mi hermana, pero sí en la ciudad. Mis mejores amigos están ahí.

Richard asintió.

—Eso no cambia nada. Mi oferta iba a ser que podrías seguir trabajando por Internet. La de redactora es una tarea que se puede hacer desde cualquier sitio. Cuando haya una reunión con un cliente, pues vienes aquí y ya está. Y podemos quedar con ellos fuera, no hace falta que sea en la oficina.

—¿Lo dices en serio?

—Claro. Sé que eres diligente. Aparte de cuando juegas con los piececitos con idiotas como Jack Marshall. O les echas broncas a actores presumidos en público. Además, así no me darás la lata con aumentos de salario durante un tiempo: estarás tan agradecida viendo que, al estar a dos velas, el dinero te cunde muchísimo más...

Edie se echó a reír, todavía sin poder creérselo del todo.

—Vaya. Muchísimas gracias, Richard. Este día ha ido radicalmente mejor de lo que me esperaba.

Puesto que no solo iba a seguir con el libro, sino que ¡iba a poder trabajar para Ad Hoc desde Nottingham! Ingresos regulares. Y un trabajo que le gustaba. Hoy, el amor triunfaba.

Al terminar su pinta, Richard sacó una hoja de papel que llevaba doblada dentro del bolsillo de la cazadora.

—He esperado hasta ahora para enseñarte esto, solo para que no pensaras que influyó en mi decisión. Ya había dejado que Charlotte y Louis se fueran y había pensado en hacerte una oferta a ti cuando llegó esto. Haz con ello lo que quieras. Por lo que a mí respecta, siempre pensé que era un inútil impresentable. Nos llamamos cuando ya hayas entregado el libro para hablar de cómo hacemos que funcionen las cosas, ¿de acuerdo?

—Sí. Gracias, Richard.

—Cuídate —se despidió él, poniéndole una mano sobre el hombro.

Cuando su jefe se fue, desplegó el papel y lo leyó. Era un mensaje electrónico impreso.

De: Martha Hughes

Este mensaje le resultará curioso, así que mis disculpas por meterme donde no me llaman. Le escribo acerca de Edie Thompson. Leí la historia en The Mail *sobre cómo tuvo que irse del trabajo tras ser «pillada» con su empleado, Jack Marshall, durante su boda. No quedó claro si ella, igual que él, también había sido despedida. Por eso, he decidido ponerme en contacto con usted. Pues si va a ser despedida, creo que tengo que hablar con usted. La historia fue todo un* déjà vu *para mí. Trabajé con Jack durante cuatro años en otra agencia de publicidad. Entonces él tenía una relación a larga distancia con otra persona, algo de lo que yo no tenía ni idea. De alguna manera, se las arregló para no mencionarlo nunca durante las muchísimas comidas a cargo de la empresa que compartimos y las copas que tomamos al salir del trabajo. Yo estaba en una relación insatisfactoria y llegamos a hacernos muy íntimos —no desde el punto de vista físico—, sino que él se convirtió en el hombre sobre el que llorar durante una época muy difícil de mi vida. Con el tiempo, terminó por mencionar a su novia, Stephanie, que vivía en Leeds; pero para entonces yo ya estaba demasiado implicada como para poder mantener las distancias. Un viernes, su novia se tomó medio día libre y apareció antes de lo que él esperaba para ir a buscarle. Nos sorprendió a Jack y a mí de copas por ahí, los dos solos. A eso le siguió un cúmulo de gritos y acabé sintiéndome la mala de la función. Y cuando el rumor circuló por el despacho, todo el mundo dio por sentado que teníamos una aventura. Ello contribuyó a mi decisión de irme tres meses después, a pesar de que realmente yo no había hecho nada; nada, salvo quizá no dar la cara cuando debí hacerlo. Al leer lo de la boda, pensé: lo ha vuelto a hacer. El muy cabronazo (disculpe la expresión) engañaba a una mujer mientras se veía con otra. Es lo «suyo». No conozco a esta Edie y, por lo que sé, ya la ha reintegrado en su puesto y este testimonio no tiene la más mínima importancia. Pero he creído que usted tenía que saberlo.*

Cuando Edie acabó de leer, sus ojos brillaban de la emoción. ¡Se había pasado tanto tiempo pensando que ella era la culpable de lo que había pasado con Jack, y había por ahí tanta gente ansiosa de darle la razón!

Había sido demasiado débil, había cometido demasiados errores y se había fustigado a sí misma demasiado para poder darse cuenta de que, en realidad, la culpa era de Jack. En sus momentos más amargos, incluso había llegado a pensar que ella había seducido a Jack inconscientemente, que había interferido en su estabilidad mental y que había causado todo el embrollo.

Pero ahora, ahí estaba Martha, agitando su varita como un Hada Madrina; porque tenía un poder que Edie no creía que nadie tuviera: podía hacerle creer realmente que no había sido culpa suya. «Él te fue detrás. Él lo forzó todo. Es lo que hace. No eres una mala persona.»

De forma bastante estúpida, nunca se le había ocurrido que Jack hubiera podido haber actuado así antes. Todo el truco se basaba en creer que ambos compartían una conexión especial y única. Pero claro que no la tenían, claro que era su *modus operandi*.

Pensando en ello, Edie recordó que quizá Jack sí había mencionado a una tal Martha. La describió como a una amiga muy querida a la que había perdido porque decidió permanecer junto a un tipo malvado e insensible, y por mucho que él intentó ayudarla, ella no le dejó. «¿Por qué las grandes mujeres se quedan con los tipos más inútiles, Edie? Qué lástima», le había dicho durante una de sus largas charlas de día de lluvia. Y ella había pensado: «¡Ay, cómo te preocupas por los demás!»

Edie notó como si un enorme peso hubiera desaparecido de sus hombros; se sentía eufórica, hasta mareada. Y también se sentía lo suficientemente fuerte para vengarse.

Sin saber a ciencia cierta por qué, comprobó nuevamente el perfil de Ian Connor en el Twitter. Había compartido los enlaces de *The Mirror* y *The Mail* añadiendo el comentario: «La zorra pierde la cola, pero no las mañas».

Pero, un momento. Su último tuit era una queja sobre lo que habían tardado en servirle la comida. Y venía con la etiqueta de localización. Ian Connor, si uno podía creer en las redes sociales, ahora mismo estaba sentado en un bar ubicado a unos diez minutos en automóvil.

> En serio @TheShipTavern ¿cuánto cuesta calentar una lasaña? Tenemos que ir a Italia a por una xD #estamosesperando.

Su corazón empezó a palpitar. Dos caminos se abrían ante Edie. Ponerse el abrigo, volver al tren, evitar el enfrentamiento y no descubrir nunca, con casi total seguridad, quién era Ian Connor —la opción infinitamente más fácil—, o enfrentarse cara a cara con el crítico más duro e insensible de todos los que tenía. Pensó en lo que Richard le había dicho sobre comportarse como una tonta. Pero esto no era hacer el tonto: esto era la única manera en la que podría tener paz. Era su única oportunidad de cerrar el círculo.

Había llegado el momento de descubrir qué es lo que haría un trol de Internet cuando le miraras a los ojos y le invitaras a que te repitiera en la cara lo que había dicho.

Capítulo 62

Edie salió del taxi preguntándose si aquello no era una locura. Tomó aire una vez, y otra, bajó la cabeza y empujó la puerta de entrada de The Ship. Buscó con los ojos, aterrorizada, a cualquier varón anónimo, durante unos segundos dando por supuesto que una mirada de respuesta sería la prueba de que se trataba de «Él».

Pero todos los que le cruzaban la mirada enseguida regresaban a sus conversaciones, lo que hizo que se diera cuenta de que la mayoría de hombres te sostendrían brevemente la mirada si tú, con ojos desorbitados, les estuvieras acechando. Sea como fuere, tenía que seguir buscando reacciones delatadoras, pues Ian Connor sabía qué aspecto tenía ella, dado que había compartido los artículos de los periódicos.

Mientras daba vueltas por el bar, casi gritó de la sorpresa. Sentados en una mesa, ahí estaban Louis, Charlotte y Lucie Maguire; la cuarta silla —¿la de Ian, posiblemente?— estaba vacía.

Louis fue quien la vio primero y, por un momento, se podía haber echado a cara o cruz cuál de los dos estaba más estupefacto.

—Edie, ¿qué haces aquí? —dijo finalmente, en una forzada imitación de su habitual tonito sarcástico y cantarín.

Edie se obligó a sí misma a recomponerse, a pesar de que podía notar el tamborileo de su corazón en los oídos.

—Estoy buscando a Ian Connor.

Charlotte, Louis y Lucie la miraron fijamente y en silencio, como si fuera una aparición surgida de la tumba y les señalara con un dedo huesudo.

—Qué mierda de imitación de *Terminator* —exclamó un tipo vestido con traje y sentado en la mesa de al lado—. Es John Connor.

Hicieron caso omiso de la interrupción.

—¿Y ese quién es? —preguntó Louis, intentando apoyar su brazo en el respaldo de su asiento con un aire desenfadado. Tenía el mismo aspecto que si hubiera sido pillado con el marido de alguien. Edie conocía la sensación.

—Según Twitter, «Ian Connor» está aquí esperando su comida. Debéis de conocerle, porque sabe cosas mías que nadie más sabe. ¿Ha venido con vosotros?

—No, ¡no había oído hablar de él en la vida! —exclamó Louis, con vehemencia. Había tanto alivio en su voz que Edie pensó que debía de ser verdad.

Charlotte, con una blusa de estilo bretón y el cabello recogido en un elegante moño, se quedó mirando a Edie con repulsión.

—No sabemos de quién estás hablando.

Mmm, menos segura. Si de verdad Jack le había preguntado a Charlotte sobre la identidad de Ian Connor, tendría alguna idea de lo que Edie estaba diciendo.

Tras ellos, una camarera se inclinaba, esquivando a Edie, para dejar sobre la mesa los platos que traía, casi haciendo malabares.

—Siento la espera. Ya están aquí. ¿Las albóndigas, el curri al Thai y la lasaña? —dijo la joven.

Edie observó, con los ojos muy abiertos, cómo Louis levantaba la mano para reclamar las albóndigas, cómo ponían frente a Charlotte un plato de bazofia aguacate, del color del baño de la suite de un hotel, y cómo Lucie aceptaba la lasaña.

—Ian Connor también pidió una lasaña —dijo Edie.

Todos los ojos se movieron hacia el acusador plato que había ante Lucie, un rectángulo de queso gratinado y burbujeante, similar a una muestra de lava.

Edie se fijó en el asiento que había al lado de la mujer, y no vio ningún abrigo, ninguna bolsa, ningunas gafas o ninguna indicación de que estuviera ocupado. No había nadie más con ellos.

—¿Tú eres Ian Connor? —le preguntó a Lucie.

La aludida estaba rígida y pálida. Edie nunca juzgaba por las apariencias, pero estaba dispuesta a hacer una excepción en el caso de aquella mujer. Era tan desagradable físicamente como espiritualmente, con sus ojos redondeados estilo avestruz, solo que en versión diminuta, y sus labios estrechos, todo rematado con su teñido rubio de peluquería Toni & Guy.

—¿Tienes una falsa cuenta de Twitter creada para ir a por mí? ¿Con el nombre de Ian Connor?

Lucie se aclaró la garganta.

—No es por ti. Es una cuenta privada. ¿Y a ti qué te importa?

—Cuando alguien me agrede por Internet, me importa. Y no es privada; si lo hubiera sido, yo no estaría aquí.

Conforme su ira se inflamaba, sentía desaparecer el miedo, evaporarse. Esta gentuza solo tenía el poder que ella les había dado. En persona, eran pequeños y cobardes.

—Y como Ian Connor, ¿publicaste en aquella página de Facebook que mi madre se suicidó por la vergüenza que le había dado tenerme?

Ahora Louis y Charlotte también miraban a Lucie, que se había puesto roja como un tomate.

—Mi madre se suicidó cuando yo tenía nueve años. No hablo de ello, nunca con compañeros del trabajo. ¿Tú sacaste la información de ella —miró a Charlotte, que por supuesto sabía que Lucie era Ian— y la usaste para hacer un chiste en Internet?

Los ejecutivos de la mesa de al lado habían detenido su comida para observar la escena, boquiabiertos.

—No recuerdo todo lo que se dijo —replicó Lucie—. Qué poca vergüenza tienes, venir aquí, después de lo que le hiciste a Charl...

—No —le cortó Edie sin miramientos—. No te escudes tras lo que pasó entre nosotras. Te burlaste de alguien por haber perdido a su madre de la forma más horrible. La próxima vez que pienses que estás en la cúspide moral, juzgando a los demás, acuérdate de que tú te encuentras entre los más tirados. Eres una cobarde y una matona. Tienes hijos, ¿no? Yo tenía nueve años cuando perdí a mi madre, y mi hermana, cinco. ¿Cómo te sentirías si te murieras y alguien se cachondeara de tus hijos por ello?

Hizo una pausa.

—Se llamaba Isla, por cierto. Ese era el nombre de mamá. Tenía treinta y seis años, los mismos que tengo yo ahora. Tomaba citalopram y amitriptilina. Se tiró de un puente y se ahogó. Cuando recuperaron su cuerpo, había embarrancado en una esclusa. Mi padre tuvo que identificarla por su anillo de bodas. ¿Te sigue pareciendo gracioso? Avísame cuando llegue la frase de remate.

—¡Te morreaste con su marido! —chilló Lucie—. ¡No te hagas la víctima!

—Sí, besé a su marido —admitió—. Durante unos tres segundos, cuando él no hizo otra cosa que tirárseme encima. Eso no me hace inhumana, ¿no? Más bien al contrario.

—Nunca pediste perdón —añadió Lucie, aunque ahora jugueteaba con su servilleta, apretaba los labios y en su rostro se pintaba el desaliento. Había perdido y lo sabía. Lo que había hecho era abominable; su única defensa había sido el anonimato.

—Sí, lo hice. Le pedí perdón a Charlotte. Ella merecía mi disculpa, pero a ti no te debía nada.

Hubo unos pocos aplausos de admiración desde la mesa de al lado.

Edie tomó aire. Estaba en racha. Se sentía poderosa e invencible, y había estropeado totalmente su almuerzo, pues sus platos se estaban enfriando con rapidez. Tuvo entonces un momento de inspiración divina. Sacó la hoja impresa de su bolsillo y arrancó de ella la parte de arriba, guardándose el nombre y la dirección de Martha para sí misma.

—Además, Charlotte. Lo que pasó el día de tu boda fue repugnante, pero eso no te da derecho a hacerme lo que me hiciste luego. No trataste a Jack igual, ¿no es así?

¿De verdad crees que todo fue idea mía, es eso lo que él te contó? Quizá te interese esto. Se lo enviaron por correo electrónico a Richard.

Puso el papel en la mesa, delante de ella.

—*Ciao-ciao*, guapos. Que aproveche.

Edie se dio la vuelta y salió con paso firme del bar.

—¡Edie! ¿Edie?

Ya en la calle, Louis fue tras ella. Resultaba curioso que lo hiciera delante de Lucie y Charlotte. Quizá sufría el despertar tardío de un ataque de conciencia. Quizá Lucie no iba a ser capaz de mangonearle durante un tiempo. Quizá le fastidiaba perder a «la novia de un actor famoso» como amiga.

—¡Edie!

Pareció sorprendido de que ella se detuviera y, durante unos momentos, no supo cómo continuar.

—Lo siento muchísimo, querida. Te lo digo de veras.

—¿Qué es lo que sientes?

—No haberles dicho que pararan. Era como en el cole, ¿sabes? Si no estabas con ellas, también irían a por ti.

—Claro, terrorífico —se burló Edie—. Obligándote a comer con ellas. Metiéndote las albóndigas por la garganta. Monstruoso. Oh, y forzándote a que hicieras circular la petición. ¿A punta de pistola, supongo?

—¡En serio, peque! Si no me hubiera implicado en esa estúpida petición, mi vida no habría valido un pimiento. Charlie sabía que tú y yo éramos amigos, y me exigió que le hiciera un juramento. Yo ni siquiera sabía si ibas a volver; fue la salida más fácil.

—¿Fue una coacción? ¿Puras técnicas de supervivencia y nada más?

—¡Sí!

—En ese caso... ¿De dónde sacaron en la página de Facebook una fotografía mía? Era la que nos hicieron juntos en la boda, ¿la pusiste tú? Te han borrado de ella.

—Eh... —Louis parecía perplejo—. ¿La boda...? Estaba en mi Instagram. Era pública. Debieron recortarla de ahí.

—No es verdad. Tú borraste esa foto la noche de la boda. Y lo sé porque lo comprobé. En cuanto la campaña «Vayamos a por Edie» empezó, tú te distanciaste de mí. Y aun así seguiste comportándote como si fueras mi amigo, para cotillear, para estar del lado de todo el mundo y del de nadie. En ese sentido, eres peor que Lucie.

Por su expresión, Louis parecía que ahora ya se estaba arrepintiendo de haberla seguido.

—Y cuando prepararon esa asquerosa página para humillarme, tú dijiste: «¡Ey, sí, yo tengo una foto suya!».

Louis no lo negó.

Edie se colgó el bolso del hombro.

—¿Sabes, Louis? Me das pena. Al menos, cuando me doy asco a mí misma, sigo sabiendo quién soy. Tú tienes una cara para cada ocasión. Cuando estás solo, debes de desaparecer. ¿Quién eres cuando nadie te mira?

Y dejó a Louis plantado allí, buscando una respuesta que pudiera sacarle del apuro, y se alejó.

Todos esos años malgastados intentando gustar a personas sin importancia, en vez de preguntarse a sí misma por qué tendrían que gustarle a ella.

Capítulo 63

Elliot había dejado a Edie por otra mujer. Ese canalla conquistador e infiel había pasado página liándose con su coprotagonista, Greta Alan. La prensa parecía sufrir una colectiva —y conveniente— pérdida de memoria sobre la mujer con la que, probablemente, él se estaba acostando la semana pasada.

Habían salido a la luz imágenes de *Gun City* que parecían probar el «incipiente romance». No estaban rodando —¿seguramente, ensayando? Greta llevaba sus Uggs, no las Louboutins—, y les habían pillado «dándose un achuchón». Los brazos de Greta rodeaban a Elliot bajo su cazadora de cuero de detective, y le miraba con adoración a los ojos.

Otra fuente anónima del plató estuvo dispuesta a confirmar la relación, con el mismo tono febril usado para describir el revolcón con Edie. Por lo visto, *todo el mundo se había dado cuenta de la increíble química que había entre ambos desde el primer día; Elliot le había mostrado a la beldad estadounidense las vistas de su ciudad natal* 💪💪*, y parecía que ninguno necesitó excesivas palabras de ánimo para sumergirse de lleno en las escenas de amor que compartían* 😏😏.

Edie no aparecía en estas crónicas sobre Greta, salvo la referencia, de pasada, del «rumor sobre su implicación con su biógrafa, que los representantes de Owen han desmentido». Y podía entender por qué: era difícil explicar cómo ese semental podía tener una tempestuosa aventura amorosa con Edie, si en realidad estaba cortejando a Greta. Intuía que los medios de comunicación se sentían mucho más felices emparejando a Elliot con otra famosa, especialmente si al cuento le acompañaban unas imágenes adorables, con lo que, de esta forma, Edie ya era agua pasada.

La joven redactora sabía que debería sentirse aliviada de que se hubiera acabado su hechizo como amada imaginaria de Elliot; y, de hecho, lo estaba. Pero también sentía algo más, y bastante intenso. Porque él no tragaba a Greta, ¿no? Y si todo habían sido invenciones con Edie, ¿era esto más de lo mismo?

Leyó y releyó las citas y extrapoló los hechos. «Increíble química»: actores. «Mostrándole a ella las vistas»: actores actuando en una serie localizada en la ciudad de la que Elliot venía. «No necesitaron excesivas palabras de ánimo»: actores. Sumando las corroboraciones de cada afirmación de la historia, en realidad solo se podía poner de pie de foto al «achuchón» de Elliot y Greta el texto: «Dos personas captadas haciendo su trabajo».

De todos modos, Edie le estuvo dando vueltas a todo lo que Elliot le había dicho sobre Greta. En privado, había sido muy mordaz: pero ¿tal vez era para disimular? ¿Por qué estaban en esa postura, si no se encontraban ante las cámaras? Edie también había interpretado a Orla; solo que no tuvo que llevar a cabo la parte en la que se aplastaban las caras y las caderas uno contra el otro junto al ascensor. Sintió una punzada de dolor, muy suave, al imaginarse que eso pasaba, aunque fuera como parte de una actuación.

¿Qué sentía Edie por Elliot ahora? ¿Era un amigo, un enemigo, «otra cosa»? Por desgracia, justo cuando estaba mirando con desazón esas fantasías de la prensa amarilla que le producían un extraño malestar en el estómago, el hombre en persona la llamó. Edie cerró su portátil con brusquedad y tardó un momento en recuperar la compostura, levantándose del escritorio para responder al teléfono, como si así todo tuviera una apariencia más profesional.

—Hola, Edie, soy yo. —El tono de Elliot era resignado, su antiguo optimismo y vigor se habían esfumado—. ¿Cómo estás?

—Bien, gracias. Contenta de no ser ya el foco de interés de los medios. Ahora estás con Greta. —Aunque intentaba gastarle una broma, acabó por sonar tensa.

—¡Ja, exacto! Sorprendente, ¿eh? Otro día, mismas estupideces.

Eso sonaba como una negativa. Era una negativa, ¿no?

—Quería decirte que ya he hablado Fraser. Estoy preparando un artículo para *The Guardian* sobre la adopción. Saldrá dentro de un par de días. Eso ayudará a apartar los cotilleos de ti.

—¿Has hablado con Fraser? —Edie se sentó en la silla—. ¿Cómo ha ido?

—Al principio, mal. Como comprenderás, estaba cabreadísimo por haberle dejado al margen de algo así durante tantos años. Me repetía: «¿Tienes tan poca fe en mí que no me creías capaz de no rechazarte?». Cuando le he preguntado si esto cambiaba las cosas, me ha mirado como si yo tuviera dos cabezas y me ha dicho: «¿Cómo, después de treinta años de crecer juntos?».

La voz de Elliot evidenciaba una paulatina emoción y Edie deseó que esta conversación la estuvieran teniendo cara a cara.

—Luego, después de gritarme mucho y de golpear la mesa y de lanzar montones de «¡Dios!» y de llamar a mis padres por satélite y gritarles también a ellos, se ha calmado. He tenido que recordarme a mí mismo que he tardado veinte años en asumirlo, y que en cambio esperaba que a él le entrara en la cabeza en veinte minutos. Pero, pasado un rato, ha empezado a hablar, diciendo lo obvio que tendría que haber sido el hecho de que no compartíamos ADN tras verme jugar a fútbol.

Edie se rio con suavidad. Elliot estaba extrañamente callado, y a ella le dio la impresión de que el actor también estaba intentando decidir si ella entraba en la categoría de amiga, de enemiga o de otra cosa.

—Pero bueno, también ha despotricado de Jan y de mi padre por intentar hacer dinero con el asunto. Ha insistido en que yo debía desbaratarles los planes. Me las he arreglado para ponerme en contacto con mis padres y han estado de acuerdo con que tendríamos que hablar de ello. En el artículo de *The Guardian* no se hablará de Fraser, sino que se expondrán mis orígenes. Mi verdadero padre podrá dar su versión, pero, de esta manera, la mía ya estará en circulación y tendrá que contradecirla. Y he dicho que no haré ninguna otra entrevista al respecto.

—Todo suena muy, muy bien —dijo Edie.

—Edie, lo siento. Si no hubiera sido tan cobarde, es probable que hubiera encontrado un momento mejor para contárselo y habría impedido que se despertara tanto interés en torno a ti. He dicho explícitamente en la entrevista que estoy soltero y que Heather y yo ya no estamos juntos.

«Soltero.»

—Ay —Edie estaba conmovida—, gracias, no fue culpa tuya.

—Lo fue, tenía que haber sido más cuidadoso y no permitir que tomaran esas fotos. Me siento fatal porque hurgaran en tu pasado. Una cosa soy yo, que he escogido una vida en la que me expongo a este tipo de atención, pero lo odio cuando afecta a la gente que quiero.

¿Qué? Edie contuvo el aliento.

Elliot añadió:

—O a la gente con la que trabajo. —Y Edie soltó el aliento—. El escrito de *The Guardian* también será un efectivo *spoiler* para Jan —continuó Elliot—. ¡Viva!

—¿Por qué no ha ido todavía a los medios con el asunto de la adopción? —Su contención en el artículo de *The Mail* la había sorprendido.

—Al parecer es algo bastante común entre los biógrafos una vez averiguan algo sucio; y es que resulta muchísimo más difícil destruir un libro cuando ya está publicado. Además, la gente se siente menos inclinada a emprender medidas legales una vez el daño ya está hecho. Así que suelen esperar a que su obra esté a salvo en las estanterías.

—Oh —exclamó Edie, mirando al techo—, supongo que tiene sentido.

—En vista de eso, también tendremos que tratar brevemente lo de la adopción en nuestro libro.

—Por supuesto.

Vaciló; luego, jovialmente, con fingida ligereza, sacó de nuevo el asunto a colación:

—¿Así que ahora te ves con Greta? Trabajas rápido.

«No digas en este momento: "¡Sí, curiosamente, por una vez lo han acertado!", por favor.»

—Oh, claro, parece ser que ya estamos enrollados. No hay paz para los impíos, ¿eh?

Nop. Edie iba a necesitar algo más.

—¡Y yo pensando que no os llevabais bien!

«Niégalo, NIÉGALO.»

—Ah, bueno, obviamente no leí las señales. Nunca soy capaz de decir cuándo le gusto a una mujer. O cuándo no.

Auch. Eso no era solamente una burla: era un tono de reserva deliberado de «no vayas más allá» que nunca había adoptado antes. No iban a volver a su anterior intercambio de bromas.

Avergonzada, murmuró con tristeza:

—Ajá.

—Dicho lo cual, no puedo ni imaginarme lo que sería salir con ella. Esas fotografías solamente eran los movimientos habituales de Greta cuando se pone sentimental. Hace lo mismo con todo el mundo. Bueno, salvo con Archie. Si intentaras tocar a Archie de esa manera, probablemente te mordería.

Edie quería exclamar: ¡gracias a Dios! Pero se contuvo.

—Así que... ¿Podrías apañártelas para venir a mi casa mañana para la entrevista? ¿Qué tal a las dos?

—Sí, claro.

—¿Sería la última, según mi agenda?

—Sí.

«Oh, no.»

Edie estaba segura de que tenían que existir unas palabras buenas y afectuosas que ella pudiera pronunciar en ese momento para recomponer su amistad, pero que la zurcieran si fue capaz de encontrarlas.

Capítulo 64

Cuando Edie llegó a la casa de la familia Owen al día siguiente, Fraser fue quien le abrió. Estaba holgazaneando vestido con sus pantalones de chándal y no se veía a Elliot por ninguna parte, hasta que un rumor lejano de música señaló su paradero en el nivel de arriba de la vivienda.

—*OK, Computer* —dijo Fraser, haciendo el gesto con los dos dedos de ponerse un revólver en la sien y apretar el gatillo. Edie sonrió, colgó su abrigo y se preguntó si se suponía que ella sabía o no lo de la conversación con su hermano mayor. Tendría que habérselo preguntado a Elliot.

—Ese cabreo entre tú y Lell. Me siento fatal, de veras —dijo Fraser, en voz baja. Edie arrugó el ceño.

—¿Lell?

—Oh, Elliot. Perdona, mote de «peques». Ja, es raro, nunca se lo había dicho a nadie que no fuera de la familia. ¿Estás segura de que no eres una Owen? —preguntó, balanceándose sobre las puntas de los pies.

Ante tal pregunta, supuso que Elliot no le había dicho que ella lo sabía. Si no, se trataba de un comentario un tanto imprudente.

—Vaya, pues bastante, sí —repuso Edie. Le vino una idea a la mente: Elliot podía tener hermanastros de los que no sabía nada. Recortes de prensa del futuro.

—Menos mal. Esto podría ser un lío de mierda estilo Luke y princesa Leia si lo fueras.

Edie se echó a reír. Un momento, pero ¿quién era aquí Han Solo? No lo sabía, más allá de que Fraser era muy bueno coqueteando. Siempre se las arreglaba para contar chistes sugerentes sin que sonaran seboso ni prepotentes. Era como un inmenso perro labrador dorado: tal vez rompía cosas con su entusiasmo, pero resultaba difícil enfadarse con él por que lo hiciera.

—¿Podéis hacer las paces? Porque odio a Radiohead y ni siquiera está escuchando su único álbum medio decente.

—Hemos hecho las paces —dijo Edie.

—Mmm, su ánimo de rocanrol quejica indica que no.

—Que sí. Le dije que le perdonaba, y lo hablamos. Estará así por otra cosa. O por otra persona.

Argh. Si había una nueva chica en escena, Edie se sentiría egoístamente contenta de que fuera a llegar demasiado tarde para ser incluida en la primera edición.

Fraser hizo un mohín.

—No seas tonta. Está completamente pirrado por ti.

El corazón de Edie se detuvo un instante y los músculos del estómago se le contrajeron. ¿Pirrado?

—¿Ah, sí?

—¡Sí! Está destrozado por haberte hecho daño. En serio, Edie. No te habría tirado los tejos si lo hubiera sabido. Debiste de pensar que era un cerdo redomado, ligando contigo dadas las circunstancias.

¿Las circunstancias?

Fraser hizo una pausa.

—Se toma las cosas muy a pecho, ¿sabes? Siempre lo ha hecho. No te pido que hagas nada excesivo, pero ¿al menos podrías decirle que no le odias?

—¡Pues claro que no le odio!

—Bueno, pues en estos momentos se odia a sí mismo y tú eres la única que puede ayudarle.

—Hablaré con él —dijo Edie, un poco conmocionada. Fraser se apoyó en la barandilla y bramó hacia Elliot que Edie estaba ahí. La música se detuvo.

—Jo, siento haberme metido y haber complicado las cosas. ¿Me perdonas? —dijo Fraser.

—Claro —farfulló Edie.

Fraser se inclinó y la rodeó completamente en un abrazo de oso. Edie le dio unas palmaditas en el hombro. Cuando se separaron, Elliot estaba en las escaleras, mirándoles. Tenía el antebrazo apoyado en el dintel de arriba, lo que hacía que su camiseta gris se levantara un poco, mostrando su vientre. Edie tuvo que hacer un esfuerzo por no suspirar un poquito. El corazón se le subió a la garganta.

—Hola —dijo Elliot maquinalmente.

—Hola —contestó Edie—. Fraz estaba...

—Fraz. ¿Quieres tomar algo o vamos a ello?

—Empecemos —repuso ella, notando el reproche que había en la frialdad de Elliot.

Mientras se armaba un lío con el dictáfono en la sala de estar, intentaba darle algún sentido a lo que Fraser había dicho. ¿Pirrado?

Debía tratar de despejar el ambiente, como le había prometido a Fraser.

—Elliot, antes que nada me gustaría decirte, sobre lo que pasó delante del bar, de una vez para siempre, que acepto tus disculpas. Por favor, ¿aceptarás las mías por haberte insultado a grito pelado?

—Claro —repuso en un tono neutro—. Pero no me debes ninguna disculpa. No puedo pensar en ello sin tener ganas de clavarme un tenedor en la pierna. Y si quieres salir con Fraser, por cierto, me parece muy bien. No tengo ningún derecho a entrometerme.

¿Eh? Pero ¿no habían resuelto ya ese tema?

—A mí... —Edie iba a añadir «no me interesa tu hermano», pero sonaba un poco seco. Así que optó por—: Gracias, pero no.

—Bien también —dijo Elliot, encogiéndose un poco de hombros.

Oh. Edie aún sabía menos qué pensar ante ese muro de indiferencia. ¿Que saliese con Fraser estaba bien? Era evidente que a Elliot no le gustaba, al menos no de esa forma. Había malinterpretado del todo a Fraser, y se sintió un poco avergonzada. «Pirrado»... Uno podía estar pirrado por algo de una forma absolutamente asexuada, ¿verdad? De pequeña estaba pirrada por sus hámsteres.

Hablaron del pasado familiar y de la adopción, dejando fuera la cuestión de que el asunto se le hubiera ocultado a Fraser. Elliot bajó la voz.

—Bien mirado, se lo ha tomado increíblemente bien, y no quiero ponerlo en peligro.

Edie asintió con vehemencia.

—Quiero decir, que parece que está bien por ahora, pero quizá le salga más adelante.

—¿Y él no sabe que yo lo sé? —murmuró Edie.

Elliot negó con la cabeza.

—Quise que la lista de personas que lo supieran antes que él fuera lo más corta posible.

—Claro.

Conversaron sobre la biografía oficial, y para cuando Edie ya tenía suficiente información en su bloc de notas, ella esperaba que el ambiente entre ambos fuera más cálido, pero el termostato permanecía inmutablemente bajo.

El rodaje de *Gun City* estaba a unos días de terminarse.

—Mmm. Ya me dirás si te apetece ir a tomar algo antes de que te vayas —dijo Edie, rígida, fríamente, preparada para ser rechazada. Se sentía muy triste. Aquellos no eran los términos en los que creía que se separarían.

—Cuenta con ello —respondió Elliot en un tono que decía «no lo haré».

¿Cómo podrían superarlo? ¿Cómo podrían resolver lo que había pasado entre ellos? Quizá la negativa de Edie a enfrentarse a las cosas era la razón. Había estado pensando en ello desde la última vez que había visto a Elliot.

Mientras salía por la puerta de entrada por última vez, Edie se volvió de repente.

—Elliot. No lo traigo a colación por millonésima vez para fastidiar, pero tengo que preguntarte una cosa. Lo que le dijiste a Fraz. ¿Por qué escogiste eso para alejarle de mí, mencionar lo que le había pasado a mi madre? ¿Por qué no te metiste con mi aspecto o con mi personalidad o con mi capacidad de escribir? —Edie agitó las manos—. ¿O con mi estúpida risa o mi porquería de ropa o cualquier otra cosa? ¿Por qué, de entre todas mis cosas malas, fue «esa» cosa mala?

Ahí radicaba lo que le había molestado tanto; lo único que no había sido capaz de perdonarle.

Elliot cruzó los brazos y golpeó el quicio de la puerta con la punta de sus zapatillas Converse.

—No hay nada malo que decir sobre ti. Lo único malo sobre ti, son las cosas malas que te han pasado. Eso explica el porqué.

Levantó los ojos y le sostuvo la mirada. Si tenía una opinión tan elevada de ella, ¿por qué las cosas entre ambos resultaban tan artificiales?

—Gracias —musitó Edie.

—¿Por?

—Por contármelo. —Entonces extendió la mano y murmuró—: Ha sido un placer trabajar contigo, Elliot.

Él se acarició el cogote como si ella acabara de decir una tontería, vaciló un instante y se la estrechó.

—Lo mismo digo. Cuídate.

Y de nuevo a Edie le inundó la sensación de que existían cien mil cosas más de las que deberían hablar, pero aun así no fue capaz de encontrar nada más qué decir.

Capítulo 65

Resultó que el «puede que algún día» de Margot, por lo que se refería a la proposición de Edie de salir a tomar algo, era un rodeo para decir «no». Quizá tampoco ayudó el hecho de que la turbulenta e imaginaria vida amorosa de Edie hubiera atrasado el asunto.

—Me da igual ir o no. Tengo todo el alcohol que quiero en casa, corazón.

—¡Ya lo sé, pero se trata de cambiar de ambiente! Tienen todo tipo de tragos con gas en The Lion, ¿sabes? Lo he comprobado.

—Son mis piernas, cariño. Son viejas.

Al final, con insistentes preguntas durante su parloteo a través de la irregular valla del jardín, Edie le había sacado la verdad a Margot: una vida enganchada al tabaco la había dejado virtualmente sin capacidad pulmonar. Estaba recluida en casa.

—Mi doctor dice que no podría correr tras el autobús ni aunque mi vida dependiera de ello —le explicó, ajustándose su turbante estilo «princesa Margarita en Mustique».

Eran los últimos días de tolerable calidez antes de que el otoño se asentara del todo.

—¿Y qué hay de usar una silla de ruedas?

La cara de Margot se contrajo de disgusto.

—¿Una silla de ruedas, como una pobre lisiada? ¿O una vieja?

Edie se echó a reír.

—Considéralo un ejercicio de actuación. Interpretar a un personaje.

—El horror —exclamó Margot, poniendo en blanco sus ojos, extravagantemente pintados.

—¿Qué te parece si alquilo una y lo probamos una vez? Y si no te gusta, no volvemos a hacerlo más.

—Meryl y Beryl se vuelven muy agresivas cuando las abandono.

Edie confiaba en que no acabara de nombrar partes de su cuerpo.

—¿Quién?

—¡Mis niñas adorables! Los pájaros.

—Ah. Podrán soportarlo durante unas horas.

—¿Todavía no tienes novio? ¿Qué ha pasado con el actor, se ha ido en busca de nuevos horizontes?

—No —dijo Edie. Hizo una pausa—. No lo sé.

Releyó la entrevista de Elliot en *The Guardian* muchas veces. En la foto que la ilustraba parecía pensativo y... bueno, triste. Sus comedidas palabras sobre las dificultades que habían padecido sus verdaderos padres y la generosidad de sus padres adoptivos, además del comprensivo tono del escrito, hacían difícil imaginarse que alguien intentara ser muy duro con él cuando su padre se esforzase por mancillar su nombre. Edie echó un rápido vistazo a lo que se decía por Internet, y parecía que la mácula de la tragedia había hecho que las mujeres estuvieran más enamoradas de él que nunca. Algo que despertó en ella un sentimiento posesivo.

—Pues sí que me gusta de veras ese actor, ¿sabes? Y, sorprendentemente, en algún momento creo que también le gusté a él, pero la cosa se ha enfriado —le soltó de pronto a Margot, sin pensárselo.

—Así son los actores. Son nómadas, querida. Allí donde dejan su sombrero está su casa. Si quieres asentarte definitivamente, no vayas a hacerlo con alguien que dejará su sombrero en cualquier otro lugar la próxima semana. Yo debería de saberlo. El «sombrero» —Margot hizo el gesto de las comillas al pronunciar esta palabra— de Gordon viajaba más que Phileas Fogg.

—Pero algo de sexo habría estado bien... —murmuró Edie, ante las carcajadas de regocijo de Margot.

No había visto a su padre entrar en el patio. El pobre hombre al escuchar esto, se acordó inmediatamente de que se había olvidado algo dentro de la casa. Tanto Jerry como Meg eran más tolerantes con Margot desde que la anciana horneara para ellos aquel impresionante bizcocho de chocolate. Por supuesto, Meg no lo había probado oficialmente: solo reconoció que parecía delicioso, fundamentando su afirmación en su nula información de primera mano.

—Me lo pensaré —dijo Margot.

Aquella tarde, Edie quedó con Hannah y Nick en los jardines de Wollaton Hall para ver cine al aire libre.

Pensamientos sobre Elliot llenaron su mente, difíciles de evitar cuando la última vez que había estado aquí el lugar era la escena de un crimen en *Gun City*. Las cosas eran tan diferentes entre ellos aquella noche... Se acordó de él abrazándola. «Algo que es casi imposible que ahora pase», se dijo, en tono sombrío.

Instalaron sus sillas desplegables y su comida de pícnic y abrieron sus cervezas.

—¡Fijaos, mi silla tiene un sitio en el brazo para dejar las bebidas! —exclamó Nick, metiendo su lata de Stella dentro—. Y he traído empanadas de carne de cerdo de Marks & Spencer con huevos cocidos en su interior. Felicidad absoluta; aparte del hecho de que nunca más voy a volver a sentir el tacto de una mujer.

Hannah le pinchó en la mano con el dedo índice.

—No empieces.

—Estoy lleno.

—Los aseos portátiles están ahí, por si te quieres limpiar.

Edie siempre sentía que el mundo era mejor cuando estaba con sus amigos. Mientras el sol se ponía, a una distancia segura de los otros cinéfilos, les contó toda la triste historia completa con Elliot.

Hannah la miró ceñuda y se ciñó la manta: siempre había sido muy friolera.

—Pásame otro rollito, por favor. ¿Estoy siendo yo muy obtusa, o eres tú la que lo estás siendo?

Edie también arrugó el ceño.

—La historia sugiere que es mucho más probable que sea yo. Así que resulta preocupante.

—No quería que te acostaras con su hermano porque quería acostarse él contigo, ¿no? ¿Qué me he perdido? —Hannah quitó el envoltorio de su rollito.

—Qué va... Dudo que tuviera tantas ganas, si es que las tuvo...

Aunque, con lo viciado por su rabia que estaba el ambiente mientras se peleaban, ¿tal vez Edie no se había dado cuenta? ¿En serio era posible algo así? Ella había creído que él que se esforzaba por justificarse con gilipolleces.

—... y por qué no me lo dijo, si era lo que quería? —preguntó Edie.

—¿Por qué cualquiera no lo dice? Da miedo, salir con algo así, si no estás seguro de lo que quiere la otra persona. Seas quién seas.

—De acuerdo, pero ahora lo hemos arreglado y él se comporta como si yo no le importara nada.

Nick arrugó su primera lata y abrió una segunda.

—¿No crees que algunas veces tratas al pobre hombre un poco como si fuera de otro planeta? Quiero decir, según las reglas normales de interactuación, estoy de acuerdo con Hannah, parece que te iba detrás.

Hannah asintió.

—Examina en conjunto su comportamiento. Te envió flores, coqueteó contigo, te hizo confidencias. Todo indica que le gustas, no que no quiera verte ni en pintura —señaló Hannah.

No se podía negar que dicho así parecía cierto.

—Bueno, pues si se sentía así, el momento ya ha pasado. Ya no me ve de esa forma para nada. Me atrevería a decir que ahora incluso no le gusto demasiado.

—A mí me parece más precavido que otra cosa. Mira, lo que le dijiste, cuando perdiste los estribos con él, ¿fueron cosas duras?

—Sí...

—¿Qué cosas, exactamente?

—Mmm... —a Edie le dolía solo de recordarlo—. Que no era una de sus admiradoras. Que éramos solamente colegas, no amigos, y que me importaba un rábano. —Edie hizo una mueca de pena—. Pero sabe que lo dije llevada por la ira. Sabe que solo me estaba desahogando.

—Lo sabe... ¿cómo? ¿Se lo has dicho?

—No con esas palabras.

Edie pensó en su discreción en Ad Hoc. En Louis diciendo que ella era un misterio. En su incapacidad de preguntarle a Jack qué narices se traía entre manos. Y en la lectura que Fraser hizo de la situación entre su hermano y ella, que le sonó como si estuviera hablando de extraños, Edie reprimiéndose de exclamar: «¿Va en serio, eso de que crees que le gusto a Elliot?». Tal vez su vida se había resentido por no hablar de las cosas directa y llanamente.

—Le dijiste que no tenías tiempo para él, y ahora él se comporta como si no tuviera tiempo para ti. —Hannah sonrió—. Grandes misterios de nuestra Era. ¿Por qué no le explicas que no lo decías en serio, y le preguntas claramente qué es lo que siente por ti?

—Demasiado tarde —repuso Edie.

—¿Cómo sabes que es demasiado tarde si no se lo preguntas?

—Ya no trabajamos juntos.

—Si siente por ti lo que estoy bastante segura de que te gustaría que sintiera, no hace falta que trabajéis juntos para preguntárselo.

Eso era una verdad como un templo. Pero ¿cómo demonios iba a poder preguntarle algo así a Elliot Owen? ¿Y si se moría ahogado de tanto reír? El cielo se oscureció, y el logo de la Warner Brothers, envuelto por la niebla, apareció en la pantalla, ante los aplausos del público. Edie se acomodó en su asiento.

Era preferible pensar que Elliot nunca le había ido detrás. Porque, si por algún extraordinario y anómalo giro del destino, Elliot Owen se había sentido atraído hacia ella, y había intentado decírselo, y ella había metido la pata, tendría que abofetearse de aquí a la eternidad.

Capítulo 66

¿Qué preferiría Margot, una silla de ruedas manual o una autopropulsada? Edie tenía claro que no sería la decisión más glamurosa del mundo para aquella mujer de cintura de avispa que solía tener a hombres vestidos de esmóquin y pajarita peleándose por encenderle un cigarrillo. Aun así, esos cigarros Sobranie le habían pasado factura, y de ahí la silla de ruedas. Edie estudió el folleto de la ortopedia y se preguntó cuál sería la mejor forma de engatusar a Margot para que colocara su huesudo trasero encima de una.

«Por favor, haz esto por mí, para apartar de mi mente al actor».

Estaba convencida de que, una vez Margot hubiera disfrutado de una salida, y sentido sus beneficios, estaría lista para más. Esperó hasta las «*gin-tonic* en punto» para presentarse en su casa con el folleto.

Edie llamó a la puerta y no hubo respuesta. Las luces estaban encendidas, así que seguro que estaba ahí. Pues claro que estaba, nunca estaba en ningún otro sitio. Se atrevió a entrar utilizando la llave que había bajo el cubo de la puerta, mientras la llamaba:

—¡Margot! ¿Hola? ¡Soy yo, Edie!

Había un rumor ahogado que procedía del cuarto de estar, puntuado por los graznidos de los pájaros. Echó un vistazo, cautelosamente, desde la puerta del salón. Margot llevaba un kimono con dibujos rosas, y estaba tumbada en el sillón, durmiendo, mientras una película que había dejado de ver hacía tiempo seguía reproduciéndose en la televisión. Rosalind Russell se inclinaba para que le encendieran el cigarrillo, en los años cuarenta.

Edie dejaría el folleto y una nota... No pasaba nada por curiosear un poquillo en busca de papel y lápiz, ¿verdad? Mientras husmeaba en la mesa del recibidor, fue sacudida por una idea. Regresó al salón. ¿Dónde estaban los ronquidos?

Miró atentamente a Margot. Y entonces se dio cuenta de todo: de la palidez cerúlea de su piel; de su boca abierta y ligeramente torcida; de su inquietante inmovilidad; de la forma en que sus manos se aferraban a los brazos del sillón, crispadas, congeladas en ese gesto de agarrar posiblemente desde hacía horas.

—¿Margot? —musitó Edie, asustada, con un miedo infantil—. ¿Margot?

Se acercó a ella y luego dio la vuelta, examinándola desde un ángulo distinto, sintiéndose extrañamente intrusa. Nunca antes había visto un cuerpo sin vida. Cuando leía en las noticias que era «evidente» que alguien estaba muerto, siempre se preguntaba cómo podían estar tan seguros. Tal vez estaban solo a un par de masajes cardíacos vigorosos de volver a la vida.

Pero ahora, mirando a Margot, lo supo. Lo que fuera que hacía que Margot fuera Margot había expirado, volado, desaparecido. Era como una escultura; su luz piloto se había apagado.

Edie volvió al recibidor y descolgó el auricular del teléfono, de plástico lila, que había clavado en la pared. Tenía la extraña sensación de que se hallaba en una realidad incorrecta; de que si volvía sobre sus pasos, regresaba a la puerta y llamaba de nuevo, entraría para compartir un trago con Margot.

Habló con la voz de una desconocida.

—Hola... Una ambulancia, por favor. Es mi vecina. No, creo que está muerta. No estoy segura.

Edie se sentó en una de las sillas de la sala, mirando las colillas, con marcas de pintalabios, que se acumulaban en el cenicero del cisne, y se quedó observando con fijeza el cuerpo de Margot durante lo que le pareció una hora. Edie estaba aletargada. Los pájaros chillaban y saltaban y picoteaban del comedero. A pesar de estarlos esperando, cuando oyó el alboroto ante la puerta y la llamada de los enfermeros, Edie dio un salto.

De pronto la casa se llenó con el trajín de unos desconocidos, gente con uniformes verdes, dirigiéndose a ella con seguridad: cuál era su nombre, cuánto tiempo hacía que Edie estaba aquí, sabía si tomaba alguna medicación...

Cuando alguien puso dos dedos en el cuello de Margot y luego en su muñeca, y después agitó negativamente la cabeza, Edie tuvo que luchar contra las ganas de llorar. Porque no había sido completamente real hasta que alguien uniformado declaró que lo era.

Se apiñaban alrededor de Margot y Edie miraba sus zapatillas, deseando que la anciana cruzara las piernas.

—Parece un paro cardíaco súbito, pero no podemos asegurarlo —dijo un hombre bajo y fornido, con acento de Yorkshire y un rostro amable, tras unos quince minutos—. De ser así, no habrá sentido nada: habrá sido muy rápido.

Edie asintió, de modo inexpresivo.

Pusieron el flaco cuerpo de Margot en una camilla, con el cordón rosa de su bata colgando como un lazo. Con la señal de la ambulancia sonando de fondo, le preguntaron a Edie sobre su familiar más cercano. Ella les habló de su hijo. Y entonces tuvo que irse de la casa de Margot. Estaba llena de funcionarios, andando por todo el lugar, lo que le evocó, con un sobresalto, lo que vivió con nueve años pero en la casa de al lado.

En un periquete, o mejor dicho, con sus dos periquitos aún en la jaula, todo lo que había pertenecido a Margot había dejado de ser privado. Aquello estaba mal. «Parad. Volved. Dejadla aquí, en su hogar. Despertadla.»

Edie pasó por encima de la valla en dirección a su casa, arrugando entre sus manos sudorosas el folleto de la tienda de ortopedia. En la sala de estar de su propio hogar, Meg estaba viendo la televisión. Edie nunca se había sentido más feliz de que su hermana estuviera viva.

—Meg —murmuró, de pie ante la puerta de entrada, mientras notaba que su rostro se nublaba al empezar a hablar—. Margot está muerta. Acabo de encontrarla.

—Oh, mierda. ¿La de aquí al lado? ¿La vieja bruja?

—¡Era mi amiga! —sollozó Edie.

Se lanzó sobre Meg y la rodeó con los brazos, temblando de llanto, sus lágrimas mojando el flácido suéter de su hermana menor.

Meg la abrazó de manera refleja.

—Le llevaba este folleto —gimió mientras se lo enseñaba, ante la perplejidad de Meg—. Iba a alquilarle una silla de ruedas, para que pudiéramos hacer cosas juntas. Quería llevarla a la feria de Goose.

Su interlocutora entornó los ojos.

—Pero ¿no estarías ya en Londres para la feria de Goose?

—No, me voy a quedar en Nottingham —resolló Edie—. No te preocupes, me instalaré en otro sitio.

Meg parecía confusa y palmeó ligeramente la espalda de Edie, cuyo grifo de llanto se había abierto de par en par.

—¿Por qué molestarse en querer a nadie, Meg? Si se marchan. Todo el puñetero mundo me deja —farfulló Edie, en medio de otro torrente de lágrimas—. No hago nada bien, todo lo que planeo se convierte en basura.

—Papá y yo no te hemos dejado —dijo Meg, sin resentimiento. Evidentemente, estaba sorprendida, incluso desarmada, ante el estado en el que Edie se encontraba. Y es que nunca la había visto así.

—No, es cierto —murmuró Edie—. Solamente que no me queréis aquí. Al menos, eso es algo diferente.

Se secó la cara y sonrió para mostrar que no lo decía enfadada.

—Yo sí que quiero que estés aquí —declaró Meg, en un tono tranquilo—. Tú te fuiste. Tú nos dejaste. Y cada vez que vuelves, es como si no pudieras esperar a irte lo más rápido posible.

—Solo porque me siento culpable todo el rato.

—¿Por qué?

Nadie le había preguntado nunca tal cosa. Probablemente porque nunca lo había admitido. Tuvo que tranquilizarse un poco más antes de poder responder:

—Traté de compensar que mamá no estuviera aquí, pero fallé. Te había decepcionado a ti, y papá seguía sin ser feliz. Pensé que, ya que no podía hacer bien las cosas, lo mejor sería que me fuera. Mejor que defraudaros constantemente, seguro.

Vio que, ahora, las lágrimas resbalaban por la cara de Meg. Para Edie, de nuevo volvía a tener cinco años.

—No queríamos que te fueras. Era como si nunca fuéramos lo suficientemente buenos para ti. Creíamos que te avergonzabas de nosotros, era lo que pensábamos papá y yo. Y él decía que lo entendía porque no te había dado el empujón inicial para la vida que querías.

Edie miró fijamente a su hermana pequeña. Odiaba la idea de que su familia hubiera tenido esa conversación.

—No estoy avergonzada de vosotros, ¿por qué iba a estarlo?

—Porque no somos de Londres ni modernos.

—Londres no es moderno —balbució Edie, medio hipando de risa a través de las lágrimas—. Es solitario y una mierda la mayor parte del tiempo. ¿Es eso lo que creías, que yo pensaba que mi familia era una deshonra para mí?

—Sí.

—No es así. Lo que pasa es que quería mejorar las cosas para vosotros, y como no podía, pensaba que me odiabais por eso.

—¿Y cómo podías mejorar las cosas?

—Pues supongo que haciendo el trabajo de mamá. Cuidándote a ti y a papá de la forma en que ella lo habría hecho.

—No queríamos que fueras mamá. Queríamos que tú fueras tú.

Fue el turno de Meg de mirar fijamente a Edie con asombro. ¿Cómo era posible que nunca antes hubieran hablado de eso?

Edie solamente pudo añadir:

—Oh.

—Además, sí que mejoraste las cosas, muchísimas veces. Cuando estoy triste, y te echo de menos, o a mamá, todavía me hago aquel chocolate caliente que solías prepararme, ¿te acuerdas?

—Oh, Dios... Claro que sí...

Edie no se había acordado de eso desde hacía años. Cuando Meg, de pequeña, estaba desconsolada por su mamá, Edie optó por la combinación de dos grandes remedios: mentiras y azúcar. Le dijo que, si dejaba de llorar y se bebía su chocolate caliente especial (nubes, cereales, leche condensada; aproximadamente 3000 calorías el sorbo, todo disponible en la tienda de «incomestibles» cercana), se sentiría mejor. Y normalmente funcionaba.

—Nos cuidaste muy bien a los dos —dijo Meg—. Pero no tenías que hacerlo. Podrías haberte quedado y ser una idiota, siempre que te hubieras quedado.

Nuevas lágrimas corrían por las mejillas de Meg, y Edie se preguntó cómo había perdido la pista de su hermanita. Si esta era la misma Meg que solía seguirla por todas partes, sujetando a su conejo de peluche Mungy; que solía escuchar todas sus palabras sin perder detalle; que solía birlarle la ropa y copiar sus gustos musicales e idolatrar a sus amigos. En algún punto, entre los malentendidos, la distancia y el resentimiento, se habían distanciado. Se vieron erróneamente la una a la otra como a enemigas, en vez de como a las aliadas más cercanas que nunca habían tenido.

—Lo siento —murmuró Edie, tomándola por los hombros y abrazándola de nuevo—. Siento muchísimo haber huido. Pero no huía de vosotros. Es solo que algunas veces echaba tanto de menos a mamá...

—Yo también —murmuró Meg, y se abrazaron mientras sollozaban.

—A veces estoy tan cabreada con ella —admitió Meg, cuando se calmaron un poco—. Ni siquiera llegué a conocerla. Menuda mierda, ¿eh?

—Yo también me enfado con ella —dijo Edie—. Y creo que tenemos derecho a hacerlo. Crecer sin ella no ha sido fácil. Siempre ha estado esta gigantesca cosa no expresada planeando sobre nosotras como un enorme zepelín. Pero al no decirlo, hemos negado lo difícil que ha sido, y no es justo. —Edie hizo una pausa—. Lo difícil que todavía sigue siendo. Y que siempre será. Tendremos que echar de menos a mamá por el resto de nuestras vidas, ¿no?

Hizo una nueva pausa. De alguna forma, decir la terrible verdad por su nombre acababa de quitarle parte de lo terrible que era.

—Creo que solía pensar que llegaría un tiempo en el que dejaría de dolerme tanto, o que habría algún lugar donde no me dolería tanto. En parte lo de irme también tenía algo que ver con eso. Nuestro hogar es el único sitio donde tengo que enfrentarme con cuánto la echo de menos.

Meg asintió y se echaron a llorar de nuevo, dejando fluir sus lágrimas de veinticinco años en el espacio de unos quince minutos.

—Leí una analogía sobre la depresión —explicó Meg, mientras se calmaban, secándose los ojos con los anchos puños de su ropa—. Decían que suicidarte es como saltar de un edificio en llamas muy alto. Tú no quieres saltar pero, poco a poco, se vuelve imposible no hacerlo, porque sientes demasiado miedo y dolor. Y nadie piensa que alguien que se tira de un edificio que arde quiere hacerlo realmente.

—Cada vez que piense que mamá eligió irse, me acordaré de eso —exclamó Edie—. En el fondo, sé que ella no lo eligió, pero a veces, cuando es muy duro soportarlo, estar enfadado resulta más fácil.

—Te explicas muy bien cuando hablas de lo que sientes —opinó Meg.

—Creía que siempre tenía irritantes réplicas ingeniosas —dijo Edie, sonriendo.

—Sí, eso también. —Meg soltó una risita.

Se quedaron sentadas en silencio, una al lado de la otra, mientras sus sollozos se iban apaciguando. Edie acariciaba a su hermana en la espalda.

—Margot dijo que tenías pasión, por cierto —añadió.

—¿De veras?

—Sí.

La puerta principal se abrió y se cerró. Su padre apareció en la sala.

—Tengo que... Oh, no, Dios, ¿qué ha pasado? ¿Estáis bien?

—Sí, sí, es Margot. Ha muerto —le contestó Edie.

—Vaya. —Su padre fue con los ojos de una cara hinchada y con rastros de lágrimas a otra, y viceversa, su propia cara tensa al no comprender aquella reacción—. No la habrá matado Meg, ¿no?

Su padre dejó las bolsas de la compra junto a sus pies y escuchó la historia del macabro descubrimiento de Edie.

—Qué pena. Lamento que tuvieras que ser tú la que la encontrara.

—Tenía que morir, como todos. Al menos, le tocó la salida más fácil —comentó Edie.

Volvió a mirar a sus hijas, perplejo, puesto que, obviamente, era capaz de notar la atmósfera anómala. Edie supo entonces que tenía que aprovechar esa oportunidad mientras se le prestaba, antes de que su padre se levantara para irse a preparar té y Meg corriera hacia su habitación.

—Papá —dijo Edie—. He estado hablando con Meg. Hay algo que nunca he contado, sobre por qué he permanecido lejos tanto tiempo. Meg dice que pensabais que erais vosotros, que me avergonzaba de ambos, pero no es así. Nunca lo fue. Siempre quise compensaros porque mamá ya no estaba, y no supe cómo hacerlo. No podía quedarme porque no podía soportar fallaros. Y no quería afrontar mi propia pena, sobre todo si hacía que vosotros os pusierais más tristes. Me siento como una tonta por decir esto, pero es la verdad.

Tuvo que forzarse a sí misma, todavía, contra el arraigado hábito de tantos años, para decir la palabra que empezaba con eme. No se había dado cuenta del tabú en el que se había convertido.

—... no era porque no quisiera teneros cerca. Era por mamá. Era mi forma de afrontarlo. Como no podía solucionarlo, salí corriendo. Arreglarlo o salir por pies, es lo que hago, acabo de darme cuenta —advirtió Edie—. Pero creo que sobre todo salir por pies.

Su padre frunció el ceño.

—Pero ¿por qué tenías que solucionarlo tú?

—No lo sé. Tomé la decisión, muy pronto, de que haber perdido a mamá sería menos malo si yo hacía las cosas que ella solía hacer en casa. Si yo cuidaba de Meg. Entonces tú ya tenías bastantes problemas... —No quería que su padre se sintiera peor por todo ese asunto—. Pensé que era culpa mía.

Meg comentó quedamente:

—Yo siempre me he preguntado si mamá no hubiera estado mejor de haber tenido solamente un hijo.

Su padre negó con la cabeza.

—No tenéis nada de lo que sentiros culpables, todo esto me resulta insólito, la verdad. No tenía ni idea. Me temo que soy yo quien debería sentirse culpable, y mucho; no vosotras.

—¿Por qué? —terció Edie.

—Por no mantenerlo todo mejor unido cuando murió, por perder el trabajo. Por no ver lo enferma que estaba y dejarla aquí sola con vosotras.

Los ojos de su padre se empañaron y Edie comprendió lo a flor de piel que tenía esos sentimientos. Meg empezó a sorber con la nariz, suavemente, y Edie la rodeó con el brazo.

—¡La enfermedad de mamá no fue culpa tuya!

—No, pero quién sabe lo diferente que habría sido todo si yo me hubiera comportado de otra forma, si hubiera actuado antes.

—Papá, eso es una locura —exclamó Edie—. Ninguna de las dos te hemos culpado nunca por lo que le pasó a mamá. Si un médico de emergencias la visitó el día antes de su muerte, ¿no?

Su padre inclinó la cabeza en señal de asentimiento, sin hablar.

—Y le prometió al doctor que no haría ninguna estupidez. No era posible vigilarla todo el día, todos los días. Tampoco hacer más de lo que hicimos. La depresión es una enfermedad, y nadie criticaría a alguien que hubiera enviudado en cualquier otra circunstancia.

Con tales palabras, Edie advirtió que esa absolución era necesaria para los tres. Su madre tenía una enfermedad que la mató. Y aun así todos seguían funcionando bajo el peso de la culpa de que las cosas podrían haber sido de otra forma; de que en algún momento, cada uno de ellos, a su manera, podría haber cambiado el curso de la historia, y prevenir o reemplazar la pérdida.

Pero no.

Uno no puede dejar una carga si no se admite a sí mismo que la lleva.

—Nuestro deber no era tratar de que mamá no muriera, porque no podríamos haberlo impedido —sentenció Edie. Esas palabras fueron como un conjuro mágico capaz de deshacer una maldición—. Nuestro deber siempre ha sido cuidarnos los unos a los otros, simplemente.

Su padre asintió y las lágrimas surcaron su rostro. Edie se levantó para abrazarle.

—Meg, tú también —murmuró contra el viejo jersey con olor a naftalina de su padre, y entonces notó los brazos de su hermana rodeándolos a ambos.

—Estamos bien, solo nosotros tres —sentenció Edie.

—Tomemos un poco de té —dijo Jerry. Cuando se separaron, todo parecía diferente. Salvo el constante deseo de su padre de beber té.

—Ojalá no hubiera tenido todas esas peleas con Margot —suspiró Meg, secándose las mejillas con las mangas de su sudadera—. Parece que era muy simpática.

—Tranquila, le encantaban —murmuró Edie.

Antes de que pudiera evitarlo, Edie se sorprendió a sí misma preguntándose si Margot lo había escuchado desde la casa de al lado. Quizá la anciana les había oído desde donde quiera que estuviera ahora mismo.

¿Habrían llegado a tener esa conversación sin ella? Edie no lo sabía, pero sospechaba que no. Los ángeles guardianes podían venir en formas tan insospechadas como ciertamente ebrias.

Capítulo 67

Al día siguiente de la muerte de Margot, un hombre delgado, alto y moreno, con unos ojos grandes y unos pómulos familiares, aparcó delante de su casa una furgoneta de mudanzas. Tenía una esposa tan espectralmente flaca como él, con el cabello castaño claro recogido hacia atrás. Sin cerrar la puerta, fueron saqueando la casa y dejando todas las recargadas baratijas de Margot amontonadas en el jardín delantero.

—Carroña humana —exclamó Edie, al verles desde la ventana de la sala de estar. Su padre permanecía de pie a su lado, bebiendo té.

—Todo el mundo tiene su historia, y tú no conoces la suya —murmuró él.

—Te apuesto a que, si la supiera, los diálogos no me gustarían nada, la motivación de sus personajes y sus... estúpidas caras —repuso Edie.

—Ya suenas como Megan —comentó su padre—. ¿Habéis hecho una tregua o es que os estáis fusionando?

Fingió estremecerse y Edie apoyó su cabeza en el hombro de Jerry, que la besó en la frente y la rodeó con su brazo. Desde hacía unas veinticuatro horas, más o menos, la casa había estado en tanta armonía que casi daba repelús. Meg quiso que Edie se comiera sus sándwiches favoritos de beicon para ayudarle con el trauma, y Edie había insistido en que con el *muesli* ya tenía suficiente.

Edie vio cómo los periquitos que estaban en su jaula, graznando y saltando, eran arrojados sin miramiento alguno, junto a una mesita de noche.

—¡Y ahora se están metiendo con Meryl y Beryl, papá! Se acabó, ya es suficiente.

Antes de que su progenitor pudiera detenerla, Edie ya había salido como un rayo a enfrentarse con el hijo de Margot.

—¿Eric?

El hombre se volvió, sorprendido al oír su nombre.

—¿Sí?

—Soy Edie, de la casa de al lado. Era amiga de Margot.

Le sentó bien, poder decirlo.

—Si tú lo dices...

—Bueno, por eso sé cómo te llamas.

Eric no respondió.

—¿Qué pasa con los pájaros?

Eric lanzó una mirada a Meryl y Beryl que sugería que no había pensado demasiado en ellos.

—¿Algún refugio de animales? Si es que consigo que los vengan a buscar.

—Probablemente querrán que se los lleves tú. Hay un refugio en Radcliffe-on-Trent.

Edie se estaba comportando como la típica e irritante vecina metomentodo y le importaba un pito.

—No soy un servicio de taxi para loros. Seguro que si abrimos la puerta de la jaula, encontrarán un lugar donde instalarse en cuanto les entre hambre.

—Ya los llevaré yo —repuso Edie, ásperamente.

—Como quieras, guapa.

Edie levantó la jaula.

—¿Puedo ir al funeral? —preguntó. Aunque, en realidad, ¿necesitaba permiso para asistir? ¿Cómo funcionaba la cosa? ¿Es que las salas funerarias tenían vigilantes de seguridad?

—Va a ser muy pequeño. —Hizo una pausa—. Mi madre ya se aseguró de ello.

Su mujer apareció en la puerta de entrada.

—¡Mira estas zapatillas! ¿Cuántos chihuahuas murieron para que ella pudiera tener los pies calientes? —dijo.

Edie la hubiera abofeteado. Y a él también.

—Me gustaría estar ahí —continuó Edie.

Eric la examinó y se encogió de hombros.

—Es el martes, a las tres de la tarde, en Wilford Hill. Flores en vez de donativos a la beneficencia. Es lo que le habría gustado a mamá.

—Gracias —espetó Edie.

Regresó a su casa con la jaula de los pájaros.

—La madre del cordero, Edith, ¿pero qué es esto? —exclamó su padre al verla con la enorme jaula, que chocaba contra las paredes del estrecho pasillo.

—Tenía que hacerlo, papá —le susurró—. Iban a abandonarlos.

Meg bajaba las escaleras.

—¡Qué bien, activismo animal! ¡Sí!

—No quiero animales activados aquí —replicó su padre.

—Es como *Liberad a Willy* —siguió Meg—. Edie tiene que liberarlos del yugo de la opresión.

—Pues a mí no me parecen muy libres.

—Les construiremos un recinto mayor, que abarque toda la pared del comedor. O podríamos hacer que el comedor fuera su cuarto —sugirió Meg.

—Oh, sí, convirtamos mi casa en un aviario —dijo su padre—. Como siempre, tengo la solución perfecta delante de mis narices.

—He dicho que los llevaría a un refugio de animales —explicó Edie—. Se trata de una adopción temporal, papá, te lo prometo. Solo están de paso.

Edie puso a los pájaros en el comedor, comprobó que los recipientes de alpiste y agua estuvieran llenos, y fue a buscar a su padre y a su hermana a la cocina.

—¿Vendréis conmigo al funeral? Es el martes a primera hora de la tarde.

—Oh, Edith... —musitó su padre—. No lo sé. No la conocía tan bien. Y perdóname por decir esto, pero ya nos iba bien a los dos de ese modo.

—El martes tengo residencia —informó Meg.

—¿No podrías cambiar el turno con alguien? —le preguntó Edie—. Significaría tanto para mí teneros a ambos ahí... —Edie titubeó. —Quiero estar con mi familia.

Era tan sencillo de decir... Y, sin embargo, pudo percatarse del profundo efecto que sus palabras tuvieron.

El crematorio de Wilford estaba situado al sur de la ciudad, en un montículo al extremo de una serpenteante carretera que a menudo era recorrida por lentos cortejos fúnebres. El padre de Edie les llevó hasta allí en su viejo Volvo. Salieron del automóvil, su padre con un antiguo traje del trabajo, brillante por haber sido innecesariamente planchado, que le quedaba un poco pequeño. Edie llevaba un vestido de noche que no combinaba nada con su tartán, mientras que Meg iba con su camiseta negra de los Pixies con un cárdigan negro abrochado por encima.

—¿Está bien así? No tengo nada sencillo y negro —había preguntado.

—A Margot le habría parecido perfecto, te lo aseguro. Le gustaba la gente que seguía su propio son. Es muy posible que le hubiese gustado *Monkey one to heaven*.

Conforme accedían al crematorio, en la entrada de ladrillos, Edie vio las flores que había mandado. Lirios, rosas y palmas, en un recipiente lacado en blanco, rosado y verde: el adorno floral más fastuoso que pudo permitirse. «Muy principesco», habían sido sus instrucciones a la florista. «Adoraba el lujo y la ostentación.»

—Es magnífico —exclamó su padre—. Estoy muy orgulloso de ti, ¿sabes? Esto es todo un detalle. Y demuestra generosidad.

Meg se inclinó y leyó la tarjeta en voz alta.

A la maravillosa Margot.
Espero que el Paraíso sea una hora del cóctel eterna en el Dorchester.
Gracias por tu consejo. Nos has ayudado más de lo que nunca sabrás.

Estoy muy contenta de haberte conocido.
Con todo el cariño de Edie (y de Jerry y Meg). 😊 😊 😊

Meg acarició el brazo a su hermana.

Dentro de la habitación, excesivamente moderna y estéril, estaban Eric y su mujer, en la fila delantera, y otras dos mujeres mayores en uno de los bancos de en medio. Edie sospechaba que tal vez fueran profesionales de colarse en los funerales, aunque no podía asegurarlo.

El ataúd de Margot estaba adornado con rosas naranjas de plástico, una opción barata, supuso Edie.

Sonaba *My funny Valentine,* de Frank Sinatra. Al menos, en ese aspecto, Eric había hecho una elección considerada.

El pastor entró y leyó el pasaje de los Corintios, que a Edie no le pareció muy del estilo de Margot. Dio también un discurso conciso y discreto sobre la belleza y la vitalidad de Margot, además de mencionar su trabajo como actriz. *Y sobre el hecho de que, aunque no siempre estemos a partir un piñón con nuestros familiares no significa que no les amemos; y omitamos respetuosamente la falta de dolientes que hay hoy aquí y congratulémonos de que Margot esté al cuidado del Señor, amén.*

Apretó un botón, entrelazó las manos y agachó la cabeza. Y Margot desapareció a través de las cortinas al compás de una anodina música clásica. Eric y su mujer permanecieron allí un rato, hablaron brevemente con el pastor y se marcharon, sin saludar a los Thompson.

«No me da pena Margot», pensó Edie mientras veía irse a Eric. «Está más allá. Me das pena tú, porque, te hiciera lo que te hiciese, saliste perdiendo al importarte tan poco tu prójimo.»

—¿De verdad tenía tan pocos amigos? —preguntó Meg, mientras caminaban hacia el aparcamiento.

—Era una cascarrabias... Pero tengo la impresión de que muchos de ellos eran de su época en Londres, y no creo que Eric les informara de lo sucedido.

—Qué triste —dijo su padre—. De haberlo sabido, me habría esforzado un poco más con ella.

—Probablemente, se divertía con las peleas. ¿Vamos a tomar una copa, en plan velatorio? —sugirió Edie, mientras entraban en el Volvo—. ¿Algo rápido en el Larwood?

Salieron del callado mundo de los muertos y regresaron al ruidoso de los vivos, para sentarse y dar sorbos a sus copas de champán. «Creedme, Margot se escandalizaría si tomáramos cualquier otra cosa», afirmó Edie, pidiendo una botella entera en el bullicioso bar-restaurante.

—Por Margot —dijo Edie.

—Por Margot —corearon.

—¿Dónde crees que esparcirán sus cenizas? —preguntó Meg—. Si es que lo hacen.

—Ojalá sea en el Dorchester, o en el West End, o en Cap-Ferrat —contestó Edie—. Nada de acantilados azotados por el viento para Margot. —Edie sopesó cuidadosamente sus siguientes palabras, aunque pensando que, si ese no era el momento más oportuno, nunca sabría cuándo lo sería—. Papá, ¿todavía tienes las cenizas de mamá?

—Sí, claro.

—No sabía si las habrías esparcido.

Su padre se aflojó el cuello de su demasiado apretada camisa.

—Siento no haberos hablado nunca de esto. Tenía que decidir entre contaros algunas cosas y alteraros, u ocultaros esas cosas, y no siempre he acertado. Cuando aquello ocurrió, la cosa se puso muy tirante con vuestra tía Dawn, que decidió que tenía derecho a reclamarlas. «La sangre es más espesa que el agua.» Yo le dije que, bueno, en ese caso, obviamente las niñas tienen mucho más derecho. Erais demasiado jóvenes para tomar una decisión y luego fuisteis creciendo, hicisteis vuestra propia vida. Quería tanto que pudierais... emerger de toda la oscuridad que había en esto, ¿sabéis? Y lo habéis hecho.

Se restregó los ojos, se levantó las gafas y carraspeó.

—De ahí que esperara. Las podremos esparcir en el momento en que decidáis que queréis hacerlo.

—Me gustaría esparcirlas —declaró Meg.

—Solo tenemos que elegir el lugar —secundó Edie.

—Vuestra tía Dawn tenía una idea muy fija de dónde debían ser esparcidas.

—La tía Dawn puede irse a la m... —dijo Meg.

—¡Megan! —exclamó su padre. Edie brindó por ello. La tía Dawn y el tío Derek a menudo se parecían más a un maestro villano y a su estúpido secuaz que a unos amorosos cónyuges y cariñosos parientes.

—Las cenizas de mamá nos pertenecen —puntualizó Edie—. Fin de la historia. Papá, ¿se te ocurre dónde podríamos esparcirlas?

—En realidad, he tenido un lugar en mente desde hace un tiempo. Era un sitio donde solíamos ir vuestra madre y yo cuando éramos novios.

—Pues entonces, ahí lo haremos.

—Salvo que se trate del *sex shop* de la calle Lower Parliament —bromeó Meg.

Capítulo 68

Cuando se dirigían hacia el automóvil, Edie dijo:

—Creo que, de hecho, voy a dar una vuelta. Hay alguien a quien quiero ver.

Mientras se acababan la botella de cava, Edie había acabado por admitir que echaba de menos a Elliot; una añoranza que era más bien un ansia. Hacía diez días que no le veía. Sí, los había contado. Echaba de menos la manera en que solían conversar; la manera en que él, instintivamente, la habría comprendido si le hubiera hablado de Margot. De ahí que sintiera la necesidad imperiosa de compartir con él todo lo que había pasado. También sintió la necesidad imperiosa de hacer con Elliot mucho más que eso.

Sin embargo, Edie se vio velozmente arrastrada hacia el vórtice de la duda y de los «y si»; pero entonces tuvo un impulso simple y claro: ¿por qué no preguntárselo a él, abiertamente? Al menos, si le decía que no había habido nada ahí, o que había desaparecido, lo sabría con certeza. Tal y como Nick y Hannah le habían dicho.

Además, Margot le había soltado un auténtico discurso sobre el hecho de que un «no» no era la peor cosa del mundo. Se diría que su difunta amiga había estado previendo ese momento. Edie sintió que se lo debía, lo de seguir su consejo: lo de arriesgarse. Sacó su teléfono móvil.

Elliot si estás en Bridgford ¿puedo pasarme a hacerte una visita? Hay algo que necesito decirte. Edie. 😊

Claro. ¿En media hora?

Edie se sintió complacida, pero advirtió: sin beso.

¡Sí! Si te va bien.

Me va bien 😊

¡Uf! Un conciliador «😊»: algo era algo.

Cuando llegó ante su puerta, resultó evidente que Elliot estaba un poco nervioso. La saludó con educación, pero un gran signo de interrogación planeaba sobre su cabeza. Permanecían de pie en el vestíbulo; Edie confiaba no parecer demasiado achispada por el champán. Elliot, por su parte, tenía un aspecto increíble enfundado en un desenfadado jersey negro.

—Bueno, ¿has dicho que querías decirme algo?

—Sí. —«Ay, vaya.» El momento en el que se observa desde el interior del avión sabiendo que hay que saltar es peor que el salto en sí mismo.

Edie carraspeó.

—El caso es que...

La ridiculez inherente de lo que estaba a punto de hacer la golpeó con tanta intensidad que estuvo a punto de echarse a reír. Qué inmensa revelación decirle a Elliot Owen que le gustaba. ¡Si a la mitad del puñetero mundo le pasaba exactamente lo mismo! Era como toser nerviosamente ante Elton John para decirle que, probablemente, tendría que probar eso de cantar.

—No sé exactamente qué pasó entre nosotros, cuando nos peleamos aquella noche.

Elliot tenía la mirada puesta en el suelo.

Edie tomó aire.

—Una vez me dijiste que quedarse en silencio esperando a que te leyeran la mente era una táctica destinada al fracaso, y estoy de acuerdo. Y en unas pocas semanas regresas a Estados Unidos, así que no es como si tuviera todo el tiempo del mundo para encontrar la respuesta. He pensado que quizá lo que tenía que hacer era formular la pregunta.

No había manera de saber qué estaba pensando Elliot; nada se reflejaba en su cara.

—... Y decirte que, si todo eso fue porque realmente yo te gustaba, quiero que sepas que tú también me gustas a mí. Muchísimo.

—Gracias —dijo Elliot, pero impasiblemente, encogiéndose un poco de hombros con un aire de decepción. Un redoble de tambor tan estruendoso para unos fuegos artificiales tan flojos.

Podía entenderle. Era un eufemismo demasiado mono. Ya que Edie había llegado tan lejos, era mejor que dejara claro el aspecto carnal.

—He estado en un funeral y he tenido esa clase de día que te recuerda que la vida es muy, muy corta. Así que me ha entrado este impulso irrefrenable de venir a verte, y estar un rato contigo. Y si quieres que me quede a pasar la noche, yo quiero quedarme.

«¡Quedarme a pasar la noche!» ¡Vaya tela! Pero ¿de dónde había sacado eso? Estaba logrando que la cosa sonara como si quisiera hacerse con él la manicura y la pedicura viendo *Dando la nota. Aún más alto* con un bote de Häagen-Dazs.

—¿«Quedarte a pasar la noche»? —repitió Elliot, metiendo las manos en los bolsillos—. ¿Cómo, en plan acostarte conmigo?

Edie tragó saliva.

—Sí —balbució, el corazón martilleándole en el pecho.

«Puedes hacerlo. Puedes quedarte delante de alguien y decirle lo que quieres y que no sea lo peor del mundo. Da miedo, pero en el buen sentido.»

La expresión de Elliot seguía resultando indescifrable. Pero, al menos, ni se había reído ni había vomitado.

—¿Qué tipo de sexo? —preguntó al fin—. ¿Sexo tipo «llévame en brazos a la cama con corazones y flores», o sexo tipo «tómame aquí mismo, en las escaleras»?

Edie tragó saliva de nuevo y empezó a sudar ligeramente. Había intentado no anticiparse a lo que Elliot pudiese decir, y era justo mencionar que aquello era un desafío mayor de lo que podría haber esperado.

—Mmm...

Había un silencio sepulcral en la casa. Podía oír crujir su estructura.

Dio con una respuesta muy Edie:

—¿Cuál está disponible?

Elliot la miró fijamente y, al final, negó con la cabeza.

—Tendré que rechazarte.

Edie asintió. Acababa de hacer otro descubrimiento útil: dolía, que a uno le rechazaran directamente, pero ni la mitad de lo que había esperado. No estaba avergonzada ni se vino abajo. Sin duda, resultaba decepcionante, pero, lo que era mucho más importante, no resultaba humillante. Había algo muy poderoso en la honestidad.

—Espero que no te haya molestado que te lo preguntara, y que eso no haga que las cosas se pongan demasiado raras. En fin, ya está hecho.

Se volvió, dispuesta a irse.

—Edie —dijo Elliot—. ¿No quieres saber por qué?

Se dio la vuelta.

—Asumo que no encuentras la perspectiva lo suficiente atractiva. Probablemente podré vivir sin que me des los detalles.

—Has tenido un día complicado y estás triste. Si fuera el del tipo de corazones y flores, me preocuparía que lo único que realmente quisieras fuera compañía e intimidad. Y si fuera del otro, me preocuparía que lo único que quisieras fuera sexo.

Edie no entendía a dónde quería ir a parar.

—¿... pero si he dicho cualquiera de los dos?

—Eso suena a que crees que esto es algo trivial.

—¿Y eso es un problema?

—Sí. No quiero que sea trivial. Eso se acabó para mí... —sonrió— hace mil años, me temo.

—Me parece que no te sigo.

—Si vamos a hacerlo, quiero que me desees de la misma forma en la que yo te deseo a ti.

El corazón de Edie se aceleró. Ay, Dios. ¿«Si vamos a hacerlo...»? ¿Y eso «de la forma en la que...»? Edie rogó porque no estuvieran a punto de tener el momentazo de «mis apetitos son muy poco convencionales».

—¿Qué tipo de sexo tendría que haber dicho que quería?

—De cualquier tipo, siempre que fuera conmigo. Del tipo que significara algo para ti.

Guau. Edie sintió que la cabeza le daba vueltas.

—Siento ser tan directo, pero entenderás que ya hemos llegado a este extremo. Si no sabes cómo me siento, después podría ser todo tremendamente incómodo. —Elliot hizo una pausa—. Resumiendo, que podemos hacerlo, solo que no esperes que sea para divertirnos, ¿de acuerdo? Voy muy en serio contigo.

Edie estalló en carcajadas mientras su corazón resonaba tac-tac, tac-tac, tac-tac...

¿Y ahora qué podía decir? Se tranquilizó haciendo un gran esfuerzo, teniendo en cuenta que parecía que ya no sentía las piernas.

—¿Me estás preguntado si es trivial para mí? No hay nada de trivial en lo que siento por ti... Yo siento... lo siento todo por ti.

Una detenida mirada, acompañada de un silencio total, se prolongó entre ambos.

—Entonces, si te vas a quedar, ¿mejor te quitas el abrigo? —murmuró finalmente Elliot, señalando el tartán favorito de Edie.

—¡Oh, sí, claro! —Edie dejó escapar una risita bobalicona y se lo quitó, volviéndose para colgarlo en la barandilla. Al darse la vuelta con la intención de farfullar cualquier cosa nerviosamente, la tomó de los hombros y la besó. Se había afeitado desde *Gun City* y sintió casi un éxtasis ante la sensación del suave roce de su mandíbula y de su boca sobre la de ella. Era un beso confiado —lo que era de esperar, dada la práctica de *Sangre y oro*—, pero gentil y cálido, y sabía tan bien que tuvo que obligarse a sí misma a concentrarse en el momento y en el hombre y no permitir que su monólogo interior chillara: ESTÁS BESÁNDOTE CON LENGUA CON ELLIOT OWEN.

¿Por qué ese tipo de cosas que eran tan sencillas parecían tan complejas de antemano? Pues claro que podían besarse. Pues claro que le parecería así de correcto. Pues claro que sería así de increíble. De fácil.

Desde la sala de estar, sonaban las notas de *Creep* de Radiohead. Edie se apartó.

—¿Qué LP es ese?

—¿Eh? —Elliot titubeó—. *Pablo Honey*, ¿no? ¿Por qué?

—Pensaba que tal vez hubieras comprado *Lo mejor de Radiohead*, con lo que este encuentro —los señaló a ambos— tendría que darse por cancelado.

—Mi esnob melómana —dijo Elliot—, tú nunca lo cancelarías, estás demasiado por la labor; incluso si descubrieras que mi canción favorita para hacer el amor fuera *Two Princess* de los Spin Doctors, seguirías diciendo: «dame más, Elliot».

Edie tuvo que reírse, sin poder afrontar del todo el concepto «hacer el amor» ante la proximidad de tenerlo realmente, algo que hizo que se sonrojara al instante.

Entonces fue él quien se rio de ella y la besó con más fuerza, murmurando:

—Cómo me gustas. Me gustas demasiado.

Estaban en las escaleras, Edie disfrutando del peso de Elliot sobre ella, aunque esperando que fueran capaces de llegar hasta el dormitorio, porque ya estaba muy entrada en la treintena como para tener sexo de escalera.

—¿No es esto tremendamente irrespetuoso, en el día de un funeral? —musitó Elliot, durante una breve pausa para recuperar el aliento.

—Es lo que Margot hubiera querido —contestó Edie.

Cuando la música cesó, mientras Edie miraba la pantalla de la lámpara que había en el vestíbulo de la residencia de los Owen, y Elliot la besaba en el cuello, pensó que volvería a vivir una segunda vez todos y cada uno de los minutos de su vida —los buenos y los malos—, ya que la traerían allí de nuevo.

Capítulo 69

El dormitorio de la infancia de Edie tenía techo con estrellas de plástico; el de Elliot tenía un tragaluz desde el que se podían ver estrellas de verdad.

Tumbados y abrazados, identificaron erróneamente la Osa Mayor, Sirio y el Cinturón de Orión.

A Edie le encantaba que cada vez que señalaban una parte diferente de la constelación, ajustaban la posición de sus cuerpos para seguir estando uno junto al otro. La astronomía para aficionados era un poco una excusa.

—Ahora que lo hemos hecho, ¿puedo publicarlo a los cuatro vientos? —preguntó Edie.

—Claro, pon toda la carne en el asador —contestó Elliot, reajustando los cojines bajo sus cabezas—. Pero quizá prefieras esperar a ver si lo cuento todo cuando esté en Estados Unidos: entonces tendrá más valor. ¿Estás pensando en uno de esos titulares del *Sunday Sport*: «Duró más que un día sin pan»? ¿O de *The Sun*: «Increíble semental que me llevó a otro nivel»?

—Ni *flowers*. ¿En qué posición legal quedo si me lo invento?

Elliot lanzó un par de carcajadas.

—Diría yo que antes no te estabas quejando, precisamente.

Edie sonrió y se sonrojó.

—¿Podríamos haber hecho esto hace semanas? —preguntó ella, al acordarse del poco tiempo que le quedaba con Elliot. «No pienses en ello...»—. Deseaba tanto que pasara algo, aquella noche, en el bar...

—¿Esa noche en la que coqueteaste con mi hermano, estuviste intentado intercambiar las sillas para alejarte de mí y luego me gritaste que me odiabas? ¡Cómo pude pasar por alto esos indicios tan claros!

Edie se echó a reír.

—Porque, ¿sabes?, con lo de «me importa una puñetera mierda, Elliot» capté un subtítulo diferente a «yo también estoy coladita por ti».

Edie hizo una mueca de vergüenza y luego se rio, notando su aroma y su cálida proximidad. Apenas podía creérselo. Estaban juntos.

—Pensaba que podías verlo en mis ojos. Como Garratt y Orla.

—Créeme, no resulta fácil.

Edie recordó cuando Louis dijo algo parecido durante la boda, parecía que hacía mil años.

—Además, tengo la sospecha de que Archie se ha inventado toda esa tontería.

—Ja, ja. Cuestión previa, señoría: por definición, nunca ligué con Fraser. No es mi tipo —puntualizó Edie.

—Pero durante toda la pelea, tampoco dijiste que no te gustara. Y después pensé que debías de ir detrás de él. Estuve a punto de decirte, cuando estábamos en la calle: «Estoy totalmente loco por ti, y pensar en mi hermano y tú juntos es la gota que colma el vaso», pero teníamos audiencia. Era como si yo no me permitiera beber alcohol y alguien viniera y lo convirtiera todo en unos viñedos.

—Pero tú eres tú. ¿Por qué no me dijiste, mucho antes de eso: «Pastelito, soy Elliot Owen, ¿te me subes ya encima»?

—Oh, sí, claro, porque un comportamiento así impresionaría muchísimo a alguien que valiera la pena impresionar.

—Pero tendrías que haber sabido que tenías grandes posibilidades, ¿no?

Elliot se volvió hacia ella.

—Y un tipo arruinó su boda solo por darte un beso... Le entiendo perfectamente.

Elliot la besó de nuevo y ella le devolvió el beso, mientras notaba la mano de él acariciándole la curva de la cadera desnuda, lo que le hizo pensar que había desperdiciado gran parte de su vida no sintiéndose así.

Todo apuntaba a que pronto se iba a repetir la actuación, salvo por el detalle de que oyeron el inconfundible portazo de la entrada principal en la planta de abajo.

Elliot se sentó de golpe y prestó atención al rumor de las voces.

—¡Mis padres! —susurró—. ¡Joder!

—¿No estaban de crucero? —le preguntó Edie, con el mismo tono ahogado, notando cada milímetro de su desnudez.

—Sí, se suponía que tenían que volver mañana a la hora de comer. ¡No!

Saltó de la cama; para Edie fue toda una desilusión que, en vez de estar disfrutando de una escena de desnudo integral de Elliot Owen para un único espectador, tuviera que escarbar desesperadamente entre las sábanas para saber dónde había tirado Elliot su sostén y poder ponerse su vestido por la cabeza.

—¿Se van a molestar? —dijo Edie con un murmullo ronco, dando saltos mientras se ponía las bragas y las medias por debajo del vestido y veía la cabeza de Elliot desaparecer en su camiseta—. ¿No serán cristianos fervientes o algo por estilo?

Él sonrió.

—Qué va. Solo que no es esta la forma, exactamente, en la que quería presentártelos.

Bajaron con estrépito los peldaños, Edie detrás de él, con el corazón retumbándole como un gong, para encontrarse con sus padres, que se quedaron mirándolos a los dos. «Gracias a Dios —pensó Edie— que no lo hemos hecho en la escalera.»

—¡Hola, Elliot! —Su madre lanzó una ojeada a Edie—. ¡Vaya! Esto sí que es una sorpresa. Tienes compañía.

La mujer tenía el cabello gris y lo llevaba peinado en una media melena recta, mientras que el aspecto del padre de Elliot era el de un abogado retirado o el de un comentarista de críquet.

—Hola, mamá, papá. —Bajó para darles un abrazo—. Eh, esta chica es Edie.

—Hola —dijo ella—. Encantada de conocerles.

Les dio un apretón de mano.

—Bueno, bueno —murmuró su madre. Ella y su marido miraron sucesivamente a Edie y a Elliot, dándose cuenta de su rubor y de su cabello despeinado a juego, y sonrieron de oreja a oreja.

—Edie es la escritora de mi autobiografía —afirmó Elliot, para decir algo.

Semejante declaración causó una ligera risa en su padre, que disimuló con un leve carraspeo.

—Elliot, te hemos estado llamando para decirte que habíamos conseguido un vuelo de enlace más temprano —contó su madre—. Pero, y esto es muy poco propio de ti, no has contestado al móvil durante las últimas horas. Qué extraño.

—Ah, sí, está en algún lugar de la cocina —dijo con una sonrisita avergonzada y llevándose la mano a la nuca.

—Intentábamos avisarte como fuera, para no interrumpirte en alguna situación incómoda...

—Pero como esta bella jovencita solamente está escribiéndote la autobiografía, está claro que no tenemos que sospechar nada raro y que nadie te esté haciendo la cama —concluyó su padre.

Edie lanzó una sonora carcajada antes de poder considerar si aquella era la respuesta adecuada. Afortunadamente, pareció que lo era, pues todos se echaron a reír.

—Tendría que marcharme; les dejo que se instalen y se pongan al día con su hijo —dijo Edie. Declinó cortésmente sus esfuerzos para que se quedara y el taxi llegó a los pocos minutos de que empezasen a conversar sobre su viaje al extranjero.

—Te acompaño —dijo Elliot.

Tan pronto como él tiró de la puerta abierta, se volvió, la tomó por los hombros, le dio la vuelta y la besó apasionadamente.

—¿Enrollándonos en el jardín? Me siento como si tuviera dieciséis años —dijo él—. ¿Puedo verte mañana? ¿Puedo verte a todas horas? ¿Puedo verte desnuda otra vez?

—Sí, sí y no. Siempre voy vestida después de la primera vez —contestó Edie. Se estaba demorando, sentía el corazón a rebosar—. Elliot, gracias.
—¿Por qué?
—Por todo. Hoy ha sido un día triste... y la mejor noche de mi vida.
—Oh, por favor, mira que eres absurda. Como si tuvieras algo que agradecerme. —Hizo una pausa—. Ey, oye, se me acaba de ocurrir que mañana es la fiesta de despedida. ¿Vendrías conmigo?
—Eh, sí. ¿Puede ir gente ajena a *Gun City*?
—Sí, podemos traer a nuestras parejas.
—OK, claro —dijo Edie. Pareja. PAREJA.

Volvió a besarla, y solamente una voz desde el interior de la casa preguntándole a Elliot si quería una taza de té hizo que se separasen.

—Hasta mañana —exclamó Edie y entró en el taxi, sin darse cuenta ni de dónde estaba, embobada y completamente borracha de amor.

El conductor tenía puesta la radio, y las luces de la ciudad, que empezaba a oscurecerse, pasaban velozmente ante sus ojos; Edie tenía la certeza de que nunca se había sentido tan emocionada y viva, y de que la canción de John Grant, *Outer Space*, había sido escrita pensando en ellos.

Durante el trayecto, sonó un mensaje en su móvil, y lo sacó con una sonrisa necia plantada en la cara.

> *¡E.T.!* Es mucho para un mensaje, pero me ha saltado el contestador cuando te he llamado. Bueno, Charlotte y yo nos hemos separado. Y tú eres una de las razones (no es que te esté culpando) (mis sentimientos hacia ti no son, ni nunca lo han sido, culpa tuya). Necesito verte y hablar, hablarte de todo. Mañana estaré por tu zona, en casa de mi tío, en Leicestershire. ¿Podemos quedar? Tal vez a última hora de la tarde o a primera de la noche? Ya dirás. Jack. 😊

La sonrisa se evaporó de su rostro. A veces te ves obligado a hacer frente a la profunda caca de la vaca que es alguien a quien antes no dudabas en ver como totalmente sensacional, y a aceptar que tu criterio al respecto ha sido rematadamente espantoso.

El tono del mensaje de Jack le produjo náuseas. EY, HOLA. ESTOY EN EL MERCADO. FIJEMOS UN CARA A CARA LO MÁS PRONTO POSIBLE PARA QUE TE DESCRIBA LA ESTUPENDA OPORTUNIDAD QUE ESTO SUPONE PARA TI.

Había visto insinuaciones más sutiles en un folleto publicitario sobre el doble acristalamiento. Era un canalla con un buen par de narices. No le contestó el mensaje. Tampoco lo borró.

Capítulo 70

Las primeras etapas de salir con alguien nuevo estaban repletas de incertidumbre y escollos, pero también de entusiasmo. Edie casi lo había olvidado: era como bajar por una pendiente en bicicleta el día de Navidad.

Pequeñas tonterías: ¿se tomarían de las manos? Sí, a Elliot le encantaba hacerlo, y buscó la de ella en cuanto salieron de la habitación del Park Plaza —que ahora les proporcionaba mayor intimidad que la casa de sus padres— hacia la fiesta de clausura de *Gun City*, a la vuelta de la esquina. Se produjo un breve interludio, durante el cual, el gerente del hotel comprobó que no hubiera fotógrafos en la calle, y luego partieron juntos.

—Puede que, de todas formas, haya alguno —le informó Elliot—. Si quieres, podemos ir por separado.

—Si no te importa... —dijo Edie, un poco apenada, retrocediendo. Porque de verdad no quería aparecer de nuevo en el *Mail Online* si podía evitarlo, por mucho que le gustara lo de ser *Elliot más uno*.

—¿Es en el piso de arriba? —preguntó ella al separarse, y su estómago se retorció como un pez en tierra seca. La verdad es que no era la primera cita más ideal, quedando expuesta de esa manera.

Elliot la miró de reojo, con una expresión que sugería que no sabía a ciencia cierta si bromeaba o no.

—¿En todo el sitio? Creo.

Claro que en todo el sitio. De no ser así, el piso inferior estaría desbordado de gente estirando el cuello para ver a los asistentes de la fiesta de arriba, y específicamente, al príncipe de la fantasía épica. Edie era dolorosamente consciente de que tendría que sentir regocijo y orgullo y todo tipo de emociones de innoble triunfo por ser la mujer colgada del brazo del hombre del momento. En vez de eso, se sentía agitada y vulnerable; las primeras citas con alguien por el que se está muy colado ya son un desafío más que suficiente sin necesidad de que ese alguien sea famoso.

Se soltaron las manos y Elliot continuó andando sin ella.

La celebración tenía lugar en el Malt Cross, un auditorio de la época victoriana, calificado como de interés histórico, con balaustradas de hierro forjado, un techo de cristal abovedado y guirnaldas que se cruzaban en el espacio libre sobre las cabezas. El nombre de Edie estaba marcado en una lista, lo que le hizo preguntarse si iba a tener que presentarse... ¿como la qué de Elliot? Supuso que podría salir al paso con lo de «su escritora». Edie se sentía igual que si su auténtico yo estuviera en un avión, en una zona horaria retrasada respecto a la de donde se encontraba, a punto de llegar y ponerse al día de todo.

En cuanto entró, vio a Elliot esperándola dentro, junto a la puerta de acceso, con los ojos brillándole.

—¿Bebemos algo? —sugirió él.

Alguien con una bandeja llena de copas de champán ya se dirigía hacia ellos y Elliot le pasó una a Edie. En unos segundos, la gente se apiñaba a su alrededor, con murmullos de entusiasmo ante la llegada de Elliot, y muchos pares de ojos examinado a Edie con abierta fascinación.

—Hola... —Elliot se volvía a mirarla una y otra vez. Intentaba permanecer a su lado y hacerla partícipe de la conversación, pero las corrientes sociales eran demasiado fuertes, y le arrastraron hacia un grupito aparentemente importante al que Edie no quiso seguirle; no iba a actuar pegándose a él como una especie de horrible acólito. Se ajustó su vestido favorito de fiesta negro y se dijo que quizá debería de salir siempre de ese color. Tendría que haber ido de compras, pero, de momento, estaba demasiado ocupada con pasatiempos muchísimo mejores. («¿Cuela si voy con un vestido viejo?», les había preguntado a Hannah y a Nick por mensaje. «Por lo que dices, podrías llevar un papel de envolver kebabs que te hubieras encontrado en los servicios de una estación de autobuses y al él le parecería perfecto», replicó Nick).

Sorbió de su copa y disfrutó del ambiente circundante. No se quedó sola demasiado tiempo: un tal Gail, que trabajaba en la sección de atrezo, se colocó inadvertidamente a su lado. Edie contestó con educación a su saludo, pero con la paulatina sensación de que ella no le resultaba interesante por sí misma.

—¿Has venido con Elliot? —dijo el tipo al final, tras una rápida charla que había servido de preámbulo.

—Sí.

—¿Estáis «juntos»?

Elliot y Edie habían debatido sobre el tema: mentir o no mentir. «Se han dicho tantas mentiras, que me quedaré exhausto si yo mismo añado una más», dijo el actor. «Quiero que la gente sepa que estamos juntos.» Edie no iba a discutírselo. Así que ella era su «más uno» esa noche, sin ambigüedad alguna.

—Sí...

—¿Cómo en que, estáis saliendo?
—Sí...
—¿Cómo os conocisteis?
—Estoy escribiendo su autobiografía.

Gail escudriñó su cara, y sus ropas, y Edie advirtió que su acompañante estaba teniendo dos conversaciones simultáneas en dos marcos temporales distintos: el del presente, y del de futuro, el del reportaje. *Parecía completamente normal, la verdad. Le pregunté cómo se habían conocido... Un poco más de metro sesenta, y no especialmente delgada...*

Edie se excusó para ir al servicio y advirtió las miradas sesgadas de varios curiosos a lo largo de su recorrido. La gente no aprecia el manto de invisibilidad del anonimato hasta que se lo desgarran.

Y lo cierto era que nadie quería preguntarle nada sobre «su» trabajo. Solamente se la juzgaba por ser digna, o no, como accesorio de Elliot: una campaña con un único propósito. «Así es cómo será —le susurró una voz— si él y tú os convertís en nosotros.»

Hubo un pequeño revuelo cerca de la entrada conforme aparecía Greta, con su brillante cabello color cobre apilado sobre la cabeza describiendo una forma que Edie solo pudo definir como de cono de helado blando. Llevaba un vaporoso jersey gris que revelaba atisbos de su ropa interior de encaje. Se dirigió directamente hacia Elliot, enrollando su pálido brazo, como si fuera una cinta, en torno a él, y poniéndose de puntillas para susurrarle algo al oído. Elliot tenía razón, la actriz tocaba a los demás de una forma que podía parecer un despliegue de seducción.

Edie había oído a Elliot hablar de Greta lo bastante para saber que no había mucho aprecio; al menos, no por parte de él. Sin embargo, que esa beldad sobrenatural trepara a él como si se tratara de un árbol, y que él se inclinara hacia ella y le respondiera alguna cosa para lo que Greta dobló el cuello estilo cisne hacia atrás para reír, exponiendo todo su escote, fueron claros indicios de que a Edie no le iba a ser fácil sentirse segura. Decidió tomar otra copa de otra bandeja que pasaba.

—¡Pero si es la autobiógrafa!

Se volvió para ver a Archie Puce, que llevaba un gnomo de jardín envuelto con un lazo de regalo bajo el brazo y la miraba con malicia y deleite.

—¡Tu ética del trabajo hace que los seguidores de Alexey Stakhanov parezcan estudiantes fumados! ¿Nunca te tomas una noche libre del minucioso escrutinio de tu sujeto literario?

—Hola, Archie —dijo Edie, advirtiendo con sorpresa que agradecía la distracción—. No estoy trabajando. Vengo como invitada de Elliot.

—No me digas —respondió Archie, ofreciéndole lo que seguramente él creía que era una sonrisa deslumbrante, pero que le hacía parecer un Skeksis de *Cristal oscuro*—. Si alguna vez decides seguir a tu amorcito en la profesión, veo un auténtico potencial. Tu inocencia herida cuando os acusé de estar copulando fue una interpretación muy lograda.

—No te mentí, entonces no salíamos.

—Claro que no. Perdona por mi estilo beligerante cuando mi programa se estaba pasando de presupuesto, mientras a él te lo pasabas por la piedra. Pero por algo se llama «mundo del espectáculo», no «mundo de la amistad», tetitas. Oh, ¡vaya puñetas! ¿Tan difícil es hacer un margarita decente? Por lo visto, la gente de este pueblucho dejado de la mano de Dios no sabe picar hielo. ¡No! ¡No! ¿Es eso SPRITE? ¡Eh, tú, animal!

Archie se distrajo con la actividad del bar, con lo que ella pudo zafarse de él y aprovechó para fantasear con añadir a la última versión del libro el veredicto extraoficial de Archie sobre Nottingham.

Decidió atacar el bufé antes de que la siguiente persona hostil la abordara.

Por desgracia, el siguiente en hacerlo fue el portero, que le dio un golpecito en el hombro cuando se estaba metiendo un canapé de gambas en la boca.

—Discúlpeme —dijo—. Hay un tal «Jack Marshall» fuera preguntando por usted.

Edie absorbía el impacto mientras masticaba.

—No está en la lista. ¿Quiere que le deje entrar?

¿Que si quería dejarle entrar? ¿Tenía ese poder? ¡Tal era la situación de estar con Elliot!

—¡No! —farfulló Edie, tragando la comida. El vigilante de seguridad asintió, y volvió sobre sus propios pasos apretando el dispositivo de su oído. El corazón de Edie se aceleró. Pero ¿qué narices? ¿Cómo la había encontrado Jack? Las únicas personas que sabían que iba a estar allí, aparte de su acompañante actual, eran su padre y Meg. Jack tenía que haber llamado a casa. ¡Pero si solo tenía su móvil! Oh, caramba, lo que había hecho era ir a preguntar por ella en su casa, ¿verdad? La invitación de boda había sido enviada ahí las pasadas Navidades, así que tenía la dirección en alguna parte.

El vigilante de seguridad volvió a buscarla de nuevo, con el rostro impasible. A estas alturas, Edie empezaba a sudar ligeramente.

—Me ha pedido que le dé esto. —Le entregó un trozo de papel y se fue. Ella lo desplegó.

Edie. Siento presentarme en la fiesta de tu trabajo como una especie de acosador, pero era mi último recurso. Realmente necesito verte para hablar de todo lo que ha pasado y que podamos superarlo. No te presiono ni tampoco me ofenderé si estás demasiado ocupada en este momento o en cualquier otro, pero estaré en el deli bar (Delilah's) durante una hora si me das un minuto para explicarme. J. ☻

Antes de que lo enrollara, se lo devolviera al portero y le notificara donde podía metérselo a la fuerza a Jack, revisó sus propios sentimientos.

Esto no se trataba solo de lo que él quería. No, si ella no lo dejaba de lado: podría ser el golpe más duro que Jack Marshall recibiera en su vida. Edie le había enviado un mensaje electrónico a Martha para agradecerle su intervención con Richard, y su corresponsal había concluido: «Jack recibirá su merecido algún día». ¿Era este «ese» día?

Resultaba muy difícil encontrar un momento para estar a solas con Elliot, el hombre del momento. El piso de abajo había sido despejado para habilitarlo como pista de baile y las parejas, abrazadas, se movían al son de una música lenta.

Lástima lo inoportuno del momento. ¿Cómo iba a conseguir hablar con Elliot sin que nadie les oyera? Edie vaciló durante unos minutos y luego tomó una decisión impulsiva, en buena medida gracias al Prosecco. Se dirigió como un tropel hacia donde se encontraba Elliot, que inmediatamente se apartó del grupo con el que estaba.

—Lo siento mucho, ¿estás bien? Deja que te traiga otra copa. —Se agachó hacia ella—. Otra hora y podremos irnos a otra parte, nosotros dos solos, ¿te parece?

Edie le asió de la mano.

—¿Bailamos?

—¿Mmm...?

Elliot dejó que su pareja iniciara un baile agarrados, con su mano sobre el hombro de él. Edie notaba muchos pares de ojos puestos en ellos. Por un momento, casi abandonó su plan para permanecer así, apretados el uno contra el otro...

Luego se le aproximó todavía más.

—Elliot, ha surgido una cosa —murmuró—. Tengo que solucionarla. ¿Te las apañas sin mí durante esa hora que decías? Estaré de vuelta antes de que te des cuenta.

—¿Qué pasa?

—Se ha presentado Jack y quiere hablar de lo de la boda. Me gustaría darle mi opinión en su cara.

Elliot se echó para atrás, sus rostros separados por milímetros.

—¿«Jack»?

—El novio. El de la boda.

Elliot arrugó el ceño.

—¿Qué? ¿Para qué narices le tienes que ver?

Edie le indicó que bajara la voz, aunque lo cierto era que no podía reprocharle su reacción.

—Dice que quiere explicarme lo que pasó de una vez para siempre —murmuró. Volvieron a su baile agarrados.

—Deja que te informe que, con suerte, esa es solamente la mitad de su plan. ¿No está casado? —le susurró Elliot al oído.

—Se han separado.

Él refunfuñó.

—¡Oh, vaya, así que está soltero! La cosa mejora por momentos. ¿Te das cuenta de que es posible que a él, ya sabes, le interese desahogarse contigo en más de un sentido?

Elliot miró a su alrededor para asegurarse de que nadie les estaba espiando y corrigió de nuevo su postura respecto a Edie.

—Si intenta algo, le daré un rodillazo en las pelotas. ¿De verdad no te parece bien? —le preguntó ella.

—Eh, pues la verdad es que no, Edie, no.

—¿No creerás que hay algo entre nosotros? Si no le veo, dejaré que se vaya de rositas. En serio, realmente necesito poderle decir todo lo que llevo dentro a la cara. Te prometo que mi única intención es interrogarle y llenarle de insultos.

—Desde mi punto de vista, no es tan simple. Doy por supuesto que no fuiste a la boda planeando besuquearte con él.

—¡Pero eso fue entonces! Esta es mi única oportunidad para ajustarle las cuentas por lo que me hizo.

—Si no es nada romántico, ¿puedo acompañarte?

Edie se rio aunque era evidente que Elliot no estaba bromeando. No le había visto así de pugilístico desde el día en que le conoció. Y, ay, ahora que lo pensaba, fue cuando rompió con Heather.

—Daría algo por ver la cara que pondría si lo hicieras. Pero, por desgracia, es algo que tengo que hacer por mí misma.

Elliot atrajo a su pareja hacia sí todavía con más fuerza, y su voz en su oído devino amenazadora.

—Así que, recapitulando: te largas de nuestra primera cita por esto, y tenéis que estar los dos solitos, sin carabina. Qué suerte que no sea celoso. Oh, espera, acabo de comprobarlo. Lo soy. A partir de ahora.

Edie intentó no sonreír, porque poner a Elliot en ese estado resultaba bastante placentero. Un placer culpable, tras verlo con Greta.

—¿A dónde vas con él? ¿O es un secreto? Te advierto que hay una respuesta correcta y otra incorrecta a mi pregunta.

—¿Delilah's? El deli bar, sola un segundo, en la calle Victoria. Elliot, no son velas y violines. De veras que no tienes nada por lo que preocuparte.

—Imagínate que ahora mismo Heather apareciera tan campante en la ciudad y yo lo dejara todo para ir a verla, para aclarar asuntos pendientes. «Y lo siento, Edie, no es nada romántico, pero es terriblemente privado, no puedes venir.»

Edie lo pensó detenidamente.

—Me pondría como loca.

—Ya, pues créeme: yo no es que esté entusiasmado. Incluso me atrevería a decir que estoy irritado.

—Elliot. —Edie hizo una pausa, se acercó cuanto pudo a su oído y le susurró—: Estoy enamorada de ti.

Durante unos tensos instantes, él no dijo nada, y cuando ella le miró, él la observaba con una expresión sombría. El corazón de Edie empezó a darle fuertes golpes en el pecho. ¿Se habría equivocado al decirle eso? ¿Era demasiado pronto? ¿O es que no era recíproco? Oh, Dios...

La canción acabó y Elliot la abrazó.

—Edie, por favor, no me digas como si nada que me quieres en una conversación en la que estoy enfadado por culpa de ese puñetero imbécil, para ganarte mi favor y ponerme a mí a la defensiva por ponerle objeciones a algo sobre lo que tengo todo el derecho de dudar.

—Perdona.

—Yo también estoy enamorado de ti. Te veo en una hora o, si no, se va a armar una buena. —Cambió de postura, se inclinó hacia ella y la besó con fuerza en la boca, delante de todo el mundo. Y luego regresó hacia las hordas, dejando a Edie con pajaritos de dibujos animados dando vueltas alrededor de su cabeza.

Capítulo 71

El café-bar Delilah estaba en una vetusta recepción bancaria, con techos altos y molduras de escayola. Edie supuso que Jack lo había escogido porque difícilmente podría confundirse con una cita, puesto que era un lugar estridente, infectado de señoras comiendo o, a aquellas horas de la noche, riéndose junto a un vino rosado con sus amigas, todas muy emperifolladas. Un sitio donde los jóvenes acomodados que iban a la universidad llevaban a sus acomodados padres y les dejaban pagar.

Cuando Edie llegó a lo alto de las escaleras, vio a Jack sentado en una mesa al fondo del todo.

Llevaba una camisa rosa, unos pantalones de franela muy estrechos y unos zapatos marrones de cuero. No es que fuera exactamente mal vestido, pero de alguna manera resultaba un atuendo demasiado ostentoso para el gusto de Edie, una especie de prefabricado «hombre estilo Tommy Hilfiger». Con una ligera impresión, Edie se dio cuenta de que muy pocas veces había visto a Jack con su ropa de calle. Algo banal, claro, pero que le recordó lo poco que en realidad sabía de él.

—Te he pedido un Bellini —dijo en un tono triunfal—. Espero que te parezca bien.

Edie asintió y se dijo a sí misma: «No iba a beber Tang».

—Vas muy guapa —dijo mirando su vestido—. ¿De qué era la fiesta, algo que ver con la serie de TV donde aparece el actor? ¿Ya ha vuelto a Jauja?

—Solo tengo media hora —repuso Edie, sucinta, sin hacerle caso—. ¿Por qué has ido a mi casa?

—No contestabas a mis llamadas. —Jack removió las fresas que había en su bebida—. Lo que entiendo perfectamente, por cierto. Pero he tenido que tomar medidas drásticas. No culpes a tu estupendo padre, le presioné con mucha insistencia —explicó Jack, y Edie sintió que le hervía la sangre. Aunque sospechaba que él pensaba que debería sentirse impresionada por el esfuerzo.

—¿Y qué ha pasado con la pequeña E.T.? ¿Ahora se dedica a pelearse con famosos en la calle? Esa foto tuya haciendo un corte de mangas es impagable.

—No es lo que parece —explicó Edie, para darle carpetazo rápidamente—. Nada de lo que se divulgó era cierto.

—Sí, ya —dijo Jack, siguiendo su razonamiento con demasiado entusiasmo—. Probablemente, a estas alturas ya estará haciendo de acompañante del Doctor Who, o será un miembro de The Saturdays. Parece que es un ir y venir.

Edie se dio cuenta de que él se creía que estaba siendo increíblemente sutil, cuando lo que en realidad acababa de escuchar era un insulto de lo más vulgar. No se molestó en replicar a su comentario: no le importaba lo suficiente para necesitar oírle negar sus propias palabras con algo parecido a «no, no, no, solo quería decir que los famosos son volubles».

De todos modos, había algo ahí más profundo que ser maleducado o insinuar que ella no era suficiente para Elliot.

Jack no la respetaba. ¿Cómo es que no se había dado cuenta antes? Ella le intrigaba, le entretenía, le atraía, por supuesto. «Pero nadie que juega contigo y te engaña te respeta realmente porque siempre presupone que es más listo que tú». En el futuro, siempre tendría eso en mente, se dijo Edie.

—¿Qué querías decirme? —preguntó.

—Ah, vamos al grano, OK —dijo Jack, como si ella hiciera mal por ser tan directa. Obviamente, primero tendría que haber parecido que disfrutaba de sus chistes.

—Quería ofrecerte una disculpa como se merece, en persona, por lo de la boda. Desaté el infierno sobre los dos y fue una pesadilla. Lo siento mucho.

—¿Que desataste el infierno sobre los dos, en serio? —exclamó Edie—. ¿Es que me he perdido páginas de Facebook sobre ti?

—Ah, no, me libré de eso. Pero tuve muchas otras cosas. Créeme, nunca has visto al padre de Charlie a todo trapo. Tiene rifles de caza, E.T., con los que practica tiro al plato. Pensaba que me iba a disparar en las rodillas.

—Jack —empezó Edie e hizo una pausa: tenía que medir sus palabras. Si perdía los estribos demasiado pronto, le estaría mostrando su mano—. ¿Me estás pidiendo que te compadezca?

—¡No! Claro que no.

—¿Por qué hiciste lo que hiciste?

Jack sorbió de su copa. Edie estudió su rostro y vio que no había nada allí, que ya no sentía nada. Jack y ella simplemente habían llenado las necesidades del otro. Él quería una mujer de la que enamorarse. Ella quería enamorarse de alguien.

—Me lo he preguntado millones de veces. Y la conclusión es que... bueno, da corte decirlo...

«Allá vamos, ya viene», pensó.

—Estoy totalmente colado por ti, Edie. Siempre lo he estado. Mi estupidez me hacía seguir adelante y casarme con Charlie aunque sabía dónde estaba mi corazón.

Hizo una pausa y Edie esperó a que llegara el remate final, la explicación que él llevaba preparada de antemano.

—Verás, me volví, durante los votos, y te vi. Tú no me estabas mirando, estabas ocupada toqueteando la flor del ojal de Louis. Y allí mismo, me sacudió como un rayo: «esa es la chica con la que hoy tendría que estar casándome». Cuando te seguí hasta los jardines, estaba borracho, confuso, y en ese instante tuve que hacer lo que quería hacer desde el primer momento en que te vi.

Jack acabó su discurso, un poco sonrojado. Edie no dudaba que lo decía en serio; al menos, mientras lo estaba diciendo. Edie mantuvo un breve silencio.

—Pero sabes lo que parece esto, ¿no? Que te has separado de tu mujer y por eso apareces aquí, esperando ganarme como un premio de consolación.

Jack negó con la cabeza vehementemente.

—Mira, no me siento orgulloso por haber vuelto con Charlie, pero estaba destrozada, y, como he dicho, sus padres casi me obligaron a ir a punta de pistola. Había arruinado su día especial, sentía que se lo debía. Pero pronto resultó obvio que nunca iba a funcionar.

—Bueno, eso, y que le di a tu esposa un correo electrónico de otra mujer a la que habías tomado el pelo.

—¿Qué? —Jack arqueó las cejas—. ¿Quién? ¿Cuándo?

Edie consideró, por un momento, llegar al fondo de la cuestión sobre si Jack estaba o no fingiendo ignorancia, pero decidió que le daba igual. Tal vez Charlotte no había querido que él supiera que Edie la había ayudado con su decisión; porque no dudaba de que había sido ella quien lo había echado.

—Hay una cita de Maya Angelou que me recuerda a ti, Jack —dijo Edie. Una expresión educada y casi imperceptible de «¿de veras?» se pintó en el rostro de él, junto a un movimiento de cabeza que evidenció su vanidad. Era el tipo de hombre para el que las mujeres tenían citas literarias; por supuesto que lo era.

—Es: «Cuando alguien te muestra quién es, créetelo la primera vez». Ese fue mi problema contigo. Me escribías mensajitos y coqueteabas conmigo a espaldas de tu novia. ¿Qué tipo de hombre hace eso? Tendría que haber creído que eras el hombre que me mostraste esa primera vez, pero no lo hice. Quería desesperadamente que fueras otra persona. La persona que había fabricado en mi mente. Te permití maltratarme una vez, y otra, y otra. Y porque me negué a creer quién eras, quien ya me habías mostrado que eras, acabé en esa posición en la boda.

—Edie —la cara de Jack era toda una interpretación de exasperada inocencia—, no fue premeditado. Para nada.

—Lo creo —asintió Edie—; no te frotaste las manos y dijiste: «Ya sé lo que voy a hacer con esa chica de pelo oscuro». Seguiste tus instintos, sin pensártelo demasiado. Y tus instintos son malos y egoístas. No pensaste en ello a propósito, porque te convenía no examinar lo que estabas haciendo. Desde mi punto de vista, no hay mucha diferencia si lo pretendiste o no. Tuvo el mismo efecto para mí.

Edie pudo ver la creciente sorpresa de Jack ante ese frío recibimiento. También pudo ver cómo calibraba la situación, como se volvía más perspicaz ante la ira de ella. Se crecía con la adversidad: adaptarse o morir.

—Tienes todo el derecho a estar enfadada conmigo, no te digo lo contrario —dijo Jack—. Pero hubiera sido un canalla redomado si hubiera intentado montármelo contigo a espaldas de Charlie. No quería una aventura amorosa. No es justo lo que dices, no iba a engañarla.

—Qué noble —afirmó Edie, sonriendo levemente—. ¿Y asumes que yo habría estado de acuerdo con algo así?

—¿Qué?

—¿Asumes que yo me habría acostado contigo en esas condiciones?

—¡No! Solo estaba hablando en voz alta, desde mi punto de vista... Oh, vaya. Estoy llevando a cabo una rutina de ¡Mira quién baila! por un campo de minas, ¿verdad?

Jack le ofreció una pequeña sonrisa estilo «ey, soy gracioso, nos reímos de las mismas cosas, ¿eh?» y Edie, por un momento, sintió auténtica repulsión hacia ese hombre.

Le había tomado el pelo alguien con una inteligencia de nivel medio y las habilidades para una partida de cartas para bobos.

Capítulo 72

Jack quizá pensara que era listo como un zorro, pero no había notado que ella le tenía calado.

—Eso es a lo que me refería en la boda sobre la cobardía. Tenía que seguir adelante, no quería herir a Charlie... —continuó. Se diría que creía que si escogía el lamento adecuado, Edie pronto se derrumbaría y caería en sus brazos.

—No querías herir a Charlotte, ¿así que coqueteaste conmigo y luego me besaste en el día de vuestra boda?

—Éramos amigos, no pretendía coquetear. Nos llevábamos bien. Ya sabes cuánto, lo mucho que charlábamos.

—Lo que sé es que continuamente me decías una cosa y hacías otra.

—¿A qué te refieres?

—No querías comprarte una casa, no querías irte de Londres, no creías en el matrimonio...

—¿Eh? Me debería de estar desahogando, no puedo acordarme de la mitad de cosas de las que chateamos.

—¿Y aun así significó tanto que dices estar enamorado de mí?

Jack, con gran regocijo por parte de Edie, finalmente, perdió un poco su temperamento. La máscara se resquebrajó.

—No creo haber hablado de amor, ¿no? —dijo, con una nota de desdén.

«Ja, te pillé. Ya no eres tan encantador.»

—¿Ah, no? —murmuró Edie, con perfecta indiferencia—. Ah, sí, «colado».

Jack se quedó helado. Que algo te importara un rábano era un súper poder.

El teléfono de Edie sonó. Un mensaje de Elliot. Vio cómo Jack advertía la llegada de dicho mensaje e intentaba leer el nombre, así que rápidamente guardó el móvil. Estaba segura de que no le gustó que hiciera eso: un trago de su propia medicina.

—Oye, sé que me merezco esto, lo sé. Pero tú tampoco me lo pusiste fácil a mí. Solías hablarme de tus citas, para ponerme celoso...

Un golpe bajo. Era verdad. Ella le había hecho eso en medio de todo lo que le hizo él.

—Y no les dije exactamente a los de mi nueva agencia por qué había dejado Ad Hoc. La historia esa de *The Mail* no me hizo ningún favor, pero no me quejo.

—Un momento, si tú no hubieras hecho lo que hiciste en la boda, ni se te hubiera mencionado en esa historia. Lógica retorcida de capullo.

—Edie, podemos estar dándole vueltas toda la noche sobre quién hizo qué. —Jack se inclinó y fijó su mirada en la de ella, extendiendo la mano, con la palma sobre la mesa, en una invitación para que su compañera la tomara—. He venido hasta aquí a decirte que no hay nada en el mundo que desee más que comprobar que, a pesar de todo, hay entre nosotros tanto como yo creo que hay. Examina todo este embrollo. ¿Qué nos indica? Que queremos estar juntos, no importa el caos que cause. E.T., creo que somos el final feliz que nos merecemos.

Edie arrugó la nariz y estuvo a punto de decir tanto «vomito» como «ja, ja, ja, final feliz», cuando una voz a sus espaldas les interrumpió.

—¿Edie?

Se volvió y vio a Elliot, con las manos metidas en los bolsillos de su abrigo, fulminando con la mirada a Jack.

Jack reconoció la cara de Elliot y palideció.

—Te he enviado un mensaje —Elliot se dirigía solo a Edie— para saber si habías acabado. He pensado que podía acompañarte de vuelta a la fiesta.

La mirada de Elliot volvió a clavarse en Jack, que seguía pálido.

Edie abrió la boca para decir «casi hemos acabado», pero entonces se dio cuenta de que habían acabado. Acabado del todo. Ya se había hartado de oír las tergiversaciones y manipulaciones de Jack. Y esta era la despedida definitiva. Un guion de Hollywood no podría haber escrito un final mejor. Casi había fuegos artificiales formando las letras «Que te den» por encima de ellos, con una orquesta tocando *You're so vain* como banda sonora.

—Sip, todo acabado; gracias, Elliot —dijo Edie, levantándose. La adrenalina circulaba por su cuerpo en un cálido torrente, haciendo que casi temblara.

Jack estaba con la boca abierta, mirando de Edie a Elliot, y viceversa. Elliot extendió su mano hacia ella y ella se la apretó. Luego la acercó a él, le puso el brazo sobre los hombros y le besó en la frente. Fue susceptible y territorial, y a Edie le encantó.

Al recordar luego ese momento, Edie se imaginó que el bar se había quedado en completo silencio, aunque ello tal vez se debía al hecho de que era así como lo sintió en aquel instante: el mundo entero eran solamente ellos tres, y Jack estaba con el trasero al aire sobre una bandeja con una ramita de perejil.

Se volvieron y bajaron las escaleras. «Adiós, Jack Marshall», pensó Edie. «Ya estás redactando la historia de cómo tu último amor te dejó por un actor famoso. Todo sirve como material teatral.»

Capítulo 73

Durante las siguientes semanas, los amigos y familiares de Edie no dejaron de preguntarle «cómo era eso» de estar con Elliot; lo que de hecho era una pregunta extraña, como si estuviera enrollada con un androide, o con un holograma; o con alguien que no fuera un tipo de unos treinta y tantos de las Midlands que se disfrazaba para ganarse el pan.

Sabía que el subtexto era: «¿No tienes momentos de una disociación cognitiva absoluta en la que tú eres solamente tú y estás en la cama con el príncipe Wulfroarer, comandante del ejército de enanos de Hellebore y el hombre más buenorro del reino?». Y la respuesta era que podría tener esos momentos, si se lo permitía a sí misma. Pero se esforzaba mucho porque no fuera así, pues, en caso contrario, quizá lo estropeara todo. Edie no se quedaba un paso atrás y admiraba a Elliot desde la distancia; permanecía muy cerca de él, literal y metafóricamente hablando, y se concentraba en el hecho de que la atracción parecía mutua. Y aunque no había salido antes con famosos, sí que había estado con otros hombres, y su mecanismo era idéntico al de cualquier otro. Edie podía atestiguarlo.

La prosaica verdad era que salir con Elliot era igual que salir con cualquier otra persona, con unas pocas restricciones y precauciones prácticas. Una semana después de que empezaran a verse, apareció una historia en una columna de cotilleos diciendo que el amor de Elliot y Edie se había «reavivado» durante la fiesta de despedida de *Gun City*. Irónicamente, ahora que la noticia era cierta, solo había sido digna de unas pocas líneas en dicha columna.

—Es porque solamente tienen fotos nuestras tirándonos los trastos a la cabeza —le explicó Elliot—. Las imágenes lo son todo hoy en día. Es mejor no escatimar precauciones y estar más en lugares cerrados —añadió. Era su primera mañana en el Park Plaza, y picoteaban de una bandeja traída por el servicio de habitaciones que estaba a los pies de la cama—. Si consiguen más fotos nuestras, habrá más historias, fijo.

Edie dijo que era la excusa más hábil para una maratón sexual que había oído en la vida.

—¿Realmente necesitamos una? Si lo único que tienes que hacer es mirarme de manera inadecuada —dijo Elliot.

Edie se sintió totalmente prendada.

—Sé sincera —dijo él, partiendo un cruasán—, ¿te resultaba excesivamente repelente ser el centro de atención?

—No me gusta demasiado llamar la atención, pero no —admitió Edie, acercándose a él para acariciarle la cara—, no es bastante para que me canse de ti. Ni de lejos.

—Es tan maravilloso salir con una persona estable —exclamó Elliot—. Heather vivía para la atención.

—Argh, no me la menciones «otra vez» o empezaré a pensar que tenéis un rollo amor-odio a lo Elisabeth Taylor-Richard Burton sin resolver —dijo Edie, sucumbiendo a la afilada punzada del monstruo de ojos verdes.

—¡Oh! —exclamó Elliot, con fingida indignación—. ¡Se han vuelto las tornas! ¡Las tornas que me hacían estar celoso, y bien celoso, todo el puñetero rato! Las tornas que tú manejabas, por cierto.

Edie se echó a reír.

—Pero si yo no...

No acabó la frase.

—Me acuerdo de la adorable y romántica quedada en la noria que organicé, cuando dije, como por casualidad, «oh, ¿estás SEGURA de que no te acostabas con ese tipo casado?» y tú te pusiste en plan «espera, pero si ya hemos hablado de esto», y pensé que te darías cuenta de que estaba interesado en ti.

Edie temblaba de risa.

—¡No tenía ni idea! ¡Di por hecho que tenías una memoria de pena!

—Mmm —Elliot masticaba el hojaldre—, me sentí como un completo idiota.

—Pues no tan idiota como me sentí yo cuando leímos el guion de *Gun City*. ¿Y eso a qué venía?

—Oh, eso —Elliot esbozó una amplia sonrisa—, eso fue algo, te lo digo con la mano en el corazón, con un objetivo totalmente profesional. Esa escena me estaba costando y pensé que si la interpretaba con alguien por quien sí sentía esas cosas, tal vez empezara a funcionar. Pero, al final, resultó que me miraste como si acabara de entrar apestando a alcohol, con mi hijo de la mano, y fueras a golpearme con un rodillo. O sea, que no me pude quitar de encima la maldición de esa línea de «estoy pensando en eso ahora mismo».

—¿Organizaste lo de la noria para ser romántico?

—Sí; bueno, algo así. Cualquier excusa era válida para pasar tiempo contigo. De eso se trataba todo.

—Pues mejor pienso qué otras cosas podemos hacer juntos. Además de esto. Pero que sigan siendo en sitios cerrados.

Elliot suspiró.

—Y tienes que conocer a mis padres. Insisten. El desafortunado encuentro poscoital necesita ser reescrito con una versión oficial de los hechos.

—Ah, OK. Oh, no, ¿eso significa que, por lógica, tú también tienes que conocer a mi familia?

Sus ojos se encontraron y Edie intuyó que ambos iban a discutir por qué tenían que conocer a los respectivos padres en la primera semana de lo que estaba destinado a ser solo una aventura, y decidió no entrar en ello. Era una aventura, ¿no?

—Quiero conocer a tu familia. Y a tus amigos. Quiero un curso intensivo sobre tu vida y milagros, por favor —dijo Elliot.

—Puf, pues durará poco. Sería muchísimo mejor ir a escuchar las historias del museo de Robin Hood: tienen un Fraile Tuck en *animatronics*.

—Siempre haces lo mismo, siempre con tu propaganda en contra de ti misma, siempre minusvalorándote, Thompson —exclamó Elliot, apoyándose en la almohada para erguirse y esconder un mechón de cabello de Edie tras su oreja—. Tiene tan poco que ver contigo, con cómo eres realmente, que al principio incluso llegué hasta el punto de estar un tiempo decidiendo si era falsa modestia. Ya sabes, cuando Archie hizo sus burdos chistes de que arruinabas mi concentración y parecía que querías morirte.

—Es que quería morirme.

—A mucha gente no le hubiera importado el sentido de «eres muy atractiva» que ello implicaba.

—No pensé que esa era la implicación, sino de que era un poco... pródiga con mis favores.

Elliot hizo un gesto de desaprobación con la cabeza.

—Ya veo cómo lograste estar hecha un verdadero lío.

—¡No estaba hecha un lío! —protestó Edie, aunque con una sonrisa.

—¿Sabes esa vez en que casi te desmayaste?

—¿Sí?

—Regresé al plató completamente distraído y no dejaba de pensar: ¿quién es esa chica? Hay algo absolutamente cautivador en ti. No solo es que seas guapa, o divertida, o brillante. Una vez alguien te conoce, después no puede sacarte de su cabeza. Es un encanto tan poderoso que hasta el idiota de mi hermano lo notó. Inteligencia emocional, supongo, calidez. Carisma, esa es la palabra exacta (aunque sea un término que siempre me haga pensar en capullos). Es algo genuino. De acuerdo, quizá le estoy dando demasiadas vueltas y todo se resume a tus ojos, Edie... ¿Y ahora por qué lloras, tontuela?

Capítulo 74

Edie se había olvidado de que Nick le había pedido si podía convencer a Elliot de aparecer en su programa de radio; hasta aquella tarde, tumbados todavía a unas horas muy poco dignas, mientras escuchaban a Nick llevando su micrófono hasta las nuevas obras del tranvía, para que luego sonara The Lighthouse Family tras una elegante transición. Le estaba contando a Elliot el profundo amor que sentía hacia sus dos mejores amigos cuando su promesa se movió de atrás adelante en su cerebro.

—¿Supongo que no le concederías una entrevista, no? —dijo, nerviosa por estar cruzando unos límites solamente conocidos por la gente famosa.

—Claro que sí.

Edie se sentó, chilló y le abrazó.

—¿De veras? Nick no va a caber en sí de contento.

—De acuerdo, cuando pueda. He dado entrevistas antes, ¿sabes?

Elliot se fue a duchar y Edie mandó a Nick este mensaje: «¡¡ELLIOT SE APUNTA A LA ENTREVISTA!!» Y Nick le contestó: «TE QUIERO / LE QUIERO / Y A TU ALTRUISMO, QUE TE LLEVARÁ A SOPORTAR LAS COSAS DEGENERADAS Y EXTENUANTES QUE, A CAMBIO, TE OBLIGARÁ A HACER DESNUDA.»

Grabaron al día siguiente para poder usar extractos a lo largo de la semana y así conseguir una mayor cifra de oyentes.

Hannah y Edie escucharon el programa en casa de la primera, y Edie casi explotó de orgullo por lo cálido, divertido y perspicaz que sonó Elliot. Incluso se las apañó para lograr que *Gun City* no pareciera una tontería. ¿Algo de ello era culpa de su efecto sobre él? Ya que, para Edie, era la primera vez que Elliot sonaba en público igual que como lo hacía en privado. Eliminando las observaciones más bruscas y las palabrotas, claro.

—Oh, es un encanto, Edith —dijo Hannah, mientras bajaba el volumen de su radio—. Para variar, has escogido a alguien realmente encantador.

Y Edie pensó: «Es encantador porque lo he escogido yo en vez de dejar que me escogieran». La chica que todos querían y a la que nadie escogía.

Más tarde, Nick y Elliot también fueron a casa de Hannah. Resultaba extraño comprobar la incomodidad y la reserva que al principio mostraron sus dos amigos con Elliot, y darse cuenta de que también fue así como ella misma se había comportado en su momento. Sin embargo, viendo lo suelta que estaba Edie con él, sumado al alcohol, pronto Hannah y Nick se relajaron. Tal vez en exceso, para ser sinceros.

—No soy muy admirador de las chorradas estilo *Puff, el Dragón Mágico* —dijo Nick—, pero *Sangre y oro* estaba bien. Mejor que las otras de su clase, en todo caso.

—Deberían poner eso en los pósters —repuso Elliot—. Palabra por palabra.

Y Nick bebió lo suficiente como para decirle a Elliot que Edie solía decir que no le gustaba y que parecía un camarero novato.

—¡NICK! —gritaron a la vez Hannah y ella.

—Las mejores relaciones son las que se fundamentan en la honestidad —replicó Nick, imperturbable—. Eso me han dicho.

—No pasa nada —dijo Elliot, suavemente—. No me gustaría avergonzar más a Edie, pero si así es como trata a un hombre que no le gusta, ¡pobre de aquel por el que se sienta atraída! Seguramente se tragará entera su presa y la regurgitará como hacen los búhos con lo que sobra de su comida.

—En caso de que no haya quedado claro, me gusta —declaró Nick a Edie, señalando a Elliot.

En el trayecto desde The Park hasta el hotel, Elliot dijo:

—Tus amigos son tan sensatos como sabía que serían.

Ante este comentario, Edie le miró, exultante, y se colgó de su brazo.

—¿Y Nick no ha conseguido volver a ver a su hijo?

—Nop.

—Me cuesta imaginármelo, no poder ver a alguien que quieres. Estar separados por las circunstancias.

Teniendo en cuenta que había un único tema peliagudo vedado, era curioso cómo, al final, todas las conversaciones parecían desembocar en él.

—«Circunstancias» es la palabra más bonita que oído hasta el momento para referirse a Alice —dijo Edie.

Una noche, quedaron con los padres de Elliot para cenar en el restaurante del hotel Hart's.

Elliot iba trajeado, y estaba tan guapo, que la intimidaba. Salió del servicio, abrochándose los gemelos.

—¿Y esa cara? ¿Es que parezco un bombón?

Mientras bajaban en el ascensor del hotel, Edie le dijo que Hart's le acababa de recordar que estaba saliendo con un chico de la zona sur del río.

—Hart's es muy de postín para una primera reunión.

—Oh, solo están alardeando porque tienes madera para ser su futura nuera.

Elliot hizo este comentario distraídamente, mientras miraba su móvil; en cuanto se dio cuenta de lo que acababa de decir, levantó la cabeza de golpe.

—¡Menuda forma más retorcida de pedírmelo! Edie Owen. Queda bien. Así que acepto. ¿Mañana? ¿En el Registro Civil de West Bridgford?

En ese instante Elliot se abalanzó sobre ella y la apretó contra la pared, agarrándola por las muñecas.

—Te olvidas de que soy un pez gordo. Podría hacer unas llamadas y dejarlo arreglado de verdad: los tortolitos, los trajes de Armani para los acompañantes del novio y Maroon 5 para la recepción... Un bufé de canapés con queso *cheddar* y erizos de piña... Todo.

—Entonces, ¿te apuntas? —rio Edie contra su pecho—. Mi respuesta es sí.

Y de esta manera se convirtieron en esa gente repelente que uno sorprende besándose cuando se abren las puertas del ascensor.

Una vez acomodados en el restaurante, cada vez que no había comida ante ellos, Elliot le apretaba la mano bajo la mesa. Creía que estaban siendo discretos hasta que la madre de él dijo:

—Elliot, cariño, si la sueltas, no se irá flotando. No es un globo.

A Edie le gustaron sus padres instintivamente, y mucho. Como su hijo, no fingían interesarse por ella: lo estaban. Le hicieron preguntas sobre su pasado y Edie les dio respuestas francas; y eso que tocaron temas sensibles. Pero no había en ellos esnobismo alguno ni nada que se le pareciera. Una cualidad que, podía verlo, le habían trasmitido a Elliot.

No fisgó sobre cómo seguía la cosa con Fraser, pues Elliot le había asegurado que, de momento, todo iba bien. Y como no había salido a la luz ninguna historia de su padre biológico, tal vez el hecho de que Elliot la divulgara antes y estropeara la exclusiva había obrado milagros.

Cuando Elliot se fue al servicio, con todo el restaurante subrepticiamente mirándole cruzar la sala, su madre se acercó a ella y le dijo:

—Estoy tan contenta de que seas independiente y tengas la cabeza bien amueblada. Porque él no necesita adulación, necesita un reto. Y ya veo que tú lo eres.

—Felicidades, has sido un éxito inmenso —le dijo Elliot, de vuelta al hotel.

Edie estaba lo bastante bebida para atreverse a decir:

—Aun así, «madera de nuera» sigue siendo una meta lejana de alcanzar...

—¿Me estás provocando? —exclamó Elliot, empujándola suavemente hacia el interior de la habitación, mientras Edie notaba un nudo en el estómago. «Ese traje.»—. ¿Se supone que tendría que parecer aterrado por la idea? ¿O estás sugiriendo que la idea es una broma?

Edie solamente pudo reírse. Estaba nerviosa.

—No me has asustado, lo siento —continuó Elliot, tumbándola en la cama y poniéndose encima de ella—. Ni un poquito. Inténtalo de nuevo.

—Mañana vas a tener que conocer a mi padre y mi hermana. Los dos quieren saber si realmente sabes hablar a los lobos en un idioma especial y quieren oírte pronunciarlo.

—De acuerdo, ahora sí que estoy aterrado —dijo Elliot, tras lo que se echaron a reír mientras se besaban. Y la conversación sobre el futuro, por el momento, quedó aparcada de nuevo.

Cuando buscaron un lugar para quedar con Meg y Jerry, Edie sugirió un local más sencillo.

—No se sentirían a gusto en un sitio como el Hart's —afirmó Edie.

—Perfecto, de todos modos acabamos de estar ahí.

Al final, optaron por el bar The Trip to Jerusalem, construido junto a unas antiguas cuevas de arenisca, y cuyo interior era una recreación de dichas cuevas.

—Sé que estará lleno de turistas, pero ahora que estoy todo el tiempo en Estados Unidos, me he encariñado extrañamente con todo el asunto histórico —explicó Elliot.

«Estados Unidos, todo el tiempo». Edie sintió una punzada, pero no dijo nada.

Tras un breve lapso de tiempo para romper el hielo, durante el que Edie encontró una serie de temas para conversar, secundada con entusiasmo por Elliot, su padre y Meg se relajaron y le trataron como a cualquier otro amigo de Edie. Su padre nunca había visto *Sangre y oro* y Meg no se quedaba impresionada durante mucho rato por nada. Además, tampoco tuvieron demasiado espacio para charlar, ya que no se habían dado cuenta de que aquella noche había un concurso de preguntas en el bar.

Se sumaron a él con ganas, Elliot y Meg debatiendo sobre la especie más grande de tigre, su padre inflexible respecto al hecho de que el líder militar por quien bautizaron unas botas fue Wellington, no Doctor Martens, como Meg había pensado. Elliot se frotó los ojos y se encontró con los de Edie, ambos intentando no reír, y ella sintió que nunca lo había querido tanto.

Edie estaba sentada ahí, pensando: «Esta es una salida nocturna típica de Nottingham, con patatas rebozadas y gusanitos y la hoja de respuestas salpicada de cerveza». Elliot era uno de ellos.

Salvo que no lo era.

Edie había aprendido las normas de salir con una persona famosa, cada vez que se atrevían a ir a lugares concurridos con gente menor de treinta años: camina a buen ritmo en las vías públicas, sin mirar a los ojos de los demás; muestra educación cuando se te acerquen; márchate rápidamente una vez te reconozcan.

Edie se sentía sorprendida: la fama de Elliot le causaba poca o ninguna emoción. Él era especial para ella, y no le gustaba que interesara a otros que no le conocían en absoluto. Lo quería para ella sola.

Porque Edie nunca había estado tan enamorada. No sabía que perderse en alguien podía hacerla sentir, a la vez, tan aquí, tan presente. Cuando Elliot estaba con ella o sobre ella o dentro de ella o junto a ella todo el tiempo, se sentía más Edie que nunca.

Estaban siendo los mejores días de su vida hasta el momento, pero quedaban muy pocos. Edie se negaba a pensar en ello. Pero era como una inmensa espada de Damocles pendiendo sobre las sábanas arrugadas de la palaciega habitación del hotel.

Capítulo 75

En su última noche, salieron a cenar pronto. A Elliot le llamarían «a primera hora» para ir al aeropuerto. Ya se había despedido de su familia y había traído sus maletas al hotel. Edie apreció hondamente el cumplido que le hacía al querer pasar el tiempo que le quedaba con ella.

Fueron a un restaurante persa en una tranquila calle secundaria, con mesas de formica y porciones gigantes de kebab en pincho junto a montículos de arroz salpicados de eneldo. Hizo otro descubrimiento sobre la fama: si iban a un lugar donde nadie esperaba ver a un famoso, nadie veía a un famoso. Había pinturas estilizadas de mujeres orientales, con sus velos y sus inmensos ojos almendrados, sus bocas a guisa de pequeñas pajaritas y sus cabellos oscuros con rayas en medio.

—Se parecen a ti —murmuró Elliot, con una sonrisa de adoración, y Edie se sonrojó.

Mientras regresaban con lentitud, pensó que quizá se despedirían sin hablar de lo que había pasado entre ambos. Sin decir: «¿Qué ha sido esto?».

Empezó a chispear y Elliot la atrajo hacia sí.

—Estoy a punto de escaparme de este clima y cambiarlo por la tierra de los hedonistas. Los Ángeles y su misma estación sin cambios, qué extraño es. Nada para indicarte que el año pasa.

—Ah, sí. Pues aprovéchate de la llovizna mientras puedas.

—No es el clima lo que voy a echar de menos.

—Pero si volverás enseguida... —dijo ella, esquivándole la mirada.

—No si me meto en una serie de televisión con un calendario muy estricto.

—Mmm.

Caminaron el resto del camino hasta el hotel en silencio, mientras Edie se atormentaba sobre el hecho de decir algo o no.

Una vez dentro de la habitación, se hizo evidente que los ánimos no se iban a despejar solos.

Edie dejó nerviosamente su bolso mientras Elliot cerraba la puerta y se apoyaba en ella.

—Edie —murmuró—, ¿por qué estás evitándolo? ¿Vamos a hablarlo o no?

—¿Que te marchas?

—Sí.

—Sé que te tienes que marchar, es solo que no quiero pensar en ello.

Elliot la estudió y, de pronto, ella no supo qué hacer con las manos, que le colgaban pesadamente al extremo de los brazos; debía encontrar algo que hacer con ellas. Así que se las colocó bajo las axilas.

—¿Crees que a mí no me importa, y que voy a decir «hasta la vista, gracias por los buenos momentos»? ¿O se trata de ti? Me he vuelto loco intentando saber si me das evasivas porque piensas que soy yo quien te las da, o si realmente quien me está dando evasivas eres tú.

Edie no sabía qué contestar. A nada.

—A menos que lo haya entendido todo mal, tú eres mi novia, ¿no?

Edie sonrió.

—Me gustaría pensar que sí.

—¿Entonces por qué no estamos hablando de esto? Escúchame, Edie —Elliot hizo una pausa—, eres demasiado importante para mí como para jugar contigo. Te quiero. Y no quiero que esto se acabe mañana. Quiero que estemos juntos.

—Yo también te quiero —repuso Edie. Quiso decírselo otra vez, antes que nada.

Elliot avanzó hacia ella.

—Ven conmigo a Los Ángeles. Puedes quedarte en mi apartamento. Y luego, dependiendo de cómo me vaya el trabajo, planearemos nuestro siguiente movimiento. Juntos.

Edie volvió a sonreír.

—¿Y convertirme en tu gorrona novia sin papeles?

—¡No! Lo mío es tuyo —dijo Elliot—. Es un arreglo temporal, solamente; necesitarás un poco de tiempo para encontrar algo y, hasta entonces, tendrás apoyo en mí. En serio, ¿para qué he ganado toda esa estúpida cantidad de dinero si no puedo cuidar de la gente que me importa? ¿De qué me sirve, si no? O, si realmente te molesta lo de trabajar en Estados Unidos, podríamos trasladarnos a Londres lo más pronto que pudiéramos. De hecho, nunca estoy en mi casa de Nueva York. Ya sabes, lo que sea. Lo que quieras.

Vaya con su vida internacional de miembro de la *jet set*, en la que el dinero y la geografía no tenían importancia. Por un instante, Edie se dejó invadir por la sensación de lo que sería devenir la señora de esa mansión. Y con la misma rapidez, la dejó ir.

—Gracias.

Su voz sonó más baja de lo que esperaba.

—No me des las gracias, so boba. No tiene nadar que ver con dar las gracias.

—Sí que lo tiene, porque es increíble que me lo hayas propuesto y me siento muy agradecida; por eso te doy las gracias.

—Oh, vale. Eso no suena muy alentador.

Elliot retrocedió.

—Elliot, no he pensado en nada más que en cómo conseguir estar contigo. Pero me voy a quedar aquí.

—¿En Inglaterra?

—En Nottingham —aclaró Edie—. Tengo a mi familia aquí y no quiero volver a dejarla tan pronto ni tampoco a mis amigos. Y también tengo un trabajo que puedo hacer desde aquí, por Internet. Le he dedicado a Londres algunos años estupendos. Ya es hora de hacer un cambio.

—Lo entiendo —asintió Elliot—. Entonces nos tocan inmensas facturas de teléfono y vuelos de ida y vuelta durante unos cuantos meses hasta que podamos buscarnos algo.

—¿Aquí?

—Bueno, aquí y allí. Ya lo solucionaremos.

Edie negó con la cabeza.

—Ya sabes que las cosas no funcionan así. Los actores de éxito no cambian California por las Midlands. Tendría que irme a Estados Unidos.

Elliot torció el gesto.

—No me vengas con «los actores de éxito», Edie, eso es una gilipollez —exclamó—. Te estoy ofreciendo la clase de compromiso que prefieras. —Hizo una pausa y Edie pudo ver que estaba profundamente dolido—. Si es que no, pues es que no, pero no te escudes tras la logística.

Edie le tomó por los antebrazos, al ver que él bajaba la cabeza y le esquivaba la mirada.

—No estoy siendo desagradecida con lo que me ofreces. Piénsalo. Tienes que intentar lo de América. Y tú mismo lo dijiste, conseguirás un gran trabajo y no pararás quieto. Si nos buscamos algo, donde sea, mi vida se quedará en pausa, esperando a que regreses a casa cada noche, intentando no beber demasiada ginebra ni tomar demasiadas pastillas cuando, de vez en cuando, piense qué habrás estado haciendo todo el día.

Elliot la miró a los ojos y arqueó las cejas.

—Ah, se trata de «eso».

—No, no se trata de eso: se trata de que no seríamos iguales.

Elliot abrió la boca para hablar pero se detuvo, hizo una pausa y luego se tranquilizó. Edie sintió el corazón en un puño.

—Mi madre me dijo que, ahora, ninguna chica sensata querría comprometerse conmigo, pues sería como casarse con el príncipe Harry —murmuró Elliot con una sonrisa tensa y desdichada—. Me reí de ella. Pero era cierto, ¿verdad? Aquí estoy con una. Y no quiere hacerlo.

—No es nada de eso. Me gustas demasiado como para dejar que los artículos de cualquier periódico me acobarden. Es porque darme lo que yo quiero te hará infeliz a ti, y darte lo que tú quieres me hará infeliz a mí.

—Podríamos encontrar la manera.

—No la hay. Tú tienes que irte; yo tengo que quedarme. Créeme, si no he dicho nada es porque no he pensado en nada más, con la esperanza de encontrar otra salida. Es la decisión más difícil, pero también la más sencilla, que he tomado nunca, porque es muy evidente. Ojalá no lo fuera.

Elliot sacudió la cabeza, sin poder esconder su angustia; y aun así Edie sabía que la única cosa que él nunca diría —y ella tampoco quería que dijera— era que se quedaría. Porque él ya no estaba en su misma realidad y no podría volver a estarlo, no importaba cuánto la amara. Elliot estaba de paso hacia otro sitio, como Margot había dicho. Edie tendría que seguirle a todas partes y encontrar un hueco en su vida; y no estaba preparada para volver a hacer ese sacrificio ni siquiera —lo comprobó atónita— por él. Quería una vida propia. Finalmente, había aprendido a valorarla, porque había aprendido cómo vivirla.

Sí.

—Elliot —añadió Edie—. Además, tengo treinta y seis años. Tú puedes tener a quien quie...

Elliot pareció tan ofendido que casi la asustó.

—Oh, Dios mío. No te atrevas —la cortó—... No te ATREVAS a decirme eso ni por un segundo. Porque si lo haces, lo único que me quedará claro es que no crees que yo sienta por ti lo mismo que tú por mí, lo que es muy insultante.

—Sí que lo creo —repuso ella.

—¿Pero...?

—Pero está todo lo que acabo de decir.

—¿Entonces qué? ¿Se acabó? —farfulló Elliot, con los ojos empañados.

Edie tragó saliva. Las lágrimas de él iban a hacer que ella también se echara a llorar.

—Ahora no es el momento adecuado. Lo que no significa que no vaya a serlo nunca. Pero no es que me hayas dado tu palabra; cuando te marches, serás libre de hacer lo que quieras. —A Edie lo costó mucho decir esta parte—. De eso se trata.

—¿Es todo esto un examen de fidelidad? Lo pasaré, pero no entiendo por qué tengo que hacerlo.

—No, no, no. Rotundamente, no.

—Si estás a punto de decir: «Si tiene que ser, será», te compraré un atrapa sueños y te diré que te vayas lejos —balbució Elliot, secándose las mejillas, ahora ya empapadas—. Las relaciones se eligen, no tienen que ver con el destino ni el karma ni nada de eso.

—Lo sé. Esto no es porque no te quiera lo suficiente como para hacer funcionar algo complicado; esto es porque lo nuestro me resulta demasiado precioso para estropearlo haciendo algo que todos mis instintos me dicen que es un error. Me ha costado tanto ordenar mi vida, Elliot... No puedo tirarlo todo por la borda para estar de brazos cruzados, sola, en la otra punta del mundo, esperando a que tú vivas tu vida y puedas encontrar un poco de tiempo para mí. ¿No te das cuenta de que tengo razón?

Elliot lanzó un suspiro tembloroso.

—Mi cabeza dice que a lo mejor, que más o menos. Pero mi corazón dice que no, que esto es una estupidez. Que nos queremos. Que tiene que haber una manera.

—La manera es hacer lo difícil: continuar con nuestras vidas por separado y ver qué pasa.

Siguió un silencio, solo interrumpido por los sollozos y los carraspeos ahogados de ambos.

Elliot la miró con ojos enrojecidos.

—¿Por qué no dices que se acabó, para siempre?

—Porque te quiero. Nunca digas nunca.

—¿De verdad no vas a cambiar de opinión? Estaré mirando todo el rato para atrás en Heathrow, ¿sabes? Sé cómo funciona esta basura. He visto *pelis*.

Edie rio, con alivio y tristeza y afecto; y se sintió inmensamente feliz porque él no se había enfadado, porque no la había rechazado, diciéndole «oh, de acuerdo, entonces es que no te importo lo suficiente». Eso la habría destrozado; aunque, por otro lado, su reacción le mostraba nuevamente la calidad de la persona a la que estaba renunciando.

—Por favor, dime que lo entiendes —murmuró Edie, abrazándole—. No ha sido fácil pensar en ello. Ni decirlo.

—Sí que lo entiendo, solo es que lo odio —repuso Elliot—. Creo que una parte de mí sabía que algo así se avecinaba. Nunca me habían dejado de forma tan elegante y confusa. —Las lágrimas resbalaban por el rostro de Elliot—. Pero ya veo que lo dices en serio.

Elliot volvió a abrazarla, con tanta fuerza que, por un momento, la dejó sin aliento. Cuando sus respiraciones se volvieron más regulares, él murmuró, hundiendo la cabeza en su cabello:

—No te cases con algún imbécil barbudo, fanático de las cervezas artesanas y que lleve clips de ciclista en los pantalones; ni os trasladéis a la calle de al lado de casa de mis padres y les pongáis a vuestros hijos nombres de criado de época victoriana, ¿de acuerdo? No me rompas el corazón otra vez.

Edie reía y lloraba al mismo tiempo. Tomó aire y dijo:

—No te cases con una modelo de Victoria's Secret llamada Varsity, o algo así, y os trasladéis a Malibú y os compréis dos perros bóxer feísimos; ni tengas una mierda de banda de rocanrol como proyecto paralelo. Porque nadie te dirá que es una mierda, pero lo será.

Permanecieron abrazados durante un minuto, con los ojos cerrados y los brazos rodeando el cuerpo del otro, guardando esa sensación para la posteridad.

—Pues tenemos que decirnos adiós ahora —murmuró Elliot, secándose los ojos con la manga de la cazadora—. Ya lo suponías, ¿no? No puedo estar despierto toda la noche mirándote y llorando. Me pasaría todo el tiempo suplicándote que cambiaras de idea.

Edie asintió con tristeza; claro que ya lo suponía, por eso había esquivado el tema.

—Sí, lo sé.

Elliot balbuceó, contra su cabello:

—¿Cómo voy a poder encontrar a otra como tú? Contéstame a eso, eh. De acuerdo. Dios. Adiós, Edie.

Edie se alegró de no haberle visto los ojos cuando pronunció estas últimas palabras, pues posiblemente su determinación habría terminado por flaquear.

—Adiós, Elliot.

Se separaron y se miraron, ambos hechos dos desastres llorosos, y Edie recogió su bolso, que había dejado en el suelo. Para hacer una salida elegante, ya se había llevado el cepillo de dientes del cuarto de baño. Elliot la besó, con mucha fuerza, en la raíz del pelo, y luego buscó su mano izquierda y la apretó. Con la mano libre, volvió a secarse los ojos, moviendo la cabeza.

Edie gimió «adiós» y desapareció por la puerta, cerrándola suavemente al salir.

Mientras bajaba los alfombrados escalones, haciendo de nuevo otra salida emocional de otro hotel, tuvo que hacer acopio de todas sus fuerzas para no dar media vuelta y volver corriendo hacia Elliot, hacia sus brazos. Tenía que dejarle marchar.

Durante la época en la que le conoció, había encontrado todo lo que le importaba, y eso era suficiente.

Capítulo 76

Edie y Meg esparcieron las cenizas de su madre sobre la cascada de Lumsdale, en los valles de Derbyshire, en un precioso lugar de Matlock donde su padre les había dicho que a su madre le gustaba pasear junto a él, hacía mucho tiempo, antes de que ninguna de las dos hubiera nacido.

Jerry recuperó la urna del fondo del armario. Llevaba su nombre impreso, Isla Thompson, y una fecha, en una letra pequeña, como si aquello fuera una prescripción médica. Resultaba extraño mirarla e intentar comprender que algunos fragmentos de su madre, desaparecida hacía tanto tiempo, estaban contenidos dentro.

El lugar era tan bonito como su padre les había prometido: un entorno de un verde húmedo y esmeralda, frondas y helechos bajo sus pies, y una completa paz, solo interrumpida por el rumor del fluir del agua.

—Le encantaba la cascada —afirmó su padre cuando Meg señaló lo paradójico que era aquello, teniendo en cuenta que había muerto en el río Trent—. Estaría de acuerdo con esto, os lo prometo.

Abrieron la urna y encontraron en su interior una pequeña bolsa de celofán, que debía rasgarse. Se turnaron para inclinarse y esparcir el fino y plateado polvo en la cristalina corriente: todo cuanto les quedaba del querido ser humano que había dejado sus vidas tantos años atrás.

—¿Le decimos adiós? —sollozó Meg, entre lágrimas, y su padre repuso:

—Decid lo que queráis.

—Adiós, mamá. Ojalá pudiera recordarte un poco más —dijo Meg. Edie la abrazó y Jerry lloró, y acabaron los tres entrelazados en un ovillo.

—Adiós, mamá —susurró Edie—. Y gracias.

—Cómo me gustaría que os pudiera conocer a las dos, tal y como sois ahora —dijo su padre—. Pensaría que sois maravillosas. —Lanzó unas risas entre su llanto—. Siempre sintió debilidad por la gente estrafalaria.

—¡Yo no soy estrafalaria! —protestó Edie, mientras todos sollozaban y reían a la vez.

—Os adoraba, ¿sabéis? Erais las niñas de sus ojos. Pero pensaba que estaríais mejor sin ella. Eso es lo que no puedo... —su padre no fue capaz de acabar la frase.

Permanecieron allí de pie, simplemente, durante un rato, dejando que la belleza del ambiente calmara su espíritu.

—Tal y como yo lo veo —afirmó Edie, tomándolos a los dos de la mano, mientras miraban el agua discurrir entre las rocas—, tienes a la gente que es importante para ti durante un período determinado. Nunca sabes cuánto será. Debes aceptarlo y usar el tiempo que se te da. No tuvimos a mamá durante mucho tiempo, pero eso no significa que no marcara una inmensa diferencia para nosotros. La queríamos y nos quería. Nunca la olvidaremos. Todavía la queremos.

Un avión cruzó las nubes, en lo alto, y Edie levantó la mirada hacia él, apretando las manos de Meg y su padre.

Fueron hasta Matlock Bath y comieron en un bar en cuyo exterior había una flotilla de motos. Estaban en un territorio típico de moteros.

—Isla es un nombre precioso —opinó Edie—. Si alguna vez tengo una hija, su segundo nombre será Isla.

—Si todavía tienes un útero operativo —intervino Meg, con confianza.

—Por supuesto —aceptó Edie—. A estas alturas, probablemente habrá toda una familia de topos viviendo dentro.

—Madre mía, Meg. Nunca te busques un trabajo de escritora de discursos para los políticos —exclamó su padre.

—Lo que me recuerda... He solicitado un montón de trabajos —dijo Meg— en residencias. He pensado que podría aprovechar la experiencia que ya tengo y conseguir algo con más horas.

—Eso es estupendo —exclamó su hermana—. Bien hecho. En realidad, me he estado preguntando si... —Mientras mojaba un trozo de gamba rebozada en su bote de salsa tártara, añadió—: ¿te gustaría venirte a vivir conmigo?

Meg la miró boquiabierta.

—¿Cómo? ¿Por qué? —Recuperó la compostura. —Quiero decir, gracias. ¿En serio?

—No te sientas obligada —dijo Edie—, he pensado que sería divertido. He estado mirando casas en Carrington. Necesito un inquilino, es posible que se me haga muy grande para mí sola. Si papá puede prescindir de ti, claro. Solo es una idea. Y, obviamente, estaríamos a un tiro de piedra de papá.

—Papá, ¿qué te parece? —preguntó Meg.

—Me parece estupendo. Seguramente las dos, ejem, os sentiréis más a gusto entreteniendo a jóvenes visitantes masculinos bajo el techo de Edie. No podéis quedaros al solaz de vuestro padre para siempre.

—Mi sórdida moral te garantiza que será poco más que un burdel, papá. ¿Has acabado con las patatas? —Edie tomó una.

—Pero con una condición.

—¿Cuál? —preguntó Edie.

—Que te lleves esos puñeteros loros con sus puñeteros graznidos; me engatusaste bien engatusado dejando que cruzaran el umbral de mi casa. «A un refugio de animales»; y un comino.

Capítulo 77

Cuatro meses después.

Edie y Meg nunca habían organizado una comida de Navidad para sus propios invitados, y sería mentira decir que los preparativos se desarrollaron sin contratiempos o sin que intercambiaran algunas palabras. Lo cierto es que los últimos meses viviendo juntas en la casa de Edie —un chalé adosado de ladrillo rojo con tres habitaciones—, habían ido extraordinariamente bien; pero eso de la hospitalidad estaba poniendo a prueba la renacida paz fraternal.

Días antes, con los ánimos un poco caldeados y entre palabrotas, Meg y ella habían conseguido montar una mesa auxiliar con ruedas de IKEA, en la que pudieran acomodar el banquete de Meg; así, estaría cerca, pero separado, del festín principal, integrado por carne. Habían ido a buscar la mesa en el nuevo Mini de Edie, sufragado con los fondos de su libro, todo un superventas.

La autobiografía oficial de Elliot Owen había vendido una barbaridad de ejemplares, rebasando todas las expectativas, lo que le había dejado unos *royalties* sustanciales. Si aquello había sido simplemente gracias al efecto Elliot Owen, o resultado de su publicidad con Edie, nadie lo sabía a ciencia cierta. Como Richard declaró con evidente placer: «El fracaso es huérfano y el éxito tiene montones de padres; y deja que te diga que ahora hay tantos padres en este proyecto que se diría que formaban parte de una secta sexual de Utah».

Edie no podía afirmar que tener por casa cajas de cartón llenas de libros de tapa dura con una despampanante fotografía del querido y tan añorado exnovio de una en la portada fuera lo mejor para la calma psíquica, pero el dinero le había venido muy bien. A propósito, había intentado saber lo menos posible sobre el libro de Jan, cuyo impacto, por otro lado, había sido mínimo, entre otras razones porque los incondicionales más acérrimos de Owen organizaron un boicot en su contra.

El comedor de la casa de Edie tenía unas puertas que se abrían a la sala de estar, lo que permitía crear un espacio mayor. De esa forma, todos deberían apretarse en siete sillas en torno a una mesa que también estaba a rebosar de tanta cubertería.

Conforme se acercaba la una de la tarde, la pequeña cocina de Edie describía una escena caótica: sartenes y ollas en todos los fogones; coles de Bruselas cortadas escurriéndose en un colador; el pavo reposando mientras Meg maldecía la decoración de su pan de nueces, de un cierto aspecto fecal. Había cosas por todas partes. Edie sentía que, solamente si tuviera una segunda cocina del mismo tamaño, podría cocinar como Dios manda y su angustia desaparecería.

Las cosas se suavizaron cuando Meg tomó la decisión ejecutiva de descorchar antes una botella de champán: «Privilegios del chef».

Edie encendió el reproductor de CD y, poco después, brindaron por las fiestas y por sus esfuerzos culinarios al ritmo de *My funny Valentine*, con el acompañamiento de fondo gentileza de Beryl y Meryl.

—Es una tradición nuestra poner a Frank Sinatra mientras preparamos la comida —dijo Edie.

—¿Sí? —se extrañó Meg—. ¿Desde cuándo?

—Desde ahora. Las tradiciones tienen que empezar en algún momento. Pues yo estoy empezando una.

Meg no estaba muy entusiasmada con la idea, puesto que Frank Sinatra encarnaba buena parte del control del patriarcado y el capitalismo gansteril, pero Edie señaló que, siendo estadounidense de origen siciliano, también había hecho mucho por los inmigrantes, así que acordaron que, por un día, pasarían por alto algunos de los rasgos más cuestionables del cantante.

Mientras Edie batía la salsa de arándano, pensó en los amigos ausentes. No tenía ni idea de dónde pasaría Elliot ese día. Puede que en la playa, o en casa de su nueva novia. Entre ellos no había habido mensajes ni tuits ni correos electrónicos ni ningún tipo de comunicación del siglo XXI. Instintivamente, ambos habían entendido que algo sería peor que nada. Sin embargo, Fraser había hecho un esfuerzo por mantenerse en contacto, para hacerle saber que no la había olvidado, y eso resultó muy agradable para Edie.

—Tengo que decirte esto para que no pienses que es un grosero o un insensible si tienes cualquier noticia personal muy importante para darme —comentó Fraser la primera vez que la llamó—. Elliot me dijo, bajo amenaza de muerte, que no quería saber si habías conocido a alguien.

Era obvio que Fraser pensaba que eso iba a ser duro de escuchar para Edie, pero en realidad fue un alivio, ya que se trataba de un sentimiento mutuo.

—Lo mismo te digo, si no te importa. Aunque, eso sí, dudo que los medios de comunicación vayan a respetar mis deseos.

—Yo creo que estáis siendo dos reinas del drama de mucho cuidado. Si podrías hablar por Skype y ya está... Pero, en fin, yo no sé el rollo que os traéis.

Unas semanas antes, se encontraron para tomar un café, y Fraser le contó que Elliot le había dicho que ella sabía lo de la adopción. Durante la larga conversación que siguió a esa declaración, Fraser comentó:

—¿Te das cuenta de lo que significó que te lo contara? Fue algo muy fuerte.

Edie tuvo que darle la razón con lo de que había sido «algo muy fuerte», aunque en su momento no se diera cuenta.

Los medios de comunicación, definitivamente, no recibieron la circular de Edie acerca de Elliot, más bien al contrario. Y unas semanas después, Edie no pudo evitar enterarse de un nuevo éxito profesional del actor, un papel importante en una gran película, lo que significaba que sería todavía más famoso y que no iba a regresar. Tal vez fue eso lo que motivó la postal.

Estaba en la habitación de Edie, metida en el marco del espejo de su mesita de noche. Unas palmeras se recortaban contra el atardecer californiano. Había escritas solamente dos frases; las dos frases más releídas de la historia de las frases.

Soy muy consciente de que no estás a mi lado. Creo que la palabra es «*saudade*»*.*

Edie se permitió un acceso de llanto, por un momento corroída por la inquietud de que debería haberse ido con él. Luego miró su casa y se acordó de por qué no lo había hecho. Lo que había sucedido entre ambos no fue triste: fue maravilloso. Estaría con ella para siempre.

Entonces llegaron los invitados: primero su padre, con una botella de Oporto, a continuación Hannah y Chloe, y luego Nick y Ros.

Ros, la cita a ciegas, resultó que era en verdad una lunática, pero en el buen sentido de la palabra. Personalmente, Edie pensaba que jugar al *roller derby* y tener de mascota un hurón era la bomba. Y estaba indecisa entre seguir o dejar la sanación *reiki*.

En cuanto a Chloe, era una de las personas más adorables y serenas que Edie había conocido, y tenía un efecto sobre Hannah que nunca había visto antes.

Meg acomodó a cada uno en una silla, les dio un sombrero —«Oh, madre mía, ¿qué es esto? ¿Sombreros?», exclamó Nick. «Sombreros», afirmó Meg, que ya llevaba el suyo—, y les puso una bebida en la mano.

Presa del pánico, Edie iba de arriba abajo, exclamando, como en una salmodia, «¡ASADAS! ¿ASADAS?» a las chirivías.

—De acuerdo, esta es nuestra primera vez preparando una comida de Navidad, así que perdonadnos si hay alguna chapuza —dijo Edie, cuando finalmente estuvieron listas para mostrar sus platos. Le daba la impresión de que el puré tendría que haber quedado más fino pero, aparte de eso, debía admitir que la comida tenía buena pinta.

En cuanto se sentaron, sonó el timbre de la puerta.

—Les dije a Winnie y Kez que podían venir a vernos con su nuevo perro. —Meg se puso de pie de un salto, chupándose los dedos.

—Mientras sepan que el código de vestimenta es «vestirse». Ay, vaya, me he olvidado de las salchichas con beicon —exclamó Edie, también levantándose, y corrió hacia la cocina.

Las hermanas regresaron a la mesa a la vez, Edie sosteniendo una fuente de horno llena de salchichas, Meg más emocionada que el año en que desenvolvió su colección de la «Familia de Ardillas de la Nuez», de Sylvanian; lo que era mucho decir.

—¿Edie?

Edie dejó la bandeja en la mesa y se secó con torpeza el sudor de la frente, todavía con una mano enfundada en una manopla para asar.

—¿Sí?

Meg la miró con una expresión de intensa expectación.

—Es para ti.

MHAIRI MCFARLANE

Si PENSARA en ti, te DESPRECIARÍA

¿Qué pasa cuando la última persona a la que querrías ver es la que necesitas? Aureliana regresa a la escuela después de quince años para una reunión de antiguos alumnos. Sin embargo, ese lugar no le trae buenos recuerdos: la llamaban «el galeón italiano» porque estaba gordita. Pero Aureliana ha cambiado mucho: es una mujer diez con una melena espléndida, así que nadie la reconoce cuando llega. Entonces, decide echarse atrás, abandonar su plan de venganza y escabullirse. Pero el destino se interpondrá en su camino y, tras la reunión, se topará con James —un pedazo de hombre que fue su amor platónico en el colegio—. Muy atractivo, sí, pero bastante feo por dentro. Sus destinos se entrecruzarán y algo inesperado surgirá entre ellos.

¿Qué pasa cuando la última persona a la que querrías ver es la que necesitas?

Si pensara en ti, te despreciaría

Mhairi McFarlane

SEDA ROMÁNTICA

LIBROS DE seda

MHAIRI MCFARLANE

NADA más VERTE

¿Qué pasa cuando aquel que desapareció de tu vida regresa?

Rachel y Ben. Ben y Rachel. Ha pasado una década desde la última vez que hablaron, pero cuando Rachel se topa con Ben un día, este tiempo parece desvanecerse.

Desde el momento en que se conocieron fueron dos, socios en lo peor y los mejores amigos. Sin embargo, la vida ha cambiado. Ahora, Ben está casado. Rachel no. De hecho, los hombres de su vida han hecho que casi acabe por querer tomar los hábitos…

Sin embargo, nada más verle, siente que, de nuevo, se reactiva aquella vieja amistad. ¿Conseguirá ahora, por fin, al amor de su vida?

¿Qué pasa cuando aquel que desapareció de tu vida regresa?

NADA más VERTE

2ª edición

Mhairi McFarlane

MHAIRI MCFARLANE

NO ES POR MÍ, ES POR TÍ

Delia Moss no sabe muy bien en qué se ha equivocado.

Cuando le propuso matrimonio a su novio y descubrió que él se estaba acostando con otra, creyó que era culpa suya.

Cuando se dio cuenta de que la vida ya no volvería a ser lo mismo, pensó que era culpa suya.

Y cuando él le pidió que volviese, nada había cambiado, así que empezó a plantearse que, tal vez, no era culpa suya...

Desde Newcastle hasta Londres, ida y vuelta, con trabajos de tres al cuarto, jefes excéntricos y periodistas guapos que no la dejan en paz, Delia deberá encontrarse a sí misma... o por lo menos intentarlo.

MHAIRI McFARLANE

¿Y si el problema no fuera yo?

NO ES, POR MÍ, ES POR TI.

SEDA ROMÁNTICA

Libros de seda